文學研究叢書·古典文學叢刊

曹學佺與晚明文學史

許建崑　著

目次

導論

　　本書共收十二篇與明代文學史相關的論文，分為三個部分。

　　第一個部分「曹學佺與晚明閩中詩學研究」，包含六篇作品，是以曹學佺生平、著述為中心的考述，揭開我對閩中詩學史研究的序曲；跟隨著曹學佺進入南京的詩社活動，分享萬曆以後也是明代最後一場的詩壇盛景；萬曆卅一年返回福州參加凌霄臺大社等活動，創下閩中最大的詩社吟唱；而天啟三年從福州赴廣西桂林擔任右參議一職，走了五千多里路，留下可貴的文史資料；崇禎三年起的鄉居生活，曹學佺勤於著述、出版，尤其是編纂《石倉十二代詩選》，試圖建構詩史，更值得一提的是他搜羅並編選明人詩集，輯為「當代詩史」，保存了明代文人詩文創作最豐盛的史料。最後，討論晚明福建詩人對竟陵詩派思想的接受與影響，為晚明詩派的繫聯與互動，提出事證。第二個部分是明代文人交誼與著作，有四篇，涉及洪朝選、焦竑、歸有光、王世貞、謝榛、盧柟等人的考述。第三個部分有兩篇，是我個人思索建構明代文學史書寫的概念。

一　構思明代文學史重寫的主軸

　　我對文學史的興趣，起於大學三年級。那時候幫楊承祖老師抄寫國科會論文《唐代詩人關係考》，體會了「詩人關係」的重要性；也自習梁容若《中國文學史研究》、《文學十家傳》等書，得到「文學與地域關聯」的概念。讀過朱東潤《張居正大傳》，愛上「評傳」的書寫方式。雖然碩士論文《王世貞評傳》寫得極不成熟，也知道「評

傳」並不適合論文寫作的方式，卻是我跨進明代文學史研究的第一步。

有關文學史書目的收集，最早見梁容若、郭宣俊在一九六二年《圖書館學報》四期發表；五年後梁容若又與黃得時在《文壇》八十七期聯合發表三校書目。一九七六年有署名青霜者在《書評書目》四十期起，分四期發表〈新編〉。在大陸方面，則見於一九八六年上海社會科學院陳玉堂的撰述，黃山書社出版，收錄文學史著作三二〇餘種；而一九九二年遼寧大學吉平平、黃曉靜合編《中國文學史著版本概覽》，著錄一九四九年至一九九一年間各類中國文學史著作五七〇餘種。國內則有黃文吉教授主編之書目提要收錄一九四九年至一九九四年之間（含部分一九九五年）臺灣出版的各類中國文學史專書一八五種，未正式出版的博、碩士論文七十八種，與附錄之簡明的版本資訊，共有一六〇六種。最近的是二〇〇四年鄭州大學陳飛主編《中國文學專史書目提要》，收集二〇〇〇年以前出版的專題史七一〇部，連同存目、外目、附目，合計二八八五部文學史的著作。

在這麼多文學史的著作中，還有甚麼空間可以闡述呢？有關文學史重新書寫的討論，近年來已有王鍾陵、龔鵬程、陳國球、王宏志、陳清僑、陳平原、柯慶明等人，從不同的角度，來建構新論[1]。二〇〇二年三月，中國古典文學研究會與輔仁大學中文系合辦「建構與反思：中國文學史的探索與學術研討會」。會議中，郭英德認為「文學史應是文學的歷史」，又說：「在文學史敘述中，既要揭示作家創

---

[1] 王鍾陵：《文學史新方法論》（蘇州市：蘇州大學出版社，1993年8月）。陳國球、王宏志、陳清僑合編：《書寫文學的過去：文學史的思考》（臺北市：麥田出版公司，1997年3月）。陳平原：《文學史的形成與建構》（南寧市：廣西教育出版社，1999年3月）。柯慶明：〈關於文學史的一些理論思維〉，「臺靜農先生百歲冥誕學術研討會」，2001年12月，頁183-208。

作的心態和人格風貌，更要高度重視和深刻闡釋作品中人的存在、活動、愛好、生存方式、精神體驗等豐富多彩的內涵」；但他也指出：「時間之流逝不可逆轉，文學事實一旦成為歷史，就脫卻了它的原初狀態。文學史記憶只能是人們篩選和重構的東西，它不可能完全重建在過去的時空存在的所有的文學事實。」他強調六項有機的聯繫，即作家與作家之間、作品與作品之間、文體與文體之間、作家創作與作品傳播之間、文學藝術價值與歷史發展上的價值之間、文學發展的結局與過程之間，都要有綿密的聯繫。我對他的論述極為贊同，知道「還原文學歷史現場」有困難，也不可能，但是我總得嘗試一下，來突破時空限制的樊籠。

陳燕則提出新文學史書寫的企盼，希望可以做到：史料的多面與活化、史識的獨立與多元、史論的直觀與審美。史料、史識與史論，一直是中文界較為忽略的議題，尤其是講求抒情傳統的當下。龔鵬程對文學史寫作充滿悲觀，他認為：史學研究中不予討論的文學史，新史學、新歷史主義也不研究文學史，而胡適、陳寅恪以來詩與史互證之傳統已斷絕，傳統的史實、史料、考據、訓詁、版本知識早已束諸高閣。目前的文學史討論文學「背景」粗略敷廓，抄抄政治史、社會史、經濟史教科書之外，很少真正的鑽研[2]。作為講評人的柯慶明，建議他自己寫一本文學史來示範。

在這場會議之後，陳國球發表《文學史書寫形態與文化政治》，也改寫早期的論文書寫，名為《明代復古派唐詩論研究》，在北京大學出版，從理論思考回到明代詩學的探索，作為實踐的例證。龔鵬程

2　郭英德：〈論文學史敘述的原則、對象和方法：以中國古代文學史的撰寫為中心〉、陳燕：〈文學生命的自主、自立與自重：論文學史的涵義、效用與構成〉、龔鵬程：〈文學史的研究〉，俱見《建構與反思：中國文學史的探索與學術研討會論文集》，頁9-24、43-56、25-42。

則接納建議，寫了《中國文學史》上冊，由里仁書局出版，並接受《文訊》月刊社的安排，舉行一場新書發表暨座談會，邀請李瑞騰、張高評、顏崑陽、蔡英俊、廖棟樑、黃明理等人參與，會後張輝誠整理了座談會紀錄，吳燕真也發表一篇精闢的評論[3]。

　　顏崑陽在此前後提出了〈用詩，是一種社會文化行為模式：建構「中國詩用學」初論〉，他認為寫詩、讀詩是「中國古代知識份子一種特殊的社會文化行為模式，而詩就是這種行為模式的中介符號」；從這個觀點來檢視明人詩文酬酢的意義，就不會鄙薄明詩人詩論偏頗與詩作不佳。顏崑陽又在陳世驤論述中國文學的「抒情傳統」，與大陸學界馬克斯主義影響的學說下，試圖建構「完境文學史」觀。他說：「文學家乃處於『三重性』的歷史存在與社會存在之情境中生產其文本。」這三重限定下存在的關聯是「地域民族」、「社會階層」與「文學社群」；他討論「社會文化存在情境」，也指向「文學存在情境」。認為：這三重存在情境必然形成靜態結構性的疊合、混融與動態歷程性的交涉、衍變，而最終以符號形式的「文本」表現為可被理解、詮釋的「文學存在情境」。而從「社會文化存在情境」轉化為「文學存在情境」，並表現成符號形式的文本，其關鍵性因素即是「文學心靈」。最後他也認為「完境文學史」的寫作，有其困難。他說：「所有在某一歷史時期之詮釋學處境中所開展的視域，皆有所見亦皆有所不見，這是學術研究無法超越的『歷史性限制』，非關客觀性的謬誤。……假如能接近『完境』，必然是累積眾人之力，而成於一人之手的學術成果。」[4]「完境文學史」確實是文學史寫作崇高的理

3　張輝誠撰：〈縱談古今、獨樹一格：龔鵬程《中國文學史》座談會紀實〉、陳國球：〈資之深，則取之左右逢其原——讀龔鵬程《中國文學史》〉，與龔鵬程〈我寫中國文學史〉三文均收入《文訊》，中國文學史專號，卷279（2009年1月）。

4　以上論點見顏崑陽：〈用詩，是一種社會文化行為模式：建構「中國詩用學」初

想，雖不能至，亦心嚮往之！

如果把文學史書寫，落實到明代的範疇。三〇年代出版錢基博《明代文學》、宋佩韋《明代文學史》，篇幅都不長，但都肯定文學思潮與活動，有自然變通的道理。一九九一年袁震宇、劉明今合著《明代文學批評史》，被編入「中國文學批評通史」之五，觀念較為新穎，但偏向批評史的討論。一九九四年趙景雲、何賢鋒合著《中國明代文學史》，收入胡曉林、史仲文主編的《中國全史》中，並沒有突出的見解。一九九一年吳志達編寫《明清文學史（明代卷）》，二〇〇〇年段啟明《中國古代文學史長編（元明清卷）》，二〇〇二年朱易安《中國詩學史（明代卷）》，都是在「中國文學史」大架構中的一環，作為教科書使用。二〇〇六年徐朔方、孫秋克合著《明代文學史》，由浙江大學出版，多了小說、戲曲的資料以外，徐朔方個人作家傳記考述的功底，並沒有在書中呈現。

要完成一本「明代文學史」，關注的面向太寬了。而近年來所見的專著，都是作者的博士論文或博士後研究的產品，侷限在更小的斷代、更小的議題上，也能讀到新銳的見解，如黃卓越《明永樂至嘉靖初詩文觀研究》、《明代中後期文學思想研究》、鄧新躍《明代前中期詩學辨體理論研究》、余來明《嘉靖前期詩壇研究》、曹淑娟《晚明性靈小品研究》、王英志《性靈派研究》、陳廣宏《竟陵派研究》等等。或者討論文學理論，如吳承學、李光摩《晚明文學思潮研究》、陳文新《明代詩學的邏輯進程與主要理論問題》等等，都可以一新耳目。

然而明代詩學史的討論，還是集中在文壇舊聞雜錄，品評詩人性

論〉，《淡江中文學報》18期（2008年6月），頁279-302；顏崑陽：〈從混融、交涉、衍變到別用、分流、佈體：「抒情文學史」的反思與「完境文學史」的構想〉，《清華中文學報》3期（2009年12月），頁113-154。

格特質，描繪文壇社交的相互攻訐，以及專注於詩論的緊張對立；對晚明詩學吟誦詠唱的文化活動，停留在概念化的敘述。

二〇〇四年參加南華大學明清文學與思想研討會，我開始思考「重構明代文學史論述的主軸」，撰寫以〈文學大眾化與大眾文學化〉為題的會議論文。這並不是個人的新見。日本學者前野直彬已經指出明代文學有三個特質：文學史的萌芽、古典的大眾化、體裁的跨越[5]；這三個論點都有助於「文學大眾化，大眾文學化」的論述。邵紅在《明代文學批評資料彙編》的緒論中，指出明代文學批評有四個特色：群體的關注、理論的對立、理論與創作的合一、論詩的偏重。[6]他認為明代的文人雅士無論地位高低、作品多寡、功名有無，俱從事於文學理論的探討，兩百餘年之間，可以說人人都是理論批評家，人人對於文學創作都抱持個人的看法。論詩者多，理論辯難者多，創作者多，參與的群體面極廣。我們怎可以說這些論詩、作詩的人都不是從事文學活動？

簡錦松談論〈明代詩文的庸俗化與反庸俗化〉，也指出明代詩文活動頻繁，帶來庸俗化的現象。[7]站在詩文品鑑的角度來看，大多數的作品多半是庸俗化。但是從人們參與踴躍的角度來看，則是作者眾多，作品量大，風格多樣化，品味歧出。這不也是「文學大眾化，大眾文學化」的特色嗎？

文學史研究不僅在於作家與作品的描述，或許更應該偏向文學的接受史，而以當代文人及庶民的文學活動為文學史論述主軸，觀察明

---

[5] 前野直彬著，連秀華、何寄澎合譯：《中國文學史》（臺北市：長安出版社，1980年9月），第七章〈明〉，頁211-216。

[6] 葉慶炳、邵紅合編：《明代文學批評資料彙編》（臺北市：成文出版社，2001年），邵弘撰：〈緒論〉，頁1。

[7] 簡錦松：〈明代詩文的庸俗化與反庸俗化〉，《中國文學講話（九）：明代文學》（臺北市：巨流圖書公司，1987年5月），頁13-23。

人集會結社、聯詩吟詠、曲詞唱和等活動為論述重點。由於參與者眾，書籍的出版與傳播受到強烈的鼓舞；各類文體也有多元發展的跡象。在「文學大眾化」的當下，發現參與各項文學活動的大眾，識字率提高，而詩詞文章寫作、解釋與評論權，漸由開國元勳、臺閣重臣、六部官員、地方縣官，下放到民間文人的手中。

明代文學思潮的演變，一直在「師古復雅」與「師心尚俗」二極之間如鐘擺效應一般反覆擺盪，卻永遠處在「二律背反」的狀態，無法追求統一。論述者如果想要「調合」這兩極的追尋，多半徒勞無功。如李維楨、袁宗道，都被當作次要的詩評家。大眾的寫作、閱讀或討論參與，會受到時空的政治、經濟、社會所左右，他們或許會盲從流行，追求高雅以化俗氣，或以流行為高尚，也很難說。但不論是復古、求新，雅正、通俗，都有「文學大眾化，大眾文學化」的傾向。從這個角度觀察，可以正確地省視文學多元發展的足跡，而不被過去感興式的文學史論述所迷惘。

文學開放給大眾分享，大眾也樂意投入這樣的文學消費；這就是「文學大眾化，大眾文學化」的意義了。

二○一○年應邀參加韓國中國學會主辦的第三十次中國學國際學術大會，提交〈唐音的失落：晚明詩風流變探析〉，順從陳國球「唐詩傳承[8]」的論述，來探討「唐詩為什麼不被傳承」的時空變異。個人以為明初詩壇，追模唐詩。唐詩形成的過程，音韻、格律、文體已臻成熟，歷經宋、元兩代將近四百年時間，以及民族遷移的因素，南來的河洛語言變化紛繁，難以揣摩原腔原調，只好尋求「文字化語言」形式的詩學。對於律詩、絕句等詩體韻律的掌握，只有從韻譜中去尋

---

[8] 陳國球：《唐詩的傳承：明代復古詩論研究》（臺北市：臺灣學生書局，1990年）。此書修訂新版《明代復古派唐詩論研究》（北京市：北京大學出版社，2007年）。

求，此所以詩學僅流行於中原移民為大宗的南方五省。到了明成祖以後，首都遷移北京，通行的官話系統，更加遠離唐、宋語音，對中原母語的認識更加困難。到了萬曆年間，又經歷了兩百年，古韻更形悠遠；加以社會文化風氣大開，大眾投入詩作酬唱者眾，而韻譜、聲律之學艱澀難懂，浸淫時短，轉而厭棄格調，開始追求性情上的自由。既然聲韻、格調皆喪，襲套又去，詩學失落可知矣。雖然格套脫去，詩人對內在心靈世界的探索，脫開疆繩，未始不是得到另創新局的機會？

談論晚明詩學，每每被文人個別使用的詩論術語所左右，不易悟得真義；又被文壇雜說、文人逸事、相互攻訐的陳年舊聞所誤導。如果我們只把目光集中在唐詩格律的繼承與失去，借用本體論、文體論、創作論等等分析理論的幫助，即可以分辨文學核心思想、活動史、文體演變、作家心靈、文學理論等項目，不會含混而不名所以。借用現代社會文化論述，也可以檢視晚明詩學的理論從統合到分立，又從對峙到並陳，開展出多元的主張；而庶民熱情的投入文學運動，渴求典雅化，詩風卻傾向庸俗與抄襲，顯現「文學大眾化」的無奈。我個人接納「文學大眾化，大眾文學化」的事實，不去臧否作家與作品，而是從文本與文獻中爬梳，提供文人生活史、交誼史，以及文學吟唱酬酢等活動，來完成探討「明代文學史」的基礎工作。

二　重返史料整理的基礎工作

事實上我在研究所畢業，服完兵役以後，有幸回東海任職，擔任現代小說、戲劇、兒童文學、古典小說等課程，並未放棄明代文學史的鑽研。嘗試從王世貞的研究擴及後七子，陸續發表了〈後七子交誼考〉、〈宗臣評傳〉、〈李攀龍與鍾惺選唐詩格的異同〉等文，但都不

太成熟。原因是閱讀原始文本困難重重，解讀與判斷的能力也未到位。每每查閱國家圖書館所編《明人傳記資料索引》，只要是功名不顯的詩人作家，往往遺漏，因此在邊查邊補正的狀況下，連續三年增補了後七子、前七子文集中相關的人物生平資料，並在學報發表。

也因為這幾篇小作，得到正在編纂《明人傳記資料索引新編》的王德毅老師器重，分得了一些編寫工作。那時清華大學邀請洪銘水、錢新祖教授分別返國主持「明代文學與社會研討會」，每月邀聚一次，讓我漸漸熟稔明代研究的領域，認識了許多相同領域的研究者。而吳智和正以個人的力量編輯出版《明史研究專刊》，適時提供了我關注歷史文獻與文化論述的窗口。因為有這些機緣，我撰寫副教授升等論文《李攀龍文學研究》，就有了較為廣闊的視野。

在新遷南海路的國家圖書館之中，調借《滄溟集》，發現同署「隆慶刊本」的六條著錄中，竟有徐履道起鳳館、胡來貢、吳用光補刊本、楊日賓校刊、張弘道校刊，有別於王世貞較早的刊本；再加上早期還有魏裳、汪時元不同時期的《白雪樓詩集》，清代的四庫抄本、景福堂刊本，以及舊抄本等等，就有十二種之多，如果能思考這些版本傳承的關係，顯然可以勾勒出「李攀龍詩文集」在明清迄今的出版、流傳，以及被讀者接受的情形，也可以突破枯燥無趣的版本交代。

工具書的使用，較以前方便。以前只有哈佛燕京社出版《八十九種明代傳記資料索引》、國家圖書館主編的《明人傳記資料索引》，忽然增加了朱保炯、謝沛霖《明清進士題名碑錄索引》、王德毅《中華民國臺灣地區公藏方志目錄》、杜信孚《明版刻綜錄》，甚至連《明代刊工姓名索引》都有了。史地類的《明實錄》、潘介祉《明詩人小傳稿》、焦竑《國朝獻徵錄》、雷禮《列卿記》、楊正泰《明代驛站考》，提供閱讀查核的方便。臺大周駿富編有「明代傳記叢編」，明文出版社出版，更將百餘種史料叢書，彙整成套並附有索引，檢索

極為方便。而古人詩文集的影印再版，改變了閱讀模式。四庫、存目、禁燬叢書、續修四庫，以及電子版的中國基本古籍庫「愛如生」相繼問世，開放使用，改善了以前必須蹲伏各大圖書館古籍庫的痛苦。我想，如果能夠提供研究者便捷有效的《明代文史工作手冊》，相信可以召喚更多年輕朋友來耕耘這塊領域。

三　交誼與年譜編寫體例的思考

　　一般的年譜書寫，有些沒有訂出體例，而有些注意到了，卻不嚴守章法，被一大堆歷史事件或當代名人事蹟佔據篇幅。在時間上的紀錄，或稱朝代，或稱干支，或雜紀西元，隨意使用；在行文中，傳主的交往友人，或稱姓名，或稱字，或稱號，或僅以官職代稱，未能統合人物的真實身分；在地理、官職、月令上，或以古名代稱，有些故弄玄虛，如地名不稱北京、福州、長泰、邵武，而以長安、三山、吳航、樵川代之；官職不稱吏部尚書、刑部尚書、布政使，而以大冢宰、司寇、方伯代之；記載時日，則署以穀日、人日、元夕、花朝、清明等節令，皆因擬古、復古之風所成，在在增加了詩文閱讀的困擾。而且大部分的年譜在龐雜的抄述中，並沒有留下資料線索。作品完成後，無法回頭去核對史料的正確性。我以為只有用綱目體來寫作，是個比較合適的方法。

　　在傳主每一年的紀事中，應該羅列朝代紀年、干支與西曆，並寫出傳主年紀。以個人扼要的敘述為綱，而引述的資料為目，來交代綱要上述說的憑據。大事紀或朝廷實錄，或邸報，與傳主有關的史事，應列入正譜，與傳主並無直接關係的史事、友人事蹟，則放入備考欄。有神蹟式的描述，譬如誕生神話、白日飛昇、割股療親等情節，應謹慎處理。對於傳主與家人、親戚、同僚、友人，則不忘記其年

歲、輩分,以便刻畫互動的情境。家系的書寫,係以直系為主軸,伯
叔、從兄弟等敘述,都要考慮到親疏遠近的關係,而有所節制。交代
親戚關係,宜另立一節,或者放入交誼中處理。所謂鄉、戚、學、
誼,在傳主的生活史或創作史中,會有較親密的關聯,可以留意主客
雙方文本中的碑、狀、墓、銘、誄文、書序、送行序,也可以在地方
志的學校、選舉(榜單)中尋獲蛛絲馬跡。方志之中還有職官、名人
傳、宦蹟傳、文苑傳、隱逸傳、藝文志等等,都可以交互補充人物的
姓名、字號、里籍,以及到任或離職的時間。也要注意史書的本紀、
列傳、表、志,可以按圖索驥。

　　最重要的書寫要訣是「統一視角觀點」,要以傳主為「限制的第
三人稱觀點」,來加以敘述;不可雜抄文獻材料中不同角度的敘述語
氣。至於文學交誼的書寫,要避免直接抄錄傳記資料索引、維基、谷
歌、百度等文字;要處理交誼時間的斷代,要標注兩人交誼的狀態與
詩文酬酢。

　　一九八七年我個人寫了《李攀龍文學研究》,對於年譜、家傳、
交誼、著述與流傳等書寫體例,思考過革新的可能。稍後撰寫〈焦竑
文教事業考述〉、〈洪(朝選)芳洲先生詩文交誼考〉時,對文獻資
料的勾稽與解讀能力,也比較進步。

　　〈焦竑文教事業考述〉是試圖離開「後七子」的範疇,移向萬曆
以後的文化觀察。焦竑(1540-1620)的祖先山東日照人,因為南京
旗手衛的軍籍而寓居。廿五歲中舉,廿七歲擔任耿定向創立南京清涼
山崇正書院山長。萬曆十七年(1589)以五十歲高齡進士登科第一。
他繼承泰州學派對王陽明學說的闡釋,又受到李贄的啟發,走到「三
教匯通」的路上。以佛學的觀點來注解老、莊。在他一生八十一年的
歲月中,包含任官九年,都以著述、講學為重心。四庫館臣說他思想
駁雜紛亂,係以傳統「獨尊儒術」的態度來評論。但是在萬曆晚年多

元思想的勃發中，企圖走出「封建帝制、儒學箝制」的僵化局面，焦竑寬容包涵的精神是可敬的。他甚至啟發了弟子徐光啟，接納西洋思想的新格局。焦竑廣博閱讀、勤作筆記，編輯了許多書籍，推廣地方教育，嘉惠學子。

　　有關焦竑生平及思想之研究，已有容肇祖於一九三八年撰著專文，另有李焯然撰述多篇相關焦竑之研究；然而對於焦竑之著述與編纂書籍，羼入了部分他人偽託之作，則未能辨析。拜電腦科技發展之賜，搜尋工具更新了，容易找到許多冷僻的資料。在此文中，敘述焦竑生平、思想及其教育理念，重點在於考訂其著述與編纂之實情，以增補容、李二先生所未備。試圖就焦竑參與的各項文化、教育活動，打開一個新的探索方向。

　　接近明代福建作家研究，肇始於一九九八年〈洪朝選詩文交誼考〉的這篇文章。此文為吳智和代洪朝選第廿一世孫福增邀稿，收入《洪芳洲論集》中，並在《東海中文學報》修訂發表；廈門大學方友義主編《洪朝選研究》時，原文又轉載了一次。邱燮友教授等譯釋《洪芳洲先生詩文集》時，書中提及的人物小傳，也採用該文資料。

　　除了這兩篇作品之外，二〇〇六年〈孫克寬先生行誼考述〉、二〇〇九年〈三六九小報史遺寫作之探析〉的撰述，也用了生平傳記考查、人物繫連與文本細讀的方法。

　　孫克寬（1905-1993）老師是孫立人將軍的五侄，來臺以後暫居屏東、臺北，最後在臺中東海教學十七年，以古典詩學名家，擅同光體，兼研究宋、元學術，曾經啟發了史學界的黃寬重。夫人過世後，依親加拿大，隨同遷往美國，專注道家學術研究，著有《寒原道論》。因為政治的關係，孫老師行事低調，鮮少談論個人私事。此文寫於「緬懷與傳承：東海中文系五十年傳承」學術研討會，考述孫老師生平往事，間及六、七〇年代臺灣學術界與文化界的互動。

　　撰寫趙鍾麒《三六九小報・史遺》專欄寫作之研究，附帶理解了清朝臺灣人赴福州省城考舉人的過程，也觀察古典詩社吟誦的風氣在臺南古城復現。趙鍾麒（1860-1936）廿一歲入學，廿八歲補府學生，四次赴福州秋試。乙未（1895）割臺後，斷了科舉道路，擔任臺南地方法院日華通譯二十多年；並與許南英、連雅堂等人共結詩社，榮膺南社第二任社長二十餘年。對於臺灣詩學的推廣，貢獻很大。後來我把這個題目交給研究生劉慧婷，完成《趙鍾麒及其詩學研究》的碩士論文。

四　明代文化與社會的觀察與描述

　　透過文獻資料來重探文學史，或許有較貼近真實的面向。一般的論述，以王世貞為模擬復古派「後七子」的代表；歸有光則為「唐宋派」的代表；兩人文學主張不同，勢同水火。《明史・文苑傳》稱：「時王世貞主盟文壇，有光力相觝排，目為妄庸巨子。世貞大憾，其後亦心折有光，為之贊曰：『千載有公，繼韓歐陽。余豈異趨，久而自傷。』其推重如此。」這件事，近人錢鍾書已加以辨正，他說：錢謙益在《初學集》、《有學集》、《列朝詩集》中，為了強調「王世貞晚年定論」，把王世貞論贊中「久而始傷」之語，改為「久而自傷」，而且反覆引用在五篇文章之中。一字之易，意義全改，也使《明史・文苑傳》的編寫者，以及後代部分的學者沿襲而誤用。

　　此文透過文獻重構，在方志、譜系、文集等資料的爬梳，希望能夠呈現歸有光、王世貞兩人的生平、譜系、性格與行事作風，也試圖從中了解歸、王兩人在文壇、鄉里與遠親上的關係，來證明文學史中的論述，涉嫌誇大兩人的摩擦，為了貶抑王世貞在文學史上的地位，加倍讚揚歸有光的文學成就。

同時也指出歸、王兩人文學論辯的內容，並沒有精準的聚焦。王世貞論述重心在「詩」，而歸有光關注的是「散文」。期望以後的論述者，能夠從明代文學主張與流變，分別去討論歸、王的文學成就與地位，不再被以往帶有成見的論述所影響，而拘泥於兩人的口角是非。

同樣是文學史的公案，王世貞、李攀龍被描述成排斥謝榛的「罪魁」。《明史・文苑傳》甚至借徐渭的口吻說，「軒冕壓韋布，誓不入二人黨」。徐渭是浙直總督胡宗憲的幕僚，在時空上與王世貞並沒有交集。如果要找「關聯」，胡宗憲親近宰輔嚴嵩，而嚴嵩正是傷害王世貞父親王忬的幕後主使者。

事實上王世貞、李攀龍反而是接受謝榛陳情，平反盧柟冤案的主持者。這樁殺人事件纏訟十多年，未能結案。被告盧柟不僅家破，身處於囹圄，還差點被謀害身亡，端賴詩人謝榛的仗義救助，前往北京刑部申冤，引起各方關注，才得到重審釋放的機會。此事見錄於盧柟《蠛蠓集》、王世貞《弇州山人四部稿》、錢謙益《列朝詩集小傳》、《明史・文苑傳》。馮夢龍在四十多年之後，把這件「新聞事件」寫成小說〈盧太學詩酒傲王侯〉，收在《醒世恆言》卷廿九。

此文試從文獻史料來探索新聞事件。由於官方審訊的紀錄並未留存下來，盧柟的自述只能算是一面之詞；但是從官府辦案十餘年未決，又橫生獄中謀害的枝節，可想而知獄政上有極嚴重的問題。地方官員、鄉紳與百姓三角之間的磨擦，也日益擴大。馮夢龍秉持生花妙筆，把六十餘字的軼聞，添加成兩萬多字的小說。在書寫中，描繪明代文人閒散生活的樣貌，間接反映了社會階層的對立，貧富懸殊，「仇富」心理升高，官員、胥吏以及一般百姓，都捲進了仕紳與僕役之間的衝突。由於萬曆末年社會急遽變化，馮夢龍的小說書寫甚至表現出晚明文人對社會律法的質疑與抵抗。

這兩篇論文的寫作，試圖從文獻、文本到文化論述，對明代文

學、社會與文化，作了較為完整的接觸。我之所以關注社會、文化等議題，是受到吳智和的啟發，他對明代地方儒學教育制度、飲茶與休閒生活等議題，都有精細的考述，課堂上又帶領學生做了《明代社會生活史類目初稿》，對於中文系統的學習者而言，等於開了一扇思考的門窗。二〇〇四年北師大歷史系陳寶良寫了《明代社會生活史》，也有異曲同工之處。

近年來閱讀相關研究者的研究論文，發現漸漸以引述國外文學理論為主，著重在明代詩文論述的批判，此種主流之研究風氣固然正確，但如果能有文學史研究者提供詳細而正確的史料平臺，相信對文學批評研究者有所依憑，也可以導正晚明文學研究傾向史學、社會學、文化論述等偏移，而回歸文學本體與文學現象的觀察。如果能夠以作家文集及史、地材料來建構文學史研究的平台，相信可以提供更有力的證據來深化目前流行的文化論述。

五　曹學佺與晚明閩中詩壇研究

進行曹學佺相關研究，係轉向晚明文學研究的企圖下進行。起先購得江蘇古籍社影印出版福建師範大學圖書館陳寶琛舊藏的《曹學佺集》，卷帙極少，幫助不大。二〇〇八年五月，預備前往東京內閣文庫訪書之前，才發現《石倉全集》的影本一〇九卷，合訂為六十一冊，早已存放在國家圖書館漢學中心五樓的書架上。而福建師範大學陳慶元又委託尋找臺灣藏有福建籍作家的孤本詩文集，才發覺身邊擁有很大的資料庫。因此做了研究前的基本功課，撰寫〈晚明閩中詩學文獻的勘誤、搜佚與重建——以曹學佺生平、著作考述為例〉一文，也改寫部分內容為〈曹學佺生平著作考〉，在二〇一〇年七月南開大學的學術研討會發表。

　　有關曹學佺的著述，詩文集卷帙頗大，海外孤本、殘本尚待全面搜尋；查詢大陸國家圖書館《中國古籍善本書目》查檢相關曹學佺著作共有四十二目之多；而日本公藏聯合書目中，有關「曹學佺」相關目錄更多，共有二三七目。在這些目錄中，有同版複本、異版覆刻本、補刊本，也有曹學佺編輯、撰序之書，也有零散的集結本、單本，或者是後人編輯、偽託而成的書籍。拜現代影印發行的便利，重要的刊本有十二卷本、二十四卷本、福師本、三十三卷詩稿本四種，已經影印出版；而以漢學中心所藏日本內閣《石倉全集》影印本（以下簡稱「內閣本」），卷帙最豐，得以相互校讐，一窺全貌。但日本內閣文庫尚有三種殘本目錄；大陸各圖書館所藏曹學佺著作，如：中國社會科學院圖書館、清華大學圖書館、山東省圖書館、北京大學圖書館、國家圖書館等處還有待查訪。

　　二〇一一年八月，參加北京首都大學「明代文學學會（籌）第八屆年會暨明代文學國際學術研討會」，發表〈曹學佺《湘西紀行》的探究〉。此文觀察曹學佺授命為廣西布政使司右參議，於天啟三年（1623）四月十二日出發，自福建福州取道江西、廣東，再到廣西桂林。七月四日抵達公館，歷時八十三天，全程約五三四〇里。途中所見所聞、交遊酬唱或交通情景，均記錄於《湘西紀行》之中，在途中並整理了《閩中通志雜論》。

　　此文利用曹學佺的路程紀錄，核對驛站與方志地理，以及路途中的人際交誼來探討此次行旅。由於古人在詩文記述中，喜歡使用人物字號、官銜代稱、古地名，以至於在還原真相時，需要判讀考證。透過曹學佺由福建福州動身到廣西桂林八十三天的過程，從中了解晚明此段交通動線與路況，同時作為晚明一般官員宦遊期間生活、遊歷、寫作與交遊酬酢的一個例證。曹學佺文化訪古、詩文著述，反映出晚明文人對家國意識與文化傳承的心態。他的旅遊書寫是「以文記事，

以詩敘情」，在袁宏道抒情性靈小品與徐弘祖科學考察的方式之外，反而是一般文人記述行旅的傳統模式。主辦學校劉尊舉的觀察報告，評述此文說：「我們看到是明代士大夫鮮活的生活，文學發生在生活中，也是生活的一部分，我們感受到的是文學最接近原生態的存在形態。當然，宏觀的文學史不可能這樣細緻地描述，但我們可以從中感知我們想看到什麼的歷史？什麼樣的文學的歷史？或許，這樣的文學史書寫可以提供一種獨特的文學史形態。」

二〇一二年十一月在第三屆漢學與東亞文化國際學術研討會發表〈萬曆年間曹學佺在金陵詩社的活動與意義〉。根據錢謙益《列朝詩集小傳》的論述，曹學佺創造了南京詩壇最後也是最盛大的詩壇活動。儘管公安三袁、竟陵鍾譚兩人也曾進出南京，並沒有再引起更大的浪潮，而幾社、復社出現以後，文人聚合的動機已經轉向政治的訴求。

在一般文學史的論述中，曹學佺的文學成就，不被突顯。無可否認，明代詩學活動自明太祖洪武年間起，一直是以南京為主軸。儘管成祖遷都北京，南方文人依然保有詩文吟詠酬唱的習性。錢謙益論述弘治、正德年間，顧璘、王韋、陳鐸、徐霖，以詩文詞曲擅場。嘉靖中年以後，又有朱曰藩、何良俊、金鑾、盛時泰、皇甫汸、黃姬水等人為首，造成南京詩學活動昌盛。到了萬曆初年，陳芹退休後寓居南京，復修清溪之社，與金鑾、盛時泰，促成金陵詩風再盛。然則，二十多年以後，閩人曹學佺供職南京大理寺，與臧懋循、陳邦瞻、吳兆、吳夢暘、柳應芳、盛時泰等人詩文酬酢，再創明代金陵詩壇活動的最高潮。

我們可以發現，明代金陵詩壇的主盟者從勳臣移到南京耆老與返鄉隱居的鄉紳，又轉移到任職南都的官員。曹學佺來到此地之後再創詩社活動盛況，除了時代因素之外，必然有個人獨特的魅力。參與活

動的詩人與詩作曾經集為《金陵詩社集》，惜未能完整保存下來。

此文依據參與活動所有詩人的文集，考核相關的文字載錄，重新勾稽詩社酬唱的現場，來掌握詩社活動中的細節。文末並指出曹學佺在此詩社活動如何處於領導地位，又如何影響晚明詩學的發展。

〈萬曆癸卯年福州詩壇盛事考〉一文，敘述曹學佺任官金陵時期，曾在萬曆三十年返鄉，次年參與福州詩壇的盛會。那年，福州地區有三大場詩社活動，主事者分別為趙世顯、阮自華、曹學佺，應邀的嘉賓為屠隆，與會詩人近百人，盛況空前。此文考述參與者當時的身分、年齡與人際關係，具體展現晚明福建詩壇的一個橫切面，補充屠隆入閩的活動情形，也了解當地詩人結社形式、地點，以及活動的內容。閩中詩壇主導權的移動，使曹學佺與趙世顯的關係緊張。也觀察到福建詩風的轉型，福建地區的詩人從傳承朱熹「道南理窟」的矜持，突破了限制，而走向「生活與趣味」的文藝鑑賞。參加大社的人員來自各地，值得注意的是莆田、漳州詩人的參與，可以察覺福建地區文化的整合。

〈晚明福建詩人對竟陵詩派的接受與影響〉一文，交代閩中與楚中詩派的互動。明代萬曆以後，復古詩風漸弱，代之而起的是公安、竟陵兩派。公安講求「獨抒性靈」，影響雖大，但時間不長；竟陵則著重「幽深孤峭」，為後起之說，影響時間較長。萬曆末年，鍾惺進出南京，追隨者卻是來自福建的人士。閩縣人經商為業流寓南京的林古度，盡棄早年所作，改弦易轍。與同鄉的商家梅隨從鍾惺奔赴竟陵、北京等地。祖籍金門的蔡復一擔任湖廣參政，折節相交，也參與《詩歸》編選的論述。後來，鍾惺前來福建擔任按察司僉事提督學政，對福建詩壇應具有影響力。早期福州地區的詩人，作詩以唐音、唐調為準，務求聲調圓穩，格律整齊。然而在整個晚明詩壇對於唐音格律漸行漸遠之際，部分福建子弟如林古度、林㷆、商家梅等人，也

接受了竟陵學說。董應舉、王宇、蔡復一，因為科舉考試與官宦場中的關係，與鍾惺互通聲息。大家如曹學佺、謝肇淛，與傳統閩人的晉安詩風，卻也影響了竟陵派的一些變化。本文試著述說閩人詩風與竟陵詩風會通與影響，作為晚明文學史重新書寫時的註腳。

而本書最大的篇幅，在〈曹學佺《石倉十二代詩選》的再探〉。此文使用北京國家圖書館、上海圖書館、日本京都大學人文科學研究附屬東亞人文情報學研究中心三處的藏本，拼合而得一三五四卷。繼禮親王昭槤、馮貞群、鄭振鐸的紀錄之後，為最詳細的考查。至於大陸所藏零星的卷次，無法一一比對，僅參考上海復旦大學古籍研究所朱偉東二〇〇五年的碩士論文《石倉十二代詩選研究》。

《石倉十二代詩選》包含漢、魏、晉、南朝宋、齊、梁、陳、隋、唐、宋、元、明十二代，北朝詩、古逸詩、金元好問詩，均以附錄的形式處理。曹學佺有意以「統一過南方之政權」為主軸，四庫館臣誣其數算不清，逕改名為《石倉歷代詩選》。此書編選始於崇禎三年（1630）曹學佺鄉居的時候，參與編選者應有陳長源、徐𤊻、周嬰等人，資料並未明示。本文一一檢視各代的編選體例，發現沒有統一而有效的形式。就目前留存的狀態，許多書頁有文字缺刻的現象，也有些書頁留下墨訂及塗抹的痕跡，顯然還不到「出版上市」的狀態。書中卷帙龐然的《明詩選》雖然散失了三百多卷，仍留下一四二九位明人作家與作品。就曹學佺編選的時代而言，應稱為「現代」或「當代」詩學史，顯然在「貴古」與「復古」的風氣下，曹學佺「以詩存人，以人存史」的理念相當清楚。為了要探討曹學佺的編輯體例，本文整理了許多圖表，尤其是《明詩選》部分，每位作家均加編碼，以便統計、分類和歸納曹學佺的編輯策略。

六　未來研究發展的方向

要了解廿世紀大陸明代文學研究概況，由鄧紹基、史鐵良編輯《二十世紀明代文學研究》，可以略知狀況。該書分詩文、小說、戲曲、文學批評，共十一章；而以小說、戲曲就佔了八章。詩文與文學批評僅各佔一章。復旦大學黃霖於二〇〇八年五月寫過〈近二十年來明代文學研究的特點與反思〉，他指出詩文批評的研究從一九八九年以後，漸漸發達起來。

復旦大學在章培恒教授主持的古籍研究所，累積了很好的研究成果。陳廣宏、鄭利華兩位教授繼起，有計畫的聚集學者編寫《新編明人年譜叢刊》，同時關注詩派研究，也從事地域文學研究。

上海師範大學李時人教授指導博碩士生撰寫明代區域作家研究，從二〇〇六年到二〇一〇年，已經完成二十餘本，遍及山東、山西、河南、陝西、四川、江西、湖廣、浙江、福建、廣東、滇黔桂、松江府、吉安府、紹興府、常州府、揚州府、撫州府，以及女作家、文人結社考等論文。

天津南開大學羅宗強教授專治中國古典文學批評史，將文學史與思想史鎔鑄為一，關注文學與文化、思想、政治的關聯。他最近注意到嘉靖、萬曆以來的文學與文化現象，撰述了《明代後期士人心態研究》等書。而北京首都師範學院左東嶺教授繼承其學派，寫過《李贄與晚明文學思想》，關注明人情、理、欲的衝突。與臺灣明代研究的風氣相近，比較偏向文化論述。

臺灣對明代文學的關注，清華大學首開先例，在新竹清華、臺北月涵堂舉辦多年的《明代文學與思想研討會》，燃起了明代文學研究熱。爾後，淡江、南華、東華、暨南大學與中央研究院明清研究推動委員會，有許多學者教授也投入耕耘，研究的方向則偏向文化論述，

關注政治、經濟、社會的文化活動與意義，對於有系統的閱讀古籍，解讀文本，較少著墨。曾有建構文學批評、文學史觀的呼聲，相互激盪於臺港大陸，也分別編寫過《晚明文學思潮研究》、《晚明思潮與社會運動》等書，但最後都轉移到政治、文化與經濟現象的關照。儘管文獻數位化的腳步加快，古籍文獻獲得容易，但因為長期忽略作品細讀、作家繫聯與文獻整理，兩岸對於古籍閱讀與解析的能力喪失，我想是個迫切的問題。

本書的出版，只是我個人在曹學佺、福建地區與晚明文學史研究的開端。

有關曹學佺與其他福建詩人、學者、藏書家的研究，由陳虹主持的福建文史研究館首先開始，而以福建師範大學方寶川、陳慶元、于莉莉，表現最積極。自一九九三年起陸續整理出版何喬遠《名山藏》、葉向高《蒼霞草全集》等十餘種詩文集。二〇〇三年則依據福師大藏本刊行《曹學佺集》。

大陸開始注意曹學佺之研究，根據福建社科院歷史所所長徐曉望自言，與福師大胡滄澤等人前往日本東京見到完整的《曹學佺全集》，引發積極收集、出版與研究的決心。曹學佺曾經倡導相對於《大藏經》、《道藏》等大型佛、道經典的編選，在文化的傳承上也應該編選《儒藏》；廿一世紀初，大陸四川大學率先發起編選計畫，成立「儒藏網」；二〇〇六年四月，北京大學急起直追，主盟編纂委員會，邀請季羨林為名譽總編纂，湯一介、龐朴、孫欽善、安平秋先生為總編纂。此年，北京大學又分別與日本東方學會、二松學舍大學、韓國成均館、成均館大學、越南河內國家大學協商合作編纂《儒藏》的「域外文獻」[9]。二〇〇八年八月，北京大學儒藏編纂中心已經選出

9 　胡仲平：〈儒藏工程大事記〉，光明日報，2009 年 8 月 31 日。另見光明網：

經部一八七種、史部五十四種、子部八十三種、集部一二七種，以及出土文物十種，合計四五一種（含存目十五種）。還定期出版《儒藏通訊》，並建構網頁[10]。

有關曹學佺研究的學位論文，大陸方面約有七篇：福建師範大學李偉碩論《曹學佺及其著述論考》（2004）、內蒙古師範大學李金秋碩論《《文心雕龍》曹評中的創作論研究》（2004）、上海復旦朱偉東碩論《石倉十二代詩選研究》（2005）、福建師範大學陳超博論《曹學佺研究》（2007，已由吉林人民出版）、暨南大學王士昌碩論《曹學佺詩文研究》（2008）、浙江大學李梅碩論《曹學佺詩歌理論研究》（2009）、北京大學中文系孫文秀博士論文《曹學佺文學活動與文藝思想研究》（2012）。除了孫文秀曾訪問日本各圖書館閱讀《石倉全集》之外，其他的研究者並沒有機會完整的翻閱過；在年譜編寫與著述考證上，自然還有許多有待填補的空間。孫文秀曾經列出曹學佺在金陵交誼的友人一六九人，數量雖多，但侷限在金陵十年之間，又沒有用上各省縣方志及相關史地文獻來佐證，也來不及處理人物之間內在的繫聯，還必須增補。國內與曹學佺相關的研究論文，僅見淡江大學中文所郭章裕寫過《明代「文心雕龍」學研究——以明人序跋與楊慎、曹學佺評注為範圍》（2005）碩論；係以文心雕龍研究為主的論文。

以上所述眾人的研究，以陳慶元全面性的耕耘為最醒眼。他早期即提出「地域文學研究」的方向，一九九六年撰寫《福建文學發展史》，二○○三年發表《文學：地域的關照》，算是較早以「地域」為議題的研究。各地大學均有成立地域文學研究中心，如江西贛南師

---

http://www.gmw.cn/content/2009-08/31/content_972236.htm

[10] 儒藏編纂中心網址：http://www.ruzang.com/ft_default.asp

範學院成立「江西地域文學與文化研究中心」架設網站、出版叢書，並舉辦學術研討會[11]。泉州師範學院成立「泉州學研究所」，得到廈門大學的支持，出版《泉州學研究》；以許在全為首的「泉州歷史研究會」，也出版了《泉州文史研究》[12]，而福建省政府建構「福建省情資料庫：地方志之窗」，包含了乾隆《福州府志》等等原始文獻，對研究者幫助很大。

　　陳慶元最近整理了《曹學佺全集》，交由北京人民出版社即將出版；撰寫中的《曹學佺年譜》已經有六十五萬字之多，仍在增訂中；他聘請漳州師範大學副教授鄭禮炬跨校來推動研究計畫。二○一二年，他應中央大學中文系的邀請，來臺擔任客座教授，講述「閩海文學的地域觀照」、「六朝文學與文獻研究」。他多次進出中研院、漢學中心，影印了很多相關明代福建作家文集；並在林玫儀女士主持的「明清文學經典中之知識建構與文化思維：文本・理論・文化交流」重點研究計畫之下，發表《晚明閩人文集整理與研究》。去年，我與陳慶元在上海復旦大學研討會相見。他送我新編成徐㶿《鼇峰集》，並詢問《石倉十二代詩選》出版的可能。

　　我在二○一一、二○一三年僥倖獲得國科會的贊助，得以專注曹學佺資料的收集與閱讀，並前往上海、北京、京都各地，訪查許多原始材料，心中有許多感謝。只是退休年限在即，工作卻才剛開始。曾經有一位評審先生指出要書寫晚明文學史，十年的時間都不夠，我現在才體會其言為真。只好先將這本書結集出版，等待他日再起爐灶。曹學佺的詩文，有許多尚未解讀，說他詩宗初唐、漢魏或甚至宗宋，

---

[11]　http://dywx.gnnu.cn/Webs/Article/Show.asp?ID=160（20100612）

[12]　林華東主編：《泉州學研究》第二輯（廈門市：廈門大學出版社，2006年4月）；許在全主編：《泉州文史研究》第二集（北京市：中國社會科學出版社，2006年7月）。

都是在未能熟讀詩作下的揣測。而他所編寫過的書籍如《大明一統名勝志》、《蜀中廣記》、《易學通論》等等，也有待時日閱讀，才知道曹學佺有何過人的文史才能？

年譜的寫作，已經積累了一、二十萬字，只好靜待陳慶元所作的年譜出版，才知道有無續寫必要。但我可以就單一時間、人物或事件來發掘，深入淺出，「復現」晚明文人文學與生活的總總面向，提供更親近的「歷史現場」，未始不是一個企機。有關「交誼考」的書寫，已經累積數百條的人物傳記，可以提供文學史研究者索引的平臺。我認為只要掌握曹學佺著作中的人際活動，就可以寫成半部的晚明文學史。而陸續的閱讀與書寫，在本書交付出版後，仍將繼續。

晚明閩中詩學文獻的勘誤、搜佚與重建
——以曹學佺生平、著作考述為例

一 《明史‧文苑傳》對閩派詩學的敘述

　　一般明代文學史的論述，多半沿承《明史‧文苑傳》，以開國勳臣宋濂、王禕、方孝孺、高啟、劉基等詩文為先鋒。永樂、宣德以來，臺閣敷廓，而李東陽代起。及李夢陽、何景明、李攀龍、王世貞輩出，史稱前後七子，以復古為文風主流。此期間，王、唐、歸、茅續出，以唐宋文為皈依；而徐渭、湯顯祖、袁宏道、鍾惺之屬，亦各爭鳴一時。至於天啟、崇禎時，錢謙益、艾南英準北宋之矩矱，張溥、陳子龍擷東漢之芳華，另成變化[1]。

　　要認識明代文學的發展，抓住「勳臣、臺閣、東陽、七子、唐宋、公安、竟陵、子龍」的主軸，似乎就夠了。然則仔細閱讀〈文苑傳〉，不僅載錄了歷朝各文學家傳記，也涉及詩文、思想文化、書畫藝術的發展成果，還暗藏著越、吳、閩、嶺南、江右等五區域的文學發展脈絡[2]。

　　福建地區的文學發展有其重要性。〈文苑傳〉卷一收錄張以寧以及藍仁、藍智兄弟。張以寧（1301-1370），福建古田人。元泰定中舉

---

[1] 《明史‧文苑傳一》（臺北市：鼎文書局，1980年1月），卷285（總3135上），頁1。

[2] （明）胡應麟：《詩藪》續編一，國朝上，崇禎五年吳國琦水香閣刊本，頁2：分國初詩派有五：吳、越、閩、嶺南、江右。龔顯宗承此說，見《明初詩文論研究》（臺北市：華正書局，1985年）。

進士，授黃巖通判，升六合知縣，坐事免。元順帝時復起，累官翰林侍讀學士，知制誥，人稱小張學士。明太祖時，仍授侍講學士。洪武二年秋曾奉使安南。而藍仁（1315-1370？）與弟智（約1355），福建崇安人。元時，從清江杜本學，謝去科舉，一意為詩。後辟為武夷書院山長，遷邵武尉，不赴。入明以後，依例徙濠梁，數月放歸，仁卒。而藍智於洪武十年（1377）被薦，起家廣西僉事，著廉聲。

〈文苑〉卷二開端，則標舉洪武年間以林鴻為首（包含鄭定、王褒、唐泰、高棅、王恭、陳亮、王偁、周玄、黃玄）的閩中十子，也交代以能詩為名的林鴻弟子趙迪、林敏、陳仲弘、鄭闐、林伯璟、張友謙等六人。此卷卷尾稱揚弘治、正德年間鄭善夫的詩文成就，連帶指出晚明閩中地區的文學發展盛況：

> 閩中詩文，自林鴻、高棅後，閱百餘年，善夫繼之。迨萬曆中年，曹學佺、徐𤊹輩繼起，謝肇淛、鄧原岳和之，風雅復振焉。[3]

而以下三、四卷，各自載述嘉靖年間莆田柯維騏、晉江王慎中，以及萬曆、崇禎間的曹學佺，並及同邑後人曾異。曹學佺的羽翼者為閩縣徐𤊹，其兄徐熥，以及謝肇淛、鄧原岳，已見載於卷二之中。歸納〈文苑傳〉的說法，閩中詩學香火的傳遞者，當為林鴻、高棅，中繼為鄭善夫，而曹學佺、徐𤊹則是閩派詩學的總其成者。

二 曹學佺在晚明文學史上的地位

然則閩中詩學，是否繼唐詩之餘脈，又能總結明代詩學的流變？

---

[3] 《明史・文苑傳二》（臺北市：鼎文書局，1980 年 1 月），卷 285，頁 7357。

一般文學史並沒有明顯的論述。學者王忠閣〈關於明初閩中詩派的幾個問題〉、鄭禮炬〈閩中詩派對明代翰林詩歌創作的影響——以王褒為例分析其館閣風格〉[4]，都根據《明史‧文苑傳》的論述，認為李夢陽、何景明等摹擬盛唐，名為崛起，都是沿承高棅《唐詩品彙》擘畫的詩學途徑。《四庫提要》對此書評論，也說：

> 平心而論，唐音之流為膚廓者，此書實啟其弊；唐音之不絕於後世者，亦此書實衍其傳。功過並存，不能互掩。後來過毀、過譽，皆門戶之見，非公論也[5]。

高棅所編選的《唐詩品彙》不僅成為明代館閣文學創作所遵循的圭臬，而且啟發了前七子模擬盛唐的復古運動，實可謂影響了有明一代的詩歌創作。莫立民先生〈明朝閩中詩群名家點將錄兼說明朝閩地詩歌文化世家〉，亦云：

> 在明代詩歌發展史上，閩中詩群始終是它的一個重要組成部分。其中林鴻、高棅、鄭善夫、謝肇淛、曹學佺尤稱名家。林鴻首倡閩中宗唐詩風，高棅則為明初首屈一指的唐詩專家。明中葉鄭善夫推崇杜詩，執閩中詩壇牛耳。晚明謝肇淛、曹學佺則標舉中晚唐妙悟詩風。閩中詩群始終以宗唐為旨歸[6]

顯而可見，謝肇淛、曹學佺為「唐詩」的傳承人，殆無疑義。然則，曹學佺對於晚明詩學活動的振興，有更進一步的成績。錢謙益論

---

[4] 王文見《河南社會科學學報》9卷4期（2001年），頁120-123；鄭文見《閩江學院學報》28卷6期（2007年），頁7-10。

[5] 〈唐詩品彙提要〉，《四庫全書總目》（臺北市：漢京文化事業公司，1981年12月），集部‧總集四，頁1068下。

[6] 莫文見《漳州師範學院學報（哲學社會科學版）》2004年第3期（總第52期）。

明代南京的文學發展，至萬曆年間有兩次盛況，曹學佺便是推上高峰的主要人物。《列朝詩集小傳》中云：

> 萬曆初年，陳寧鄉芹，解組石城，卜居笛步，置驛邀賓，復修清溪之社。於是在衡、仲交，以舊老而涖盟；幼于、百穀，以勝流而至止。厥後軒車紛逐，唱和頻繁。雖辭章未嫻大雅，而盤遊無已太康。此金陵之再盛也。其後二十餘年，閩人曹學佺能始迴翔棘寺，遊宴冶城，賓朋過從，名勝延眺；縉紳則臧晉叔、陳德遠為眉目，布衣則吳非熊、吳允兆、柳陳父、盛太古為領袖。臺城懷古，爰為憑弔之篇；新亭送客，亦有傷離之作。筆墨橫飛，篇帙騰湧。此金陵之極盛也[7]。

陳芹，字子野，嘉靖年間謁選為崇仁教諭，陞奉新知縣，調寧鄉，謝病歸。居家十五年，於桃葉渡、淮清橋之間，建造邀笛閣，結清溪社[8]，金鑾、盛時泰、張獻翼、王稚登與會，詩風大勝。而二十餘年之後，曹學佺繼起，與臧懋循、陳邦瞻、吳兆、吳夢暘、柳應芳、盛鳴世等人唱和，蔚為氣候，並集眾人與會作品刊刻為《金陵詩集》[9]。

　　至於曹學佺在福建參與的詩社活動，紀錄可觀。萬曆卅一年（1603），曹學佺返鄉省親，參加鄉賢趙世顯的芝社，也訪問過長泰地區的霞中社。萬曆四十一年（1613），曹學佺主動發起石君社。兩年後，再創石倉社。崇禎四年（1631），曹學佺解職歸田，與徐興公等人結西峰社，詩酒雅會，分題拈韻，品評詩文。爾後連續創立浮山

7　錢謙益：《列朝詩集小傳》（臺北市：世界書局，1965年再版），丁集上，頁462。

8　顧起元〈金陵六十詠〉第三十八人，見《嬾真草堂集》（臺北市：文海出版社，影明萬曆42年刊本），卷1，頁27；另見無名氏〈寧鄉縣知縣陳芹傳〉，《國朝獻微錄》，萬曆44年曼山館刊本，卷89，頁83。

9　錢謙益：《列朝詩集小傳》，丁集上，頁459。

堂社、閬風樓詩社、洪江社、三山省社，儼然成為福建地區詩學的主盟者。

作為明代文學研究，尤其是詩史、文學批評史的發展，曹學佺與其所代表的詩社、詩論，不應該被忽略。

三　明清易代，曹學佺資料的散佚

由於明清鼎革之際，曹學佺殉國，家產、書籍都被充公，家人沒有辦法為他整理一生的著述。徐興公次子延壽為作〈挽章〉曰：「其田舍書籍皆入官，子孫皆繫獄。」清順治十二年（1655）福建巡撫佟國器開始為曹學佺整理遺作，編成《西峰字說》一書，並說：「能始歿，家業殫，著述佚於兵燹者過半矣。」至於書版藏於石倉者，又遭海寇焚掠，片簡無存，收集起來更加困難。乾隆十九年（1754），學佺曾孫岱華蒐集舊稿，編成《詩稿》三十三卷，奉天府丞陳治滋為重刻撰序，他根據《明史‧藝文志》所載，描述曹家所藏書版，應有著書十六部，凡一二七七卷。而海內藏書家藏書籍，唯《天下名勝志》一九八卷、《十二代詩選》八八八卷。至於詩文集有一百卷，家中「文集尚少三分之一」，並未見全本[10]。

福建師範大學方寶川指出兵燹、海盜、籍沒官府之外，第四個原因是乾隆卅八年（1773）大規模編纂《四庫全書》，曹學佺的詩文別集被列為禁毀書籍而橫遭劫難。文大多散佚，涉及敘述滿人（遼東）議題的文章，也被刪削，因此今日已難窺見全貌[11]。

---

[10] 陳治滋：〈重刻曹石倉先生詩集序〉，曹岱華清重刻：《石倉詩稿》，乾隆19年（1754）孟冬，頁2。

[11] 方寶川：〈曹學佺及其詩文別集述考〉，《曹學佺集》（南京市：江蘇古籍出版社，2003年5月），影印福建師範大學藏本，書前，頁11。

要研究晚明文學，必須重新考察以曹學佺為首的閩地詩社活動，也必須蒐集並確立曹學佺的生平事蹟與著述；這是撰寫本文最大的動機。

四　曹學佺生平資料校訂

曹學佺生平論述，除了錢謙益《列朝詩集小傳》、朱彝尊《明詩綜》以及《明史‧文苑傳》可以見及的傳略文字之外，一般人皆依賴學佺幼子孟善所撰述的〈行狀〉[12]。鄭杰輯、郭柏蒼補編《全閩明詩傳》卷三十四亦載學佺小傳，道光年間出版，屬於簡傳性質，又為晚近資料，參考價值較弱。茲就目前已發現生卒、籍貫、娶妻三個的疑點，加以討論。

（一）生卒年：生於萬曆二年，卒於南明隆武二年

方寶川教授主編《福建叢書》，選入藏於該校的《曹學佺集》明末刻本，影印發行。書前撰有〈曹學佺及其詩文別集述考〉一文，根據郭柏蒼補編云，曹學佺生於一五七四年，卒於一六四七年，年七十四年，為一般學者所接納。同校的陳慶元教授則撰文指出：「均沿《明史》年七十四而誤[13]」。

根據學佺詩作〈臘月十五日迎春，值余初度，及社，招夢東弟，共用春字七律〉（《西峰》上，卷43）、〈臘月望夜，社集陳泰始漱石山房看梅，值余初度，承諸公抬韻見存，余得蒸字〉（《石倉三集賜

12　曹孟善〈明殉節榮祿大夫太太保禮部尚書雁澤先府君行述〉，手稿影印，收入《曹學佺集》，《福建叢書》第三輯之一（南京市：江蘇古籍出版社），附錄，頁5-26。此書將「孟善」誤作「孟喜」。

13　陳慶元：〈日本內閣文庫藏本曹學佺《石倉文集》初探〉，《中國古代文學文獻學國際學術研討會論文集》（南京市：鳳凰出版社，2006年1月），頁460。

環》上，卷6，頁34），可知他的生日是十二月十五日。〈甲戌元旦紀事〉詩注云：「是歲閏八月，余以前甲戌閏十二月生。」（《六一詩》上，卷1）；則此臘月應為「閏臘月」方是。查萬年曆，萬曆二年甲戌確實有「閏臘月」。此年臘月望日，以西曆推算，當為一五七五年一月二十六日。

曹學佺卒年南明隆武二年，亦即清順治三年丙戌九月十七日清兵攻入福州城，次日清早上吊自殺。此年為西曆一六四六年，則無疑義。依照西曆算法，實歲應為七十二歲。曹學佺〈甲戌元旦紀事〉詩，收在《六一集》中，甲戌年（1634），學佺自訂為六十一歲，推算殉國於丙戌年，應為七十三歲。陳慶元指出應為七十三歲，合乎實情。然則陰曆傳統的計歲，生出即一歲，雖然十五天後即為新年，仍可再加一歲；學佺乃萬曆二年年底所生，萬曆三年仍做兩歲。以此類推，才能合乎年譜紀年。

（二）家世：先祖鐵馬公，安徽鳳陽人，隨太祖朱元璋入閩，定居侯官縣洪塘

曹學佺祖籍山西平陽。徐𤏳之次子存永為曹學佺寫輓章時，說：「家世本平陽」，下註有：曹之先出於平陽郡。平陽郡，即今之山西臨汾。而學佺幼子孟善〈行述〉云：「先世由鳳翔鐵馬公從前明太祖軍入閩遂家焉」；方寶川教授所撰〈曹學佺及其詩文別集述考〉云：「先世由陝西鳳陽於明初隨軍入閩」；陳超博士論文亦同[14]；李梅碩士論文則云：「陝西鳳翔」[15]。

鳳翔，疑為鳳陽之誤。鳳翔，屬陝西，在西安、咸陽以西，今屬寶雞市鳳翔縣。曹家從山西向西南方遷移到陝西，或許可能。然而明

---

[14] 陳超：《曹學佺研究》（福州市：福建師範大學博士論文，2007年），頁41。

[15] 李梅：《曹學佺詩歌理論研究》（杭州市：浙江大學碩士論文，2006年），頁3。

太祖朱元璋起兵，皆於江南作戰，未曾深入西北，也不容易從元朝統治的西北方徵調兵力。根據《明史‧太祖本紀》云：「（元璋）先世家沛，徙句容，再徙泗州。父世珍，始徙濠州之鍾離。……克荒鳳陽崗。……（元順帝至正）十二年（1352）春二月，定遠人郭子興與其黨孫德崖等起兵濠州。……（元璋）遂以閏三月甲戌朔入濠見子興。」則郭子興、朱元璋起兵之地為濠州。濠州古為淮夷之地，洪武七年（1374）改名鳳陽。方寶川所云「陝西鳳陽」，應以「安徽鳳陽」為是。

至於「隨軍入閩」的時間為何？〈太祖本紀〉卷一云：「至正二十年（1360）春二月，元福建行省參政袁天祿以福寧降」，應有軍隊入閩。民國《閩侯縣志‧大事記》卷一云：「至正二十七年十一月，命湯和、廖永忠由海道取福州。湯和克福州。初，陳友定環福州城外，皆築壘為備，留賴正孫、謝英、鄧益以眾二萬守福州。和、永忠等奄至。元平章曲出領眾出南門拒戰敗，退入城。參政袁仁密納款，益戰死，正孫、英、曲出等皆遁去。和入，撫輯軍民。」〈太祖本紀〉卷二又云：「洪武元年（1368）春正月……壬辰，胡廷瑞克建寧。庚子，鄧愈為征戍將軍，略南陽以北州郡。湯和克延平，執元平章陳友定，福建平」，此次征戰底定福建。

從明太祖自鳳陽入閩，而成為侯官人，尚有胡上琛的祖先。胡上琛（1616-1646），字席公，一字逢聖。先世鳳陽人，始祖從明太祖起兵有功，世襲福州右衛指揮使，遂為侯官人[16]。也有鳳陽謝家店宋家村宋姓三兄弟玉甫、玉林、玉爾，從太祖軍南征，最後奉命改屯湖南湘潭，開昭山宋氏之始[17]。則學佺先祖隨明軍入閩，定居侯官洪塘，

---

16 見福州倉山區志，http://www.fjsq.gov.cn/showbook.asp?BookType=福建省_縣市地志&BookName=倉山區志&，20131105檢索。

17 見何歌勁：〈鳳陽謝家店宋家村宋氏從明太祖軍落屯湘潭小考〉，http://www.

不早於一三六○年，而在一三六八年左右最為可能。

（三）娶妻：所娶乃龔用卿之孫女

〈行述〉云：「壬辰會試未第歸，始娶鼎元龔女。」方寶川亦云：「歸娶同里狀元龔用卿之女為妻。[18]」按林庭機〈朝列大夫南京國子監祭酒龔公用卿墓志〉：「公諱用卿，字鳴治，別號雲岡，其先由光州入閩遂佔籍焉。……嘉靖壬午（1522）以禮經魁，丙戌（1526）上春官，對策大廷，賜進士及第第一人，授翰林院修撰。……辛丑（1541）擢南京國子監祭酒……尋以病乞歸。……己未（1559）倭夷寇吾福，避居建安者久之，未幾以微疾終，年六十四。[19]」龔用卿（1500-1563），字鳴治，號雲岡，福建懷安人。嘉靖五年（1526）進士第一，即〈行述〉中所稱「鼎元」也。授修撰，累擢南京國子祭酒，以病乞歸，年六十四卒。有《使鮮錄》、《雲岡集》及《詩餘》等[20]。可知龔用卿死於曹學佺出生前十一年。

學佺有〈祭妻弟龔瑤圃文〉，云：「余岳父光祿公有男子八人、女子五人，俱長成而婚嫁……初，王父司成公艱子，而光祿公繼之，有子女如是多也，可以慰司成於九原。[21]」司成掌教育祭酒，即指擔任國子監祭酒的龔用卿；蔭一子，授光祿卿，居北京。學佺所娶乃「光祿公之女」，即「龔用卿之孫女」。

學佺另一篇〈祭妻弟龔克向文〉，云：「余憶初上公車，入長安

---

jianwendi.com 建文帝網，20091108發布。

18 福師本《曹學佺集》（南京市：江蘇古籍出版社，影明末刊本），書首，頁2。

19 焦竑：《國朝獻徵錄》（臺北市：臺灣學生書局，1965年1月，據萬曆44年影刊本），卷74，頁14。

20 《明人傳記資料索引》，頁960、《福建通志》，卷43、潘87。（清）鄭祖庚《福建省侯官縣鄉土志》云：字「明」治。誤，應為「鳴」。

21 〈祭龔瑤圃六舅文〉，《六一集·碑銘》，頁24。

居停岳翁宦邸[22]」，可知萬曆二十年（壬辰，1592）第一次在北京備考，借住光祿公龔燨宦邸。龔燨，字彥升，號念雲，用卿子。以蔭為監生，官光祿寺典簿[23]。娶倪氏，再娶李氏。李氏（1534-1618）生二子，均早死；再生二女，長女嫁太僕寺丞葉省傳，次女（？-1603）即嫁曹學佺。又生老五懋墾，字克廣。倪氏後來也有生育[24]。

龔用卿真正的女婿為林世璧。世璧字天瑞，閩縣林浦鄉人，尚書瀚曾孫，通政司參議炫子。有俊才，為歌詩古文詞，豪宕樗散。性嗜飲，每酣起舞，嗚嗚微吟，則家童儲筆硯以俟，少選奮起，數十紙漓漓立就，倦則復飲。遊山墜崖死，年卅六。著有《彤雲集》等[25]。近人引述曹孟善所撰〈行述〉者，都將學佺妻子的姑媽錯植為學佺妻子。

就以上生卒、籍貫、娶妻三條檢視，有明顯的問題存在，如果能建構〈曹學佺年譜〉，仔細探索相關資料，相信還有許多等待更正的問題。

五　曹學佺著作的搜佚

根據大陸國家圖書館《中國古籍善本書目》查檢相關曹學佺著

22　〈祭龔克向文〉，《石倉三稿》，卷8，頁7。

23　根據陳慶元《曹學佺年譜》手稿本（尚未出版），引述《福州通賢龔氏支譜》中的資料，唯官職應在北京，而非南京。

24　學佺妻姊事蹟見〈葉母龔安人壽序〉，岳母事蹟見〈妻母龔孺人墓誌銘〉、〈奠龔母李氏文〉，《西峯集》，文中頁26、文下頁9，《聽泉閣》，頁18。陳慶元依據《福州通賢龔氏支譜》，云有子七人：懋塾、懋墇、懋修、懋峻、懋坤、懋基、懋墾。懋墇字玉屏，懋修字瑤圖，懋峻字克廣。倪氏所生者未悉為何人？有無庶出？所謂七人，克用不在此列？克廣名為懋墾或懋峻，與岳母墓誌銘中也有出入，待考。

25　〈林世璧傳〉，乾隆《福州府志‧文苑傳》，卷60，頁28。

作共有四十二目之多[26]；日本公藏聯合書目中，有關「曹學佺」相關目錄更多，共有二三七目[27]。在這些目錄中，有同版複本、異版覆刻本、補刊本，也有曹學佺編輯、撰序之書，也有零散的集結本、單本，或者是後人編輯、偽託而成的書籍。未能一一經眼，很難判斷其中異同。目前只能依照前人藏書目錄所載，以及近人著述中論及，來加以整理。

　　曹學佺著作面向甚廣。在經學方面，有《易經通論》十二卷、《周易可說》七卷、《書傳會衷》十卷、《詩經剖疑》二十四卷、《禮記明訓》二十七卷、《春秋闡義》十二卷[28]。史學方面有《大明一統名勝志》二○八卷、《蜀中廣記》一○八卷[29]。至於曹學佺個人的詩文集、坊間為他出版的《選集》，以及歷代詩選的編纂，都值得仔細推敲。以下先就這三個議題做初步考察。

（一）《石倉詩文集》的考索

　　根據《中國古籍善本書目》著錄，大陸現存的曹學佺詩文集，不含選集，有共有十種[30]。拜現代影印發行的便利，重要的刊本有十

---

[26] 中國國家圖書館《中國古籍善本書目》係中國國家圖書館善本特藏部、北京大學數據分析研究中心聯合研製。扣除子目，仍有28條目。網址如下：http://202.96.31.45/dirSearch.do?method=gaoJiQuery&goToPage=5&isSearch=false

[27] 日本所藏中國古籍聯合書目，見 Kanseki Database, http://kanji.zinbun.kyoto-u.ac.jp/kanseki?record=data/FANAIKAKU/tagged/4370037.dat&back=1

[28] 名為《書傳會要》、《書經折衷》、《詩經質疑》、《春秋義略》、《春秋傳刪》，以及號稱總集的《五經困學》、《五經可說》，是否為曹學佺親身編訂，有待日後考索。

[29] 《大明一統名勝志》又稱《輿地名勝志》、《天下名勝志》。尚有拆解全書而單獨發行的各地方《名勝志》；《蜀中廣記》亦有依照蜀中人、事、物類別而出的單集。以上均有待目擊。

[30] 《中國古籍善本書目·集部》（上海市：上海古籍出版社，1998年），卷26〈明別集〉著錄。崔建英輯訂，賈衛民、李曉亞參訂：《明代別集版本志》（北京市：中

二卷本、二十四卷本、福師本、詩稿本四種，已經影印出版；又於
國家圖書館得日本內閣所藏《石倉全集》影印本（以下簡稱「內閣
本」），卷帙最豐，得以相互校讐，以辨全貌。茲將所見五本影刊本
的內容，排列對比如下：

書名 ＼ 版本	內閣本	12卷本	24卷本	福師本	詩稿本
金陵初稿	第1冊	N	N	第1冊	卷1
金陵集卷上甲辰、乙巳	石倉詩稿（標題下包含金陵集三卷）	詩稿卷3	N	第1冊（丙午和丁未有錯頁）	卷2
金陵集卷上中丙午	第2冊	N	N		
金陵集卷中下丁未					
金陵集下丁未					
石倉文稿卷一書序	第3、4冊	文稿卷1	N	N	N
石倉文稿卷二贈序、祭、銘	第5、6冊	文稿卷2	N	第2冊	N
石倉文稿卷三遊記	第7冊	文稿卷3	N	N	N

華書局，2006年7月），頁625-628。僅有兩目不同。崔本後出，缺第二目，福建師
範大學圖書館藏明刊本；第七目明末廿四卷本作十九卷本，不知何故？此兩本已影
印發行，《中國古籍善本書目》所載正確。

版本 書名	內閣本	12卷本	24卷本	福師本	詩稿本
石倉文稿 卷四	第8冊	文稿卷4	N	N	N
石倉文稿 卷五		N	N	N	N
石倉詩稿 夜光堂（近 稿）	第9冊	N	卷19	第1冊	卷26
石倉文稿 夜光堂 （文）		N	卷20	第2冊	N
浮　山 （文）	第10冊	N	N	第2冊	N
淼　軒		N	卷22 （缺p5）	N	N
聽泉閣近稿 戊午、己未	第11冊	N	卷17	N	卷25
石倉文稿 聽泉閣	第12冊	N	卷18	N	N
淼軒詩稿 辛酉	第12冊	N	卷21	N	卷27
林亭詩稿 壬戌		N	N	N	卷28 （無廣寧行）
林亭文稿		N	N	N	N
福廬遊稿		N	N	第1冊	卷24
錢塘看春詩	第13冊	N	N	N	卷10
遊太湖詩		N	N	N	卷11
藤山看梅詩		N	N	N	卷6
續游藤山詩		N	N	N	卷7
潞河集		N	N	N	卷7

書名 ＼ 版本	內閣本	12卷本	24卷本	福師本	詩稿本
游房山詩	第14冊	N	N	N	卷5
浮山堂詩		N	N	第1冊	卷23
芝社集 癸卯	第15冊	詩稿卷7	卷10	N	卷12
武林稿 丙午		N（8.5頁混入詩稿卷3）	卷11	N	卷18
苕上篇 辛丑		詩稿卷6	N	N	卷9
玉華篇 辛丑	第16冊	詩稿卷5	N	N	卷8
天柱篇 癸卯下		詩稿卷8	卷12	N	卷13
春別篇 甲辰		詩稿卷1	N	N	卷14
豫章遊稿	第17冊	詩稿卷2	N	N	卷15
江上篇		詩稿卷4	N	N	卷16
掛劍篇	第18冊	N	N	N	卷3
海色篇		N	N	N	卷4
桂林集（三卷）	第19、20冊	N	N	N	卷29
湘西紀行（詩）	第21、22冊	N	N	N	卷22（與桂林集上卷絕大部分重複）
湘西紀行（日記體）附錄		N	N	N	N
巴草 戊申	第22冊	N	卷13	N	卷19

版本 書名	內閣本	12卷本	24卷本	福師本	詩稿本
蜀草	第22、23冊	N	卷14-16	N	卷20
雪桂軒草（稿）	第23冊	N	N	N	卷21
兩河行稿		N	N	N	N
石倉三稿 西峯集 詩卷上	第24冊	N	卷7	N	卷23
西峯集 詩卷中		N	卷8	N	
西峯集 詩卷下	第25冊	N	卷9	N	
西峯集 文卷上	第26冊	N	N	N	N
西峯集 文卷中	第27冊	N	N	N	N
西峯集 文卷下		N	N	N	N
更生篇	第28冊	N	N	N	卷30
更生篇下		N	N	N	
賜環篇上		N	卷23	N	卷31
賜環篇下	第29冊	N	卷24	N	N
石倉三稿 文卷1-19	第30-37冊	N	N	N	N
石倉四稿 西峰六一艸 詩上	第38冊	N	卷6	N	N
石倉四稿 西峰六一 文卷1-卷4	第39、40冊	N	N	N	N

版本\書名	內閣本	12卷本	24卷本	福師本	詩稿本
六二詩稿全	第41冊	N	N	N	N
西峰六二文卷1-4	第42、43冊	N	N	N	N
石倉四稿六四詩集丁丑	第44冊	N	卷5	N	卷33
石倉四稿西峰六四文	第45冊	N	N	N	N
石倉五稿六三詩草	第46冊	N	卷1	N	N
石倉五稿六三文	第47冊	N	卷2	N	N
石倉五稿六三文	第48冊	N	卷3、4	N	N
西峰六五詩	第49冊	N	N	N	N
西峰六五文類	第50冊	N	N	N	N
石倉五稿用六詩	第51冊	N	N	N	N
石倉五稿西峰用六文稿	第52冊	N	N	N	N
石倉六稿六七集詩	第53冊	N	N	N	N
石倉六稿六七集文	第54冊	N	N	N	N
石倉六稿西峰六八詩	第55冊	N	N	N	N
石倉六稿六八集文	第56冊	N	N	N	N

版本 書名	內閣本	12卷本	24卷本	福師本	詩稿本
石倉六稿 六九詩稿	第57冊	N	N	N	N
石倉六稿 六九集文	第58冊	N	N	N	N
石倉六稿 古希集詩	第59、60冊	N	N	N	N
石倉六稿 古希文部	第61冊	N	N	N	N
古希說部		N	N	N	N
曹能始先生 小品	N	N	N	2卷	N

1 《石倉全集》一〇九卷本（簡稱「內閣本」）

日本內閣文庫所藏《石倉全集》，番號漢17189，共一〇九卷[31]，全書分六十一冊。書高二十六公分，寬十六點五公分，首頁有「五忠理學世家」、「壽齋」二鈐印。書題上的冊數編號，重新調整過。目前臺北國家圖書館漢學中心有影印本，係日本高橋寫真株式會社於西元一九九三年製作，合裝為三十本。在內閣文庫的目錄中，尚有四條卷數不完整的編目，應為零散本。

全書沒有連貫排列的卷數，作品的編排也無法完全依照寫作時間先後，大致是以《石倉詩稿‧金陵集》三卷、《石倉文稿》五卷為開端；其次，收任職南京大理寺前的舊作，都是篇幅短小的詩集，顯

---

[31] 陳慶元曾在內閣文庫中閱讀《石倉全集》，他將「內閣」本的卷篇重新編號，將《金陵集丙午》、《金陵集丁未》視為同卷，又將《游藤山詩》、《續游藤山詩》合為一卷，至於《石倉文稿》卷一、卷二，則各自拆分為兩卷，全部合算為109卷，如此與日人市原亨光所云「一百又九卷」相吻合。〈日本內閣文庫藏本曹學佺《石倉全集》初探〉，《中國古代文學文獻學國際學術研討會論文集》，頁460-479。

然原來的詩集都是隨時、隨事、隨地而刻，最後才被收編一處。其中比較突兀的有二：一是《浮山堂》（1613），插在《房山》（1599）與《芝社》（1603）之間；二是《武林稿》（1606），插在《芝社》（1603）與《苕上》（1601）之間。接下來的詩文稿，已經有按年而排列的特色，卻被先後區分為三稿（58-60歲）、四稿（61、62、64歲）、五稿（63、65、66歲）、六稿（67歲），顯然在刊刻前，試圖做整理的工夫。何以六十三歲之作入五稿，而六十四歲之作入四稿？令人不解，或編輯的意圖未能竟功。最後的《古希集》，為七十歲作品。七十以後的作品，未見刊印。

觀察書版，每半頁九行，每行十八字，白口，是統一的。大部分版心下方有刻工名字簡寫，其中有鄭一、鄭二、鄭西、鄭利、魏憲等人，為福建建寧工匠，或有來自於江西[32]。字體以歐體為主，少數較接近顏體。頁碼有跳頁以及整理的跡象，如《夜光》三十五、三十六頁為同頁，四十、四十一頁為同頁，可能因版頁遺失，或總頁數算錯，而後面的頁碼已刻，不得不兩號做同一頁，以免跳號。但這樣的瑕疵，也可以間接證明刊刻並不仔細。

晚明文人因為頻繁的社交活動，往往將作品隨時隨地刊刻成小詩文集，來分贈文友。爾後將小詩文集蒐集起來，汰選編輯而重刻成全集。因為是自家所刻，刻版保留下來，為了節省刊刻經費，也就因陋就簡，用原來的版式拼合而刷行。也可能是曹學佺還沒有自覺到「整理全集」的時刻，還是按年以零散的小集方是保存作品。內閣文庫所收的這套書，依推測該是個「百衲本」；瞬間發生的國祚鼎移，讓曹

32　李國慶編纂：《明代刊工姓名索引》（上海市：上海古籍出版社，1998年12月），頁91、278、279。瞿冕良編《中國古籍版刻辭典》（濟南市：齊魯書社，1999年2月），頁393、394，列有鄭西、鄭利，江西地區刻字工人，參加過陳于廷本《紀錄彙編》刻工。則部分工人可能是曹學佺從江西請往建寧刻書。

學佺與他的家人失去了統籌刊印全本的機會。

2 《曹大理集》八卷、《石倉文稿》四卷，明萬曆刻本。（簡稱「12卷」本）

中國科學院圖書館藏。框高二百毫米，寬二七三毫米，上海古籍出版社據此版在一九九五年影印，收入《續四庫全書》集部，別集一三六七冊。日本內閣文庫亦存有此目。

題為《曹大理集》八卷，實為詩集，各卷依次為《春別》（甲辰，1604）、《豫章》（1604）、《金陵》（甲辰、乙巳，1604-1605）、《江上》（1605）、《玉華》（辛丑，1601）、《苕上》（1601）、《芝社》（癸卯，1603）、《天柱》（1603）。檢核作品寫作時間與內容，這部詩集試圖依照寫作時間順序排列，所以把《春別》排到前面，在《金陵》中試圖摻入同年寫作的《武林稿》二十四首，多出八點五頁的篇幅。核校《武林稿》有詩六十四首，共十九點五頁，係學佺短期赴杭州、蘇州時的作品。編輯者可能集稿未全，試圖將半卷作品塞入《金陵集》中，但也可能是後半卷作品編輯時尚未寫出。此外，在編輯之際，又發現比《春別》更早完成的《玉華》、《苕上》、《芝社》、《天柱》，尚未排入，因此輯者「按時間順序排列作品」的企圖，又告失敗。至於內閣本等《金陵集》有丙午、丁未（1606-1607）三卷作品，而此本闕如。

題為《石倉文稿》，有四卷，各卷內容依次為書序等三十三篇、碑傳墓誌銘等二十九篇、遊記等十篇、廟宇疏文二十一篇。與內閣本對照，四卷所收文章類型相同，唯篇數各少二十七、二十三、四、十二篇，合計共缺六十六篇。檢查所缺作品，有些是在一六一二年學佺

調任四川右參政之後的作品[33]。第五卷書牘啟文，有二十一篇（含鄧遠游來信1篇），此卷全缺，全部是四川任內對僚屬舊友的書信。可以猜測，文集作四卷本，反而保留了南京為官前後（1601-1605）時期的作品；內閣本則摻入了四川任官時期作品。學佺離開南京之前，可能想要重編原先刊刻的《曹大理集》，雖然不夠理想，卻是他集結舊作而合版的第二次嘗試。

3 《石倉集》二十四卷，明末刻本。（簡稱「24卷」本）

中國社會科學院文學研究所藏書。《四庫全書禁燬書叢刊補編‧集部》第八十冊據此版在二〇〇五年影印出版。書首有莆田周嬰〈六三集小序〉、曹學佺〈自序〉，時崇禎丁丑（1637年）。

首標明「石倉五稿」，分四卷，有目次，依序為《六三詩》、《六三文-序上》、《六三文-序下》、《六三文-記傳碑銘》（1636）。

其次為「石倉四稿」，一卷，只收《六四詩集‧丁丑》（1637），前有目錄，版心作「石倉四稿西峰六四艸詩全」。

第三部分為「西峰集」，前有周嬰壬申（1632年）序，其次是《西峰六一艸》（1634）目錄，正文卷首有學佺小引，版心作「石倉四稿‧西峰六一艸‧詩上」，可知試圖歸入「石倉四稿」，標註「詩上」，卻不見「詩下」，是佚失、未刻，或衍誤？不得而知。

第四部分標題署「石倉三稿」，詩目錄有十四頁，分《西峯集詩》上、中、下三卷（1631-1633）。以下諸卷，卷前沒有目錄，而版面形式皆同於內閣本。分別為《芝社》（1603）、《武林》（1606）、《天柱》（1603）、《巴草》（1608）、《蜀草》三卷（1609）、《聽泉》

---

33 如〈修理成都五龍廟疏文〉：「歲壬子（1612）余再入蜀」，《石倉文稿》，卷4，頁48，內閣本。可知內閣本收入曹學佺離開南京入蜀的作品。

兩卷（1618-1619）、《夜光》兩卷（1621）、《淼軒》兩卷（1621）、
《賜環》兩卷（1630）。

從成書的樣貌來看，也是個拼湊本。何以用莆田周嬰的小序為首
頁？可能是將書中收錄唯一的排版大方的序文，置於卷首，以充場
面。以下排列的順序，稱五稿、四稿、三稿，何以倒行？內文也沒有
嚴格按時間順序排列。三稿之後，又退到早年金陵前期、巴蜀任官時
間，以及早期居家的作品。

可知此書主要收錄學佺五十八歲到六十四歲的著作，屬於中晚年
期詩文，而以《西峰集》為主軸。至於攙入早年其他零散的作品，很
可能是在倉卒之間，以仍然保留舊有的書版混合而編成。

4　《曹大理詩文集》，無卷數，明刻本。（簡稱「福師」本）

福建師範大學圖書館藏。由福建省文史研究館編選，附入翠娛閣
評選《曹能始先生小品》二卷、徐延壽〈祭曹石倉文〉與曹孟善〈曹
石倉行述〉手抄稿，由南京江蘇古籍出版社二〇〇三年五月影印出
版。分上、下兩冊。

上冊為詩集。卷首有南京吏部右侍郎葉向高序文。沒有目次。首
《金陵初稿》，其次《石倉詩稿·金陵集·甲辰、乙巳》，第三《金陵
集·卷中·丙午》，第四《金陵集·卷中·丁未》，第五《金陵集·
丁未下》，第六《浮山堂集》，第七《夜光堂近稿》，最末《福廬遊
稿》，首頁另有葉向高序。詩集版式與刻工名字與內閣本均同，顯然
為同一版本。但丙午、丁未兩卷，版心俱作「金陵集·卷中」，因此
福師本將兩卷的第七至八頁錯置，造成兩處共八頁著述時間的跳脫，
如果引述此文集者，在作品繫年上會有訛誤[34]。

34　以南京江蘇古籍影版的《曹學佺集》，新編頁碼168頁須接221頁，224頁再接回

　　下冊為文集。附錄的《小品》與〈行述〉，顯然是後人外加。而此冊實收有《石倉文稿・卷二・贈序、祭、銘》、《夜光堂文稿》、《浮山稿》。《石倉文稿・卷二》版心挖去卷號，少數頁碼也被被竄改，但字體、版式與每頁刻工名字、字數，連同缺字、版面意外摺線，均與內閣本保存的模樣相同[35]。福師本僅選入《文稿》卷二，而剜去卷號，顯然蓄意做偽，掩飾殘缺其餘四卷的遺憾。卷中尚缺頁九五，為王思仁母親所寫〈書王安人傳後〉的前兩面；卻無端增加了〈淑人翁母壽文〉、〈祭徐鳴卿文〉、〈汪仲嘉傳〉三篇，十一頁二十一面的篇幅，然則此三文又重複出現在後面的《浮山稿》中[36]。校對版式仍同，但版心被剜改，試圖刪除「浮山」字樣，使融入「文稿卷帙」之中。後繼者不察，又將《浮山稿》收入集中，造成重複收編的現象。

　　江蘇古籍以此福師本被剜的版本影印。被「剜版」的木刻片，確實是「原版」，反而保留了「原始狀態」，在《曹學佺全集》校勘工作上，可以提供重要的比照證據。

　　5　《石倉詩稿》三十三卷，清乾隆十九年（1754）曹岱華刻本。

　　北京國家圖書館、北京大學圖書館、南京圖書館均藏有，今依據北京大學圖書館藏書影印出版，收在《四庫全書禁燬書叢刊》集部一四三冊。書前附有原書扉頁書影。總目錄前，有南京吏部右侍郎

　　　　173頁。陳超、李梅的論文，均有因襲而繫年錯誤的現象。建議讀者割截改貼此四頁，否則容易誤讀。

[35]　如《夜光堂》版心廿五、廿六重複兩頁碼，此頁缺四字，內閣本、福師本均同。《文稿》，卷2，頁89，〈別駕管元陽先生雙壽序〉，頁面有紙張油墨摺線，似有前後頁刷版的共同現象。

[36]　〈壽翁母文〉在江蘇古籍版頁701-708、頁811-818重出；〈祭鳴卿〉在頁709-714、頁853-858重出；〈汪仲嘉〉在頁719-724、819-824重出。

葉向高〈曹大理集序〉，還有奉天府府丞提督學政陳治滋此年〈重刻曹石倉先生詩集序〉，並附有《明史‧文苑傳》中的〈曹學佺傳〉。接著有《石倉詩稿》總目錄。此書係依學佺原版覆刻，除了另立新名《石倉詩稿》，改為黑口，加入「曾孫岱華重梓」字樣之外，行數、每行字數、字體，均仿原版型態。全書的排列，仍以《初稿》、《金陵》為首，顯示學佺最早成名作品，其次收及《掛劍》、《海色》等十六本小集子（1596-1606）等早期在北京任官時期、往訪福建家鄉，以及旅遊蘇杭湖嘉之作。以下為四川任官時期的《巴草》、《蜀草》（1608-1609），而後往返宦途、故鄉之間的《雪桂》（1612）、《湘西》、《浮山》（1613）、《福廬》、《聽泉》（1618-1619）、《夜光堂》、《森軒》（1612）、《桂林》（1623-1626）、《更生篇》（1627）、《賜環》（1630）、《西峰》（1631-1633）、《六四》（1637）。從各卷的排序來看，與寫作時間的先後順序來對照，仍有參差。

　　以詩稿而言，這個版本似為整齊，事實上還有四個問題：

1. 缺失《兩河行稿》。

2. 缺失《賜環集》下卷。內閣本中有上、下兩卷，而詩稿本只存上卷。

3. 多刻了《湘西紀行（詩）》。內閣本第二十冊《湘西紀行》上卷，是詩文相雜日記體箚記，抽出其中絕大部分的詩作與廣西任上詩作又合刊為《桂林集》三卷。詩稿本重刻時，曹岱華未察《湘西紀行》的詩作已經重複出現在《桂林集》上卷，內容絕大部分相同，仍然單獨抽出《湘西紀行（詩）》，刻印為一卷。

4. 詩稿本為「避開遼事」而刪削詩作。如《金陵初稿》頁十六，應為〈喜龍君御至自臨洮〉，詩稿挖去，而將此卷最後一首〈別同署〉移入此處。《林亭詩稿》頁六，〈廣寧行〉詩中有「奴酋欲渡河，將士失顏色」句，而遭刪除。

　　從以上各版本的校勘比對，曹學佺早年出版自己的文集，多以「隨時隨地隨事」而刻的小集子為主，攜帶輕便，與詩友酬贈也最經濟便捷。從《西峰集》以後才試圖編輯三稿、四稿、五稿、六稿，以迄古希之稿，實際上都沒有完成「成套」編輯的願想。因為舊稿過於零散，又捨不得重雕新版。十二卷本，嘗試將為官金陵時期的作品重新整理，仍沒有成功。二十四卷本，無金陵時期作品，似乎從學佺五十四歲之後，已經開始整理合集，但因為卷帙過於零亂，難以取捨，最終還是失敗了。乾隆詩稿本三十三卷，是個覆刻本，除加入編者名姓，其餘均按《金陵集》以來原先的字體與版式來刊刻。為了要避免清政府在遼東議題文字上的箝制，僅選擇留存舊有詩作，放棄了文章的重刻，雖然方便讀者閱讀學佺之詩作，卻無法保存全璧。而福師本，雖然得自光緒年間翰林侍讀陳寶琛（1848-1935）的舊藏，刻版也屬於明末舊版，但因為散落在人間，為書商輾轉所得，面目已非，不得已以剜版更動卷次頁碼的方式，來得到出版的機會。

　　而內閣本蒐集詩文一〇九卷，拼合了早期的《曹大理集》、十二卷本、二十四卷本，還有集眾版所缺，如《林亭文稿》、《兩河行稿》等五十一卷。但此書仍然依照舊有書版拼合，還是無法依據寫作時間順序排列，不免瑕疵。如果要得到一本完整中的《曹學佺全集》，應該將詩體、文體各類分出，依照作品繫年重新排列，集子有「附錄文字」的情形，也因該按寫作時間順序重新歸建。如《湘西紀行》卷下附錄，有閩史誌、鹽政、郵政、賦稅、海防、倭患、紅夷、山寇諸文字，應該歸到「條議類」為佳；《更生》卷下，學佺自云收金陵時期舊稿，自然應移入《金陵集》中方是。

（二）兩本曹學佺選集的探討

　　坊間尚可見到有關曹學佺的兩本選集，因為是選集本，所以沒有

列入上節的討論中。從這兩本選集中，可以證明曹學佺作品在當時被讀者與出版商接受的情形。

1 《曹能始先生小品》二卷，收在《翠娛閣評選皇明小品十六家》三十二卷本之中，明陸雲龍編選，參與選評者尚有何偉然、丁允和、梅蕡、陸府治、陶良棟、陳爕明、陳家肇、江之淮、金汝棟等人，崇禎六年（1633）崢霄館刻本[37]。福建師範大學圖書館藏本，其他收藏單位十餘處，但卷帙多半不全。十六家分別為：徐渭、屠隆、袁宏道、湯顯祖、虞淳熙、袁中道、鍾惺、文翔鳳、李維楨、黃汝亨、張鼐、陳仁錫、董其昌、陳繼儒、王思仁、曹學佺。曹學佺為第十六家，從名單上來看，應是那時候的「現代名家文選」。此書，杭州浙江古籍出版社已於一九九六年二月鉛字排印出版，改名為《明人小品十六家》。

此曹學佺小品選集，開端有崇禎壬申年（1632）陸雲龍〈題詞〉。書每半頁九行十九字。版心題為「曹能始集」。全書收有「序、引、記、碑、文、傳、啟、書、疏、墓誌銘、祭、跋」等十二種文體，合計文稿三十八篇[38]。從體式上觀察，應該是提供讀者撰寫「應用文書」的典範。

2 《曹能始詩》六卷，收在《八大家詩選》中，明人夏雲鼎崇禎六年（1633）原輯，清故宮舊藏，現存於臺北故宮[39]。原書僅存二十九卷，分別為《陳仲醇詩》七卷、《曹能始詩》六卷、《譚友夏詩》七卷、《楊龍友詩》五卷、《季叔房詩》四卷。此書載錄時，稱《明

---

37 陸雲龍，號孤憤生，浙江錢塘人，萬曆、崇禎間出版商。翠娛閣、崢霄館均為陸氏堂號。

38 福師本第二冊所收錄文稿，與此選集中《陳道掌日箋序》等13篇重複。本選集僅38篇稿，可見選錄此小品集並非智舉。

39 《國立故宮博物院善本舊籍總目》，下冊，頁1215。可查 http://npmhost.npm.gov.tw/ttscgi

刻本八大家詩選》，或《前八大家詩選》，均為清人所加。核對清康熙二十一年（1682）季正爵刻本，已改名為《前八大家詩選》，前有康熙二十二年倪粲序、崇禎六年夏雲鼎舊序、康熙二十一年季正爵重刻序。此書據遼寧圖書館藏本已影印出版，收在二〇〇〇年北京出版社編纂《四庫禁燬書叢刊》集部第一三八冊之中。所選八家，即為董其昌八卷、陳繼儒七卷、王思任八卷、曹學佺六卷、李明睿七卷、譚元春八卷、楊文驄五卷、季孟蓮八卷，共四十五卷。康熙版以八家之集各作一卷，因此改稱八卷本，曹學佺排於第四位，卷帙改稱卷四之一卷至卷四之六，內容並無變動。

曹學佺詩共收五古七十九首、七古十一首、五律一四四首、七律五十九首、五排二十一首、七絕三十二首，共計三四八首[40]。全書前端尚交代學佺之詩選自：《夜光》、《武林》、《金陵》、《湘西》、《桂林》、《石倉詩稿》、《大理集》、《西園雜詠》等八部。這前七部集子，最晚成稿的是《桂林》，也就是說選家所用文本在天啟六年（1626）之前。至於最後一部的《西園雜詠》，疑似誤植，但也可能是學佺失散之集。

這兩部詩文選集本，前者因福師本的選錄，而為學者所注意；後者為故宮殘本，眉目模糊，雖然康熙年間季正爵重刻本已影印出版，但缺乏「子目」可查，因此尚未引起學者注意。這兩部選集刊刻的時間，均落在崇禎五年、六年之間，曹學佺當時為五十九歲、六十歲，正要進入「石倉六稿」的寫作密集期，可見學佺在當時的聲名與著述，不因去官返鄉悠游山林，而被文壇所忽略。

40　五古目錄有 81 首，內文缺詩作 2 首，實為 79 首；七古目錄有 12 首，其中〈馬市歌為陳道源作〉有目無詩，實為 11 首；五排目錄有 19 首，〈遊疊綵巖〉、〈竺都閫招遊華景洞〉兩篇，有詩無目，實為 21 首。

（三）《石倉十二代詩選》的考索

學佺對詩學傳承的熱情，從《石倉十二代詩選》的編輯可見一斑。這部書的規模，目前還沒有人可說清楚。根據《明史・藝文志》最早的記載，全書八八八卷，分別為：

《古詩》13卷、《唐詩》110卷、《宋詩》107卷、《元詩》50卷、《明詩一集》86卷、《二集》140卷、《三集》100卷、《四集》132卷、《五集》52卷、《六集》100卷[41]。

所謂十二代，係指《古詩》中的漢、魏、晉、宋、齊、梁、陳、隋八個朝代，再加唐、宋、元、明四個朝代，因此名為《十二代詩選》。乾隆三十八年（1773）起編纂的《四庫全書》，僅收錄至《明詩次集》，《三集》之後闕如，得五〇六卷。禮親王昭槤（1776-1833），為努爾哈赤七世孫，曾云：《千頃堂書目》尚收明詩三、四、五、六集，凡三八四卷。而家藏則有一七四三卷，較四庫多出千餘卷。禮親王藏書之中，三至八集，共五八五卷。九集以下，以「冊」區分，無法估算。自云：

九集後不分卷，以冊代卷，其曰三四續、四五續，義例難通，而雕鐫完好，印刷清楚，自是閩中初搨精本，法時帆祭酒頗加賞鑑，以為近世難覓之本。為七集、八集中數卷為王功偉明經攜去，以致遺佚不復得為全豹，殊甚扼腕也[42]。

禮親王所言，該書有「義例難通」之缺失，卻又「雕鐫完好，印刷清楚」，為「閩中初搨精本」，在褒貶之間！清人顧修《彙刻書目》，

---

[41] 《明史・藝文志四》（臺北市：鼎文書局），卷99，頁2498。

[42] （清）昭槤：《嘯亭雜錄》（北京市：中華書局，1980年12月），卷8，頁246-247。

錄有《石倉歷代詩選》一目，收《明詩六集》之前諸書，合七九〇卷[43]。並附按語，云：

> 按《嘯亭雜錄》在禮邸所藏鈔本尚有《明詩七集》100 卷、《八集》101 卷、《九集》11 冊、《十集》4 冊、《續集》10 冊、《再續集》9 冊、《三續集》5 冊、《四續集》4 冊、《五續集》1 冊、《又五續集》3 冊、《六續集》1 冊、《南直集》8 冊、《浙集》8 冊、《閩集》8 冊、《社集》10 冊、《楚集》4 冊、《川集》1 冊、《江西集》1 冊、《陝西集》1 冊、《河南集》1 冊。咸豐辛酉（1861 年）其書散出，曾於都門外文貴書肆借閱一過，乃曹氏底冊也。鈔自眾手，龐雜無緒，今不知轉歸何所？[44]

既云「鈔自眾手，龐雜無緒」，顯然對禮親王所謂的「精撝本」有所質疑；然則顧修真正看見禮親王的本子嗎？這裡頭會不會混入了後人的補輯之作？

一九三〇年慈溪馮貞群在上海圖書館所藏的《石倉十二代詩選》書上題跋，與禮親王書目比對，多出《四續集》四冊、《六續集》四冊，而少去《三四、四五續集》一冊，他還說：「搜羅浩博，明人別集散佚賴此以傳者尚復不少[45]」，肯定了此書編選的價值。抗戰初期，鄭振鐸從徐紹樵、葉銘三等處收集《石倉十二代詩選》[46]，卷帙較為零落，但他指出《浙集》八卷、《閩集》七卷、《社集》二十八

[43] 其中《明詩次集》作 40 卷，少 100 卷，疑手誤；《五集》缺 2 卷。餘與《明史‧藝文志四》，卷 99，頁 2498，所載相同。

[44] （清）顧修撰、朱學勤補輯：《彙刻書目初編》（上海市：千頃堂書局，1919 年 12 月），卷 16，頁 1。

[45] 引述自朱偉東：〈《石倉十二代詩選》全帙探討〉，《文獻季刊》2000 年 7 月，第 3 期，頁 213。

[46] 鄭氏所得《石倉詩選》，現藏於北京國家圖書館。

卷，此三集卷次未刻。他說：

> 八集數冊及《社集》全部，其卷數尚為墨釘，未刻。……明詩
> 初集每卷皆附原籍舊序或傳，次集之下均無之。又一集之中，
> 往往卷數多重複。為例甚不純。當是未加整理之作。[47]

從馮、鄭二氏的觀察與紀錄，明詩選的後半部應該還有許多詩稿在刻字、逗版、試印與裝幀的階段，而非可以發行販售的「成品」。如果再核對《中國古籍善本總目》、《中國叢書綜錄》、《明代版刻綜錄》[48]等書目，存書紀錄不同，分別為一二〇七（存939）、一二五五、一二六三卷。復旦大學古籍所朱偉東先生曾經做通盤的考索，除《九集》十一冊、《十集》四冊以外，「大陸實際存世的確切卷數應比939卷要多一些[49]」，也沒有辦法確定全書卷數。茲將卷數參差的《明詩選》部分，列表如下：

出處 篇目	明史 藝文志	四庫 全書	禮親王	馮貞群	鄭振鐸	善本 書目	叢書 綜錄	朱偉東
初集	86卷	86卷	86卷	86卷	85卷	86卷	86卷	86卷
次集	140卷	140卷	140卷	140卷	129卷	140卷	140卷	140卷
三集	100卷	N	100卷	100卷	23卷	100卷	100卷	100卷
四集	132卷	N	132卷	132卷	130卷	131卷	132卷	132卷
五集	50卷	N	52卷	52卷	28卷	50卷	50卷	52卷

---

[47] 鄭振鐸：《劫中得書記》，收入《西諦書話》（北京市：三聯書店，1983年10月），頁337-338。

[48] 《中國古籍善本總目·集部·總集》（北京市：線裝書局，2005年），頁1726上；上海圖書館編：《中國叢書綜錄》2，第2冊（上海市：上海古籍出版社，1986年2月），頁1543；杜信孚纂輯：《明代版刻綜錄》（揚州市：廣陵古籍刻印社，1983年5月），卷4，頁47下。

[49] 朱偉東：〈《石倉十二代詩選》全帙探討〉，《文獻季刊》2000年7月，第3期，注5，頁219。

出處\篇目	明史藝文志	四庫全書	禮親王	馮貞群	鄭振鐸	善本書目	叢書綜錄	朱偉東
六集	100卷	N	100卷	100卷	86卷	66卷	100卷	100卷
七集	N	N	100卷	100卷	N	22卷	N	100卷
八集	N	N	101卷	101卷	59卷	13卷	N	101卷
九集	N	N	11冊	11冊	N	N	N	11冊
十集	N	N	4冊	4冊	N	N	N	4冊
續集	N	N	10冊	10冊	45卷	N	51卷	51卷
再續集	N	N	9冊	9冊	N	4卷	34卷	34卷
三續集	N	N	5冊	5冊	N	15卷	13卷	13卷
四續集	N	N		4冊	N	N	9卷	9卷
三四、四五續集	N	N	1冊	N	N	N	N	N
五續集	N	N	3冊	3冊	N	N	6卷	6卷
續五集	N	N	N	N	N	1卷	4卷	4卷
五六續集	N	N	1冊	1冊	N	N	N	N
六續集	N	N	N	4冊	N	N	2卷	2卷
閨秀集	N	N	N	N	N	1卷	1卷	1卷
社集	N	N	10冊	10冊	28卷	13卷	28卷	29卷
南直集	N	N	8冊	8冊	N	N	35卷	35卷
浙集	N	N	8冊	8冊	8卷	N	50卷	50卷
福建集	N	N	8冊	8冊	7卷	1卷	96卷	96卷
楚集	N	N	4冊	4冊	N	1卷	19卷	19卷
四川集	N	N	1冊	1冊	N	N	5卷	5卷
江西集	N	N	1冊	1冊	N	N	5卷	5卷
江右集	N	N	1冊	N	N	N	5卷	5卷
陝西集	N	N	1冊	1冊	N	N	3卷	3卷
河南集	N	N	1冊	1冊	N	N	1卷	1卷

　　由於《明版刻綜錄》與《中國叢書綜目》卷次只有微差，不另列出。觀察此表，《八集》以前並無疑義，《九集》、《十集》尚未分卷，所以稱「冊數」。《續集》至《六續》，應為增補各集之用；而《三四、四五續集》、《五六續集》、《續五集》，是三個難以理解的命名方式。以下為地域選集，分別為《南直》、《浙集》、《福建》、《楚集》、《四川》、《江西》、《陝西》、《河南》八個地區，《禮親》、《叢書》、《明版》三書目以及朱偉東擬定「足本的群目」，多《江右》五卷。《江右》、《江西》各有五卷，京都大學藏本將這十卷作品混合編為兩冊的《江西集》。

　　最後，還有以詩社社群的《社集》二十八卷，以性別社群的《閨秀》一卷，需要辨正。詩社社員可能橫跨各省藩籬的聚合，但詩人專集也可以歸入籍貫之中；如果此「社」係指曹學佺的南京、杭州、福建的詩社活動，也可以將作家作品分別選入《南直》、《浙集》、《福建》之中，難道是合輯之作嗎？體例不馴，可能是書商取得學佺家中藏稿，刓圖雕版之故。而朱偉東文中多加《社集》一卷，係鄭振鐸經眼的《陳鴻集》。另外北京圖書館另收有十一卷，為京都大學藏本所無。

　　至於《閨秀》一卷，朱偉東以《福建集》第十五、十六卷題有「石倉十二代詩選閩閨秀集」，則孤單的此卷，「也許可窺知」係在《福建》九十六卷之中。這個推斷有些大膽[50]。

　　王重民《中國善本書目》中記載，曹學佺選《古詩》、《唐詩》，有崇禎四年（1631）自序；選《宋詩》、《元詩》、《明詩》，有崇禎三年（1630）自序[51]。可知此書開始編纂的時間點，但何以至亡國殉

50　朱偉東：〈《石倉十二代詩選》全帙探討〉，《文獻季刊》2000年7月，第3期，頁219。

51　王重民：《中國善本書目》（臺北市：明文書局，1984年12月），集部・總集類，頁440右。

身有十五年的時間，曹學佺並沒有增加任何序跋、註記，而放任書商
自由加刻，造成續集以後的卷帙大為混亂？

　　儘管這套選集的卷帙如此凌亂，仍然是龐大的修書工作。晚明文
人對於各代詩選的編刻與閱讀，有如此強烈的嗜好。而詩人人數之
多，著述之富，也是歷代所罕見。真所謂到達了「文學大眾化，大眾
文學化」的地步！如果能仔細檢閱此書，相信能夠提供自古來詩作版
本校讐的機會，可以探討明代刻書以及詩學發展的盛況，也可以間接
理解中國詩學的源流與傳承的意義！

六　結論

　　近年來，海峽兩岸開始注意曹學佺的研究，舉凡生平事蹟、思想
主張、著述與影響，均有專文探討。內蒙古師範大學李金秋、復旦大
學朱偉東、浙江大學李梅、福建師範大學李偉和陳超、暨南大學王士
昌、北京大學孫文秀等七人，在二○○四至二○一一年之間，分別以
曹學佺相關的題目，完成碩、博士論文。國內二○○四年也有淡江大
學碩士郭章裕討論《明代「文心雕龍」學研究》時，涉及曹學佺評注
的討論。而福師師範大學方寶川、陳慶元兩位教授更是曹學佺研究的
先鋒，有很好的成績。

　　由於曹學佺詩文集尚未有「全集」出版，相關的晚明閩中文人詩
文集藏於各地圖書館，也未能一一被發現，對於研究者較不利便。幸
虧近年來《續修四庫》與《存目》、《禁燬》等叢刊的影印出版，加
上國圖所藏內閣文庫的影印本，以及極為方便的電子檢索系統，讓
曹學佺研究變得容易而可行。而曹學佺相關友人的文集，如《徐熥
集》、《謝肇淛集》、《筆精》等等，均由福建省文史研究會收入「福
建叢書」，陸續出版中。唯一遺憾的，《石倉歷代詩選》一直沒有完

整的整理，否則對明代詩學與作家作品的理解，必然有很大的幫助。

目前有關曹學佺生平論述，多半強調晚明的政治社會背景，或觸及學佺性格的耿介、官場職務的成就，以及人事之間的讒毀、傾軋。如果能夠詳讀其文集，相信可以發現作為文人的胸襟，以及令人欣羨詩酒相酬、吟風賞月、藏書、讀書、刻書的愜意生活。優渥閑散的南京生活環境，正可以啟發詩人，並成為萬曆以後南京詩壇最後的主事者。而這些詩文酬酢，卻可以勾勒出晚明豐富的文人交誼與寫作活動，復古派、吳中詩派、公安派、竟陵派、閩中派的詩人可以並駕齊驅於文壇，並不如目前文學史所論，有水火不相容之態勢。

在文化論述為主流的時刻，學者關注晚明各階層人士的生活動態，其實可以將注意的焦點移往詩文創作的流行現象，發掘這些可以「彰顯文學意義」的活動。相信為曹學佺重建生平傳記，證實曹學佺主盟於晚明詩壇的情形，也可以增富晚明文學史的論述。

有關曹學佺思想主張的研究，集中在「儒藏」編纂的呼籲。廿一世紀初北大、川大開始競爭，川大首先成立「儒藏網」。二○○六年四月，北大主盟編纂委員會，第一次全體舉行會議，邀請季羨林為名譽總編纂，湯一介、龐樸、孫欽善、安平秋先生為總編纂。此年，北京大學分別與日本東方學會、二松學舍大學、韓國成均館、成均館大學、越南河內國家大學協商合作編纂《儒藏》的「域外文獻」[52]。二○○八年八月，北京大學儒藏編纂中心已經選出經部一八七種、史部五十四種、子部八十三種、集部一二七種，以及出土文物十種，合計四五一種（含存目15種）。還定期出版《儒藏通訊》，並建構網頁[53]。儘管《儒藏》的編選有正反意見，但不能否認的，清乾隆間周永年

---

[52] 胡仲平：〈儒藏工程大事記〉，光明日報，2009年08月31日。另見光明網http://www.gmw.cn/content/2009-08/31/content_972236.htm

[53] 北京大學儒藏編纂中心網址：http://www.ruzang.com/ft_default.asp

（1730-1791）承接學佺主張，因此引發了《四庫全書》的編輯，頗能見功[54]。

　　除此之外，學佺對詩學的主張，推崇初唐詩，事實上對當時代盛唐格律詩文體流於形式與空洞化，做了深切的反省。我個人以為，歷經宋元四百多年，語言的使用已經有很大的變化，要能敏銳的掌握韻腳、平仄，追蹤唐律，傳承唐詩，以使用河洛語的閩南人習於四聲平仄者最為優勢。復古派係「模擬古人神氣」，漸為絕學；而「格調」模擬之說，漸漸成無法理解的虛應的「格式」，終為講求自抒胸臆的「性靈」所奪。「性靈」理論一出，神氣、章法、音韻的揣摩，都成了昨日黃花；才情、性情、靈性的展現，在世俗的喧擾中，也都成了壁上之花。禮失求諸野，當然只有從武夷山屏蔽，仍保有「唐律傳承」的閩人來探求了。此所以曹學佺研究，也可以帶出區域文學的探討，相信都值得深思追索。

　　──本文在 2009 年 11 月南華大學「明代文學與思想國際學術研討會」發表，有關〈曹學佺生平著作考〉部分，另在 2010 年 7 月天津南開大學「中國文學思想史國際學術研討會」發表，文稿修訂後，改為今名，刊在南華大學《文學新鑰》第 10 期，頁 69-104；2013 年 11 月再修訂。

54　盧芳玉〈善本掌故：周永年與《四庫全書》的撰修〉，《人民日報・海外版》，2008 年 12 月 3 日，轉引自平和書院 http://www.pinghesy.com/data/2009/0109/article_4523. htm，2009 年 1 月 9 日。

萬曆年間曹學佺在金陵詩社的
活動與意義

一 前言

　　自明太祖洪武開國以來，定都南京；而勳臣羅列、文人薈萃，如
劉基、宋濂、高啟等人，大抵以江浙人士為多，自然成為操持文柄的
核心人物。儘管明成祖朱棣於永樂十八年（1420）遷都北京，仍將南
京作為留都，中央機構保持不變，僅官員人數稍減，而國子監和科道
官員齊備[1]。政治上的運作以北京機構為主，南京留下來的官員職位，
除了分擔南方部分業務，也有調節人事之作用。南京六部尚書與都御
史的官職，成為朝廷官員升遷降謫的「旋轉門」。《明史・七卿年表》
中甚至沒有將南京官員列表交代[2]。由於職位清閒，又遠離政治中心，
來到南京任官的大小官員，保有詩文吟詠酬唱的雅興[3]。此所以錢謙益

1　陳美林：〈明代南京學術人物傳序〉，沈新林主編：《明代南京學術人物傳》（南京
　　市：南京大學出版社，2004年3月），頁5。又黃開華：〈明政制上並設南京部院之
　　特色〉，指出：從人事異動情形，證明中央權力在北不在南。統計六部七卿之常設
　　人員，北京378人，南京159人。最大差異在南京不設左侍郎、左都御史。見黃開
　　華：《明史論集》（香港九龍：誠明出版社，1972年2月），頁1-52。
2　黃開華編有：〈明南京七卿年表〉，收入《明史論集》，頁54-210。可補《明史・七
　　卿年表》之不足。
3　學佺作〈後湖看荷花共用水香二韻有序〉，序云：「余量移江南，虛銜註秩，職事
　　既無，時日多暇，三法曹在太平門外，不免束帶趨府。古木陰堤，明湖浮蝶。維
　　時涼秋入郊，絺綌自爽。金聲遞奏。川壑注而宮商調，雲霞起而文章爛。……」
　　（《金陵初稿》，頁11）可知因禍得福，反而有了吟詩作文的雅興。

在《列朝詩集小傳》中，稱頌「海內承平，陪京佳麗，仕宦者誇為仙都，游譚者指為樂土[4]」的原因。

二 萬曆以前的金陵詩社盛況

（一）早期的金陵詩社

　　除了洪武年間開國勳臣在南京詩壇升坫歌賦之外，事實上不受太祖之詔隱居市井詩酒書畫自娛的陳遇（1313-1384），反而是金陵文人的代表。永樂年間官至都察院右副都御史的丁瑄（1382-1448）、翰林侍讀學士張益（1395-1449），都屬於金陵名人。稍後，正統、景泰、天順之間，亦有倪謙（1415-1479）、陶元素[5]、金潤（1405-1493）、童軒（1425-1498）、倪岳（1444-1501），也有處士賀確、金琮歌詠其間。

　　到了成化、弘治之間，有戶科都給事中魯昂[6]以諫言而左遷，拂衣歸金陵；南京戶部尚書吳文度（1441-1510），原係福建晉江人，隨父定居於此。都察院副都御史陳鎬（？-1511），浙江會稽人，撰有《金陵人物志》，亦遷居於此；廣西按察僉事邵清（1467-1546），則以忤劉瑾而返金陵[7]。這些官員性情磊落，建功樹名，也淹蓋了詩文傳

4　錢謙益：《列朝詩集小傳》（臺北市：世界書局，1961年），丁集上「金陵社集諸詩人」，頁462。

5　本文儘可能考查並注出明代重要作家生卒年，一時無法查出的，無法標明，待日後再行補充。

6　魯昂，應天府江寧人，成化廿三年（1487）進士。見《明清進士題名碑錄》。

7　以上人物俱見顧起元：〈金陵名賢六十詠〉，《嬾真草堂集》（臺北市：文海出版社，1970年影明刊本）。本文依據國家圖書館（前中央圖書館）所編《明人傳記資料索引》、（清）潘介社纂輯：《明詩人小傳稿》（臺北市：國家圖書館，1976年）考訂。

世之音。然而，能突破時空限制，組成詩社，應從顧璘、王韋開始。
錢謙益《列朝詩集小傳》說：

> 弘正之間，顧華玉、王欽佩，以文章立壇；陳大聲、徐子仁，
> 以詞曲擅場。
> 江山妍淑，士女清華，才俊翕集，風流弘長。嘉靖中年，朱子
> 价、何元朗為寓公；金在衡、盛仲交為地主；皇甫子循、黃淳
> 父之流為旅人；相與授簡分題，徵歌選勝。秦淮一曲，煙水競
> 相風華；桃葉諸姬，梅柳茲其妍翠。此金陵之初盛也[8]。

顧璘（1476-1545），字華玉，長洲人，寓居上元。弘治九年
（1496）進士，授廣平知縣，累官至南京刑部尚書。有詩名。王韋，
字欽佩，上元人。弘治十八年（1505）進士，選庶吉士，授南京吏部
主事，擢河南提學副使，加太僕少卿致仕。除了他們兩人之外，還有
同里陳沂，號稱「金陵三俊」。陳沂（1469-1538），字魯南。正德十
二年（1517）始成進士。由庶吉士歷編修、侍講，亦以太僕卿致仕。
再加上寶應朱應登（1477-1526），弘治十二年（1499）進士，歷至雲
南布政司右參政，合稱「四大家」[9]。至於陳大聲，本名陳鐸（約1488-
1521），下邳人，家居金陵。正德間以世襲官指揮。工於詩詞、繪
畫，又精通音律，善彈琵琶，時稱「樂王」[10]。徐子仁，即徐霖（1462-
1538），吳縣人，徙居金陵。善詩畫，通音律[11]。一時之間，金陵地區
詩文酬酢、笙歌不歇，始於顧璘[12]。

8　錢謙益：《列朝詩集小傳》，丁集上，頁462。

9　張廷玉：《明史・文苑傳二》（臺北市：鼎文書局，1980年1月），卷286，頁7355。

10　黃姿榕：〈明代散曲家陳鐸之概述〉，《中正學報》第九期，頁115。

11　古董收藏網徐霖專題，http://special.antique.artxun.com/23059/baike/，2013年6月。

12　何宗美：《明末清初文人結社研究續編》（北京市：中華書局，2006年），頁141。

　　嘉靖中葉，則有朱曰藩、何良俊、金鑾、盛時泰、皇甫汸、黃姬水、陳鶴、張獻翼等人集會結社。朱曰藩（1501-1561），字子价，寶應人，嘉靖二十三年（1544）進士，授烏程縣令，陞南京刑部主事、改兵部，再改禮部，歷員外郎中，出為九江知府。著有《山帶閣集》。何良俊（1506-1573），字元朗，松江華亭人，嘉靖中貢生。授南京翰林院孔目。退職後，仍卜居金陵十年以遊，好金石、古文、書畫、詞曲[13]，卒年七十。金鑾（1494-1587），字在衡，隴西人，僑居金陵，散曲家，著有《徙倚軒稿》。盛時泰（1529-1578），字仲交，號雲浦，上元人，早有詩名。萬曆元年（1573）始成貢生，著《大城山堂集》。皇甫汸（1497-1582），字子循，長洲人，嘉靖八年（1529）進士，授工部主事，歷員外郎、南京吏部郎中等職，遷大名通判，官至雲南按察僉事。著有《司勛集》、《慶歷集》。與沖、淳、濂三兄弟，合稱吳中「四甫」，均有詩文名。黃姬水（1509-1574），字淳父，吳縣人，詩人省曾之子。工詩畫，著《白下集》等作。

　　根據錢謙益的記載，嘉靖三十七、八年（1558-1559）之間，朱曰藩任職南京時，皇甫汸在吏部，何良俊在南京翰林院，布衣詩人金鑾、金大輿、黃姬水、盛時泰等人參與詩社之外，尚有詩書畫、雜劇兼擅僑居於金陵的陳鶴、張獻翼參與[14]。陳鶴（1516-1560），字九皋，浙江山陰人。張獻翼（？-1604），字幼于，長洲人，鳳翼、燕翼之弟。可知嘉靖年間金陵地區由朝廷基層官員發起，結合地方耆老、英碩，以及僑居於此的詩人、書畫家、戲曲家等雅會，成為風尚。

13　何宗美：《明末清初文人結社研究續編》，頁141。
14　以上諸人小傳見錢謙益：《列朝詩集小傳》（上海市：上海古籍出版社，1983年10月），丁集上，頁450-459。

（二）萬曆初期的金陵詩社

到了隆慶、萬曆之間，安南國王後裔定居於上元的陳芹，自湖南寧鄉知縣解任之後，得到金鑾、盛時泰的鼓吹，復修清溪詩社。根據朱孟震《停雲小志》記載了兩次社集盛況，參加的人員有：

> 歲辛未，費參軍懋謙約余為詩會其上，於是地主則（陳）明府（芹），次則唐太學資賢、姚典客涮、胡民部世祥、華廣文復初、鍾參軍倬、黃參軍喬棟、周山人才甫、盛貢士時泰、任參軍夢榛，先後游而未入會者則張太學獻翼、金山人鑾、黃山人孔昭、梅文學鼎祚、莫山人公選、王山人寅、黃進士雲龍、夏山人日瑚、紀亳州振東、陳將軍經翰、汪山人顯節、汪文學貫道、道會、沈太史懋學、程文學應魁、周文學時復。癸酉復為續會，則吳文學子玉、魏廣文學禮、莫貢士是龍、邵太學應魁、張文學文柱，每月為集，遇景命題，即席分韵，同心投分，樂志忘形，間事校評，期臻雅道。前會錄詩若干刻之，命曰青溪社稿。許石城先生敘其首。續會錄詩若干，吳瑞谷敘之。……後方民部沅、葉山人之芳入焉[15]……

辛未、癸酉，即為隆慶五年（1571）、萬曆初年（1573）。以朱孟震的紀錄可知，兩次的詩社活動以費懋謙、陳芹與他三人為核心。費懋謙字民益，江西鉛山人。祖父寀（1483-1548），禮部尚書致仕，懋謙得以蔭入為南京都察院經歷。好作詩畫[16]。朱孟震（1529-1593），字秉器，江西新淦人。隆慶二年（1568）進士，授受南京刑部主事，

---

[15] 《朱秉器全集等四種》，收入《河上楮談》（北京市：書目文獻出版社，影萬曆年間刻本），卷3。

[16] 同治《鉛山縣志》（臺北市：成文出版社，1989年據同治12年刻本影印），卷16。

因此來到此地。後出為重慶知府[17]。最初的社員尚有九人：戶部主事胡世祥、鴻臚寺典客姚淛、縣學教官華復初、太學生唐資賢、貢士盛時泰，山人周才甫六人，再加上費懋謙的參軍同袍任夢榛、鍾倬、黃喬棟等三人。可以知道費懋謙對早期詩社活動具有號召力。

初期參加活動稍後入社的人員，計有十六人：前亳州知州紀振東、都指揮陳經翰、太學生黃雲龍（萬曆二年進士）、太學生張獻翼、舉人沈懋學[18]，另有官府幕僚人員梅鼎祚、汪貫道、汪道會、程應魁、周時復，山人金鑾、黃孔昭、莫公選、王寅、汪顯節、夏曰瑚。

萬曆初年的活動，有新成員加入。幕僚吳玉子、張文柱、教官魏學禮、貢士莫是龍、太學生邵應魁等五人加入。晚期又有前南京尚寶卿許穀、出版家吳瑞穀、戶部主事方沆，山人葉之芳叅與詩社。

就所知的三十七名社員觀察，現職官員三人，離休官員三人，軍職五人，文職八人，教職二人，備試學生（含太學生、舉人、貢士）七人，山人九人。可見地方基層官員、文武僚屬、國子監生，以及山人，是詩社組構的主要成員。

三　曹學佺參與金陵詩社活動的考查

曹學佺在萬曆二十七年（1599）己亥，於戶部主事任內中察典，調為南京添注大理左寺正[19]。來自福建侯官縣年僅廿六歲的年輕人，

---

[17] 同治《新淦縣志》（臺北市：成文出版社，1989年據同治12年活字版影印），卷8。

[18] 沈懋學（1539-1582）字君典，號少林，又號白雲山樵，直隸宣城人。隆慶元年（1567）舉人，萬曆五年（1577）進士第一，授太史。以張居正奪情之事爭，又與工部尚書李幼滋爭，引疾歸（光緒《宣城縣志》，卷13；《明人傳記資料索引》，頁178）。參加社集時，身分為舉人。

[19] 曹孟善〈明殉節榮祿大夫太子太保禮部尚書雁澤先府君行述〉（以下簡稱「行述」）云：「戊戌新建張公被逐歸，跰䟭走出通灣一物不備，門人故吏莫敢往視。宮保公

優遊於南京前後長達十年，也為金陵詩壇帶來新的氣象。

（一）曹學佺初入南京的交誼考述

曹學佺（1575-1646），生於萬曆二年（1574）閏十二月十五日[20]。十八歲時通過縣試，成為府學生；同年道試、郡試，均獲榜首，被稱為小三元[21]。秋天又中舉人，赴京參加進士科考，借住同鄉龔光祿官邸中。雖然沒有考上，卻讓他贏得光祿公的喜愛，將女兒嫁給他[22]。萬曆廿三年（1595）曹學佺以二甲第五十名登科。四年後，曹學佺左遷南京任上。官邸在雞籠山南麓，與國子監生宿舍相連。而辦公的大理寺則座落城北太平門外[23]，鍾山之西北，玄武湖之畔。距離住家約兩公里之遙。由於大理寺轄錢、穀、法律之查核，以及若干重大刑案，較刑部業務清閒許多，因此與同僚陳邦瞻、陳宗愈詩文唱和甚多[24]。陳邦瞻（1557-1623），字德遠，江西高安人。萬曆廿六年（1598）進士，授南京大理評事[25]。陳宗愈，字省堂，又字抑之，廣東

適為倉曹，追送舟次，為備輿馬糗糧甚悉。……未幾，臺省以銜公不已，遷怒于宮保公，指摘丁酉（1957）科分考所取場卷危險怪不經，調南京添注大理寺左寺正。」（見《曹學佺集》下冊附錄，南京市：江蘇古籍出版社，2003年5月。）

[20] 換算西曆，則為1575年1月26日。

[21] 見《石倉全集·聽泉集》，頁42，日本內閣文庫本藏明刊本。

[22] 〈行述〉云：「壬辰會試未第歸，始娶鼎元龔女。」誤，應為龔用卿（1500-1563）之孫女。〈祭妻弟龔瑤圃文〉，云：「余岳父光祿公有男子八人、女子五人，俱長成……初，王父司成公（用卿）羈子，而光祿公繼之，有子女如是多也，可以慰司成於九原。」《六一集·碑銘》，頁24。

[23] 刑部、大理寺，均須拘提人犯，審訊案情，故不設於皇城之內，而設於城北太平門外。從地圖上觀察，仍在南京故宮的中軸線北端。

[24] 〈陳大理集序〉云：「己亥歲，予左遷南大理，棘下有二君子稱詩。其一為高安陳德遠，一則新會陳抑之也。……南棘在玄武湖之左而鍾山之陰也，余與抑之、德遠二三君子，日夕稱詩者。」《石倉文集》，卷1，頁63。

[25] 《明史》卷242，頁1。又〈陳大理集序〉云：「己亥歲，予左遷南大理，棘下有二君子稱詩。其一為高安陳德遠，一則新會陳抑之也。……南棘在玄武湖之左而鍾山

新會人。萬曆十七年（1589）進士，歷官南京大理寺，後至廣西左江道按察司副使[26]。

與其他部門的官員來往，尚有龍膺、茅國縉、祝世祿。龍膺（1560-1622），初字君善，改字君御，湖廣武陵人，是兵部左侍郎汪道昆的女婿。萬曆八年（1580）進士，除徽州推官，謫遷南京戶部郎中。出為山西僉事，轉為甘肅參政，改南京太常寺卿。學佺有詩〈喜龍君御至自臨洮〉、〈歲暮集龍君御諸子邸中，因送汪仲嘉得何字〉、〈送龍君御還武陵〉[27]，可知龍膺此時正從甘肅之職調入南京。

茅國縉（1555-1607），字薦卿，號二岑，浙江歸安人，坤仲子。萬曆十一年（1583）進士，歷南京兵部主事、工部郎中。學佺有詩〈茅薦卿招集秦淮水閣〉[28]。其弟茅維（1575-1645或1652），字孝若。學佺曾在北京相識，有詩〈答茅孝若二首〉、〈初得孝若書有過別秣陵之約既聞其徑趨真州買舟北上率成絕句送之〉[29]。

祝世祿（1539-1610），字延之，號無功，江西德興人。萬曆十七年（1589）進士，授休寧知縣，廿三年（1595）改南科給事中，陞尚寶司卿。學佺有〈三月晦日祝無功招集雨花臺以病不赴〉詩[30]。

之陰也，余與抑之、德遠二三君子，日夕稱詩者。」《石倉文集》，卷1，頁63。

[26] 萬曆《新會縣志》：陳宗愈，明萬曆十七年（1589）己丑焦竑榜進士，曾任福建南靖縣知縣，有政聲。官至廣西左江道副使。《南靖縣志》有傳。

[27] 《金陵初稿》，頁16、17、28。

[28] 《湖州府志》，卷72，頁1373；潘介祉：《明詩人小傳稿》（臺北市：國家圖書館，1986年），頁133。詩見《金陵初稿》，頁13。

[29] 茅維，明萬曆四十四年（1617）舉人。能詩，工雜劇，與同郡臧懋循、吳稼澄、吳夢暘並稱「吳興四子」。有《十賚堂》。見《明史》卷287〈茅坤傳〉附。生卒年考定，見北京師範大學王瑜瑜：〈晚明戲曲作家茅維生平考辨二題〉，《瀋陽大學學報》2009年第1期，頁64-68。詩見《金陵初稿》，頁20。

[30] 〈給事祝無功先生世祿〉，《明儒學案》（北京市：中華書局，2008年），《泰州學案四》，卷35，頁4848。

　　同年友范允臨途經南京，學佺熱情接待。范允臨（1558-1641），字長倩，吳縣人，籍在松江華亭，仲淹後裔。萬曆廿三年（1595）進士，除兵部主事，改工部，歷郎中。以按察僉事提學雲南。遷福建布政使參議。書法與董其昌齊名。學佺有〈端陽莫愁湖送范長倩北上〉、〈送范長倩之蕪關〉二詩送行[31]。稍後幾年，也是重要的詩社社員。

　　萬曆廿八年（1600）元旦，曹學佺鍾山謁陵之後，邀友沈野、柳應芳、胡潛、善權上人等人春遊攝山棲霞寺、靈谷寺、雞鳴寺、清涼寺、天界寺、燕子磯、牛首山等地。沈野（？-1607），字從先，直隸吳縣人。應邀來金陵，讓學佺喜出望外。有詩〈與沈從先到雞鳴寺〉、〈新燕答沈從先作〉、〈天界寺看玉蘭喜沈從先至〉、〈從先不善飲強為索酒每以不飲嘲予予轉嘲之〉；徐𤊹（1561-1599）的卒耗[32]傳來，〈與從先夜坐遂傷惟和〉[33]。柳應芳（1549-1614），字陳父，安徽宣城人，僑居金陵。喜作詩，每出行吟，俯首沉思，觸人肩面不自覺。個性內向，寡交誼。只與曹學佺、林古度少數人來往[34]。胡潛，字仲脩，安徽歙縣人。僑居杭州，偶爾來往金陵等地。善詼諧，喜交遊。學佺另有〈送胡仲脩〉詩[35]。善權上人，生平未詳。

　　此時，在金陵詩文戲曲活動中有個靈魂人物是臧懋循。臧懋循（1550-1620），字晉叔，號顧諸山人，浙江長興人。萬曆八年（1580）

---

[31] 潘介祉：《明詩人小傳稿》，頁140。詩見《金陵初稿》，頁15、23。

[32] 徐𤊹字惟和，福建閩縣人，燉兄。萬曆十六年（1588）舉人。與其弟燉在福州鼇峰坊建紅雨樓、綠玉齋、南損樓等藏書樓。著有《慢亭集》等。見陳慶元：〈徐𤊹與慢亭集〉，《徐𤊹集》（揚州市：廣陵書社，2005年），序文，頁1-36。

[33] 《金陵初稿》，頁3、6、13、25、27。〈祭沈母文〉：「余不佞丁酉（1597）歲訪從先于廬之其貧……庚子（1600）赴余約之金陵……是年與予入閩遊武夷諸山水……」《石倉文集》，卷2，頁58。

[34] 陳田：《明詩紀事》，庚集卷26；潘介祉：《明詩人小傳稿》，頁15。

[35] 《金陵初稿》，頁7。

進士，次年出任荊州府學教授。萬曆十年（1582），為應天府鄉試同
考官，調任湖廣夷陵知縣。十一年（1583）任命為南京國子監博士。
兩年之後因案罷官，也就定居在鍾山西麓，地近曹學佺的官署。他與
同郡茅維、吳稼澄、吳夢暘並稱「吳興四子」。出版過《元曲選》。
曹學佺隨同友人去拜訪臧懋循的希林閣。有詩〈集臧晉叔希林閣寓目
鍾山〉[36]。

　　三月，曹學佺招梅守箕、柳應芳、臧懋循、陳仲溱、魏實秀、陳
延之、王嗣經、汪宗姬、僧孤松、梅蕃祚、顧大猷等人宴集雞鳴山，
眺玄武湖，撰詩甚夥[37]。

　　梅守箕，字季豹，安徽宣城人，縣諸生。鼎祚之從父。與程可
中、何白、潘之恒結社，有《梅季豹居諸集》。學佺有詩〈梅季豹約
過齋中及至已頹然矣悲憤填胸刺時感事聊作數言慰勞良苦〉。過世
的時候，也為他寫墓誌銘[38]。他的姪梅蕃祚，字子馬，以上舍人官寧
鄉主簿，遷滋陽縣丞。著有《涉江草》、《玉程草》，也參加詩社的
活動[39]。

　　陳仲溱（1555-？），字惟秦，學佺侯官同鄉詩人，有《陳仲溱
詩集》[40]。魏實秀，字穎超，湖廣京山人，李維禎的妹夫。增廣生，後
入太學，留在南京當幕僚。書法二王，與董其昌、陳繼儒、趙宧光

36　潘介祉：《明詩人小傳稿》，頁130；《金陵初稿》，頁7。
37　曹學佺有詩〈金陵覽古〉10首、〈僦居雜述〉20首、〈集雞籠山望玄武湖〉、〈重集
　　雞籠山賦得臺城懷古〉，《金陵初稿》，頁7-11；梅守箕亦有詩〈曹能始招集雞鳴山
　　同柳陳父臧晉叔陳惟秦魏穎超陳延之王曰常汪肇部僧孤松子馬顧所建〉，《居諸二
　　集》，卷3。〈劉元定雨中攜具雨花臺下招飲前同曹能始後同臧晉叔諸君俱以雨阻不
　　至〉，《居諸二集》，卷6。
38　潘介祉：《明詩人小傳稿》，頁154；詩在《金陵初稿》，頁15；墓誌銘在《石倉文
　　集》，卷2，頁46。
39　潘介祉：《明詩人小傳稿》，頁155。
40　潘介祉：《明詩人小傳稿》，頁250。

等名家並馳。著有《漱石軒詩集》。學佺另有〈集魏穎超少府十破齋賦得琴〉，離開金陵前有〈別魏少府穎超〉[41]。王嗣經，字曰常，江西上饒人。故姓璩。身魁梧，多笑言，吟詩不輟。面圓而紫色，人戲呼為蟹臍，王笑而應之。有《秋吟》八章，一時傳之[42]。汪宗姬（1560-？），字師文，一字肇邨，直隸歙縣人。戲曲家。汪道昆族人，揚州鹽商之子。幼曾客居廣陵，後為太學生。往來於金陵、蘇杭一帶，與汪道昆、梅鼎祚、龍膺、顧起元善[43]。顧大猷，字所建，揚州江都人，夏國公顧成之裔孫。蔭補為振遠侯勳衛，以病歸，折節讀書，喜交遊[44]。顧大猷與閔齡有交誼，則學佺所題〈閔壽卿黃和叔偕隱九曲卷〉[45]，極可能來自於此。陳延之、僧孤松，生平未詳。

四月，曹學佺邀請吳兆、梅守箕、程可中宴集官署後湖，分韻撰寫荷花詩。學佺有詩〈後湖看荷花共用水香二韻〉；同題者尚有吳兆、梅守箕、程可中，程尚有此次社集的序文[46]。吳兆，字非熊，直隸新安人。喜為傳其詞曲，游少年場，推為集帥。萬曆中，游金陵，流連曲中，與鄭應民做白練裙雜劇，嘲馬湘蘭。後改弦為歌詩，模仿

---

[41] 丁宿章：《湖北詩征傳略》，卷26，清光緒七年丁氏徑北草堂刻本。詩見《金陵初稿》，頁14、32。

[42] 錢謙益：《列朝詩集小傳》，丁集卷7；潘介祉：《明詩人小傳稿》，頁157。

[43] 見百度百科，http://baike.baidu.com/view/220060.htm，20121101查檢。

[44] （明）顧大猷撰：《鎮遠先獻紀》二十四卷，天啟二年自序刊本16冊。京大人文研東方藏書。見http://kanji.zinbun.kyoto-u.ac.jp/db-machine/kansekitenkyo/FA019705/0122031_000981.htm

[45] 汪慶元〈閔齡詩歌初探〉云：閔齡（？-1608）字壽卿，歙縣人。棄家學道於金山，後遊茅山、武夷山。文中引述屠隆《閔壽卿隱居金山詩集序》，言1599年在顧所建家與閔齡相識。見書評網，http://www.booksforest.com/thread-67916-1-1.html，2010-1-24。

[46] 詩見《金陵初稿》，頁7；《吳非熊集》，頁1；梅季豹：《居諸二集》，頁8、《程仲權集》，頁7。

初唐，作《秦淮鬥草編》[47]。程可中，字仲權，直隸休寧人。著《漢上集》[48]。

　　曹學佺邀集楊時芳等人去拜訪通濟門外的隱士張正蒙；到國子監生呂叔與家園與避暑其間的同學盛鳴世相會；去探望借宿王德載家中的吳文潛；與吳叔嘉酬答；參加曹明斗的宴集；也去登國子監生湯之相的樓閣；甚至還贈詩利瑪竇。楊時芳（1546-1619），字中行，自號眠雲子，湖廣武陵人。萬曆初年登副榜貢生，補湖廣江陵教諭[49]。張正蒙，字子明，江寧人。臨曾灣之河結廬，柴門晝閉。帶索拾穗，未嘗俯仰於人。年逾九十，猶能行走、善飯。有今體詩幾萬首，僅刻什一，顧起元為序[50]。呂叔與，國子監生，金陵治庭園[51]。學佺有〈呂叔與園亭訪盛太古〉[52]。盛鳴世，字太古，鳳陽人，國子監生。能詩，不苟作，善弈棋，與葉向高友善，早年寄居葉氏府邸。後遊歷金陵，先後入青溪詩社、金陵社等詩社[53]。吳文潛，字元翰，福建莆田人。布衣詩人。棄家學道，薙髮為僧[54]。學佺有詩〈王德載牆東別業訪吳元翰因眺鍾山是周顒舊隱處〉、〈聞吳元翰削髮寄之〉[55]。吳叔嘉，湖廣

---

[47]　潘介祉：《明詩人小傳稿》，頁161。

[48]　朱彝尊：《明詩綜》（北京市：中華書局，2007年3月），卷64，第6冊，頁3205。

[49]　見鼎城史志網，http://www.cddcsz.com/news.asp?Lid=38，20070924。

[50]　潘介祉：《明詩人小傳稿》，頁156。

[51]　鄧原岳有詩〈雨後同張函一進士、汪仲修孝廉呂叔與盛太古太學彭興祖山人集城西寺〉，《西樓全集》，卷5，明崇禎元年鄧慶寀刻本。

[52]　詩見《金陵初稿》，頁14；盛鳴世亦有詩〈避暑呂叔與園亭因贈〉。

[53]　錢謙益：《列朝詩集小傳》，丁集，盛太學鳴世，頁603；潘介祉：《明詩人小傳稿》，頁158。

[54]　錢謙益：《列朝詩集小傳》，丁集上，頁464；《福建通志》，卷213，頁3922；潘介祉：《明詩人小傳稿》，頁250。

[55]　《金陵初稿》，頁14、25。

下雉縣人，布衣詩人。與吳國倫、汪道昆均有來往[56]。曹明斗，字公遠，安徽義興人。以任子起家，曾任右府都事，遷中府，歷任南京戶部員外郎，後遷楚雄知府，未赴任而卒。學佺作有〈席上遇曹公遠為言張公洞之勝秋時擬遊賦此〉[57]。湯之相，字惟尹，湖廣廣濟人。南京國子監生，萬曆廿九年（1601）始轉任助教，後升為南京刑部門南司主事。學佺有〈湯惟尹樓上看晴雪〉一詩[58]。利瑪竇（Matteo Ricci, 1552-1610），號西泰，天主教耶穌會義大利籍神父。萬曆十一年（1583）入境廣東肇慶，停留韶州、南昌等地。萬曆廿七年（1599）進南京，結識葉向高、李贄、徐光啟等人。萬曆廿八年（1600）再前往北京，次年抵達。學佺有詩〈贈利瑪瑙（竇）〉[59]。

　　南京成為官員、學生、商人、方外，以及詩人、書畫、曲藝等藝術家進出的軸心，自然有許多送往迎來的活動。短短的一年半時間，學佺送過梅蕃祚、胡潛、范允臨、何宇度、范汭、黃習遠、吳子野。何宇度，字仁仲，江西德安人，遷仲子，任職於南京通政司，後出為夔州別駕。學佺有詩〈送何仁仲別駕夔州〉[60]。范汭，字東生，浙江烏程人。國子監生，祭酒范應期（1527-1594）之姪。有《范東生集》。輯有《全唐詩》千餘卷。學佺有詩〈送范東生〉[61]。黃習遠，字

56　吳叔嘉資料，得自於何白：〈弔王元美大司寇，茲將西還，下雉吳叔嘉集吳越詞客四十二人，會餞於虎邱，座中分韻，分體贈別。予分體得七言排律，分韻得八齊〉，《汲古堂集》；佘翔：〈冬至汪伯玉招集大函館，同屠長卿、徐茂吳、吳少君、龍君御、吳叔嘉、汪仲淹、仲嘉、潘景升暨悅公得燈字〉，《薛荔園詩集》。學佺詩見《金陵初稿》，頁24。

57　葉向高：〈明故中順大夫楚雄府知府明斗曹公墓誌銘〉；詩見《金陵初稿》，頁14、25。

58　小傳見黃佐：《南雍志》，1931年增修本；詩見《金陵初稿》，頁16。

59　芸娸譯：《利瑪竇中國書札》（北京市：宗教文化出版社，2006年），頁18-22。學佺詩見《金陵初稿》，頁19，自註云：大西洋人。稱「利瑪瑙」，想係以閩南譯音。

60　《金陵初稿》，頁26。

61　潘介祉：《明詩人小傳稿》，頁161；詩見《金陵初稿》，頁22。

伯傳，吳縣人，布衣詩人。詩集《蕭蕭齋稿》，由茅元儀代為刪定。
與吳兆、范泒（東生）、吳凝父等為同調者。曹學佺有詩〈送黃伯傳
歸洞庭〉[62]。吳子野，浙江璉水人。布衣詩人，出入茅國縉門下，與梅
守箕、黃汝亨等人亦有遊處。著有《楚遊草》。

是年深秋，告假一年，返鄉遷葬母親墳墓，因與三叔汝載、好友
沈野等人，一路旅遊，返回福建侯官。這是曹學佺在南京任官的第一
階段，時間約一年半。從交誼的詩作看來，官員六人，退職官員三
人，幕僚二人，國子監生四人，布衣詩人十二人。從地域觀察，僑居
金陵的官員、布衣約五至七人，他們提供了社集的場所。而這些參與
詩社活動的成員，來自於南京近郊的吳縣、淮揚；安徽新安、歙縣一
帶；浙江歸安、烏程一帶；也有少數來自江西、福建、湖廣。顯然
這些嫻熟於詩文曲藝書畫的人，除了湖廣之外，幾乎全屬於南直隸、
浙、贛、閩等人士。

（二）曹學佺辛丑以後進出南京的詩社活動考述

萬曆廿九年辛丑（1601），學佺呼朋引伴遊歷福建各地，到了八
月，才準備返回南京任上。在座社友亦將星散[63]。次年，又遊太湖，
歷杭州、紹興等地，與于若瀛[64]、馮夢禎、屠隆[65]相識。冬天歸閩。又

62　潘介祉：《明詩人小傳稿》，頁 159；詩見《金陵初稿》，頁 14、25。洞庭係太湖洞
　　庭山。

63　有詩〈八月朔日王元直招集南樓送陳汝翔之東粵，王玉生之清漳，沈從先還姑蘇，
　　徐興公之建溪，陳惟秦之聊城，蔣子才之廣陵，余返白下〉，《玉華》，頁 33；陳薦
　　夫亦有詩記之，《水明樓》，卷 6。學佺分別為陳幼孺、陳宏己、林貞起、袁無競、
　　趙世顯、吳子修等六人，撰寫別詩十三首，《茗上篇》，頁 1-3。

64　于若瀛〈七夕送曹能始奉使還閩〉，有序：「壬寅春余遊武林始識能始於法相寺僧
　　樓今同官白下……」，見《弗告堂集》，卷 11，頁 6。

65　馮夢禎云：「八月初……六午後邀曹能始、屠長卿、吳德符小敘聽曲」，見《快雪
　　堂》，卷 59。

次年癸卯（1603），由侯官同鄉趙世顯發起的芝社[66]、福州司理阮自華發起的凌霄臺大社，甚至邀請屠隆為主賓。曹學佺以才俊晚輩廁身其中，嶄露頭角[67]。

甲辰年（1604）元月十五夜，曹學佺宴請屠隆、阮自華（堅之）、吳兆、洪汝含、徐㶚社集於烏石山凌霄臺[68]。稍後，於法海寺送屠隆歸返寧波。三月五日寒食節，則離家返金陵。途中遊江西匡廬等地，與朱謀瑋（鬱儀）宗侯[69]、梅慶生（子庚）、吳兆、喻宣仲（應夔）、林古度邀遊。這段時間的詩作收在《春別篇》、《豫章篇》、《江上篇》，共有二三三首。

秋天返抵金陵，社友聚集在葉遵（循父）園接風。閏九月看菊，

---

66 趙世顯，字仁甫，福建侯官人。萬曆十一年進士，除池州推官，左遷梁山知縣，二十七年仍轉回池州通判，以母老不赴，返鄉而為福建詩壇盟主。徐㶚〈萍合社草序〉：「芝山故自有社，先輩鄧汝高、趙仁甫、徐惟和諸公倡酬，若而人咸有定數。」《紅雨樓集》；清人郭柏蒼稱徐㶚「初與趙世顯、鄧原岳、謝肇淛、王宇、陳价夫、陳薦夫結社芝山」，《全閩明詩傳》，卷40。謝肇淛〈桑溪禊飲序〉云：「福州行春門外三里許，桑溪之水出焉……萬曆癸卯春，趙仁甫偕同社諸子，題名石上。」，《小草齋文集》卷5。與會者尚有：王玉生、王元直、王宇（永啟）、王毓德（粹夫）、林光宇（子真）、商家梅（孟和）、高景倩（敬和）、袁敬烈（無競）、馬欻（季聲）、徐㶚（興公）、康彥揚（季鷹）、陳价夫（伯孺）、陳薦夫（幼孺）、陳仲溱（惟秦）、黃應恩（伯龍）、鄭登明（思闇）、謝肇淛（在杭）等人，與趙世顯、曹學佺，共19人。

67 錢謙益云：「阮堅之司理晉安，以癸卯中秋大會詞人於烏石山之凌霄臺，名士宴集者七十餘人，而長卿為祭酒。」《列朝詩集小傳》丁集上，〈屠儀部隆〉。謝紹申〈巖巖詩序〉云：「巖巖者，阮司理集凌霄臺作也。時如社可百人，而東海屠隆、莆田佘翔、清樟鄭懷魁、閩趙世顯、林世吉、曹學佺為之長。」《謝耳伯集》，卷1。

68 學佺有詩〈邀屠緯真阮堅之諸子集烏石山亭〉，《春別篇》，頁3；徐㶚亦有詩〈甲辰元夜曹能始招同屠緯真阮堅之吳非熊洪汝含集烏石山〉，《鼇峰集》，卷11。

69 朱謀瑋，字鬱儀，拱概孫，封鎮國中尉。萬曆二十年管理石城王府事（《明史并附論六種》（臺北市：鼎文翻印中華新校本，1980年1月），卷117，頁3597。《明人傳記資料索引》（臺北市：國家圖書館，1965年，以下簡稱央），頁147。

冶城看雪，詩人酬酢者眾，是段極有詩意的時間。次年乙巳春天，與
王思任（季重）、焦竑（弱侯）往來，也為同僚陳邦瞻、張履正（我
先），洪寬、陸長康等人送行。乙巳初夏，妻龔氏病亡[70]。適逢在現職
六年考滿，赴吏部考核，右侍郎葉向高邀遊。重陽節仍與謝肇淛[71]、
柳應芳、臧懋循、俞安期、吳嗣仙、梅蕃祚、陸長康、方子公、姚
旅（園客）、汪肇邰、程彥之、諸念修、吳兆、洪寬、林古度、王彥
倫、吳明遠集清涼臺轉烏龍潭，舉行詩會，並送吳園時、方沆還閩，
尹恒屈還蜀，也歡迎汪道會（仲嘉）自新安來，謝廷諒（友可）自北
京歸來，曾大奇（端甫）自江西泰和來，同坐者共二十三人[72]。

　　萬曆卅四年丙午（1607）元月與吳兆（非熊）、吳德符、胡潛
（仲修）、徐𤊹（興公）、林古度遊杭州西湖[73]，三月在姑蘇與吳兆、俞
安期、王嗣經、黃習遠（伯傳）、沈野遊。此趟旅行，共集詩六十八
首，題作《武林稿》。五月端午，則與吳夢暘（允兆）、臧懋循、謝
廷諒（友可）、湯之相（惟尹）、馬強叔、王野（太古）、梅蕃祚（子
馬）、吳稼豋（翁晉）、吳皋倩（國倫之子）、王思任、洪寬、林懋

[70] 學佺〈林子真詩序〉：「子真死將有半年，……不佞旋有內子之變，踰月哀痛，甫
定，乃復為之序……乙巳孟夏朔日書。」《石倉文集》，卷1，頁49。

[71] 謝肇淛（567-1624），字在杭，號武林，福建長樂人。萬曆二十年進士，除湖州府
推官。改東昌司理。三十三年擢南京刑部山西司主事，次年轉南京兵部職方司主
事。歷官廣西左布政使。陳慶元：〈謝肇淛與小草齋集〉，《謝肇淛集》（南京市：
江蘇古籍出版社，2003年），序文，頁1-40。

[72] 謝肇淛有詩〈乙巳九日清涼臺征會登高遂至烏龍潭，吳園時、方子及還閩，尹恒屈
還蜀，汪仲嘉自新都至，謝友可自燕至，曾端甫自豫章至，同坐者柳陳父、臧晉
叔、曹能始、俞羨長、吳嗣仙、梅子馬、陸長康、方子及、姚園客、汪肇邰、程
彥之、諸德祖、吳非熊、洪仲韋、林茂之、王彥倫、吳明遠共二十有三人分得深
字〉。《小草齋集》，卷16，頁7。

[73] 吳夢暘亦有〈丙午春日，偕吳休仲、曹能始，由寺後山徑覓漁舟，渡孤山小憩梅花
嶼，張德愚攜具泛湖，遇胡仲修、吳非熊、林茂之，招集縱飲，夜歸，其得詩四
首〉，《射堂詩鈔》，卷7。

（子丘）、林古度、吳明遠、葉尹德諸人則集會秦淮水閣[74]，並送張萱
（孟奇）歸東粵。

返回南京後，陞南京戶部四川司郎中。徐𤊀將唐朝歐陽詹文集、
黃滔文集攜來金陵，謀求出版，請葉向高、曹學佺幫忙。為了增加地
域訴求，因此將福建同省在南京做官的官員列名為「校梓姓氏」，以
葉向高領銜，正職官員就有二十人，舉人、監生九人，處士四人，合
計三十三人[75]。

萬曆卅五年丁未（1607）元月，學佺與柳應芳（陳父）、李鼎[76]、
吳兆、喻應益、林古度、鄭琰（翰卿），以及三叔汝載分題寫詩[77]。夏
日，與焦竑、張以恆、喻應益相約吉祥寺看梅，又與臧懋循、謝肇
淛、徐𤊀、吳皋倩、梅蕃祚、林古度於秦淮泛舟賦詩[78]。暮秋，與焦
竑、吳夢暘、吳稼澄、俞安期、朱文寧等五人泛舟城南；與彭正休、
方伯文、滕唯遠、汪道會、胡宗仁、林古度登木末亭，憩永興寺；又

74　徐興公詩〈端陽日同吳允兆、臧晉叔、謝友可、湯惟尹、馬強叔、王太古、梅子
　　馬、吳翁晉、吳皋倩、王季重、曹能始、洪仲韋、林子丘、林茂之、吳明遠、葉尹
　　德集秦淮水閣，送張孟奇奉使歸羅浮分得令字〉，《鼇峰集》，卷5，頁55。

75　徐興公《歐陽詹集》將福建同省在南京做官的官員列名「校梓姓氏」，以吏部右侍
　　郎福清葉向高領銜，以下有戶部各司郎中鄧鑣、游於廣、楊百朋、曹學佺，各司主
　　事胡明佐、董應舉、陳勳、林應翔、莊毓慶，禮部司務李允懋，兵部主事陳圭，刑
　　部各司主事秦鍾震、謝肇淛，照磨滕萬里，工部主事朱一鶚，大理寺評事陳基虞，
　　應天府通判蘇宇庶，鴻臚寺序殷許天慶，前軍督府經歷裴汝寧，順德府推官王錫
　　侯；舉人許天敍，監生薛瑞清、鄭正傳、薛廷案、葉惇彥、董養斌、林鍾相、連
　　鈺、連端雲，處士徐𤊀、林古度、郭天中、洪寬。

76　李鼎，字長卿，江西南昌人。有《李長卿集》，門人中年張民表校，萬曆四十年李
　　氏家刊本。見數位典藏與數位學習成果入口網，http://digitalarchives.tw/。

77　學佺有〈立春日柳陳父吳非熊喻叔虞林茂之家叔女載同賦七言律分得微字〉、〈上
　　元夜李長卿吳非熊喻叔虞林茂之鄭翰卿家叔女載同詠夾紗燈屏分得明字〉，《金陵
　　集》，卷下中，頁1、2。

78　學佺有〈焦弱侯張以恆喻叔虞同到吉祥寺看梅〉、〈夏日秦淮泛舟臧晉叔謝在杭徐
　　興公吳皋倩梅子馬林茂之限刻成詩〉，《金陵集》，卷中下，頁4、7。

與韓敬（求仲）、喻應夔、李虎臣、柯謀伯、唐然仲、林古度過盧野
王孫亭[79]。重陽節，又與洪子厓水部、茅平仲、汪道會、俞安期、陳
從訓、柳應芳、胡宗仁、吳稼遼、王野、吳兆、潘之恒、諸念修、管
仙客、洪寬等十四人泛舟城南[80]。

　　《金陵集》收存甲辰（1604）至丁未（1607）四年中的詩作。
萬曆卅六年戊申（1608）上元夜仍邀集董應舉（崇相）、陳勳（元
愷）、鄭琰（翰卿）、林古度作紙燈詩。鄉人陳薦夫（幼孺）來，邀
集梅慶生、林古度、三叔汝載同賦。或與同鄉董應舉夜坐；或集烏龍
潭送郭汝承孝廉返閩；送范沔（東生）之荊州；或立冬日仍集葉淳父
齋頭送客之鳩茲[81]。倉促間，奉命調任四川右參政。只留下〈被命蜀
藩留別少宰宛陵趙公六韻〉等數首詩，匆忙上路，於次年三月抵達任
所。這段時間的作品多半散佚，一直到天啟六年（1626）自廣西獲罪
返鄉時，才整理了七十首詩，附在《更生篇》之下篇出版。

（三）曹學佺組成金陵詩社的成員考查

　　從甲辰到丁未，正是曹學佺主盟金陵詩社最風光的日子，只可惜
《金陵初稿》、《金陵集》保存的詩作，不足以記錄活動的全貌。我們
大多仰賴錢謙益在《列朝詩集小傳》中的敘述：

---

[79] 學佺有詩〈暮秋同焦弱侯吳允兆吳翁晉俞羨長朱文寧泛舟城南〉、〈暮秋同彭正休
方伯文滕唯遠汪仲嘉胡彭舉林茂之登木末亭晚憩永興寺〉、〈暮秋同韓求仲喻宣仲
李虎臣柯謀伯唐然仲林茂之過盧野王孫亭〉，《金陵集》，卷中下，頁18、丁未卷
下，頁12。

[80] 學佺有詩〈九日同洪子厓水部招茅平仲汪仲嘉俞羨長陳從訓柳陳父胡彭舉吳翁晉王
太古吳非熊潘景升諸德祖管仙客洪仲韋諸子泛舟城南分韻〉，《金陵集》，卷中下，
頁18。

[81] 學佺有詩〈上元夜集董崇相陳元愷鄭翰卿林茂之賦得紙燈一律〉等詩，俱見《更生
篇》。

閩人曹學佺能始迴翔棘寺，遊宴冶城，賓朋過從，名勝延眺；
縉紳則臧晉叔、陳德遠為眉目，布衣則吳非熊、吳允兆、柳陳
父、盛太古為領袖。臺城懷古，爰為憑弔之篇；新亭送客，亦
有傷離之作。筆墨橫飛，篇帙騰湧。此金陵之極盛也[82]。

　　除了上述七人，錢謙益還另附了王嗣經、張正蒙、陳仲溱、吳文
潛、程漢、姚旅、臧懋循、梅蕃祚、胡潛等，合計十六人。而《列朝
詩集》中所收《金陵社集詩》記錄了雅集十一次，成員十七人，詩作
三十一首。顯然，錢謙益在戊子年（1648）中秋所得《金陵社集詩》
一編，是把敘述焦點放在曹學佺第一次進入金陵，也就是己亥、庚子
之間的雅集。

　　而萬曆卅一年至卅三年，于若瀛[83]擔任南京通政右使，卅四年陞
任太僕少卿，是親臨第一現場的文人。他在〈詞林雅集序〉中，云：

　　《詞林雅集》者，集金陵諸詞客相唱和詩也。客不皆金陵，或
　　以官至，或以深兩花、獻花[84]以勝至，一時偶萃金陵者也。與
　　集者三十二人焉，始於《雞籠山望玄武湖》，以迄《江東城樓
　　送梅子馬》，集凡十，共得二百餘首，懷古則有《臺城篇》，
　　宴別則集沈、吳兩水亭，節序則賦《天未涼風起》、《七夕》
　　諸什，限韻則《太平堤觀荷》，賦句則《送能始、子馬》，其
　　中坐花臨水，感往傷離，各宣性靈，紛如組繡，直與三山二

82　錢謙益：《列朝詩集小傳》，頁462。。

83　于若瀛（1552-1610），字元綱，山東濟寧人。兵部尚書秉貞之曾孫，左都御史若湜
　　之弟。萬曆十一年（1583）進士，官到陝西巡撫。工書，嘗書報恩寺三藏殿娑羅館
　　區。著有《弗告堂集》。見葉向高撰墓誌銘：《蒼霞續草》，收入《四庫禁燬叢刊》
　　（北京市：北京出版社，2000年），集部124-125冊，卷9，頁5。

84　深兩花、獻花，意義不明，可能是用進士戴花之意，疑為求取功名之學子的代稱。

水爭雄鬥麗，讀之無不錚錚然中金石響也。梓成，咸謂不佞
縱不與茲集，能遂無言？不佞作而曰：六朝往，千秋來，人文
淵藪，孰不首金陵也者。而人文之盛，又孰如今日也者。人不
必金陵而萃金陵，則金陵勝，竊有感於上林、金谷焉。雕楹綺
寮，非不炫耀人目，今履其故墟，特依稀斷莽、落照至余耳之
于司馬太僕，綺舌如新，益信地匪自勝，以人文勝也。雞籠、
清涼、臺城、玄武舊矣，沈、吳兩水亭，一經集詠，便與雞籠
諸勝同不朽，又何幸哉！三十二人曰：祝給諫無功，張考功元
平，臧博士晉叔，曹廷尉能始，陳廷尉德遠，談參君無文，徐
參軍賓夫，殷臺郎與可，魏江寧丞穎超，梅寧鄉簿子馬，顧勳
衛所建，秀才謝少連、梅季豹、陳延之。國子生汪肇邰、葉循
父、釋孤松，若柳陳父、王太古、程彥之，胡仲修、吳嗣仙、
吳非熊、程仲叔、程孺文、羅子昭、吳元翰、洪仲韋、姚園
客、陳惟秦、王曰常、張子明、則布衣之雄，皆一時博雅君子
云[85]。

《詞林雅集》收錄雅集集會十次，雅集成員三十二人，詩作兩百
餘首。也包含了錢謙益所收錄的十七位雅集成員。顯然于若瀛是根據
他人的委託，就所蒐集來的作品集，加以論述。有其可信度，但也未
必能包含詩社社員全貌。

北京大學孫文秀於二〇一一年五月完成了博士論文《曹學佺文學
活動與文藝思想研究》。他在博論中，詳述了金陵詩壇的盛況，也根
據若干當時的文人文集，爬梳了參與曹學佺金陵詩社的社員，應有一
六九人。其中可考的社員一〇四人，包括福建二十四人，江蘇二十三

85　于若瀛：〈詞林雅集序〉，《弗告堂集》，《四庫禁燬叢刊》，集部46冊，卷20，頁7。

人，浙江十三人，安徽十九人，江西十二人，楚六人，河南一人，河北一人，山西一人，貫里不詳者三人。貫里與小傳皆無可考，僅有姓名可考者六十五人[86]。這個說法有對，也有不對。從對的方面說，錢謙益所謂社員十七人，僅止於己亥、庚子（1599、1600）兩年參社者。于若瀛所說三十二人，則跨入後面幾年，但又受限於《詞林雅集》編選者的挑選，無法看見全部的名單。孫文秀敢於突破古人說法，以曹學佺詩集為依據，再蒐羅並核對各家文集中的詩題，勾勒出更大的詩人交誼網，可以理解金陵詩社活動的盛況。

但是，所謂「社員」的界定，有其困難。參加詩社的社員要不要提供場地或者宴飲、曲樂的費用，擔任「直社」的任務？是不是有三個人以上在場歌賦，才算是社集？有些是高級官員，如葉向高、朱之蕃，偶爾參與旅遊活動，並沒有用心在詩社；有些官員同僚接受曹學佺的送行詩，沒有能力撰寫詩作回覆；有些思想家，如焦竑、李贄、利瑪竇，並沒有打算與詩社社員為伍；有些則屬於不同詩學主張的詩人，如袁宏道、鍾惺。納入詩社社員的原則，又如何確定？而有些參與者偶而參加，「打打秋風」而已，並不作詩，也難以估算。如果要說真正的「社員」，以于若瀛所說的三十二人為班底，推增至五十人左右，也就足夠。如果要把一六九人都看作曹學佺的文學交誼，則還有些待考而未考的僚屬、友人，尚未寫入，如果也要增入，則人數可以增加到二百人以上。出入金陵詩社，顯然是種閒散的文人雅士集會，要嚴格確定其社員的身分，有其難度。但可以確定的是，主事者必然享有盛名，能登高一呼百諾；而其核心社員必須提供場所、紙硯筆墨、醇酒美食、歌妓樂師，才能助此集會雅興；至於消極的參與

---

86 孫文秀：《曹學佺文學活動與文藝思想研究》（北京市：北京大學博士論文，2011年），頁51-75。

者，經其他文人援引，臨時加入賦詩、飲酒的行列，並不常留詩社之中。

四 結論：曹學佺主盟金陵詩社的原因與意義

曹學佺如何能主盟金陵詩壇呢？明代早期的金陵詩壇為勳臣、貴冑所主持，漸漸轉為來往南京任職的官員身上。然則對詩學、書畫、曲藝的愛好者，也非要有真正的愛好者不行。所以，退職官員與雅好詩藝、戲曲的政府基層幕僚、滯留國子監的學生、隱遁的布衣、身處方外的衲子，就成了絕佳搭配。

曹學佺初入金陵之際，已有汪道昆的女婿龍膺，因案去職而留居的出版家、曲藝家臧懋循，來自於浙江湖州的茅國縉，帶領著湖廣、新安、歙縣、歸安、烏程等鄉人進出金陵，與來自蘇州、吳縣等地的藝術家，以及地方耆老分佔詩壇。

由於曹學佺的天分、雅好與開朗的個性，又在大理寺供職之便，更容易來串結詩社活動。在北京任職的六年，他四處遊歷，交友廣闊，開展視野，正好到了南京可以沉澱下來。他匯集了來自吳縣、維揚、湖州、徽派、湖廣等地客居於南京的詩人、書畫家、出版商、布衣、和尚。當他因公事或家務來回福建的途中，又將長洲、杭州、湖州、南昌、九江、福州的詩人與詩社串聯一處，帶動並連結了閩、贛、蘇、浙的詩人群體。

明初以來分為五大詩派，除了廣東之外，這四個地方由於經濟與交通的發達，沿著長江流域串結起來，而以南京為匯聚點。曹學佺適逢其會，展現了個人魅力，自然也成為詩社的共主。

檢視孫文秀統計的詩人籍貫分布，頗合乎客觀現象。江蘇、安徽，在當時為直隸省份，也就是包涵南京邊緣地區，以及安徽的新

安、歙縣，佔了四成。福建佔四分之一，浙江、江西合起來，也佔四分之一。所以，湖廣、北直隸等地加起來不到一成，而這一成又有一半以上屬於公安、竟陵詩派的湖廣地區。也就是說，除了湖廣的公安、竟陵之外，北方詩學的發展非常薄弱。

詩社發展，其實與詩學主張或詩作成就沒有絕對的關係。使詩學活動成為全國運動（嚴格的說僅止於長江以南地區），要歸功於後七子的王世貞（1522-1590）。〈文苑傳〉說他在李攀龍（1514-1570）死後，引導詩壇風氣二十年。這是可信的，他把格調復古詩論，以及詩社雅集，第一次有系統的推向各地。雅集活動是一種經濟、文化力的象徵，詩人們必須在焚香、擊缽、鳴鐘的限時活動中，完成分韻作詩、分賦倡和等要求。然而嘉靖、隆慶、萬曆以來，過度嚴苛的格律要求，已使得學養較淺的詩人不耐。此所以梅守箕（季豹）在《詞林雅集》的跋語中說：「嘉隆之間……詩惟一體，種種相仍，譬之一園之中強桃作李，拗杏為梅，一天之上，謚斗曰臺，比星是月」，又如「三千宮女而一面，五道將軍而一律[87]」，完全沒有個人面目。從元代起以大都語言為官方語言，明成祖繼之，至萬曆中葉，已經三百多年，北方人對於平仄、押韻陌生至極，南方人則憑藉著對唐律的熟悉與保存，仍佔有極大的優勢。然而新起的各省詩人，對於「音韻」與「格調」的掌握，已經大不如前人。公安「性靈」之說一出，自然相襲成風。

曹學佺的詩學主張，與徐𤊹等人所倡導以六朝、初唐詩風為宗，被稱作「晉安詩風」相近。與金陵顧璘等人的主張也相近，拒絕過度人工化的「格調」模式。他沒有樹立鮮明的旗幟，也沒有「嚴格」強調個人獨特的詩學主張，反而更容易接納來自不同的詩派的詩學創

---

[87] 梅守箕：〈跋詞林雅集〉，《梅季豹居諸二集》，卷13，崇禎刊本。

作。梅守箕還盛讚金陵詩社成員的特質是「朝貴者無朝貴心，而韋布者有韋布行」，二者「相與以有成，並行而不害」。這便是曹學佺「兼容就緒」而獲致擁戴的原因。

但如果真如梅守箕述說當時的一般現象，云：「人各一調，篇各一格，大小強弱不同，總之各具面目而已矣」。這樣編選的詩歌總集，恐怕也只是一種酬酢的成品，真贋雜陳，對詩學的發展反而不好。

明代詩學批評的發展，從臺閣、茶陵、前後七子、公安、竟陵主張的興替之後，何以曹學佺的詩學主張，未能列入其中一頁？其原因，如果推給明朝崇禎十七年（1644）的滅亡，曹學佺死於一六四六年福州城破之際，以至於文獻散失，恐怕是一種遁辭。

「兼容並蓄」是曹學佺、謝肇淛、徐興公等人包容相異主張詩派的態度，此所以福建詩人如林古度、商梅、蔡復一等人，能接納鍾惺竟陵詩派的影響；也沒有與傳統的福建詩派，產生激烈的摩擦。錢謙益在《列朝詩集》中，故意壓抑閩派的詩學成就，卻做了「曹學佺不屬於閩派之一」的論說。事實上，曹學佺正領導著晚明福建的詩風。

就文學史發展的角度，曹學佺以青年才俊進入金陵詩壇，影響十餘年，又能把詩學分韻酬作的風氣，傳播並普及江、浙、贛、閩等地。如果能重新爬疏文學史，自然要給曹學佺一個公允的評價。

——本文為國科會專題研究計畫 NSC100-2410-H-029-028 之二；初稿發表於 2012 年 11 月 10-11 日東海大學中國文學系舉辦「第三屆漢學與東亞文化國際學術研討會」；刊於《東海中文學報》25 期，2013 年 6 月，頁 177-196。

一 前言

　　明萬曆年間胡應麟說：「國初吳詩派昉高季迪，越詩派昉劉作溫，閩詩派昉林子羽，嶺南詩派昉於孫蕡仲衍，江右詩派昉於劉崧子高。五家才力，咸足雄據一方，先驅當代。」又說：「自吳、楚、嶺南外，江右獨為彬蔚[1]。」歸納起來，明代詩學發展當以江蘇、浙江、湖廣、廣東、江西、福建六個地域為宗，其中以江西為最盛，可能源於中原民族向南遷徙，較早落籍於該地。然則隆慶、萬曆以後，全國各地的詩學活動均有各自的發展，並無軒輊。

　　推動這種詩學創作與唱和的風氣，應該歸功於後七子集團，尤其是王世貞。《明史‧文苑傳》說：「世貞始與李攀龍狎主文盟，攀龍歿，獨操柄二十年。」又說王世貞以歷城李攀龍、長興徐中行、順德梁有譽、興國吳國倫、興化宗臣為五子，又以南昌余曰德、蒲圻魏裳、歙縣汪道昆、銅梁張佳胤、新蔡張九一、崑山俞允文、濬縣盧柟、濮州李先芳、孝豐吳維岳、順德歐大任、陽曲王道行、東明石星、從化黎民表、南昌朱多煃、常熟趙用賢、京山李維楨、鄞縣屠隆、南樂魏允中、蘭溪胡應麟為二十子，「其所去取，頗以好惡為高下[2]」。從這廿四個引為詩壇盟友的籍貫來看，遍及於山東、山西、河

---

[1]　胡應麟：《詩藪》（北京市：中華書局，1962年），頁336、354。

[2]　以上均見《明史‧文苑傳三》（臺北市：鼎文書局，1980年1月），卷287，王世貞條，頁7379-7382。

南、河北、安徽、浙江、江蘇、江西、廣東、四川、湖北等地，可知詩人群體繫聯的幅度廣闊。〈文苑傳〉的編纂者試圖影射王世貞「獨攬而排他」的性格，而吝於讚許後七子派對全國各地詩學活動的影響。由於後七子派的推波助瀾，「詩學活動」從明初勳臣、首輔、閣臣、六部官員之「藝事」，流向全省各地，使地方官員與庶民熱中於詩歌酬唱，而使詩學成為「全民運動」。

考查福建地區與後七子派的關係。宗臣在嘉靖卅六年（1557）擔任福建布政司左參議，兩年後陞按察副使提督學政[3]；余曰德，嘉靖卅八年（1559）出任福建督學副使[4]；吳國倫於嘉靖四十三年（1564）赴福建建寧同知任，次年陞邵武知府，隆慶元年（1567）主持福建鄉試，次年轉廣州高州知府[5]；汪道昆於嘉靖四十年（1561）以福建按察副使入閩，備兵福寧，後陞按察使、巡撫、都御史[6]。不過，影響福建詩壇[7]最大的還是徐中行，他在嘉靖卅六年曾任汀洲知府，幾經浮沉，隆慶六年（1572）再膺任福建按察副使督導學政，次年抵達，守福寧道，萬曆二年（1574）六月轉右參政，三年十月陞按察使[8]。府學生高以陳持祖父高旭所藏十子詩集來，徐中行捐出個人俸祿，吩咐袁表、馬熒刊刻出版[9]。袁表字景從，閩縣人。嘉靖卅七年（1558）舉

3　王世貞撰墓誌銘：《弇州山人四部稿》（臺北市：偉文圖書出版社，影印 1577 年萬曆刊本），卷 86，頁 14。

4　王世貞撰墓誌銘：《弇州山人續稿》（臺北市：文海出版社，影明刊本），卷 112，頁 1。

5　李維禎撰墓誌銘：《大泌山房集》（四庫本），卷 92，頁 30。

6　喻均撰墓誌銘：《山居文稿》（明刊本），卷 7，頁 32。

7　福建地區文人匯聚之所，以閩北的福州與閩南漳、泉等地為主。然行省轄區及鄉試均集中在福州，自然也成為文化中心。因為引文及本文行文之便，所謂「福建地區」即以閩北（福州）為中心。

8　汪道昆撰墓誌銘：《天目集》，卷 21，附錄頁 4。另見《神宗實錄》卷 7 各年。

9　建陽知縣李增〈刻閩中十才子詩集跋〉：「翁官於閩，累轉藩臬，暇乃博訪先哲遺

人，選為中書舍人，轉戶部郎。出為貴州黎平太守，病免。表以詩名，精嚴有法[10]。馬熒字用昭，懷安縣人，戶部尚書森（1506-1580）之子，以蔭授南京都督府都事[11]。從年齡來看，他們兩人已是地方中壯年人。徐熥說：「世宗中歲，先達君子，沿習遺風，期道孔振。袁舍人表、馬參軍熒，區別體裁，精研格律，金相玉振，質有其文[12]。」顯然袁、馬兩人對福建文風的興盛，有重大影響。

復旦大學陳廣宏對明代萬曆年間福州文人群體文學活動驟盛，有極為敏銳的觀察；他指出福建文人群體重新構建當地文學系譜的方式，來彰顯在地文學的特殊性。他說：「這支隊伍，在很大程度上可以說是由家族宗黨及相互間的聯姻所構成，頗顯閩中之特點，且不說其中多有兄弟父子，而如閩縣陳氏、林氏，為里中甲族，聲名卓著，文士輩出，堪稱晚明福建地區最有成就的詩人鄧原岳、徐熥兄弟、謝肇淛、曹學佺等，即與他們或為世交，或締姻好，而徐熥兄弟、謝肇淛、曹學佺三家亦為姻戚，故彼此間聯繫相當緊密，社集活動亦已相當頻繁[13]。」鄭州大學李聖華也說：「後七子式微時，閩中與浙東壇坫勃興，……公安、竟陵相繼而起，閩派佔據一方壇坫，……明末，竟陵、幾社並馳，閩派構成第三支生力軍。[14]」何以福建詩人能自覺地樹

文，高生以陳，持乃祖督學西江木軒公家藏十子詩以進，翁閱，善之，謂雅有唐調，不可無傳，屬袁子景從、馬子用昭選輯，捐俸屬增鋟梓，與同志者觀焉」，萬曆四年（1576）刻本。木軒公即高旭，字時旭，侯官人，宣德八年（1433）進士，正統間提學江西，改按察僉事。見乾隆《福州府志‧人物傳》，卷50，頁26。

10　乾隆《福州府志‧文苑》，卷60，頁31。

11　乾隆《福州府志‧人物傳》，卷50，頁46。

12　徐熥：《晉安風雅》（臺南縣：莊嚴文化事業公司，1997年，四庫存目影印萬曆刻本），頁3。

13　陳廣宏：〈晉安詩派：萬曆間福州文人群體對本地域文學的自覺建構〉，收入復旦大學中國古代文學研究中心編：《中國文學研究》第12輯（2008年9月）。

14　李聖華：《晚明詩歌研究》（北京市：人民文學出版社，2002年10月），頁224。

立地方文化的旗幟，急起直追，而成為晚明詩壇活動中重要的一環？

　　本文試圖先期考查萬曆卅一年（1603），歲在癸卯，福州地區有一連串密集的詩社活動，主事者分別為趙世顯、阮自華、曹學佺，應邀的嘉賓為屠隆，與會詩人近百人，盛況空前，為晚明福建詩壇活動中最具有代表性的一年；做為晚明福建詩壇研究的切入點。

二　萬曆中期以後福建詩壇的領導者

　　有關明代閩中文學的發展，如《明史‧文苑傳》所稱：「閩中詩文自林鴻、高棟後閱百餘年善夫繼之，迨萬曆中年曹學佺、徐𤊹輩繼起，和之，風雅復振焉[15]」，大抵根據錢謙益《列朝詩集》的說法。鄧原岳撰《閩詩正聲》序時，云：

> 至隆萬以來，人操風雅，家掇菁華，道古本之建安，捄操旁及三謝，取裁准之開元，寄情沿乎大曆。典刑具存，風流大邕。一代聲詩，于斯為盛矣[16]。

　　徐𤊹輯《晉安風雅》，序中肯定了袁表與馬熒的努力，又說：

> 迨於今日（萬曆年間），家懷黑櫱，戶操紅鉛，朝諷夕吟，先風後雅，非藻繪精華不譚，非驚人絕代不語。抱玉者聯肩，握珠者踵武，開壇結社，馳騁藝林，言志宣情，可謂超軼前朝，縱橫當武者矣[17]。

　　《明史‧文苑傳》指出曹學佺、徐𤊹、謝肇淛、鄧原岳為萬曆中

15　《明史‧文苑傳二》（臺北市：鼎文書局，1980年），卷286，頁7357。

16　鄧原岳：〈閩詩正聲序〉，《西樓全集》，卷12。

17　徐𤊹：《晉安風雅》（臺南縣：莊嚴文化事業公司，1997年6月影明刊本），頁3-4。

期的領導者。然則，鄧原岳（1555-1604）、謝肇淛（1567-1624）、曹學佺（1575-1646）仍忙於舉業；萬曆二十年（1592），鄧原岳、謝肇淛中進士；廿三年（1595）曹學佺亦登榜。能自由穿梭於詩壇的人似乎只有徐熥。

徐熥（1570-1642），字惟起，更字興公，閩縣人。童試後，摒棄科舉。壯而好遊，足跡遍江南，好交遊，訪查故老典籍。兩度遊歷吳越，萬曆廿八年（1600）赴金陵，供職於書林，與曹學佺唱和，並聚集了以福建詩人為主的詩社集團。他數次參加地方方志的修纂，如《建陽志》（1600）、《福州府志》（1612）、《福安志》（1620）。萬曆四十三年（1615）與曹學佺等組石倉社。後曾遊歷江西南昌，訪謝肇淛。崇禎十二年（1639）偕子訪錢謙益，探討古籍版本[18]。三年後去世。他畢生求書、藏書，尤精校勘[19]。

鄧原岳字汝高，號翠屏、西樓，閩縣人。卅八歲中進士，授戶部主事，監浙稅；擢雲南按察司僉事、領提學道。萬曆廿九年（1601）遷湖廣參議。三年後擢湖廣按察司副使，命未下已卒，得年五十。子慶寀輯其遺作，匯刻為《西樓全集》。鄧原岳曾於萬曆廿六年蒐羅福建詩壇五十一人，輯錄為《閩詩正聲》。

謝肇淛（1567-1624），字在杭，號武林、小草齋主人，閩縣人。廿二歲中舉人，次年落第，讀書羅山，開始結社賦詩。廿六歲中進士，授湖州推官，改東昌司理。萬曆廿八年（1600）入棘闈為同考試官。卅三年（1605）擢南京刑部山西主事，次年轉南京兵部職方司主事。丁父憂，服除補工部屯田主事，轉員外郎。卅九年（1611）轉都水司郎中，督理北河，駐節張秋。四十二年護送福藩之國。四十六年

---

[18] 《列朝詩集小傳》，丁集下，頁314。

[19] 徐熥撰，陳慶元、陳煒整理：《鼇峰集》（揚州市：廣陵書社，2012年7月），附錄五〈徐熥年譜簡編〉，頁1043-1468。

擢雲南布政使司左參政兼僉事，分巡金倉道。天啟元年（1621）擢廣
西按察使，陞右布政使、左布政使。天啟四年入覲，行至江西萍鄉，
卒於官舍[20]。謝肇淛自云：「余自壬辰離閩，丙午返，十有五年未獲啖
故園荔子[21]。」丁憂期間，反而讓他能與徐𤊹、馬歘、陳价夫相約為
紅雲社。爾後又奔忙仕宦，盡瘁於道途。

在這四人當中，只有曹學佺以秩滿請假返鄉聽勘，和鄉居的徐𤊹
參與了萬曆卅一年（1603）福州的詩社活動。當時，詩社活動的主事
者是鄉居的趙世顯、新任官職的阮自華，以及等待升遷的曹學佺；也
來了一位貴賓：屠隆。

（一）趙世顯領銜詩社活動

趙世顯（1542-1610？）[22]，字仁甫，號芝園，侯官人。年方弱冠，
好古文詞，並以詩名。嘉靖四十三年（1564）中鄉試，在吳國倫門
下，受到鼓舞，好詩文寫作。他六次赴試不第，對舉業與古詩文創
作，反而琢磨更專精。萬曆十一年（1583）中進士，授安徽池州司
理。十六年參與秋闈工作，進入南京與兵部尚書王世貞相遇，並乞討
父親的墓誌銘[23]。後遷四川梁山知縣，轉別駕，以母老不赴。趙世顯
遊涉登覽，均有大量吟詠賦作，留下了兩千多首詩。他風度秀整，為
詩一意盛唐，自負甚高，鬱鬱不得志，故歸臥故山，杜門卻軌，以文
酒娛日，進出福州的高官們很少能結識他[24]。

---

[20] 徐𤊹：〈中奉大夫廣西左布政使武林謝公行狀〉，謝肇淛：《小草齋文集》附錄（濟
　　南市：齊魯書社，1996年），四庫存目叢書集部176冊。

[21] 謝肇淛：〈餐荔約〉，《小草齋文集》，卷27，頁12-14。

[22] 趙世顯買地契：趙世顯，官承德郎，直隸池州通判，卒於明萬曆卅八年（1611）。
　　地契存郊區文管會。見《福州市郊區志》，http://www.fjsq.gov.cn/ShowText.
　　asp?ToBook=3190&index=801&。

[23] 趙世顯：〈鎮闈稿自序〉，《芝園文稿》（國家圖書館藏萬曆刊本），卷1，頁8-9。

[24] 乾隆《福州府志・文苑》，卷60，頁36。

然而趙世顯關心閩中的詩壇活動。他與徐熥、鄧原岳、謝肇淛、王宇、陳价夫、陳薦夫等人結社芝山[25]，也與袁表、王湛、吳萬全、林世吉、陳益祥等人結玉鸞社於福建嵩山、烏石山之間[26]。萬曆三十年壬寅（1602），趙世顯六十一歲[27]。九月，他遇見剛從南京大理寺歸來的廷尉曹學佺，談文論藝的詩興也可能讓他動了十月在自己芝園賓嵩堂開社的念頭。參加社集的客人有：陳益祥、王崑仲、陳仲溱、陳宏己[28]、陳平夫[29]、陳价夫、陳薦夫、馬歘、王毓德、徐熥、袁敬烈、曹學佺、鄭懷魁、林光宇、康彥揚、黃伯寵、商家梅等十七人[30]。已經種下了明年開春以後，一連串大型詩社社集的動因。

（二）曹學佺返鄉省親

曹學佺（1575-1646），字能始，侯官人。年廿二進士登科，授戶

---

25 徐熥〈萍合社草序〉云：「芝山故自有社，先輩鄧汝高、趙仁甫、徐惟和諸公倡酬，若而人咸有定數，見〈紅雨樓序跋〉。又見（清）郭柏蒼：《全閩明詩傳》，卷40。

26 陳仲溱〈履吉先生行狀〉：「（陳益祥）日與袁太守表、趙司理世顯、林民部世吉、王文學湛為玉鸞社」，《陳履吉采芝堂文集》（萬曆四十一年陳弘祖刻本）附錄。趙世顯：〈予重結玉鸞舊社久無續者詩以趣之〉，《芝園集》，卷12，頁2；可知玉鸞社漸形沒落。

27 趙世顯作〈壬寅初度六十又一矣賦此遣懷〉，《芝園稿》，卷22；〈予花甲重新而逢閏二月感而賦之〉：「百歲喜看雙甲子，一春南遇兩花朝」，卷21。壬寅年閏二月也。

28 陳宏己字振狂，閩縣人。布衣詩人，有《百尺樓集》。

29 陳邦注，字平夫、長孺，閩縣人，价夫從弟，布衣詩人，家貧而客吳、楚、甌越等地二十年。卒後僅存一孫，為亂兵所擄，遂無後（四庫《福建通志》卷213，頁3909）。

30 趙世顯有〈賓嵩堂開社陳履吉王上主陳惟秦陳振狂陳平夫伯孺幼孺馬季聲王粹夫徐惟起袁無競曹能始鄭思黯林子真康季鷹黃伯寵商孟和過集分得七虞韻〉，《芝園稿》，卷11；徐熥亦作：〈趙仁甫開社賓嵩堂分得四豪〉，《鼇峰集》，卷10；曹學佺：〈趙仁甫芝園開社分韻〉，《續遊藤山詩》，頁2。

部主事。萬曆廿六年（1598）左遷南京大理寺左司正，業務不多，反而給了他寫詩論藝的機會。三十年壬寅（1602）以任滿告假南歸。八月，途經杭州西湖，與馮夢禎、屠隆相識；中秋節，屠隆獨自演出《曇花記》，觀賞者尚有俞安期、范汭、吳充[31]。又遊紹興等地，始與陳仲溱連袂返鄉[32]。

九月，返家後，拜訪趙世顯，並與告假在鄉的禮部右侍郎葉向高集於陳宏己三棄堂[33]。十月初七，父親及渠公五十大壽，又賜封廷尉，招友人飲於西園[34]。他參與了趙世顯以芝社為班底的聚會，也陪伴新到任的福州司理阮自華遊覽藤山賞梅[35]。雨天的時候，宴請諸友到家中的吳客軒懷想舊友[36]。

（三）阮自華新任福州司理

阮自華（1562-1637），字堅之，號澹宇，安徽懷寧人，原籍桐城。他的父親阮鶚（1509-1567）官浙江、福建巡撫，以治倭寇之事被逮，死於隆慶元年（1567）[37]。自華隨兄長移居懷寧。萬曆廿六年

---

31 馮夢禎記錄八月初六、十五、十六，與曹能始、屠隆、吳德符、俞羨長、范東生等小敘聽曲，見《快雪堂集・日記・壬寅》，卷59，頁16-17。

32 曹學佺〈適越記〉云：「同遊者為吳充、陳仲溱。蘭溪與吳別，陳同余歸」，《石倉文稿》，卷3。

33 曹學佺：〈同趙司理仁甫、葉少宰進卿集陳振狂三棄堂〉，《續遊藤山詩》，頁1。

34 陳价夫〈汲渠曹先生五十榮封稱壽序〉：「汲渠曹先生以家嗣廷尉君秩滿，遂膺寵命，拜爵如其官。時先生春秋才及半百……廷尉君過家……孟秋十月有七日，先生覽揆之辰，諸親賓請不佞言，申而祝之以為壽。」（徐𤊹鈔本《招隱樓集》）

35 曹學佺：〈阮司理堅之同諸公到梅塢〉，《續遊藤山詩》，頁4。

36 曹學佺：《雨集吳客軒懷沈從先》，《續遊藤山詩》，頁4；徐𤊹、趙世顯、陳益祥益友同題之作（《鼇峰集》，卷10；《芝園稿》，卷11；《采芝堂集》，卷5）。

37 《明史・阮鶚傳》云：「官浙江提學副使，手劍開門納（杭州百姓）之，全活甚眾……以附（趙）文華、（胡）宗憲得超擢……寇犯福州，略以羅綺……所侵餉數，浮於宗憲，追還之官」，卷205，頁5415。李春芳〈右僉都御史峰阮公鶚墓志銘〉云：「大司徒馬公森、大司馬霍公冀合疏行兩省巡按覆報，公之心事行且昭

（1598）進士。三十年出為福建福州推官[38]。冬至日初抵達福州，隨行者為即將赴寧化知縣任的唐世濟[39]，招呼地方詩友到郡邸相聚。參與者有：陳仲溱、馬歘、王毓德、徐㸑、曹學佺[40]。

阮自華好飲酒作樂，廣交詩友，遨遊山水，官場上有些顛簸。後來轉任江西饒州司理，改戶部郎，榷稅山東德州。萬曆四十年前後，升甘肅慶陽知府；崇禎初年重返福建，擔任邵武知府，已是後話。《懷寧縣誌‧文苑傳》記載：「自華博極群書，主盟騷雅；東海屠隆作四君子詩，馮夢龍、朱長春、虞淳熙，其一則自華也。又善草書，人皆藏為寶祀鄉賢[41]。」

（四）詩人屠隆的到訪

屠隆（1543-1605），字長卿，一字緯真，號赤水、鴻苞居士，浙江鄞縣人。萬曆五年（1577）進士，授穎上知縣，次年調青浦。八年，信奉曇陽子[42]。十一年，升吏部主事，才兩個月，被刑部主事挾

雪，乃以十二月七日歿於正寢，享年僅五十九」，《國朝獻徵錄》（學生書局影印萬曆刊本），卷63，頁96-100。

38 阮自華有詩〈壬寅秋出理閩越過蘇州〉，《霧靈山人詩集》，卷9，日本內閣文庫藏本。

39 唐世濟，字美承，浙江烏程人。萬曆廿六年進士，授福建寧化知縣。歷官左都御史；四庫《福建通志‧名宦》，卷32，頁482。阮自華、曹學佺均有送行詩（《霧靈山人集》，卷9；《續遊藤山詩》，頁3）

40 阮自華有詩〈長至初至福州夜集唐寧化美成布衣陳惟秦徐興公文學馬季聲王粹夫廷尉評曹能始郡邸得光字〉，《霧靈山人詩集》，卷9；曹學佺作〈阮司理堅之衙齋招陪唐明府美承仍同陳惟秦馬季聲王粹夫徐興公分得星字〉，《續遊藤山詩》，頁3。徐㸑有〈冬至後同唐美承明府曹能始廷尉陳惟秦王粹夫馬季聲集阮堅之司理衙分得京歌字〉，《鼇峰集》，卷15。

41 《懷寧縣志‧文苑傳》；又見（清）潘介祉：《明詩人小傳稿》（臺北市：國家圖書館排印本，1986年），頁143。

42 曇陽子為王燾貞（1558-1580）的法號，錫爵的女兒。王世貞撰有：〈曇陽大師傳〉，《弇州山人續稿》，卷78。

怨彈劾而罷官回鄉。屠隆博學，好遊歷，擅曲藝，能編劇，並自行登
場演出。常遊於吳越之間。萬曆三十年，與馮夢禎等人相會於西湖；
次年，因費元祿[43]的陪伴遊武夷，入福州，拜訪曹學佺[44]。參與社集，
擔任詞宗。有半年的時間，遊歷福州、漳州等地，次年元宵之後始返
寧波。

三　癸卯年三大場詩人社集活動

在曹學佺、徐𤊺、趙世顯、阮自華、屠隆等人的帶動下，芝社舊
友們跟隨著月令的推移吟詠賦詩。

三十歲的曹學佺在這年留下一本《芝社集》。詩集中記錄了元
旦，他邀集洪都知縣、上虞俞君寶以及陳宏已來小園走春，也回拜
洪都的衙署[45]。元宵夜，集徐𤊺風雅堂，作〈走馬燈〉、〈八音詩〉，
並邀集吳兆、范允臨[46]、陸長康於自家小園[47]。接著是鄭登明、林光宇

43　費元祿（1573-？），字無學，江西鉛山人。父堯年，萬曆間曾官福建按察使，歷
　　至南京太僕寺卿。元祿好詩與交遊，著有《甲秀園集》等（潘介祉：《明詩人小傳
　　稿》，頁158；國家圖書館編：《明人傳記資料索引》，頁667；乾隆《福州府志‧
　　職官》卷29，頁31）。

44　費元祿有詩〈送屠緯真之三山痲寄曹能始〉，《甲秀園集》，卷13；曹學佺有〈屠緯
　　真至〉，《芝社集》，頁13。

45　曹學佺作《洪子庚明府俞君寶陳振狂集小園同用微字》、《子庚招集署中同用居字》
　　二詩（《芝社集》）。洪都字子庚，號九霞，松江府青浦縣人；見乾隆《福州府志‧
　　職官》，卷33，頁24。俞君寶來自董其昌處來作客。董其昌〈題畫贈俞君寶〉：「俞
　　君寶將遊武夷，索余此圖。若有好事者，能為君寶生兩翼，便以贈之。畫在余腕，
　　不至如子瞻斷筆也」，《畫禪室隨筆》，卷2。

46　范允臨（1558-1641），字長倩，直隸吳縣人。萬曆廿三年（1595）進士，授吏部主
　　事，歷官至福建參議。工書，與董其昌齊名（朱彝尊：《靜志居詩話》，卷16，頁
　　485；國家圖書館編：《明人傳記資料索引》，頁361）。

47　曹學佺作〈詠走馬燈〉、〈八音詩〉。注：「以下二首徐興公直社」，《芝社集》，

直社，在半嶺園與平遠臺聚會[48]。二月十五花朝，邀集洪知縣、俞君寶、陳价夫、徐𤊶試鼓山新茶並有詩作[49]。到了三月上巳修禊，便是詩人集會的大日子。

（一）上巳桑溪修禊

三月三日，趙世顯召集社友禊飲於桑溪。桑溪在福州東郊，金雞山之北。由於河道蜿蜒，相傳漢代閩越王無諸便在此處流杯宴集。這個「流觴」地點是徐𤏳、徐𤊶兩兄弟查考過郡志，劈荊斬草，做了修整，在萬曆廿七年（1599）上巳日約謝肇淛、鄧原岳、曹學佺、林宏衍、陳薦夫等來此舉行過修禊[50]，每人賦四、五言詩各一章，徐𤊶和謝肇淛則各寫了一篇〈桑溪禊飲序〉，還繪圖存證，集成一冊。

而此次的禊飲，除了趙世顯、徐𤊶、曹學佺之外，尚有王崑仲、王毓德、陳仲溱、陳价夫、馬歘、徐興公、袁敬烈、王宇、王繼皋、鄭登明、高景、林光宇、康彥揚、黃應恩等十四人參加。負責直社張羅者為王崑仲與王毓德[51]。

頁2；趙世顯有〈八音詩〉，《芝園稿》卷；徐𤊶有〈元夕同社枉集風雅堂詠走馬燈〉，《鼇峰集》，卷15，頁439；吳兆有〈癸卯元夕曹能始席上詠夾紗燈屏得花字〉，《列朝詩集小傳》丁集卷14；范允臨有〈和陸長康元夕赴曹能始招飲之作〉、〈和曹能始民部詠走馬燈〉，《輸寮館集》，卷1，清初刻本。

48　曹學佺有〈半嶺園聞鶯，下註：鄭思黯直社〉、〈平臺閱兵，下註：林子真直社〉，《芝社集》，頁3-4；趙世顯亦有：〈鄭思黯社集洪女含山亭聞鶯分得四支韻〉、〈社集平遠臺觀閱兵分得十一真韻〉，《芝園稿》，卷12，頁3、5。

49　徐𤊶：〈花朝同洪九霞令君俞君寶陳伯孺集曹能始園試鼓山新茗分得夷字〉，《鼇峰集》，卷15，頁440。

50　徐𤊶〈桑溪禊飲序〉曰：「萬曆己亥，祓除之日，和風初扇，晴旭咋開，遂集諸賢，禊飲其上……。」清人郭伯蒼題註：「閩縣桑溪有萬曆癸卯郡人趙世顯等修禊刻石，興公與焉。《通志》、《郡志》未收。」（《全閩明詩傳》，卷40）事實上，發生時間並非同年。

51　徐𤊶〈癸卯三月三日同趙仁甫王玉生陳伯孺馬季聲王粹夫陳惟秦袁無競王永啟林子真曹能始鄭思闇黃伯寵商孟和高景倩王元直桑溪禊飲分得四言〉，《鼇峰集》，卷

王崑仲（1551-？），字玉生，閩縣人。萬曆間禮部儒士。與鄧原岳多唱和，亦與徐𤊹等人有交往。

王毓德，字粹夫，侯官人，布衣。他與徐𤊹同時擔任萬曆四十年（1612）喻政主修《福州府志》的分纂工作。他的父親應山（1531-？），字懋宣，按察使應時、參政應鐘之弟。明萬曆九年（1581）編纂《閩大記》，萬曆四十年以後撰著《閩都記》，皆為毓德繼成[52]。「西園」原名「中使園」，在烏石山西南麓，是他伯父應時的宅邸。

陳仲溱，字惟秦，侯官人，布衣。性拙直，寡言笑。與人交接，言辭少拂即掩耳而去。《明詩綜》云：「詩苦求工，不愜意不止。每出其詩示人，以手按紙，手顫口吟，人或誦其詩，口喃喃與相應和，其自喜如此。」[53]有《陳惟秦詩》。

陳价夫（1557-1614）[54]，名邦藩，號灣溪，以字行，閩縣人。郡廩生，更名伯孺。少為諸生，鄉試不利，遂隱居賦詩以自娛。性曠達，好吟詠，尤精書畫。有《海南雜事》、《招隱樓集》、《吳越遊草》等作。

馬歘（1561-？），字季聲，懷安縣人，森子，熒弟。萬曆間貢生，後任武昌府興國州判官[55]。

4；民國《福建通志》載刻石：萬曆癸卯郡人趙世顯、王崑仲、陳仲溱、陳价夫、馬歘、王毓德、徐興公、袁敬烈、王宇、曹學佺、王繼皋、鄭登明、高景、林光宇、康彥揚、黃應恩觴詠於此。（民國《福建通志・金石志》，卷14），尚少商家梅、高景倩兩人。曹學佺作〈雙溪流觴分得四言平字體王玉生王粹夫值社〉，《芝社集》，頁6，雙溪即桑溪。

[52] 明萬曆考訂重刊《三山志》序，見http://www.fjsq.gov.cn/ShowText.asp?ToBook=6035&index=239&

[53] 引《全閩詩話》，卷8，頁313。

[54] 《大義陳氏族譜》：「邦藩，字价夫，生嘉靖丁巳（1557）十月初六，卒萬曆甲寅（1614）九月初九，享年五十八，祀福城高賢祠」，榮繡陳氏續修族譜理事會古文今譯本。

[55] 四庫《福建通志》，卷197，頁3564。

商家梅（？-1637），字孟和，閩縣人，諸生。萬曆末年，遊南京而與鍾惺交好。不多讀書亦不事汲古，劌心役腎，取給腹笥，目笑手語無往非詩，崇禎年間，再自閩入吳，最後客死太倉[56]。

高景（？-1637）[57]，字景倩，又字敬和，侯官人，諸生。

袁敬烈（？-1604），字無競，閩縣人，表子。詩人，有《臥雪齋集》。

林光宇（1577-1604），字子真，閩縣人，有《情癡集》[58]。與曹學佺同時為縣學生，小三歲，卒之次年孟夏為作詩集序。

王宇（1574-1613？），字永啟，閩縣人。參加禊飲時，仍為府學生。萬曆卅四年（1596）始中舉人，卅八年（1610）登進士，官南京武選郎，旋改山東督學參議，又入為戶部員外郎，未任卒[59]。此年三月晦日諸友集王宇的塔影園送春，而由王繼皋直社。王繼皋字元直，太學生。

黃應恩，字九龍，又字伯寵，長樂人。天啟五年（1625）貢元，崇禎間補中書舍人。在桑溪會後，他宴請徐㷆、曹學佺等人泛舟西湖

56　民國《閩侯縣志》，卷71，頁287。

57　曹學佺有〈輓高景倩〉詩，《六四艸》，頁33；知卒於曹學佺六十三歲時，當為1637年。

58　〈林子真詩序〉云：「辛卯，獲補博士弟子員，與子真同。子真年十五耳，予長有三春秋。」（《石倉文》，卷1，頁49）曹學佺生於萬曆二年，此年十八歲，則林光宇當生於1577年。又徐㷆《筆精》：「予友林子真少年有俊才，甲辰暮春晦日諸同社集王永啟塔影園作送春詩，子真有句：『花為離愁魂易斷，柳當別淚眼難開。』眾詫為工，不久逝矣。」（卷5，頁207）林光宇死在甲辰年無誤，但此聚會應在癸卯年（1603）方是。

59　乾隆《福州府志·文苑》，卷60，頁38；李清馥：〈隆萬以後諸先生學派〉，《閩中理學淵源考》，卷47。王宇有〈三月晦日社集塔影園送春有伎〉，《烏衣集》，卷4，頁2；曹學佺有〈三月晦日集塔影園送春王元直當社〉，《芝社集》，頁8；徐㷆亦有同題之作，《鼇峰集》，卷15，頁441。

並憩息於北庵[60]。

　　康彥揚，字季鷹，莆田人。諸生，為徐𤊿女婿。

　　鄭登明，字思闇，未詳何人。

　　從與社的人員的年齡觀察，趙世顯六二歲最年長，以下中、壯、青年均有；年輕詩友也負起「直社」的任務。

　　送春以後，四月，監察御史畢懋康[61]來福州訪查將竣，徐𤊿、曹學佺、陳价夫陪伴登烏石山，眾人集林世吉民部宅，阮自華亦有送行詩[62]。

　　五月，社友集於西湖、薛老峰、河口鄭氏別業，由康彥揚、陳仲溱、陳价夫、高景倩分別值社，亦有林世吉招遊[63]。六月，又輪到趙世顯與曹學佺分別直社[64]。七月，則有董養斌直社而集於凌霄臺[65]。此

---

[60] 徐𤊿與曹學佺均有同題之詩作，見《鼇峰集》，卷15，頁441；《芝社集》，頁6。

[61] 畢懋康字孟侯，直隸歙縣人。萬曆二十六年進士。以中書舍人授監察御史。改按山東，擢順天府丞，以憂去。天啟四年起右僉都御史，撫治鄖陽。《明史·列傳》，卷242，頁6278。

[62] 徐𤊿：〈初夏同畢孟侯中瀚曹能始陳伯孺登烏石山絕頂風雨忽至〉，《鼇峰集》，卷10；曹學佺：〈邀畢孟侯登烏石山風雨忽至〉、〈同孟侯夜集林天廸草堂〉、〈送孟侯〉，《芝社集》，頁8；阮自華作：〈在閩送畢孟侯使〉，《霧靈山人詩集》，卷9。

[63] 曹學佺作：〈初夏澄瀾閣得微字康季鷹值社〉、〈薛老峰陳惟秦陳伯孺共直社分賦烏石山一景〉、〈集河口鄭氏別業高敬和值社〉、〈西湖觀張林天旭招〉等詩，《芝社集》，頁9；徐𤊿：〈夏日高景倩直社鄭湘潭竹園避暑分得八齊〉，《鼇峰集》，卷10，頁2260。林世吉字天廸，閩縣人，尚書熿之子，以蔭官戶部員外郎，家有瑤華堂。

[64] 曹學佺作：〈賦得白雲抱幽石，自註：以下二首趙仁甫直社〉、〈芙蓉露下落，自註：小園直社賦〉，《芝社集》，頁12-13。趙世顯有：〈社集曹廷尉園亭賦得芙蓉露下落分得十二文韻〉，《芝園稿》，卷13。

[65] 董養斌，字叔允，閩縣琅岐島人，光祿丞。曾協助徐𤊿編《晉安風雅》。曹學佺有詩：〈七夕，下註：董叔允直社凌霄臺〉，《芝社集》，頁13；徐𤊿亦有：〈七夕董叔允社集鄰霄臺分得七襄錦〉，《鼇峰集》，卷9。諸家對於凌、淩、鄰，與宵、霄，諸家書寫不一，本文統合為今稱「凌霄臺」。

時屠隆適以詩人並修道人的身分來訪，引起了福州人士的關注[66]。

（二）中秋瑤華社集

八月十五日中秋，鼓樓北方的烏石山醞釀著一場詩人大集會。從史料上來看，應該是以林世吉為主人，趙世顯為詩宗的瑤華社社集開始，約有四十多人參加，也邀請了外地來的賓客。趙世顯〈瑤華社集得卮字〉，自序云：「是日，全閩詞客四十餘人皆來會，而四明屠緯真、新安吳非熊、邵陵唐堯胤亦與期盟」；在〈林天迪瑤華社大集分得七言古體〉中，亦云：「閩吳楚越萃豪英，洞壑巖巒共瀟灑[67]」。

新安吳非熊，即吳兆，布衣詩人。雅好詞曲，游少年場。萬曆廿四年（1606）與曹學佺在南京結金陵社。曾與鄭應民做白練裙雜劇，嘲馬湘蘭。三十年冬，曹學佺邀入福建[68]，恭逢集會盛事。後，歷閩中諸山，及於武夷、匡廬、九華，復還南京。歸返新安後，出遊，死於廣東新會。有金陵、廣陵、姑蘇、豫章諸稿[69]。

邵陵唐堯胤，名為元竑，又字遠生、祈遠，湖廣邵陽人，籍貫浙江烏程。此年遊歷福建，返回湖廣後，與袁宏道相晤[70]。萬曆四十年（1612）舉人。明亡出家，號正法禪師[71]。

---

66 趙世顯作：〈喜屠緯真至自四明緯真久事玄修志圖充舉賦此以贈〉，《芝園集》，卷24。

67 見趙世顯：《芝園稿》，卷13。

68 吳兆：〈冬至夜集曹能始園亭觀伎〉、〈癸卯元夕曹能始席上詠夾紗燈屏得花字〉，《新安二布衣詩》，卷3。

69 錢謙益：《列朝詩集小傳》，丁集下，頁604。

70 袁宏道有〈唐堯胤自貴竹過訪，用君御韻奉贈，註：唐昨歲出閩〉、〈唐堯胤以詩見投，用韻奉答，唐從貴竹來〉、〈閏九月一日，羅服卿、唐堯胤、王以明、劉繩之、王連玉及方平、無煩兩弟，夜集齋頭，得成字〉、〈送唐堯胤北上〉四首，皆作於萬曆卅二年（1604）公安，《袁宏道集箋校》，頁1023、1024、1025、1027。君御為龍膺字，汪道昆的女婿。

71 《烏程縣志》，卷15；錢伯城：《袁宏道集箋校》，頁1023。

曹學佺、徐𤊹、謝兆申、陳益祥、阮自華與來自漳州龍溪的鄭懷
魁均有和詩[72]。鄭懷魁（1563-1612），字輅思，為漳州七才子之一。與
曹學佺為同年（1595）進士，官處州知府，此際亦告假在鄉，遊歷福
州，他甚至寫了長篇詩序。

（三）中秋凌霄臺神光大社

瑤華社集之際，阮自華號召擴大詩人大會，移師烏石山凌霄臺神
光寺，號曰「神光大社」，並以東海屠隆、莆田佘翔、清漳鄭懷魁、
閩郡趙世顯、林世吉、曹學佺並為長[73]，與社者將近百人。當時留下
詩作，就目前可考尚有：謝兆申、陳薦夫、鄒時豐、周之夔，以及吳
兆、徐𤊹、陳益祥、王宇[74]。已知參社而未見詩篇者，有：福清林古

---

[72] 曹學佺：〈瑤華社詩分得敘字〉，《芝社集》，頁14；謝兆申：〈林天迪瑤華社集
詩〉，《謝耳伯先生全集》，卷2；陳益祥：〈仲秋讌集瑤華社〉，《采芝堂集》，卷
2；阮自華：〈林天迪農部瑤華社集分得何字〉，《霧靈山人詩集》，卷4；徐𤊹：〈同
陳伯孺袁無競曹能始集林天迪宅上聽蓮奇二姬歌天迪即席詩贈二姬戲和一首〉，
《鼇峰集》，卷15，頁442。鄭懷魁《瑤華社大集詩序》，序云：「八月兌卦，正秋
萬物之所說也；七閩坤輿，左海群哲之所鍾焉。壇坫之會在斯，衣冠之序咸秩。于
時則有越吟君子，郢曲騷人，客爰操乎吳趨，主時稱乎海唱。聚瑤華之璀璨，絢
玉樹之青蔥」，《葵圃存集》，卷6，頁1。懷魁小傳見四庫《福建通志》，卷46，頁
742。

[73] 阮自華：〈陵霄臺大會詩〉，《霧靈山人詩集》，卷4；曹學佺：〈凌霄臺大社，下
註：阮堅之招〉，《芝社集》，頁17；謝兆申〈壩壩五章並序〉云：「壩壩者，阮司
理集陵霄臺作也。時入社可百人，而東海屠隆，莆田佘翔，清漳鄭懷魁，閩趙世
顯、林世吉、曹學佺為之長」，《謝耳伯集》，卷1。

[74] 陳薦夫：〈秋日阮堅之司理大會鄰霄臺〉、〈大會鄰霄臺〉，《水明樓集》，卷1、卷
9；鄒時豐：〈阮司理社集鄰霄臺〉，《石倉十二代詩選‧社集》；周之夔：〈秋日阮
澹宇司理烏石山凌霄臺社集〉，《棄草集》，卷2；吳兆：〈阮堅之大集鄰霄臺作〉，
《新安二布衣集》，卷2；徐𤊹：〈秋日阮司理大會鄰霄臺〉二首，《鼇峰集》，卷
4；陳益祥：〈秋日會凌霄臺呈阮司理〉，《采芝堂集》，卷2；王宇：〈阮堅之招飲
烏石山〉，《烏衣集》，卷4。

度、莆田三游[75]與周嬰。

佘翔（1536-？），字宗漢，莆田人。嘉靖卅七年（1558）舉人，謁選為全椒知縣。罷官後，為金陵詩酒之遊。有《薜荔園集》。他以莆田詩人元老的身分參與。

謝兆申（1567-1618），字伯（保）元，號耳伯，邵武人。萬曆中貢生。與會時卅七歲。兆申好詩書，喜交異人，購異書，藏書幾五六萬卷，後客死湖廣麻城，著《謝耳伯先生全集》，曹學佺為作序。

陳薦夫，名藻，以字行，更字幼儒，价夫之弟。萬曆二十二年（1594）舉人[76]。三次上京會試失利後，雙目失明。著有《水明樓集》。

鄒時豐，字有（當）年，清流人。與會時尚為縣學生。後於萬曆四十六年（1618）舉人，崇禎年間任福州羅源縣教諭，升浙江湯溪知縣[77]。

周之夔（1586-1648？），字章甫，閩縣人。縣學生，與會時僅十八歲。後於崇禎四年（1631）中進士，授蘇州推官，辭官歸。曾入復社，與錢謙益、瞿式耜友好，主講過壚冊書院。隆武元年（1645），歷任考選推官、翰林院編修、兵科給事中。南明兵敗後失蹤。著有《棄草集》。

林古度（1580-1666），字茂之，福清人。與會時廿四歲。父林章（1551-1599）本名春元，字初文，萬曆元年（1573）舉人，因坐事被除名。後僑居金陵、燕京等地十多年，上書止礦稅，兼述立兵興鹽之

---

[75] 〈竹香齋詩序〉：「莆中三游，以稱詩名於一時，海內騷壇咸傾向之。予獲交於三山鄰霄大社間。後以起家粵西，取道盱江，又與勿𪒠遊麻源，倡和有作，在勿𪒠集內。勿𪒠者，宗謙之孫、元封之子也，與其諸父元藻又號五游」，《石倉四稿·六四文·序》。

[76] 乾隆《福州府志·選舉》萬曆廿二年甲午科舉人，卷40，頁41。同書〈文苑傳〉作「中萬曆庚子（廿八年）鄉榜」，卷60，頁35，誤。

[77] 乾隆《福州府志》，卷33，頁59。

策，為宦官所嫉，下獄，暴死於獄中。古度才剛剛接下父親的事業，他在宴會中奮袖擊鼓，得到屠隆所知，聲譽日起。後來接受了竟陵派的詩風。明亡後，家產殆盡，失明，死於鍾山下[78]。

來自於莆田的游家祖孫三代，也參加了社集。祖父宗謙；父及遠，字元封；孫勿罨，字子騰。另有周嬰字方叔，也是莆田人。與勿罨均為年輕人，後來分別幫助曹學佺湘西之行中南昌一站的接待，與《石倉詩集》、《十二代詩選》的編輯。周嬰於崇禎十四年（1640）以貢入京，授上猶知縣。著有《厄林》、《遠遊篇》等書。

根據錢謙益的述說，盛況如下：

> 阮堅之司理晉安，以癸卯中秋，大會詞人于烏石山之鄰霄臺，名士宴集者七十餘人（或云百十人），而長卿為祭酒。梨園數部，觀者如堵。酒闌樂罷，長卿幅巾白衲，奮袖作《漁陽摻》，鼓聲一作，廣場無人，山雲怒飛，海水立起。林茂之少年下坐，長卿起執其手曰：「子當為摑鼓歌以贈屠生，快哉，此夕千古矣！[79]」

屠隆的演出得到滿堂喝采，林古度熱烈擊鼓，四十七歲的陳价夫激動得無以言表，他後來撰文表示感恩：

> 癸卯，受知於阮司理澹宇、洪令君九霞。阮公大倡風雅，我與陳惟秦、徐興公、馬季聲、王粹夫、王永啟數君，特蒙眷顧，文酒追隨，殆無虛日[80]。

---

[78] 《清史列傳・文苑・林古度傳》，卷17；潘介祉：《明詩人小傳稿》，頁426。

[79] 錢謙益：《列朝詩集小傳》丁集上，屠儀部隆，頁445。又參見丁集下，阮邵武自華，頁645。

[80] 陳价夫：〈今我傳〉，《招隱樓稿》，徐爋鈔本（上海市：上海圖書館藏）。

　　大會結束了。眾人久久不肯散去，吳兆、林古度留宿曹學佺家中。九月初，還另外邀集謝兆申、徐𤊟夜晚泛舟瓊河抵鼓崎，仍有和作[81]。到了重陽登高日，福州知府黃似華、轉運使王亮、阮自華司理邀宴屠隆、林世吉，請曹學佺做陪[82]。十月，曹學佺與徐𤊟、林古度遊閩南，抵泉州歐陽詹石室[83]憑弔。赴漳州，因鄭懷魁的引見，參加霞中社社集，與張燮、陳翼飛、陳貞鉉等人酬唱[84]。張燮隨後北上赴試，曹學佺邀請其他詩人返福州再聚[85]。

　　熱鬧的一年過完，萬曆卅二年（1604）新春，詩人聚會的熱情未歇，只是驪歌漸起。正月上元日康季鷹值社；夜晚曹學佺邀屠隆、阮自華、徐𤊟、吳兆、林古度、洪汝含諸子仍社集於烏石山凌霄臺。稍

81　曹學佺作有〈吳非熊林茂之過宿〉、〈瓊河夜泛至鼓崎舟中限韻刻燭成五言絕句十首，下註：吳非熊、謝耳伯、徐興公、林茂之同賦〉，《芝社集》，頁18-19；徐𤊟、吳兆、謝兆申均友同題之作。（《謝耳伯集》，卷2、《鼇峰集》，卷22、《新安二布衣詩》，卷2）

82　曹學佺作：《九日黃郡守王轉運阮司理邀屠儀部林民部至賦得四言一首》，《芝社集》，頁21。黃似華，內江人。萬曆十七年進士，任福州知府，卅四年轉汝寧知府，修有《汝南志》。乾隆《福州府志‧職官》，卷31，頁29。

83　曹學佺〈唐歐陽先生文集序〉：「癸卯冬，予再遊溫陵之石室，友人徐興公偕焉。石室為唐歐陽行周先生讀書處也」，《石倉文稿》，卷1，頁20。徐𤊟亦有〈宿歐陽行周讀書石室〉詩，《鼇峰集》，卷15，頁445。

84　曹學佺：〈鄭輅思招入霞中社〉、〈訪陳貞鉉遇陳元朋因遊林氏園亭鄭輅思張紹和後至分得神字〉，《天柱篇》，頁15；徐𤊟作：《汪爾材總督陳元朋張紹和二孝廉招集顧氏園林同鄭輅思民部陳貞茲孝廉曹能始林茂之分韻》，《鼇峰集》，卷4。陳元朋，名翼飛，平和人，萬曆廿五年舉人，卅八年（1611）始成進士，官浙江宜興知縣。張紹和名變，龍溪人，萬曆廿二年舉人。

85　曹學佺作〈送張紹和北上〉、〈長至夜集諸子小園得閒字〉、〈同吳非熊陳元朋徐興公林子真林茂之集羅山得寒字〉、〈送陳元朋〉、〈送陳貞鉉〉，《天柱篇》，頁17-19；徐𤊟作〈長至夜同非熊元朋貞鉉茂之集能始宅聽妓奇奇彈箏〉、〈冬日邀吳非熊陳元明丘伯幾曹能始林子真林茂之集法海寺得邊字〉，《鼇峰集》，卷10、卷15；吳兆有同題之作，《新安二布衣詩》，卷2。

後，於法海寺送屠隆歸返寧波[86]。

二月下旬阮自華、趙世顯等邀社友松坪看梅分韻賦詩。而曹學佺與吳兆、林古度已準備返回南京，同社集高賢祠餞別[87]。三月五日寒食節，吳兆、林古度陪著曹學佺離家赴江西南昌刑署處理公務[88]，半年後返回南京。

四　結論：福州癸卯詩壇盛事的考查

在屠隆、曹學佺相繼離去之後，趙世顯似乎跟著退隱，而阮自華只是福州司理，官職不高，少了同道唱和，福州詩壇也漸漸趨於平靜。這一年頻繁的社集，是不是帶給福建地區很大的文化衝擊？

（一）先檢視詩社的形成，參社者係「以文會友，以友輔仁」的心態，對詩詞寫作有莫大興趣，因此集會宴飲賦作。他們追隨著月令的變化，元日、人日、穀日、上元、花朝、上巳、春分、清明、長至、七夕、中秋、重九、冬至、除夕等等，來安排詩社的集會。會中，為了一逞詩才，有時候要分題限韻，來增加寫作的難度。由於沒有嚴苛的入社要求，也沒有利害相關，組織上是鬆散的。每次開社，都要有一位社員「值社」，張羅宴飲，甚至安排劇團、歌妓，以壯聲

86　學佺有詩〈上元日康季鷹直社園中〉、〈邀屠緯真阮堅之諸子集烏石山亭〉、〈法海寺送法海寺送緯真歸甬東二首〉，《春別篇》，頁2-3；徐𤊹亦有詩：〈甲辰元夜曹能始招同屠緯真阮堅之吳非熊洪汝含集烏石山〉，《鼇峰集》，卷11。

87　趙世顯：〈同阮堅之郡理曹能始廷尉林天迪員外吳子修彭有貽二明府魏獻可孝廉吳女存文學松坪賞梅分得松字〉、〈送曹廷尉之留都〉，《芝園稿》，卷22、21；阮自華：〈集瑤華社送能始還廷尉留都得鍾字〉，《靈霧山人詩集》，卷9；王宇：〈送吳非熊歸白下〉、〈仁王寺送曹能始還大理〉，《亦園詩略》；曹學佺：〈林天迪別業見餞〉、〈雨中高賢祠同社餞別〉、〈阮堅之過別〉，《春別篇》，頁4-6。

88　黃汝亨：〈訪曹能始明刑署在豫章城中後傍明湖香荷如幔而余以能始始得之〉，《寓林詩集》，卷3；可知曹學佺居停南昌的理由。

色。戲劇的表演，也成為不可或缺的元素。為了容納戲曲演出與眾多
社員的到來，場所可以外借。由年長者或貴賓擔任詩宗。貴賓參加，
屬臨時性質，算「榮譽社員」，不需分擔社務。如果輪值的社員沒有
中斷，詩社可以運作下去；但如果有社員遠行或死亡，而沒有社員願
意接棒，詩社自然瓦解。

在此年活動的觀察，趙世顯感嘆玉鸞社已經散局，幸好由他主持
的芝社，社員們都負起任務，維持正常活動。加上曹學佺歸來、阮自
華到任，以及屠隆的拜訪，維持了不墜的熱情。而林世吉為尚書㷆之
子，以蔭授戶部員外郎。史稱他們「三代五尚書，七科八進士」，尤
其是他的曾祖瀚、祖父庭機、父㷆都擔任過國子監祭酒，文名自高；
由他興起號召瑤華社，更是一呼百應。

（二）這些詩社的續存仍是充滿危機。先是詩社耆老凋零，主事
者已是六十高齡；中年者多擔任地方文書工作，鄉居已久，個性溫
和，很難獨當一面，來召集詩社會務；地方鄉紳的後代，少數留意傳
承詩學者，但大多數人都以蔭得官職，喜歡附庸風雅，未必熟悉詩
道；而青壯年多是新科進士，授官在外，奔走四方，縱有詩才，或具
領導野心，也難以慎重其事。詩社的發展，自然要依賴青年學子，只
可惜他們多困於場屋之業，無暇兼顧。剩下來想詩社興廢的因素，是
地方官員重視與否？轉運鹽使司運副王亮、福州司理阮自華，對文
學有偏愛，自然熱中此道；而其他各級的官員只想「插花」，未必真
愛。曹學佺對於這類官員表現很冷淡，拿徐熥的同題詩來比較，曹學
佺蓄意忽略官員的名諱，彷彿他們並未在場。

（三）閩中詩壇主導權的移動，使曹學佺與趙世顯的關係緊張。
曹學佺此年與趙世顯酬酢，僅見兩首。〈賦得白雲抱幽石〉云：「白
雲時舒卷，片石怕孤貞。蓮峰低復隱，枝葉漫相縈。象虛詎無著，中
堅斯有情。幽人日靜對，欲以締深盟」；〈清風松下來〉云：「斜日澹

無色，高松迥不群；驚濤一以瀉，寒翠落紛紛。對酌不覺滿，臨流無
定聞；欲知何所擬？謖謖為夫君[89]。」這兩首作品似乎把主人比做白
雲、高松，而自己等待訂盟比附。曹學佺喜好「以自然為宗」，詞語
「清冷而曠絕[90]」，與嚴整富贍的七律截然不同；因此不入「以格律為
宗」趙自顯的眼底，而造成嫌隙，也未為可知。

六十二歲的趙世顯在大會上贈送三十歲的曹學佺一支拐杖，有甚
麼象徵意義呢？曹學佺以詩回贈，但那首詩沒有被保留下來。趙世
顯又回贈一詩：「邛竹遙攜自蜀州，一枝分贈伴遨遊；未周名嶽休輕
棄，倘過前陂莫浪投。臨眺倚殘江浦月，行雲挂破石亭秋；亦知白雪
元難和，欲醉青蚨可自由」，就有指導詩學授意傳承的用意了。第二
年春天曹學佺離開福州之前，大夥兒在松坪賞梅分韻賦作，曹學佺
的詩作還是沒留下來。最後的話別，趙世顯則寫下：「東風送暖草芊
芊，金鎖江頭敞別筵；自昔法星明棘寺，方春使節動閩天。驛樓柳
色青煙裡，客路鶯聲落照前；寢寐隴雲愁正劇，與君分手淚潸然[91]。」
這首七律並沒有讓曹學佺感動，在《石倉集》中還是沒有看到應和的
作品。

而一年之後，趙世顯整理了詩作，蒐集早期的作品重新出版。萬
曆卅四年（1606）之後，趙世顯沒有其他的訊息。徐𤊶撰詩〈哭趙仁
甫先生〉：「靈爽乘雲返玉京，寢門臨哭拜銘旌。七閩結社孤盟主，
四海論交失老成。堆案蟲魚空有字，滿山猿鳥寂無聲。淒涼最是王孫
草，歲歲春風墓上生[92]。」此詩讀來，讚譽趙世顯盟主的地位，卻也
說出他的孤獨、空寂與淒涼，令人唏噓。近年來「福建省情資料庫」

---

89 〈賦得白雲抱幽石〉、〈清風松下來〉，《芝社集》，頁12。

90 葉向高：〈曹大理集序〉，《曹學佺集》，卷首。

91 趙世顯：〈送曹廷尉之留都〉，《芝園稿》，卷21。

92 徐𤊶：《鼇峰集》，卷18，頁535。

中，收錄《福州郊區志》，其中載有趙世顯萬曆卅八年（1610）購買葬地契約，可以推算他在世最後的時間。

是不是曹學佺與趙世顯在詩學主張上有了歧見？以傳承後七子復古派衣缽自許的趙世顯，嚴格要求平整完熟的律體，而後輩詩人寫不來，也不願繼承，是否造成了兩代詩學的斷裂？

（四）這場盛會帶動福建地區的詩學與生活意識的自覺，讓老中青詩人在大會中有了相互抗衡的機會。正如陳廣弘所謂，趙世顯與曹學佺都是處在「影響的焦慮」下，傳遞了個人對詩學堅持的意念；而福建詩人從傳承朱熹「道南理窟」的矜持，突破了限制，而走向「生活與趣味」的文藝品味[93]。

（五）參加三場大社的人員，在口號宣傳上是及於「閩、吳、楚、越」各地，實質上福建地區文化的整合，才必須注意，連莆田、漳州的詩人也來聲援參與。漳州詩人張燮在萬曆廿九年（1601）發起漳州主持的霞中社，元氣不足，因為凌霄臺大社的舉行以及曹學佺訪問霞中社的影響，在次年（1604）連續舉行了三天的社集，並且在一六〇六年重修霞中社聚會的房舍[94]。

本文利用文集資料，搭配史地的對照，來建構想像的歷史現場，希望透過此一「現場」，揣摩萬曆癸卯年福州詩壇盛事，期盼與會方家不吝指正。

——本文為國科會專題研究計畫 NSC100-2410-H-029-028 之四；

93　陳廣宏：〈晉安詩派：萬曆間福州文人群體對本地域文學的自覺建構〉，《中國文學研究》第 12 輯（2008 年 9 月），頁 82-117。
94　陳慶元：〈中國東南一群詩人的千秋事業：晚明漳州詩人組織霞中社及其群體意識的覺醒〉，《明代文學學會（籌）第九屆年會暨 2013 年明代文學國際學術研討會論文》，2013 年 8 月。

初稿發表於2013年11月8-9日南華大學中國文學系舉辦「2013明代文學與思想國際學術研討會」；2013年12月修訂。

曹學佺《湘西紀行》的探究

一 前言

　　明天啟二年（1622）九月五日，朝廷下詔除曹學佺為廣西布政使司右參議之職。這是他鄉居十年之後，突然接獲的命令。回溯萬曆四十一年（1613）曹學佺在四川按察使司按察使的職務上任滿，突然遭遇「察典」，削官三級，降為陝西按察司副使，因此動身返鄉。降謫的理由，可能是獲罪蜀端王宣圻，真正的理由還有待考查[1]。他途經江西廬山，曾動念留居此處，但因為丁父憂之故，必須返歸闆里。抵鄉之後，擴建了石倉園，作為起居之所。

　　對於年僅五十歲的曹學佺，以降謫起用，在仕與隱之間的抉擇，應該有許多心緒。在他長年耕耘的詩文創作中，卻沒有透露任何信

---

[1]　《明熹宗實錄》：「（天啟二年九月戊戌）降原任陝西按察司副使曹學佺為廣西布政使司參議。」（卷26，頁6）可知曹學佺自四川按察使解任，曾貶為陝西副史。曹孟善〈先府君行述〉：「蜀藩回祿，估修邸第費至六十七萬，奉明旨措給，宮保公堅執前宗藩例卻之……辛亥晉秩憲長，隨獲謗削三級而歸。」（《曹學佺集》福建師範影印明刊本附錄）〈祭林氏姊文〉：「予癸丑歲以蜀憲放歸，先大夫捐館舍。」（夜光，頁15）或以獲罪蜀端王宣圻而降謫，又以守喪歸。端王薨於萬曆40年11月（文淵《四川通志》卷29下，頁15）。學佺貶謫於次年。查雍正本與文淵閣本《四川通志‧職官表》，學佺先後任職布政司右參政、按察使，均無記載；其重要著述《蜀中廣記》108卷亦未收入。文淵閣四庫全書本《四川通志‧藝文》僅錄學佺〈萬縣西太白祠堂記〉、〈遊峨嵋山記〉二文（卷42，頁77-78）。四庫提要著錄《蜀中廣記》云：「學佺嘗官四川右參政，遷按察使」。《四川通志》竟刪削學佺職官與著述，顯然有重大原因，待查。

息。然而次年四月十二日他還是自福建福州啟程，取道江西、廣東，再到廣西桂林。七月四日終於抵達桂林公館，歷時八十三天。曹學佺將此次旅程日記，彙編為《湘西紀行》，後來又把日記裡的詩作抽出來，另編為《桂林集》上集[2]。我們可以藉此了解：

（1）晚明從福建福州到廣西桂林的交通動線與路況。

（2）從學佺的行旅，來窺探一般官員宦遊時的生活、遊歷、寫作與交遊酬酢。

（3）從學佺的考察與著述，來了解晚明文人對家國意識與文化傳承的展現。

（4）曹學佺在晚明旅遊書寫盛況中，近於傳統的表現方式，以文紀事，以詩紀情，亦不失自然樸實之態。

二　曹學佺的生平與宦遊

曹學佺（1575-1646[3]），字能始，號石倉，福建福州府侯官縣洪塘鄉人。在明代兩百多年的科舉取士之中，洪塘鄉出現「一狀元、三尚書、五十七舉人進士」，因此有「科科不斷洪」的美譽。其中的一位尚書，指的就是曹學佺。

2　現存曹學佺文集以日本內閣文庫所藏《石倉文集》為最完整，國內漢學中心有1993年日本京都高橋情報影印本，內收《湘西紀行》、《桂林集》，為本文論述之底本。北京大學所藏乾隆19年曹岱華重刻《石倉詩稿》33卷本，卷22收《湘西紀行》，但刪去日記部分，僅留詩作；卷29收《桂林集》上中下三集，上集與《湘西紀行》內容絕大部分重出，2000年北京出版社編纂「四庫禁燬書叢刊」時據此影印出版，收在集部143冊中。

3　曹學佺生於萬曆二年閏十二月十五日，西曆為1575年。以傳統年齡計算，1575年算是2歲。所以曹學佺年齡有73、74歲兩種說法，實歲應為73歲。詳細考證，可參見拙作：〈晚明閩中詩學文獻的勘誤、搜佚與重建——以曹學佺生平、著作考述為例〉，《文學新鑰》第10期，頁69-104。

萬曆十九年（1591），曹學佺獲取童生的資格；同年八月，鄉試中舉。連中兩元之後，赴京參加三月的進士會考。到了北京，以同鄉之誼，借住光祿公龔燿官邸。光祿公係蔭官，為嘉靖五年（1526）狀元龔用卿之子[4]。考試失利，仍獲得光祿公賞識，收為女婿。返鄉後，即前往迎娶[5]。萬曆二十二年（1594）冬，再次上京，經過幽、燕、齊、魯各地，瀏覽名山巨川，目睹帝京景象，也結交了許多文壇名士。

次年春天進士及第[6]，授戶部主事，請准返鄉探親。此時老縣長周兆聖因病去世，學佺乃轉赴江西金溪弔唁。途經福建建州、永安、武夷等地，也順道遊歷江西鉛山紫陽書院和觀音洞等地。

在北京戶部任官期間，曹學佺與友人遊歷近畿房山、通州、薊門各地，都有詩作。萬曆廿六年（1598），改任南京大理寺左寺正，由於業務清閒，常與同僚、友人，遊歷宮臺古寺，攀岩登岳，或泊秦淮水閣，留下許多唱和的詩篇。

萬曆廿九年（1601）秋，曹學佺同友人赴浙江歸安弔祭文學前

---

[4] 龔燿，字彥升，號念雲，福建懷安人，用卿子。以蔭為監生，官光祿寺典簿。據陳慶元《曹學佺年譜》手稿本，引述《福州通賢龔氏支譜》，唯官職應在北京，而非南京。

[5] 曹孟善〈先府君行述〉云：「壬辰會試未第歸，始娶鼎元龔女。」福建師範大學方寶川教授亦云：「歸娶同里狀元龔用卿之女為妻」，見福師本《曹學佺集》（南京市：江蘇古籍出版社，影明末刊本），書後附錄頁5與書首頁2。學佺有〈祭妻弟龔瑤圖文〉，云：「余岳父光祿公有男子八人、女子五人，俱長成而婚嫁……初，王父司成公覲子，而光祿公繼之，有子女如是多也，可以慰司成於九原。」（《六一集·碑銘》，頁24）應為龔用卿孫女方是。又陳超：《曹學佺研究》（福州市：福建師範大學博士論文，2007年）、李梅：《曹學佺研究》（杭州市：浙江大學碩士論文，2006年）、孫文秀：《曹學佺文學活動與文藝思想研究》（北京市：北京大學博士論文，2011年），仍沿用錯誤。

[6] 見萬曆廿三年進士題名榜單，曹學佺在二甲第50名。見《明清進士題名碑錄索引》附錄。

輩茅坤[7]，順道去蘇州拜訪僑居該地的徐𤊹，偕遊太湖、杭州、常山等地，也到了越中紹興、剡溪、新昌，登天姥山等諸多名勝，撰有《遊太湖詩》、《錢塘看春詩》等作。返鄉省親時，在萬曆卅一年（1603），分別參加由趙世顯主持的芝社、阮自華主持並邀請屠隆為貴賓的凌霄臺大社。卅三年，再遊浙江，以妻子龔氏之喪而返回福州。

萬曆卅四年（1606），曹學佺升任南京戶部郎中，也開始主盟詩社。錢謙益論萬曆年間有兩次詩壇盛況，初期的領袖是金陵人陳沂，謁選為崇仁教諭，陞奉新知縣，調寧鄉，謝病歸。居家十五年，於桃葉渡、淮清橋之間，建造邀笛閣，結清溪社[8]，金鑾、盛時泰、張獻翼、王稚登與會，詩風大勝。而二十餘年之後，閩人曹學佺繼起，與臧懋循、陳邦瞻、吳兆、吳夢暘、柳應芳、盛鳴世等人唱和，蔚為氣候，並集眾人與會詩作刊刻為《金陵詩集》[9]。曹學佺便是將金陵詩壇盛事推向高峰的重要人物。

萬曆卅七年（1609）調任四川右參政。途經河南、陝西抵四川成都任上。隔年夏天，又離開蜀地，再次往返北京賀歲。旅途跋涉，頗為耗時。萬曆卅九年（1611）升任四川按察使。在這段時間中，他忙於日常政務之外，考察了蜀地風俗民情，寫成《蜀中廣記》一〇八

---

[7]　茅坤（1515-1601），有朱賡撰墓誌銘、屠隆撰行狀、馮夢禎撰墓表，均見《茅鹿門先生集》（萬曆刊本），卷35附錄。茅坤86歲，自生日起作了半年的宴會，道經湖州歸安的文人均前往拜訪。曹學佺與茅坤之子國縉交往甚密，甫離他家，就傳來亡耗，因此再專程弔喪。

[8]　顧起元〈金陵六十詠〉第38人，見《嬾真草堂集》（臺北市：文海出版社，影明萬曆42年刊本），卷1，頁27；另見無名氏：〈寧鄉縣知縣陳芹傳〉，《國朝獻徵錄》（臺北市：臺灣學生書局，影萬曆44年曼山館刊本），卷89，頁83。

[9]　錢謙益：《列朝詩集小傳》（臺北市：世界書局，1965年再版），丁集上，頁459。此《金陵詩集》未見存稿，疑散入曹學佺《石倉詩選‧明詩選》中，目前此書殘存於上海圖書館，未見刻本。

卷[10]；也趁著公務之便，與友人暢遊江西、安徽、湖北等地，詩作成集。四十一年（1613）曹學佺遭「察典」獲罪，削官三級，又以丁憂歸故里。

蟄居十年，天啟二年（1622）學佺重獲啟用為廣西右參議，他沒有想到這是最後一次遠行。天啟六年任滿，擬遷陝西按察副使，竟以九年前所刻《野史紀略》而獲罪，拘禁七十餘日而後放歸故里。崇禎元年（1628），學佺五十五歲，重新授命為廣西按察副使，他已經無心任職，力辭不就；閒適的居家著述生活，才是他的鍾愛。

然則，十七年後鼙鼓動地而來。思宗自縊煤山，福王兵敗，唐王朱聿鍵入閩自立，曹學佺臨危授命，就在自己的家鄉擔任起朝廷太常卿一職，不久升為禮部尚書加太子太保。次年（1645）八月，唐王兵敗於汀州，學佺與齊巽、朱友桐議守福州。九月十七日城破，學佺於次日凌晨自縊於西峰里家中。

三 曹學佺的湘西行旅

前往廣西就任右參議之職，對曹學佺而言毫無喜色。以貶謫為名，路途又遠，經處瘴癘之地，安全堪虞。自授命以來，並沒有看見他對新任職務的任何述說。

到了五月廿五日過江西吉水縣，才補作〈出門書懷古風〉四首。首云：

> 林臥十餘載，除目未經覽。沉酣在籍內，今昔故多感。世運不

---

10 《蜀中廣記》內容分名勝、邊防、通釋、人物、方物、仙、釋、遊宦、風俗、著作、詩話、畫苑等12門，共108卷。包羅天文輿地、山川水文、歷史人文、物產。收在《四庫全書》史部十一，地理類八，雜記之屬。

常泰，余生乃習坎；止足貴自明，明志薄而淡。胡為山公啟，
誤及賤子名。鐫秩雖云厲，起家略為榮。粤西僻遠地，取舍奚
靖庭。尼父有明訓，君子無所爭[11]。

　　他接著述說最初接獲「投荒」的命令，心情沉重，親友卻來賀
喜。去與不去間，著實兩難。又想到桂林、象郡，秦、漢時已經開
發，或許應該去探究竟，因此他帶著小妾與周歲小兒，以及四、五位
友人出門赴任，並逐日記事，留下了雪泥鴻爪。何以稱作「湘西」？
桂林在湖南衡陽、永州之西，湘江上游，曹學佺認為是「湘、漓曰同
源」，所以稱作湘西之行[12]。

　　細讀他的日記[13]。天啟三年（1623）四月十二日[14]，從離家五里的
芋原（源）登舟；同行的友人有徐燉、鄭紱、吳扰、喻（子奮）、陳
（有美）。祭江儀式結束後，循閩江上溯。友人各自有小船相隨。因
為逆行，又逢梅雨，雨大水漲，沿著驛站路線而行，每日行五十到七
十里，在白沙、水口、黃田等驛過夜。沿途視察道路橋樑，捐款修

---

[11] 《湘西紀行》，卷上，頁15；另見《桂林集》，卷1，頁1。此日記內容龐雜，又以
字號稱友人，以古地名；節令名敘述時空，造成閱讀的困難，本文循序考證並統一
為現行史傳書寫的體例。

[12] 湖南有四水，由南至北分別為：湘、資、沅、澧。現今所稱湘西，以沈從文《邊
城》所指，應在沅水上游，在鳳凰、懷化一帶，與學佺所稱湘江上游有些不同。

[13] 以下資料出自《曹學佺全集》（日本內閣文庫藏明刊本）之《湘西紀行》與《桂林
集》者，不另作註。此日記內容龐雜，以字號稱友人，有些字號與他處史傳所載不
同，又以古地名、節令名敘述時空，本文循序考證並統一體例。有姓名者逕稱之，
無名者仍以字、號表出。官銜、地名直接改為明代通用名稱，時間、月令，均統一
以陰曆書寫。

[14] 出發時間天啟3年4月12日，即西元1623年5月10日；抵達時間為7月5日，即陽
曆8月18日。行文中仍以陰曆為準，可參用《近世中西史日對照表》（臺北市：臺
灣商務印書館，1962年1月）。

繕。又與老友陳衎[15]、臧煦如[16]相聚暢談、宴飲，相偕夜遊小武當。在
關盤旋了兩日，十九日才離開福州，進入延平府。

　　沿著富屯溪繼續上溯，經茶洋驛、王臺驛、延津、順昌、富屯，
以及邵武府的拿（拏）口驛、樵川驛。此段行程梅雨依然，又有縣
長、僚友邀飲索詩，門生、朋友歡聚酬唱，走訪名勝，題詩紀事，盛
景不減。在邵武與徐興公相別。行經杭川驛，翻越贛、閩的通道杉關
驛，與塾師洪汝如相別，時五月一日。

　　進入江西省境，仍走水路，經新城縣。三日，抵建昌府。家眷選
擇走陸路，自己一人隨船而行。府縣官員以及各方僚友前來問訊、
索詩。益王賜宴，同行的朋友也赴邀。福建莆田人游子騰為益王僚
屬[17]，相見如故。

　　在老友鄧渼[18]家中盤旋一週。又同游子騰、吳拭、鄭紱遊麻姑
山，觀賞瀑布。五月十日才帶著妻小上船，離開建昌。行一百里至梁
安峽，因雨沒有上岸。章山寺僧前來乞討疏文，在舟中秉燭草成。友
人李玄同追上客船。

---

[15] 陳衎（1585-?），字磐生，福建閩縣人。布衣詩人，高祖陳源清以嘉靖舉人起家，
　　贈戶部主事，曾祖陳柯為江西參政，祖父陳鳳鳴為光祿寺監事，父親陳汝修為諸
　　生。著有《槎上老舌》、《大江集》和《大江草堂二集》。

[16] 臧煦如字幼惺，臧懋循從子。任官廣東市舶司提舉，歷至湖廣按察司副使（見龔肇
　　智〈長興臧氏之10〉，http://blog.sina.com.cn/u/2671649282，2013.12.12）。

[17] 游子騰，字勿（不）帶，福建莆田人。江西益王府幕僚，作《竹香齋詩》，學佺作
　　序。序中云，與其祖宗謙，父及遠（元封），諸父元藻，號稱五游，科第連禪簪纓
　　奕世者（六四文，頁12）。

[18] 鄧渼（1569-1628），字遠遊，號壺邱，自號簫曲山人。江西新城縣人。萬曆廿六年
　　（1598）進士，初授浙江浦江縣令，調秀水，再調內黃。徵河南御史，旋命巡撫雲
　　南，陞山東副使，歷浙江參政，山東按察，以僉都御使巡撫順天。忤魏忠賢，戍貴
　　州。崇禎初放還，未及用卒。有《留夷集》、《南中集》、《洪泉集》各四卷（《明
　　詩人小傳稿》，頁142，乾隆《建昌府志》，卷43，頁17）。

　　十一日午後，至撫州孔家渡驛，官方拜見後，同鄉臨川知縣曾化龍為他奔走，換了官舫。十二日發舟，兩天行一八〇里，經界港、三江口。雨歇，逆風上溯，舟中悶熱，整理幾天來的詩作。界港是饒氏家族聚居之所。當天月色甚好，與吳拭、鄭紱、李玄同、喻子奮散步江邊，並參觀饒氏居所。十四日抵南昌府，獨宿南浦驛。藩臬、府縣官員前來拜訪。好友喻應夔、（季布）兄弟[19]，以及石城王朱謀瑋也分別攜酒食到官舫。

　　十八日因積雨，驛路淹崩，仍從水路。順贛江而下，經市議驛，抵豐城劍江驛，遇颶風暫泊。隔日午後風稍息，發舟，別喻宣仲。廿二日抵臨江府，登岸，府縣官員前來拜見。次日，天氣襖熱，中午抵新淦縣金川公館，沐浴。廿五日夏至，過峽江縣，再過吉水縣，次日抵吉安騾川驛。一路寫詩抒懷，接見地方官員，其中有三十年未見的同年湖西道張如霖[20]，作〈短劍行〉為贈。

　　廿七日改行陸路，過泰和、萬安縣，兩天共走二百里。因半夜雷雨，二更方歇，故陌不揚塵，陂澤皆滿，經新樂舖見荷花池，憶起自家森軒前的荷花。由萬安到攸鎮，皆山路，疲於登頓，復苦炎熱。夜有虎蹤。離境後，連續兩日各行一二〇里而抵贛州府公署。巡守、郡縣拜見。巡撫南贛都御史唐世濟因病，留信相問。彭興祖、喻應益、黃九洛、吳汝鳴攜酒食來公署，欣喜作絕句三首，又寫了四首律詩準備寄給兒子孟嘉。

　　六月一日拜見唐世濟巡撫。二日早上撰寫家書遣僕送返家鄉。三

19　喻應夔字宣仲，江西新建人。山東按察副使均子，以明經官興山知縣。有《虹玉樓詩》（《明詩紀事》，卷8）。

20　張汝霖，字雨若，浙江山陰人。萬曆廿三年（1595）進士，授駕部，歷官江西布政司參政，分守吉安（明清進士題名碑錄索引萬曆廿三年條；沈德符《萬曆野獲篇》，卷23〈婦人能時藝〉條）。

日，吳汝鳴攜酒菜來署中餞別。傍晚離開贛州府，連趕二一○里路程，隔日抵南安府。小溪驛為王守仁正德年間所建，壁間和詩者眾，學佺亦有賡和。天氣炎熱，周歲幼兒不肯入車中。自新田到橫浦，更熱。五日，發大庾縣，過梅關，進入廣東南雄府界。

在廣東南雄府逗留兩日，閱讀《郡志》，增補幾則《粵東名勝記》的條文。七日，繼續行程，經黃塘驛、平圃驛，長途跋涉，次日傍晚抵韶州府曲江縣的芙蓉驛。九日，告別郡守，前往大鑒寺禮敬六祖法師，記錄了道場與六祖傳後的衣鉢、藤鞋、碓米石。午間，發舟，十日中午過濛浬驛，至彈子磯，巖壁峭立。黃昏始抵達清溪驛，同鄉驛宰朱某請吃當地珍產綠扶包荔枝。當天，江上有些許飛雨，山前湧起白雲，景色怡人。進入廣東境內，抵達韶州府已有十二天，酷熱方解。

十一日中午抵英德縣，縣尹江中龍接見，同遊名賢公祠，瞻仰宋神宗宰相唐介、明初五朝元老黃福牌位，尚有張九齡、韓愈、蘇軾、鄭俠、米芾在列。城南有唐代大通年間所建南山寺，觀蘇軾題刻。十二日晨，渡湞陽峽，遇湞水、洸水相激之處，又有石磯，舟行甚忌。江邊有峽江廟，神像新設，已非古蹟。舟中無事，乃補題詩作。是夜大雨，未至清遠峽而停泊，失去鄭紱舟影。十三日入峽，登峽山寺，邑諸生朱學熙前來接待，追訪蘇軾、趙孟頫舊跡。午後抵清遠縣，傍晚過胥江驛，次日天明已到西南驛。溪水暴漲，船行快速。

由三水縣轉入西江，溯江而上八十里。十五日渡羚羊峽，四十里後至肇慶府，太守、別駕來迎。次日，見過制臺胡公，即與鄭紱遊七星巖。又次日，制臺胡公於西廳宴請。十八日，辭行，大雨如注，江水漲發。過小、大湘峽，二十日抵德慶州。州守黃翼登，福建南安人，以同鄉之誼熱情款待。廿二日抵封川縣，再行六十里至廣西梧州府，府縣謁見。廿四日自端溪舟行，溯漓江，行一百里至龍江驛，再

過龍門驛、昭平驛。有從船擱淺。廿八日改登岸陸行，路況艱難。

七月一日抵平樂府，監司為同年胡瞻明，相見甚喜，又與參戎王天虞招飲。平樂知縣鄭奎（圭）[21]，曾參加西湖社集，因出昭平途中紀行雜興十數首絕句，央請刻版梓行。二日，抵陽朔縣，三日宿羊角堡，四日午時抵八桂公館，知府江澹（湛）然[22]率隊迎接。五日謁城隍祭拜，再前往布政司，完成到任手續。

四　明代閩桂交通的考察

與現代的開路技術比較，明代以人工開挖的交通設施，排除各種困難，而完成必要的交通網，實在是令人欽服。

如果要從北京出發，前往廣西桂林，要先經過北直隸真定、彰德，過河南衛輝、開封、汝寧，湖廣武昌、岳州、長沙、衡州、永州，從三角驛進入廣西全州、興安，再經過人工運河靈渠，也就從長江系統的湘江跨入廣西漓水，抵達桂林[23]。如果選擇偏東的路線，則經德州、徐州、鳳陽、瀘州，經過江西贛州，翻越梅關，抵廣東南雄，再沿河道西向進入廣西，由東南邊的梧州北行抵桂林。這條路線

---

[21] 同治《廣西通志·職官》：「鄭圭，仁和人，（天啟）三年平樂知縣。」（卷34，頁2）學佺誤作「奎」。

[22] 文淵《廣西通志》：「江湛然，字清臣，舉人，萬曆間任。」（卷54，頁3）學佺集中作「澹然」。桂林知府以下同知韋宗孔、通判陳墊、推官蔣爾第，均未見於通志內；可據學佺所載補充。

[23] 楊正泰：〈北京至十三省各邊路圖〉，《明代驛站考》（上海市：上海古籍出版社，2006年11月增訂本），頁205。〈北京至河南、湖廣、廣西水陸路〉，《一統路程圖記》，同前書附錄二，頁209-210。又《寰宇通衢》，官撰地志，洪武27年修，係以南京為出發點，將此路線，分水驛一路，經53驛4460里；另為水馬驛，陸行35驛2300里，從城陵磯改為水行，29驛2235里，合為4265里。參見楊正泰：《明代驛站考》，頁173-174。

繞行較遠，朝廷派出的命官很少有人使用。

　　要是從福建福州赴兩京，受到武夷山阻隔，必須繞道江西。沿著閩江溯流，到延平府，向北轉入建溪，經建甌、建陽，在崇安改行陸路，翻越武夷山，從大安驛進入江西廣信，再走水道進鄱陽湖，連接長江，即可順利北上；向西北方向，則轉入富屯溪，經過邵武光澤杉關驛，至江西建昌、撫州等地，再改行水路，也可以進入水陸兩備的驛道，南北通行無阻。後者路途稍遠，但地勢較緩。

　　而曹學佺這趟閩桂之旅，並不在以兩京為主的交通動線上，必須跨越閩、贛、粵、桂四省，由於地處偏僻的路線，行走起來更加困難。從閩江芋原驛出發，他選擇了西北方向，經過白沙、王臺、拿口等十一個驛站，抵達杉關，此程約九三〇里，費時十八天[24]。過江西新城，進入建昌府，在好友鄧漢家中停留一週，接受各方人士招待，始繼續北行至撫州，換得官船，再經南昌府，進入贛水，逆水南行，經臨江，抵吉安螺川驛，改陸行，在行過贛州、南安二府，江西境內行走了二一〇〇多里，經過二十多個驛站，費時三十五天。

　　從大庾縣翻越，過梅關，抵廣東南雄。至凌江驛改行水路，經英德，抵橫石礬驛，右轉清遠峽，在西南驛切入西江，逆水而上封川。費時十七天，約行一四〇〇里。進入梧州，溯河而上，以江淺淤積之故，水、陸交替而行，十三天後抵達桂林，約九百里。

　　曹學佺跨越四省，前後八十三天，行走五三四〇多里[25]，確實是

24　楊正泰：〈1587年福建驛路分布圖〉，《明代驛站考》，頁118。

25　曹學佺此程里程數，從家中出發（5）→侯官芋源驛（65）→白沙驛（180）→古田黃田驛（90）→南平茶洋驛（100）→劍浦驛（60）→王臺驛（120）→順昌富屯驛（60）→邵武拿口驛（80）→邵武樵川驛（80）→光澤杭川驛（90）→杉關驛（120）→建昌府盱江驛（100）→臨川孔家渡驛（180）→南昌府南浦驛（70）→市汊驛（100）→豐城劍江驛（180）→新淦金川驛（80）→峽江玉峽驛（80）→吉水白沙驛（80）→吉安府螺川驛（180）→泰和白下驛（200）→萬安皂口驛

個壯舉。尤其正逢梅雨時節，晴雨不定，潮濕溽熱難耐。同行的周歲小兒因此致病。他仍然按部就班的執行日常任務，也逐日記下途中所見，包涵行程里數、交通工具、天候晴雨、公務視察，以及住宿地點，可以作為晚明華南地區氣象與交通史佐證的文獻。日記前段，仍處於福建、江西境內，與相識的友人酬唱歡聚為多；離開贛州府以後，一直到翻越梅關，則以紀述文化旅遊為主；進入粵、桂，則以江間天險的紀述為焦點。從廣東西江西行，轉入廣西桂江、漓江逆水而上的行程，在歷代紀載中甚少。學佺筆下所寫，成為珍貴的資料。

　　從曹學佺行經的驛站觀察，多數的驛站提供了住宿、盥沐、用膳與會客之所；可以在此泊舟、停馬，或更換船隻、坐騎；主要的服務仍以水路為主，陸路為輔。因為是內陸航行，船隻並不大，也可能攜有家眷與個人私物，為了個人的作息與私密性，主人與賓客各自搭乘自己的船隻，再結隊而行；因為天候、路況或登山旅遊的影響，官員與商旅人士有時候會選擇與家眷或財物分途行走，到下個驛站再會合。驛站也負責郵務，京師邸報、官方命令與私人信件往返，都是通過此處傳遞。曹學佺寄家書給長子孟嘉；兩廣總督胡應臺、廣西按察使謝肇淛曾兩度派人送信，催迫曹學佺儘快抵任，都是依靠驛站的系統。

（220）→贛州府（280）→大庚小溪驛（120）→南安府橫浦驛（210）→南雄府黃塘驛（100）→曲江平圃驛（100）→芙蓉驛（100）→濛浬驛（100）→英德清溪驛（100）→湞陽驛（330）→清遠胥江驛（130）→三水西南驛（120）→肇慶府崧臺驛（120）→悅城新村驛（100）→德慶州壽康驛（120）→封川麟山驛（150）→蒼梧龍江驛（80）→平樂龍門驛（160）→昭平驛（240）→陽朔縣（80）→羊角堡（80）→桂林府東江驛。根據《明代驛站考》與曹學佺〈湘西紀行〉所載推算。另附圖於文後。

五　隨行者以及途中接見的友人與官員

與曹學佺同行的友人，除了徐𤊹中途離去，鄭紱、吳拭、喻子奮、陳有美等四人均隨往桂林。

徐𤊹（1570-1642），字惟起，號興公，福建閩縣人。永寧令㮣子，熥弟。熥（？-1617）萬曆十六年舉人，詩人，兄弟齊名，早卒。𤊹工文，善草隸詩歌，嗜古學。萬曆中與曹學佺並主閩中詩壇，人稱「興公詩派」；和葉向高、翁正春、趙世顯、鄧原岳、謝肇淛、王宇及陳薦夫兄共結芝山社。藏書七萬餘卷，多宋、元秘本，輯有《徐氏家藏書目》。著有《紅雨樓集》、《閩畫記》、《閩中海錯疏》、《荔枝譜》、《筆精》、《榕陰新檢》八卷、《鼇峰集》三十六卷等。又重修《雪峰志》、《鼓山志》、《武夷志》、《榕城三山志》等[26]。此行一則為曹學佺送行，一則單獨前往玉華旅遊，因此在樵川驛分手。

鄭紱（1587-1624），又名邦祥，字孟麟，福建長樂人。博極群書，著述豐富，詩尤沈博絕麗。和謝肇淛、曹學佺、徐熥兄弟倡和[27]。又娶了肇淛異母妹洙。萬曆四十六年（1618）起，進出學佺家門[28]，協助文書處理的工作。

吳拭（？-1642）[29]，字去塵，號逋道人、古雪道人，安徽休寧人。工書善畫，為新安派畫家之一。作詩清古雋淡，精於琴理，並善制墨

26　參見（清）潘介祉：《明詩人小傳稿》（臺北市：國家圖書館排印本，1986年），頁162；《福建通志》，卷213，頁3909；《福州府志》，卷60，頁1146。

27　《福建通志》，卷213，頁3909。

28　學佺《夜光堂》、《聽泉閣》、《森軒集》、《林亭集》、《湘西紀行》、《桂林集》，寫於萬曆46年以迄天啟3年，詩文集中均有許多與鄭邦祥唱和之作。

29　吳拭卒於崇禎十五年（1642），於虞山遇匪，全家八口人投靠毛晉，因痢疾而死。見錢大成：〈毛子晉年譜稿·崇禎15年〉，《國立中央圖書館館刊》第1卷第4期（1958年3月），頁9-23。

及漆器。好游名山勝景，畫山水亦工。天啟二年（1622）借寓學佺梅花館[30]。

這兩位友人，一為詩人，一為擅長書、畫、琴、墨、漆器的藝術家，在旅途中參與益王朱鬱儀的宴會，以及友人黃九洛的招飲，抵達桂林時，學佺邀兩人入署中，也與謝肇淛酬唱，可見是學佺私人聘僱的幕僚。然則鄭紱已有病癥，年底學佺陪往興安後，動身返家。曹學佺有送行詩[31]。

至於喻子奮與陳有美兩人，也是在天啟元年（1621），才出現曹學佺家中[32]，似乎是遊走四方的清客。赴桂林途中，他們兩人在廣東肇慶脫隊，去了西南邊的高州，八月才抵達桂林[33]。學佺還是很歡迎他們。但到了年底，喻子奮在鄭紱之後離開[34]。三年後，陳有美因喪妻而歸[35]。陳有美行事很低調，並沒有參加曹學佺與來往官員的宴會或旅遊；他應該是學佺私聘中最基層的僚屬。

---

[30] 學佺〈吳去塵借寓梅花館時值花開題此〉、〈除夕同范穆其吳去塵臧幼悝孟嘉孔表二兒守歲〉（《林亭》，頁21、22），《林亭集》收天啟二年（1622）作品，可知吳拭此年作客於學佺家中。

[31] 〈送鄭孟麟〉：「投荒半載歸無路，肆力千秋念豈灰？強出預知今失計，送君偏感昨同來。登臨已信山川美，疾病還憂瘴癘催。為問故林泉石耗，幾番風雨閉蒼苔？」（《桂林》卷中，頁21）鄭邦祥歸後次年即卒（福建《長樂縣志》）。

[32] 〈元夕森軒雨霽觀燈同陳叔度商孟和和陳可權包一甫喻子奮陳有美賦〉（林亭詩，頁1），詩作於天啟二年元月。

[33] 〈喜喻子奮陳有美至自潘州〉：「端州別向嶺西涯，膩雨荒田走鹿車，乍爾離群纔信客，重來聚首復如家。千峰陽朔蓮爭吐，八月江城桂未花，最羨北流山下過，可從勾漏覓丹沙。」（《桂林》，卷中，頁9）

[34] 〈送喻子奮〉：「遠伴歸將盡，浮踪嘆獨居。知非年殆過，無可學焉如。綠水移孤棹，蒼山繞敝廬。微躬難自遂，祇羨在淵魚。」（《桂林》，卷中，頁21）對於喻子奮離去，似有微詞。

[35] 〈寄懷陳有美〉：「官邸相依日，三年獨有君。去時憎寂寞，夢裡記殷勤。已失鴛鴦侶，長隨麋鹿群。窮愁那解免，唯有著書聞。」注云：時歸喪妻（《桂林》，卷下，頁40）。

　　途中接待的官員以及王府貴人，以江西建昌、南昌最為熱情。抵達之夜，先有老友鄧渼接風，次日巡按御史謝文錦、湖西道林靜宇相拜，益王朱震儀（寰[36]）親迎，還找了前南京御史陳本、前真定太守鄭之文來作陪。晚上林公憲副作東，宴飲盱江樓。隔兩日，益王賜宴，在場的還有安義王常淲、奉新王常漣，以詩酬答；又隔日同鄉游子騰陪遊麻姑山。最後分別在鄭之文、陳侍御的宴請中，與鄧渼握別。幾日後，抵達南昌，官員與詩友喻宣仲兄弟已經在等待，拜見都御史韓光祜之後，在喻家用餐；俞醇宇、蔡景運、真古存，是福建的同鄉，在江西官署中當差，也都來招飲。隔日，好學敦行的石城王府朱謀[37]，也來舟中送餐飲。夜晚在熊宇奇[38]方伯家中，見到了座師張治的兒子大（文）朴、同年劉一燸的兒子斯韋。張治（1538-1605）字明成，號洪陽，江西新建人。隆慶二年進士，授翰林，官至文淵閣大學士，萬曆廿六年（1598）以妖書獲罪歸隱；劉一燸（1567-1635）是萬曆廿三年進士，曹學佺的同年，從禮部尚書兼東閣大學士進階為太子太保戶部尚書文淵閣大學士，天啟二年三月為魏忠賢矯旨辭出[39]。後來也被列入東林黨名單中。兩人都是耿介之士，也是曹學佺敬仰的對象。

---

[36] 江西南城益王府朱由本（1588-1634），字震寰，萬曆45年（1587）襲封。此年36歲。諡號定王（《明史·諸王世表五》，卷104，頁2945-2960），又見乾隆刻版《益藩朱氏宗譜》（1779）；學佺誤震寰為震儀。

[37] 朱謀㙔，字鬱儀，拱樋孫，封鎮國中尉。萬曆20年管理石城王府事。〔《明史并附論六種》（臺北市：鼎文翻印中華新校本，1980年1月），卷117，頁3597；《明人傳記資料索引》（臺北市：國家圖書館，1965年），頁147〕。

[38] 熊宇奇，江西新建人。萬曆十四年進士，官福建按察副史，歷至湖廣右布政使。厝在福州任官時，與曹學佺已經相識。（《明清進士題名碑錄》、乾隆《福州府志》，卷29，頁38。）

[39] 劉一燸，見《明史》，卷110，頁3377-3378、卷240，頁6238-6242；《明人傳記資料索引》，頁820。

　　從日記中可以看出，曹學佺以公務赴任，沿途謁見地方行政長官，是必要的禮節，但因為官場階級森嚴，素昧平生，不容易親近。如四月二十日抵延平府，分守道祝公稱病不出。五月四日入建昌，按院謝文錦（玄中）、湖東道林靜宇相拜。五月十六日拜見巡撫江西都御史韓光祜。五月三十日入贛州府，巡撫南贛都御史唐世濟移病得請杜門謝客，以書相聞。唐世濟已是舊識，萬曆三十年（1602）冬授福建寧化知縣，隨同福州司理阮自華入閩[40]，沒有更進一步的交往。在廣東肇慶與兩廣總督胡應臺相見。這幾次官式會晤，僅留下客套的交往紀錄，未曾有詩文見答。

　　而一般的地方官吏僚屬，比較能夠熱情接待。如延平的同守吳僑、節推夏以賓、南平縣尹潘之佳前來相見，在上司缺席的場合中，反而熱絡一些。在縣籍教官的家中會飲，如廣文林櫨之學舍，學生吳會之、廖龍友侍候。

　　科舉及第的座師，是明代官員最崇敬的恩公；而科舉同榜，稱作同年，也是在宦場中相互援引不可或失的力量。學佺對座師張治極為敬重[41]，江西新建再逢座師的孩子大朴，頗為禮敬；文中提及的同年，有江西吉安湖西道的張雨若、監司胡瞻明，以及同官於吳、蜀、桂的寧瑞鯉。南安太守孫同倫，為舊友；守道曾公、中水鄧公，一為同籍，一為二十年來神交。

40　唐世濟，字美承，浙江烏程人。萬曆廿六年進士，授福建寧化知縣。歷官左都御史。四庫《福建通志‧名宦》，卷32，頁482。阮自華、曹學佺均有送行詩（見《霧靈山人集》，卷9；《續遊藤山詩》，頁3）。

41　曹學佺為張治獲譴送行而受累。曹孟善〈先府君行述〉云：「戊戌（1958）新建張公被逐歸，跟蹌走出通灣一物不備，門人故吏莫敢往視。宮保公適為倉曹，追送舟次，為備輿馬糗糧甚悉。……未幾，臺省以銜公不已，遷怒于宮保公，指摘丁酉（1957）科分考所取場卷危險怪不經，調南京添注大理寺左寺正。」（福建師範影本《曹學佺集》附錄，首頁誤作曹孟喜撰）

至於文學愛好者，才能夠歡聚於送來迎往的儀式之外。文學使人親切，可見一斑。如鄭圭，字孔肩，是在杭州舊識的詩友。絕大部分的地方基層官吏，並無芥蒂，熱情有加；如邵武知縣翁應祥（兆吉）、江西新城知縣殷聘尹、泰和知縣李世英、南康知縣陳瑾，都是執禮甚恭，極盡地主之誼的縣長。

要是再遇上了福建鄉人，那就親上加親了。如游子騰（不罷），福建莆田人，是益王府的門客；江西臨川知縣曾化龍，是同鄉人，幫忙更換官船；南昌僚屬喻醇宇、蔡景運、真存古都是同鄉，相聚歡飲。江西贛州郡幕吳汝鳴為、德慶州州守黃翼登，都是閩人同鄉。福建仕子未獲功名者，往往在江西、廣東、廣西一代受聘官員幕僚。

六　曹學佺途中的文化考察與著述

在旅途中，與曹學佺互動最為熱烈的還有延平府順昌縣的洪汝如。洪汝如係新安人，留在此地擔任地方的塾師，與學佺執禮相見的門人先後有九人，分別是朱振玉（又郊）、林振（能初）、林撰（其修）、陳經理（以燮）、盧旭日（若木）、吳衍（仲敷）、林捷（得先）、吳靖與余繼宸。學佺在日記中詳細記載這些學生的名姓字號，並撰詩多首贈答。其一為：「授業諸門第，周旋一動容，因師而及友，執禮一何恭。越境來三舍，亭雲出兩峰。顧余憝薄劣，奚以答章縫？」當學佺要離開富屯時，弟子們甚至從順昌追送至富屯城郊，洪汝如與吳衍兩人更送抵江西與福建的邊界杉關。這些學生當中，日後僅有盧旭日貢生出身，官至訓導[42]。地處山城的私塾，匯集諸多學生

42　文津四庫本《福建通志》，卷40，頁624。

弟子讀經識字，帶動地方上的文化風氣，或許在晚明不是個案[43]。

　　江西為中原人士南遷時最先居停之地，饒、熊、喻姓均集中於此；而學佺接觸的益定王、安義王、奉新王、石城王，都是讀書好禮，熱情藝文活動的諸侯王子，帶給地方很好的榜樣。

　　當學佺出江西贛州之後，因黃九洛招飲，會眾詩友於光孝寺濯纓亭，憶起蘇軾夜話於此[44]。過小溪驛，讀王守仁詩匾與眾人和詩，也提筆賡續。進入廣東之後，日記中突然轉變為地理與歷史古蹟的寫述。唐朝開元年間開鑿梅關峻壁，歷代均有文人題壁；附近有張九齡修治的雲峰寺，後代祭祀張九齡搭建的祠堂，以及六祖佛院。學佺作詩云：「層層梅嶺役丁夫，丞相祠堂自一區，風度朝中明主憶，雲峰寺內聖僧俱，嘗聞詩品多邊幅，誰信謳歌在道途，近日為霖思轉切，忍令崖草盡枯焦[45]。」雖然是吟詠當時的苦旱，卻也述說了儒家儒釋兼修的風氣，以及擔負起文化南播的企圖。

　　過英德，得知縣江中龍以「同調」接見，甚歡，乃遊唐洪二公祠。祠中所奉祀者宋代唐介、明初黃福。唐介（1010-1069），字子方，湖北江陵人。天聖八年（1030）舉進士，為武陵尉。入為監察御史，轉殿中侍御史，皇祐三年（1050）彈劾宰相文彥博，貶廣東春陽別駕，改英州別駕。後入直集賢院、知諫院，任御史中丞等。神宗立，擢為三司史。熙寧元年（1068）拜參知政事，以安石掌朝政，論爭憂憤而亡。贈禮部尚書，謚質肅[46]。

43　相關晚明塾師對地方文化的影響，參考劉曉東：《明代的塾師與基層社會》（北京市：商務印書館，2010年5月）。

44　詩題〈黃九洛招同彭興祖吳去塵喻叔虞鄭孟麟吳汝鳴喻子奮集光孝寺之濯纓亭為宋蘇子瞻夜話處〉（《桂林》卷上，頁12）。

45　詩注：時苦旱故云（《桂林》卷上，頁17）。

46　〈唐介傳〉，見《宋史》（北京市：中華書局，1977年），卷316。

　　黃公名福（1363-1440），字如錫，山東昌邑人。洪武十七年入貢，謁選為項城主簿，改任清源知縣，歷工部右侍郎、工部尚書。永樂三年（1405）改任北京刑部尚書。交趾動亂，以布政使改赴兩廣治軍，平息動亂，歷十九年。宣德二年（1427）九月，交趾又亂，再赴重任。與安南黎氏構和。回朝後改任南京戶部尚書。正統五年（1440）正月卒，朝廷賜葬，謚忠宣。黃福在安南期間，工作之餘還考察當地風俗民情、歷史地理、山川、掌故，寫了《安南事宜》、《安南水程日記》等著作，成為後人研究當時安南歷史、地理、風俗人情的重要參考文獻。

　　知縣江中龍試圖擴大祠堂規模，詢問學佺意見，是否將張九齡、韓愈、蘇軾、鄭俠、米芾等人，或其他編管、流寓此地的文人也列入祠祭？曲江人張九齡（678-740），唐玄宗時任職嶺南道按察使。受李林甫排擠，開元廿五年（737）貶為荊州長史。韓愈（468-824），德宗時貶為廣東陽山令，憲宗元和十四年（819）又以刑部侍郎之職諫迎佛骨，貶為潮州刺史。蘇軾（1038-1101），元豐二年（1079）年以烏臺詩案貶為黃州團練，紹聖元年（1094）四月，又以諷先朝罪名從定州貶知英州。八月途中再貶寧遠軍節度副使惠州安置。鄭俠（1040-1119），曾繪《流民圖》，請停新法。熙寧七年（1074），忤呂惠卿，放逐英州。貶、赦數次，仍被蔡京削籍為民。米芾（1050-1107），官至書畫博士、禮部員外郎。人稱「米南宮」。書、畫、評皆宜，作品有《雲起樓圖》等。在這建議陪祀的五人名單中，張九齡係以原鄉人入列，韓愈、蘇軾、鄭俠則以貶謫此地而入榜；唯獨米芾沒有地緣關係，或許因為訪蘇軾於黃州而定交，故配祀於蘇軾之側。

　　對於崇祀這些貶謫文人，學佺心有戚戚焉，也願意效法古人，以蒼生為念，忠心於君王的託付。但是呢？處於江湖之上，則憂其君。光宗、熹宗相繼及位，輔佐得勢的首輔劉一燝、吏部尚書趙南星、禮

部尚書孫慎行、兵部尚書熊廷弼[47]，組合政黨，以為可以振興起弊，改革荒廢已久的朝政。被排擠為奸黨餘孽的官員只有依附魏宗賢，閹黨勢力因此大振，形成了與東林黨對峙的局面[48]。儘管奉召入閣的葉向高，係屬福建人士，不沾中原各方勢力，願意站在調解的立場，也被魏忠賢黨羽打成東林黨第二號人物[49]。學佺此次以貶謫名義再出，也無法自外於政爭的漩渦中。

　　曹學佺在旅途的著述，一點兒也沒有中輟。酬酢的詩文，利用行船時間在船上書寫、整理、定稿，其餘時間撰寫預定的《閩中通志雜論》，共一萬七千餘字，分〈軍政〉、〈兵戎〉、〈鹽政〉、〈郵政〉、〈賦役〉、〈海防〉、〈倭患始末〉，另有〈紅夷紀略〉、〈山寇始末〉，每章所敘事務各自獨立，收為《湘西紀行》的附錄。從體例上來看，談不上「通志」，而是「紀事本末」體。此所以附驥於湘西紀行副冊之中，而未能成書的原因。曹學佺抄錄兼校訂這些題材時，顯然要攜帶大量的參考書籍與原始資料才行。到現地考古問俗，曹學佺特別有興趣，譬如到了廣東英德，記錄城南南山寺的摩崖石刻，考訂歷史事實，並且吩咐喻子奮、陳有美前往拓片，以核對縣志內容；又如進入南雄，就現地觀察，並要求官員提供《郡志》核對閱讀，提筆做摘要，以補進自己書寫中的《粵東名勝紀》。

---

[47] 《明史‧宰輔年表二》，卷110，頁3377-3379；《明史‧七卿年表二》，卷112，頁3490-3492。

[48] 參見苗棣：《魏忠賢專權研究》（北京市：中國社會科學出版社，1994年12月）。

[49] 羅宗強：〈無可如何的葉向高〉，《明代後期士人心態研究》（天津市：南開大學出版社，2006年6月）第七章，頁449-468。另見冷冬：《葉向高與明末政壇》（汕頭市：汕頭大學出版社，1996年1月）。

七 曹學佺的旅遊書寫

　　曹學佺的紀行之作，早年悼故縣長周兆聖，前往江西金谿，已有〈紀行〉、〈游武夷記〉之作，收在《掛劍篇》，篇幅較短。萬曆廿七年（1599）因公務出入北京郊區，著有〈遊房山記〉、〈遊薊門記〉[50]（《石倉文》卷3，頁31、36）；三十年春同范東生、黃伯傳、陳惟秦、許裕甫遊太湖、洞庭，著有〈汎太湖遊洞庭兩山記〉（《石倉文》卷3，頁12），同年秋日，同吳德符、陳惟秦渡江而抵邵興，撰有〈適越記〉。次年夏天又遊江西等地，撰有〈游九華記〉、〈遊匡廬記〉（《石倉文》卷3，頁1、3）。冬天返回福建，又作了〈遊天柱山記〉、〈永福山水記〉（《石倉文》卷3，頁26、42）。四川任上有〈遊峨嵋山記〉（《石倉文》卷3，頁54）。萬曆四十六年（1618）應葉向高邀請，前往新居，撰有《福廬遊稿》。葉向高並為作序云：「能始故好遊，遊必有記。」從這些旅遊書寫來看，曹學佺也是熱中紀行的文體。而本文所討論的《湘西紀行》，穿梭閩、贛、粵、桂四省，八十三天的旅程，五三四〇里航程，記錄了地理、水文、交遊，以及文化風情，也可以作為明代旅遊與驛站交通最好的佐證材料。

　　一般論及晚明遊記文學，指出體式多樣、內容豐富、筆法靈活、風格獨特，以及掌握了自覺性的遊記文學理論[51]。這樣的討論，就是指向晚明旅遊文學的「現代性」與多元化。作家眾多，才情不同，表現方式各具姿態，文體從抒情短文走向筆記體、日記體皆備。也有學者指出晚明七十餘年的遊記文學發展，分作四期。第一高潮期為隆慶、萬曆之間；第二期是萬曆年間；第三期是天啟、崇禎年間；第四

---

[50] 此二文收在華淑等編《名人小說》中，明刊本，北京圖書館藏。

[51] 梅新林、俞樟華主編：《中國遊記文學史》（上海市：學林出版社，2004年12月），頁240。

期是由明入清，為晚明旅遊文學的餘波[52]。以時間來為區分，容易述說發展流程，但作家與作品未必能單獨存在某一時期，最後也沒有嚴格的辨識度。

也有以才子遊記、考察型遊記來區分晚明遊記性質的不同[53]。所謂「才人遊記」，是以公安、竟陵為代表，以遊記小品為主體。作者主觀才情的主導下，自由書寫，不拘格套的遊記作品，從內心出發，以感覺為尚，以才情為主，追求自然率真之美。這類作品短小精幹，所注重的是人對山水景物所感，而流露了作家性靈的特質。如袁宏道（1568-1610）、鍾惺（1574-1625）、王思任（1574-1646）、張岱（1597-1679）之作。

另一類「考察型遊記」，則以王士性（1547-1598）、徐弘祖（1586-1641）為代表。王士性，字恒叔，號太初，臨海城關人，是七子派王宗沐的侄子。萬曆五年（1577）進士，授確山知縣。歷任禮科給事中、廣西參議、河南提學、山東參政、右僉都御史、南京鴻臚寺正卿等。利用在各地做官之便，飽覽河山，他認為地理分析必須要「皆身所見聞也，不則寧闕如焉」，而非是「藉耳為口，假筆於書[54]」。在王士性的遊記中，人文景觀所佔的比例極大，自然景觀書寫次之。

徐弘祖，字振之，號霞客，南直隸江陰人。他二十二歲離家出遊，有三十多年的時間以個人的財力和精神去遊歷各地，寫下六十萬字的《徐霞客遊記》，他以「經世致用」的實學精神，開闢了地理學上系統觀察並描述自然的方式。丁文江先生稱其為「樸學之真

---

[52] 梅新林、俞樟華主編：《中國遊記文學史》，頁241-253。

[53] 梅新林、俞樟華主編：《中國遊記文學史》，頁238-239。

[54] 王士性：〈廣志繹·自序〉，《王士性地理書三種》（上海市：上海古籍出版社，1993年4月），頁238。

祖[55]」，所記內容並非以個人主觀情感為主，而是以客觀的山水景物為主要內容，注重遊記記載的真實性，其中涉及地理、物產、人文與民情，仍以文學的筆法來記載，並非完全的地志書寫，而具有科學與藝術的價值[56]。

單就晚明眾多作家的遊記來觀察，往往不屬於抒情的性靈小品，也不可能是科學考察的文獻。我們可以說，公安、竟陵派的詩人，使山水小品帶有詩化、意象化的特質；而徐弘祖則感應了氣勢磅礴的大自然，從中尋得珠言玉語，卻也能冷靜的描述地理與物產的知識；造成晚明旅遊文學兩種不同型態的發展，一種是抒情文，另一種是應用文，文體不類，更不是可以包含晚明眾多文人的旅遊書寫。試問明代後七子之首的王世貞（1522-1590），他所寫的〈遊太和山記〉、〈張公洞記〉、〈適晉紀行〉[57]，應該歸諸何類？至於曹學佺的山水書寫，屬於哪一類呢？有沒有他個人的書寫主張？

曹學佺為洪汝含〈鼓山遊記〉撰序，說道：

> 作文遊山記最難。未落筆時，搜索傳志，鋪敘程期，洋洋灑灑，堆故實於滿紙，但數別人財寶而已，於一種遊情了不相關。即移之他處遊亦可，移之他人遊亦可。拘而寡韻，與泛而不切，病則均焉。
>
> 記遊如作畫，畫家必須摹古，間復出己意，著色生采，自然飛

55　丁文江：〈重印徐霞客遊記及新著年譜序〉，收入紹唐、吳應壽整理：《徐霞客遊記》（上海市；上海古籍出版社，1993年6月），頁1282。

56　梅新林、俞樟華主編：《中國遊記文學史》，頁330-331。此書到了第十章〈清代遊記文學的新舊轉型〉，標舉「學人遊記」，來取代晚明的「科學考察遊記」。事實上應該是一貫的發展。

57　王世貞：〈適晉紀行〉，《弇州山人四部稿》（臺北市：偉文圖書出版社，據1577年王氏世經堂刻本影印），卷78，頁1。

動。及乎對鏡盤礡，往往難之。乃以為畫不必似，蓋遠近位
置，木石向背，逼真則礙理，兩為入耳。法既不傷，於境復
肖，又何以似為病也？

接著，他讚美洪汝含之作：

惟隨其興之所適，及乎境之所奏，故其為記，亦不為傳志故實
之所窘縛，與夫年月里數之所役使。神情滿足，氣色生動，嘻
笑戲謔，皆成文章。以如意之筆術，奪難肖之畫工。此所謂合
作也[58]。

在他認為山水遊記的書寫，不應該抄錄日期、里程等死板的資
料，也不應該依靠傳記、地誌等資料來書寫；而能表現出「隨興、適
境、合情」的地步。然而曹學佺隨興的書寫，比較像是「日記」的性
質，文中間雜著行程、氣候、地理、水文、公共建設、友誼、邀宴、
酬答、夜飲，也雜入酬酢的詩歌。這種散漫的日記體書寫，不需要張
揚文藝腔調，不需要科學專業，卻能透露作者的性情與認知，正是秉
承王世貞、王宗沐、王士性以來明代文人紀實的書寫，表現了士人對
生命、山水、詩學、友誼與家國的認知與態度，或許也是談論旅遊文
學的另種蹊徑。

巫仁恕曾撰文討論晚明文學的旅遊風氣[59]。文中引述湛若水（1466-
1560）的論說，認為遊有三等，即形遊、神遊與天遊。旅遊山水為下
等，而以神遊為上等，以道學的天遊為上上[60]。曹學佺此卷「遊記」，

[58] 〈洪汝含鼓山遊記序〉，《曹學佺集》，《石倉文稿·浮山（文）》，頁14。

[59] 巫仁恕：〈晚明的旅遊風氣與士大夫心態：以江南為討論中心〉，收入熊月之等主
編：《明清以來江南社會與文化論集》（上海市：上海社會科學出版社，2004年），
頁225-255。

[60] 湛若水：〈送謝子振卿遊南嶽序〉，《湛甘泉先生文集》（臺南縣：莊嚴文化事業公

不以放曠於山水為樂，不以考察山川地理名物為務，也不以天人感應內在對話為重，當然就出於這三等之外了。巫先生也引述了李濂反駁「古人遊跡傳諸後世者，多羈旅寄寓之士，而仕宦者恆無聞焉[61]」的論點，認為「人可重，言便可傳」。這個論點，或許比較切合曹學佺的處境。曹學佺仍然是「羈旅宦場」的官員。試讀他的一則小記：

> （五月）廿八日行120里至萬安縣。縣公姜應龍相見。前一夜雷雨大作，至二更方止。次早起，視天光尚翳，恐礙行色。良久，南風甚競，忽吹晴霽，陂澤皆滿，陌不揚塵，信昨雨之功也。未至萬安60里，有新樂舖小池一區，荷花開落者相半，因憶予石倉淼軒前，此際荷花不知當何如盛耶？賦一絕云：「負郤山中景物多，最憐初滿綠池荷，淼軒憶對佳人語，香氣微風入綺羅。」

此日所記，筆觸清淺，恍如被雨水洗淨一般。學佺先公務後私情，旅程的舒坦讓他更容易想起故鄉的景緻，作詩抒情，更暗藏了對家人的思念。再讀一則：

> （六月）十二日早，渡湞陽峽。峽接皐石、香爐二山之間，長10里，有奇崖壁相拒，束水中流，稱最險處。予正散怏舟中，忽兩窗皆暗，若有重簷覆之。亟開棨以視，正與懸崖相值。《注水經》所云：「峻壁千尋，猿猴莫攀者也。」問之舟子，以釣臺對，此或行人比諸嚴陵瀨而相沿其說耳。昔嘗鑿石架格，以度飛騎，今剷架之跡猶存。出峽水勢稍舒，是為

司，影明刻本配抄本，四庫存目，1997年），卷17，頁85。
[61] 李濂：〈答王參政論遊覽山水書〉，《崇渚文集》（臺南縣：莊嚴文化事業公司，1997年，影明嘉靖刊本），卷90，頁106。

洸口，俗名連州江，蓋水自桂陽、瀧頭來，湞水欲下，洸水拒
之，有反激之勢，又與石磯相交臂，故行舟多忌之。臨江有峽
江廟，舊志廟有秦時犧樽制作，甚古。宋宣和間，有彊取之
者，舟出峽，風濤大作，其人懼甚，迴棹還之，始得安流而
去。予詣彼觀焉。廟貌已新，設神像有五，而居中者女神也。
稱曹主娘娘，不知何所本，秦時犧樽則絕無影響矣。余時坐舟
中，無所事，因作詩數首。

文字的清楚明白，不作光怪綺麗之語，想是曹學佺文學主張的具
體表現。儘管峽中甚險，仍以「散帙」閱讀、書寫為務。引述《水經
注》之語，考核現況。描述湞、洸二水沖激交會，險境便如眼前。又
能述說峽江廟傳聞舊事，兼證舊廟不復存在。

從這兩則日記之外，當然不能讀出《湘西紀行》的全貌。但可以
看出，曹學佺日記書寫的一般法則。他選擇了「以文敘事，以詩抒
情」的方式，在看似鬆散的日記中，表現途中見聞、親友關懷、讀書
吟誦、從容生活的面貌，而不是「為文造情」的撰述企圖。這也顯現
了明代福建地區所謂「晉安」文風的一個樣品。

從曹學佺的宦遊書寫，我們可以思考到：在傳統封建的政治結構
中，國家經營、驛站管理的前提下，只有代行王命的仕宦階級，才是
「遊」於全國的士人代表。晚明能夠遊走宇內又能書寫遊記的，還是
以這些士大夫為大宗；儘管有許多知識份子已經放棄了科舉之途，轉
以經商、塾師、幕客、醫師、編輯、出版或相關文化活動，但他們不
是袁中郎般的才子，也不是徐霞客般的科學考察專員。他們的書寫方
式與意圖，需要我們另闢章節來討論。而「遊」的意識，隨著官員往
返京城、故鄉與官宦之地，或者平民間遷徙、經商往來而漸次成熟。
有些學者以為明人旅遊風氣之盛，係因為「亡國失根」而遊行於國

中，則有待辨正。

八　結論

　　曹學佺在桂林三年任滿之後，改陝西副布政使，卻留中不發，甚至被「地方大吏」拘留七十多天。原來是萬曆四十三年（1615）宮中發生「挺擊案」，曹學佺撰寫《野史紀略》，直書其事。左副都御史劉廷元在魏忠賢黨羽編成《三朝要典》的指導原則下，掇拾舊事，乃削職為民，焚燬書版[62]。幸賴長子孟嘉奔走營救，僥倖脫身返鄉。天啟七年（1627）孟嘉中舉，而長孫九歲，堪能快慰。豈料次年孟嘉上京赴考歸來，卻一病不起。崇禎三年次兒孟表結婚之後，曹學佺便移居西峰里，以著述、出版為務。

　　崇禎十七年（1644），李自成壞北京，思宗自縊煤山，清兵入關。唐王朱聿鍵立於閩中，授曹學佺太常卿，遷禮部右侍郎兼侍講學士，進尚書，加太子太保。曹學佺已經七十二歲，強起負任，不離開故鄉，就成了國之重臣。一年後，福州城破，自吊西峰中堂。「生前一管筆，身後一條繩」，是他辭世的喟嘆。

　　曹學佺平實的個性，在讀書、寫作與經營實務上，均有獨到之處。天啟三年八十三天的湘西之行，留下了水文、地理、文化風情，也可以作為明代旅遊與驛站交通最好的佐證材料，也能從中體會他壯年以後對日常事物的關注。

　　晚明從福建福州到廣西桂林的交通路況，雖有少數坍崑，仍可行走，尚稱暢通。曹學佺有時候捐款促修道路、橋面，以助後人通行。不過經由狹窄的河道與山徑，不像行走於長江或南北運河之中，缺少

---

[62]　苗棣：《魏忠賢專權研究》，頁142。

開闊的視野，船隻也小，日曬時如蒸籠，雨季中又嫌潮濕，而徒步翻越山嶺之巔，路口窄小，牲畜糞便噁臭，行人須掩鼻而行。衛生條件不好，行人多致命。曹學佺的周歲兒與秘書鄭綴先後染疾而亡。或有人建議改走海道，前往廣西，不僅道途遙遠，無法剋日而至，海象凶險才是無法克服的原因。

從學佺的行經各地，上級官員調動頻繁，時有分守僻地，業務乏趣，每每視作貶謫暫居之地，因此虛應故事。而府縣級的官員則初臨異地，積極表現，等候升遷，多半勤於業務，也樂於接待賓客。至於下級僚屬，多半來自拔貢或地方秀才，階級頗低，以南方各省相互調用，因此閩人在贛、粵、桂任職基層胥吏頗多。能熱情接待學佺者，以同年、同鄉、同僚者為多。而文人能詩文酬唱者，仍是最易顯現性情，也最容易惺惺相惜。

儘管旅途上辛勤痛苦，學佺的文化考察與著述，始終未減；論者多以晚明君王臣民淫逸荒誕，家國毀棄。如果從學佺的湘西行旅觀察，晚明文人對家國意識與文化傳承的展現，依舊是正向的努力。即將到來的紛擾，卻是東林與閹黨的政黨惡鬥，連學佺也不免殃及。

曹學佺的湘西行旅，不僅編成《湘西紀行》，還抽出詩作的部分另集為《桂林集》，在途中還編寫《閩中通志》與《粵東名勝紀》。就《湘西紀行》觀察，學佺以日記體順序而長篇書寫，自然流利，這才是學佺的文學主張與性情的反映。

「以文記事，以詩抒情」，此所以《湘西紀行》中夾雜著詩作，又被抽離另編成詩作為主的《桂林集》。目前晚明旅遊書寫的研究中，往往凸顯才人遊記與科學考察型遊記，無法注意曹學佺等官宦文人傳統的書寫表現，看來需要些微的調整。如果只注意少數較具抒

情、小品與文藝性的書寫，而遺漏了文人關注政治、社會、地理與民生的紀錄，就有些「小學而大遺」了。

—— 本文為國科會專題研究計畫 NSC100-2410-H-029-028 之一；初稿發表於 2011 年 8 月 17-18 日北京首都師範大學舉辦「明代文學學會（籌）第八屆年會暨明代文學與文化學術研討會」；刊載於《東海大學中文學報》26 期，2013 年 12 月，頁 63-86。

附圖：曹學佺閩桂行旅的路徑與時程（作者自製）

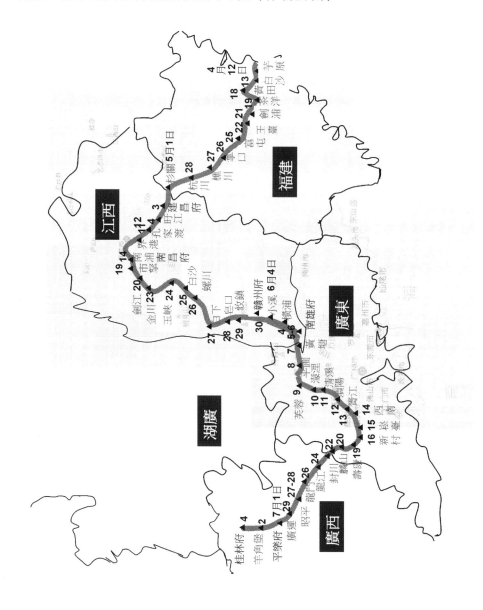

曹學佺《石倉十二代詩選》再探

一 前言

　　在晚明詩學史的論述中，曹學佺（1575-1646）是個既熟悉又陌生的名字。錢謙益《列朝詩集小傳》論述：弘治、正德、嘉靖、萬曆初期，金陵詩壇活動頗為興盛；萬曆中期，曹學佺供職南京大理寺時，與臧懋循、陳邦瞻、吳兆、吳夢暘、柳應芳、盛時泰等人詩文酬酢，再創金陵詩壇的高潮[1]。事實上，曹學佺引領的詩壇活動，還擴及南直隸（江蘇）、安徽、浙江、江西、福建各地。其普及性，與相近時期的公安、竟陵詩派活動相比，絕無遜色，而影響的時間更為長遠。

　　然則曹學佺於一六四六年九月福州城破之際自縊於家中，著述佚於兵燹者過半[2]，倖存書版藏於石倉者，又遭海寇焚掠，片簡無存[3]，蒐輯更加困難。福師大方寶川指出，除了兵燹、海盜、籍沒官府之外，第四個原因是乾隆卅八年（1773）大規模編纂《四庫全書》，曹學佺的詩文別集也被列入禁燬書目而遭劫難[4]。

1　錢謙益：《列朝詩集小傳》（臺北市：世界書局，1961年），丁集上「金陵社集諸詩人」，頁462。
2　福建巡撫佟國器《西峰字說》序文，清順治十二年（1655）刻本。
3　陳治滋：〈重刻曹石倉先生詩集序〉，曹岱華重刻：《石倉詩稿》，乾隆刊本，頁2。
4　方寶川：〈曹學佺及其詩文別集述考〉，《曹學佺集》（上海市：上海古籍出版社，影印福建師範大學藏本），書前，頁11。

　　根據《明史‧藝文志》所載，曹學佺之著作，經學有《周易可說》七卷、《書傳會衷》十卷、《詩經質疑》六卷、《春秋闡義》十二卷、《春秋義略》三卷[5]。史學方面有《一統名勝志》一九八卷、《蜀漢地理補》二卷、《蜀郡縣古今通》四卷、《蜀中風土記》四卷、《方物志》十二卷[6]。《蜀畫苑》四卷、《蜀中神仙記》十卷、《蜀中高僧記》十卷，分別收在藝術類、道家類、釋家類，另有《石倉詩文集》一百卷，《石倉十二代詩選》八八八卷，《蜀中詩話》四卷，收在別集、總集與文史類[7]。此即陳治滋在乾隆十九年（1754）季冬為曹學佺之曾孫岱華重刻《石倉詩稿》撰序時，所稱「共16部，凡1277卷」。曹岱華自云蒐輯遺編達二十餘年，以「文集尚少三分之一」，僅將《詩稿》三十三卷刊行[8]。

　　拜現代影印出版之便利，除了《詩稿》以外，坊間已重新出版明刻本十二卷本、二十四卷本、福建師範大學藏本[9]。但這些版本都沒有日本內閣文庫所藏一〇九卷本來得完整[10]。觀察這些版本，都是來自

---

[5]　《明史‧藝文志一》（臺北市：鼎文書局，影印中華書局），卷96，經學類，頁2344-2366。坊間尚有名為《書傳會要》、《書經折衷》、《春秋傳刪》，以及號稱總集的《五經困學》、《五經可說》，是否為曹學佺親訂，有待日後考索。

[6]　史學著作見《明史‧藝文志二》，卷97，頁2405、2413。《中國古籍善本書目‧集部》（上海市：上海古籍出版社，1998年），卷26〈別集〉著錄：《一統名勝志》作208卷；而後四本則編入《蜀中廣記》108卷之中。《蜀畫苑》以下三書目，收入《明史‧藝文志三》，卷98，頁2445、2452、2455。

[7]　《明史‧藝文志四》，卷99，頁2488、2498、2501。

[8]　陳治滋，曹岱華重刻：〈重刻曹石倉先生詩集序〉，《石倉詩稿》，乾隆刻本，頁2。

[9]　《石倉詩稿》乾隆19年刻本，收入北京出版社《四庫全書禁燬書叢刊》集部第143冊；12卷明刻本收在上海古籍出版社《續修四庫全書》集部，別集第1367冊；24卷本收在北京出版社《四庫全書禁燬書叢刊補編》集部第80冊；福師本在2003年5月南京江蘇古籍社影印出版。

[10]　臺北國家圖書館漢學中心有影印本，日本高橋寫真株式會社製作，61冊，合訂為30本。

同一版式，字體也一致，即使是乾隆版的《詩稿》也模仿明版，採用
覆刻形式。最近福建師範大學陳慶元整理此書[11]完竣，準備出版，也
編寫了詳細的《曹學佺年譜》，可供學界參考。

　　至於《石倉十二代詩選》的出版流傳，則顯得坎坷。根據《中國
古籍善本書目》著錄，北京圖書館（今國家圖書館）存八九一卷；華
東師大圖書館存五〇六卷；吉林大學圖書館存四六三卷；故宮博物院
圖書館存四二〇卷；上海圖書館兩部，分別存四〇一、一九三卷；北
京首都圖書館存三一三卷；天一閣文物保管所存二五一卷；重慶市圖
書館存二五〇卷；浙江里安縣（今瑞安市）玉海樓存一一五卷，並沒
有一套卷帙完整。

　　至於著錄的情形，僅見於黃虞稷（1619-1691）《千頃堂書目》、
《明史・藝文志》所載，而清禮親王昭槤、近人馮貞群、鄭振鐸曾親
眼目睹撰文記敘。研究者也僅見於上海復旦大學古籍研究所朱偉東的
碩士論文，在二〇〇五年做了一次初步的探索。本文希望從這個基礎
出發，廓清這本詩選的原貌，並且整理北京國家圖書館、上海圖書館
及京都大學探討這本詩選的出版體例及其價值。

二　石倉詩選編選的卷帙

　　根據《明史・藝文志》的記載，《石倉十二代詩選》共有八八八
卷，分別為：

　　　《古詩》13卷、《唐詩》110卷、《宋詩》107卷、《元詩》50卷、
　　　《明詩一集》86卷、《二集》140卷、《三集》100卷、《四集》

---

[11] 陳慶元：〈日本內閣文庫藏本曹學佺石倉全集初探〉，《中國古代文學文獻學國際學
術研討會論文集》（南京市：鳳凰出版社，2006年），頁460-479。

132卷、《五集》52卷、《六集》100卷[12]。

顯而可見，此書包涵唐、宋、元、明等四代。《古詩》十三卷分為漢、魏、晉、宋、齊、梁、陳、隋，合計八代十一卷；北魏、北齊、北周三朝合為一卷；另有《古逸》一卷。

《四庫全書》館臣認為《古詩》類中已有十一朝，加上後四朝，則有十五朝。與書題《十二代詩選》不合，原書版心又作《歷代詩選》，因此改稱為《石倉歷代詩選》[13]。仔細理解曹學佺編選的體例，他有意排除沒有統治過南方而屬於北方的朝代；十二代實指前八朝，加上唐、宋、元、明等四朝之謂。北魏、北齊、北周，係屬北朝，不計在內，僅以「附錄」的形式，與《古逸》編在《古詩》類最後兩卷。金朝亦不錄，而元好問詩作佳，又卒於元朝，因此附在元朝之首。

《四庫全書總目提要》又云，根據黃虞稷（1619-1691）《千頃堂書目》，曹學佺所錄《明詩》尚有三集一百卷，四集一三二卷，五集五十二卷，六集一百卷，今皆未見，殆已散佚。……是本止於嘉、隆，正明詩之極盛，其三集以下之不存，正亦不足惜矣[14]。」所以，《四庫本》之收錄僅止於《明詩次集》，而《三集》之後的三八二卷以「不存」的理由刪去。所收的卷次，只有五〇六卷。

《石倉詩選》的原貌，當不止如此。昭槤（1776-1833）為努爾哈

---

[12] 《明史‧藝文志四》，卷99，頁2498。

[13] 為便利敘述，並與其他各家詩選辨別，本文將《石倉十二代詩選》、《石倉歷代詩選》之稱，統一為《石倉詩選》。

[14] 《四庫全書總目提要》，集部卷189，《石倉歷代詩選》，卷506提要。中文百科在線 http://www.zwbk.org/MyLemmaShow.aspx?zh=zh-tw&lid=181990，2013年8月1日檢索。

赤七世孫[15]，襲第九任禮親王，他在《嘯亭雜錄》中曾敘述《石倉詩選》的狀況：

> 余家所藏則有 1743 卷，較《四庫》所收多至千餘卷矣。《古逸詩》13 卷，《唐詩》100 卷、《拾遺》10 卷，《宋詩》107 卷，《元詩》50 卷，《明初集》86 卷，《次集》140 卷，《三集》100 卷，《四集》132 卷，《五集》52 卷，《六集》100 卷，《七集》100 卷，《八集》101 卷，《九集》11 冊、《十集》4 冊、《續集》10 冊、《再續集》9 冊、《三續集》5 冊、《三四續集》4 冊、《四五續集》1 冊、《五續集》3 冊、《五六續集》1 冊、《南直集》8 冊、《浙集》8 冊、《閩集》8 冊、《社集》10 冊、《楚集》4 冊、《川集》1 冊、《江西集》1 冊、《陝西集》1 冊、《河南集》1 冊。九集後不分卷，以冊代卷，其曰三四續、四五續，義例難通，而雕鏤完好，印刷清楚，自是閩中初搨精本，法時帆祭酒頗加賞鑑，以為近世難覓之本。惟七集、八集中數卷為王功偉明經攜去，以致遺佚不復得為全豹，殊甚扼腕也[16]。

這段紀錄證明了《明史·藝文志》與《千頃堂書目》所載《明六集》以前的卷帙，是正確的。至於《七集》一百卷，《八集》一〇一卷，可能是稍後編成，尚未發行，也沒有被著錄，僅存於禮親王府，被王功偉借出數卷，而造成缺損。《九集》以後，僅稱「冊」，並無「卷次」的區分，昭槤雖云「雕鏤完好」，卻只能數算「卷數」，而不

---

15 昭槤六世祖依序為努爾哈赤、代善、祜塞、傑書、崇安、永恩。次子代善封禮烈親王，八子祜塞追封惠順親王，三子傑書封康良親王，次子崇安封和碩康修親王，永恩復襲和碩禮親王，昭槤 1805 年襲爵，1816 革除。《清史稿》（北京市：中華書局，1977 年），卷 169，表 2，皇子世表 2；卷 216，列傳 3，諸王 2。

16 （清）昭槤：《嘯亭雜錄》（北京市：中華書局，1980 年 12 月），卷 8，頁 246-247。

能明確的分出「卷次」。

　　一九三○年慈溪馮貞群在上海圖書館所藏的《石倉十二代詩選》書上題跋，與禮親王書目比對，多出《四續集》四冊、《六續集》四冊，而少去《三四續集》四冊、《四五續集》一冊[17]。

　　抗戰初期，鄭振鐸則從徐紹樵、葉銘三等處收集《石倉詩選》[18]，卷帙已經零落，但他指出《八集》數冊及《社集》全部，其卷數尚為墨釘，未刻。《浙集》八卷、《閩集》七卷，卷次亦未刻[19]。從馮、鄭二氏經眼的紀錄來看，明詩選的後半部應該還有許多詩稿在刻字、逗版、試印與裝幀的階段中，而非可以發行販售的「成品」。

　　北京國家圖書館所藏署崇禎四年刊八八八卷本，事實上僅止於《六集》六十六卷，而後附有殘稿或「未定稿」，分別為：《續五集》吳仕訓、汪（君酬）；《再續集》張（頻初）、顧磐（附翁文）、喻燮、林景暘；《三續集》呂繼梗、全天敘（附全大訓）、張銓、黃注、沈守正、陸在前、高維岳、劉錫名、項忠（附項元汴、項良枋）、區懷瑞、范應賓、劉毅、周泰峙、張璕（附張旭、張溥）、徐有貞；《社集》游適（附游子翔）、李天植、周嬰、陳仲溙、廖淳、鄒時豐、張廷範、顏容軒、林祖恕、陳椿、李岳、黃天全、馬季聲。計有三十六卷，四十一人。

---

[17] 馮貞群題跋引述自朱偉東：《石倉十二代詩選研究》（上海市：復旦大學古籍研究中心碩士論文，2005年），頁8。朱文引述《嘯亭雜錄》文字，在頁11，有少數誤脫。

[18] 北京國家圖書館所藏《石倉詩選》，應有891卷，作成微卷僅有888卷本。事實上僅止於《明六集》，66卷，為852卷，後附《明五集》，卷51、52，尚在墨訂，另有37卷都是未定書稿。微卷少馬季聲、柯茂竹、閩歸秀（潘燕卿、郭宜淑）等3卷。

[19] 鄭振鐸：《劫中得書記》（上海市：上海古籍出版社，2006年7月），根據1956年鄭氏序刊本影印，收入《中國歷代題跋叢書》，頁55-57。從該文中知《三集》、《五集》、《七集》、《八集》卷帙已經不全，《再續集》以下均無存。

　　這些混亂的狀態，版心分刻在各類中，卻未刻出「卷次」，有些又以墨筆塗寫，準備移往他處。如《三續集》多數要移入《三集》：全天敘卷到黃注卷準備移往《三集》卷廿一到廿三；沈守正、陸在前卷，準備移往《三集》卷卅一、卅二。又如，李天植卷版心作「社集」，首頁首行卻作「閩社集」，出現一個特殊的分類。

　　不過最特別的是，此版之《五集》只收五十卷。未收的兩卷，原稿仍混在這些散卷中。一是潮陽吳仕訓《龍城小草》，原作「續五集」，以墨筆書寫卷首「五集卷五十一」；一是通州顧磐《海涯集》，首頁首行殘留「卷四十一」，以墨筆添上「五集卷」三字，版心作「再續集」，首頁版心已塗去，用墨筆寫上「五集卷五十二」（見附圖一、二）。比對京都大學藏本，也就是禮親王府本，這兩卷已編入「五集卷五十一、五十二」，而且全卷改換用「標楷體」刻印。顯然京都大學藏本，已經是經過整理而重刻的版本[20]。可以肯定，連同最後的《四庫》抄本，《石倉詩選》應有三種不同的形態。

　　至於全書所收卷帙，鄭振鐸稱禮親王府藏本「群目為最足本」，得一七四三卷。但此書從府中散出後，先為陶湘（蘭泉）所得，輾轉「悉售」日本東方文化學院京都研究所[21]，則京都大學現藏一二六一卷[22]，散逸了四八四卷。再核對《中國古籍善本總目》、《中國叢書綜錄》、《明代版刻綜錄》[23]等書目，存書紀錄不同，分別為一二〇七

20　京都本未能影印，翻閱時僅注意到此兩卷刻印「字體」不同，其他部分尚待比對。

21　此書藏書所改名為「京都大學人文科學研究所附屬東亞人文情報學研究中心」。

22　京都大學人文科學研究所編：《京都大學人文科學研究所漢籍目錄》（京都：同朋社，昭和56年12月），頁596，作1258卷。朱偉東：《石倉十二代詩選研究》，頁20，作1257卷。2011年親自核對，應有1261卷。

23　《中國古籍善本總目·集部·總集》（北京市：線裝書局，2005年），頁1726上；上海圖書館編：《中國叢書綜錄》2，第2冊（上海市：上海古籍出版社，1986年2月），頁1543；杜信孚纂輯：《明代版刻綜錄》（揚州市：江蘇廣陵古籍刻印社，

（存939）、一二五五、一二六三卷，也與京都大學的卷帙相捋。

根據昭槤的紀錄，查核全書現存卷數，明詩《六集》以前，有八九〇卷，不計同號的卷次，則沒有疑義。《七集》、《八集》則散佚，有十數冊殘本為陳乃乾所獲，計各存二十二卷、二十五卷，最早藏於上海南洋中學，後來轉入上海圖書館[24]。《九集》、《十集》則未見。再比對京都大學藏書目，尚有《三續集》十三卷[25]，《四續集》九卷，《續五集》四卷，《五續集》六卷，《六續集》二卷，《明續集》五十一卷，《再續集》三十四卷[26]，《閩秀集》一卷，《南直集》三十五卷，《浙集》五十卷，《福建集》九十六卷，《楚集》二十卷，《四川集》五卷，《江右集》五卷[27]，《江西集》五卷，《陝西集》三卷，《河南集》一卷。這部分有三六八卷。再加上北京圖書館藏本有而京都大學藏本所無的《三續集》十五卷、《社集》十二卷與《閩閨秀集》二卷[28]，鄭振鐸所見而京都大學所無的《八集》三卷、《社集》一卷，目前的知見卷數應有一三五四卷（見附表一）。

1983年5月），卷4，頁47下。

[24] 朱偉東在復旦大學古籍研究所翻閱過《南洋中學藏書目》，認為與現藏於上海圖書館的卷次完全相同。見朱氏：《石倉十二代詩選研究》，頁13；另見朱氏單篇論文：〈《石倉十二代詩選》全帙探討〉，《文獻季刊》2000年7月，第3期，頁219。

[25] 北京圖書館本藏本《三續集》殘脫，仍有15卷，與京都大學藏本13卷，並無交集，宜合併列入。

[26] 朱偉東說：「國圖藏有是（明再續）集的卷四十七，由此推得，再續集最少也有47卷。」見〈《石倉十二代詩選》全帙探討〉，頁219。

[27] 《江右集》、《江西集》各5卷，京都大學藏本混編一起，為2冊。昭槤《嘯亭雜錄》中，未提及《江右集》。

[28] 北京圖書館藏本有而京都大學藏本所無的《社集》有鄒時豐、張廷範、廖淳、馬季聲、柯茂竹、黃天全、顏容軒、周嬰、林祖恕、李天植、游適、李岳等12卷，加《閩閨秀集》，2卷。鄭振鐸所獨見的《八集》有王留、李生寅、文元發3卷，《社集》有陳鴻1卷，見鄭振鐸：《劫中得書記》（上海市：上海古籍出版社，2006年），「石倉十二代詩選」條，頁55-57。

　　細查這些卷帙的處理，並沒有嚴格安排。有些是「隨得隨刻，不記卷數[29]」，如《社集》作品集成，卻無安排卷次；有些卷帙號次重複並列，如《明四集》卷五十詩集為施俊，另有「卷50又」為孫陞。《明八集》「卷18」、「卷25」、「卷37」、「卷50」也是重出兩次，「卷30」、「卷47」則重複出現三本不同的詩集上[30]。

　　有一人出現兩處，如李濂（1488-1566）詩集同時收在《三集》卷二十六〔編號3026〕、《再續集》卷二十八〔編號B028〕；林廷棉附收在《次集》卷四十七（父）林瀚、（兄）林廷桂之後〔編號2047-2〕，《次集》卷九十七，以林廷棉為卷主〔編號2097〕，而（弟）林廷模為附卷[31]。也有些卷帙缺號，如《明四集》無「卷101」。《再續集》無「卷50」，但有「卷50又」、「卷51」、「卷52」，而目錄上作五十一卷。

　　版次混亂最大的例子是《五集》目錄卷四十四劉某《南嶽集》籍貫、字號均不詳；內文卻收王穀祥集作品集為傳主，周天球作品集為附傳。而目錄上以王穀祥為傳主，周天球為附傳的載錄，出現在《六集》卷六十四。但此卷內文所收錄作品卻是福建龍溪的金鉉。追蹤的結果，「劉嶽甫，字嶽南，四川華陽人」以及作品，發現載錄於《六集》卷四十四李維楨卷下作附傳。

　　至於刻工刻錯字的部分也很多。單舉《四集》為例：卷九王度字津生，錯刻律生；卷十三袁裒字永之，錯刻近之；卷十六王慎中字道思，錯刻思道；卷二十八楊祐字汝承，錯成汝成；卷四十四沈謐號石雲，錯刻雲石；卷六十六喬世寧，錯刻喬以寧。由於核對的工作大部

29　同前註。

30　此為朱偉東在上海圖書館的發現。見〈《石倉十二代詩選》全帙探討〉，《文獻季刊》2000年7月，第3期，頁219。

31　此兩卷都在《次集》，四庫館臣已經發現這個錯誤，刪去卷43-2的附傳。

分在圖書館內進行，沒有辦法做全面性的校勘。從上面所舉出的缺
憾，可以理解此部《詩選》若要重新出版之前，還有許多待訂正的工作。

三　石倉詩選明集以前的編選

　　從目錄來看，此書編選極為龐雜。曹學佺試圖編一部「詩史」，
在七子派、公安、竟陵各自主張的詩學偏向中，走出一條以「詩的歷
史」為主的路線，因此他想編纂《十二代詩選》。這個編纂的工作，
可能落在閩縣陳長源[32]身上，而徐𤊻也介入其間[33]。

　　曹學佺自謂在南京任官時，自漢魏而下，以至於晉宋六朝三唐
之詩，已經閱選多次，繕寫成帙，旋散佚去，並不以為意。有時候
前選、後選之詩集並存，參佐今昔之去取[34]。廣西罷官返鄉之後[35]，提
供金援，而陳長源、徐𤊻、周嬰曾為幕後工作者。四庫館臣質疑曹學
佺未計入北魏、齊、周和金朝，並謂：「金代唯錄元好問一人，頗為
疏漏，意其時毛晉所刊《中州集》河汾諸老詩猶未盛行，故學佺未
見歟[36]？」這個猜測是不成立的，曹學佺排除「沒有統治過南方的朝
代」，才是「南方本位」的思考模式。

　　然則北魏、齊、周以及元好問，有應選之詩，要如何處理呢？元

---

[32]　陳衍〈陳長源石倉詩選序〉云：「曹公能始至捐貲選刻十二代之詩，長源首處壇
　　坫，龍麟鳳羽固不必全身視現矣」，《大江草堂二集》，卷12，頁8，國圖藏崇禎17
　　年閩中陳氏家刊本。

[33]　徐𤊻在《石倉十二代詩選》中撰有多篇序、引、跋文，《徐氏紅雨樓書目》（上海
　　市：上海古籍出版社，2005年11月），有關明人著作目錄的收入，與《詩選》編排
　　順序有雷同之處。

[34]　〈宋詩選序〉，《石倉十二代詩選‧宋詩選》，卷首，頁1。

[35]　〈明興詩選序〉，自署：崇禎三年庚午陽月之朔賜進士出身嘉議大夫四川按察使兩
　　奉旨啟用廣西副使致仕臣曹學佺。

[36]　〈石倉歷代詩選提要〉，《文淵閣四庫全書》，集部八，總集類，第597，頁1387-1。

好問（1190-1257），卒於元憲宗七年，而金朝已亡於一二三四年，姑且寄存於元詩第一人，想也是曹學佺的權宜之策。過多的「權宜」，也使得曹學佺企圖建立的體例，受到挑戰。依照《石倉詩選》編選順序，來檢驗曹學佺的編輯理念。

（一）《古詩選》的編選

曹學佺所謂古詩，「蓋有四言、五言、歌行，為三體」，又曰「見諸吟詠則為古風，被諸管絃則為樂府也。」[37]古詩、樂府所以不同，在於「可歌」與「不可歌」。所以，他將「漢魏五言各分有內外篇，內篇為古詩，外篇為樂府。有樂府而似古風者，則亦內之；有古風，而似樂府者則亦外之。昔人之編樂府也以樂，余之選古詩也以詩而已矣。」[38]曹學佺以詩論詩，先四言，後五言內篇、外篇，接著七言歌行；先標舉詩體，再以時代遞降，分為十一卷，以迄隋代。

第十二卷以附錄形式，蒐羅北魏、北齊、北周詩；而最後一卷為「古逸歌謠」，以無名氏所作，為最早期的作品，放在最後一卷。以現今觀點來看，如果要作為「詩史」來觀察，這個「附錄」的方式，反而亂了「時序」。

檢視其內容，大致與曹學佺的標目吻合。惟卷一〈漢七言歌行〉收十九首詩，其中了屬入三言《五雜組詩》、四言《楊惲撫缶歌》，五言《李延年歌》，六言梁鴻《五噫歌》，另有靈帝《落葉哀蟬曲》、蘇伯玉《盤中詩》、《悲歌》，則為雜言。雖可視為歌行體，卻非七言，何以置此？是否刊刻時，多刻了「七言」兩字？

而譚元春於《古詩歸》中，評點蔡琰《悲憤詩》、無名氏所撰長篇歌行《焦仲卿妻（孔雀東南飛）》，津津有味；曹學佺並未選入，

---

37 〈古詩選序〉，《石倉十二代詩選·古詩選》，卷首，頁1-8。
38 同前註。

可能是過於口語的敘事詩，不合他的詩學標準。

（二）《唐詩選》的編選

對於《唐詩選》，曹學佺著墨最深。萬曆、崇禎之間，相關《唐詩選》的出版有一七○種之多，他的好友臧懋循、費元祿、范汭、茅元儀都有《唐詩選》的出版，即使是高棅的《唐詩品彙》也重新刊刻了十三次[39]。

他認為高棅（1350-1423）之選唐詩，重在初、盛，而不在中、晚。元朝周弼選《三體唐詩》時，重在中、晚，而不在初、盛。而黃克纘（1550-1634）編選《全唐風雅》，已經將「盛唐寄于初中晚之內，謂三唐各有其盛者焉」[40]，強調各個斷代都有其盛況。

坊間習作詩者，則依照《唐詩類苑》，重「類」而不重「選」。而鍾惺《詩歸》，學李贄「評史」的方法評詩，並不是好辦法。高廷禮與他何以將李杜當作大家，非正宗？他所選唐詩以李白為最多，杜甫次之，因為重視李杜古風成就的原故。李攀龍說「唐無古風」，是不對的。唐大歷以後的作者，逞才華而少蘊藉。貞元以下之作者，用工巧而無風緻，都是因為在「不習古風」的緣故。所以不管古詩，或初、盛，或中、晚，都應該融會。中、晚入選之近體，與初盛之近體並無相異，都屬於唐詩隊伍的一部分。所以要超越《詩刪》、《詩歸》，模仿高棅《品彙》分「初、盛、中、晚」的體例，來安排唐詩選[41]。

《石倉十二代詩選》唐詩選部分共一百卷、拾遺十卷。一百卷中

---

[39] 金生奎：《明代唐詩選本研究》（合肥市：合肥工業大學出版社，2007年7月），頁53-83。

[40] 黃克纘：〈刻全唐風雅序〉，《全唐風雅》，萬曆46年刊本，頁4。

[41] 曹學佺：〈唐詩選序〉，《石倉十二代詩選·唐詩選》，崇禎4年序刊本，卷首，頁1-9。

初唐十八卷、盛唐十五卷、中唐廿七卷、晚唐三十卷,方外、宗風、宮闈、閨秀合為十卷。拾遺五以後標明晚唐。按人物觀察,拾遺一、二為初唐,拾遺三為盛唐,拾遺四為中唐。方外、閨秀等融入各卷中。兩者合而觀之,茲列表如下:

	卷數	作家(人)	篇幅(頁)	選詩(首)	比重(%)
唐詩選總數	110	1163	3038	10813	100
初唐	20	204	361	1330	12.3
盛唐	16	185	631	1973	18.2
中唐	28	67	786	3273	30.3
晚唐	36	521	875	3343	30.9
方外	7	45	113	586	
宗風	1	32	18	60	8.3
宮闈	1	20	14	62	
閨秀	1	79	42	186	

　　從表列中,可以清楚的看出《石倉十二代詩選》唐詩選部分,初唐佔12.3%,盛唐18.2%,中唐30.3%,晚唐30.9%,其他8.3%,此與高棅《唐詩品彙》選詩比例,分別為:14.4%、32%、34.7%、11.6%、7.3%[42]。相較之下,晚唐詩所佔比例,有明顯的增加。

　　再檢視高棅與曹學佺所選唐代詩人前三十名(見附表二)。可以得知,兩人共同選入的作者有十九人。高棅以杜甫、李白、劉長卿、錢起、韋應物依序為前五名;曹學佺則依序選了李白、杜甫、韋應物、劉長卿、白居易,顯然是以「詩質」重於「格律」的選擇。高棅所選前三十名者,曹學佺雖未列入前三十名,但選詩的數量極為接近。兩人所選盛唐之詩人與作品,篇幅幾乎相同,表示曹學佺趨同於高棅。但曹學佺選入前三十名,與高棅所選相較,在篇幅上有較大的

42　金生奎:《明代唐詩選本研究》,緒論,頁9。

落差。如初唐王勃為75：41；中唐白居易181：36，賈島163：43，朱餘慶103：10，元稹101：14，張祜74：25，李賀72：40；晚唐杜牧108：42，吳融100：7，方干86：12，韋莊70：21。很顯然，曹學佺對部分中、晚唐詩人與作品的推舉，遠遠超過了高棅的認知。可以說，曹學佺在高棅的基礎上，除了注重詩體的格律，更關注詩學歷史演變的軌跡。

至於唐以下，每卷均以個別作者為主，偶有因師徒、家人、同榜、同鄉里而合卷。曹學佺試圖在每卷卷首附上原詩集的序文，或後代重刻序文，或史傳，或自己及同仁編寫的作者小傳，或訪得該書刊刻經過的紀錄，但也有只錄詩作，沒有任何的序跋、引文。在編輯體例上，頗覺凌亂。可是在書籍溯源、史料出處，反而提供了寶貴的線索。四庫館臣僅把此書當作「詩總集」看待，也就把這些作家史傳序跋、刊刻紀錄等全數刪落，以求編選體例的完整，無形中造成了極大的損失。

（三）《宋詩選》的編選

曹學佺在此編序文中承認，自己所見宋、元詩並不多，也因襲一般詩家的說法：「宋病于腐，元病于纖」。因為要編選此書，才從好友徐𤊹、謝肇淛以及姻親晚輩林懋禮家中，借得各地蒐羅來的宋詩集，才開始理解宋、元之詩「各擅其一代之美」。他還說，宋代詩人有名德者、理學者，能「自成一家，上足以黼黻皇猷，而下足以陶寫情性」，也有一群具有詞人本色者，他們所寫的詩「取材廣，而命意新，不欲剿襲前人一字，而詩家反以腐錮之其瑕？」[43] 儘管曹學佺有這樣的認知，還是不免以「唐詩的品味」，來選取宋、元之詩。

---

43 〈宋詩選序〉，《石倉十二代詩選·宋詩選》，卷首，頁1。

　　從史料上看，明代的宋詩編選約有十三種之多[44]，而留存下來的有符觀《宋詩正體》、李蓘《宋藝圃集》、潘是仁《宋元名家詩選》，以及曹學佺《石倉歷代詩選‧宋詩選》等四種，都不能避免以「選宋儗唐」的態度，選出「宋詩中近唐風者[45]」。從所選詩作數量來看，曹學佺為最多。他選出了一九三位作家[46]，六七二二首詩作，合為一〇七卷。

　　清代吳之振與呂留良、吳自牧編選《宋詩鈔初集》，曾說曹學佺「始選萊公，以其近唐調也」，已經表明了立場。陸游、楊萬里是詩學大家，作品留存也多，卻不多選。卻選釋德洪、梅堯臣、朱熹之詩為前三名[47]。

　　曹學佺在卷二二六，用了七十頁的篇幅，選刊釋德洪二五九首詩。卷二二七以下，以迄卷末二三〇，收釋淨端、真淨、契嵩、保暹等三十七僧侶一六一首詩。以《石倉詩選》慣用的編選體例來看，應是「補遺」或「其餘」的形式。

　　申屠青松指出，明代對宋詩選本的不重視，不僅是作家姓名字號訛誤，連詩作都有大量刪改、漏抄的現象。僅舉《石倉歷代詩選‧宋詩選》卷一五三一例，該卷收有蘇軾一六〇首詩，漏抄兩句以上的詩，有二十九首之多；單單《與客遊道場和山得鳥字》一首，就漏抄了十一句。這樣的錯誤，據申屠青松的論述，在各家詩選中都很普遍，連批評曹學佺的清人吳之振也出現相同嚴重的缺失。

---

[44]　申屠青松：《明代宋詩選本略論》，《北京科技大學學報》23 卷 3 期（2007 年 9 月），頁 97-99。

[45]　李程：《明代宋詩接受研究》（武漢市：華中師範大學碩士論文，2011 年），頁 75。

[46]　李程統計《石倉宋詩選》，共收錄 181 位作家，可能少算附傳中的人物。同上註，頁 86。

[47]　吳之振等選：《宋詩鈔》（北京市：中華書局，1986 年），管庭芬、蔣光煦等補，頁 5。

（四）《元詩選》的編選

《元詩選》部分僅五十卷，篇幅體制均小。在編選序文中，他盛讚元世祖以胡人主中國，亦知節義，不忍殺害文天祥。也有文人拒絕徵召，逍遙不仕；也有文人為了「師世範俗」，出來做官。北方的詩人也有許多好的作品。一般人批評元詩纖麗，又以詠物詩為多，文字工巧，但少諷人之旨。曹學佺也懷疑，何以當時代福建卻少詩人[48]？從這篇序文也可以看出曹學佺要「找出理由」來，以便收納在元朝統治下的詩人與詩作。

《元詩選》的編選與《宋詩選》相仿。選出元詩人二八六人，作品二六八〇首，其中前三名作者為戴良、成廷珪、馬祖常。第四六至四八卷，收恕中和尚、嚴正卿居士等十二人，三二九首，數量有些偏多，此與曹學佺的宗教信仰有關。

第四九卷、五十卷，另署《元詩體要》、《元音補遺》，仍是「補遺」的性質。《元詩體要》原編者為宋緒，原收詩體三十六類，合計作品一五二〇餘首。曹學佺自該書中擇取作者一一〇人（與前面各卷收錄之作者並無重複），作品一九七首，來填補自己在元詩視野不足的缺憾。卷首收有南海鄧林在宣德八年（1433）為宋緒所寫的書序，可以證明曹學佺並沒有要隱瞞此卷抽取自宋緒原來編選的事實。四庫館臣卻將之刪去，而使本卷內容的來源中斷線索[49]。

最後一卷為《元詩補遺》，收作者張易等八十二人，作品一七一首，並沒有裁切自他書的痕跡，應該是曹學佺的「補遺」之作。

---

[48] 〈元詩選序〉，《石倉十二代詩選‧元詩選》，卷首，頁1。

[49] 四庫收有《元詩體要》14卷，在集部八、總集類中，浙江巡撫采進本，可惜嚴重殘缺；臺北故宮藏有明正德己卯（14年，1519）遼藩重刊本，可資對照。

（五）《明詩選》的編選

相對於漢、魏、唐、宋、元之古代詩選而言，曹學佺的《明詩選》可以稱作「當代詩選」了。他試圖建構「詩史」，「古詩」部分只是詩之源起，而明代詩學的發展才是他主訴的重點。

從現存的蛛絲馬跡來看，曹學佺確實想從初集編選到十集。《四庫提要》說次集「止於嘉、隆」，是明詩最盛的時代，三集以下之不收也不算可惜。事實上曹學佺在《明興詩選序》中明白的陳述：收危素、陸德暘、楊維楨等元末明初詩人為《初集》，成化、弘治作者為《次集》，嘉靖、隆慶為《三集》，萬曆為《四集》。四庫館臣說《次集》「止於嘉、隆」，已經不是事實。

真正選出詩人的數量，大大超過了預先的計畫。曹學佺發現「國初自洪武迄永、宣僅六、七十年間，而作者名數已軼過宋元兩代矣。」到了《六集》，還沒有將隆慶以前的作家羅列完畢，有許多漏列的作家，無法「擠」入已經刻定的卷帙中。過度龐雜的人數，很難依序編排。因此有了《續集》、《再續集》等分類，甚至有《三四續集》、《四五續集》等怪異的標目。以朝代先後為順序的排列，應該是顯而易見的；可是為了同僚、同榜或家族兄弟、父子、祖孫繫聯的方便，又混亂了時間順序。

有關編寫的體例，每卷卷名用作家原來文稿名稱，或者以其字號為稿名，也有待刻而未命名者。每卷一個傳主，但也有一個人占據兩個卷碼，如：高啟佔初集卷十二、十三；李夢陽佔次集八一、八二；何景明佔次集卷九二、九三。有些卷次附有原書的序文，或小傳，也有徐𤊻或曹學佺的按語；《三集》以後，這樣的「附件」很少出現。每卷中另有「附傳」形式，可能是父子、家族、同年、同僚、閨媛、方外、道士或詩文相唱和者；附傳者多半稱字號而不稱名字，但有簡單的小傳資料，此為本傳所無。四庫抄本，刪去每卷文集名稱，版心

　　的字號、里籍，以及文集序、跋、小傳、引文，所有的卷主基本資料
無存。幸好「附傳」底下的資料保存下來，對研究者而言，應有幫助。

　　在北京國家圖書館所藏本，《明詩集》前面附有目錄，目錄僅及
於六集六十六卷，顯然有意截斷後半部而單獨出版，但從目次的版面
看來，有太多未刻的「墨印」，顯然還沒有填補整齊。可以斷言，此
書未能訂出正確的編選體例；曾經試圖出版，也未能如願。

　　在此書混亂建構中，我們還是可以來解析它。假設明代詩人出入
詩壇與獲取功名的關係密切，則可以從詩人進士登科或舉人中試的時
間來檢查（見附表三、附表四）。因此，曹學佺所收編的詩卷，可以
得到以下的概念：

1.《初集》所收為洪武、建文、永樂時期的詩人與詩作。

2.《二集》收永樂十八年以迄弘治十八年間詩人與詩作。

3.《三集》收正德年間詩人與詩作。

4.《四集》收嘉靖初期詩人與詩作。

5.《五集》收嘉靖中期詩人與詩作。

6.《六集》收嘉靖卅二年以後，而以隆慶時期為主的詩人與詩作。

7.《七集》以萬曆初期（二年至十四年）為主。

8.《八集》所收詩人多半沒有功名可考者，進士登科者僅見成化十
　一年的吳瑞，嘉靖十七年的趙宦光、廿一年的葉經，卻都見於附
　傳之中；而萬曆年間舉人翁應祥、馮大受；貢生出身的婁堅、卓
　明卿，也是少數的例子。在時間與功名的參差上，顯然曹學佺所
　聘僱的編輯人員對於作家們的出身以及活動時間，沒有辦法明確
　掌握的資料，大部分都存放到《八集》之中。

9.至於各種《續集》部分，很可能是編選後期才採收到的文集，
　來不及依時間先後編入已經定稿的卷次裡，暫時安置在此。也可
　能是預備再混入前編的詩集之中。如北圖所存《三續集》殘稿數

卷，就有編入《三集》之中。

10.《續集》中作者的登科功名多落於成化年間、弘治十八年、正德十六年，可補《初集》、《次集》、《三集》的罅漏。《再續集》多在嘉靖年間。《三續集》以後，卷帙不多，所收作者以萬曆之後為多。而這個現象，可能是受到地方集編選的影響，分佔了一些卷數。以「地方集」為編選的策略，可能是暫時性的，也是有「續集」的性質。

11.以地方為集名，包含南直隸、浙、閩、楚、川、贛、豫等八個地方，外加社集。禮親王昭槤、馮貞群、鄭振鐸等人以「冊」來數算它們，是因為這些零散的作品雖刻成「卷」，並沒有賦予「卷次」，所以不好數算。從這些地方集的蒐輯，就可以看出編者的地域優勢，閩、社與閩閨秀，合有一三八卷，特別凸顯。南直隸三十五卷，浙江集五十卷，也就是江浙一帶合有八十五卷。江西有長江流經，分江左、江右兩部分，江右其實就是江西，故合為十卷，毋須再要區分為二。至於北方的楚、陝、豫合有二十三卷，佔不到總數的百分之十，可見詩學傳播的領域，從明初開始，就屬於南方區域。這些地方集詩卷的主人獲取科第，多半落在隆慶二年以後，而以萬曆中葉以迄啟禎年間為多。但更多的詩人，僅獲取舉人、貢生、太學生的身分，甚至以布衣終老，也較前期增加。

12.曹學佺原先要建構縱軸的詩史觀念，因為涉及篇幅太大，詩人群體間的勾連，詩人重要程度的去取之間，都讓他煩惱。不得不暫作橫向的地方集蒐集。原先設定的《七集》以迄《十集》，就是要從這些「地方集」裡抽出來，再依時間順序整編。然而，這些「暫時性構工」的「地方集」、「續集」，最後都沒有得到重新安頓的機會。這種混亂的狀況，體例不純的編輯，

正好留給後人想像並思考的空間，來理解一個「多元的、混亂的，而體例不一的時代」。

四 結論

要了解曹學佺在明代詩史的地位，爬梳《石倉十二代詩選》，比《石倉全集》的閱讀還重要。原因是曹學佺文集中對詩論的探討並不多，但為了編選《石倉詩選》，他在朝代的卷首，都寫下了他的詩學主張。回顧高棅《唐詩品彙》的編纂，是為了建立起詩學格律，作為世人讀詩、寫詩的標準。經過前後七子派的推波助瀾，森嚴的格調理論傳播全國，也興盛了各地的詩壇活動。曹學佺適時進入南京，由於個人才情而成為詩壇盟主，與公安、竟陵詩派相持，而獨自延長到終明之世。戰爭常常無情的摧毀文物，而他的文集與詩選最終落到日本內閣文庫與京都大學圖書館，僥倖獲得保全。

為蒐集曹學佺文學資料，得獲復旦大學古籍所鄭利華教授以及高足朱偉東先生的幫忙，拜讀了二〇〇五年的論文《石倉十二代詩選研究》，有了借力使力的基礎。朱偉東為撰寫論文，走訪九大圖書館，掌握了散佚於各館的資料。他對於《石倉詩選》的編集體例，做了多方揣測，也提供了與我「對話」的可能。去年前往京都大學，翻閱鄭振鐸經眼的禮親王本《石倉詩選》，帶著朱偉東論文去比對，得到很多幫助。

從目前收集來的《石倉十二代詩選》卷帙比對，還有許多墨丁，修改而未完成的痕跡太多。編寫體例過度參差；「附錄」、「補遺」、「續集」的違章亂法；「詩史」的縱軸線與「地方集」的橫軸線，尚未有合理的交錯設計。選《古詩》、《唐詩》，有崇禎四年（1631）自

序；選《宋詩》、《元詩》、《明詩》，有崇禎三年（1630）自序[50]。可知此書編纂的開始時間，但何以至亡國殉身十五年之間，曹學佺並沒有再增加任何序跋、註記、工作日誌等文字，而放任五、六組的刻工[51]自行雕版，造成續集以後的卷帙大為混亂？

　　儘管這套選集的卷帙如此凌亂，仍然是龐大的修書工作。朱偉東說，此套書最大特色就是收錄浩博，較少門戶之見，存人與存詩並重，「以人繫詩，以詩繫人」，在最大程度上保留了歷史上的詩人詩作[52]。

　　曹學佺深知「代與體之變」[53]。不會以古詩法度來要求唐代古風，而言唐無古風[54]；更不會人云亦云，批評「宋腐、元纖」，而能理解各個時代的風格特質。他深切了解「每一時代自有每個時代的文學風貌」。這也是金生奎說，明人已經從詩的格律之辨，走向「時代之辨、詩體之辨、家數之辨[55]」，他認為有「通代視域」的詩家，除了李攀龍之外，只有曹學佺。而曹學佺編選的局幅更為開闊。

　　要肯定曹學佺「存詩、存人」的努力，不在於此書的編選是否完峻，而在於他所達成的「歷史任務」。他傳達了分體、分代「多視角

50　王重民：《中國善本書目》（臺北市：明文書局，1984年12月），集部・總集類，頁440右。

51　從版心留下的刻工名字，可知有將近百人參與工作，有家族成員集體參加的現象，每卷由一組人員包辦，有時1人，多半5-9人；比較常見組頭的名字為：葉士、魏憲、鄭西、鄭利、熊搏。鄭氏家族可能是曹學佺自江西請來，因為他們參加過編刻江西陳于廷《紀錄彙編》的工作。見《中國古籍版刻辭典》（濟南市：齊魯書社，1999年2月），頁393-394。

52　朱偉東：《石倉十二代詩選研究》，頁26。

53　〈古詩選序〉，《石倉十二代詩選・古詩選》，卷首，頁7。

54　〈唐詩選序〉，《石倉十二代詩選・唐詩選》，頁5：「選唐詩而不入李、杜者，不重古風故也。于鱗謂唐無古風，識者譏之，然非觀李杜之古風則無以見唐古風之盛」。

55　金生奎：《明代唐詩選本研究》，頁176-177。

觀照」的詩學史觀,也試圖保有詩學發展的軌跡於後世。由於他的經營,促使晚明詩壇繽紛壯盛,也使閩中的詩人與詩,有更大的展示舞臺。李聖華說:「後七子式微時,閩中與浙東壇坫勃興,……公安、竟陵相繼而起,閩派佔據一方壇坫,……明末,竟陵、幾社並馳,閩派構成第三支生力軍。[56]」翻閱《石倉詩選》,更能掌握晚明的詩壇盛況。鄭振鐸曾經批評也盛讚《石倉十二代詩選》的編選,他說:「明詩初集每卷皆附原集舊序或傳,次集以下,則均無之。又一集之中,往往卷數重複。為例甚不純,當是未加整理之作;然明人詩賴此而活者多矣![57]」以《石倉十二代詩選》作為詩史,曹學佺為晚明詩人擴大的思想域界,以「全景式的視野看世界[58]」,保留了可以驗證的文本,自然值得我們重視。基於以上的理由,我把曹學佺《石倉十二代詩選‧明詩選》的卷帙與作家名錄做了個基本的整理(在本文附錄六),提供給明代詩學史研究的同好方便檢索。

——本文為國科會專題研究計畫 NSC102-2410-H-029-052 之一;初稿發表於 2013 年 8 月 24-29 日,復旦大學古籍研究中心舉辦《明代文學學會(籌)第九屆年會暨 2013 年明代文學國際學術研討會論文集》,頁 524-539。

---

[56] 李聖華:《晚明詩歌研究》(北京市:人民文學出版社,2002 年 10 月),頁 224。

[57] 鄭振鐸:《劫中得書記》,「石倉十二代詩選」條,頁 55-57。

[58] 查清華:〈明人選唐詩的價值取向及其文化意涵〉,《文學評論》2006 年第 4 期,又見大江博客,2013 年 8 月 1 日查閱。http://blog.sina.com.cn/s/blog_7d7363bf0101dcwt.html

附圖一：《石倉十二代詩選》五集卷五十一

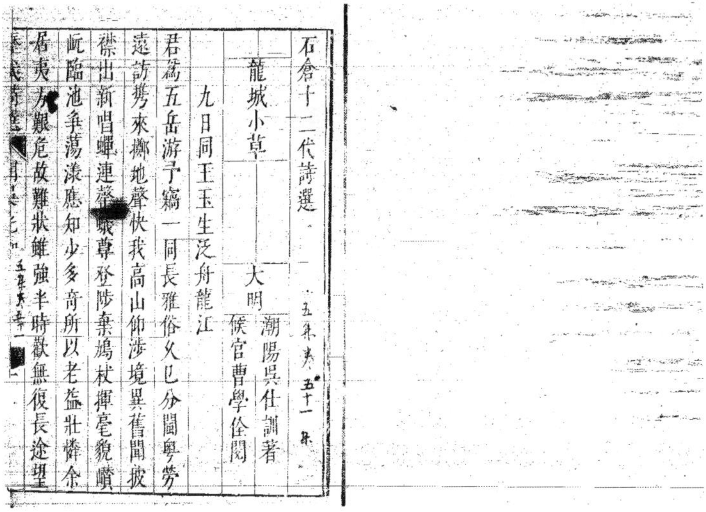

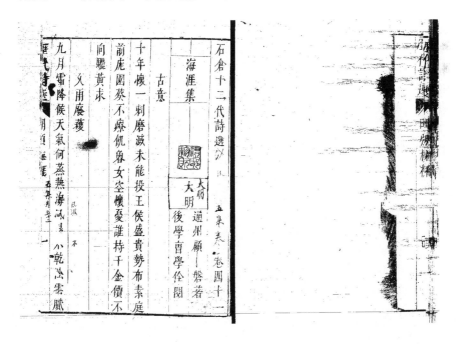

附圖二：《石倉十二代詩選》五集卷五十二

附表一 《石倉歷代詩選》知見卷帙表

說明：本表以京都藏本目錄為主，核對藏書現況，並補上圖、北圖現
存，以及鄭振鐸知見卷帙。

集別	卷帙	備考
古詩	13卷	
唐詩	110卷	
宋詩	107卷	
元詩	50卷	
初集	86+1卷	41卷有上、下
次集	140卷	四庫抄本至此，共506+1卷，各版均同。
三集	100+1卷	另有卷10又
四集	132+1卷	另有卷50又
五集	52卷	北圖50卷，後兩卷存散卷中。
六集	100卷	北圖止於66卷，後附散卷。
七集	（22+3卷）	七、八集僅藏上圖。七集卷18、25、37重號。八集卷30、47三見，45、50、54重見。另增鄭振鐸所見八集王留、李生寅、文元發3卷。
八集	（24+7+3卷）	
續集	51卷	京都無卷51，但有51又
再續集	34卷（+4卷）	北圖殘卷4卷
三續集	13卷（+15卷）	北圖殘卷15卷
四續集	9-3卷	〔少3卷，待查〕
五續集	6卷	
續五集	4卷	
六續集	2卷	
閨秀集	1（+2卷）	朱偉東據北圖增閩閨秀2卷。
社集	29（+12卷）	原書未分卷次。京都藏本有29卷，鄭振鐸經眼尚多陳鴻1卷。北圖所存而京都所無有11卷。
南直集	35+5卷	經眼多5卷
浙集	50卷	

集別	卷帙	備考
福建集	96卷（+1卷）	北圖增柯茂竹1卷。
楚集	20卷	
四川集	5卷	
江西集	5卷	京都藏本將江西、江右混編。
江右集	5卷	
陝西集	3卷	
河南集	1卷	
總數	京都1261卷；知見1354卷	京都著錄1258卷，經眼多6卷，少3卷。（）中的卷數增補自北圖、上圖，及鄭振鐸記錄。

附表二 《石倉歷代詩選》與《唐詩品彙》所收唐代詩人作品前三十
名比較表

說明：各家排行名次標示在括號中，僅止於30名。

	唐代詩人	石倉詩選詩數	唐詩品彙詩數		唐代詩人	石倉詩選詩數	唐詩品彙詩數
初唐	宋之問	94首(20)	72首(18)		白居易	181首(4)	36首
	王　勃	75首(24)	41首		賈　島	163首(7)	43首
	沈佺期	68首	61首(23)		朱慶餘	103首(15)	10首
	陳子昂	63首	78首(15)		元　稹	101首(17)	14首
	張　說	60首	67首(21)		張　祜	74首(27)	25首
盛唐	李　白	399首(1)	266首(2)		李　賀	72首(28)	40首
	杜　甫	242首(2)	271首(1)		韋應物	200首(3)	163首(5)
	岑　參	164首(6)	144首(6)		韓　愈	42首	83首(14)
	高　適	124首(11)	123首(7)		孟　郊	65首	72首(17)
	儲光羲	122首(12)	92首(12)		盧　綸	40首	72首(19)
	孟浩然	120首(13)	101首(8)		韓　翃	65首	52首(26)
	王昌齡	96首(19)	98首(9)		李　端	69首	51首(27)
	張九齡	57首	59首(25)		戴叔倫	65首	50首(28)
中唐	劉長卿	190首(3)	193首(3)	晚唐	李商隱	142首(10)	49首(29)
	王　建	152首(8)	66首(22)		許　渾	102首(16)	94首(11)
	張　籍	148首(9)	97首(10)		溫庭筠	74首(25)	59首(24)
	劉禹錫	81首(22)	86首(13)		杜　牧	108首(14)	42首
	錢　起	77首(23)	186首(4)		吳　融	100首(18)	7首
	皎　然	74首(26)	74首(16)		方　干	86首(21)	12首
	皇甫冉	70首(30)	70首(20)		韋　莊	70首(29)	21首
	李　益	70首(30)	49首(30)				

附表三 《石倉歷代詩選》所收明詩人進士登科分布表

說明：1、本表每位作家賦予四位號碼。

2、第一碼為集別。初集以至八集，分別以1-8為代碼。
續集、再續、以至六續，分別以A-F為代碼。五續集、續五
集，依序合編為E。地方集南直、浙江、福建、湖廣、四川
（江西、江右）、陝西、河南，各以南、浙、閩、楚、川、
贛、陝、豫代之。

3、後三碼表示作者所在卷次。如該卷次中有附見詩人若干，
則在四碼之後分別加-1、-2、----。

年號	登科	石倉歷代詩選　　　明詩選
	明前	1002、1006、1028、1043-1、1053-1、1063-2、1067-1、1068-2、A017
洪武	四	1011
	八	1064
	十八	1036、2026-5、A015
	廿一	1037
	廿七	1018-1
	三十	1041、1050-1
建文	二	1039、1065、1066、1067、1068、1085-3、A014-1
永樂	二	1054、1069-2、1070、1071、1072、1072-1、1073、1074、1076-1、A009、B002
	四	1033、1045
	九	2006
	十	1075、1077、2004-1
	十三	1080、1080-1、2005、3091、A012、A013
	十六	1074-1
	十九	1078、2001、2002
	二二	1055

年號	登科	石倉歷代詩選　　明詩選
宣德	八	1080-2、2015、C029
正統	四	2016
	七	2016-1、2017-1、A011、C023
	十	2013、2026-3、2072、2078、A019
	十三	1049-2、2077
	十五	1078-1
景泰	二	2003-1、2009-1、2017-2、2020、2026-1、2033、A008
	五	2009、2016-2、2019、2021、2022、2023、2024-1
天順	一	2026、2028
	四	1079、2022-1、2036
	八	2025、2025-2、2026、2029、2030、2031、2032、2033-1、2047、2071-3、2071-4、C004
成化	二	2038、2040、2041、2042、2043、2046、2048、2054-1
	五	2035、2072-1、閩032
	八	2051-1、2052、2054、2072-3、2073-1、2074、A024
	十一	2050、2059、8055-1
	十四	2049、2062、2073-2、2075、A022
	十七	2026-2、2045、2055、2056
	二十	2053、2057、2060、2061、2063、2067-1
	二三	1055-1、2044、2051-2、2064、2065、2066、2067、2068、2069、2070-1、A023
弘治	三	2079-1、2085、2096-2、2099、2101、3060-1、A020
	六	2080、2081、2100、2100-1、2102、2110
	九	2084、2086、2087、2088、2101-1、2103、2105-1、2109
	十二	2043-2、2084-1、2089、2090、2097、2098、2102-1、2105、2111、A036、陝001
	十五	2086-1、2091、2092、2094、2095、2096、2104、2104-1、2107、2119-1、2120-1、A034
	十八	2072-5、2074-2、2075-1、2075-3、2106、2108、2108-1、2110、2112、2113、2114、2115、2116、2117、2118、2118-1、2119、A027、A031、A033、A037、B025

年號	登科	石倉歷代詩選　　明詩選
正德	三	3001、3002、3002-1、3003、3004、3005、3006、3007、3008、3010、3089、A035、浙020、浙037
	六	2085-1、3009、3010又、3011、3012、3013、3015、3016、3017、3017-1、3018、3020、3085、3087、A047、B034
	九	2045-1、3020-1、3021、3022、3023、3024、3025、3026、3026-1、3027、3047、3084、3086、3093、B029
	十二	2067-2、3029、3030、3031、3032、3033、3034、3035、3036、3036-1、3038、3039、3040、3041、3041-1、3042、3043、3044、3046、3048、3049、3094、3097、A044、A049、B027、閩042、閩076-1
	十六	3050、3051、3052、3053、3054、3055、3056、3057、3058、3059、3060、3100、A038、A039、A049、C013
嘉靖	二	4001、4001-1、4002、4003、4004、4005、4006、4007、4008、4009、4010、4041、4042、4109、5043、B026、閩036
	五	3079、4011、4012、4013、4014、4015、4015-1、4015-2、4016、4017、4018、4019、4043、4043-2、B033
	八	2074-3、4020-1、4021、4022、4023、4024、4025、4026、4027、4028、4029、4030、4036、4044、4045、4046-1、4046-2、4082-1、5044-1、6063、閩067
	十一	3010又、4031、4031-1、4032、4033、4034、4035-1、4037、4037-1、4038、4039、4040、4047、4047-1、4047-2、4048、4048-1、4048-2、4079、4095、6011、8047-1、A048、C005
	十四	3059-1、3088、4049、4049-2、4049-3、4050、4050又、4051、4052、4053、4054、4055、4055-1、4056、4057、4058、4059、4060、4061、4062、4063、4064、4065、4065-1、A040、B031
	十七	4066、4067、4068、4069、4070、4071、4072、4073、4074、4074-1、4075、4076、4077、4078、4078-2、4080、4080-1、4081、4082、5030、5046、8027-1、A045、B021

年號	登科	石倉歷代詩選　　明詩選
嘉靖	二十	4083、4084、4085、4086、4086-1、4087、4089、4090、4091、4092、4092-1、4093、4093-1、4094、4094-1、4107、A051又、B023、川001
	二三	4036-1、4096、4097、4098、4099、4100、4101、4102、4103、4104、4105-1、4106、4108、4110、5001、贛002
	二六	4111、4112、4113、4116、4117、4118、4119、4120、5002、5010、5018、6017、B020、C012、川002
	二九	4121、4122、4123、4125、4126、4128、4129、4130、4130-1、5003、5004、5005、5006、5011、5012、5013、6001、6061-1、6065、B032
	三二	3019、4127、6002、6004、6005、6006、6007、6008、6008-1、6009、6010、6013、6014、B019、南直021
	三五	6012、6015、6016、6018、6019、6024、B017
	三八	5015、6021、6022、6029、6036、南031
	四一	6025、6027、6028、6031、6032、B028、浙031
	四四	5016、6020-5、6023、6030、6030-1、6033、6034、6049、6060、6064、B011
隆慶	二	6035、6037、6038、6039、6040、6041、6042、6043、6044、6045、6046、6047、6048、6050、B036、D005、浙046、楚020、贛001、川004
	五	6051、6052、6053、6054、6055、6056、6057、6058、6059、南013
萬曆	二	7007、7008、7009、7010、B011-1、D006、閩065、浙032
	五	7018、7018-1、閩020、閩022、贛010、閩095
	八	6089、7024、7025又、7026、7027、7029、7030、閩028、閩040
	十一	7025、7037、7037又、7038、7039、7040、閩016、閩093、閩097
	十四	7042、7044、7045、7046、7048、A041-1、C015
	十七	楚017
	二十	6076、C025、楚001、楚005

年號	登科	石倉歷代詩選　　明詩選
萬曆	二三	浙006
	二六	閩023
	二九	社003、楚002
	三二	C007、C017、閩054、閩096
	三五	E010
	三八	閩013、閩051、社006、社007、楚011、楚014、陝003
	四四	7048、楚013
	四七	社022、浙010
天啟	二	閩021、閩070、浙042、贛005、豫001
	五	E002
崇禎	一	閩010-1、閩011、浙040、贛007、贛009、川003
	四	F002、南024
	七	楚0018
	十三	閩033
	十五	社031
	十六	閩048-1

附表四 《石倉歷代詩選》所收明詩人舉人出身分布表

說明：編碼方式如進士登科分布表

年號	中舉	石倉歷代詩選明詩選集別
明前		1001、1008、1047、1057
洪武	三	1034、1044
	四	1053
	十	1032
	十七	1032-1
	三	1038、1049-1
	九	1066-1
	二	A001
永樂	三	A030-1、B001
	九	2006
	十八	1054-3
宣德	十	1021-3
正統	三	A026
	六	1054-1
	十二	2008、2073
景泰	四	2022-2
	七	3071
天順	三	2076
	六	2074-1、B004-1
成化	元	2051、2070
	四	2071
	十	B006
	十九	2121
	二二	2073-4
弘治	五	2026-4、2120、B029
	十一	2127
	十四	2074-2、2076-1

年號	中舉	石倉歷代詩選明詩選集別
正德	二	3062、3078
	五	3066
	八	2045-1、3061、3064、3076、3077、3095、5052
	十一	3063
	十四	3083、A028
嘉靖	一	4088、4091-1、6082
	四	2076-2、3099、5022-2、6063-1、浙047
	七	3012-1、3098、4035、4105、6098
	十	2134、5023、6061
	十三	5008、5026、6085、6086
	十六	4124、6083、6084、6088
	十九	6091、B010、B015
	二二	5018-1
	二五	6087
	二八	6061-1、6069
	三一	5017、6067、6092、6094、B018
	三四	6020-2、6078
	三七	6096、6099、楚009
	四十	5009、5032
	四三	B016
隆慶	四	6081、6090
萬曆	七	8035
	十	6075
	十三	C014、閩094
	十六	C023-2、D002
	二二	閩023、社020
	二八	8045-1、浙017
	三一	C019
	三四	8038-1、閩010
	三七	社018

年號	中舉	石倉歷代詩選明詩選集別
萬曆	四十	E007
	四四	8038
	四六	社005
天啟	元	贛004
	四	E008、閩026、南018
	七	楚015
崇禎	三	C028-2、E005、閩090
	六	社039
	十二	楚0016
	十四	閩088

附表五　石倉明詩選作者名錄

體例：

一、本表係曹學佺〈明詩選〉編選的作家名錄，依據現存資料順序排列。

二、姓名欄中，如有更改姓名者，以新姓名為主，舊姓名以（）示之。

三、生卒年以西曆標示。不確定者，約年左右在世，僅以「約」字標注。生卒一項不明者，以？示之。生卒皆不明，空白表之。如有功名，以中舉年寫入，進士於西曆前加「J」，舉人加「G」。有異說者，加「*（）」號與示之。

四、字號欄以斜線「/」隔開，左字，右號。如有多個字號，以文獻中常被引用者，或排列第一順位為主。稱號有「先生」、「山人」等，不寫入。

五、籍貫欄標示布政使司（省）、縣兩級，府級不錄。湖廣區分為湖北、湖南；南直隸則以江蘇、安徽等清人使用之省名代替。

六、作家詩文集，以較具知名者為代表，或有通行全集本名稱示之。如無詩文集名，則標以學佺〈明詩選〉中所題之集名。無法舉出者，以空白示之。

七、引用參考資料來源，以張廷玉編《明史》、焦竑編《國朝獻徵錄》等相關史料，以及詩文總集、作家詩文別集為主。《明史》、《獻徵錄》等正史、碑傳的出處，皆可見於國家圖書館所編《明人傳記資料索引》之內。故本表僅列出《明人傳記資料索引》、潘介祉《明詩人小傳稿》、錢謙益《列朝詩集（小傳）》、朱彝尊《明詩綜（靜志居詩話）》、陳田《明詩紀事》（各以央、潘、錢、朱、陳為代號），便於查索使用。前兩書注出索引頁碼，後三書僅注出卷次。

編號	詩人	生卒或科第年	字號	籍貫	詩文集	出處				
						央	潘	錢	朱	陳
1001	陶安	1315-1368	主敬	安徽當塗	知新集	562	9	甲11	3	甲3
1002	張以寧	1301-1370	志道翠屏	福建古田	翠屏集	519	10	甲13	3	甲3
1003	王禕	1321-1372	子充華川	浙江義烏	王忠文公集	65	10	甲12	3	甲3
1004	魏觀	1305-1374	杞山	湖北蒲圻	蒲山牧唱	930	10	甲14	3	甲5
1005	宋濂	1310-1381	景濂潛溪	浙江浦江	潛溪集	184	10	甲12	3	甲5
1006	劉基	1311-1375	伯溫	浙江青田	覆瓿集	842	9	甲1-3	2	甲4
1007	袁凱		景文	江蘇華亭	海叟集	427	9	甲2	16	甲13
1008	劉崧	1321-1381	子高槎翁	江西泰和	槎翁集	843	11	甲14		甲11
1009	蘇伯衡	?-1388	平仲	四川眉州	蘇平仲集	943	12	甲12		甲13
1009-1	汪廣洋	?-1379	朝宗	江蘇高郵	鳳池吟稿	167	9	甲11	3	甲3
1010	王翰	約1368	時舉	河南夏縣	樵唱集等	73	239	甲前10		甲22
1011	孫蕡	*1333-1389	仲衍西庵	廣東順德	西庵集	443	16	閏4		甲9
1012 1013	高啟	1336-1373	季迪	江蘇長洲	高太史全集	389	14	甲4-5	8	甲7
1014	楊基	1326-?	孟載眉庵	江蘇吳縣	眉庵集	709	15	甲6-7	9	甲7
1015	張羽	1333-1385	來儀靜居	浙江烏程	靜居集	520	15	甲8-9	37	甲7
1016	徐賁	1335-1393	幼文	江蘇長洲	北郭集		15	甲10	9	甲8

編號	詩人	生卒或科第年	字號	籍貫	詩文集	出處				
						央	潘	錢	朱	陳
1017	林 鴻	*1341-1383	子羽	福建福清	鳴盛集	298	16	甲20	10	甲10
1017-1	周 玄		微之	福建閩縣	宜秋集		17	甲20	10	甲10
1017-2	黃 玄		玄之	江蘇崑山	黃博士詩		17	甲20	10	甲10
1017-3	浦 源	約1398	長源東海生	江蘇無錫	浦舍人集	384	20	甲20	13	甲19
1017-4	倪 瓚	1301-1374	元鎮雲林	江蘇無錫	浦舍文集	454		甲前8		
1018	王 恭	約1350-?	安中	福建侯官	白雲樵唱集		17	乙3	10	甲10
1018-1	唐 泰	J1394	亨仲	福建侯官	善鳴集	396	16	甲20	10	甲10
1019	陳 亮	約1375	景明	福建長樂	儲玉齋集	584	16	乙3	10	甲10
1019-1	鄭 定		孟宣	福建閩縣	澹齋集	785	16	甲前10	10	甲10
1020	王 褒	?-1416	中美	福建閩縣	養靜齋集等	68	16	乙3	10	甲10
1021	高 棅（廷禮）	1350-1423	彥恢漫士	福建長樂	木天清氣集	390	16	乙3	10	甲10
1021-1	林柏璟		懷之	福建閩縣	友漁集					甲25
1021-2	林 枝		昌達古平	福建懷安	效顰集		37		19上	
1021-3	趙 迪	約1457	景哲	福建閩縣	鳴秋集		36	甲20	19上	乙6
1021-4	林 敏		漢孟瓢所	福建閩縣	青蘿集		241	甲20		
1021-5	吳 海		朝宗魯客	福建閩縣	聞過齋集	245				

編號	詩人	生卒或科第年	字號	籍貫	詩文集	出處				
						央	潘	錢	朱	陳
1022	王佐	1334-1377	彥舉	廣東南海	聽雨集	34	16	甲21	10	甲9
1022-1	趙介	?-1389	伯貞	廣東番禺	臨清集	755	16	甲21	10	甲9
1023	黃哲	?-1375	庸之	廣東番禺	雪篷集	656	16	甲21	10	甲9
1024	李德		仲脩	廣東番禺	易庵集	223	16	甲21	10	甲9
1025	管訥		時敏	江蘇華亭	蚓竅集		20	甲17	13	
1026	劉炳		彥昺	江西鄱陽	春雨軒集					甲17
1027	李勝原			安徽當塗	盤谷遺稿		18		11	
1028	王鈍	1336-1406	士魯	河南祥符	野莊集	59	298	甲16		
1029	王行	1331-1395	止仲半軒	江蘇長洲	半軒集	31	15	甲16	10	甲8
1029-1	戴奎		文祥	浙江臺州	介軒集		22		13	甲20
1030	藍仁	1315-*1370	靜之藍山	福建崇安	藍山集	921	18	甲17	11	甲16
1031	藍智	約1355	明之	福建崇安	藍澗集	921	20	甲18	13	甲16
1032	陳仲進	G1377	伯康	福建長樂	南雅集		299	甲20		
1032-1	陳仲完	?-1422	仲完	福建長樂	簡齋集		299			乙7
1032-2	陳登	1362-1428	思孝	福建長樂	石田吟稿	591	299			乙6
1032-3	陳航		思濟溪山	福建長樂	溪山集		299			

編號	詩人	生卒或科第年	字號	籍貫	詩文集	出處				
						央	潘	錢	朱	陳
1033	陳　全	1359-1424	果之	福建長樂	蒙庵集	578	34		18下	乙10
1034	貝　瓊	1314-1379	廷琚	遼寧臨江	清江集	263	14	甲15	6	甲6
1035	方孝孺	1357-1402	正學	浙江寧海	遜志齋集	12	27	甲22	16	乙1
1036	練子寧	?-1402	子寧	江西新淦	金川玉屑集	815	27	甲22	16	乙1
1037	解　縉	1369-1415	大紳	江西吉水	春雨齋集	745	29	乙1	17	乙3
1038	王　偁	1370-1415	孟揚	廣西永福	虛舟集	55	16	乙3	10	甲10
1039	楊　榮	1371-1440	勉仁東陽	福建建安	默庵集	714	30	丙3	24	乙3
1040	楊士奇(寓)	1364-1444	士奇東里	江西吉安	東里集	696	30	乙1	17	乙3
1041	黃　淮	1367-1449	宗豫介庵	浙江永嘉	省愆集	656	30	乙1	17	乙4
1041又	程本立	?-1402	原道	浙江崇德	巽隱集	683	28	甲22	16	乙2
1042	韓守益	?-1400	仲修樗壽	湖廣石首	樗壽集		12		4	甲11
1042-1	姚廣孝	1335-1418	(法名)道衍	山東相州	逃虛集	381	29		17	乙3
1042-2	郭　登	?-1472	元登	安徽鳳陽	聯珠集	496	42	乙4	20	乙15
1043	許　繼	1348-1384	士脩觀樂生	浙江寧海	觀樂生集	491	28	甲17	16	甲28
1043-1	林　弼	約1360	元凱	福建龍溪	梅雪齋稿		14	甲18	7	甲14
1044	夏原吉	1366-1430	維哲	湖南湘陰	東歸稿	405	30		17	乙4

編號	詩人	生卒或科第年	字號	籍貫	詩文集	出處				
						央	潘	錢	朱	陳
1045	林 環	1375-1415	崇璧	福建莆田	絅齋集	298	34	乙1	18下	乙7
1046	孫 炎	1323-1362	伯融	江蘇句容	左司集	435	9	甲11		甲3
1046-1	劉叔讓			江蘇廣陵			37		19上	
1046-2	逯 昶		光古	河南覃懷	逯光古集		18	乙8	11	甲20
1047	詹 同（書）		同文	江西婺源	天衢舒嘯集	746	10	甲14	3	甲5
1047-1	汪時中		天麟楂山	安徽祁門	三分稿				50	
1047-2	汪 叡		仲魯	江西婺源	清溪集	167	281			甲12
1047-3	吳 斌		韞中	安徽休寧	蘊玉山房集		22	甲18	13	甲21
1047-4	唐桂芳	1308-1380	仲實白雲	安徽歙縣	白雲集					甲23
1047-5	唐文鳳	約1414	子儀夢鶴	安徽歙縣	梧岡集			乙8		乙13
1048	王 璲	?-1415	汝玉	江蘇長洲	青城山人集		31	乙1	17	乙5
1048-1	張 洪	1361-1444	宗海	江蘇常熟	歸田稿	529	32	乙2	17	
1048-2	偶 桓		武孟海翁	江蘇太倉	江雨軒詩集	617	36	甲19	19上	乙14
1048-3	呂 淵		希顏	陝西鳳翔						
1048-4	顧 祿		謹中	江蘇華亭	經進集	955	23	甲17	14	甲19
1049	華幼武	1307-1375	彥清樓碧	江蘇無錫	黃楊集	671	17		11	

編號	詩人	生卒或科第年	字號	籍貫	詩文集	出處				
						央	潘	錢	朱	陳
1049-1	倪 峻	1360-1422	克明 靜寄	江蘇 無錫	倪維嶽集	453	292			
1049-2	倪 敬	J1448	汝敬	江蘇 無錫	月樓集	453	42			
1049-3	王 達		達善 耐軒	江蘇 無錫	天遊集	63	31			乙5
1049-4	王 紱	1362-1416	孟端 友石生	江蘇 無錫		55	31		17	乙6
1050	朱 經		仲誼 觀夢	浙江 仁和	玩齋稿		410		19上	甲20
1050-1	王 洪	1379-1420	希範 毅齋	浙江 錢塘	毅齋集	41	31	乙2	17	乙5
1050-2	平 顯		仲微	浙江 錢塘	松雨軒詩集	96	36	乙8	19上	乙13
1050-3	施 敬		孟莊	浙江 錢塘			36	乙8	19	乙14
1050-4	胡 奎	1331-?	虛白	浙江 海寧	胡奎詩集		22	甲17	14	甲22
1050-5	周 昉		元亮 草庭	浙江 杭州	西崦詩集		245	乙8		甲24
1051	虞 謙	1366-1427	伯益	江蘇 金壇	玉雪齋稿	740	32	乙2	17	乙6
1052	胡 翰	1370-1381	仲子	浙江 金華	賓州續稿	353	13	甲17	5	甲6
1052-1	宋 璲	1344-1380	仲珩	浙江 浦江			19		12	甲19
1052-2	劉 璉	1348-1379	孟藻	浙江 青田	自怡集	853		甲1		甲27
1053	鄭 真	1322-1387	千之 滎陽	浙江 鄞縣	滎陽外史集	787	23		14	甲28
1053-1	桂 德	?-1386	彥良	浙江 慈谿	清溪集	421	12		4	甲15

編號	詩人	生卒或科第年	字號	籍貫	詩文集	出處				
						央	潘	錢	朱	陳
1053-2 B009重	烏斯道	1314-1390	繼善 春草	江蘇 慈城	秋吟稿	449	22	甲17	13	甲19
1053-3	顧懇		存誠	浙江 慈谿	充龍子集		303			
1053-4	范宗暉		宗暉	浙江 寧波	詩見 滄海遺珠		25		15上	
1054	陳敬宗	1377-1459	光世	浙江 慈谿	澹然集	596	33	乙2	18上	乙9
1054-1	金湜	G1441	本清 朽木	浙江 鄞縣	懷麓堂集	308				乙6
1054-2	鄭惟廣		汝誠	浙江 鄞縣						
1054-3	戴浩	1391-1483	彥廣 默庵	浙江 鄞縣	默庵詩稿	916				
1055	張楷	1395-1460	式之 介庵	浙江 慈谿	和唐集	543	36	乙5	18下	乙11
1055-1	周旋	1450-1519	克敬	浙江 慈谿	半江集	325	56		20	丙9
1055-2	魏侗		達卿	浙江 鄞縣	雲松集		59		26	丁15
1056	王澤		叔潤	浙江 天臺	青霞集		22	甲前11	13	甲27
1056-1	朱右	1314-1376	伯賢	浙江 天臺	八先生文集		13	甲15	6	甲6
1056-2	方行		明敏	浙江 黃巖	東軒集		215	甲前10	88	
1056-3	王景	1336-1408	景彰 常齋	浙江 松陽		58	410	列乙2	17	乙5
1057	唐蕭		處敬	浙江 會稽	丹崖集	398	12	甲18	4	甲8
1057-1	唐之淳	1350-1401	愚士	浙江 山陰	萍居槀		29		16	

編號	詩人	生卒或科第年	字號	籍貫	詩文集	出處				
						央	潘	錢	朱	陳
1058	劉渙		彥亨	浙江山陰	（元詩紀事卷22）		22		14	甲28
1058-1	劉績		孟熙	浙江山陰	霏雪錄				19上	乙14
1058-2	劉師邵		師邵	浙江山陰	半齋集					乙22
1059	王誼		內敬克正	浙江山陰	鑑止集	68	39	乙8	20	乙7
1059-1	王懌		內悅	浙江山陰	娛清集		40	乙8	20	乙7
1060	羅紘		孟維	浙江山陰	蘭陂集		245	乙8		乙13
1060-1	羅周		汝濟	浙江山陰	介軒稿		245	乙8		丁15
1060-2	羅頎		儀甫	浙江山陰	梅山叢書		47	乙8	23	丙11
1060-3	張肅			上海市		558				
1061	陳秀民		庶子栖老	浙江嘉興	寄亭集		214		88	
1061-1	陳雷		公聲	浙江嘉興	竇庵集		214			
1061-2	陳景融		希逸菊逸	浙江嘉興	檇李詩繫		48		23	乙13
1061-3	陳顥		漢昭	浙江嘉興	竹鄰稿		39	乙5	19下	
1062	高璧		貴明	浙江山陰	遯庵集		38		19下	乙14
1062-1	高玘									
1062-2	高廩		居豐	浙江山陰	探驪集		330			乙14
1063	周致堯（栗）		煥文	浙江崇德	石門集		22		14	

編號	詩人	生卒或科第年	字號	籍貫	詩文集	出處				
						央	潘	錢	朱	陳
1063-1	高遜志	約1383	士敏	浙江蕭山	嗇齋集	391	28		16	乙2
1063-2	鮑恂		仲孚西溪	浙江崇德	西溪漫稿		9	甲17	3	甲3
1063-3	李進		孟昭西園	浙江海鹽	西園先生		37	乙5	19上	乙13
1063-4	李均		孟璿南莊	浙江海鹽	南莊集		38			
1063-5	陳約		博文	浙江嘉興	一默居士集		20		13	甲16
1063-6	陳絅		簡文	浙江嘉興	竹林集		25			
1063-7	陳繹		思文	浙江嘉興						
1063-8	陳緝		熙文觀白	浙江嘉興	觀白居士集		25	甲19	15上	甲16
1064	朱善	1314-1385	備萬一齋	江西豐城	一齋集		9		3	
1064-1	王佑		子啟	江西泰和	長江萬里稿	34	20	甲17	13	
1065 重 A1014-1	胡廣	1370-1418	光大	江西盧陵	晃庵集	352	30	乙5	17	乙4
1066	金善	1368-1432	幼孜	江西新贛	文靖公全集	306	30		17	乙3
1066-1	梁潛	1366-1418	用之	江西泰和	泊庵集	477	32	乙1	17	
1066-2	甘瑾		彥初	江西臨川			21	甲18	13	甲17
1067	鄒緝		仲熙素庵	江西吉水	素庵集	744	32	乙1	17	
1067-1	王沂	1308-1383	子與	江西泰和	竹亭集	31	18		11	

編號	詩人	生卒或科第年	字號	籍貫	詩文集	出處				
						央	潘	錢	朱	陳
1067-2	葉檠		貫之	江西吉水						
1068	吳溥	1363-1426	德潤	江西崇仁	古崖詩集		31	乙2	17	
1068-1	劉秩		伯序	江西豐城	秋南集		21	甲18	13	甲17
1068-2	朱夢炎	?-1379	仲雅	江西進賢		145	11	甲14	4	甲4
1069	胡儼	1360-1443	若思頤庵	江西南昌	頤庵集		31	乙1	17	乙4
1069-1	蕭翀		鵬舉	江西泰和	?		21	乙4	13	甲21
1069-2	余夔	1372-1444	一夔北軒	江西泰和	北軒詩文集	268				乙8
1070	曾棨	1372-1432	子啟	江西永豐	西墅集	634	33	乙2	18上	乙8
1071	李懋	1374-1450	時勉	江西安福	古廉集	208	33		18上	乙9
1071-1	胡直		敬方西湖	江西吉水						
1072	王英	1376-145	時彥泉坡	江西金谿	泉坡集	44	33	乙2	18上	
1072-1	周述	?-1436	崇述東墅	江西吉水	東墅詩集	323	33	乙2	18上	乙8
1073	李禎	1376-1452	昌祺	江西廬陵	容膝軒草	202		乙5	18上	乙9
1073-1	劉蠁		士皆	江西泰和						
1073-2	劉昭年		昭昭	江西萬安	先正遺芳集					
1074	周忱	1381-1453	恂如雙崖	江西廬陵	文襄集	318	33	乙2	18上	乙9

編號	詩人	生卒或科第年	字號	籍貫	詩文集	出處				
						央	潘	錢	朱	陳
1074-1	周敘	J1418	功敘 石溪	江西吉水	石溪集	326	35		18下	乙11
1075	林誌	1378-1426	尚默 蕭齋	福建閩縣	蕭齋集	297	35		18下	乙10
1076	羅泰		宗讓 覺非	福建閩縣	覺非集		289			
1076-1	羅亨信	1377-1457	用實 樂素	廣東東莞	覺非集		295			
1077	黃澤	J1412	敷仲	福建閩縣	旂山集		246			乙10
1078	陳叔剛 （根）	1394-1440	叔剛 絅齋	福建閩縣	絅齋集	582	36		18下	乙7
1078-1	陳叔紹 （木辰）	1406-1458	叔紹 毅齋	福建閩縣	毅齋稿		248	丙16		乙7
1079	陳煒	1430-1484	文耀	福建閩縣	恥庵集	594	312			丙4
1080	鄭瑛	J1415	希晦	福建閩縣	弦齋集		296			乙7
1080-1	鄭珞	J1415	希玉	福建閩縣	訥庵集	787	35			乙7
1080-2	鄭亮	J1433	汝明	福建閩縣	蒙齋集		246			
1080又	朱克誠與同袍羅泰、谷宏（字仲巨）、林坦（字惟道）、秦善（字思舜）、王溥、朱珙、鄧善、郭廙、余旭倡和			福建福州中衛	轅門十詠		421			
1081	國初處士　梁寅等29家（詩選目錄載32家）									
1082	瞿佑	1347-1433	宗吉 存齋	浙江錢塘	存齋詩集		36	乙5	19上	乙13
1083	蘇平		秉衡	浙江海寧	雪溪漁唱	942	44	乙7	21	乙20
1084	國初閨秀　沈（氏）瓊蓮等7家									
1085	國初羽士　張無為等7家（詩選目錄載5家）									

編號	詩人	生卒或科第年	字號	籍貫	詩文集	出處				
						央	潘	錢	朱	陳
1086	國初高僧	釋大圭等29家（詩選目錄載27家）								
2001	薛 瑄	1389-1464	德溫 敬軒	山西 河津	薛文清公集		36	乙4	18下	乙12
2002	于 謙	1398-1457	廷益 節庵	浙江 錢塘	忠肅集		36	乙4	18下	乙11
2003	童 瑞		碧瑞		玉壺集					乙18
2003-1	童 軒	J1451	士昂	安徽 鄱陽	青風亭稿		42	乙5	21	乙18
2004	鄭 關		公啟 石室	福建 閩縣	石室遺音		37		19上	乙7
2004-1	鄭 閣	J1412	公望	福建 閩縣	抑齋集		35		18下	乙7
2005	陳 輝	J1415	伯煒	福建 閩縣	琴邊清唱		35		18下	乙11
2006	吳（林） 實	J1411	中美	福建 長樂	樸齋集		295			乙10
2007	郭 廛		敬夫	福建 閩縣	鏡湖清唱		36			乙14
2007-1	陳 艮		從時	福建 長樂						
2008	王 皐	G1447	公大	福建 三山	詩集一卷		306			
2009	彭 華	J1454	彥實	江西 廬陵	文思集		45	丙3	21	乙19
2009-1	王 㒟	1424-1495	廷貴	江蘇 武進	思軒稿	70	42			乙18
2010	岳 正	1418-1472	季方 蒙泉	順天 府謐	類博稿		41		290	乙18
2011	朱 純	1417-1493	克粹 肖齋	浙江 山陰	淘鉛集		38			乙14
2011-1	張 燦		蘊之	浙江 嵊縣	騄齋集		38	乙8	19上	乙14

編號	詩人	生卒或科第年	字號	籍貫	詩文集	出處				
						央	潘	錢	朱	陳
2012	韓宜可	約1368	伯時	浙江山陰			12	乙8	4	甲12
2012-1	胡由		粹中	浙江山陰	興復齋槀		245	乙8		
2012-2	楊彝		宗彝	浙江餘姚	鳳臺稿		19	乙8		
2012-3	曾烜		日章	江蘇吳江			32	乙2	17	乙5
2012-4	朱縩		士林				245			甲20
2013	商輅	1414-1486	弘載素廷	浙江淳安	商文毅公集		41		20	乙17
2014	陳政		宣之	廣東番禺	東井集					
2015	李賢	1408-1466	原德	河南鄧州	古穰集	221	39		20	乙16
2016	張和	J1439	節之	江蘇崑山	篠庵集		40	乙6	20	乙17
2016-1	沈彬	J1442	原質	浙江武康	蘭軒集		305			乙17
2016-2	張寧	J1454	靜之	江蘇海鹽	方舟集		43	乙4	21	乙19
2017	周旋	1395-1454	中規畏庵	浙江永嘉	畏庵集		40		20	乙16
2017-1	黃諫	J1442	廷臣	甘肅蘭州	蘭坡集		305			乙17
2017-2 A006重	柯潛	1423-1473	孟時竹岩	福建莆田	竹巖集	356	42	丙3	21	乙18
2018	陳贊		不盈赤顏	福建建寧	蒙庵集		44			
2019	何喬新	1427-1502	廷秀	湖南永明	椒丘文集		43	丙3	21	
2020	王越	1425-1498	世昌	河南濬縣	雲山老爛集		43	丙3	21	乙18

編號	詩人	生卒或科第年	字號	籍貫	詩文集	出處				
						央	潘	錢	朱	陳
2021	邱濬	1421-1495	仲深	海南瓊山	瓊臺集		43	丙3	21	
2022	李裕	1424-1511	資德古澹	江西豐城	餘力稿	216	43		21	
2022-1	張元禎（元徵）	1437-1506	廷祥東白	江西南昌	東白先生集		45		22	
2022-2	吳宣	1470在世	思尼野庵	江西崇仁	野庵文集		309			
2023	徐溥	1428-1499	時用	江蘇宜興	徐文靖集		43		21	
2024	謝孟安		養庵夷庵	福建長樂	夷庵存稿					
2024-1	謝士元	J1454	仲仁約庵	福建長樂	約庵存稿		310			
2024-2	謝文著		仲簡	福建長樂	草塘存稿					
2025	劉大夏	1436-1516	時雍東山	湖南華容	東山集	821	46	丙3	22	
2025-1	李麟	1458-1534	應禎西藪	湖北江陵	荊川集					
2025-2	薛綱	J1464	字之綱	浙江山陰	榕陰蛙吹		313			
2026	彭韶	1430-1495	鳳儀	福建莆田	彭惠安集		313		22	丙4
2026-1	王佐	J1451	彥弼三留	福建侯官	梅軒集		309			乙18
2026-2	王鼎	?-1512	器之	福建福州	新齋集	64	318			
2026-3	黃鎬	1421-1484	叔高	福建侯官	（閩侯縣志）					
2026-4	黃澍	G1492	文澤	福建侯官						

編號	詩人	生卒或科第年	字號	籍貫	詩文集	出處				
						央	潘	錢	朱	陳
2026-5	黃 湜	1440-1515	文潔 樸庵	福建 侯官						
2027	陳 煒	G1471	文厚	福建 閩縣	棲雲集					丙12
2027-1	陳 焞		文盛 默庵	福建 閩縣	默庵詩					
2027-2	陳 熺		文熿 畏庵	福建 閩縣	畏庵詩					
2028	徐 貫	1433-1502	原一	浙江 淳安	三留稿		45		22	
2029	謝 鐸	1435-1510	鳴治 方山	浙江 太平	桃溪淨稿		46	丙2	22	丙4
2030	李東陽	1447-1516	賓之 西涯	湖南 茶陵	懷麓堂集	201	46	丙1	97	丙1
2031	倪 岳	1444-1501	舜咨	江蘇 上元	青溪漫稿		46	丙3	22	丙4
2032	張（姚）泰	1436-1480	亨父	江蘇 太倉	滄洲集		46	丙2	22	丙4
2033	姚（卞）綸	J1451	允言	浙江 嘉善	夢草集		46	乙5	23	乙21
2033-1	姚 綬	1423-1495	公綬 穀庵	浙江 嘉善	穀庵集		46			丙10
2033-2	周 鼎	1401-1487	伯器 桐村	浙江 嘉善	疑舫齋集		42	乙5	20	丙10
2034	陳 昌	G1530	穎昌 菊莊	浙江 檇李	菊莊集		48			乙21
2034-1	陳 壽		昌年 王崖子	浙江 嘉興	松雪集					
2035	楊光溥	J1469	沂川	浙江 琊瑯	沂川集		52		24	
2036	陳維裕	J1460	饒初 簡易	福建 長樂	友竹集		312			

編號	詩人	生卒或科第年	字號	籍貫	詩文集	出處				
						央	潘	錢	朱	陳
2037	吳汝弼		聘君 康齋	江西 崇仁	康齋集					
2038	羅 倫	1431-1478	彝正 一峰	江西 永豐	一峰集		50	丙4	21	丙5
2039	陳獻章	1428-1500	白沙 實齋	廣東 新會	江門集		41		20	乙12
2040	章 懋	1436-1522	德懋 楓山	浙江 蘭谿	楓山集		50	丙3	24	
2041	莊 昶	1437-1499	孔暘 木齋	江蘇 江浦	莊定山集		50	丙4		丙5
2042	張 弼	1425-1487	汝弼 東海	江蘇 華亭	東海先生集		50	丙4	24	丙5
2043	林 瀚	1434-1519	亨大	福建 閩縣	泉山集	299	51		24	丙5
2043-1	林庭桂		利芳	福建 閩縣						
2043-2 2097重	林庭㭂	1472-1541	利瞻	福建 閩縣	小泉錄稿	294	62		27下	丁8
2044	石 缶	1464-1528	邦彥 熊峰	河北 藁城	熊峰集		55			丙9
2045	陳崇德	J1481	季廣	福建 長樂	三峰集		318			
2045-1	陳良貴	J1514	文介 南坡	福建 長樂	南坡集		339			
2046	黃仲昭	1435-1508	克誨 未軒先生	福建 莆田	未軒集		50		24	
2047	吳希賢	1437-1489	汝賢	福建 莆田	聽雨亭稿	242	313			丙4
2048	程敏政	1445-1499	克勤	安徽 休寧	篁墩集		50	丙6	24	丙5
2049	林 俊	1452-1527	待用	福建 莆田	見素齋集	293	53	丙3	25	丙7

編號	詩人	生卒或科第年	字號	籍貫	詩文集	出處				
						央	潘	錢	朱	陳
2050	王 鏊	1450-1524	濟之 守溪	江蘇 吳縣	震澤集	78	53	丙6	25	丙7
2051	文 洪	約1461	功大 希素	江蘇 長洲	括囊集	17	50		24	丙4
2051-1	文 林	1445-1499	宗儒	江蘇 長洲	文溫公集	17	52	丙6	24	丙6
2051-2	文 森	1462-1525	宗嚴	江蘇 長洲	中丞集	17	56		25	丙9
2052	吳 寬	1435-1504	原博 匏庵	江蘇 長洲	匏庵家藏稿	253	52	丙6	24	丙3
2053	楊循吉	1456-1544	君卿 南峰	江蘇 吳縣	南峰遺稿		55	丙6	24	丙8
2054	蕭 顯		文明 海釣	河北 永平	海釣遺風		316			丙6
2054-1	賀 欽	1437-1510	克恭 醫閭	浙江 定海	醫閭集		50		24	丙5
2055	葉元玉	J1481	廷璽	福建 清流	古崖集		54		25	丙7
2056	林廷選	1450-1526	舜舉 號竹田	福建 長樂	竹田集	291	318			丙7
2057	林廷玉	1454-1530	粹夫 南澗翁	福建 侯官	南澗集	291	319			丙8
2058	呂 懲	約1512	秉之	浙江 秀水	九柏存稿		52			丙6
2059	王 弼	1449-1498	存敬 南郭	浙江 黃巖	南郭集	56	53	丙6	25	丙7
2060	王雲鳳	1465-1516	應詔 虎穀	山西 和順	博趣齋稿	58	55	丙3	25	丙8
2061	邵 寶	1460-1527	國賢 泉齋	江蘇 無錫	容春堂全集	288	54			丙8
2062	楊守阯	1436-1512	維立 碧川	浙江 鄞縣	碧川集	699	317			丙7

編號	詩人	生卒或科第年	字號	籍貫	詩文集	出處				
						央	潘	錢	朱	陳
2063	儲 巏	1457-1513	靜夫 柴墟	江蘇 泰州	柴墟集	923	55		25	丙8
2064	費 宏	1468-1535	子充 鵝湖	江西 鉛山	鵝湖摘稿	667	55	丙3	25	丙9
2065	夏 鍭	1455-1537	德樹 赤城	浙江 天臺	赤城集	408	56	丙3	25	丙9
2065-1	秦 旭	1410-1494	景暘 修敬	江蘇 無錫	修敬集	429	39		19下	丙11
2066	蔣 冕	1462-1532	敬之 湘皋	廣西 全州	湘皋集	808	55		25	丙9
2067	鄒 智	1466-1491	汝愚 立齋	四川 合州	立齋遺稿	742	55		25	丙9
2067-1	蔡 清	1453-1508	介夫 虛齋	福建 晉江	虛齋集	811	55		25	丙8
2067-2	陳 琛	1477-1545	思獻 紫峰	福建 晉江	紫峰集	591	336			
2068	楊 廉	1452-1525	方震 月湖	江西 豐城	月湖集	711	56			丙9
2069	傅 珪	1459-1515	邦瑞 北潭	河北 保定	北潭集	679	57		25	丙9
2069-1	白 圻	J1484	敬齋	江蘇 武進	中丞遺稿	113	319			
2070	桑 悅	1447-1503	民懌 思亥	江蘇 常熟	思元集	420	50	丙7	24	丙9
2070-1	羅	1447-1519	景鳴 圭峰	江西 磁圭	圭峰文集	935	56		25	丙9
2071	樊阜，下附6樊氏，皆有詩名。			浙江 縉雲	樊山摘稿		51			
2072	周瑩等5周氏，為周氏藏稿。			福建 莆田	章林藏稿		306			
2073	林熿等4林氏，為林氏藏稿。			福建 閩縣	長林存稿		315			

編號	詩人	生卒或科第年	字號	籍貫	詩文集	出處				
						央	潘	錢	朱	陳
2074	林瑭等4林氏，為雲程林氏藏稿。			福建雲程	雲程林氏稿					
2075	陳炷	J1478	文用	福建三山	留餘稿	587	54		25	丙12
2075-1	陳墀	1463-1530	德階僅窗	福建三山	柏厓集		330			
2075-2	陳璽		德符守魯	福建三山	守魯集		83		38	丁17
2075-3	陳達	J1505	德英	福建三山	虛窗小稿		329			
2076	張濬	G1459	文哲畏齋	福建閩縣	畏齋集		311			
2076-1	張天顯	J1501	敬中巽所	福建閩縣			422			
2076-2	張元秩	G1525	經世恒谷	福建閩縣						
2077	劉珝	1426-1490	叔溫古直	山東壽光	古直遺稿	839	41			乙18
2077-1	魏時敏			福建莆田	竹溪集		49	丙7	23	
2078	李叔玉	J1445	晦庵	福建長樂	梅庵集					
2078-1	陳鈞		德衡	福建閩縣	蔗軒集		26		15下	
2078-2	林景清		靖夫竹窗	福建連江	竹窗小稿		322			丙10
2079	李廷美		恫庵	福建三山	恫庵集					
2079-1	李廷儀	J1490	鳴鳳質庵	福建三山	指南集					
2080	許天錫	1461-1508	啟衷	福建閩縣	黃門稿	484	61	丙13	27上	丁6

編號	詩人	生卒或科第年	字號	籍貫	詩文集	出處				
						央	潘	錢	朱	陳
2081 2082	李夢陽	1472-1529	獻吉 空同子	甘肅 慶陽	空同集	219	66	丙11	29	丁1
2083	左國璣		舜齊	河南 開封	南郭集	101	68	丙11	32	戊12
2084	黃　相	J1496	弼甫	福建 莆田	一溪集		62		27下	丁6
2084-1	謝廷柱	J1499	邦用 雙湖	福建 長樂	雙湖集	884	63		27下	丁8
2085	楊　旦	1460-1530	晉叔（偲庵）	福建 建甌	惜陰小稿	698	60		27上	丁6
2085-1	屠　僑	1481-1556	安卿 東洲	浙江 鄞縣	南雍集	641	72		34	戊11
2086	唐　錦	1475-1554	士絅 龍江	江蘇 雲間	龍江集	400	62			丁6
2086-1	李學曾	J1502	宗魯 鶴林	廣東 茂名	鶴林遺稿	225	328			
2087	顧　璘	1476-1545	華玉 東橋	江蘇 上元	顧華玉集	957	67	丙14	32	丁5
2088	邊　貢	1476-1532	華泉（庭實）	山東 歷城	華泉集		67	丙11	31	丁2
2089	王守仁	1472-1529	伯安 陽明	浙江 餘姚	陽明集	28	63	丙4	27下	丁13
2090	朱應登	1477-1526	升之 凌溪	江蘇 寶應	凌溪集	149	67			丁3
2091	康　海	1475-1540	德涵 對山	陝西 武功	對山集	500	67	丙11	31	丁3
2092 2093	何景明	1483-1521	仲默 大復	河南 信陽	大復稿	274	66	丙12	30	丁1
2094	魯　鐸	1461-1527	振之（蓮北）	湖北 景陵	文恪公文集	819	63		28	丁9
2095	何　瑭	1474-1543	粹夫 柏齋	河南 河內	柏齋集	276	63			丁13

編號	詩人	生卒或科第年	字號	籍貫	詩文集	出處				
						央	潘	錢	朱	陳
2096	范 嵩	J1502	邦秀 衢村	福建 建安	衢村集	364	64		28	丁9
2096-1	李 堅		貞夫	福建 長汀	訥庵遺稿					
2096-2	羅 榮	J1490	志仁 藥山	福建 古田	藥山集					
2097重 2043-2	林庭棉	1472-1541	利瞻	福建 閩縣	小泉錄稿	294	62		27下	丁8
2097-1	林庭模	G1498	利正	福建 閩縣	秋江集					丁8
2098	周 倫	1463-1542	伯明 貞翁	江蘇 崑山	真庵存稿	325	63		27下	丁8
2099	李承芳	1450-1502	茂卿 東嶠	浙江 嘉魚	東嶠集	200	402			
2099-1	田汝䄵		深甫	河南 祥符	莘野集	107	68	丙11	32	戊11
2100	鄭 岳	1468-1539	汝華 山齋	福建 莆田	山齋集	786	60		27上	丁6
2100-1	鄭汝美	J1493	希大 白湖	福建 閩縣	白湖集	783	324			丁6
2101	靳 貴	1464-1520	充道 戒庵	江蘇 丹徒	戒庵文集	721	60		27上	丁6
2101-1	朱 謙	1455-1541	君佐 蕩南	浙江 永嘉	蕩南集	147	62		27下	丁6
2102	杭 濟	1452-1534	世卿	江蘇 宜興	澤西集	300	61	丙3	27上	丁16
2102-1	杭 淮	1462-1538	東卿	江蘇 宜興	雙溪集	299	61	丙3	27上	丁16
2103	王九思	1468-1551	敬夫 渼陂	陝西 鄠縣	渼陂集	19	67	丙11	31	丁3
2104	王尚絅	1478-1531	錦夫 蒼谷	河南 陝縣	蒼谷集	39	64	丙12	28	丁9

編號	詩人	生卒或科第年	字號	籍貫	詩文集	出處				
						央	潘	錢	朱	陳
2104-1	孫 偉	1502	朝望鷺沙	江西清江	鷺沙集	439	64		28	丁9
2105	張鳳翔	1473-1501	光世伎陵子	陝西洶陽	張伎陵集	548	63	丙11	27下	丁8
2105-1	熊 卓	1463-1509	士選東溪	江西豐城	熊士選集	770	62	丙11	27下	丁6
2106	孟 洋	1483-1534	望之有涯	河南信陽	孟有涯集	283	65	丙12	28	丁10
2107	王廷相	1474-1544	子衡濬川	河南祥符	王氏家藏集	35	67	丙11	31	丁3
2108	王 韋	J1505	欽佩南原	江蘇上元	南原集	42	68	丙11	31	丁5
2108-1	田 登	J1505	有年偶山	陝西長安	偶山集		66	丙11	28	丁10
2109	陳洪謨	1476-1527	宗禹	湖北武陵	靜芳亭摘稿	583	324			丁7
2110	李 汎	J1505	彥夫	安徽祁門	鏡山稿		248			
2111	程 鉎	J1499	瑞卿十峰	浙江永康	十峰集	687	327			丁8
2111-1	黃希英		斗塘	福建莆田	斗塘集					
2112	徐禎卿	1479-1511	昌穀（昌國）	江蘇常熟	迪功集	468	66	丙9	31	丁2
2113	張邦奇	484-1544	常甫甬川	浙江鄞縣	常甫集	523	65	丙16	28	丁10
2114	陸 深	1477-1544	子淵儼山	上海	儼山集	568	65	丙6	28	丁12
2115	嚴 嵩	1480-1567	惟中介溪	江西分宜	鈐山堂集	947	66	丁11	28	
2116	湛若水	1466-1560	元明甘泉	廣東增城	湛甘泉集	626	64		28	丁13

編號	詩人	生卒或科第年	字號	籍貫	詩文集	出處				
						央	潘	錢	朱	陳
2117	鄭善夫	1485-1523	繼之 少谷	福建 閩縣	少谷集	789	68	丙13	32	丁4
2118	殷雲霄	1480-1516	近夫	山東 壽張	石川集	448	65	丙13	28	丁10
2118-1	穆孔暉	1479-1539	伯潛 玄庵	山東 堂邑	玄庵晚稿	873	330			丁10
2119	顧應祥	1483-1565	惟賢 箬溪	江蘇 長洲	崇雅堂集	958	64		28	丁10
2119-1	徐 問	J1502	用中 養齋	江蘇 常州	養齋集	455	63		28	丁9
2120	徐 威	G1492	廣威	江西 泰和	崎所漫稿		247	丙7		
2120-1	俞 泰	J1502	國昌 正齋	江蘇 無錫	芳洲漫興集		64			
2120-2	俞 暉		國光 小泉	江蘇 無錫						
2121	劉 泰	G1483	士亨	浙江 錢塘	晚香集	840	49		23	乙22
2122	蔣主孝	1397-1472	務本	江蘇 句容	樵林摘稿		45		21	丁7
2123	謝 復	1441-1505	一陽	安徽 祁門	西山稿	887	59		26	丁15
2124	史 鑒	1434-1496	明古 西村	江蘇 吳縣	西村集	171	57	丙8	26	丁15
2124-1	徐 霖	1462-1538	子仁 九峰	江蘇 長洲	麗藻堂稿	401	82	丙14	38	丁12
2125	沈 周	1427-1509	啟南 石田	江蘇 長洲	石田集		57	丙8		丁11 上
2125-1	朱 翰		漢樵 石田	浙江 嘉興	石田清嘯集		48		23	
2126	祝允明	1460-1526	希哲 枝山	江蘇 長洲	懷星堂集		60			丁12

編號	詩人	生卒或科第年	字號	籍貫	詩文集	出處				
						央	潘	錢	朱	陳
2127	唐 寅	1470-1524	伯虎六如	江蘇吳縣	六如居士集	397	62	丙9	27下	丁11上
2128	文徵明	1470-1559	徵仲衡山	江蘇長洲	江蘇吳縣	18	81	丙1	38	丁11上
2129	謝承舉		子象野全	江蘇上元	野全子集		82		38	丁15
2130	湯 珍		子重	浙江嘉定	小隱堂詩草	628	81		34	戊20
2131	傅汝舟	1476-1557	盧木磊老	福建侯官	傅山人集	678	83	丙13	38	丁16
2131-1	傅汝楫		木剡臥龍	福建侯官	臥芝集		83	丙13	38	丁16
2132	孫一元	1484-1520	太初	長安	太白漫稿	432	68	丙13	32	丁4
2133	文 彭	1498-1573	壽承三橋	江蘇長洲	博士集	17	107	丙10	45	
2133-1	文 嘉	1501-1583	休承文水	江蘇長洲	和州集	18	107	丙10	45	己17
2134	黃省曾	1496-1546	勉之五嶽	江蘇吳縣	五嶽集	655		丙11	48	戊17
2135	蔡 羽	?-1541	九逵林屋	江蘇吳縣	林屋集	810	81	丙10	38	丁12
2136	莫 止		如山	江蘇無錫	南沙集		58		26	丁15
2137	繆 璉		宗貴	福建福安	雪崖集		331			
2137-1	鄭 鵬		于漢	福建閩縣	編苕集		338			丁9
2138	王 寵	1471-1533	履吉	江蘇長洲	雅宜集	79	82	丙10	38	丁11下
2139	錄閨秀陳氏等2人									
2140	錄方外章羽士等3人									
3001	方 鵬	J1508	時舉	江蘇崑山	矯亭存稿	16	69		33	丁16

編號	詩人	生卒或科第年	字號	籍貫	詩文集	出處				
						央	潘	錢	朱	陳
3001-1	周　全		子庚	江蘇武進						
3002	韓邦靖	1488-1532	汝慶	陝西韓城	五泉集	894	69	丙16	33	丁16
3002-1	韓邦奇	1479-1556	汝節	陝西韓城	宛洛集	893	69		33	丁16
3003	胡纘宗	1480-1560	世甫	四川奉州	可泉集	355	70	丙16	33	戊10
3004	毛伯溫	1482-1545	汝厲東唐	江西吉水	東塘集	90	69		33	戊10
3005	唐　龍	1477-1546	虞佐漁石	浙江蘭溪	漁石集	399	69		33	戊10
3006	方　豪	1482-1530	思道棠陵	浙江衢縣	棠陵集	15	70	丙13	33	戊10
3007	戴　冠	J1508	仲鶡	河南信陽	蓬谷集	915	70	丙12	33	丁15
3008	曾　嶼	1480-1558	東石少岷	四川瀘州	少岷拾存稿	635	71		33	
3009	周廷用	J1511	子賢八厓	湖南華容	八厓集	318	72	丙16	34	戊11
3010	黃　卿	1485-？	時庸海亭	山東益都	編茗集		71		33	丁14
3010又	鄒守益	1491-1562	謙之東廓	江西安福	東廓鄒先生文集	741	333			戊11
3010-1	王　畿	1498-1583	汝中龍溪	浙江山西						
3011	楊　慎	1488-1559	用脩升庵	四川新都	升庵集	712	71	丙15	34	戊1
3012	孫繼芳	1483-1541	石磯	湖南華容	東山集	445	72	丙12	34	戊11
3012-1	孫　宜	1507-1556	仲可	湖南華容	洞庭集	435	111	丙12	48	戊16

編號	詩人	生卒或科第年	字號	籍貫	詩文集	出處				
						央	潘	錢	朱	陳
3013	費寀	?-1548	文通	江西鉛山	文通集	667	333			
3014	汪必東（必通）	約1551	南雋	浙江崇陽	南雋集		73			
3015	南大吉	J1511	元善伯子	陝西渭南	瑞泉集	358	73		34	戊11
3016	郝鳳升	1468-1521	字瑞卿	福建長汀	九龍詩刻		73		34	
3017	常倫	1492-1525	明卿	山西沁水	東樓集	615	73		34	戊11
3017-1	王道	1476-1532	純甫	山東武城	順渠文錄	61	72		34	戊11
3018 B034重	游璉	*1487-1558 J1511	世重	福建連江	少石集		73			
3019	張翀	1525-1579	子儀	廣西馬平	鶴樓集	533	101		44	
3020	孫承恩	1485-1565	貞甫毅齋	江蘇華亭	使郢稿	436	71	丁15	34	
3020-1	霍韜	1487-1540	渭先	廣東南海	渭厓集	864			35	戊12
3021	蔡昂	1480-1540	衡仲鶴江	江蘇淮安	頤貞堂稿		73	丙16	35	戊12
3022	薛蕙	1489-1541	君采西原	安徽亳州	西原集	903	74		35	戊3
3023	蔣山卿	1486-1548	子雲	江蘇儀貞	南泠集	804	74	丙14	35	戊12
3024	林炫	J1514	貞孚	福建閩縣	榕江集	293	74		35	戊12
3025	林春澤	1480-1583	旗峰	福建侯官	人瑞翁集	293	75	丙13	35	戊12
3026	李濂	1488-1566	川甫	河南祥符	嵩渚集	223	74	丙11	35	戊6

編號	詩人	生卒或科第年	字號	籍貫	詩文集	出處				
						央	潘	錢	朱	陳
3026-1	劉希尹	J1514	天民	山東歷城						
3027	林大輅	J1514	以乘	福建莆田	愧瘖集	289	74	丙14	35	戊12
3028	華 愛	約1510	仁卿石窗	浙江鄞縣	石函集	674	335			
3029	舒 芬	1487-1531	國裳梓溪	江西進賢	梓溪文鈔	682	75		36	戊13
3030	王漸逵	?-1535 J1517	用儀青蘿子	廣東番禺	青蘿集	65			36	
3031	汪 佃	1479-? J1517	東麓	江西戈陽	東麓遺稿	163	76		36	戊13
3032	崔 桐	J1517	來鳳	江蘇海門	東州集	612	75		36	戊13
3033	王廷陳	1493-1550	稺欽	湖北黃岡	夢澤集	35	77	丙16	36	戊3
3034	汪應軫	J1517	子宿	山西山陰	青湖集	167	77	丙16	36	戊13
3035	馬汝驥	1493-1543	仲房	西綏德	西玄集	410	77	丙16	36	戊13
3036	陳文沛	J1517	維德	福建長樂	世槐堂稿		76		36	戊13
3036-1	廖世昭	J1517	師賢越坡	福建懷安	志略		78		36	
3037	蔡 經		民彝半洲	福建侯官	半洲集	813	76	丁2	36	
3038	王鳳靈	J1517	耕原	福建莆田	筆峰存稿		77		36	戊13
3039	陳 沂	1469-1538	宗魯石亭	浙江鄞縣	維禎錄	578	68	丙14	32	丁5
3040	夏 言	1482-1548	公謹桂洲	江西貴溪	桂洲集	404	76		36	戊13

編號	詩人	生卒或科第年	字號	籍貫	詩文集	出處				
						央	潘	錢	朱	陳
3041	張　岳	1492-1552	維喬 淨峰	福建 惠安	小山類稿	528	76		36	戊13
3041-1	林希元	J1517	思獻 次厓	福建 晉江	林次崖文集	292	76		36	戊13
3042	郭　波	J1517	澄卿	福建 閩縣	方巖存稿		78		36	戊13
3043	吳　鼎	約1531	過庭 泉亭	浙江 錢塘	過庭私錄	251	77		36	
3044	王　謳	1485-1520	舜夫	陝西 白水	彭衙集	78	77	丙16	36	戊13
3045	陳　節		伯玉	安徽 合肥	鳴陽集		248	丙14		
3046	許宗魯	1490-1559	東侯	湖北 咸寧	少華集	486	76	丙16	36	戊7
3047	張治道	1487-1556	孟獨 太微	陝西 長安	太微集	524	75	丙11	35	戊12
3048	王邦瑞	1495-1561	維賢	河南 宜陽	王襄毅公集	36	76		36	
3049	吳　仲	1482-1568	雅甫 （亞夫）	江蘇 武進	鴻爪集	241	76		36	
3050	黃　佐	1490-1566	才伯 泰泉	廣東 香山	泰泉鄉禮	653	79	丁2	37	戊7
3051	廖道南	？-1547	鳴吾	湖北 蒲圻	玄素集	750	79		37	戊14
3052	陸　釴	1494-？	字舉	浙江 鄞縣	白山集	569	78	丙2	22	戊14
3053	敖　英	J1521	子發 東谷	江西 清江	心遠堂集	512	80	丙16	37	
3054	張　治	1488-1550	文邦	湖南 茶陵	龍湖集	524	78	丁2	37	戊14
3055	張孚敬 （璁）	1475-1539	茂恭 羅峰	浙江 永嘉	張文忠集		78		37	

編號	詩人	生卒或科第年	字號	籍貫	詩文集	出處				
						央	潘	錢	朱	陳
3056	張衮	約1535	補之 水南	江蘇 江陰	水南集	536	79			戊14
3057	李默	1494-1556	古沖	福建 甌寧	群玉樓集		78		37	戊14
3058	陳大漢	1498-1583	則殷 雙溪	福建 長樂	雙溪集		80		37	戊14
3059	謝蕡	J1521	惟盛	福建 閩縣	後鑒錄	888	79		37	戊14
3059-1	周天佐	1511-1541	子弼 蹟山	福建 晉江	蹟山稿	315	95		42	
3060	張寰	1486-1561	允清 石川	江蘇 崑山	川上稿		338			
3060-1	鄒虞	J1490	天祥	江西 豫章	莒齋集		323			
3061	桂華	G1513	子樸	湖南 安仁	古山集		81		37	
3062	張含	1479-1565	愈光	甘肅 永昌	禺山集	524	80	丙15	37	戊8
3063	董穀	G1516	碩甫 碧里	浙江 海寧	碧里雜存	738	81	丁2	37	戊12
3064	張綖	G1513	世文	江蘇 高郵	南湖集		81	丙14	37	戊11
3065	薛章憲	約1497	堯卿 浮休	江蘇 江陰	鴻泥集	901	59	丙8	26	丁15
3066	顧彥夫	G1510	承美	江蘇 無錫	瀛海集	953	80		37	戊10
3067	黃雲		應龍 丹岩	江蘇 崑山	丹崑集	658	58	丙8	26	丁12/
3068	袁仁	1477-1546	良貴 參坡	江蘇 吳縣	一螺集		59		26	
3069	周君祚		天保	山西 山陰	定齋集			丙11		戊14

編號	詩人	生卒或科第年	字號	籍貫	詩文集	出處				
						央	潘	錢	朱	陳
3070	楊中		致行	江蘇無錫	簡齋集	697	59		26	
3070-1	周沛		允大(夫)	山西山陰	浮峰集		114		48	己19
3071	潘亨	G1465	崇禮	江蘇淮安	冰壑遺稿		38		19下	
3072	陳興初		子孝	湖北京山	纓泉集					
3072-1	葉慎		允脩	安徽太平	恒陽遺					
3073	傅起崑(洪)		夢求(晉卿)正峰	江蘇無錫	正峰集		83			戊22
3074	胡尚志		士先	安徽績溪	海陽集		59		26	
3075	王瀛		元溟	浙江會稽	西湖冶興		84		38	
3076	袁達	G1513	德脩	福建閩縣	佩蘭集		81		37	戊11
3077	王希旦		維周	福建侯官	石谿集		81		37	
3078	吳益夫	G1507	維裕	福建閩縣	古迂集		80		37	戊10
3079	張鈇	J1526	子威	浙江慈谿	碧溪集		58		26	丁15
3080	陳籥		德音	福建閩縣	竹居集		84		38	
3081	陳宇		時清	福建寧德	五真集		84		38	
3082	方元素	1471-1547	太古	浙江蘭谿	寒溪集					
3083	方邦望	G1519	表民	福建閩縣	平洲集		81		37	戊13

編號	詩人	生卒或科第年	字號	籍貫	詩文集	出處				
						央	潘	錢	朱	陳
3084	顧 璘	J1514	英玉	江蘇江寧	寒松齋稿	958	75			戊12
3085	王以旂	J1511		江蘇江寧	襄敏集	26	71		34	戊11
3086	鐘 梁	J1514	彦材（時敏）	浙江海鹽	西皋集		75		35	
3086-1	鐘 夏		時叔	浙江海鹽	劍津集		360			
3087	張 璧	1474-1545	崇象陽峰	湖北石首	家藏集	557	71		34	戊11
3088	陳 鳳	J1535	羽伯玉泉	江蘇上元	清華堂集	599	94	丁7	42	戊19
3089	田維祜	J1508	裕夫	浙江蕭山	滄螺集		71		33	
3090	徐定夫		士安	浙江海鹽	蛩吟稿		83	丁8	38	
3091	牟 倫	J1415	秉常	浙江黃岩	蓮峰稿		35	乙4	18下	乙11
3092	陳師儉		伯華	江蘇六和	練溪集					
3093	簡 霄	J1514	騰芳一溪	江西新喻	蓉泉集	922	74		35	戊12
3094	江 暉	J1517	景孚	浙江仁和	亶爰集	118	77	丙16	36	戊13
3095	淩 震	1471-1535	時東練谿	浙江烏程	練谿集	479	82		38	
3096	羅 燾		元溥（原博）	南直上元	淵泉集		58		26	丁15
3097	許相卿	1479-1557	伯臺	海寧袁花	蹇翁集	487	78	丁3	36	戊13
3098	張 純	G1528	滄江	浙江永嘉	紀遇篇	535	343			

編號	詩人	生卒或科第年	字號	籍貫	詩文集	出處				
						央	潘	錢	朱	陳
3099	徐獻忠	1469-1545	伯臣	江蘇吳縣	長谷集	473	110	丁3	48	戊15
3100	田頊	J1521	太素	福建龍溪	秬山集		80	丁2	37	戊14
4001	姚淶	J1523	維東明山	浙江慈溪	明山存稿	380	85		39	
4001-1	屠大山	1500-1579	國望竹墟	浙江鄞縣		640	85		39	戊15
4002	徐階	1503-1583	子升少湖	江蘇華亭	少湖集	466	85	丁11	39	戊15
4003	高叔嗣	1501-1537	子業蘇門	河南祥符	蘇門集	387	86	丁1	39	
4004	張時徹	1500-1577	維靜東沙	浙江鄞縣	芝園集	535	85	丁3	39	戊7
4005	豐坊	1492-1563?	存禮	浙江鄞縣	南禺集	920	87	丁3	39	丁11下
4006	陳褒	J1523	邦進	福建寧德	騮山集		86		39	
4007	潘恩	1496-1582	子仁湛川	南直上海	笠江集	778	85		39	戊15
4008	鄔紳	J1523	佩之	江蘇丹徒	中憲集		86		39	
4009	王度	J1523	律生(津生)	浙江臨海	石梁集		341			戊15
4009-1	王胤東	1521-1584	伯祚蓋竹	浙江臨海	石樑文集					
4010	李舜臣	1499-1559	懋欽愚穀	江西樂安	愚穀集	215	85	丁2	39	戊15
4011	龔用卿	1500-1563	明治鳳崗	福建懷安	瓊河集	960	87	丁2	40	戊16
4012	華察	1497-1574	子潛鴻山	江蘇無錫	嵓居集	674	87	丁3	40	戊4

編號	詩人	生卒或科第年	字號	籍貫	詩文集	出處				
						央	潘	錢	朱	陳
4012-1	王懋明		僅初	江蘇無錫			117	丁3	50	己19
4013	袁袠	1502-1547	永之胥臺	江蘇吳縣	胥臺集	426	88			戊16
4014	田汝成	1503-1557	叔禾	浙江錢塘	豫陽集	106	88	丁2	40	戊16
4015	屠應峻	1502-1546	文升漸山	浙江平湖	蘭暉堂稿	641	87	丁15	40	戊16
4015-1	唐樞	1497-1574	惟中子一	浙江歸安	木鍾臺集	399	342			
4015-2	范言	J1526	孔嘉青山	浙江秀水	菁陽集		88	丁8	40	戊16
4016	王慎中	1509-1559	道思	福建晉江	遵嵒家居集	61	88	丁1	40	戊9
4017	江以達	J1526	于順午坡	江西貴谿	午坡集	116	88	丁2	40	戊16
4018	王格	1502-1565	汝化少泉	湖北京山	少泉集	47	87	丁2	40	戊16
4019	聞人詮	J1526	江北	浙江餘姚	芷蘭集	753	88	丁2	40	戊16
4019-1	石文思									
4020	鄭威			福建閩縣	棘庭漫稿					
4020-1	陳子文	J1529	在中	福建閩縣	予山堂稿		90	丁3	41	戊17
4021	羅洪先	1504-1564	達夫念庵	江西吉水	念庵集	936	89	丁1	41	戊17
4022	程文德	1496-1559	舜敷松溪	浙江永康	松谿集	683	89		41	戊17
4023	唐順之	1507-1560	應德荊川	江蘇武進	荊川集	398	89	丁1	41	戊9
4024	陳束	1501-1543	約之後岡	浙江鄞縣	後岡集	579	89	丁1	41	戊9

編號	詩人	生卒或科第年	字號	籍貫	詩文集	出處				
						央	潘	錢	朱	陳
4025	胡 松	約1543	汝茂	安徽滁州	莊蕭集	346	90		41	戊17
4026	楊 爵	1493-1549	伯修斛山	陝西富平	槲山集	718	90		41	
4027	林 恕	1494-1573	道近西橋	福建長樂	西橋集		90		41	戊17
4028	楊 祐	1503-1543	汝承丹泉	浙江錢塘	丹泉集	707	90			
4029	楊本仁	J1529	次山	河南杞縣	少室集		91		41	戊17
4030	曹世盛	J1529	際卿	福建閩縣	方坡集	507	91		41	
4031	林 春	1498-1541	子仁東城	福建福清	東城文集	293	345			
4031-1	王 釴	J1532		福建閩縣						
4032	謝少南	約1545 J1532	應午與槐	南直上元	粵臺稿	883	92	丁7	41	戊18
4033	蔡汝楠	1514-1565	子木白石	浙江德清	自知堂稿	710	91	丁4	41	戊18
4034	許應元	1506-1565	子春茗山	浙江錢塘	山陥堂集	491	92		41	戊18
4035	皇甫沖	1490-1558	子浚華陽	江蘇長洲	華陽集	377	105	丁4	45	戊5
4035-1	皇甫渓	1497-1546	子安小元	江蘇長洲	皇甫少元集	377	105	丁4	45	戊5
4036	皇甫汸	1497-1582	子循百泉	江蘇長洲	百泉集	377	105	丁4	45	戊5
4036-1	皇甫濂	1508-1564	子約理山	江蘇長洲	水部集	377	106	丁4	45	戊5
4037	廖希顏	1509-1548	叔愚東雩	湖南茶陵	東雩詩集		93	丁3	41	戊18

編號	詩人	生卒或科第年	字號	籍貫	詩文集	出處				
						央	潘	錢	朱	陳
4037-1	謝上箴	J1532	以善	湖南華容	南湖集	883	346			
4038	呂光洵	1508-1580	信卿 沃洲	浙江紹興	沃洲集	258	92		41	
4039	錢薇	1502-1554	懋薇 海若	浙江海鹽	承啟堂集	881	93		41	戊18
4040	林應亮	J1532	熙載 少峰	福建侯官	少峰集	298	91		41	戊18
4041	馮世雍	J1523	子和 三石	湖北江夏	三石槁	620	86		39	戊15
4042	方日乾	J1523	體道 健庵	福建福清	任庵集	10				
4043	樊鵬	J1526	少南	河南信陽	樊氏集	804	88	丙12	40	戊16
4043-1	陸粲	1494-1551	子餘 貞山	江蘇長洲	冶城客論	569	87	丁3		
4043-2	鄒守愚	J1526	君哲 一山	福建莆田	?	741	343			
4044	沈謐	1501-1553	靖夫 石雲	浙江秀水	家藏集	177	90		41	
4045	沈愷	J1529	舜臣 鳳峯	南直華亭	鳳峰集	175	90			戊17
4046	薛甲	J1529	應登	江蘇江陰	畏齋集	899	90		41	
4046-1	任瀚	1501-1593	少海 忠齋	四川南充	忠齋集		89	丁1	41	戊9
4046-2	張意	J1529	誠之	江蘇崑山	日涉園稿	542	91		41	
4047	孔天胤	1505-1581	汝錫 文谷	山西汾州	孔文谷集	83	91	丁2	41	戊18
4047-1	王廷榦	J1532	維楨	安徽涇縣	巖潭集	35	93	丁4	41	戊18

編號	詩人	生卒或科第年	字號	籍貫	詩文集	出處				
						央	潘	錢	朱	陳
4047-2	朱 衡	1512-1584	士南 鎮山	江西 萬安	鍾山稿	148	91		41	戊18
4048	包 節	1506-1556	元達 蒙泉	江蘇 華亭	湟中集	115	92	丁3	41	戊18
4048-1	王 瑛	J1532	汝玉 石沙	江蘇 無錫	石沙溪上集	62	93		41	
4048-2	周復俊	1496-1574	子籲	江蘇 崑山	涇林集	328	91	丁3	41	戊18
4049	薛應旂	1500-1575	仲常 方山	江蘇 武進	方山集	904	94		42	戊19
4049-1	陳 羽	J1535	伯鳳 玉泉	？ 南都						
4049-2	尹 臺	1506-1579	崇基 洞山	江西 永新	洞麓堂集	87	93		42	戊19
4049-3	舒 纓	J1535	振伯	浙江 餘姚	黎洲野乘					
4050	施 峻	J1535	平叔	浙江 歸安	璉川集	341	95	丁4	42	戊19
4050又	孫 陞	1501-1560	志高 季泉	浙江 餘姚	文恪集	438				
4051	趙貞吉	1507-1576	孟靜 大洲	四川 內江	大洲集	760	93	丁11	42	戊19
4052	駱文盛	1496-1554	質甫 兩溪	浙江 武康	兩溪集	865	94	丁2	42	戊19
4053	康大和	1507-1577	原中 礪峰	福建 莆田	礪峰集	500	93		42	戊19
4054	許 穀	J1535	仲貽 石城	江蘇 上元	石城集	490	94	丁7	42	戊19
4055	黃宗器	J1535	時震	福建 閩縣	芝田集					
4055-1	陳元珂	J1535	仲聲	福建 懷安	雙山集		95		42	

編號	詩人	生卒或科第年	字號	籍貫	詩文集	出處				
						央	潘	錢	朱	陳
4056	張瀚	1510-1593	子文 元洲	浙江 錢塘	奚囊集	557	94		42	戊19
4056-1	李奎		伯文 珠山	浙江 錢塘	珠山集	204	114	丁10	48	己19
4057	林庭機	1506-1581	利仁	福建 閩縣	世翰堂稿	294	93		42	戊19
4058	趙大佑	1510-1569	世胤 方崖	安徽 太平	燕石集	754	347			戊19
4059	黃廷用	1499-1556	汝行 少村	福建 莆田	少村漫稿	653	347			
4060	汪宗凱	J1535	子才	浙江 崇陽	棠谿集	163	348			戊19
4061	王維楨	1507-1556	奎野 (允寧)	陝西 華州	存笥集		94	丁2	42	戊19
4061-1	任瀚	1501-1593	少海 忠齋	四川 南充	少海文集					
4061-2	張意	J1529	誠之	江蘇 崑山	日涉園稿					
4062	陳暹	1503-1566	德輝 闇窗	福建 閩縣	掜瓴集	603	348			戊19
4063	何維柏	J1535	喬仲 (集鄰)	廣東 南海	天山草堂集		93		42	戊19
4064	劉繪	1505-1578	子素 (少質)	河南 光州	嵩陽集	859	94	丁1	42	戊19
4065	馬森	1506-1580	孔養	福建 懷安	鍾陽集	415	94		42	戊19
4065-1	郭萬程	J1535	子長	福建 福清	雲橋集		95		42	戊19
4066	喬世寧	J1538	景叔 三石	陝西 耀州	丘隅集	675				
4067	王問	1497-1576	子裕	江蘇 無錫	仲山集	52	96	丁3	42	己17

編號	詩人	生卒或科第年	字號	籍貫	詩文集	出處				
						央	潘	錢	朱	陳
4068	侯一元	1512-1586	舜舉 二谷	浙江 樂清	二谷集	373	106	丁4	45	戊8
4068-1	侯一麟	1517-1599	舜昭 四穀	浙江 樂清	龍門集		106			
4069	何 御	J1538	範之 藍川	福建 福清	白湖集		97	丁3	42	戊20
4070	查秉彝	J1538	性甫 覺庵	浙江 海寧	覺庵存稿	358	95		42	
4071	盧夢陽	J1538	少明 星野	廣東 南海	入閩稿		349			
4072	周 怡	1505-1569	順之 訥溪	安徽 太平	訥溪集	319	95		42	戊20
4073	吳維嶽	1514-1569	峻伯	浙江 孝豐	天目集	253	109	丁5	47	己4
4074	周 寧	J1538	彥清	福建 莆田	白皐集					
4074-1	陳應魁	J1538	梅山	福建 莆田	臥雲集		349			戊20
4075	萬虞愷	J1538	懋卿 楓潭	江西 南昌	楓潭集	727	85		42	戊20
4076	茅 坤	1512-1601	順甫 鹿門	浙江 歸安	白華樓集	366	96	丁3	42	戊20
4077	王 健	J1538	臨泉	浙江 永嘉	鶴泉集		95		42	戊20
4078	莫如忠	1508-1588	子良 中江	江蘇 華亭	中江集	615	96	丁3	42	戊20
4078-1	莫是龍	1537-1587	廷韓 後明	江蘇 華亭	石秀齋集	616	153	丁7	62	庚7上
4078-2	溫 新	J1538	伯明	河南 洛陽	大穀 (谷)集	690	96		42	戊20
4079	高世彥	J1532	白坪	四川 內江	自得軒稿	386	93		41	

編號	詩人	生卒或科第年	字號	籍貫	詩文集	出處				
						央	潘	錢	朱	陳
4080	馮惟訥	1513-1572	汝言 少洲	山東 臨朐	北海集	622	106	丁2	45	戊8
4080-1	孟淮	1513-1577	豫川 衛原	河南 祥符	衛原集	283	349			
4081	喻時	1506-1570	中甫 吳皋	河南 光州	吳皋集	669	95	丁2	42	
4082	劉存德	J1538	沂東	福建 同安	結氂遺稿					
4082-1	蔡克廉	1511-1560	道卿 可泉	福建 晉江	可泉集	811	344			
4083	何遷	1501-1574	益之 吉陽	江蘇 吳縣	吉陽山房稿	277	97		43	戊21
4084	嚴訥	1511-1584	敏卿	江蘇 海虞	文靖集	946	97		43	
4085	王崇古	1515-1588	學甫 鑑川	山西 蒲州	山堂彙稿	53	97		43	
4086	洪朝選	1516-1582	舜臣 芳洲	福建 同安	芳洲摘稿	336	97		43	戊21
4086-1	鄭渭	J1541	應卿 望川	福建 閩縣	望川存稿	789	98		43	戊21
4087	陳時範	J1541	敷疇 獅岡	福建 長樂	獅江集		350			戊21
4088	葉邦榮	G1522	仁甫	福建 閩縣	朴齋集		340			
4089	林懋和	J1541	惟介	福建 閩縣	櫟寄集	298	98		43	戊21
4090	王應鐘	J1541	懋復	福建 侯官	缶音集	76	98		43	戊21
4091	雷賀	1507-1562	時雍	江西 豐城	中丞律選	693	97		43	戊21
4091-1	李應元	G1522	幼貞	陝西 雍州	蒙山堂集		340			

編號	詩人	生卒或科第年	字號	籍貫	詩文集	出處				
						央	潘	錢	朱	陳
4092	龔秉德	J1541	性之	山東濮州	三幻集		98		43	戊21
4092-1	謝東山	J1541	少鞍	四川射洪	東丞集	885	98		43	戊21
4093	李時行	1514-1569	少偕青霞	廣東番禺	青霞集	208	98	丁3	43	己6
4093-1	范惟一	J1541	于中	甘肅華亭	中方集	362	97		43	戊21
4094	華雲	1488-1560	從龍補庵	江蘇無錫	補庵集	673	439			
4094-1	萬士和	1516-1586	思節履庵	江蘇宜興	履庵集	724	97		43	戊21
4095	顧存仁	1502-1575	伯剛懷東	江蘇長洲	東白草堂集	950	91		41	戊18
4096	瞿景淳	1507-1569	師道昆湖	江蘇常熟	文懿集	920	98		43	己8
4097	胡安	J1544	仁甫樂山	浙江餘姚	趨庭集		98	丁3	43	己8
4098	方九敘	J1544	禹績	浙江錢塘	方承天遺稿		99	丁2	43	
4099	趙釴	約1556 J1544	子舉	安徽桐城	無聞堂稿	762	98		43	己8
4100	劉鳳	J1544	子威	江蘇長洲	澹思集	852	99	丁8	43	己8
4101	朱曰藩	J1544	子价射坡	江蘇寶應	帶閣集	124	99	丁7	43	己8
4102	林愛民	J1544	惟孜（子之）	福建福寧	肖雲集		352			
4103	林懋舉	J1544	直卿	福建閩縣	心泉集		352			
4104	魏文焌	J1544	德章南臺	福建閩縣	石室抄	925	99		43	己8

編號	詩人	生卒或科第年	字號	籍貫	詩文集	出處				
						央	潘	錢	朱	陳
4105	項志德	G1528	尚之履齋	福建福清	履齋集					
4105-1	盧歧嶷	J1544	希稷璧山	福建長泰	吹劍集	867	352			
4105-2	張萬里		廣陵	福建福州	湖西稿					
4106	陳全之	1512-1580	粹仲津南	福建閩縣	津南集		352			己8
4107	萬衣	1518-1598	章甫淺原	江西潯陽	草禺集	725	98		43	戊21
4108	李文麟	J1544	禎叔	江蘇無錫	葦庵集		440			
4109	柯維騏	1497-1574	奇純希齋	福建莆田	藝餘集	356	86		39	戊15
4110	王宗沐	1524-1592	新甫敬所	浙江臨海	敬所集	36	249	丁5		己8
4111	張居正	1525-1582	叔大太岳	湖北江陵	太嶽集	525	99	丁11	43	己9
4112	宋儀望	1514-1578	望之陽山	江西吉安	華陽館集	184	100		43	己9
4113	梁佐	J1547	應臺心泉	雲南大理	本亭集		353			
4114	詹萊	J1547	時殷範川	浙江常山	招搖館集		100		43	
4115	沈淮	J1547	激伯徵甫	浙江仁和	三洲集		100		43	
4116	馬一龍	1490-1562	負圖孟河	江蘇溧陽	游藝集	408	100		43	己9
4117	林燫	J1547	貞恒	福建閩縣	對山集	298	100		43	己9
4118	鄭銘	J1547	警吾	福建閩縣	得閒堂草	791	353			丁10

編號	詩人	生卒或科第年	字號	籍貫	詩文集	出處				
						央	潘	錢	朱	陳
4119	汪　鏜	1512-1588	振宗 遠峰	浙江 鄞縣	餘清堂稿	168	353			
4120	周思兼	J1547	叔夜 萊峰	江蘇 華亭	山居稿	323	100		43	己9
4121	翁夢鯉	J1550	希登	福建 莆田	雨川集		101		44	己10
4122	周後叔	J1550	胤昌	江蘇 崑山	金華集		493			
4123	徐學謨	1521-1593	叔明 太室	江蘇 嘉定	海隅集	471	100	丁3	44	己10
4124	郭文涓	G1537	稚源 （原）	福建 古田	享帚集		112		48	
4125	陳元琰	J1550	仲文	福建 閩縣	仙臨集		354			
4126	高　岱	1508-1564	伯宗 鹿坡	湖北 京山	居鄖集	387	276	丁5	45	己7
4127	李　蓘	1531-1609	于田 少庄	河南 內鄉	太史集		102	丁15		己7
4128	丁自申	1526-1583	明岳 槐江	福建 晉江	三陵稿	2	355			
4129	王應時	J1550	懋行	福建 侯官	育泉庵集					己10
4129-1	王應軫		懋霖	福建 侯官						
4130	陳　柏	J1550	子堅 蘇山	湖北 沔陽	蘇山集	585	101		44	
4130-1	方攸躋	J1550	君敬	福建 莆田	陳岩集	12	355			己10
4131	鍾　薇	1528-1661	汝思 面溪	江蘇 華亭	耕餘集					庚29
4132	張之象	1496-1577	玄超 王屋	江蘇 華亭	翔鴻集	515		丁7	48	己19

編號	詩人	生卒或科第年	字號	籍貫	詩文集	出處				
						央	潘	錢	朱	陳
5001	李攀龍	1514-1570	于鱗 滄溟	山東 歷城	滄溟集	229	107	丁5	46	己1
5002	王世貞	1526-1590	元美 鳳洲	江蘇 太倉	弇州集	25	107	丁6	46	己1
5003	吳國倫	1524-1593	明卿 南嶽	江西 興國	甔甀洞稿	247	108	丁5	46	己2
5004	徐中行	?-1578	子輿 天目	浙江 長興	青蘿館集	456	108	丁5	46	己2
5005	宗 臣	1525-1560	子相 方城	江蘇 興化	方城集	280	108	丁5	46	己2
5006	梁有譽	1521-1556	公實 蘭汀	廣東 番禺	蘭汀集	474	108	丁5	46	己2
5007	謝 榛	1495-1575	茂秦 四溟	河北 臨清	四溟集	887	108	丁5	46	己2
5008	黎民表	1515-1581	惟敬 瑤石	廣東 南海	瑤石山房集	816	110	丁6	47	己5
5009	歐大任	1516-1596	楨伯 崙山	廣東 順德	西署集	794	109	丁6	47	己4
5010	汪道崑	1525-1593	伯玉 太函	安徽 歙縣	太函集	166	108	丁6	37	己3
5011	余曰德	約1565 J1550	德甫	江西 南昌	德甫集	264	108		47	己3
5012	魏 裳	J1550	順甫	湖北 蒲圻	雲山堂稿	929	108		47	己3
5013	張佳胤	1526-1588	肖甫 居來	四川 銅梁	居來集	528	108	丁6	47	己3
5014	盧 柟	1507-1560	次梗	河南 濬縣	蠛蠓集	868	189	丁5	47	己4
5015	王世懋	1536-1588	敬美 麟州	江蘇 太倉	奉常集	26	110	丁6	47	己7
5016	陳文燭	1525-?	玉叔 五嶽	湖廣 沔陽	二西園稿	575	104	丁6	44	己15

編號	詩人	生卒或科第年	字號	籍貫	詩文集	出處				
						央	潘	錢	朱	陳
5017	張鳴鳳	G1552	羽王	廣西臨桂	萍浮集		112		48	己10
5018	李先芳	1510-1594	伯承北山	山東濮洲	北山集	197	109	丁5	47	己4
5018-1	許邦才	G1543	殿卿	濟南歷城			112	丁5	48	戊21
5019	俞允文	1513-1579	仲蔚	江蘇崑山	俞仲蔚集	369	109	丁6	47	己4
5019-1	史臣		叔載	江蘇蘇州衛	鹿田集					
5020	姚咨	約1500-1560	舜咨茶夢	江蘇無錫	潛坤集		118	丁3	50	己19
5021	沈明臣	1518-1596	嘉則	浙江鄞縣	豐對樓稿	171	116	丁9	49	己16
5022	陳鳳		鳴岐	江蘇無錫	豫章集		118	丁8	50	己20
5022-1	岳岱		東伯漳餘子	江蘇蘇州	漳餘子集		118	丁8	50	己20
5022-2	金大車	G1525	子有方山子	江蘇江寧	子有集	306	106	丁7	45	戊8
5023	強仕	G1531	甫登	江蘇無錫	考槃窩歌		111		48	戊17
5023-1	陳東川		朝宗	江蘇無錫	近思集					
5024	唐詩		字言石東	江蘇無錫	石東集		118		50	己20
5025	曹大同		子真於野	江蘇通州	玉芝樓集	506	113		48	己19
5026	高應冕	1503-1569	文中穎湖	浙江仁和	光州集	392	111		48	戊18
5026-1	秦瀚	1493-1566	叔度從川	江蘇無錫		431	438			

編號	詩人	生卒或科第年	字號	籍貫	詩文集	出處				
						央	潘	錢	朱	陳
5027	姚廉敬		本修君山	江蘇江陰	君山集					
5027-1	趙 綱		希大省吾	江蘇無錫			119	丁8	50	己20
5028	張 詩	1487-1535	子言崑崙	北平	崑崙集	542	83	丙13	38	丁17
5028-1	周 詩		以言	江蘇崑山	虛巖山人集	328	118	丁4	50	己20
5029	鄭 坤		順卿	江蘇吳縣	石南集		120		50	己20
5029-1	羅鹿齡		？海岳	江蘇金壇						
5030	俞 憲	1508-？J1538	汝成是堂	江蘇無錫	是堂集	372	97		42	
5030-1	俞 寰		汝立	江蘇無錫	繡峰集		439			
5030-2	俞 淵		希顏	江蘇無錫			440			
5030-3	俞 沂		希曾	江蘇無錫			440			
5031	陳 鶴	？-1560	九皋海樵	浙江紹興	海樵集	608	115	丁10	49	己18
5032	徐 渭	1521-1593	文長青藤	浙江會稽	天池集	465	116	丁12	49	己17
5033	何良俊	1506-1573	元朗柘湖	江蘇華亭	柘湖集	270	106	丁7	45	
5034	施 漸		子羽	江蘇無錫	武陵集		114	丁3	48	己19
5035	郭 第		次甫	江蘇丹徒	廣遊篇	495	119	丁7	50	己20
5035-1	莫叔明		公遠	江蘇長洲	莫叔明集	616	252	丁9		

編號	詩人	生卒或科第年	字號	籍貫	詩文集	出處				
						央	潘	錢	朱	陳
5036	梁辰魚	約1521-1594	伯龍 少白	江蘇 崑山	遠遊集	475	120	丁8	50	己20
5037	宋登春		應元 鵝池生	河北 新河	鵝池集	183	155	丁10	63	己16
5038	黃姬水	1509-1574	淳甫	江蘇 吳郡	高素齋集		120	丁7	50	己20
5039	王 寅	約1531	仲房 十嶽	安徽 歙縣	十嶽集	51	117	丁10	49	己20
5040	陳 淳	1483-1544	道復 白陽	江蘇 長洲	白陽集			丁8	50	己17
5041	江 灌	1503-1565	民瑩 篁南	安徽 歙縣	江山人集	118	360			
5042	王叔承	1537-1601	承甫 崑崙	江蘇 吳江	崑崙集	39	120	丁9	50	己16
5043	王鴻漸	J1523	侑南	河南 南陽	席上寢語					
5044	王穀祥	J1529	祿之	江蘇 吳縣	酉室稿	69	90		41	己17
5044-1	周天球	1514-1595	公瑕 幼海	江蘇 長洲		315	117	丁8	50	己17
5045	楊承鯤		伯翼	安徽 歙縣	碣石編	703	156	丁15	63	庚25
5046	丘雲霄	J1538	凌漢 止山	福建 崇安	止止齋集		114	丁9	48	己19
5047	張遜業		有功 甌江	浙江 永嘉	甌江集	546	360			
5048	林世璧		天瑞	福建 閩縣	彤雲集		157	丁10	64	庚26
5049	王應山	1531-？	懋宣 靜軒	福建 侯官	帚言摘錄		423			
5050	張鳳翼	1527-1613	伯起 靈墟	江蘇 長洲	淩虛集	549	107	丁8	45	己7

編號	詩人	生卒或科第年	字號	籍貫	詩文集	出處				
						央	潘	錢	朱	陳
5051	吳仕訓		光卿	廣東潮陽	龍城小草					
5052	顧 磐	G1513	海涯	江蘇通州	海涯集		330			
5052-1	翁 文		本道	浙江蕭山	玉峰集					
6001	鄭伯興	J1550	南溟	江蘇無錫	脩吉堂稿		440			
6002	吳時來	1527-1590	惟修悟齋	浙江仙居	悟齋集	246	102		44	己11
6003	張 翀	1525-1579	子儀	廣西馬平	鶴樓集	533	101		44	
6004	王可大	J1553	元簡	江蘇吳江	懸筒集	25	102		44	己11
6005	何東序	J1553	崇教肖山	山西猗氏	九愚集	272	404			己11
6006	陳 奎	J1553	汝星（當星）	福建侯官	文塘集	585	355			
6006-1	陳益祥	J1550	履吉	福建侯官	采芝堂文集					
6007	方萬有	J1553	如初	福建莆田	頤庵集	15				己11
6008	陳 謹	1525-1566	德言環江	福建閩縣	環江集	605	356			
6008-1	郭汝霖	1510-1580	時望一厓	江西永豐		493	356			
6009	孫應鰲	1527-1586	學孔淮海	貴州清平	學孔堂集	444	101		44	己11
6010	林 命	J1553	子順	福建建安	陽溪集		102		44	
6011	薛廷寵	J1532	汝承	福建福清	皇華集	900				

編號	詩人	生卒或科第年	字號	籍貫	詩文集	出處				
						央	潘	錢	朱	陳
6012	胡直	1517-1585	正甫廬山	江西泰和	衡廬藏稿	346	103	丁2	44	己12
6013	黃希憲	1517-1586	伯容毅所	江西金谿	閩中初稿		356			
6014	劉侃	J1553	正言	湖北京山	新陽館集		102	丁15	44	己11
6015	吳文華	1521-1598	襄惠	福建連江	濟美堂集	237	102		44	己12
6016	周詩	J1556	興叔興鹿	浙江錢塘	興鹿集	328	102	丁4	44	
6017	惲紹芳	J1547	光世	江蘇武進	考槃集	636	353			
6018	張煌	J1556	雲京	福建閩縣	藻溪集					
6019	陳聯芳	J1556	以成青田	福建長樂	豫齋集		357			己12
6020	林應雷	約1550	宗復	福建閩縣						
6020-1	林達材	約1550	德高	福建閩縣						
6020-2	林有台	G1555	德憲南川	福建閩縣	南山集					
6020-3	林應奎	約1550	德燦星野	福建閩縣						
6020-4	林象泰	約1550	德交舒吾	福建閩縣						
6020-5	林元立	J1565	宗介中齋	福建閩縣						
6021	張祥鳶	J1559	道卿虛齋	江蘇金壇	華陽洞稿	537	103	丁3	44	己13
6022	曾同亨	1553-1607	于野	江西吉水	湖山房集	632	103		44	己13

編號	詩人	生卒或科第年	字號	籍貫	詩文集	出處				
						央	潘	錢	朱	陳
6023	施　愛	J1565	欲周	福建福州	息庵集		105		44	
6023-1	施世亨		？羅山	福建閩縣						
6023-2	施可學	約1550	欲行	福建閩縣						
6024	姚汝循	1535-1597	敍卿鳳麓	江蘇上元	錦石齋稿	379	103	丁7	44	己12
6025	林　熿	J1562	貞耀	福建閩縣	覆瓿集	295	104		44	己14下
6026	余有貞		文敏	浙江鄞縣	同麓集					
6027	楊成名	J1562	少虛	福建建安	遂初集		104		44	
6028	郭　棐	1529-1605	篤同（周）	廣東番禺	蘭省稿		358			
6029	陳　省	1529-1612	孔震幼溪	福建長樂	幼溪集	585	358			己13
6030	李一迪	J1565	君哲	廣東茂名	我山集		359			
6030-1	唐維城	J1565	兩峰	福建莆田	兩峰集	399	359			
6031	申時行	1535-1614	汝默瑤泉	江蘇長洲	賜閒堂集	109	103	丁11	44	己14上
6032	王錫爵	1534-1614	元馭荊石	江蘇太倉	荊石山房稿	74	110		47	己14下
6033	管大勳	J1565	世臣	浙江鄞縣	休休齋集	773	105		44	己15
6034	袁尊尼	1523-1574	魯望	江蘇長洲	吳門詩集	426	105		44	己15
6035	江以東	J1568	貞伯	安徽全椒	岷嶽集		364			

編號	詩人	生卒或科第年	字號	籍貫	詩文集	出處				
						央	潘	錢	朱	陳
6036	沈節甫	J1559	以安 大樸	浙江 烏程	大樸集	177	103		44	己13
6037	田一儁	J1568	德萬	福建 大田	鐘臺集	106	122		51	庚9
6038	沈一貫	1531-1615	肩吾 龍江	浙江 鄞縣	喙鳴集	168	122	丁11	51	庚9
6039	顧大典	J1568	道行 衡寓	江蘇 吳江	清音閣集	948	123	丁8	51	庚9
6040	龔勉	1536-1607	子勤 毅所	江蘇 無錫	尚友堂集	961	123		51	庚9
6041	陳嚴之	1527-1591	秦仲 筆山	福建 閩縣	文筆山房集		364			庚9
6042	劉伯燮	1532-1584	元甫	湖北 孝感	鶴鳴集	832	364			
6043	黃鳳翔	1538-1614	鳴周 儀庭	福建 晉江	宗伯集	661	121		51	庚9
6044	李維楨	1570-1624	本寧	湖北 京山	大秘山房稿	220	110	丁6	47	己6
6044-1	劉嶽南		嶽南	陝西 華陰	嶽南集					
6045	方沆	J1568	子及	福建 莆田	猗蘭堂稿	11	123		51	庚9
6046	于慎行	1545-1607	可遠	山東 東阿	穀城集	7	122	丁11	51	庚8
6047	裴應章	1536-1609	元闇 淡泉	福建 清流	懶雲居集	774	122		51	
6048	喻均	J1568	邦相	江西 新建	山居集	669	123		51	庚9
6049	林如楚	1543-1623	道翹 碧麓	福建 侯官	碧麓集	291	104		44	
6050	帥機	1537-1595	惟審 謙齋	江西 臨川	膳部集		123		51	庚9

編號	詩人	生卒或科第年	字號	籍貫	詩文集	出處				
						央	潘	錢	朱	陳
6051	張元汴	J1571	陽和	山西山陰	不二齋稿	515	123		51	
6052	鄧以讚	J1571	定宇	江西新建	定宇集	798	124		51	庚10
6053	吳中立	J1571	公度	江西新建	吳音		124		51	庚10
6054	方 揚	J1571	思善	安徽歙縣	初庵稿	14	125		51	庚10
6055	薛夢雷	J1571	汝奮	福建福清	彤（彩）雲集	903	124		51	
6056	郭子章	1543-1618	相奎青螺	江西泰和	蠙衣生集	491	124		51	庚10
6057	馮時可	J1571	元成敏卿	江蘇華亭	文所集	622	124		51	庚10
6058	鄭邦福	J1571	羽夫	江西上饒	采真遊稿		124		51	
6059	熊敦樸	J1571	茂初	四川內江	謫居稿		124		51	庚10
6060	歸有光	1507-1571	熙甫震川	江蘇崑山	震川集	923	105	丁12	44	己15
6061	陳源清	G1531	孟揚	福建閩縣	陳氏遺編			丙7		
6061-1	陳 柯	1517-1587	君則海洲	福建閩縣	蘇山集	585				
6061-2	陳鳳鳴		時應	福建閩縣						
6061-3	陳汝修		長吉	福建閩縣			256	丁16		
6061-4	陳汝存		太沖	福建閩縣						
6062	呂 陽	J1550	仲和	山西平陽	岫雲集					

編號	詩人	生卒或科第年	字號	籍貫	詩文集	出處				
						央	潘	錢	朱	陳
6063	栗應麟	J1529	仁甫	山西長治	去陳集	420	106		45	戊8
6063-1	栗應宏	約1544 G1525	道甫	山西長治	太行集	420	106	丁2	45	戊8
6064	金鉉	J1565	邦晁	福建龍溪	三洲集		359			
6065	傅夏器	1509-1594	廷璜錦泉	福建晉江	錦泉集		354			
6066	來知德	1526-1604	矣鮮瞿塘	山東梁山	瞿塘集	301	131		53	己10
6067	陳師	G1552	思貞	浙江錢塘	復生子稿	589	113		48	
6068	李騰鵬		時遠	河北南皮	善鳴稿		379			
6069	方叔猷	G1549	君謨	福建莆田	陽山存稿					
6070	黃默		伯玄	福建莆田	海漁集					
6071	方相卿		朝元	浙江餘杭	山澤吟					
6072	豐越人		正元	浙江鄞縣	天放野人集		255	丁15		庚29
6073	風應元		吉甫	浙江鄞縣	鳴皋集					
6074	顧源		清甫	江蘇江寧	玉露堂集		237	閏3		己17
6074-1	聞龍		隱麟	浙江鄞縣	行藥吟		156		63	庚27
6075	何三畏	G1582	士抑	江蘇華亭	居廬集		131		53	庚13
6076	張同德	J1592	昭甫	河南祥符	昭甫集		371			

編號	詩人	生卒或科第年	字號	籍貫	詩文集	出處				
						央	潘	錢	朱	陳
6077	吳擴	1567-1572	子充	江蘇吳縣	貞素堂集		118	丁7	50	己20
6078	張煒	G1555	德甫	福建閩縣	江干集		356			
6079	楊珩		節卿	四川成都	龜城集					
6080	裴邦奇		庸甫	山西聞喜	巢雲集		156		63	庚27
6081	邵傅	G1570	夢弼	福建閩縣	朴巔集		365			
6082	林燁	G1522	貞華	福建閩縣	小江集					
6083	葉繼善	G1537	兆元	福建閩縣	定山集					
6084	林金	G1537	良珍	福建連江	愛山堂集		348			
6085	王鑽	G1534	公范	福建閩縣	冶山拙稿		112		48	戊18
6086	薛欽	G1534	寅甫	福建閩縣	東山集		112		48	戊18
6087	鄭鑰	G1546	道啟	福建閩縣	竹翠軒集		353			
6088	林秀春	G1537	彥甫	福建閩縣	麓屏集		349			
6089	劉應龍	J1580	文見	湖南邵陽	使闕集	858	453			
6090	陳朝錠	G1570	元之	福建閩縣	公餘稿					
6091	葉繼熙	G1540	兆學	福建侯官	少洲集					
6092	林鳳儀	G1552	姬臣	福建侯官	圓洲集					

編號	詩人	生卒或科第年	字號	籍貫	詩文集	出處				
						央	潘	錢	朱	陳
6093	徐柟		子瞻	福建閩縣	相波		249	丁3		
6094	李應陽	G1552	希旦	福建閩縣	曉窗集		355			
6095	王煦		文和	福建閩縣	春陽集					
6096	謝汝韶	G1558	其盛	福建長樂	天池存稿		357			
6097	鄭元韶		志夔	福建侯官	九石稿					
6098	鄧遷	G1528	文嵩	福建閩縣	山居存稿	801	111		48	戊16
6099	陳學麟	G1558	尚經	福建侯官	贄奕篇					
6100	王應桂		子英	福建閩縣	存愚軒稿					
7006	南子章									
7007	邢侗	1551-1612	子願知吾	山東臨邑	來禽館集	233	126	丁15	52	庚7上
7007-1	龔貞孚									
7008	謝杰	J1574	漢甫	福建長樂	北窗吟稿	885	126		52	庚11
7009	林兆珂	J1574	孟鳴	福建莆田	犂朋稿		365			庚11
7010	游樸	1526-1599	太初少潤	福建福寧	藏山集	626	127		52	庚11
7018	王亮	J1577	樨玉樓峰	浙江臨海	樨玉集	41	367			
7018-1	楊德政	J1577	公亮蚤休	浙江鄞縣	夢鹿軒稾		129		53	
7024	董嗣成	1560-1595	伯念	浙江吳興	青棠集	737	130		53	庚8

編號	詩人	生卒或科第年	字號	籍貫	詩文集	出處				
						央	潘	錢	朱	陳
7025	丁繼嗣	1545-1623	國雲禹門	浙江鄞縣	蒼虬館集	5	368			
7025又	臧懋循	1550-1620	晉叔顧渚	浙江長興	負苞堂集		130		53	庚13
7026	余 寅	1519-1595	君房僧杲	浙江鄞縣	農丈人文集		130		53	庚13
7027	劉日升	J1580	扶生	江西廬陵	慎修堂集	825	368			
7029	黃克纘	550-1634	紹夫鐘梅	福建晉江	數馬集	652	130		53	庚13
7030	謝吉卿	J1580	修之	福建晉江	效顰集		368			
7030-1	傅君聘									
7037	湯顯祖	1550-1616	義仍海若	江西臨川	玉茗堂集	629	133	丁12	54	庚2
7037又	虞淳熙	1553-1621	長孺	浙江錢塘	虞德園集	740	132	丁15	54	庚14上
7038	于若瀛	1552-1610	元綱子步	山東濟寧	弗告堂集	7	132		54	庚14上
7039	盧龍雲	J1583	少從	湖南衡陽	四留堂集		374			
7040	趙世顯	J1583	仁甫	福建侯官	芝園集		374			庚14上
7042	黃汝良	1554-1647	明起毅庵	福建晉江	河干集	651	134		55	
7044	周獻臣	1552-1632	籲六	江西臨川	鷺林外編		134		55	庚15
7045	薛三才	1555-1619	仲儒	浙江定海	恭敏集	899	134		55	
7046	王士昌	1559-1624	永叔十溟	江蘇臨海	鏡園草		134		55	
7047	戴 燝			福建長泰	天柱山集					

編號	詩人	生卒或科第年	字號	籍貫	詩文集	出處				
						央	潘	錢	朱	陳
7048	何喬遠	1558-1632	穉孝 鏡山	福建 晉江	鏡山全集	275	134		55	
8027	趙樞生		彥材 含玄子	江蘇 吳縣	玄齋稿		362			
8027-1	趙宧光	1559-1629	凡夫 廣平	江蘇 吳縣	寒山蔓草	760	166		67	庚30 下
8027-2	陸卿子	1522-1572		江蘇 蘇州	玄芝集		211	閏4	86	
8028	陸文組		纂甫 延州	江蘇 吳縣	北山集		252			
8028-1	黃習遠		伯傳	江蘇 吳縣	蕭蕭齋稿		159		64	庚
8029	曹子念 （昌先）		以新	江蘇 太倉	快然閣集		251	丁8	63	庚27
8030	吳運嘉			江蘇 吳縣	閩游稿					
8030-1	徐應雷			江蘇 吳縣	白毫集		162			
8030-2	沈　野			江蘇 吳縣			161	丁14	65	庚26
8030-3	陳升之			江蘇 吳縣						
8032	王人鑒		德操	江蘇 吳縣	知希齋集		254	丁13		
8033	馮　遷			上海	鋏齋集	625	255		63	
8034	張　誼			江蘇 青浦	餐霞集					
8034-1	張谷吹									
8034-2	張朗之									
8034-3	張文儒									
8035	馮大受	G1579		江蘇 華亭	竹素園集	619	130		53	庚12

編號	詩人	生卒或科第年	字號	籍貫	詩文集	出處				
						央	潘	錢	朱	陳
8036	錢希言	約1612	簡棲	江蘇常熟	松樞十九山		255	丁15		
8036-1	沈公路									
8037	唐時升	1551-1636	叔達	江蘇嘉定	三易集	396	160	丁13	65	庚4
8037-1	程嘉燧	1565-1643	夢陽偈庵	安徽休寧	松圓浪淘集	687	161	丁13	65	庚4
8038	婁堅	1567-1631	子柔	江蘇嘉定	吳小草	611	161	丁13	65	庚4
8038-1	李流芳	1575-1629	長蘅香海	浙江嘉定	檀園集	207	145	丁13下	60	庚4
8039	柳應芳		陳父	安徽宣城	柳陳父集		155	丁14	63	庚26
8044	潘之恒	1556-1621	景升	安徽歙縣	蒹葭館集	775	160	丁15	65	
8045	徐漢稚			江蘇常熟	虛游稿		499			
8045-1	翁應祥	G1600	兆吉	江蘇常熟	歸田集		499			
8045又	沈泰鴻				閑止樓集		255	丁15		
8046	何白	1562-1642	無咎	福建樂清		270	157	丁15	63	庚26
8047	吳孺子		少君破瓢	浙江金華	吳少君集			丁10	89	
8047-1	葉經	J1532	叔明東園	浙江上虞		732				
8047又	沈郊			江蘇吳縣	憶閑集					
8047再	王野			安徽歙縣	吹劍集		161	丁14	65	庚26
8047-1	盧一清									
8048	陳从舜		志元春池	安徽天長	閩遊草					

編號	詩人	生卒或科第年	字號	籍貫	詩文集	出處				
						央	潘	錢	朱	陳
8049	嵇天元（元夫）			浙江歸安	白鶴園集	682	158	丁10	64	庚26
8049-1	吳子野（鶴）			湖南吉首					64	
8050	朱宗吉			安徽鳳陽			379			
8050又	卓明卿	1538-1597	澄甫月波	浙江錢塘	光祿集		121			
8051	盛鯤溟									
8052	鄔佐卿		汝翼		芳潤齋集		153	丁9		庚30
8053	王元貞									
8054	王世爵		尊一	浙江仁和	青山社草					
8054又	胡宗仁		彭舉長白	江蘇上元	知載齋稿		157	丁7	63	庚7上
8055	吳子玉			安徽歙縣	雕雲館集	236	255	丁15		
8055-1	吳 瑞	J1475	德徵	江蘇昆山	西裕集	250	316			
A001	錢仲益	1332-1412	仲益仲益	江蘇無錫	錦樹集	876	32		17	乙5
A002	劉泗宗		道愛	福建樟浦	禮篇					
A003	楊 範	1375-1452	九疇棲雲（芸）	浙江寧波	棲芸集	716	38			
A004	林文秩		禮亨	福建侯官	梅湖集					
A005	沈 勗		樵父	貴州普安	迂思稿					
A006	見2017-2									
A007	鄧 定		靜夫	福建閩縣	耕隱集	799	246			乙14

編號	詩人	生卒或科第年	字號	籍貫	詩文集	出處				
						央	潘	錢	朱	陳
A 008	楊守陳	1425-1489	維新鏡川	浙江鄞縣	鏡川集	699	42	丙3	21	乙18
A 009	洪 順	J1404	遵道	福建閩縣	雞肋集					
A 010	曾 詠		子永	江西泰和	遼海集					
A 011	姚 夔	1414-1473	大章	浙江桐廬	桐江集	383	40		20	
A 012	張 益	?-1449	士謙	江蘇江寧	文僖公集	533				
A 013	孫 瑀	?-1431	原貞	江西德興	歲寒集					
A 014	胡 靖		文穆	江西廬陵	晃庵集					
A1014-1					見1065					
A 015	鄭 賜	?-1408	彥嘉	福建建甌	適興集	791	298			
A 016	葉 儁		良弼	福建松溪	松風集					
A 017	宋 訥	1311~1390	仲敏西隱	河南滑縣	西隱集	181	10	甲13	3	甲3
A 018	周南老		正道	江蘇吳縣	姑蘇雜詠		445	甲19		甲25
A 019	劉 昌	1424-1480	欽謨椶園	江蘇長洲	《嶽臺集》	835	41	乙6	20	乙17
A 020	錢 福	1461-1504	與謙鶴灘	江蘇華亭	鶴灘集	880	59		27上	丁6
A 021	葛 吉		元兆	江蘇無錫	芝巖集					
A 022	劉 忠	J1478	司直	河南陳留	野亭集	834	246	丙3		
A 023	吳廷舉	J1487	獻臣	廣西倉梧	東湖吟稿	243	507			丙9

編號	詩人	生卒或科第年	字號	籍貫	詩文集	出處				
						央	潘	錢	朱	陳
A 024	楊一清	1454-1530	應寧 邃庵	江蘇 丹徒	石淙集	694	52	丙3	24	丙2
A 025	喬 宇	1457-1524	希大 白巖	山西 樂平	白巖集等	675	54		25	丙8
A025-1	王道亨									
A 026	周 坦	G1438	孟寬	福建 莆田	鳴竽集					
A 027	馬思聰	J1505	懋聞	福建 莆田	戶部集	713				
A 028	楊 瞻	1491-1555	叔後 舜原	山西 蒲阪		718				
A 029	顧文測		靜卿	黑龍 江	滄江集					
A 030	劉 兌	約1383	東生		頻陽集					
A030-1	柯啟暉	1390-？	啟暉 東岡		東岡集					
A 031	劉 節	J1505	介夫	江西 大庾	崇正堂	854	329			
A 032	劉 機	？-1522	用熙	湖北 江夏	蘆泉					
A 033	馬 卿	1499-1536	敬臣	河南 林縣	馬中丞文集	413	329			
A 034	周 用	1476-1547	行之 伯川	江蘇 吳江	周恭肅集	316	63	丙3	28	丁9
A 035	王應鵬	J1508	天宇	浙江 鄞縣	定齋先生集		69		33	戊10
A 036	張 琦	J1499	君玉 白齋	浙江 鄞縣	白齋	539		丙3	27下	丁4
A 037	蔡 潮	1467-1549	巨源 霞山	浙江 臨海	霞山集等	813	328			
A 038	吳 檄	J1521	用宣 皖山	安徽 桐城	兵部集		80		37	

編號	詩人	生卒或科第年	字號	籍貫	詩文集	出處				
						央	潘	錢	朱	陳
A 039	戴 暨	J1521	時重 東石	浙江 鄞縣	東石稿	919	76		36	
A 040	許 陛	1469-1536	彥明 攝泉	江蘇 上元	嘉會齋稿	490	250			
A 041	朱誠泳	1458-1498	（秦簡王）		經進小鳴集		7			甲2上
A 041-1	林承芳	J1586	開先		文峰集					
A 041-2	朱顯槐		（武岡王）		武岡王集					甲2上
A 042	朱祐檳	1479-1539	（益藩）		名山藏					
A 043	丁一中		？ 少鶴	江蘇 丹陽						
A 044	劉訒	1484-1559	春岡	河南 鄢陵		839	337			
A 045	袁 煒	1507~1565	懋中 元峰	浙江 慈溪	文榮詩略	427	95	丁11	42	戊20
A 046	郭 轓		節父	福建 閩縣	九竹遺稿					
A 046-1	黃道行									
A 047	尹 襄	J1511	舜弼 巽峰	江西 永新	巽峰集	87	333			
A 048	余古峰	J1532	晦之 古峰	安徽 祁門	古峰集					
A 049	聶 豹	1486-1563	文蔚 雙江	江西 永豐	雙江集	914	337			
A 050	許如綸		德宣	江蘇 太倉	蘭舟集					
A051				缺						
A 051又	董 份	1510-1595	用均 泌園	浙江 烏程	泌園集	734	97		43	戊21
B001	魏 驥	1373-1471	仲房 南齋	浙江 蕭山	南齋集	930	34	乙4	18下	乙10

編號	詩人	生卒或科第年	字號	籍貫	詩文集	出處				
						央	潘	錢	朱	陳
B002	章敞	1376-1437	尚文	浙江會稽	質庵集	481	33		18上	乙8
B003	朱彌鉗		（唐恭王）		謙光堂集		7			
B004	薛敬、薛穰、薛魁、薛治等四人作品			浙江定海	薛氏世風		22			
B005	義門鄭贈言：共收傅野等20人作品			浙江金華	麟溪集					
B006	張旭	G1474	廷曙	安徽休寧	梅巖集		402			
B007	莊希俊		擊壤	福建福清	擊壤集		289			
B008	朱弘祖		彥昌	江西臨川	東皋集等			甲18		甲17
B009	見1053-2									
B010	黃伯善	G1540	達兼	福建晉江	菊山集		350			
B011	林皆春	J1565	孚元	福建福清	雲山集	295				
B011-1	林纘振	1549-1575	公悅警堂	福建漳浦	海雲館集					庚11
B012	姚應龍		子翼升字	浙江慈溪	鶴鳴篇					
B 013	董大政		玄父	湖北江夏	文嶽集					
B014	蔣瑩然		玉甫	廣西清湘	適適帅					
B015	翁堯英	G1540	熙采海門	福建晉江	海門集					
B016	鄭日休	G1564	德卿	福建閩縣	司理集		358			
B017	戴科	J1556	明實	福建浦田	洞天集	915				

編號	詩人	生卒或科第年	字號	籍貫	詩文集	出處				
						央	潘	錢	朱	陳
B018	葉春及	1532-1595	化甫 石洞	廣東 歸善	石洞集	730	112		48	己10
B019	何汝健	J1553	禮乾	江蘇 無錫	素園存稿					
B020	楊繼盛	1516-1555	仲芳 椒山	北直 容城	楊忠愍文集	719	100		43	己9
B021	吳世良	J1538	元良	浙江 遂安	雲塢稿		349			
B022	項元淇	約1597	子瞻	浙江 嘉興	少嶽集	638	113			
B023	王 交	J1541	徵久	浙江 慈溪	綠槐堂稿	28	351			
B024	張水坡									
B025	周 廣	1474-1531	充之 崑山	江蘇	玉巖集	331	65		28	
B026	李新芳	J1523	元德 漳塋	江蘇 長洲	漳塋集		403			戊15
B027	徐一鳴	J1517	伯和 淶江	湖南 醴州	淶江集		450			
B028	王叔杲	1517-1600	陽德	浙江 永嘉	玉介園稿	40	104			己14
B029	李 濂	1488-1566	川甫 嵩渚	河南 祥符	嵩渚集	223	74	丙12		戊6
B030	林有年	1464-1552	以永 寒谷	福建 莆田	寒谷集	290				
B031	張 瀚	1510-1593	子文 元洲	浙江 錢塘	奚囊蠹餘	557	94		42	戊19
B032	陳 慶	1510-1588	履旋 西塘	江西 永豐	禔軒集	600	355			
B033	王德溢	J1526	懋中	福建 連江	十竹漫稿					
B034					見3018					
B035	張 ?		頻初							

編號	詩人	生卒或科第年	字號	籍貫	詩文集	出處				
						央	潘	錢	朱	陳
B036	喻 燮	J1568	廷理	江西新建	素軒銀稿					
B037	林景暘	1530-1604	紹熙宏齋	江蘇華亭	玉恩集	295	364			
C001	呂 升	?-1433	升常	浙江新昌	小齋集	258				
C002	黃承昊		履素闇齋	浙江嘉興	闇齋吟稿		151			
C003	陸 寶		敬身中倏	浙江鄞縣	霜鏡集	572	166		15	
C004	閔 珪	1430-1511	孺山	浙江烏程	莊懿集	639	92		22	
C005	閔如霖	J1532	師望午塘	浙江烏程	宗伯集	639	46		41	
C006	雷 暎		元亮	江西豐城	松門稿					
C007	祁承㸁	1562-1628	爾光夷度	浙江山陰	澹生堂	281	145			
C008	楊兆生		升芝	江蘇江陰	圜齋稿					
C009	秦 城		千秋	江蘇華亭	飛蓬集					
C010	葛一龍	1567-1640	震甫	江蘇吳縣	修竹篇		175	丁14	70	庚25
C011	吳鼎芳		凝甫	江蘇吳江	居士集	251	161			庚25
C012	李春芳	1510-1584	子實石麓	江蘇興化	貽安堂稿	204	354			
C012-1	李思訓		于庭		諸遊岬					
C013	王同祖	1497-1551	繩武	江蘇崑山	五龍山房集	30	79		37	戊14
C014	呂繼梗	1541-1622	思懋	浙江新昌	風萍集					

編號	詩人	生卒或科第年	字號	籍貫	詩文集	出處				
						央	潘	錢	朱	陳
C015	全天敘	1566-？	伯典	浙江鄞縣	鐵安集		134		55	
C016	全大訓		懋欽	浙江鄞縣	拙居艸					
C017	張　銓	1577-1621	宇衡見平	山西沁水	存笥集		179		72	辛2
C018	黃　注		汝霖	江西贛縣	小峰集					戊20
C019	沈守正	1572-1623	無回	浙江錢塘	雪堂集	169				
C020	陸在前		令瞻	浙江平湖	南欽錄					
C021	高維岳		君翰	安徽宣城	遠霽堂稿					
C022	劉錫名		虛受	江蘇吳江	授石軒集		394			
C023	項　忠	1421-1502	藎臣喬松	浙江嘉興	襄毅遺稿	638	41		20	
C023-1	項元汴	1525-1590	子京墨林	浙江嘉興	天籟閣吟	638	380			
C023-2	項良枋	G1588	幼興	浙江嘉興	幽湖詩艸		369			
C024	區懷瑞		啟圖	廣東高明	燕吳遊稿		384			辛18
C025	范應賓	J1592	光父	浙江嘉興	水部集	365	370			
C026	劉　毅		建甫	浙江會稽	寶綸堂稿					
C027	周泰峙		象石	浙江金壇	勺塵篇					庚22
C028	張　璉		季璉	江蘇吳江	芳意軒藏稿					

編號	詩人	生卒或科第年	字號	籍貫	詩文集	出處				
						央	潘	錢	朱	陳
C028-1	張 旭		景和 澹庵	江蘇 吳江						
C028-2	張 溥	G1630	舜臣	江蘇 吳江						
C029	徐有貞	1407-1472	元玉 武功	江蘇 吳縣	武功集	458	39	乙6	20	乙16
D001	孫斯億	1529-1590	兆儒 雲夢	湖南 華容	雲夢山人集	440				
D002	陶若曾	G1588	孝若	湖北 夷陵	枕中囈					
D003	方從相		朗中	廣東 南海	藏暉館集					
D004	黃宗聖		君儒	湖北 黃崗	郫筒稿					
D005	衛承芳	J1568	叔杜 淇竹	四川 達州	曼衍集	872	364			
D006	周弘禴	J1574	元孚	湖北 麻城	二魯集	316	126			
E001	茅 維	1575-1645?	孝若 僧曇	浙江 歸安	十賚堂丙集	367	177	丁15	71	庚30 下
E002	陸 鏊	J1625	味道	浙江 平湖	寶綸堂集		343			
E003	王嗣經		曰常	江西 上饒	偶存集	64	157	丁7	63	戊26
E004	茅元儀	1594-1640	止生 石民	浙江 歸安	石民集		174	丁13 下	70	辛26
E005	馮夢龍	1574-1646	猶龍	江蘇 長洲	偶一集	625	179		71	
E006	葉 梗		國楨	浙江 慈溪	漱玉齋草					
E007	楊德周	G1612	孚先 南仲	浙江 鄞縣	六鶴齋集		376			

編號	詩人	生卒或科第年	字號	籍貫	詩文集	出處				
						央	潘	錢	朱	陳
E008	張應輔	G1624	肅將	安徽定遠	性依草					
E009	黃立信	1566-1641	太次	江西廣昌	石函集					
E010	鄒維璉	?-1635	德輝（耀）	江西新昌	達觀樓集	743	146			庚22
F001	范文熙		穆其	安徽休寧	甲乙集					
F002	汪國士	J1631	君酬	安徽桐城	簡軒集					辛19
閩001	詹玉鉉		鼎卿	福建甌寧	漫猶草					
閩002	陳敬學		仲穎	福建建陽	百尺樓集					
閩002-1	丘用之		則行	福建？	萬松山房稿					
閩002-2	丘惟直		文舉	福建建陽	清齋集					
閩002-3	江左玄		仲譽	福建？	筆花樓草					
閩003	朱弘衍		願良	福建建陽	蒼洲草					
閩003-1	魏之辰		君屏	福建？	雲谷樵吟					
閩003-2	魏宗周		子高槎翁	福建？	坳堂集					
閩004	藍文炳		翰卿	福建莆田	釣臺稿					
閩005	周如墘		所諧	福建莆田		256	丁16			庚30
閩005-1	林寅亮		邦采	福建莆田	衣骭艸					

編號	詩人	生卒或科第年	字號	籍貫	詩文集	出處				
						央	潘	錢	朱	陳
閩006	陳　光		堯勳	福建莆田	雲來閣艸					
閩007	郭文明		士龍	福建莆田	松風亭稿					
閩008	陳標選		惟準	福建侯官	水雲樓					
閩009	林憲曾		祖憲	福建莆田	紀遊稿					
閩010	諸葛應科	G1606	弼甫賓梅	福建晉江	賓梅集					
閩010-1	諸葛羲	J1628	基畫	福建晉江	澹艸臺					
閩010-2	諸葛斌		士倫	福建晉江						
閩011	吳逢翔	J1628	田年	福建晉江	餘鱗集					
閩012	鄭繼鎦		邦衡	福建莆田	拙存艸					
閩013	林銘鼎	J1610	玉鉉	福建莆田	坏園詩艸					
閩014	陳國是		世真	福建侯官	舊簡軒艸					
閩015	王　鑽		汝琳	福建古田	栩栩艸					
閩016	李開芳	J1583	伯東鵬池	福建晉江	天風堂集	214				
閩017	蘇眉山		志乾	福建莆田	繡佛閣集					
閩017-1	蘇元僑		漢英	福建莆田	小有初稿					
閩018	楊宗玉		能玄	福建同安	雕小集					

編號	詩人	生卒或科第年	字號	籍貫	詩文集	出處				
						央	潘	錢	朱	陳
閩019	林如周		道魯	福建侯官	介子庵稿					
閩020	黃文炳	J1577	戀親	福建同安	適清亭集		367			
閩021	鄭之玄	J1622	道圭 大白	福建晉江	克薪堂集		384			
閩022	伍可受	J1577	以大 仲吾	福建清流	代奕吟					
閩023	周如磐	1567-1626	聖培 鎮庵	福建莆田	澹志齋稿		141		58	庚19
閩024	李元芳		伯韡	福建閩縣	南搜草					
閩025	謝夢彩		君雅	福建龍溪	江湖浪語					
閩025-1	黃　槩		信卿	福建龍溪	奚囊吟稿					
閩026	池顯方	G1624	直夫 玉屏	福建同安	玉屏集		166		66	
閩027	林逢經		守一 鐵崖	福建長樂	香月林集					
閩028	劉庭蘭	J1580	國徵	福建漳浦	歸昌堂稿	832				
閩029	林如壁		道和	福建侯官	楓林集					
閩030	林光元		仲錫	福建莆田	醉吟					
閩031	馮國棟		啟明	福建龍溪	粵游艸					
閩032	陳　燿	J1469	希隱	福建侯官	檉月樓集					
閩032-1	陳　卿		孔碧	福建侯官	柚香齋稿					

編號	詩人	生卒或科第年	字號	籍貫	詩文集	出處				
						央	潘	錢	朱	陳
閩033	劉中藻	1605-1649	薦叔 迴山	福建 福安	譚語	825	387			
閩034	吳應兆		子瑞	福建 長樂	匏吟					
閩035	陳 澄		惟常	福建 侯官	逸園集					
閩035-1	陳長羲		景逸	福建 侯官						
閩036	朱 湎	1486-1552	必東 損岩	福建 莆田	天馬山房 稿	136	86			戊15
閩037	周千秋		喬卿 一蚯	福建 莆田	碌金巖稿					
閩038	林學龍		可化	福建 福清	東金草					
閩038-1	魏國寶		安卿	福建 福清	問月軒稿					
閩039	黃松林		俊吳	福建 莆田	瞻雲樓稿					
閩040	林民悅	J1580	益夫	福建 莆田	南洲集					
閩041	張運泰		來倩	福建 建陽	書林集					
閩042	張 岳	J1517	維喬 淨峰	福建 惠安	襄惠集	528	76			戊13
閩043	陳希珍		倚玉	福建 寧德	桐庵集					
閩044	張士賓		公仕	福建 晉江	栩亭集					
閩045	鄢茂材		希周	福建 永福	東歐集					
閩046	陸國熄		無榮	福建 羅源	北游草					

編號	詩人	生卒或科第年	字號	籍貫	詩文集	出處				
						央	潘	錢	朱	陳
閩047	高　迎		敬之	福建閩縣	高齋集					
閩048	何九轉	?-1608	翁悌 繩庵	福建晉江	繩庵遺稿					
閩048-1	何九雲	J1643	舅悌	福建晉江	天聽閣集					
閩049	張瑞鐘		昺之	福建平和	臥霞集					
閩050	韓（廷）錫		晉之	福建閩縣	榕庵集					
閩051	陳玄藻	J1610	爾鑑	福建莆田	頤唫					庚22
閩052	潘以鏗		從糸	福建侯官	香雪齋吟					
閩053	邢　昉	1590-1653	孟貞 石湖	江蘇高淳	宛游草		177		71	辛10
閩053-1	蔡謙光		裒卿	福建漚陵	雲齋稿					
閩054	王命璿	1575-1653	君衡 虞石	福建龍巖	靜觀集		374			
閩055	林恒震		興祚	福建莆田	上都草					
閩056	黃以陞		孝翼	福建龍溪	漱芳館集					
閩057	王　鎣		鼎文	福建侯官	司寇遺稿					
閩058	陳春輝		榮子	福建長樂	實庵草					
閩059	林調元		汝調	福建侯官	瑞蓉集					
閩060	楊文塋		仲蔚	福建侯官	守玄堂					

編號	詩人	生卒或科第年	字號	籍貫	詩文集	出處				
						央	潘	錢	朱	陳
閩061	陳翔鸞		懷東	福建閩縣	遺岫					
閩061-1	陳廷對		伯良	福建閩縣	瓦音集					
閩062	方尚祖		宗道	福建莆田	思思堂集					
閩063	柯鳳偉		懋可	福建南安	抗言齋集					
閩064	林民止	J1574	玄冥	福建莆田	玄冥集					萃
閩065	曾異	J1574	弗人	福建侯官	紡綬堂集					
閩066	林大乾		月始	福建長樂	老禪集					
閩067	鄭綱	J1529	葵山	福建莆田	葵山存稿		344			
閩068	張維機		子發	福建晉江	清署吟				茂	
閩069	顧煜庚		彥白	福建晉江	應有集					偉
閩070	唐顯悅	J1622	子安枚丞	福建莆田	語石居		510			
閩071	林去疾		兆綸	福建莆田						
閩072	林壎		伯吹	福建閩縣	萬里樓稿					
閩073	張廷範		範之	福建漳浦	燕游草					
閩074	林蓑		仲漁	福建莆田	漚言					
閩075	徐胤鉉		羽鼎	福建莆田	梅山堂稿					

編號	詩人	生卒或科第年	字號	籍貫	詩文集	出處				
						央	潘	錢	朱	陳
閩076	鄭 梟		子憲	福建閩縣	建木遺稿					
閩076-1	鄭 憲	J1517	吉甫 有度	福建長樂	六一稿					
閩077	余 ?		成輔	福建 ?	?					
閩077-1	曾 陞		玉立	福建 ?	楓峽集					
閩078	黃守誼		方聲	福建晉江	燕遊草					
閩079	劉 鏊		世赳	福建 ?	築居詩抄					
閩080	高 弘		茂弘	福建閩縣	煙足樓稿					
閩081	王 宸		華蓋	福建清流	合璧山房稿	46				
閩082	施有翼		爾奮	福建閩縣	古香齋集					
閩083	王 賓		維翰	福建漳浦	員峰存稿	66		甲16		甲23
閩084	林邦鼎		調夫	福建福青	宗簡齋集					
閩085	衷仲孺		稚生	福建崇安	謬草					
閩086	顏廷榘	1519-1611	範卿 桃陵	福建永春	燕楚游草					
閩087	蔣全之		擬梅	福建連江	雙峰集					
閩087-1	蔣邦璽		珍予	福建連江	小築稿					
閩088	林德謀	1592-1656	采公 四岳	福建連江	六橋屾		425			

編號	詩人	生卒或科第年	字號	籍貫	詩文集	出處				
						央	潘	錢	朱	陳
閩089	郭 煒		闇生	福建連江	雲多集					
閩090	王 戶	G1630	有巢	福建連江	右山堂集					
閩091	林伯儉		漢先	福建閩縣	雲蓋樓集					
閩092	陳元齡		宗九	福建晉江	碎琴艸					
閩093	李開藻	1573-1620	叔玄鵬岳	福建永春	性餘堂集					
閩094	黃居中	G1585	明立	福建晉江	千頃齋集		丁7	卷55		庚14下
閩095	林喬松	J1577	爾幹	福建晉江	不有吟					
閩096	魏 濬	J1604	禹卿蒼水	福建松溪	峽雲閣集		145		59	
閩097	柯茂竹	J1583	堯叟繩希	福建莆田						庚14上
社001	陳仲溱	1554-1637	惟秦	福建侯官	露覺齋集		250			庚30上
社002	林叔學		懋禮	福建福清	蕭葭集					
社003	陳一元	1573-1642	泰始	福建侯官	漱石山房集	572				
社004	吳文潛		元翰	福建莆田	竹房稿		250	丁7		
社005	徐𤊹	G1618	惟和	福建閩縣	幔亭集		135	丁15	卷55	庚3
社006	王 宇	1574-1613?	永啟	福建閩縣	烏衣集	28	375			
社007	陳翼飛	J1610	元明	福建平和	紫芝集	604	148			

編號	詩人	生卒或科第年	字號	籍貫	詩文集	出處				
						央	潘	錢	朱	陳
社008	林光宇	1574-1604	子真	福建侯官	情癡集		256			
社009	陳宏己		振狂	福建侯官	百尺樓集					庚30上
社010	高 景	?-1637	景倩	福建閩縣	木山齋集					
社011	陳 瞻		法瞻	福建平和	四照篇					
社012	陳 衎	1585-?	磐生	福建閩縣	槎上老舌		167			庚29
社013	張千疊		凱甫	福建龍溪	舒節編					
社014	陳 椿		汝大	福建松溪	景于樓稿					庚30
社015	陳正學		貞鉉	福建龍溪	灌園集					
社016	陳鳴鶴		汝翔雪樓	福建侯官	泡庵續草		256		丁16	庚30上
社017	陳 偉		偉卿	福建福清	容閣集	591				庚30上
社018	崔世召	G1609	徵仲崔霞	福建寧德	秋谷集		150		60	
社019	黃逢祺		貞吉	福建閩縣	迎潮集					
社020	張 燮	1574-1640	紹和海濱逸	福建清漳	藏真館集		256			
社021	鄭 遂		孝直	福建閩縣	漁隱集					
社022	邵捷春	1600-1640	肇復	福建閩縣	劍津集					
社023	鄭邦泰		汝交	福建福清	木筆堂集					

編號	詩人	生卒或科第年	字號	籍貫	詩文集	出處				
						央	潘	錢	朱	陳
社024	游士豪		宗振	福建莆田	霧隱集					
社025	倪笵		柯古	福建侯官	古杏軒稿					
社026	游日益		宗謙	福建莆田	辟支岩稿					
社027	楊叶瑤		瓊夫	福建長泰	鳴秋集					
社028	王若		相如	福建清流	九龍集					
社029	游及遠		元封	福建莆田	竹林草		163		卷65	庚26
社030	游適			福建莆田						
社030-1	游子翔			福建莆田						
社031	周嬰	J1642	方叔	福建莆田	遠遊篇		389			辛21
社032	廖淳									
社033	鄒時豐									
社034	顏容軒									
社035	林祖恕		叔度	福建莆田	七辯庵集					
社036	李岳									
社037	黃天全		全之	福建莆田	黃山人詩集					
社038	馬歘	1561-？	季聲	福建懷安	漱六齋集					
社039	李天植	1591-1672	因仲蜃園	浙江平湖	蜃園集	191	170			辛16
社040	陳鴻									
閨001	沈宜修	1590-1635	宛君	江蘇吳江	午夢堂集		212		86	

編號	詩人	生卒或科第年	字號	籍貫	詩文集	出處				
						央	潘	錢	朱	陳
閩001-1	葉紈紈	1610-1632	昭齊	福建？	芳雪齋集		212		86	
閩001-2	葉小鸞	1616-1632	瓊章	江蘇吳江	疎香閣集	728	212		86	
閩001	潘燕卿		瑤島	福建晉江	玉蘭館詩草					
閩002	郭宜淑			福建？						
南001	楊希淳		道南	江蘇應天	虛游稿	702	362			
南002	李逢陽		維明	江蘇應天		212				
南003	傅汝舟		遠度	江蘇江寧	唾心集	678	257	丁16	38	丁16
南004	汪啟齡		大年	安徽桐城	閩吟屮					
南005	張一如		來初	安徽蕪湖	旋次集					
南006	季孟蓮		叔房	江蘇無為	爽軒集		203		80	
南007	吳國琦		公良	安徽桐城	雪崖集	247				辛19
南008	吳繼鼎		無象	安徽休寧	澹言					
南009	吳世臨		季閒	江蘇武進	鳴籟集					
南010	徐 璣		令公	江蘇太倉	羅浮山房集					
南011	吳 ？		壽卿	江蘇？	一漚集					
南012	文寵光		仲吉	江蘇長洲	晴雪齋稿					

編號	詩人	生卒或科第年	字號	籍貫	詩文集	出處				
						央	潘	錢	朱	陳
南013	趙用賢	1535-1596	汝師	江蘇吳縣	松石齋集	766	110		47	己5
南014	蘇 祐		啟元	安徽休寧	古雪堂集	943	87	丁2	40	戊16
南015	袁景休		孟逸	江蘇長洲	浮臯集		121	丁10		己20
南016	陸嘉觀		念先	江蘇吳縣	酒民集		482			
南017	吳孝標		建伯	安徽歙縣	桂從集					
南018	文震亨	1585-1645	啟美	江蘇長洲	香草詩草		175		70	辛6
南019	張 屈		醒公	江蘇吳縣	醒餘集		177		71	
南019-1	李 霽		秋旻	江蘇吳縣						
南020	潘一桂		無隱	江蘇丹徒	玄覽堂集		193	丁22	76	辛22
南021	曹大章	1521-1575	一呈含齋	江蘇金壇	太史集	506	355			己11
南022	曹宗璠		汝珍	江蘇？	登霞集		386			
南023	唐文獻		元徵	江蘇華亭	占星堂集	394	133		55	庚15
南024	沈鼎科	J1631	鉉臣	江蘇江陰	近草					
南024-1	程如嬰		晏如	江蘇？	天蓮集				71	
南025	華 淑		聞珍	江蘇無錫	香茗堂集	672	178	丁16		辛32
南026	汪宗尼		文山	安徽歙縣	蘼蕪館艸					

編號	詩人	生卒或科第年	字號	籍貫	詩文集	出處				
						央	潘	錢	朱	陳
南027	黃傳祖		心甫	江蘇無錫	寒湖詠					
南028	吳紹廉		不貪	安徽桐城	飲泉集					
南029	畢懋謙		為之	安徽歙縣	飛來館集					
南030	方士亮		若繩	安徽歙縣	偶句集	10				
南031	張憲臣	J1556	欽伯	江蘇崑山	虛江集	553				
南032	黃承聖		奉倩	江蘇太倉	叢園集			61		
南033	朱　灝	1628-1644	宗達（宗遠）	江蘇華亭	定尋堂稿					
南034	孫維桓		汝師	江蘇無錫	枕上漫言					
南035	徐遵湯		仲昭	江蘇江陰	葉騰集		261			
南036	唐承恩		奉孝	安徽休寧	游草集					
南037	汪　逸	約1596	遺民	安徽歙縣	甲序集		162		65	
南038	李永昌		周生	安徽休寧	目成詩		409			
浙001	薛　岡		千仞	浙江定海	似奕齋稿		162		65	庚26
浙002	顧文淵		靜卿	浙江仁和	滄將集		322		38	
浙002-1	顧汝學		思益	浙江仁和	雙清堂集		374			
浙003	馬邦良		君遂	浙江富陽	公餘寄興					

編號	詩人	生卒或科第年	字號	籍貫	詩文集	出處				
						央	潘	錢	朱	陳
浙004	楊瑞枝		若水	浙江秀水	萍水吟					
浙005	柴淶	J1556	季東	浙江慈谿	詩略		356			
浙005-1	柴以觀		我生	浙江慈谿	西征集					
浙006	趙世祿	J1595	文叔	浙江鄞縣	玉芝集					
浙006-1	趙士駿		西星	浙江鄞縣	臨雲閣草					
浙008	李肇亨		會嘉	浙江嘉興	率圃吟				71	
浙009	劉兌		西城	浙江海鹽	秕廬稿		415			
浙010	葉憲祖	1566-1641	美度六桐	浙江餘姚	青錦園集		153		61	
浙011	陳士繡		伯綸	浙江鄞縣	疑雲居集					
浙012	林祖述	J1586	道卿	浙江鄞縣	大椿堂稿	293				
浙013	潘訪岳		師汝	浙江鄞縣	菊園集					
浙014	鄭汝璧	J1568	邦章	浙江縉雲	鼎湖集	783				庚9
浙015	戴澳	J1613	有斐	浙江奉化	杜曲集		376			
浙016	汪彥		穆如	浙江鄞縣	雌谿集					
浙017	劉世教	G1600	少彝	浙江海鹽	研實齋錄		143		58	庚19
浙018	張埔		石宗	浙江錢塘	冶城集					

編號	詩人	生卒或科第年	字號	籍貫	詩文集	出處				
						央	潘	錢	朱	陳
浙018-1	龔五韺		華茂	浙江錢塘	桂留集					
浙019	周應辰		農半	浙江鄞縣	綠莊集		160		64	
浙020	錢　琦	J1508	公良	浙江海鹽	東白樓集	878	71		33	丁14
浙021	金嘉會		季真	浙江錢塘	瞻園集					
浙022	王　驥	G1643	予安	浙江會稽	妙遠堂集		266			
浙023	曹惟才		無奇	浙江會稽	紀遊集					
浙024	葉太叔		鄭朗	浙江鄞縣	思煙集		158		64	庚27
浙025	范　汭		東生	浙江烏程	雙樹齋集		161	丁14	65	庚25
浙026	周從龍	G1573	彥雲鱗潛	浙江嘉興	繹聖堂稿		365			
浙027	沈　麔		天鹿	浙江嘉興	琴嘯軒樂府					
浙027-1	沈　昭		明德	浙江秀水	微吟集		385		64	
浙028	戴應鰲		波臣	浙江金華	携柑集					
浙029	徐孟章		子裁	浙江錢塘	雲樵詩稿					
浙030	汪　樞		伯機	浙江鄞縣	泡園艸		159		52	庚26
浙031	徐一忠	J1562	良甫	浙江慈谿	郊居稿					
浙032	陶允宜	J1574	槑中	浙江會稽	鏡心堂集				52	

編號	詩人	生卒或科第年	字號	籍貫	詩文集	出處				
						央	潘	錢	朱	陳
浙033	陳詩教		四可醲庵	浙江嘉興	非業稿					
浙034	何三鳳		泰徵	浙江鄞縣	詹詹草					
浙035	錢 籛		懋穀	浙江海鹽	擊轅集	879				
浙036	張子琚	J1541	仲玉	浙江鄞縣	石里稿		350			
浙037	汪 玉	J1508	汝成	浙江鄞縣	敝篋留稿	162	332			
浙038	盧 濙		潤之	浙江鄞縣	月漁集		229	丁9	97	
浙039	錢文薦	J1607	仲舉	浙江慈谿	翠濤集		147		60	
浙040	譚貞默	J1628	梁生	浙江嘉興	埽庵集		385			
浙041	姚士遴		叔祥	浙江海鹽	蒙吉堂稿		177		71	
浙041-1	蒯叔麟		周生	浙江海鹽	殘畫閣稿					
浙041-2	丘 遂		叔遂	浙江嘉善					71	
浙042	徐時泰	J1622	見可	浙江錢塘	勝遊草					
浙043	殷仲春	?-1621	東皋	浙江秀水	棲老堂集		167		67	
浙044	屠中孚		德胤	浙江秀水	重暉堂集					
浙045	屠用明		明父	浙江秀水	艷情詩艸					
浙046	沈思孝	1542-1611	繼山純父	浙江秀水	吾美堂集	172	122		51	庚9

編號	詩人	生卒或科第年	字號	籍貫	詩文集	出處				
						央	潘	錢	朱	陳
浙047	凌　瀚	G1525	德容	浙江蘭谿	巖亭集		342			
浙048	陳懋仁		無功	浙江秀水	石經堂集		388			
浙049	駱雲程		天游	浙江嘉興	素券堂集		178		71	辛30
楚001	江盈科	1553-1605	進之遂蘿	湖南桃源	雪濤閣集	117	139		57	庚17
楚002	雷思霈	1565-1611	何思	湖北夷陵	歲星堂集		143			庚20
楚003	周聖楷		伯孔	湖北湘潭	湖嶽堂集		269			
楚004	黃奇士		守拙	湖北黃岡	遺懷集					
楚005	袁宏道	1568-1610	中郎石公	湖北公安	中郎集	424	139	丁12	57	庚5
楚006	官撫辰	1594-？	凝之	湖北廣濟	貴希草		268			
楚007	吳國瑞		五輯弱航	湖南衡陽	下里吟					
楚008	樊志張		真卿	湖北黃岡	西霞集					
楚009	龍德孚	1531-1602	伯貞梁陽	湖南武陵	對湘樓	863	453			
楚010	劉戡之		元定	湖北夷陵	竹林園集					
楚011	游士任	J1610	鷗父	湖北江夏	惕庵集		507			
楚012	樊鼎遇		真公	湖北黃岡	道林集					
楚013	袁中道	1570-1623	小修	湖北公安	珂雪齋集	423	151	丁12	61	庚5

編號	詩人	生卒或科第年	字號	籍貫	詩文集	出處				
						央	潘	錢	朱	陳
楚014	鍾惺	1574-1625	伯敬退谷	湖北竟陵	浣花溪記	911	147	丁12	60	庚5
楚015	譚元春	1586-1637	友夏	湖北竟陵	嶽歸堂集	930	166	丁12	66	庚5
楚016	杜濬	1611-1687	于皇茶村	湖北黃岡	同文社詩		205		81	辛15
楚017	袁宗道	1560-1600	伯修	湖北公安	玉蟠集	424	134	丁12	55	庚5
楚018	闕士琦	J1634	褐公	湖南桃源	闕山集		269			辛20
楚019	郭昭封		無傷	湖北江夏	貴思集					
楚020	李維楨	1570-1624	本寧	湖北京山	大秘山房稿	220	110		卷47	己6
川001	陳以勤	1511-1586	文瑞松谷	四川南充	清居集	577	351			
川002	曾曰唯	J1547	唯之	四川簡州	江園蔓草					
川003	阮元聲	J1628	無聲	四川滇南	越遊草		385			
川004	陳于陛	1544-1597	元忠玉壘	四川南充	萬卷樓稿		122		51	庚9
川005	王毓宗		宗相	四川嘉定	玉磬山房稿					
贛001	范謙	1534-1597	汝益含虛	江西豐城	雙柏堂集	365	122		51	
贛002	萬恭	1515-1591	肅卿兩溪	江西南昌	洞陽集	725	352			
贛003	詹兆怕		仲常	江西永豐	北上初集					
贛004	楊文驄	1594-1646	龍友	江西廬陵	山水集	697	165		66	辛6上

編號	詩人	生卒或科第年	字號	籍貫	詩文集	出處				
						央	潘	錢	朱	陳
贛005	李明睿	1585-1671	太虛	江西南昌	大椿堂集					
贛006	朱謀㙔		伯㙓	江西南昌	飛軒稿					
贛007	過周謀	J1628	君斷	江西新城	北役草					
贛008	余曰登		岸少	江西新城	臥廬集					
贛009	黃端伯	J1628	元功迎祥	江西新城	瑤光草	660	184		73	辛6上
贛010	鄒元標	155-1624	爾瞻南皋	江西吉水	太平山房集	740			53	庚12
陝001	張鳳翔	147-1501	光世伎陵子	陝西洵陽	伎陵集	548	63	丙11	27下	丁8
陝002	王建屏		藩甫	陝西鹿州	《山集》					
陝003	文翔鳳	J1610	天瑞太青	陝西三水	《海雲集》	17	147	丁16	60	
豫001	王鐸	1592-1652	覺斯嵩樵	河南孟津	《擬山集》	81				

晚明福建詩人對竟陵詩派的
接受與影響

一　前言

　　海峽兩岸三地的學者對於「重寫中國文學史」有很大的興趣，儘管單篇論述雖多，因為有各自的處境與理念，無法凝結出共同成果。至於「明代文學史」是否也有重寫的必要呢？從消極面來說，《明史・文苑傳》已經交代了明代文學的流變，以開國勳臣宋濂、王禕、方孝孺、高啟、劉基等詩文為先鋒。永樂、宣德以來，臺閣敷廓，而李東陽代起。及李夢陽、何景明、李攀龍、王世貞輩出，史稱前後七子，以復古為文風主流。此期間，王、唐、歸、茅續出，以唐宋文為皈依；而徐渭、湯顯祖、袁宏道、鍾惺之屬，各爭鳴一時。至於天啟、崇禎時，錢謙益、艾南英準北宋之矩矱，張溥、陳子龍擷東漢之芳華，另成變化[1]。要論述明代文學的發展，抓住「勳臣、臺閣、東陽、七子、唐宋、公安、竟陵、子龍」的主軸，已經足夠應付。仔細推敲，這樣的論述還只是「跳島式的重點轟炸」，僅在作者論、作品論的範疇；也容易陷入文學理論「後者否定前者」相對反、相拮抗的論述模式中。郭英德等人則標舉了明代文學的發展一直是「詩古派」與「詩心派」的角牴。左東嶺曾指出明代文學復古詩歌流派與性靈詩歌流派同時代並存，兩種不同的審美觀或為主流，或為伏流，交互消

---

[1]　張廷玉：《明史・文苑傳一》（臺北市：鼎文書局，1980年1月），卷285，頁7307。

長，交互影響[2]。這樣的說法，也逐漸為學界所接受。不過我認為要更進一步探討文學史，應該朝向「文學活動的歷史紀錄」來探討，也就是在作家、作品、文學批評理論研究之外，注意作家與詩社群體的建構，社會文學風氣的傳播與興衰，以及對不同地域的影響。從人、作品、時、空與傳播，來總述文學史。

基於這樣的理念，本文試圖探討竟陵詩派的崛起，以及是否影響福建詩派的風尚？明萬曆以後，復古詩風漸弱，代之而起的是公安、竟陵兩派。公安派以袁氏兄弟宗道（1560-1600）、宏道（1568-1610）、中道（1570-1624）為代表，他們在世的時間分別為四十一、四十三、五十五歲，從獲取功名到主盟詩壇的時間很短，提出「獨抒性靈」的主張，影響詩壇時間僅有十餘年；而竟陵派以鍾惺（1574-1625）、譚元春（1586-1637）為代表，他們的年壽雖相差一紀，得年都是五十二歲。鍾惺自進士及第至死亡之年，僅十五個年頭；而譚元春至死之前，仍未獲取進士功名。然而，他們兩人所著重「幽深孤峭」的詩學主張，雖是後起，卻影響了詩壇二十餘年，時間較長。

竟陵派崛起，為何能影響包含福建地域的全國詩壇，成為一股銳不可擋風氣？對於福建地區原有的「晉安詩風」是否產生影響？福建詩人是否完全接受竟陵詩派，還是有所轉化？均有討論的空間。

二　鍾惺、譚元春的詩學旅程

先談論鍾惺與譚元春學習詩作的進程。

鍾惺十七歲入為生員。年二十餘，身體羸弱，好讀佛典，始學為

2　左東嶺：〈明代詩歌的總體格局與審美風格的演變〉，《中國詩歌研究（第四輯）》（北京市：首都師範大學中國詩歌研究中心，2008年），頁30-41。

詩[3]。廿七歲始識京山魏象先，與論詩、作八股文；因與京山黃玉社友王應翼、應箕兄弟、譚如絲、如綸兄弟，以及謝景倩往來。三十歲中舉人，出版少作《玄對齋集》，有詩百餘首，央請李維禎撰序。次年，十九歲的同鄉少年譚元春來訪，遂訂交。譚元春適從伯舅魏良翰學習律詩四聲。萬曆卅六年（1608），鍾惺卅五歲。八月，長子肆夏卒，詩友魏象先亦卒。十月，五弟快相從，發舟赴南京。遇旅居南京的福建人氏林戀、古度兄弟熱情接待，因與福建商家梅、謝兆申，以及各地詩人袁中道、吳兆、梅慶生、胡宗仁、陶崇謙、吳惟明、吳之鯨、周楷、唐時、尹伸、釋善權等相遊，並倡議「冶城社」。這段時間將近八個月，鍾惺密集參與詩社酬酢、撰序文、校讎書籍等事務，在詩學主張上也得到林古度、商家梅的迴響。

　　萬曆卅八年（1610）庚戌，鍾惺卅七歲，中第十七名進士，授行人司。與同年友丘兆麟、陸夢龍、馮汝京、馬之騏、馬之駿來往密切，同榜進士有交誼者尚有狀元韓敬、沈有則、岳駿聲、李純元、馮一經、陶崇道、王象春、張慎言、荊時薦、陶挺、鄒之麟、葉宦、何顯宗、喬時敏、文翔鳳、張光前、史孔吉、尹嘉賓、魏光國、陳翼飛、王宇、蔡復一、郭淐[4]，也與布衣詩人宋獻、胡潛、王嗣經、丘坦、沈德符等人酬酢。因林古度北上，介紹了汪道昆的女婿都御史

---

[3]　陳廣宏〈鍾惺譚元春文學活動繫年〉萬曆廿一年癸巳（1593）條：「鍾惺年逾二十始為詩。又以多病諷貝典、修禪觀。」見《竟陵派研究》（上海市：復旦大學出版社，2006年8月），頁501。按萬曆廿七年二十六歲時作〈懸軍〉詩，為《隱秀軒集》中可考最早之詩。則鍾惺學為詩當晚於廿一年。

[4]　以上同榜進士二十八名，見於萬曆卅八年進士題名錄，朱保炯、謝沛霖：《明清進士題名碑錄索引》（上海市：上海古籍出版社，1979年10月），頁2588-2590。前25名姓名來自陳廣宏：《竟陵詩派研究》，頁186；後2名亦補自該書附表之中。事實上有些同榜進士是在稍後的官場上才往來。萬曆卅八年韓敬榜共有302人。因為該年韓敬的業師的湯賓尹擔任會試考官，提拔韓敬中狀元，師生後來都被彈劾。科考嫌隙與後來的政爭，新科進士分屬不同派別，帶來政壇動盪。

龍膺，福建籍的謝肇淛、蔡復一、王宇、董應舉。此年，鍾惺在詩學的認知上，更進層樓，他不再「取古人近似者」，而敢於挑戰坊間「教人返古者」、「笑人泥古者」的兩端說法，以「平氣精心，虛懷獨往，外不敢用先入之言，而內自廢其中矩之私，務求古人精神之所在[5]」，顯然在七子派與公安派之間走出自己的詩學方向。

次年鍾惺出使四川成都，便道歸里；而廿五歲的譚元春補博士弟子員，得鍾惺書函推薦[6]，赴南京與諸文友相會。將近一年（1611-1612）的時間，譚元春得到林氏兄弟接待，拜訪胡宗仁，借住吳聖初園林，並與宋懋澄、謝兆申、唐時、尤時純、吳惟明、商家梅、馮振宗、姚百稚、黃九雒、俞安期等人遨遊，盛況不減鍾惺當年。

萬曆四十一年（1613）十月，鍾惺四十歲，出使山東，事竣，轉往南京。十二月抵達，過林古度宅，先後與胡宗仁、吳惟明、王若、黃九洛、林懋、商家梅、商居易、釋無息酬唱[7]。次年正月返竟陵，林古度送行，竟抵江西廬江、浮渡山。鍾惺與譚元春重逢，八月下旬，並央請元春住在家中，檢校唐詩，編選《詩歸》。而此年，林古度在南京刊刻鍾惺《隱秀軒集》。代表竟陵派主張的詩文集與詩選集誕生了。

萬曆四十三年（1615）二月，鍾惺四十二歲，還京；八月赴貴州擔任鄉試副主考，返京途中，過辰陽拜訪了湖廣參政蔡復一。譚元春仍困於鄉試。次年春，譚元春亦赴辰陽往見蔡復一，來返途中與詩友袁彭年、王啟茂、楊嗣昌、周楷、夏君憲等酬酢，詩作頗豐。而鍾惺

---

5 鍾惺：〈隱秀軒集自序〉，《隱秀軒集》（上海市：上海古籍出版社，1992年9月），卷17，頁259。

6 鍾惺〈與金陵友人〉云：「譚有夏楚之才子也，比於不佞十倍，而風流又倍之，老朽不足道也」，《隱秀軒集》，卷28，頁465。

7 有詩〈至金陵過林茂之宅〉、〈雪集茂之館〉、〈立春日同商孟和弟居易集子丘茂之宅〉、〈除夕守歲子丘茂之宅時子丘與孟和居易至自吳門〉，《隱秀軒集》，卷7，頁104-105。

在北京，四月三日因楊鶴之邀，與龍膺、袁中道相會。七月，林古度
自南京來，相見甚歡，因考選候旨，遂告假與林古度同登泰山，兼往
南京。鍾惺撰《隱秀軒集自序》，也為董應舉編選詩集並撰序。四十
五年正月起，鍾惺與林古度、林懋、王宇、文翔鳳、焦竑、黃汝亨、
胡起昆、陳繼儒、蘇茂相等人悠遊南京。至次年秋天，經過兩年的等
待，考選結果公布，鍾惺被貶為工部主事，內心的懊喪可知，決心繼
續停留南京，與李流芳、袁中道、王制、聞啟祥、宋玨、董應舉往
來。而譚元春、商家梅也沒有通過舉人考試。譚元春甚至涉及湖廣提
學副史葛寅亮「所取士文字乖異[8]」的原因，而被除去「學生」的身分。

　　四十七年初夏，譚元春卅六歲，遊抵南京，仍投靠林古度，與鍾
惺、周楷、茅元儀、吳惟明、唐時、潘之恆等人遊，閩人林懋、王
宇、洪寬亦參與其間。五月五日，甚至舉行了秦淮大社，邀集留寓在
南京的各地詩人[9]。秋，譚元春再遊吳越。稍後，鍾惺與林古度亦出遊
武進、無錫、蘇州、湖州等地，與趙宧光、許自昌、文震孟兄弟、尹
伸、錢謙益、韓敬[10]等人相會。

　　四十八年春，譚元春經江陵、公安返家。五月，鍾惺弟恮死於南
京。秋天，鍾惺改任南京禮部儀制司主事，不久，陞祠祭司郎中，
總算得到了平反，卻因病幾死。父親一貫趕赴南京探視。天啟初年

8　《神宗顯皇帝實錄》卷575，萬曆四十六年十月第36條：禮部奏湖廣提學副使葛寅
　　亮所取士文字乖異，宜將黃中道等降青衣，待歲考定奪，其已中者罰壓二科，會試
　　本官應下吏部議處從之。」

9　陳廣宏：《鍾惺年譜》（上海市：復旦大學出版社，1993年12月），萬曆47年條，
　　頁172-173。

10　陳廣宏〈鍾惺譚元春文學活動繫年〉萬曆四十七年條：「返湖州，經蘇州，與錢謙
　　益等遊，……十一月抵湖州，訪韓敬，有詩，謂韓敬已昭冤。」《竟陵派研究》，頁
　　523-524。譚元春：《隱秀軒集》，卷4，頁40-41，有〈得韓求仲書並所選文二編感
　　而有寄〉、〈將至吳興訪韓求仲年丈雨中舟進暮泊城外言懷〉。可見錢韓的衝突，鍾
　　惺比較挺韓敬。

（1621）春天，譚元春再入南京，與馬士英、林古度遊。鍾惺招詩人徐波來南京相會，徐波抵時，譚元春已離開。九月，鍾惺升福建提學僉事，而莆田人周燦力招譚元春赴舉人考試，仍然無功。

天啟二年，鍾惺四九歲，自南京返楚。三月赴閩任，譚元春送之。四月，抵福建，考校興平、延平、福州三府，拜見曹學佺於石倉園。傳來九月廿六日父一貫卒於家。

次年二月鍾惺返楚，商家梅隨行至吳門。以接受閩中學生許豸、韓錫、齊莊送別困溪，盤桓武夷山下三日等事。返鄉以後，輯《閩文隨錄》；並撰寫《家傳》，每成稿時送二十里外譚元春觀覽批讀。

天啟四年，鍾惺五十一歲，守喪中，遭福建巡撫南居益掇拾前事彈劾。此年，刻《史懷》至晉、宋二書；讀《楞言》，撰《楞言如說》。八月，臥病。而譚元春赴北京，途經鄖陽，與蔡復一相晤，舟中批《詩經》，合鍾惺、蔡復一之評點，而為《詩觸》一書；讀《莊子》，撰《遇莊》；輯新稿為《拭桐草》。八月，以恩貢秋試仍不第。弟元方在鄉應試中舉。九月，與馬之駿、凌濛初等人聚集茅維邸中。

天啟五年（1625）六月廿一日，鍾惺病逝於家，得年五十二。十月四日，蔡復一卒於貴州平越，得年五十。而此年，譚元春四十歲。

天啟七年（1627）八月，譚元春赴江夏，中鄉試第一名。十月，母喪。次年為崇禎元年（1628），譚元春撰鍾惺墓誌銘、先母墓誌銘。也為《辛稼軒長短句》、《自訂制藝》、《柏鷺堂合藝》、《弔忠錄》等書出版撰序。又次年四月，出遊湘潭。八月，仲弟元暉卒。崇禎三年（1630）秋，弟元聲、元禮赴江夏考試，元禮中鄉試。遂與元方、元禮同時赴京。次年春試，元禮中進士，授吳興知縣，改德清；元方中乙榜，授山東高苑知縣；元春不第。崇禎六年，《譚友夏合集》刻成，譚元春走訪德清、高苑，探視元禮、元方。於吳江會徐波，滸墅會許豸。赴北京，與朱之臣、馮振宗相聚。七年，春闈不

第。返家。座師李明睿遭暗揭，謂其「講筵宿醒，父喪不奔」，元春代為上書鳴冤。八年七月，赴江西廬山訪李明睿。九年，赴南京，與邢昉、鄒典、阮大鋮來往。冬，過淮安，與劉侗、于奕正、萬壽祺、張致中相聚。十年（1637）再赴京應試，卒於旅店。得年五十二，竟與鍾惺相同。

檢視鍾惺的詩學旅程，廿七歲時與魏象先論詩，開啟了他論詩的慾望。參與黃玉社，基本上是個八股制義的習作團體。三十歲時輯第一部詩集，央請折衷復古論的李維禎撰序，得到詩壇名人的薦舉。卅五歲抵南京，參與詩社活動，有清新精銳的見解，得到眾人讚許，尤其是閩人林古度、商家梅的追隨。卅七歲中進士，錢謙益說他：「擢第之後，思別出手眼，另立深幽孤峭之宗，以驅駕古人之上。[11]」這個動機成熟的時間點可信。而萬曆卅八年進士登科者，才智之士多，文學造詣高者多，卻也是結黨參與政爭者多。錢謙益與韓敬之間的科舉名次之爭，鍾惺有偏袒韓敬的跡象。而此年仍然落榜的袁中道則祖護錢謙益[12]。

萬曆四十年，鍾惺把譚元春推薦給南京的友人；四十一年他藉出使山東的機會，再度來到南京。四十四年他請假而旅居南京；被貶謫工部主事之後，並沒有返回北京就職，仍停留在此地；四十八年改南京禮部之職，能繼續留在南京，更是如魚得水。天啟元年（1621）授命福建提學僉事，次年入閩，正是他回報閩人對他愛戴的機會。陳廣宏說，鍾惺「有聲兩京」，是他推動竟陵「幽深孤峭」詩論的成立期[13]。他幾度進出南京，成為詩壇領袖，才是竟陵派發揚光大的地方。

---

[11] 錢謙益：《列朝詩集小傳》（上海市：上海古籍出版社，1959年），丁集中「鍾提學惺」條，頁570-571。

[12] 有學者認為錢謙益所以讚許公安派，而鄙夷竟陵派，即因此爭紛。

[13] 陳廣宏：《竟陵派研究》，頁167-183。

　　譚元春的詩學旅程，開始較早。年十六學為詩[14]，十九歲才學會
四聲，顯然楚人受北方語言系統的影響，已經沒有入聲字。必須通過
學習，才能撰寫詩歌。萬曆卅九、四十年，他廿四、五歲，得鍾惺推
薦，進入南京詩壇，也填補了鍾惺當時在南京的「缺席」。他在竟陵
派最大的功績，是萬曆四十二年住進鍾惺家中編選《詩歸》，成為詩
派推展詩論最大的依據。四十七年，他二度進南京，與鍾惺相會，遊
烏龍潭，參加秦淮大社，已經成為詩壇活動中的要角。天啟元年，第
三度進南京，僅有短暫停留。遺憾的是，鍾惺死後，譚元春仍孜孜矻
矻於科舉考試。崇禎元年（1628）他考取湖廣地區解元，是最得意的
成績，可惜以後的幾次京師會考，均失利。有兩個弟弟反而先他獲取
功名投身官場。崇禎九年，他第四度進南京，然則舊時的詩友星散，
北方戰事吃緊，東林黨與復社關懷的是國家興亡與政治權力結構，談
詩論藝的風氣已不復存在。崇禎八年元月，譚元春曾抄寫宋方岳的
一句話：「能官不如歸，能詩不如睡」，作為堂聯，在他逝世的前兩
年，顯然對個人際遇有無限的感嘆。

　　總括鍾惺接觸詩學的時間不過二十五年，真正能論詩、寫詩要從
他進入南京詩壇算起，為時十七年；能發聲論述，在中進士之後，只
有十五年時間。從他的交遊、行旅、著作與編選出版來看，其實是顫
顫危危的走向詩壇盟主的地位。

　　譚元春浸淫詩學時間較長，十六歲習詩算起有三十六年；習得四
聲算起有三十三年；進入南京得到詩壇肯定則有二十七年。萬曆四十
六年（1618）受困場屋的是非，四十八年仍出入南京詩壇，在卅五歲
時到達個人聲譽的高峰。可惜在鍾惺死後，在譚元春獲取湖廣解元地
位之後，竟陵派的聲勢已漸走下坡。我們常以為竟陵詩派的聲勢很

---

[14] 譚元春：〈序操縵草〉，《譚元春集》，卷23，頁624。

高，如果從史料的考述上，實在要歸功於閩中詩人的推波助瀾。

三 南京詩壇的變遷

要談及鍾惺在南京詩壇的地位，以及對福建詩人的影響，應先關注南京詩壇的特質與發展。

根據錢謙益《列朝詩集小傳》的論述，弘治、正德年間，顧璘、王韋、陳鐸、徐霖，以詩文詞曲擅場。嘉靖中年以後，又有朱曰藩、何元朗、金在衡、盛仲交、皇甫子循、黃淳父等人為首，造成南京詩學活動昌盛。到了萬曆初年，陳芹退休後寓居南京，復修清溪之社，與金在衡、盛仲交，促成金陵詩風再盛。然則，二十多年以後，閩人曹學佺供職南京大理寺，與臧懋循、陳邦瞻、吳兆、吳夢暘、柳應芳、盛時泰等人詩文酬酢，再創明代南京詩壇活動的最高潮[15]。

曹學佺（1575-1646），生於萬曆二年閏十二月[16]。十八歲為府學生；廿二歲以二甲第五十名登科，授戶部主事。萬曆廿七年（1599），曹學佺中察典，調為南京添注大理左寺正[17]。業務較刑部清閒許多，因此與同僚陳邦瞻、陳宗愈詩文唱和甚多[18]。與其他部門的

---

[15] 錢謙益：《列朝詩集小傳》，丁集上「金陵社集諸詩人」，頁462-465。

[16] 萬曆二年為西元一五七四年，然而曹學佺生於換閏十二月十五日，換算陽曆，則為西元一五七五年一月二十六日。

[17] 曹孟善〈明殉節榮祿大夫太子太保禮部尚書雁澤先府君行述〉（以下簡稱「行述」）云：「戊戌新建張公被逐歸，踉蹌走出通灣一物不備，門人故吏莫敢往視。宮保公適為倉曹，追送身次，為備輿馬糧糧甚悉。……未幾，臺省以銜公不已，遷怒于宮保公，指摘丁酉（1957）科分考所取場卷危險怪不經，調南京添注大理寺左寺正。」（見《曹學佺集》下冊附錄，南京市：江蘇古籍出版社，2003年5月。）張位（1538-1605），涉妖書事，見沈德符《萬曆野獲篇》卷18，刑部，憂危竑議。吏部尚書武英殿大學士張位萬曆26年戊戌，六月閒住，見明史卷110，宰輔年表。

[18] 〈陳大理集序〉云：「己亥歲，予左遷南大理，棘下有二君子稱詩。其一為高安陳

官員來往，尚有龍膺、茅國縉、祝世祿。龍膺（1560-1622），改字君御，湖廣武陵人，是兵部左侍郎汪道昆的女婿。萬曆八年（1580）進士，除徽州推官，謫遷南京戶部郎中。出為山西僉事，轉為甘肅參政，調入南京太常寺卿。而茅國縉（1555-1607），字薦卿，浙江歸安人，是茅坤仲子。萬曆十一年（1583）進士，歷南京兵部主事、工部郎中[19]。其弟茅維（1575-1645或1652），字孝若[20]。祝世祿（1539-1610），號無功，江西德興人。萬曆十七年（1589）進士，授休寧知縣，廿三年（1595）改南科給事中，陞尚寶司卿[21]。

萬曆廿八年（1600）起，約一年半的時間，曹學佺與沈野、柳應芳、胡潛、梅守箕、臧懋循、陳仲溱、魏實秀、陳延之、王嗣經、汪宗姬、梅蕃祚、顧大猷、釋孤松、釋善權等人。從交誼的詩作看來，官員六人，退職官員三人，幕僚二人，國子監生四人，布衣詩人十二人。從地域觀察，僑居金陵的官員、布衣約五至七人，他們提供社集場所。而這些參與詩社活動的成員，來自於南京近郊的吳縣、淮揚；安徽新安、歙縣一帶；浙江歸安、烏程一帶；也有少數來自江西、福建、湖廣。顯然這些嫻熟於詩文曲藝書畫的人，除了湖廣之外，幾乎全屬於南直隸、浙、贛、閩等人士。

德遠，一則新會陳抑之也。……余與抑之、德遠二三君子，日夕稱詩者。」《石倉文集》，卷1，頁63。

[19] 《湖州府志》，卷72，頁1373；潘介祉：《明詩人小傳稿》（臺北市：國家圖書館，1986年），頁133。學佺有詩〈茅薦卿招集秦淮水閣〉，見《金陵初稿》，頁13。

[20] 茅維明萬曆四十四年（1617）舉人。能詩，工雜劇，與同郡臧懋循、吳稼、吳夢陽並稱「四子」。有《十賚堂》。見《明史》卷287〈茅坤傳〉附。生卒年考定，見北京師範大學王瑜瑜：〈晚明戲曲作家茅維生平考辨二題〉，《瀋陽大學學報》2009年第1期，頁64-68。詩見《金陵初稿》，頁20。有詩〈答茅孝若二首〉、〈初得孝若書有過別秣陵之約既聞其徑趨真州買舟北上率成絕句送之〉。

[21] 〈給事祝無功先生世祿〉，《明儒學案》，《泰州學案四》（北京市：中華書局，2008年），卷35，頁4848。學佺有〈三月晦日祝無功招集雨花臺以病不赴〉詩。

　　萬曆卅二年（1604）三月，曹學佺離家返金陵。途中遊江西匡廬
等地，與朱謀㙔（鬱儀）宗侯[22]、梅慶生、吳兆、喻宣仲、林古度遨
遊。秋天抵金陵，社友聚集在葉遵（循父）園接風。閏九月看菊，冶
城看雪，詩人酬酢者眾，極有詩意。次年春天，與王思任、焦竑往
來，也為同僚陳邦瞻、張履正、洪寬、陸長康等人送行。乙巳現職考
滿，仍與謝肇淛、柳應芳、臧懋循、俞安期、吳嗣仙、梅蕃祚、陸長
康、方子公、姚旅、汪肇郘、程彥之、諸念修、吳兆、洪寬、林古
度、王彥倫、吳明遠集清涼臺轉烏龍潭，舉行詩會，並送吳園時、方
沆還閩，尹恒屈還蜀，也歡迎汪道會自新安來，謝廷諒自北京歸來，
曾大奇自江西泰和來，同坐者共廿三人[23]。

　　萬曆卅四年（1607）元月與吳兆、吳德符、胡潛、徐𤊹、林古度
遊杭州西湖[24]，三月在姑蘇與吳兆、俞安期、王嗣經、黃習遠、沈野
遊。五月端午，則與吳夢暘、臧懋循、謝廷諒、湯之相、馬強叔、王
野、梅蕃祚、吳稼澄、吳皋倩（國倫之子）、王思任、洪寬、林懋、
林古度、吳明遠、葉尹德諸人則集會秦淮水閣[25]。返回南京後，已陞

22　朱謀㙔字鬱儀，拱㮣孫，封鎮國中尉。萬曆二十年管理石城王府事。〔《明史并附
　　論六種》（臺北市：鼎文翻印中華新校本，1980 年 1 月），卷 117，頁 3597；《明人
　　傳記資料索引》（臺北市：國家圖書館，1965 年），頁 147。〕

23　謝肇淛有詩〈乙巳九日清涼臺徵會登高遂至烏龍潭，吳園時、方子及還閩，尹恒屈
　　還蜀，汪仲嘉自新都至，謝友可自燕至，曾端甫自豫章至，同坐者柳陳父、臧晉
　　叔、曹能始、俞羡長、吳嗣仙、梅子馬、陸長康、方子公、姚園客、汪肇郘、程
　　彥之、諸德祖、吳非熊、洪仲韋、林茂之、王彥倫、吳明遠共二十有三人分得深
　　字〉，《小草齋集》，卷 16，頁 7。

24　吳夢暘亦有〈丙午春日，偕吳休仲、曹能始，由寺後山徑見漁舟，渡孤山小憩梅花
　　嶼，張德愚攜具泛湖，遇胡仲修、吳非熊、林茂之，招集縱飲，夜歸，其得詩四
　　首〉，《射堂詩鈔》，卷 7。

25　徐𤊹詩〈端陽日同吳允兆、臧晉叔、謝友可、湯惟尹、馬強叔、王太古、梅子馬、
　　吳翁晉、吳皋倩、王季重、曹能始、洪仲韋、林子丘、林茂之、吳明遠、葉尹德集
　　秦淮水閣，送張孟奇奉使歸羅浮分得令字〉，《鼇峰集》，卷 5，頁 55。

為南京戶部四川司郎中。徐𤊹將唐朝歐陽詹文集、黃滔文集攜來金陵，謀求出版，請葉向高、曹學佺幫忙。為了增加地域訴求，將福建同省在南京做官的官員列名為「校梓姓氏」，以葉向高領銜，正職官員就有二十人，舉人、監生九人，處士四人，合計卅三人[26]。

萬曆卅五年（1607）元月，學佺與柳應芳、李鼎、吳兆、喻應益、林古度、鄭琰，及三叔汝載分題寫詩[27]。夏日，與焦竑、張以恆、喻應益相約吉祥寺看梅，又與臧懋循、謝肇淛、徐𤊹、吳皋倩、梅蕃祚、林古度於秦淮泛舟賦詩[28]。暮秋，與焦竑、吳夢暘、吳稼澄、俞安期、朱文寧、彭正休、方伯文、滕唯遠、汪道會、胡宗仁、林古度、韓敬、喻應夔、李虎臣、柯謀伯、唐然仲、洪都、茅平仲、汪道會、陳從訓、柳應芳、王野、吳兆、潘之恒、諸念修、管仙客、洪寬等人遨遊[29]。此時，即將與鍾惺交往的謝肇淛、董應舉、梅慶生、吳兆、林懋、林古度、洪寬、胡宗仁等人，已經在南京居停。

萬曆卅六年（1608）邀集董應舉、陳勳、鄭琰、林古度、陳薦

---

26 徐𤊹《歐陽詹集》將福建同省在南京做官的官員列名「校梓姓氏」，以吏部右侍郎福清葉向高領銜，以下有戶部各司郎中鄧鑛、游於廣、楊百朋、曹學佺，各司主事胡明佐、董應舉、陳勳、林應翔、莊毓慶，禮部司務李允懋，兵部主事陳圭，刑部各司主事秦鍾震、謝肇淛，照磨藤萬里，工部主事朱一鶚，大理寺評事陳基虞，應天府通判蘇宇庶，鴻臚寺序殷許天慶，前軍督府經歷裴汝寧，順德府推官王錫侯；舉人許天敍，監生薛瑞清、鄭正傳、薛廷宷、葉惇彥、董養斌、林鍾相、連鈺、連端雲，處士徐𤊹、林古度、郭天中、洪寬。

27 學佺有〈立春日柳陳父吳非熊喻叔虞林茂之家叔女載同賦七言律分得微字〉、〈上元夜李長卿吳非熊喻叔虞林茂之鄭翰卿家叔女載同詠夾紗燈屏分得明字〉，《金陵》，卷下中，頁1、2。

28 學佺有〈焦弱侯張以恆喻叔虞同到吉祥寺看梅〉、〈夏日秦淮泛舟臧晉叔謝在杭徐興公吳皋倩梅子馬林茂之限刻成詩〉，《金陵集》，中下，頁4、7。

29 學佺有詩〈九日同洪子厓水部招茅平仲汪仲嘉俞羨長陳從訓柳陳父胡彭舉吳翁晉王太古吳非熊潘景升諸德祖管仙客洪仲韋諸子泛舟城南分韻〉，《金陵集》，卷中下，頁18。

夫、梅慶生、三叔汝載等人。立冬之後奉命調任四川右參政，結束了
曹學佺主盟南京詩壇前後十年的歲月。

當鍾惺來到南京時，曹學佺正好離開。而林懋、古度兄弟，以及
謝兆申，成為迎迓鍾惺的重要人物。

四　福建詩人對竟陵詩派的推波助瀾

對於竟陵詩派的擁護，福建詩人林古度、商家梅、蔡復一等人，
比湖北江夏、竟陵的詩友們更加努力；即連負有盛名的大家如董崇
相、謝肇淛、王宇、陳衎、謝兆申，也都稱臣其間。

林古度（1580-1666），字茂之，福建福清人。父章（1551-1599）
本名春元，字初文，萬曆元年（1573）舉人，因坐事被除名。後僑居
金陵。旅燕京十多年。以事下獄，暴死獄中。曹學佺與林氏有通家
之好，為撰寫墓誌銘及文集序。萬曆三十一年（1603），林古度廿四
歲，參加福州烏石山淩霄臺大社，與屠隆、趙世顯、曹學佺等七十餘
人社集，作《擂鼓行》，擊鼓唱和，為屠隆所讚賞，聲譽日起。同年
冬，與曹學佺、戴利溥、徐興公、吳非熊、陳元朋、林子真拜訪了漳
州鄭懷魁的霞中社[30]。次年三月，林古度陪著曹學佺返回南京，繼承
父親在南、北二京所建立的事業。以後十餘年的詩社活動，林古度幾
乎不曾缺席。

萬曆卅七年（1609）鍾惺抵達南京，林古度熱心款待，介紹滯留
在南京的福建人士，他的兄長林懋，以及董應舉、陳薦夫、謝兆申、
吳兆、商家梅、洪寬等人，連同來自江西的出版家梅慶生。在地的胡

30　潘介祉：《明詩人小傳稿》，頁426。又見陳雅男：《林古度詩研究》（福州市：福
　　建師範大學碩士論文，2006年4月）。

宗仁、弟宗信、子起昆，則協助幫忙安頓生活所需。即連萬曆卅八
年，鍾惺中進士時，林古度甚至前往京師，幫忙介紹謝肇淛、蔡復
一、王宇等鄉人，以及汪道昆的女婿龍膺。譚元春首次進南京，也是
由林古度接待，胡宗仁幫忙商借胡聖初的園林。

萬曆四十年（1612）秋冬之際，林古度與商家梅前往竟陵，與鍾
惺、譚元春盤桓近三個月，可見殷勤。四十二年，鍾惺返鄉，林古度
送到江西廬江才分別。也幫助鍾惺出版詩文集。四十四年，重晤北
京；四十五年，又聚首南京。四十六年，鍾惺甚至前往牛首山祭拜林
章的墳墓。四十七年的秦淮大社，林氏兄弟也都全程參與，還負責
安排鍾惺的行程。鍾惺出遊吳越，經武進、蘇州、湖州都由林古度陪
同。四十八年秦淮大社的活動前後，均由林懋、古度兄弟安排行程。
他們兄弟在竟陵派的發展中，是基本信徒，擔任了仲介與經濟援助的
任務。

天啟三年（1623）二月，鍾惺返鄉奔父喪時，則由商家梅送行。
商家梅（？-1637）字孟和，閩縣諸生。他的詩饒有才調，萬曆卅七
年在南京與鍾惺相識，得到啟發，詩風變為幽閒蕭寂。四十年閏十一
月，陪鍾惺赴北京任上。他不多讀書亦不事汲古，寫詩皆自出心意，
認為「目笑手語無往非詩」。他以實際行動來推動竟陵派詩風。崇禎
年間，再自閩入吳，最後旅死太倉[31]。

蔡復一（1577-1625），字敬夫，號元履，福建同安人，與鍾惺為
同榜進士。萬曆卅九年蔡復一出為湖廣參政，赴澧州，鍾惺亦奉使四
川，曾作有〈別鍾伯敬時伯敬有蜀行將晤曹能始故末及之〉相別。後
改辰州，四十三年閏八月，鍾惺過訪；次年春，譚元春亦來訪。他與
鍾惺、譚元春相聚時間不多，官場上也屢受挫折，但是書信往來頻

31 　參見《閩侯縣志》，卷71，頁287；潘介祉：《明詩人小傳稿》，頁162。

繁，相互闡發了許多竟陵詩論。清華學子郭黛映則直稱蔡氏為竟陵別派[32]。

　　除了這三位追隨者以外，與竟陵派有密切接觸的，還有以下五人。

　　董應舉（1557-1639），字崇相，號見龍，閩縣人。萬曆廿六年（1598）進士，授黃州府學教授，升南京國子監博士，改南京吏部主事、北京文選司主事、吏部考功郎中等職。天啟元年官太常，擢太僕卿兼河南道御史。後遷工部侍郎兼理鹽政，被劾罷職。崇禎初復官。年八十，卒於家。有《崇相集》傳世[33]。

　　萬曆四十四年，林古度為董應舉出版詩集，邀請鍾惺撰序。次年，董應舉來南京任官，相見甚歡。四十六年，董應舉稱疾歸，鍾惺請他帶信給曹學佺[34]。

　　謝肇淛（1567-1624），字在杭，長樂人。萬曆二十年（1592）進士，與袁宏道、江盈科為同年。授湖州、東昌推官、南京刑部主事，升兵部郎中、工部屯田司員外郎。萬曆卅八年，因林古度的中介而與鍾惺相識於京邸。天啟元年（1621），十任廣西按察使，官至廣西右布政使。與鄧原岳、曹學佺、安國賢、陳薦夫、徐𤊀和徐𤈷並稱為「閩中七子」。後與袁宏道、臧懋循論詩，相得甚歡。識得鍾惺、譚元春之後，又可以折節下交。從另個角度來看，謝肇淛反而是個懂得欣賞異說，敢於嘗試詩學新法的人。謝肇淛所撰《五雜俎》十六卷，多記風物掌故。另著有《小草齋詩集》二十卷、《小草齋詩話》、《文

32　郭黛映：《竟陵別派：蔡復一詩研究》（新竹市：國立清華大學中國文學系碩士論文，2010年）。

33　潘介祉：《明詩人小傳稿》，頁142；國家圖書館編：《明人傳記資料索引》，頁738。

34　《神宗顯皇帝實錄》卷575，萬曆四十六年十月第79條：南京大理寺寺丞董應舉以疾乞歸。鍾惺有詩〈歲暮喜董崇相大理至白門〉、〈董崇相要過金陵寺登所構遂有亭〉、〈送董崇相予告還閩兼東曹能始〉，《隱秀軒集》，卷12，頁165、166、195。

海披沙》、《文海披沙摘錄》、《滇略》、《太姥山志》等。還助修《福州府志》和《永福縣誌》[35]。謝肇淛能與曹學佺並稱晚明福建詩人代表，絕非虛名。

王宇（1574-1613？），字永啟，閩縣人。與鍾惺為同年進士，官南京武選郎五年。萬曆四十五年，於南京重會。兩年後升為山東提學僉事，文翔鳳宴請南京同年歡送王宇[36]。鍾惺與之相別，又在西湖重逢酬唱。天啟三年鍾惺離閩奔喪，為譚元春帶回王宇、曹學佺、商家梅、徐波等人信函。後入為戶部郎中，未任，卒[37]。

陳衎（1585-？），字磐生，閩縣人。布衣詩人，出版家。篤學好古，師事董應舉。老於場屋，但著述甚豐，著詩賦、碑傳、雜文四十餘卷。五世皆工詩，並著明德。藏書數量多，版本較好，也注意校讎工作，藏書量僅次於徐𤊹。與鍾惺也有很好的交誼。

謝兆申（？-1618），字耳伯，邵武人。詩人，兼營出版業於南京，參加曹學佺主盟的詩社，稍後也參加茅元儀、鍾惺等人的冶城詩社。行事較為低調。

復旦大學陳廣宏《竟陵派研究》中，注意到福建詩人有「不同程度上受到竟陵派吸引」的現象，曹學佺與鍾惺、閩派與竟陵派之間，在中心文壇此消彼長的現象，有助於認識竟陵派的成立及發展[38]。

閩派詩人猬集於竟陵詩風之下，是個事實；曹學佺離開南京之

---

35 陳慶元：〈謝肇淛與小草齋集〉，《謝肇淛集》（南京市：江蘇古籍出版社，2003年），序文，頁1-40。另見潘介祉：《明詩人小傳稿》，頁138；國家圖書館編：《明人傳記資料索引》，頁887。

36 鍾惺：〈送王永啟督學山東序〉，《隱秀軒集》，卷19，頁305。王宇有〈己未白門別鍾伯敬文太青諸子〉，《烏衣集》，卷4，頁26，日本內閣文庫藏萬曆天啟四年刊本。

37 乾隆《福州府志》，卷60，頁1148。

38 陳廣宏：《竟陵派研究》，頁175。

後，缺乏文壇盟主。鍾惺的到來，正好找到新的依附對象。林古度、
商家梅初出茅廬，在格調揣摩的艱難與性靈之論的空疏之中，認為有
纖巧的方法，可以抵詩國之門，乃盡棄就學，翕然宗之。他們以出
版、編輯業為生，對於能夠一新耳目的文學論點，可以引起社會輿論
注意，自然趨之若鶩。錢謙益批評閩中詩風云：「在杭之後，降為蔡
元履，變閩而之楚，變李、王而之鍾、譚，風雅凌夷，閩派從此熸
矣[39]。」

　　然則，以曹學佺為代表的晉安詩派是否「從此熸矣」？鍾惺入主
南京詩壇後，多次希望得到曹學佺的接引。出使四川時，希望見曹學
佺一面而未果[40]。經過江西，渴望探視曹學佺的別墅。曹學佺回信之
後，他把曹氏說「清新而未有痕」的評語，抄述給譚元春知道。他託
董應舉帶信，也為曹學佺《蜀中名勝記》的出版撰序。總算在天啟年
間出任福建提學僉事時，來到了曹學佺石倉園。曹學佺對這位充滿野
心的詩家，應該是敬而遠之。

五　明代福建地區的詩學傳承

　　清代神韻派的王士禎盛讚曹學佺成就，說：「明萬曆中年以後，
迄啟、禎間無詩。惟侯官曹能始宗伯詩，得六朝、初唐之格。一時名
士，如吳兆、徐桂、林古度輩皆附之，然海內宗之者尚少。錢牧齋所
折服，為臨川湯義仍與先生二人而已[41]。」以曹學佺個人的詩學造詣

39　錢謙益：《列朝詩集小傳》，丁集下〈謝布政肇淛〉，頁648。

40　蔡復一：〈別鍾伯敬時伯敬有蜀行將晤曹能始故末及之〉，《遯庵全集》，《四庫禁
　　毀書叢刊》（北京市：北京出版社，2005年），補編第60冊，卷1，頁34。

41　王士禎：《池北偶談》，收入《王士禎全集》（濟南市：齊魯書局，2007年），卷
　　17。

來看，不用懷疑；但作為詩派的傳承者，是否能領導風尚，則有待檢驗。

朱彝尊曾說，明代詩風八變，只有閩、粵風氣，不曾改變。從閩中十子之後，到了鄭繼之，有些小變化，但跟隨者寥寥無幾。而曹學佺、謝肇淛、徐𤊹等人，仍然與閩中十子同調[42]。

閩、粵何以詩風不變？個人以為歷經南宋、元、明數百年，北方採取中原音韻，已經失去了傳統的平仄韻譜，須以強記為法。獨獨閩、粵之地仍保有河洛語調，對格律的揣摩並無困難。

所謂明代晉安詩學，係指福州及閩東地區詩以唐音、唐調為準，務求聲調圓穩，格律整齊。明初高棅編選《唐詩品彙》，以及林鴻為首的「閩中十子」所立下的規範，在萬曆年間得到七子派徐中行的鼓勵，由袁表、馬熒重輯《閩中十子詩》，汪宗尼也重印《唐詩品彙》，流傳於各地。稍後鄧原岳輯《閩中正聲》、徐𤊹輯《晉安風雅》，都盡到維持福建詩人風格的責任，而使詩學不墜。

明代福建詩人之盛，從錢謙益《列朝詩集》、朱彝尊《明詩綜》兩書來綜合統計，共列有詩人九百四十五人，也足以傲視全國。

六　結論

從文學史觀察，萬曆卅七年起，流寓南京的福建詩人林古度、商家梅確實歡迎鍾惺的到來，也跟著效法竟陵詩風。然而他們終究沒有留下令人詠嘆的作品。鍾惺選商家梅作品，僅存萬曆壬子（40年，1612）以後之作，以實踐竟陵的理論。而王士禎為瞎眼年老的林茂之

---

[42] 朱彝尊：《靜志居詩話》（北京市：人民文學出版社，1990年），卷21，曹學佺條，頁636-637。

出版《掛劍集》，認為「（萬曆）壬子以還一變而為幽隱鉤棘之詞」，僅錄辛亥以前作品。這兩個極端的編選策略，並沒有使兩人傳世之作，有煥然一新的面貌。蔡復一加入竟陵的行列，參與《詩歸》、《詩觸》評點，並提供修改意見，則留下一些可供後人辯證的詩論。

何以林、商、蔡等人揭竿而起，投向楚風呢？鄭善夫從負面的角度認為：「吾閩詩病在萎腇，多陳言。陳言犯聲，萎腇犯氣[43]。」鄧原岳則從正面論述：「至隆、萬以來，人操風雅，家掇菁華，道古本之建安，捩操旁及三謝，取裁準之開元，寄情沿乎大曆，典刑具存，風流大鬯，一代聲詩，于斯為盛矣[44]。」而這兩個面向的論述，正是不耐煩按部就班學習的閩中弟子所煩惱，因此以「對抗傳統」的方式出走。

然則楚風代表的是什麼？袁中道說：「楚人之為文，不能為文中之中行，而亦必不為文中之鄉愿，以真人而為真文[45]。」陳廣宏引申說：「以楚人特有的負氣躁進、褊急直率之氣質相標榜[46]。」在文章的表現上，則「噍音促節」，表現生澀奇拗。對仿效楚風的閩中子弟，能逞一時之氣，卻不能靜心篤志。

曹學佺曾對鍾、譚詩作表示過看法，鍾惺寫信給譚元春提到：「（曹學佺）言我輩詩『清新而未免有痕』，卻是極深中微至之言，從此公慧根中出。有痕非他，覺其清新者是也。……痕亦不可強融，惟起念起手時，厚之一字可以救之[47]。」鍾、譚所以在「性靈」之外，要加上「讀書求厚」，要「約為古學，冥心放懷，期在必厚」，要

---

43 鄭善夫：〈葉古厓集序〉，《鄭少谷先生全集》，卷10，1636年鄭奎光刊本。
44 鄧原岳：〈閩詩正聲序〉，《西樓全集》，卷12，明末鄭爾續刊本。
45 袁中道：〈淡成集序〉，《珂雪齋文集》，卷2，中國文學珍本叢書本。
46 陳廣宏：《竟陵派研究》，頁118。
47 鍾惺：〈與譚友夏〉，《隱秀軒集》，卷28，頁473。

「深心好古，志高氣厚[48]」，是為了避開曹學佺的質疑，反而走上標新立異的偏鋒。

　　清人王夫之比較竟陵派與曹學佺詩風的異同，他說：「幽細狷潔，或疑石倉詩頗為竟陵嚆矢者在此；乃其端重有局度，自然君子之章，竟陵不得而借也。石倉氣幽，竟陵情幽。情幽者，曖昧而已。竟陵外矜孤子，中實俗溷，鄙夫之患，往往不能自禁；其見地凡下，又以師宣城而友貴陽，益入腐奸女之謁之黨，搖尾聲情，不期而發[49]。」這個說法，可能與王夫之所提倡的儒家詩教相違背，所以指出「幽情單緒」遠離社會現實，是竟陵的弊病之所在[50]。

　　儘管福建詩人對竟陵派詩論的迷惘，隨著時代變遷而劃下休止符，但總是在文學史上寫下了一筆。王國維說：「一代有一代之文學[51]」；胡適在一九一七年八月發表〈文學改良芻議〉，高舉「不模仿古人」得文調，也說：「文學者，隨時代而變遷者也，一時代有一時代之文學[52]。」七子格調派標舉古典詩文的格調模式之後，若不是公安、竟陵繼起，張揚書寫個人情性的作品，晚明詩學的展現又將何等的貧乏？

　　晚明之詩學，重點不在於與唐、宋之詩相提並論，而在於成為士民之間的文化活動，陽春白雪、下里巴人，各得其所。至於格調、性靈與風調之說，都成為詩學批評史一個重要的里程碑。孫學堂談論萬

---

[48] 譚友夏：〈詩歸序〉、〈南北游草序〉，《譚元春集》，卷22、23，頁593、632。

[49] 王夫之：《明詩評選》，收入《船山全書》第14冊（長沙市：岳麓書社，1996年），頁1454。

[50] 黃細梅：〈試論王夫之對明代竟陵派的詩學思想的批評〉，《南華大學學報》（社會科學版）第8卷第6期（2007年12月），頁113-115。

[51] 王國維：《宋元戲曲史》（臺北市：臺灣商務印書館，1964年），頁1。

[52] 胡適：〈文學改良芻議〉，《胡適文存》（臺北市：遠東圖書公司，1953年，根據上海亞東圖書館1930年版影印），卷1，頁1。

曆之後的詩學，首揭「不傍門戶：重性靈者」，從徐渭、屠隆、公安到竟陵，完成求真、窮趣、探理的過程；其次是「亦守亦破：重格調者」，從許學夷、胡震亨、馮復京到陳子龍，完成學術化、格調末路、本情貫入，峰迴路轉的三階段；最後標舉「一唱三嘆：重風韻者的唐詩觀」，指出吳越、閩中與嶺南詩人保有優雅而有情韻的詩風特質[53]。這樣的論說，或可修改傳統文學史門戶對立、叫囂謾罵言的方式，提供一個有效的途徑。

> ──本文為國科會專題研究計畫NSC100-2410-H-029-028之三；
> 初稿發表於2013年4月26-27日東吳大學中國文學系《會通
> 與轉化──第二屆古典文學國際學術研討會論文集》，頁
> 255-270

---

[53] 孫學堂：《明代詩學與唐詩》（濟南市：齊魯書社，2012年8月），頁247-328。

洪芳洲先生詩文交誼考

一 前言

　　在古代封建專制體制時期，無論帝王、權臣、閹宦、外戚，只要握有權柄，即可逞個人私慾，掠奪劫殺，敗政亂國，肆無忌憚。明太祖為試圖廢止宰相，嚴禁宦官、外戚干政，以鞏固帝王權柄。後繼的君王卻無能也無法獨攬大權，又不免縱容外戚亂政，如鄭貴妃等，或利用宦官設置錦衣衛及東西廠箝制臣民，如劉瑾、張鯨、馮保、魏忠賢等；但為了穩固封建王權，不得不再假借大學士為宰輔，來幫忙推行政令。而這些有權勢的宰輔，如嚴嵩、張居正等人，便在「一人之下，萬人之上」的微妙地位，無限擴大個人的權力慾望，予取予求，干紀亂法。然而明代的讀書人講求氣節，儘管在廷杖、褫官、奪俸、入獄、擊殺的危險中，仍不改其態。

　　洪芳洲先生，諱朝選，字舜臣，一字汝尹，別號靜庵，福建泉州府同安縣人。生於正德十一年（1516），嘉靖十六年（1537）舉鄉試，二十年進士登第，轉任南京戶部各司，改吏部。卅二年冬起，出為四川督學副使、廣西右參政、山西左參政。四十一年改南京太僕寺卿，丁母喪歸。四十四年再出，仍任太僕卿，轉南京都察院右僉都御史，陞副都御史。隆慶元年（1567）陞南京戶部右侍郎，未就任即改刑部右侍郎，次年為左侍郎，三年以忤張居正旨被劾閒住。鄉居十二年，於萬曆十年（1582）正月，被誣構入獄，不數日而斃命。

　　芳洲先生仕宦之初，目睹嚴嵩父子迫害忠良；及其位居要職，持

耿介之氣概，不避權宦之惡行，犧牲於無謂，是愚行，抑或擇善而固執，悲壯也夫！然其身旁的友人亦步亦趨，多陷於「政治牢獄」而終身不悔。這種風氣，或為明代讀書人「講求氣節」之要證！

芳洲先生行誼可見於裔孫福增先生所撰《年譜》中。其所交誼者，有功名、宦績者，或可見於明焦竑所輯《國朝獻徵錄》、明雷禮所輯《國朝列卿記》及國家圖書館所編《明人傳記資料索引》中；地方官員、鄉里名賢者，或見於各省縣方志傳記中。因各書傳記編寫體例不同，或詳或略，無法窺見傳主生平概貌，故有〈詩文交誼考〉一作。就芳洲先生作品，檢視與友人交往情形，可以交互查證發生的時間、地點、任職、事件，可以補充一般的傳記資料，也可以映襯芳洲先生處世之道及人格思想。孔子曰：「以仁會友，以友輔仁。」芳洲先生及其友人儒家信仰的堅持與實踐，自可一見端倪。

二 進士及第前的交往：正德十一年至嘉靖十九年（1516-1540）

芳洲先生嘉靖二十年（1541）進士及第前，即廿六歲之前，居鄉讀書。影響他最多的是塾師王佐，以及鄉賢長輩林希元。而嘉靖十六年，同登福建鄉試舉人榜的，僅與林大梁論交。嘉靖十七年赴京途中，曾與周怡、蔡宗德交往。就此五人，條述如下：

王佐字子才，號白石，同邑同里人。嘉靖元年（1522）舉人，初知睢州，擢高州知州，入為南京戶部員外郎。以忤上，出為兩淮運司。卒年八十三。其為人剛介，家甚清白。志行載於鄉賢傳中（參見民國《同安縣志》卷28，頁22）。芳洲先生十三歲時從王師讀書，得王師誇許。及卒，芳洲先生作〈祭王白石業師文〉（《讀禮稿》卷2，頁44）。

林希元（1491-1560），字茂貞，號次崖，同邑人。正德十二年
（1517）進士，授南京大理寺評事。以議事忤寺卿陳琳，降謫泗州通
判，再起寺正，擢廣東按察僉事，陞南京大理寺丞，忤上旨，謫欽州
知州。罷歸。有志行，亦見於鄉賢傳中（民國《同安縣志》卷28，
頁7）。芳洲先生十六歲時，以詩文謁公，得器賞，攜往南京職上，
並授以春秋。兩年後，又嫁與姪女。嘉靖十九年北上赴試之前，林公
為芳洲先生易名朝選，寓為朝廷所選用之意。廿八年芳洲先生病癒，
赴補南京吏部郎中職，林公作〈洪芳洲病痊赴部二律〉贈之。林公卒
十四年，即萬曆二年（1574），其子才甫君首刻林公《易經存疑》之
作，芳洲先生為作序（《續稿》卷1，頁13）。

林大梁，字以任，號雙湖，福建廈門人。嘉靖十六年同科舉人。
二十八年授寧海知縣，防倭守城有功，調廣東化州，又調考城，以得
罪中貴罷歸。芳洲先生於嘉靖卅八年至四十三年鄉居期間，結為莫逆
之交，賦詩甚多。有〈余倡諸鄉友為會約既成雙湖公喜而有述謹上和
韻兼柬同會諸公〉、〈承邑侯譚瓶臺和林雙湖詩倒韻一首見贈奉答〉、
〈奉和林雙湖年兄憂旱憫時之作〉、〈連承雙湖年兄見贈惠賜佳章依韻
奉和〉、〈承雙湖年兄見贈叨轉太僕詩依韻奉和〉、〈癸亥八月廿九余
賤辰也雙湖兄賦詩相賀〉、〈重陽蒙雙湖見召有服不赴枉承佳章輒依
來韻奉答〉、〈九日陪諸公大輪山登高次林雙湖韻〉二首（《續稿》卷
1，頁6-11）。卒，芳洲先生作〈祭林雙湖文〉（《讀禮稿》卷2，頁
52）（民國《同安縣志》卷28，頁22）。

周怡（1506-1569），字順之，號訥溪，宣州太平人。嘉靖十七年
進士，授順德府推官。芳洲先生遇於入京途中之河北良鄉。廿一年陞
吏科給事中，以諍言下獄，放歸為民。隆慶元年起故官，改山東按察
僉事，又遇於山東任上，時芳洲先生陞任刑部右侍郎，乃作〈芳洲洪
公晉少司寇序〉（《訥溪文集》卷1）以賀。二年調南京國子監司業，

後擢太常少卿。三年卒，年六十四，諡恭節。其弟京兆少峰君（汴或恪）集其稿四卷，求序於芳洲先生，乃作〈周訥溪文集序〉予之（《歸田稿》卷2，頁34）。

蔡宗德（-1550）字懋脩，號兼峰，浯州平林人。嘉靖十年舉人，十七年曾與芳洲先生識於京師。廿三年選授廣州通判，改臺州。卅九年再調梧州，未赴而卒。卒後十年其子貴易再丁母喪，前來乞銘，芳洲先生為撰〈蔡公暨配孺人洪氏墓誌銘〉（《歸田稿》卷3，頁45）。

三　仕宦南京戶、吏部時期：嘉靖二十年至嘉靖卅二年（1541-1553）

嘉靖二十年（1541），芳洲先生舉進士。因元配林氏染時疫，卒於四年前，再娶晉江安平蔡田之女。初任南京戶部山西清吏司主事，榷稅杭州北關，夫人蔡氏同行；廿二年調陞同部湖廣司員外郎，仍在原處。此期間得識葉龍泉與吳鼎。

蔡田，字雙崖，福建晉江安平人。嘉靖二十年嫁女端淑予芳洲先生。

葉龍泉，湖廣麻城人。參軍。嘉靖廿一年（1541），芳洲先生任南京戶部主事，榷稅浙關時得識。四十二年（1563），忽造訪於同安家中，芳洲先生作〈麻城葉龍泉參軍舊從事於浙關為人清謹余最愛之相別二十二年忽訪予於家驚而喜臨別索詩口占二絕以謝其情〉（《摘稿》卷1，頁10）。

吳鼎（1493-1545），字維新，號泉亭，又號支離子，浙江錢塘人。正德十二年進士，授臨淮知縣，遷南京刑部主事。丁憂，傷足，十餘年後復起官南京兵部，歷禮部，遷廣西參議而歸。芳洲先生曾過

其家，見其治家之道。歿後，其子憲副君遵晦出其集請序。芳洲先生
乃作〈泉亭文集序〉（《續稿》卷1，頁12《明人傳記資料索引》，頁
251）。

廿四年陞同部山西司郎中，次年改同部四川司郎中。此期間同僚
交往者，有鄭普、林以謙、楊小竹、吳性、林性之五人：

鄭普（1495-1550），字汝德，號海亭，福建南安人。嘉靖十一
年（1532）進士，授無錫知縣，入為南京戶部湖廣司郎中，整理同僚
題名記，芳洲先生為作〈南京戶部湖廣司題名記〉（《摘稿》卷2，頁
46）。後官至雲南知府（參見《明人傳記資料索引》，頁789）。

林某，字以謙，為南京戶部山西司郎中。嘉靖二十四年，整理同
僚題名記，芳洲先生為作〈南京戶部山西司題名記〉（《摘稿》卷2，
頁48）。

楊某，字小竹，為戶部郎，歸臥竹溪之上，以書請芳洲先生作
〈潛心堂記〉（《摘稿》卷2，頁50）。

吳性（1499-1563），字定甫，號寓庵，常州宜興人。嘉靖十四年
進士，授南陽府教授，遷南京戶部主事，改禮部主客主事。告歸，建
天真園，與朋舊詠遊其中。芳洲先生與遊，作有〈寓居鍾溪草堂答吳
寓庵〉二首、〈寓居吳寓庵園序〉（《摘稿》卷1，頁1）。卅一年補南
京車駕主事，卅五年陞尚寶司丞，乞歸。四十二年卒於家（《國朝獻
徵錄》卷77，頁56、《明人傳記資料索引》，頁243）。

林性之，字帥吾，號則公，又號一川，福建晉江人。嘉靖八年
（1529）進士，授浙江麗水知縣，擢南京戶部山西司主事，改浙江司
主事，陞貴州司員外郎，遷南京戶部廣西司郎中，過家病卒，年五
十二。其子一新求銘。唐順之為墓誌銘（《國朝獻徵錄》卷32，頁
39），芳洲先生撰〈林君行狀〉（《摘稿》卷4，頁28、《明人傳記資
料索引》，頁292）。

　　廿六年因病辭官，客居毘陵僧舍，與安如石同學於唐順之讀書一年；次年歸鄉，又與鄉賢王慎中論學。這兩年的讀書學習，奠定了學問基礎。

　　唐順之（1507-1560），字應德，常州武進人。嘉靖八年（1529）進士，選庶吉士，授兵部武選司主事。丁母憂，服除改吏部稽勳司主事，調考功，薦翰林院編修。卅七年陞協司郎中，視師浙江，次年陞太僕寺少卿，破倭賊有功，又次年四月死於任。妹婿左焺、姪子唐一麟在側。芳洲先生有遊從之雅，為撰〈唐公行狀〉（《摘稿》卷4，頁32、《明人傳記資料索引》，頁398）。

　　安如石，字子介，號膠陽，江蘇無錫人，參議如山之弟。入國子監為太學生，嘉靖十七年（1538）連試不第。廿六年學於唐順之門下，芳洲先生適告病假，與之同學。如石繼父國志業，刻書甚夥，又聚宋元古書，至數千卷。妻為華雲之女，後君一年卒。子希禹前來乞文，遂作〈太學生膠陽安君墓表〉（《續稿》卷2，頁32）。

　　王慎中（1509-1559），字道思，初號南江，更號遵巖，福建晉江安平人。嘉靖五年進士，授禮部主事，移吏部郎中，官至河南參政。不受大學士張璁召見，後以忤大學士夏言落職，時年僅三十三。唐順之盛讚其才，南來探訪。芳洲先生告假養病，曾前往拜見，與之論學。後慎中之女嫁予芳洲先生三子況。四十五年芳洲先生巡撫山東之前，順之婿莊國禎、子同康，輯詩文集四十卷來，芳洲先生交付蘇州知府劉溱刊刻，並撰序。

　　廿八年病癒，赴南京，補吏部稽勳司郎中。卅一年轉同部考工司郎中。卅二年冬考滿，外放為四川按察司副使。上司僚長可考者王學夔、鄭曉、楊逢春、薛應旂、楊載鳴、陳光華六人。與芳洲先生同僚相惜，結為莫逆，而有南郡四君子之稱，有殷邁、何遷、劉宗起三

人。此期間結識者尚有福建撫朱衡與唐順之姪孫一麟。

王學夔（1483-1576），字唐卿，號兩洲，江西安福人。正德九年（1514）進士，授吏部主事，以諫南巡而受杖。歷考功文選郎中，累官南京兵、禮、吏三部尚書。為芳洲先生上司，曾奉命撰〈冢宰兩洲王公乞休未允夜夢指日高騰高尚譽春風遠動白華簪命屬官賦詩以紀其夢〉（《摘稿》卷1，頁3）。年七十致仕，卒年九十四，諡莊簡（《明史‧列傳》卷273，《明人傳記資料索引》，頁75）。

鄭曉（1499-1566），字窒甫，號淡泉，浙江海鹽人。嘉靖二年（1523）進士，授職方主事。二十二年為文選司郎中，以嚴世蕃故，貶和用判官，轉太僕丞。三十二年，遷刑部右侍郎，次年改兵部侍郎總督漕運，官南京吏部尚書，曾為芳洲先生上司。常稱有《四十二章經》，惜未敢請見。後於其婿項篤壽手中見之。後官至兵部尚書，卒諡端簡（《明人傳記資料索引》，頁791）。

楊逢春（1498-1553），字仁甫，號西渠，福建同安人。嘉靖八年（1529）進士，授崑山知縣，擢南京道御史，出為廣東、四川按察司僉事，芳洲先生作〈送楊西渠之四川僉憲〉（《摘稿》卷1，頁1）。後擢湖南布政司參議。廿四年為雲南按察司副使，未赴任而卒（《獻徵錄》卷102，頁56、《明人傳記資料索引》，頁709）。

薛應旂（1500-？），字仲長，號方山，江蘇武進人。嘉靖十四年（1535）進士，受慈溪知縣，屢遷考功部郎中，曾手錄詩作，而請芳洲先生為序，遂作有〈方山詩錄序〉（《摘稿》卷2，頁17）。後以忤嚴嵩，謫建昌通判，歷浙江提學副使（《明人傳記資料索引》，頁904）。

楊載鳴（1514-1563），字虛卿，號武東，江西泰和人，士奇五世孫。嘉靖十七（1538）年進士，授潮州府推官，丁父憂，服除改登州、惠州府推官，歷南京文選主事、考功郎中，擢芳洲先生為四川學

憲。再出為四川僉事，陞廣西提學副使、福建參政。卒年五十，督學
胡直撰行狀、南京禮部尚書尹臺撰銘，而芳洲先生撰〈通政武東楊公
墓表〉（《歸田稿》卷3，頁48、《明人傳記資料索引》，頁713）。

　　陳光華，字道蘊，福建莆田人。嘉靖八年（1529）進士，授安徽
祁門知縣，丁母憂歸。十五再出，改江蘇溧水知縣。二十年入為南
京計部郎中，擢雲南知府。芳洲先生作〈送陳太守序〉（《摘稿》卷
2，頁19）。後遷山東運使，擢貴州參政（同治《祁門縣志》卷20，
頁14、光緒《溧水縣志》卷5，頁15、民國《莆田縣志》卷20，頁
18）。

　　殷邁（1512-1581），字時訓，號秋溟，一號白野，直隸南京人。
嘉靖二十年（1541）進士，授戶部主事，歷江西參政、按察使、四
川右布政使、南京太僕卿、南京太常卿。萬曆初陞南京禮部右侍郎
（《明人傳記資料索引》，頁449、《獻徵錄》卷74，頁20）。

　　何遷（1501-1574），字益之，號吉陽，湖廣德安人。嘉靖二十年
（1541）進士，授戶部主事，歷官刑部侍郎。師學湛若水（《明人傳
記資料索引》，頁277）。

　　劉起宗，字宗之，號初泉，四川巴縣人。嘉靖十七年（1538）進
士，授戶科給事中，以疏嚴嵩父子廷杖，謫荔浦典史。卅五年陞湖
廣提學副使，仕終遼東苑馬寺卿。潛於心理學（《明史・列傳》卷
210，頁8；《明人傳記資料索引》，頁840）。

　　朱衡（1512-1584），字士南，一字惟平，號鎮山，江西萬安人。
嘉靖十一年（1532）進士，授福建尤溪知縣，擢刑部主事、員外郎。
服闋，補禮部主客司郎中。卅一年，擢福建提學副使。芳洲先生適為
南京吏部稽勳司郎中，曾寄書告同安主簿文公事蹟，此事載於〈文公
書院增修書舍建亭記〉（《歸田稿》卷3，頁38）。後歷官工部尚書，
經理河道（《獻徵錄》卷50，頁72、《明人傳記資料索引》，頁148）。

唐一麟，南直隸武進人，始遷宜興，順之姪孫。其父唐音（1498-1552）字希古，號克庵，舉人，就選為雞澤知縣。嘉靖卅一年卒於京師。一麟奉柩歸葬，並於次年向芳洲先生請託撰〈克庵唐君墓誌銘〉（《摘稿》卷3，頁4、《明人傳記資料索引》，頁396）。

四　按部三省時期：嘉靖卅三年至嘉靖四十年（1554-1561）

嘉靖卅三年芳洲先生即四川按察司督學副使任上，得識僚友張思靜、陸穩，拔舉學生李文續、譚啟；卅五年陞廣西布政使司右參政，為親家翁蔡鉉之死撰銘；次年陞山西布政使司左參政，得識同僚吳三樂，拔舉學生段繡。贈序陳抑亭，並訪致仕鄉居的華雲。共得九人，列如下：

張思靜，字伯安，號復庵，陝西同州人。嘉靖廿六年進士，授庶吉士，歷戶科給事中，擢四川右參政。芳洲先生適在四川按察副使任上，乃賦詩〈送張復庵大參入賀萬壽聖節〉（《摘稿》卷1，頁5）。後累官至河南按察使（《明人傳記資料索引》，頁530）。

陸穩（1517-1581），字汝成，號北川，浙江歸安人。嘉靖二十三年進士，授刑部主事，二十七年陞員外郎。卅年陞郎中，分遣福建，釋盧鐣、柯喬等人。後陞四川建昌兵備副使，芳洲先生以四川按察司副使督學於此而識公。歷江西參政、按察使、布政使。四十年，公以都察院右副都御史提督南贛軍務，勳績卓著，芳洲先生為作〈虔臺紀績序〉（《摘稿》卷2，頁40）。四十二年官南京兵部侍郎，芳洲先生亦作有〈題獨立朝綱圖少司馬陸公北川所貽〉（《歸田稿》卷1，頁5）。後被劾罷歸（《明人傳記資料索引》，頁572）。

李文續，字德延，四川宜賓人。芳洲先生四川所拔士也。嘉靖卅

八年進士，為中舍，次年芳洲先生見之於京。再五年，官侍郎，重會於京，奉手冊請銘父母之德。芳洲先生為作〈恩榮永慕錄序〉（《續稿》卷1，頁14）。

譚啟，字繼之，號敬所，四川大寧人。芳洲先生校蜀所取士也。嘉靖四十一年進士，次年授晉江知縣。萬曆十年為福建按察副使，適芳洲先生為福建左布政使勞堪所困，前往送食物、臥具。後為勞堪劾以擅離職守而奪官（乾隆《泉州府志》卷27，頁41、卷31，頁5）。

蔡鉉（？-1553），字克任，號省庵，福建晉江安平人。為芳洲先生二子祝之岳父。其子世潛以嘉靖卅五年合葬父母，前來請芳洲先生撰〈蔡省庵墓誌銘〉（《摘稿》卷3，頁11）。

吳三樂，號兩室，洛陽河南衛人，鄉貫在南直隸吳縣。嘉靖二十年進士，授職方車駕、武選司郎中，湖湘、西蜀二督學，歷江西參政，而以四十年任山西按察使，恰與其父瀚同職，因思石玉、父子亦同職於此，遂央請芳洲先生作〈二美堂記〉（《摘稿》卷2，頁51）（《國朝獻徵錄》卷62，頁48、《明人傳記資料索引》，頁97、256）。

段繡，山西人。芳洲先生山西所拔士也。任工部主事，司榷木，供材建南京崇正書院（〈崇正書院記〉《續稿》卷2，頁21）。

陳某，字抑亭。嘉靖二十年進士，出守彰德，繼為參政，年餘，擢湖廣按察使。芳洲先生作有〈送大參陳抑亭之湖廣按察使序〉（《摘稿》卷3，頁32）。

華雲（1488-1560），字從龍，號補庵，南直隸無錫人。嘉靖二十年（1541）進士，授戶部主事，改南京兵部車駕司，陞南京刑部江西司郎中。乞歸，不復出。卅九年，芳洲先生北上過無錫，攜嘉靖廿四年以後稿請評刻，惜病死未成。由其子復初在四十年五月編成《摘稿》一書。芳洲先生為撰〈華君壙志〉（《摘稿》卷3，頁25）（《明人傳記資料索引》，頁673，將〈壙志〉誤為王慎中作）。

　　嘉靖卅八年起，對芳洲先生而言，極為苦難。先是倭寇攻同安，與夫人蔡氏避於妹夫周旦堡內。次年祖母黃氏卒，又次年女卒，又次年母葉氏、妻蔡氏亦卒。芳洲先生受推為南京太僕寺少卿，以守喪未及赴任。這段時間，得識福建提學副使金立敬、湯相、張百川等人。並為同安子弟王三接之死而悼。為守喪告假期間，從四十一年至四十三年（1562-1564），除了舊友林大梁，與芳洲先生來往最勤的是知縣譚維鼎、教諭李純仁。

　　金立敬，字中夫，浙江臨海人。與兄立愛同登嘉靖廿九年（1550）進士。歷福建提學副使、參議，為其父江西提學副使賁亨之卒乞銘（《獻徵錄》卷86，頁95），並出示其晚年易作，求為〈學易記序〉（《摘稿》卷2，頁23）。

　　湯相，字少莘，號石埭，廣東歸善人。嘉靖三十二年（1553）為福建龍巖知縣，三十九年破倭寇有功。諸生劉某前來徵文，遂作〈龍巖湯侯平寇碑〉（《摘稿》卷4，頁50）。

　　張臬，字正野，號百川，江西進賢人。嘉靖五年（1526）進士，授刑部主事。四十年自大理寺卿陞兵部右侍郎，巡撫兩廣，平賊有功，進左侍郎，仍撫其地。少司馬汀贛大中丞陸穩有同舟共濟之誼，乃徵芳洲先生撰〈大司馬百川張公平寇頌〉（《摘稿》卷4，頁62）。

　　王三接，字允康，號晉齋，福建同安人。嘉靖廿九年（1550）進士，授南戶部主事，分司鳳陽，改職方協司郎中，擢韶州知府，卒於任。芳洲先生為作〈王君晉齋年三十二卒於韶州之官舍，君有志未施，二親諸孤藐然在疚，賴君以事以育，而君皆不待矣。悲哉！為詩二章以傷君之不幸，以誌余哀〉（《摘稿》卷1，頁6）；《縣志》作卒年二十二，有誤（民國《同安縣志》卷15，頁9、卷28，頁24）。

　　譚維鼎，字朝鉉，號瓶臺，廣東新會人。舉人，嘉靖卅八年（1559）選為福建同安知縣，逢旱災、倭患，勤政勸民，建樹頗多。

芳洲先生與之交往，賦詩〈承邑侯譚瓶臺和林雙湖詩倒韻一首見贈奉
答〉、〈次韻和譚瓶臺二守慰謝父老送迎之作〉、〈再倒二韻贈瓶臺〉
（《摘稿》卷1，頁8-9），並作有〈譚侯祈雨序〉（《摘稿》卷2，頁
26）、〈謝譚侯祈雨序〉代作（《摘稿》卷2，頁28）、〈瓶臺潭侯平寇
碑〉（《摘稿》卷4，頁54）。及四十三年陞泉州府同知，芳洲先生作
〈譚侯遷官致賀序〉（《摘稿》卷2，頁35），並因海防二守邑丞張萬
目、邑簿彭璋、典史林存美之請，而作〈賀譚侯擢本郡海防二守序〉
（《摘稿》卷2，頁38）（民國《同安縣志》卷13，頁4-5、卷35，頁6）。

　　李純仁，二水人。嘉靖末為福建同安儒學教諭。芳洲先生於嘉靖
四十年作有〈次韻和李學諭重陽為門人李生邀遊雲奇巖登高有賦〉二
首（《摘稿》卷1，頁11）。

五　重出時期：嘉靖四十四年至隆慶三年（1565-1569）

　　嘉靖四十四年服除，仍出任原職；六月，即轉南京都察院右僉都
御史，兼提督操江。此期間與縣丞黃昂、武進士邵應魁交往樂甚。與
同僚喻時、御史耿定向等往來，舉薦林一陽，送別嚴訥、項篤壽，央
請劉溱刻書，並懷想舊日盧勳、姚宏謨等人。得十人：

　　黃昂，字吉甫，江西盧陵人。嘉靖末，以監生選為同安縣縣丞。
芳洲先生作有〈黃吉甫相送至姑蘇留別〉、〈送黃丞歸盧陵〉（《歸田
稿》卷1，頁1）。

　　邵應魁，字偉長，號榕齋，金門所人。俞大猷視金門，遂棄文從
武。嘉靖年廿六年武進士，鎮撫南贛。四十四年倭患，入俞大猷幕，
陞福建都司都指揮僉事。芳洲先生鄉居之後，往來益多，賦詩〈贈邵
偉長參戎〉、〈次韻邵偉長參戎以詩代啟見候〉，文集中並附邵詩三首

（《續歸田稿》卷1，頁5、卷1，頁7、民國《同安縣志》卷15，頁
16、卷30，頁3）。

喻時（1506-1570），字中甫，號吳臯，河南光州人。嘉靖十七
年（1538）進士，授吳江知縣，擢御史。曾疏劾嚴嵩。歷官至南京兵
部侍郎。四十四年六十誕辰，其僚友史朝富、陳戀觀、劉世昌、洪忻
以芳洲先生雅誼前來請序，芳洲先生遂撰〈少司馬喻吳臯六十壽序〉
（《續稿》卷1，頁16）、《明人傳記資料索引》，頁669）。

耿定向（1524-1596），字在倫，號楚侗，湖廣黃安人。嘉靖卅五
年進士，擢督學侍御史。四十四年芳洲先生以操江都御史抵南京，公
邀遊清涼山，乃捐二百餘兩興建書院。落成時，耿公派焦竑、楊希淳
前來請文，芳洲先生作〈崇正書院記〉（《續稿》卷2，頁21）予之。
萬曆七年為福建巡撫，芳洲先生以地方苦旱歉收上報，得公救濟。後
官至戶部尚書（《明人傳記資料索引》，頁418）。

林一陽，字復夫，號復庵，福建漳浦人。嘉靖十三年舉人，三十
八年謁選為山東濟南通判。四十三年陞霍邱知縣，有政績，得提學御
史耿定向稱揚，芳洲先生亦薦之於朝。四十五年改唐府審理，以病
歸，僅與同鄉太僕少卿旦庵朱天球往來。卒年七十一。芳洲先生為作
〈復庵林君墓誌銘〉（《續歸田稿》卷2，頁32）；耿定向提學福建，
公下世已兩年，命勒石墓道，芳洲先生再作〈明霍邱良令林君墓表〉
（《續歸田稿》卷2，頁38）（《明人傳記資料索引》，頁288）。

嚴訥（1511-1584），字敏卿，號養齋，南直隸常熟人。嘉靖二
十年進士，授編修，遷侍讀。由翰林學士累官吏部尚書、武英殿大
學士。四十四年十一月病歸。芳洲先生以都御史行部按儀真，拜公
於舟中。公請為先大父撰〈嚴慕杏處士墓表〉（《續稿》卷2，頁35）
（《明人傳記資料索引》，頁946）。

項篤壽（11521-1586），字子長，江蘇嘉興人，襄毅公項忠之

孫，書畫名家元忭之兄。嘉靖四十一年進士，授刑部主事，陞南吏部考功郎中。四十四年，芳洲先生按部操江，與遇於京口，因出其岳父端簡公鄭曉所刻四十二章經請序，芳洲先生乃作〈書四十二章經〉（《歸田稿》卷3，頁54）。後歷兵部郎中，仕終廣東參議（《明人傳記資料索引》，頁639）。

劉淶，河南安陽人。嘉靖卅二年（1553）進士。四十三年由鳳陽改任蘇州知府。四十五年芳洲先生巡撫山東之前，曾交付唐順之詩文集四十卷，為請刊刻。後陞為淮揚兵備（同治《蘇州府志》卷52，頁37）。

盧勳（1493-1573），字汝立，號後屏，浙江縉雲人。嘉靖十一年進士，授太常博士，選禮科給事中，轉太常少卿、提督四夷館。官至刑部尚書。四十三年致仕。芳洲先生重出時曾〈寄題盧後屏尚書日涉園二首〉（《歸田稿》卷1，頁5）（《明人傳記資料索引》，頁871）。

姚宏謨（1531-1589），字繼文，號禹門，浙江秀水人。嘉靖三十二年進士，選庶吉士，授編修，以文字忤當道，遷六安通判。歷江西參政、國子監祭酒，官至吏部侍郎。芳洲先生作〈題玉蘭圖太史姚君禹門所貽〉（《歸田稿》卷1，頁5）（《明人傳記資料索引》，頁380）。

四十五年三月，芳洲先生陞右副都御史，總理南京糧儲，同年進士陸樹聲贈序相賀；五月，改撫山東。隆慶元年（1567）陞南京戶部右侍郎，即改刑部右侍郎，次年為左侍郎，三年以忤旨劾歸。此四年期間，由於位居要津，與朝廷重臣詩賦序文較多。得張舜臣、李春芳、潘季馴、王時槐、陸光祖、楊豫孫、史朝宜、劉一儒、林燫、孫應鰲、劉存義、鄭世威等十三人：

陸樹聲（1509-1605），字興吉，號平泉，松江華亭人。與芳洲先生同登嘉靖二十年（1541）進士，歷官太常卿，署南京國子監祭酒，

作有〈贈大中丞芳洲洪公巡撫山東序〉（《明史》卷216，頁2、《明人傳記資料索引》，頁571）。

張舜臣，字龍岡，直隸安平人。嘉靖十一年（1532）進士，授吏部曹郎，歷右都御史，四十三年改任南京戶部尚書。四十五年以二品考滿當奏績於朝，僚友南京戶部侍郎徐蒙泉等求言，芳洲先生遂撰〈大司徒張龍岡考績序〉（《續稿》卷1，頁18）。

李春芳（1510-1584），字子實，號石麓，興化人。嘉靖廿六年進士第一，以修撰擢翰林學士，累官禮部尚書。隆慶初為首輔，進吏部尚書。其妻卒，芳洲先生為作〈內閣李石翁夫人祭文〉（《續稿》卷2，頁42、《明人傳記資料索引》，頁204）

潘季馴（1521-1595），字時良，號印川，浙江烏程人。嘉靖廿九年進士，歷官工部尚書、右都御史。年五十喪母，芳洲先生為作〈潘印川中丞乃堂祭文〉（《續稿》卷2，頁43、《明人傳記資料索引》，頁777）。

王時槐（1522-1605），字子植，號塘南，安福人。嘉靖廿六年進士，歷太僕卿。母卒，芳洲先生為作〈王塘南光祿乃堂祭文〉（《續稿》卷2，頁45）。隆慶末出為陝西參政，以京察罷歸。萬曆中起官，皆不赴（《明人傳記資料索引》，頁49）。

陸光祖（1521-1597），字與繩，號五臺，嘉興平湖人。嘉靖廿六年進士，次年授濬縣令，補南京禮部祠祭主事。四十一年起家祠部郎，轉儀制，佐太師嚴訥正伊王之罪。擢太常少卿，為御史孫丕揚所劾。芳洲先生賦詩〈送太常少卿五臺陸兄致仕歸平湖〉（《續稿》卷1，頁1）。再起南京太僕少卿，超拜南太僕卿，晉南大理卿。服父喪闋，累遷工部右侍郎，以議漕糧改折忤張居正，引疾歸。萬曆十四年再起南兵部侍郎，改吏部，遷南工部尚書，終吏部尚書（《明人傳記資料索引》，頁565）。

楊豫孫（？-1567），字幼殷，號朋石，松江華亭人。嘉靖廿六年進士，累官太僕寺卿，佐徐階治國，以僉都御史巡撫湖廣。芳洲先生賦詩〈送朋石楊兄巡撫湖廣〉二首（《續稿》卷1，頁1）。詩中夾註云：「朋石與椒山（楊繼盛）同在南銓，有南楊北楊之號」，獎其氣節。逾年，卒於任（《明人傳記資料索引》，頁717）。

史朝宜（1514-1581），字直之，號方齋，福建晉江人。嘉靖卅二年與弟朝富同登進士，授山陽知縣，擢戶部主事，歷廣東按察副使，治兵南海。入覲還歸，芳洲先生賦詩〈送史方齋年兄覲畢還瓊州〉（《續稿》卷1，頁2）。後陞為浙江參政，分守浙西三郡（《明人傳記資料索引》，頁104，所載黃光昇撰墓誌銘，應出於《國朝獻徵錄》卷88，頁19，誤植。）。

劉一儒，字孟真，號小魯，湖廣夷陵人，張居正之姻親。嘉靖卅八年（1559）進士，累官太常寺卿，芳洲先生為賦〈劉小魯太常父母雙壽詩〉二首（《續稿》卷1，頁3）。後於萬曆四年任大理寺卿，丁憂，八年補官刑部侍郎，未任。一儒曾諫居正不聽。居正歿，親黨多坐斥，一儒獨以高潔名。尋拜南京吏部尚書，卒於家（《明人傳記資料索引》，頁820）。

林燫，字貞恆，號對山，福建閩縣人。嘉靖廿六年（1547）進士，授檢討，授景恭王講讀官。不附嚴嵩，嵩敗拜始擢洗馬、祭酒，陞南京吏部侍郎，芳洲先生賦詩〈送少宰林對山之南都〉二首（《續稿》卷1，頁3）。後累官為南京禮部尚書（《明史》卷163，頁9、《明人傳記資料索引》，頁298）。

孫應鰲（1527-1586），字山甫，號淮海，貴州清平人。嘉靖卅二年（1553）進士，授戶科給事中，出補江西僉事，累遷鄖陽巡撫。芳洲先生作〈宿太和宮有懷孫淮海中丞〉（《續稿》卷1，頁5）。後官至南京工部尚書（《明人傳記資料索引》，頁444）。

劉存義（1523-1575），字質卿，更字敬仲，號漢樓，湖廣襄陽人。嘉靖卅二年（1553）進士，授平湖令，擢浙江道監察御史。芳洲先生為其父撰〈壽劉封君九十御史劉漢樓之父〉（《續稿》卷1，頁5）。後歷大理寺丞，卒年五十三（《明人傳記資料索引》，頁829）。

鄭世威（1503-1584），字中孚，號環浦，福建長樂人。嘉靖八年（1529）進士，歷官江西僉事、副使，數以事忤夏言、嚴嵩，遷四川參政，致仕。隆慶初復起為左副都御史、南京吏部右侍郎，二年陞刑部右侍郎，接替芳洲先生職務。芳洲先生陞左侍郎，故能朝夕相處。後以諫採珠寶事，上不聽，謝病歸。芳洲先生賦〈送少司寇鄭環浦致仕〉詩。萬曆十二年卒，年八十二（《續稿》卷1，頁5；《明人傳記資料索引》，頁783）。

六　歸田時期：隆慶四年至萬曆十年（1570-1582）

隆慶二年，芳洲先生奉命徹查遼王憲節事件，違忤張居正之意。到了三年，張居正主導的人事大搬風，引高拱，抵制趙貞吉，剝奪首輔李春芳大權。芳洲先生也遭遇貶謫的命運，歸田鄉居。《歸田稿》應該是此時集嘉靖末年以後稿編纂而成；《續歸田稿》則為萬曆以後稿。歸田以後，與地方官員交往較頻，留下酬酢的文字也較多。與知府朱炳如、同知丁一中，四任知縣王京、陳文、徐待、金枝，縣丞張光世、王尚寧，儒學教諭林伯表、黃鼇、黃世龍，訓導胡好問、許天民、蔣喬華、譚文郁皆有交往。（參見民國《同安縣志》卷13，頁4-6）隆慶至萬曆初，芳洲先生文集中，可見送巡撫何寬、鄰鄉蘇士潤、陳嘉謨、鄉子弟李文簡赴官，賦詩函寄葉明元、蔡貴易。李、葉、蔡，皆為隆慶二年進士。或為親家蔡宗德、葉拱撰銘，或銘祭蘇瀾，或與返鄉閒居的舊友林一陽、黃傑同遊，或訪晉江黃光昇、

趙恆。萬曆以後之作，有懷趙參魯，訪視鄉子弟蘇濬，並為房寰、趙錦、梁必強、熊煥、薛應辰、施艮庵、劉元魁、僧方珊、鄧白屏、李衡、胡熊、蔡遵妻撰作。芳洲晚年就義前，尚有支大倫、鄒元標、林士章、譚啟、趙日榮、僧性顯，文集中或未見芳洲先生記述，但有嘉行於芳洲先生，當為記述。除舊友見前外，可得四十五人：

朱炳如（1514-1582），字稚文，更字仲南，號白野，湖廣衡陽人。嘉靖卅八年（1559）進士，歷御史，隆慶三年出為泉州知府，好獎拔仕類。芳洲先生作〈次韻朱白野郡公九日病中有懷之作〉二首（《歸田稿》卷1，頁1）。後歷兩浙運使、陝西布政使。以不附張居正罷。卒年六十九（《明人傳記資料索引》，頁131）。

丁一中，字少鶴，江蘇丹陽人。以戶部郎謫延平倅，隆慶元年陞福建泉州府同知。一中學於唐順之，性耿直不阿上官，佐知府朱炳如，政簡年豐。暇時相與登眺，吟詠境內名山，題鐫幾遍。左升甫，上舍，自唐順之來訪。芳洲先生共聚，為作〈海亭晚眺聯句同二守丁少鶴左上舍升甫〉（《續稿》卷1，頁6）、〈陪二守丁少鶴秋日雲奇巖遊覽次少鶴韻〉二首（《歸田稿》卷1，頁1）。北上入計時，芳洲先生亦作〈送丁二守應朝〉（《歸田稿》卷1，頁8）（乾隆《泉州府志》卷26，頁41、卷30，頁36）。

王京，字來覲，號咸虛，江西上高人。隆慶二年（1568）進士，授同安知縣。政績甚著，而以養士作人為務。修築書舍十四間、仰止亭一座，以供學子誦讀其間。芳洲先生為作〈文公書院增修書舍建亭記〉（《歸田稿》卷3，頁38）。五年考滿，上京述職之前，縣丞黃昂（梅溪）、主簿吳應掄（見峰）、典史王賡，以及學諭林伯表（寒泉）、司訓胡好問（月川）、許天民（復齊）分別央請芳洲先生為作〈王侯獎勵序〉（《歸田稿》卷2，頁9、卷2，頁11）。俟考績下，王京竟以貶謫去。芳洲先生感慨仕途如涉海，極其險惡，又作〈王侯調

官去任序〉以誌其憾（《歸田稿》卷2，頁17）。

陳文，號中齋，江蘇丹徒人。舉人，隆慶五年（1571）任同安知縣，與縣丞張光世重修學校，僚友請作〈重修同安縣儒學記〉（《續歸田稿》卷1，頁20）以誌。及萬曆三年擢鄧州知州，地方父老及鄉兵馬李兌山央請芳洲先生門人為序，前後作〈陳侯榮獎序〉、〈陳侯考績序〉（《續歸田稿》卷1，頁8、卷1，頁10；民國《同安縣志》卷13，頁4）。

徐待，字東磬，浙江鄞縣人。萬曆二年（1574）進士，三年授福建同安知縣，芳洲先生賦〈皆春堂詩贈徐尹東磬〉（《續歸田稿》卷1，頁4）。愛民如子，能優禮文學之士，得監察御史孫鶴峰獎勵，文學教諭黃世龍、分教蔡疆、袁希孟前來求序，芳洲先生撰〈徐侯榮獎序〉（《續歸田稿》卷1，頁16）予之。後以艱去，為作〈祭徐東磬乃堂文〉（《讀禮稿》卷2，頁49）。再以循聲擢御史（民國《同安縣志》卷13，頁4、卷35，頁6）。

金枝，浙江崇德人。萬曆五年（1577）進士，授福建同安知縣。萬曆十年正月受巡撫勞堪之命，逮芳洲先生，送泉州府而置於死地。芳洲先生在〈與余樂吾分守論救荒〉（《讀禮稿》卷3，頁68）中，曾言金知縣參謁回來，傳語余樂吾禮敬芳洲先生關懷地方救災之忱。何以轉身之後以惡相向？想必心性不良，或怯於上司之淫威。

張光世，江西餘干人，理學家古城先生張吉之從孫。貢生，萬曆元年（1573）選為福建同安縣丞。與知縣陳文董理水患，重修學校。芳洲先生為作〈重修同安縣儒學記〉以記其事（《續歸田稿》卷1，頁20；民國《同安縣志》卷13，頁4）。

王尚寧，字少岡，浙江溧水人。貢生，萬曆六年（1578）選為福建同安縣丞。妻嚴氏（1534-1580）卒於萬曆八年，芳洲先生為作〈嚴氏墓誌銘〉（《讀禮稿》卷2，頁60）。

林伯表，字寒泉，吳川人。隆慶元年（1567）任同安縣儒學教諭，五年陞邵武教授。芳洲先生時值賦閒鄉居，與之交往。作有〈林學諭榮獎序〉、〈林君寒泉之邵武教授序〉（《歸田稿》卷2，頁13、卷2，頁21）。

黃鼉，字濟川，廣東番禺人。隆慶五年（1571）任福建同安儒學教諭，萬曆元年陞信豐令。芳洲先生為作〈黃掌教令信豐序〉（《歸田稿》卷2，頁36；民國《同安縣志》卷13，頁5）。

黃世龍，字見泉，廣東梅州程鄉人。貢生，隆慶四年（1570）任福建莆田訓導，萬曆元年陞同安教諭。芳洲先生為其父七十六壽辰作〈忍齋黃翁壽序〉（《歸田稿》卷2，頁30）。五年任滿，因其僚友譚君、蔡君之請，而為〈黃掌教榮獎序〉（《續歸田稿》卷1，頁12；光緒《莆田縣志》卷7，頁46；民國《同安縣志》卷13，頁5）。

胡好問，字月川，貴州陽溪人。嘉靖末年任同安縣訓導，隆慶五年（1571）擢武昌王府教授。芳洲先生鄉居，與之交往。其升任時，作有〈司訓胡君擢任武昌王府教授序〉以賀（《歸田稿》卷2，頁15）。

許天民，字復齊，廣東揭揚人。同安司訓，與同僚胡好問央請芳洲先生作知縣王京作〈王侯獎勵序〉（《歸田稿》卷2，頁11）。

蔣喬華，字玉川，廣西北流人。同安司訓，其僚友掌教黃鼉、分教譚文郁、諸生顏山前來求壽序，遂作〈蔣司訓壽序〉（《歸田稿》卷2，頁23）。

譚文郁，字東梧，廣東新會人。同安司訓。因諸生之請而作〈譚分教壽序〉（《歸田稿》卷2，頁28）。

何寬（1514-1586），字汝肅，浙江臨海人。嘉靖廿九年進士，授南京刑部主事，陞郎中，出知成都府六年，陞福建巡撫都御史。隆慶五年應召北上，芳洲先生為作〈宜山何公應廷尉召北上序〉（《歸田

稿》卷2，頁25）。後歷大理卿，官至南經吏部尚書，致仕，卒年七十三（《明人傳記資料索引》，頁276）。

蘇士潤，字惟德，號誠齋，福建晉江人。嘉靖四十四年（1564）進士，授江西吉水知縣，升江西道監察御史，轉巡按順天府，出為湖廣按察副使，忤張居正，貶為全州倅，芳洲先生賦有〈送蘇誠齋侍御之全州〉二首（《續歸田稿》卷1，頁1）。萬曆四年量移湖州司理，亦為作〈蘇誠齋侍御量移湖州節推奉寄〉（《續歸田稿》卷1，頁3）。

後陞四川夔州同知。入覲，卒於途（《獻徵錄》卷98，頁128）。

陳嘉謨，號赤沙，湖廣湘鄉人。嘉靖四十五年（1566）由舉人任泉州通判。後擢為河東運副。著有《本草蒙筌》。芳洲先生為撰〈通守赤沙陳公榮獎序〉（《歸田稿》卷2，頁19；乾隆《泉州府志》卷26，頁43、卷30，頁41）。

李文簡，字志可，號質所，福建同安人。隆慶二年（1568）進士，授無為知州，入為南京戶部山西司郎中。芳洲先生賦詩〈送李質所正郎之南都〉（《續歸田稿》卷1，頁5）。

葉明元（1540-1594），字可明，號星洲，福建同安人。隆慶二年（1568）進士，授石埭知縣，遷南刑部郎。芳洲先生賦詩〈寄葉星洲主政〉（《續歸田稿》卷1，頁5）。出為南安知府，改任貴州按察副使，陞廣西參政，卒於官（民國《同安縣志》卷15，頁5、卷28，頁27）。

蔡貴易，字爾通，又字道生，號肖兼，福建浯州平林人。隆慶二年（1568）進士，授江都知縣。四年丁母喪。芳洲先生為其父蔡宗德暨母親洪氏，撰〈蔡公暨配孺人洪氏墓誌銘〉（《歸田稿》卷3，頁45）。貴易服除，遷南京戶部陝西司主事，芳洲先生賦詩〈寄蔡肖兼主政〉（《續歸田稿》卷1，頁5），後晉浙江司員外郎，擢貴州按察副使、布政使司參政，陞浙江按察使（民國《同安縣志》卷

15，頁5、卷28，頁22、卷28，頁25；《續歸田稿》目錄「兼」誤作
「廉」）。

葉拱，福建同安人。任職中城兵馬副指揮，為芳洲先生弟朝冕之
妻舅。萬曆初，父卒，與弟庠生君鏗持其族子知縣葉明元之狀求銘。
芳洲先生為作〈葉公泊鄭氏墓誌銘〉（《續歸田稿》卷2，頁36）。

蘇瀾，字愛泉。官知縣，為芳洲先生從女之姑丈。芳洲先生作有
〈祭蘇愛泉文〉（《讀禮稿》卷2，頁47）。

黃傑，字一貞，號忍江，福建同安人。貢生，仕西安麻城訓導、
海寧教諭、伊府濟源王教授。芳洲先生鄉居時與之同遊，嘗賦詩〈次
韻黃忍江教授九日同遊香山巖〉二首（《續歸田稿》卷1，頁6）。卒
於萬曆初，耿定向作傳（《獻徵錄》卷89，頁108），芳洲先生為作
〈忍江黃先生墓表〉（《續歸田稿》卷2，頁41）、〈祭黃忍江文〉（《讀
禮稿》卷2，頁46）。（民國《同安縣志》卷28，頁25、《明人傳記資
料索引》，頁659）卒於官，芳洲先生作〈祭李質所文〉（《讀禮稿》
卷2，頁52；民國《同安縣志》卷15，頁5、卷28，頁28）。

黃光昇（1506-1586），字明舉，號葵峰，福建晉江人。嘉靖八年
（1529）進士，授長興知縣，擢刑科給事中，陞浙江僉事，累官兵部
侍郎。四十年由北京工部右侍郎，陞南京刑部尚書，次年改北京刑部
尚書。隆慶中，芳洲先生曾訪其書齋，建議整理同安縣志，賦詩〈訪
黃葵峰尚書書齋有贈〉（《續歸田稿》卷1，頁2；《明人傳記資料索
引》，頁652）。

趙恆（1511-1604），字志貞，號特峰，福建晉江人。嘉靖年十七
進士，教授袁州，累擢姚安知府。致仕，芳洲先生與之往來，作有
〈趙特峰邦伯邀坐小亭有贈〉（《續歸田稿》卷1，頁2）、〈壽趙特峰
生朝〉二首（《讀禮稿》卷2，頁35），並為四子克聘趙公之女，結為
姻家。萬曆二年卒，年九十二（《明人傳記資料索引》，頁759）。

趙參魯，字宗傳，號心堂，浙江鄞縣人。隆慶五年（1571）進士，選庶吉士，授戶科給事中，亢直敢言，為中官馮保所害，謫高安典史。芳洲先生有詩〈除夕夜坐有懷趙心堂文宗〉二首（《續歸田稿》卷1，頁7）。後擢為又副都御史，巡撫福建，遷吏部侍郎，官終南京刑部尚書（《明人傳記資料索引》，頁763）。

蘇濬（1541-1599），字君禹，號紫溪，福建晉江人。貧而好學，芳洲先生訪於書舍，賦〈訪蘇紫溪讀書所有贈〉（《讀禮稿》卷2，頁30），萬曆元年中鄉試解元，芳洲先生有〈次蘇紫溪見贈韻〉（《讀禮稿》卷2，頁32）二首贈之，及五年上京赴試，芳洲先生有〈送蘇紫溪北上長歌〉（《讀禮稿》卷2，頁33），果得會魁，授南京刑部主事，改工部，尋調禮部，擢浙江督學僉事，遷陝西分守參議，歷廣西兵備副使、參政，貴州按察使，未赴，卒年五十九（《明人傳記資料索引》，頁944）。

房寰，字中伯，號心宇，浙江德清人。隆慶二年進士，萬曆元年為福建漳浦知縣，加意學校，丙子科得人為盛。與鄉紳林一陽、朱天球以氣節相交。五年，擢山東道御史。芳洲先生為作〈房侯德政碑〉（《續歸田稿》卷2，頁29；《漳州府志》卷25，頁26）。

趙錦（1516-1591），字元樸，號麟陽，浙江餘姚人。嘉靖廿三年進士，歷南京御史，以疏劾嚴嵩而獲罪入獄，斥為民。隆慶時，起故官，擢太常少卿，尋巡撫貴州平亂。萬曆初，歷南京禮、吏、刑三部尚書，六年贈封其父趙塤（1481-1560），芳洲先生為作〈海濱趙公神道碑〉（《續歸田稿》卷2，頁23）。後以忤張居正乞歸。再出，拜左都御史，改兵部尚書（《明人傳記資料索引》，頁767）。

梁必強，廣東瓊山人。萬曆二年（1574）進士，授福建晉江知縣；五年考察，鄉進士某為請，遂作〈賀梁侯序〉，後降調（《續歸田稿》卷1，頁14；乾隆《晉江縣志》卷6，頁6）。

熊煥，字斗西，江西建昌人。恩貢生，萬曆四年（1576）任泉州府通判。三年任滿，芳洲先生為作〈斗西熊侯考績序〉（《續歸田稿》卷1，頁18）。

薛應辰，福建同安人。萬曆四年舉人。嘗為泉州通判熊煥前來求序（《續歸田稿》卷1，頁18；民國《同安縣志》卷15，頁9）。

施君，號艮庵，與芳洲先生為友。由紹興訓導陞福建建安儒學教諭，修建學宮，芳洲先生為作〈書建安興學錄〉（《續歸田稿》卷2，頁44）。

劉元魁，字世英，號白齋，福建晉江人。孝謹忠厚。芳洲先生為作〈白齋劉翁傳〉（《續歸田稿》卷2，頁48）。其子堯臣，登鄉薦。

方瑛，同安梵天寺僧。萬曆九年（1581）重修雨華堂，芳洲先生為作〈雨華堂記〉（《讀禮稿》卷2，頁38）。

鄧如昌，字白屏，廣東乳源人。恩貢生。萬曆五年（1577）任福建詔安知縣，七、八年之間旱饑，活民近萬，擢為福州府同知。芳洲先生因司訓王君及友人蔡全之託，為作〈白屏鄧侯貳守福州序〉（《讀禮稿》卷2，頁36）。

李衡，江西吉水人。隆慶四年（1570）舉人，萬曆中選授晉江教諭。父李軾（1593-1580），字紹蘇，號石潭，卒於萬曆八年，央請芳洲先生作〈李公墓誌銘〉（《讀禮稿》卷2，頁56）。

胡熊，廣東潮州人。千戶。萬曆七年旱，胡公來，芳洲先生詢及潮、惠米價，言及太守張一舡不許運米出境事。芳洲先生感德，席間題〈海城保障卷〉一首贈胡熊（《讀禮稿》卷2，頁29）。

蔡遵，福建晉江安平人。客死於浙江，其未婚妻陳三娘殉節死。芳洲先生往來安平，知其事，遂作〈陳貞女傳〉（《摘稿》卷3，頁1）。

支大綸（1534-1604），字心易，號華平，浙江嘉善人。萬曆二年（1574）進士，除江西南昌府教授，遷泉州府推官。時宰輔張居正囑

福建巡撫龐尚鵬誣陷芳洲先生，龐氏轉囑於大綸。大綸覆信拒絕。後謫為江西布政司理問，遷奉新知縣（《支華平先生集》，頁30；《明人傳記資料索引》，頁88）。

吳中行（1540-？），字子道，號復庵，江蘇武進人。隆慶五年（1571）進士，授編修。萬曆五年，宰輔張居正父喪奪情，上書諍諫，受杖幾死。芳洲先生聞知，擊節嘆賞，致函禮敬中行、元標二人。信函為勞堪所截，轉呈張居正。此或為被誣殺之張本。居正死，累官侍講學士，掌南京翰林院（林士章撰〈洪公墓誌銘〉，《忠孝乘》，頁20；《明人傳記資料索引》，頁238）。

鄒元標（1551-1624），字爾瞻，別號南皋，江西吉水人。萬曆五年進士，授刑部主事。時張居正喪父，以「奪情」之由，不肯返鄉守制。編修吳中行、檢討趙用賢、刑部員外郎艾穆等人止諫不聽，受杖於廷。元標亦受杖八十，謫戍都勻衛。芳洲先生聞訊，貽書壯之。元標次年十二月覆信（《忠孝乘》，頁28）。後居正卒，復起吏科給事中，累官至刑部右侍郎（參見林士章撰〈洪公墓誌銘〉，《忠孝乘》，頁20；《明人傳記資料索引》，頁740）。

林士章（1524-1600），字德斐，號璧東，福建漳浦人。嘉靖卅八年（1559）進士，授翰林院編修，擢國子監祭酒，累官南京禮部尚書。曾與芳洲先生同朝，芳洲先生長子兢亦從學於國子監。萬曆九年南歸，謁芳洲先生，聽其讜論，衷心佩服。不意芳洲先生為誣害致死，士章與姻友朱天球為誄文慟哭。並於萬曆十五年為撰墓誌銘（《忠孝乘》，頁20；《明人傳記資料索引》，頁289）。

趙日榮，福建晉江人，恆子，日新弟。萬曆十年（1582）芳洲先生為布政使勞堪害死於獄中，聞而憤甚，排獄門而入，撫屍大慟。

僧性顯，山東人。萬曆十五年（1587）夢接引芳洲先生至林士章家中求文述敘一篇（林士章〈芳洲洪公墓誌銘〉，《忠孝乘》，頁20）。

七　結論

　　芳洲先生交誼諸友，當遠遠超過本文所述。然因文獻不足，無法一一勾連。僅就芳洲先生文集所見，佐以福增先生《洪芳洲公年譜》及其他參考索引書籍，加以檢核，可得七成。則芳洲先生進士及第之前，所交得五人。任官南京戶、吏二部，得識二十二人，按部三省時得識九人，再出為都御史、侍郎等職得交二十三人，歸田鄉居諸友可得四十六人，共一百零五人。何以前略而後詳？蓋芳洲先生剛介慎獨，同鄉同舉之人，如蔡士達、劉存德、謝復春、盧天佑、許廷用，均未見詩文來往；同年進士，又授官六部者，如吳三樂、華雲、嚴訥、陸概等，有所詩文往返，皆在離開南京任官各省之時。華雲之子復初為編《摘稿》，序中說：「或謂芳洲公以道自任，不欲以文名家，是不知文與道不可歧也。」芳洲先生嘗與唐順之、王慎中論學，「有古獨行之操，不以世俗之味，錙銖亂志」，所以不在意於詩文酬酢，年少之作極少。年四十六，始央請華雲及其子為編文集。五十四歲歸田以後，始編《歸田稿》、《續歸田稿》、《讀禮稿》，而《續稿》以及《摘稿》卷三或為後人補遺之纂。此四書所載交誼友人較多，然詩文的數量單篇者多，仍嫌不足。

　　芳洲先生為姻親所寫的文章也少。祖母黃氏、母親葉氏、妻蔡氏的本家，未見較詳的記述。僅知大姑母嫁張悌，小姑母嫁彭通，姊嫁黃濂，妹嫁周旦，表姊妹各嫁黃敦質、鄭汴、李白先、彭商璉。弟朝變取南安吳氏；朝冕娶蔡鉉女，即蔡世潛姊妹。長子兢娶鄭汝霖女，次子祝娶蔡世潛女，三子況娶王慎中女（四子克聘趙恆女，五子堯聘陳宰衡女，應為芳洲先生身後所聘）。從子忱娶王夙知女，純娶陳榮祖女，觀娶娶林大梁女、林雲映女。從女各嫁蘇瀾子思問、王佐子民定、莊獻子奇、周英孫述祖。從這串妻黨姻友中，芳洲先生與林大

梁、王慎中、趙恆有深交之外，為朝冕妻舅葉拱、祝之岳父蔡鉉撰銘，為從女姑嬋蘇瀾寫祭文，看不到其他的作品了。

在芳洲先生的交遊之中，多見秉持公理、直言極諫之士，如薛應旂、鄭曉、趙錦以忤嚴嵩而失官，林大梁亦得罪中貴而罷歸，李春芳、鄭世威、陸光祖、蘇士潤得罪了權相張居正，吳中行、鄒元標受到廷杖，趙參魯為勾連張居正的中官馮保加害，他們都義無反顧。及至芳洲先生遭遇張居正嗾使福建巡撫龐尚鵬、勞堪連續誣害，支大倫能力拒，譚啟能為師挺身而出，最後都因此貶謫去官，而趙恆之子日榮，敢不顧自身安危，衝入牢籠，揭發勞堪毒計，都值得喝采讚許！

芳洲先生為周怡所寫〈周訥溪文集序〉中，說道：「公之生平一止於忠義者，而吾黨之士之欲為忠義者之不可安於一節一行，而當取法於公也。」這句話，其實就是芳洲先生的自許，他不避權貴，以正大自持，足為後世楷模。

——初稿見吳智和主編：《洪芳洲研究論文集》（臺北市：洪芳洲研究會，1998年6月），頁229-258。另見方友義主編：《洪朝選研究》（香港：華星出版社，1998年10月）；《東海中文學報》12期，1998年12月，頁51-66。

焦竑文教事業考述

一　前言

　　焦竑繼承泰州學派對王陽明學說的闡釋，受到友人李卓吾犀利見解的震憾，走到「三教匯通」的路上。在他一生八十一年歲月中，包含任官的九年，都以著述、講學為重心。以傳統「獨尊儒術」的看法，他的學說思想，當然是駁雜紛亂。但以萬曆晚年多元思想的勃發，企圖走出「封建帝制、儒學箝制」的僵化局面，焦竑寬容包涵的態度，甚至啟發了弟子徐光啟接納西洋思想的新格局。焦竑廣博閱讀、勤作筆記，編輯了許多書籍，推廣地方教育，嘉惠學子。

　　有關焦竑生平及思想之研究，已有容肇祖先生於一九三八年撰著專文，因為蒐尋工具的更新，可以補充許多新資料。另有李焯然先生有多篇相關焦竑之考述，成績卓著；然而對於焦竑之著述與編纂書籍，摻入了部分他人偽託之作，未能辨析。本文敘述焦竑生平、思想及其教育理念，重點在於考訂其著述與編纂之實情，增補容、李二先生所未備。並就焦竑參與的各項文化、教育活動，在有限的資料中，試圖打開一個新的探究方向。

二　焦竑小傳

　　焦竑，字弱侯，號漪園，又號澹園，亦曾自署從吾，南京旗手衛人，祖籍山東日照。他生於明嘉靖十九年（1540），卒於泰昌元年

（1620），享年八十一[1]。父親文傑，任職千戶，希望子嗣能脫離軍籍，走上仕途，嚴厲督導瑞、竑兩兄弟向學[2]。焦竑初以誦習《尚書》為業，十五歲時，又得《左傳》、《國語》、《戰國策》、《史記》、《莊子》、《楚辭》諸書，非常喜好，乃倣作各種文體[3]。次年，趙鏜董南畿學政時，被選為京兆學生員。二十歲時，得史桂芳先生教導，又獲蘇轍《老子解》、蘇軾《易書二解》二書，讀書的視野開闊了許多[4]。

嘉靖四十一年（1562）冬，監察御史耿定向來南京董理學政。焦竑受學其間，頗有領會[5]。兩年以後，鄉試中舉，時主試者應天府尹

1　《明史》稱：「萬曆四十八年卒，年八十。」黃宗羲《明儒學案》作：「泰昌元年卒，年八十一。」事實上，泰昌僅有一個月，即萬曆四十八年八月，兩者所稱係為同年。按〈玉堂叢語〉自序署萬曆戊午（四十六年）夏五作，文中自言：「頃年垂八十」。四十八年卒當不止八十；所以有一歲的差誤，可能是實歲與虛歲的差異。容肇祖、昌彼得、李焯然等人皆有考述，不贅。

2　《明鼎甲徵信錄》卷4：「父文傑，三歲失怙恃，備嘗艱辛，卒能自立。年十六，以蔭襲千戶。」〈與日照宗人書〉：「某自髫年發憤向學……實吾父督教甚嚴。」（本集卷13）〈兩蘇經解序〉：「余髫年讀書，伯兄授以課程，即以經學為務，於古註疏，有聞，必購讀。」（續集卷1）李贄〈壽焦太史尊翁後渠公八秩華誕序〉：「中年始舉伯兄，專意督教，欲有成；至竑為兄，教事一付伯兄，曰：家有讀書子當不斷。」（《焚書》卷2）金幼孜〈書楊少傅陳情題本副錄後〉：「一隸戎籍，子孫往往貽累於無窮。」（《明經世文編》卷18。北京市：中華書局，1997年6月，頁144-145。）可為明人逃躲軍籍限制之佐證。

3　陳懿典〈尊師澹園焦先生集序〉：「小子典間請作者之旨，先生曰：僕于此道蓋嗜古而無成，有其志而未暇也。憶十五、六始得《左傳》、《國語》、《戰國策》、《史記》、《莊》、《騷》，讀而好之，摹擬而為文。」（本集序）

4　同治《上江兩縣志》卷13秩官表提學欄：江山趙鏜字仲聲。〈金光初墓誌銘〉：「歲乙卯，方泉趙先生董南畿學政。余……以總角入京兆學。」（本集卷28）趙先生即鏜。〈史桂芳墓誌銘〉：「憶余弱冠，未知所嚮往，先生不難折節下之，使以程藝相梯接耳。已而，意其無忤也，乃徐引之學。即今稍知自立，非先生其疇開之？故追師先生，而竊附於門下士。」（本集卷31）〈刻兩蘇經解序〉：「聞宋兩蘇氏分釋經子，甚慕之，未獲也。弱冠，得子由《老子解》，奇之；尋於荊溪唐中丞得子瞻《易書二解》。」（續集卷1）

5　〈先師天臺耿先生祠堂記〉：「先生嘉靖壬戌以監察御史董學政，始來金陵……乃首

劉自強，尚書科座師為沈啟原[6]。次年，進京科考未第，歸鄉後開始授學。又次年，即嘉靖四十五（1566），耿定向於南京清涼山麓建成崇正書院，遴選十四郡子弟就讀，委託焦竑主其事[7]。此後二十三年，焦竑為講學、科舉而往返南、北京之間，偶有出遊，僅為耿門師徒之會。

一直到萬曆十七年（1589），焦竑才以五十高齡考取狀元。他任職翰林修撰，再出任皇長子講官。在這段主持中央教育職權的日子，官場上的傾軋，使他吃盡了苦頭。先是進貢《養正圖解》，被認為阿諛逢迎，希圖大貴。萬曆二十五年（1597），主持順天鄉試，以選文多險誕語，被劾，貶為福寧州同知[8]。年餘，移官太僕寺丞，不就，乃辭職歸鄉。

在人生最後二十年，焦竑回到金陵故居，依然是以著述、講學為樂。在歷史上，雖然不曾給他一個創發性的地位，但他與當時的金陵文人、書商，的確延續了明初以來所獨具的文化傳承，也造就了一段光燦的文明史。在四百年後的今天，來省視焦竑等人曾有過的努力，

聘楊子（希淳）道南，講求仁之宗，以感屬都人士於學。」（本集卷20）〈崇正堂答問〉：「吾師耿先生至金陵，首倡識仁之宗。其時，參求討論，皆於仁上用功。久之，領會者漸多。吾輩至今稍知向方者，皆吾師之功也。」（本集卷47）〈老子翼序〉：「年二十有三，聞師友之訓，稍志於學，而苦其難入。有談者以所謂昭昭靈靈引之，忻然如有當也。反之於心，如馬之銜勒，而戶之有樞也。參之，近儒而又有合也，自以為道在此矣。」（本集卷14）

6　〈劉自強神道碑〉：「（甲子遷應天府尹）是歲比士於鄉，公總簾內外，部署勤悉，得人為盛，余淺薄亦幸與焉。」（本集卷26）〈沈啟原行狀〉：「嘉靖甲子比士，上用言官議兩畿分校，選京秩有學行者充之，於是寬川沈先生以南屯部郎校尚書，得十有三人，不佞某亦幸與焉。」（本集卷33）

7　耿定向〈觀生記〉：「六月，崇正書院成，延焦竑主其教，橛芼士從講，著崇正書院會儀。」（《耿天臺先生全書》卷8）

8　見朱國禎《湧幢小語》卷10，及焦氏本集卷23〈謹述科場始末乞示查勘以明心跡疏〉。

依然是令人嘆賞。

三　焦竑的思想及其教育理念

　　在傳統科舉導向的教育系統裡，焦竑可以走出一個廣闊的領域，與當時「心學」的流傳、道教盛行、老莊學說得獲重視，都有相當大的關係。焦竑的老師耿定向既延承泰州學派的學說，又不墜於顏鈞左學的放任自由，為焦竑奠定了和而不流的思想基礎。較焦竑年長十三歲的李贄，對儒家獨尊的思想提出質疑，主張三教匯通而逃禪入佛，也給了焦竑極大的震撼。從上述的各種影響，焦竑建立了以「性命之學」為中心的思想理念。所謂「性命之學」，如暗室之一燈，孔子罕言，老子累言，釋氏則極言之。如果能「釋氏之典一通，孔子之言立悟，無二理也」，也因此希望「以西來之意，密證六經；東魯之矩，收攝二氏」[9]。

　　掌握「性命之學」，了解生命來自於虛空；「出離生死」之後，才能體悟老莊「空而不有、為而不恃」的道理，他強調「盡心復性」，如「掘井期於及泉」，「及泉」是最終目的，而「掘井」則為必要手段，所以另一方面要「知悟博學」，才能「去七情、泯私意」，可以「率性而動，便是真仁義」[10]。

　　在這樣的理念之下，焦竑的「性命之學」，包融性很強，不僅接納三教，甚至還可超乎任何的宗教教派。他說：「道一也，達者契之，眾人宗之。在中國者曰孔孟老莊，其至西域者曰釋氏。由此推之，八荒之表，萬古之上，莫不有先達者為之師，非止此數人而已。

9　焦竑：〈廣東按察司僉事東溟管公墓誌銘〉，《澹園續集》（北京市：中華書局，199年5月），卷14，頁1045-1048。

10　容肇祖：〈焦竑及其思想〉，《燕京學報》第二十三期（1938年6月），頁1-46。

昧者見跡而不見道，往往瓜分而株守之。[11]」以追求真理為終極，包容宇內各種宗教，即連未來的、未知的，這樣的寬容態度，在古今中外都是罕見的。也因此之故，焦竑對於相歧的意見，也相當的尊重。文集中引述周茂叔的話，「看一部華嚴經，不如看一艮卦」，他加以辯析，「學者果能知艮卦，何須佛典？苟能知自性，又何須艮卦？[12]」只要能自性、自悟，用什麼途徑接近「自然真理」，都是可以被接受的。

更可貴的是，要發覺自性，讀《華嚴經》、《艮卦》等等，都是可行的途徑。為了要真能開啟智慧，了悟事理；注重實學，講求教育，也是不可或缺。所謂「尊德性而道問學」，實施儒家「下學而上達」的理念，也因此可以矯正泰州學派末流荒疏不學的習性，而重視啟發思想與廣博學習的要務。焦竑的教學，絕不偏執於單項的追尋。所以他可以調和科舉、性理、考據、史學諸多學問於一爐。

他施教的對象，也是包含甚廣。從二十六歲起，「率鄉人談孔孟之學」，得弟子許吳儒等人。因耿定向的重託，負責崇正書院的教學工作，不止提供南直隸所轄十四郡的學子一個適合學習的場所，也給予全國學者一個遊學問藝的空間。如楊希淳、吳自新、耿定理、鄒德涵，或弟子輩高期、高朝、繁昌夏叟等人，先後來參與其間。而焦竑進京應試之時，亦有慕名者前往下榻之處請益，如劉浙等[13]。爾

---

11 〈贈吳禮部序〉，本集卷17。

12 〈答友人問〉，本集卷12。

13 〈許蒲塘七十序〉：「生吳儒以其尊人蒲塘翁之命來遊。」（本集卷十八）耿定向〈觀生記〉：「其年，仲子（定理）謁闕里、登泰山還，若有所啟，與焦竑、楊希淳、吳自新二三子商切有契。……夏中，鄒德涵至留都，居之明道祠。德涵就仲問學，數問而仲數不答。……余屬與焦竑處，逾年，始有悟發。」（《耿天臺先生全書》卷八）〈高朗墓誌銘〉：「丙寅，君兩弟（期、朝）以余師耿先生之命，從余論學。」（本集卷十八）〈夏叟傳〉：「夏叟繁昌人……隆慶庚午，偕數友訪余天窩山中……余曰：白下有焦子弱侯者，生與之切資可。既歸，從焦子游。」（《耿天臺先生文集》卷十五）〈劉君東孝廉傳〉：「憶歲辛未，余計偕都門，同志響臻，有襆被旅

後，焦竑任官翰林，教導小內監或皇太子讀書識字，皆勤謹有加[14]。
萬曆二十年（1592）擔任會試同考官，提攜後進，如陳懿典、臧爾勸
等人[15]。二十五年主持順天鄉試，不滿所選出的文卷，重新查閱，提
舉曹蕃等，並以徐光啟為榜首[16]。二十七年辭官歸鄉，以教學為務。
三十一年秋，曾到新安還古書院講學，與會人士上千，門人謝與棟
乃記為〈古城答問〉（本集卷四十八）。三十四年秋，南京人士復請
講學於羅汝芳近溪祠，而由佘永寧記為〈明德堂答問〉（本集卷四十
九）。此期間，許多問學之士前來請益，如陳第，在未通字姓之前，
已「談論竟日夜」[17]。從他所教導過、提拔過的學生來看，上及皇室、
顯宦，下至員生、百姓，真可謂「有教無類」了。

四　焦竑的著述與編纂

　　既然「尊德性而道問學」是焦竑的主張，著書立說與編纂書籍，
便成為傳播和推展理念的重要工具。根據他的門生許吳儒在萬曆三十
四年整理出版《澹園集》的識語，已出版了《焦氏類林》八卷、《老
莊翼》十一卷、《陰符解》一卷、《焦氏筆乘》六卷、《續筆乘》八
卷、《養正圖解》二卷、《經籍志》六卷、《京學志》八卷、《遜國忠
節錄》四卷，共為九種，如果《老莊翼》分成二書，而《類林》與

中，朝朝不能去者，如君東尤有味余言也。」（續集卷10）
[14] 《明史》卷288：「翰林教小內侍書者，眾視為虛文，竑獨曰：此曹他日在帝左右，
　　安得忽之？取古奄人善惡，時與論說。……嘗講次，群鳥飛鳴，皇長子仰視，竑輟
　　講肅立。皇長子斂容聽，乃復講如初。」知焦竑教學之謹嚴。
[15] 陳懿典、臧爾勸自稱門人，見《澹園集》卷首之序文。
[16] 《明清江蘇文人年表》引《後樂堂徐氏宗譜》：上元焦竑主北闈考試，於落卷中拔取
　　上海徐光啟。
[17] 金雲銘編：《陳第年譜》（臺北市：臺灣銀行經濟研究室，1972年），頁92。

《筆乘》為相近之書，《陰符解》、《遜國忠節錄》或為編纂之書，而非出自己裁，可信為焦氏之作品，含本集，則有八種之多；而《東宮講義》六卷、《獻徵錄》一百二十卷、《詞林歷官表》三卷、《詞林嘉話》六卷、《明世說》八卷、《筆乘別集》六卷，有六種尚未出版。《東宮講義》、《詞林嘉話》未見於任何的藏書目錄，或不曾出版。《筆乘別集》據稱「罕見」[18]，未知何處可見？而《詞林歷官表》見於《明史》、《千頃堂書目》，可能失傳。《明世說》僅見於《千頃堂書目》，觀其內涵，極可能是日後出版的《玉堂叢語》。所以這六書之中，可考的只有兩種。萬曆三十四年之後，焦氏續有《俗書刊誤》、《澹園續集》、《玉堂叢語》三部著作。《清代禁書知見錄》尚載《易筌》、《禹貢解》二目；《千頃堂》及《明史藝文志》載《考工記解》，不知是原作還是偽託，目前勾稽未得。

除了個人的著述之外，焦竑也參與了校訂、編輯書籍的工作。先後有《謝康樂集》、《升庵外集》、《洛陽伽藍記》、《兩蘇經解》等十餘種。

（一）著作

1. 《焦氏類林》八卷。此書完成最早，有焦氏萬曆十三年（1585）自序，大體為鄉人李登之請，而將平日雜考、筆記之作付梓，其中也有李登的按語、附記。書商王元貞、鄉人姚汝循與李登作有萬曆十五年序言（《粵雅堂叢書》收此書，誤姚汝循之名為姚汝「紹」）。

2. 《老子翼》三卷，分上下篇附考異一卷。前有萬曆十六年（1588）王元貞及自序二文。再附採摘書目，自韓非子以下，迄李贄、焦

18　林慶彰：《明代考據學》第七章，頁310，稱「別集今已罕見」。

竑，共計六十五家註解。嚴靈峰《無求備齋老子集成》、中國子
學名著集成編印委員會皆影印原刊本發行。坊間另光緒二十一年
開雕之漸西村舍刊本，臺北廣文書局影印發行。

3. 《莊子翼》八卷　刊刻體例與《老子翼》同，嚴靈峰《無求備齋莊
子集成》依據萬曆十六年長庚館刊本影印發行。有焦氏自序。採
郭象以下數十家章句音義或互相發明。全書七卷，附〈莊子闕
誤〉一卷。再增附相關莊子事蹟傳記等文一卷。此書尚見中國子
學名著集成編印委員會影印原刊本，以及《金陵叢書》排印本、
《續道藏》手抄影印本。

4. 《焦氏筆乘》六卷、《續筆乘》八卷。焦竑自序云：「曩讀書之
暇，多所札記。萬曆庚辰（八年）歲，友人取數卷刻之，余藏
巾司中未出也。」前集內容中有李登士龍按語，斷定前集與《焦
氏類林》相當類近。《四庫提要》列此書於子部雜家存目，前集
作八卷，李文琪先生考訂，可能是續集八卷之誤[19]。或與《類林》
八卷所混淆。前集未見萬曆八年刊本，也可能未名為《筆乘》之
故。

正續集皆為萬曆三十四年（1606）門人謝與楝吉甫氏所刻行。有
顧起元及焦氏自序。現行刊本，收在清伍崇曜《粵雅堂叢書》，
及蔣國榜《金陵叢書》中。考書中內容，首為四部考訂之作，
次為義理論說、傳記資料、古書辨偽、醫方及前人學摘要。亦
收錄焦氏已單獨印行之作，如續集卷二〈支談〉，是焦氏重要思
想，闡揚「道者一也」，指出「孔子未嘗有斥異之語，而後人反

19　李文琪：《焦竑及其國史經籍志》，頁57、68，論及《筆乘》及《類林》。引述焦氏
　　自序，與《四庫提要》之述，成書經過與要旨大抵相同。而斷定《類林》實成於李
　　登；然則《筆乘》成於謝與楝，亦未為不可。

沫於自蔽門戶」[20]；續集卷七、八載〈金陵舊事〉，皆抄錄他人舊作。故此書甚為龐雜，《四庫提要》指責：「多剿襲說部，沒其出處」，並舉十餘例以證之。

其實，此書摘述上千條，有所缺漏，並非焦氏蓄意為之。

5.《養正圖解》二卷。萬曆二十二年（1594）焦竑既任皇長子講學官，採擇古籍中故事有關法誡者，稍加訓釋，並繪為圖，名曰《養正圖解》。從「寢門事膳」到「借事納忠」，共六十事，述文王、武王、春秋、戰國至唐史事，分言行忠信四部。每事先繪一圖，另頁錄原文及講述。書前有祝世祿無功及焦氏自序。據祝氏序言，可知：「繪圖為丁雲鵬，書解為吳繼序，捐貲鐫之為吳懷讓，而鐫手為黃奇咸。」據李焯然考，同官郭正域等惡其不相關白，目為賈譽，遂不得上。然通行宛委別藏本卷首有萬曆二十五年九月初八日題奏，並有聖旨批語。則此書擱延三年，仍獻於朝廷。

6.《國史經籍志》六卷，萬曆三十年（1602）陳汝元校刻函山館本。陳氏自居為門人，其序云：「歲丁酉（二十五年），元以國子生赴試京師，偶於薦生家獲睹先生所輯《國史經籍志》。元盥手展閱之……壬寅（三十年）春，謁先生於金陵，先生提命之，頃出是編相示，則比京師時又加詳矣。……先生首肯，命元校讎而付之梓，凡五閱月而工訖。」稍後錢塘徐象橒曼山館有覆刻本，僅前二序之版有異。

首卷為明代御製書類，以次為經、史、子、集四部，末為糾謬。每卷各小類均有序文，共計四十九篇，亦收入本集卷二十三。通

---

[20] 《四庫提要》批評〈支談〉：「是書主於三教歸一，而併欲陰駕佛老於孔子之上，此姚江末流之極弊。」然焦氏之學，實出於三教之上，欲為孔學張揚。

行本可見於《粵雅堂叢書》、《叢書集成》中。

7. 《京學志》八卷，萬曆三十一年（1603）刊本。首自序，次凡例、京學志目、宋建康府學圖、元集慶路學圖及國朝應天府學圖。書分八卷，依次為建置、令格、典禮、官師、選舉、既稟、藝文、名宦鄉賢列傳。李焯然考，一九六五年臺灣國風出版社曾據原刻本影印出版。

8. 《澹園集》四十九卷，萬曆三十四年（1606）內黃黃吉士雲蛟刊本。前有黃州耿定力、延州吳夢暘，以及門生陳懿典、臧爾勸四序。另有有許吳儒識語，言：「直指黃雲蛟公欲刊布之……屬謝和州嵩摠校入梓，而何州端臺龍含山為光、王學博中起參校督刻，皆有勞焉。」版心有「欣賞齋」、「戴惟孝刻」字樣。臺北偉文圖書公司在一九七七年影印出版[21]。另有清代蔣國榜金陵叢書本。

9. 《獻徵錄》一百二十卷，萬曆四十四年（1616）錢塘徐象橒曼山館刊本。書前有黃汝亨、顧起元序。每卷目錄後題：山陰張汝霖、吳興茅元儀同校，錢塘徐象橒刊行。書中採錄有明一代名人事蹟，依宗室、戚畹、勛爵、內閣、六卿以下各官，分類標目。其無官者，則以孝子、義人、儒林、藝苑等目分載。保存了大量的明人原始傳記資料，如墓誌銘、神道碑、行狀等。一五六五年臺北學生書局影印原刊本發行。

10. 《俗書刊誤》十二卷，萬曆三十八年序刊本。焦竑自序云：「近世《正韻》為國制書，惟章奏稍稍施用，學者師心無匠，肆筆成偽，蓋十居六七者有之，蚤歲課子，嘗為點定，兒曹因筆於策，以識不忘云爾。楊君中甫刻本義成，輒取此秩並梓之。」

---

[21] 有關《澹園集》版本。李焯然考，國家圖書館藏萬曆間黃雲蛟四十九卷本，臺灣大學藏萬曆間欣賞齋四十二卷刊本，臺灣偉文據後本影印。從偉文影本看，兩本應為同本。何以有「四十二卷」之異，可能是筆誤，或者藏書目錄登載錯誤。

前四卷分平、上、去、入四聲，刊正偽字。以次考字義、駢字、字始、字音異同、俗用雜字、字形疑似，是一本文字學用書。《四庫》收錄，今通行本泰半據此影印發行。

11.《澹園續集》二十七卷，萬曆三十九年（1611）序刊本。朱汝受命於徽寧等地兵備副使金勵，而刻於當塗。書前有門生吳淞、徐光啟序文。據李焯然先生考，書中有萬曆四十二年之後的作品，當為可信[22]。則蔣國榜所刻《金陵叢書》本所採用的續集底本，並非最早的刻本。

12.《玉堂叢語》八卷，萬曆四十六年（1618）錢塘徐象橒曼山館刊本。書前有顧起元、郭一鶚及焦氏自序。是編仿《世說》之體，再以《類林》的分類原則，摘錄明初以來翰林諸臣遺言往行，共分五十四類。觀其編選方式與內容，或即許吳儒所謂未出版的《明世說》吧。萬曆三十四年（1606）另有李紹文撰《皇明世說新語》，與焦氏並無關聯。此書通行本有二：一九八〇年上海古籍出版社影原刊本，一九八一年北京中華書局排印標點本。

13.《熙朝名臣實錄》二十七卷《四庫提要》史部傳記類存目，為研究明史之重要材料。李焯然考，此書現已下落不明。

（二）編纂

1.《謝康樂集》四卷，萬曆十一年（1583）謝氏序刊本。書題：宋陳郡謝靈運撰，明橋李沈啟原輯，秣陵焦竑校。卷首有萬曆癸未冬秣陵焦竑弱侯甫題辭。題辭後，有「茅晚成刻」字樣，目錄後附有《詩品》、《宋書·本傳》。焦竑序云：「《謝康樂集》世久

22　李焯然：〈焦竑著述考〉，頁202。

不傳，其見文選者，詩四十首止耳。後李（夢陽）獻吉增樂府若干首；黃（省曾）勉之增若干首；吾師沈（啟原）道初冥搜博訪，復得賦若干首、詩若干首、雜文若干首……集成，而合刻之，而以校事委余。」（另見本集卷二十二）王重民《提要》：「美國國會圖書館藏有。萬曆十一年焦竑序。」（頁494）故宮博物館所藏亦同，國家圖書館所藏數本皆缺此序，亦無出版時間。

2. 《陰符經解》一卷，明萬曆間繡水沈德先尚白齋刊本，為《寶顏堂秘籍》之一，前有萬曆十四年（1586）自序。《四庫提要》著錄，謂：「蓋竑與李贄友善，故氣類薰染，喜談禪說，其作此注，仍然三教歸一之旨也。」據李焯然先生考，蘇秦得太公《陰符》之謀，其後未見藏書目收錄。通行註解本只見於唐李荃之後，所解者有道家、兵家、神仙家言。此書原為偽書可知矣！以焦氏文集中，其所著述註解之書序，都已收錄，何以獨缺此書之序？疑點頗多，惟未見焦氏否認，仍置於此。

3. 《兩蘇經解》六十四卷，萬曆二十五年（1597）畢氏刊本。焦竑序云：「弱冠，得子由《老子解》，奇之。尋於荊溪唐中丞得子瞻《易書二解》。己丑（1589）檢中秘書，始獲《論孟拾遺》。壬辰（1592）奉使大梁，於中尉西亭所獲子由《詩》與《春秋》解。丁酉（1597），侍御畢公衷而刻之。」內含蘇軾二書、蘇轍五書。依常理判斷，搜集校刊者為焦氏本人，而刊刻出版者為侍御畢公也。《哈佛燕京圖書館藏書目錄》作：丁酉年焦竑編輯；或可佐一證。

4. 《遜國忠節錄》四卷。《四庫提要》存目著錄《忠節錄》六卷，據王重民先生考，與《表忠彙錄》六卷本的內容完全相同。有萬曆三十年（1602）焦竑序，中云：「今上登極，建祠冶城，錄其尤著者百十有八人，春秋祀之。……少宰李公廷機、少宗伯葉公

向高，增入若干人。頃大鴻臚張公朝瑞以舊京兆攝府事，顧瞻祠宇，慨然興歎，謂當時事蹟散見他書者尚多有之，乃刈繁剔偽，合為一編，增入者若干人。……屬為序。……余鄉陳諒之弘治中為武選得諸臣事於故牘中，銓次為集，家世寖遠，書以不存，余嘗恨之。近得十數家，又詳略殊方，舛誤錯出，得公一加勘定，勒為不刊。」（見本集卷十四及王氏提要頁132）依上述線索，《遜國忠節錄》四卷或為《表忠彙錄》六卷本之前身。而萬曆三十年時，此書或張朝瑞交焦氏出版，或焦氏僅為張朝瑞撰序而許吳儒誤植為焦氏出版。前者的可能性較大，故仍收錄。

5.《漢前將軍關公祠志》九卷，萬曆三十一年（1603）趙欽湯刊本。北京圖書館藏有。據李焯然考，書前有此年焦竑序文，另有王圖序、萬曆二十六年趙欽湯重刻序。卷末附萬曆二十九年黃克纘重刻序、趙欽湯重刻始末。焦序云：「趙公頃蒞金陵，一見余，出此本令相參校，而并屬為序。余固辭弗獲，乃稍稍增損而緒正之，分為八卷，已定可繕寫。李焯然謂：「是書每卷前有焦竑提案」；可證明焦氏參與重編，非僅撰序而已。又國家圖書館藏《漢前將軍壽亭侯關公志》十二卷，丁壥編，明末武水丁氏原刊本，當為後造之書。

6.《陶靖節集》八卷，萬曆三十一年（1603）焦氏序刊本。焦竑云，因新安人吳汝紀之求，授與宋本《陶靖節先生集》，使刻而廣之，並為序（本集卷十六）。王氏《提要》云：另見一本，多蕭統序，凌濛初跋，凌南榮校。書中評語為凌氏加入（頁493）。則所八卷附總論一卷本，當為凌氏後刻之書。

7.《洛陽伽藍記》，萬曆三十八年（1610）校刊本。焦竑序云：「頃得宋本《洛陽伽藍記》，躬為刊定。僕近刻《九經刊誤》、《陶靖節集》，壹據宋本正之，實藝林之一快。何時併傳是本，與好事

者共耶？庚戌夏五月，憑虛閣看雨，待客不至，書此。」（續集卷九）

8.《九經刊誤》，萬曆間刊本。書目見於焦竑《洛陽伽藍記》的序言中，知為焦氏據宋刊本校勘印行。

9.《許文穆公集》六卷，萬曆三十九年刊本。美國國會圖書館、香港大學馮平山圖書館藏。書題：門人福塘葉向高、燕山方從哲纂輯，瑯琊焦竑校閱，男立言、立禮輯梓。前有焦竑萬曆三十九年（1611）序。

10.《唐荊川纂輯右編》四十卷，萬曆錢塘徐氏曼山館刊本。焦竑序云：「司成劉公（曰寧）幼安、朱文寧頗葆南雍業，以正學為多士鵠矣。已，復欲以經濟導之，則取右編刻焉。余藏先生稿本，部分未定，且漢唐名奏遺軼尚多。幼安因擇其要者補入，而緒正校讎則文寧有力焉。刻成，俾余為序。」看似督學監察御史劉、朱之作，然藏稿本者為焦氏本人，歷兩屆御史始成，則焦氏裒集，而官府要員刊刻的可能性最大。另有《武編》一書，則可能是徐氏自刻，而托名焦氏者，詳後。

11.《升庵外集》一百卷，書前萬曆四十五年（1617）春瑯琊焦竑識文：「曹（學佺）能始觀察入蜀，余托以訪求。曹於書有奇嗜，極力搜羅，復得若干種以寄。鄙意先先生詩文勒為正集；其所選輯、批評自為一書者，為雜集；至所考證論、議揔歸說部，為外集。外集為余鄉葉循甫遵、豫章王曰常嗣經共為排纂，而余實後之。司成顧公、汪公則嘉與而歆劂焉，尤有功是編者，輒為論列之。」

另有：丙辰（1616）冬日顧起元序、丁巳正月南國子監司業海陽汪輝跋。首頁作：成都楊慎著、瑯琊焦竑編、吳郡顧起元校。國家圖書館藏書目登錄為：萬曆四十四年（1616）顧起元

校正本。觀焦序、汪跋，實成於次年汪氏之手。焦氏就楊慎三十八種著作，依內容排比為天文、地理、宮室……等二十七類，輯為百卷，整理出版工夫，可謂大矣。

12.《張于湖集》八卷附錄一卷，宋張孝祥撰、焦竑等編。國家圖書館藏明崇禎十七年（1644）張弘開二張集本。此藏本應為後刊本。

五　焦竑參與的文化、教育活動

焦竑除了教學、著述、編輯書籍，也參與地方的文化、教育活動，諸如學校、廟宇的修建，並鼓勵他人出版，為著作者撰寫序跋。依據可考著作年代，排列如下：

（一）參與興學、纂譜、修志、建廟等活動

1. 萬曆十九年（1591）為徐承宗、顧其言、李紹者重修吉祥寺撰碑（本集卷十九）。
2. 二十年因和州學正李春茂等人之請，為知府曾克唯遷移重修儒學堂撰記（本集卷二十）。
3. 為江寧府對江河開鑿作記（嘉慶《江寧府志》）。
4. 為新安俞指南重修太倉銀庫撰記（本集卷二十）。
5. 因同年黃吉士之請，為內黃知縣張延登重修儒學堂撰記（同上）。
6. 奉敕撰〈莫州重修藥王（扁鵲）廟碑〉（本集卷十九）。
7. 二十一年為鄉人李登、盛敏耕、陳桂林合纂之《上元縣志》作序。〈上元縣志序〉：「鄉先生李公登、文學盛君敏耕、陳君桂林……成此書，程侯（三省）將刻而傳之……萬曆癸巳（1593）秋九月邑人焦竑書。」（見《萬曆上元縣志》，又見本集卷十四）

8. 二十四年（1596）為休寧汪溪金氏族譜撰序（本集卷十五）。

9. 因江鴻臚爾海之介，為永新縣知縣余懋衡遷復廟學撰記（本集卷十九）。

10. 二十六年為襄陽郡人建觀祭祀雲鶴子而撰碑記（本集卷二十一）。

11. 與鄉人給諫祝世祿等人合修羅汝芳、楊起元祠堂，並撰序（本集卷二十）。

12. 二十七年為典史喻棨、王汝寵重修應天府廟學撰記（同上）。

13. 為繁昌知縣吳縝重修儒學堂及同仁書院撰記（同上）。

14. 二十八年為僧人如方、如覺重修幕府寺而撰文紀事（本集卷二十一）。

15. 二十九年因同年祝世祿（1539-1610）之請，為吳彬手繪栖霞寺五百阿羅漢圖像撰文紀念（同上）。

16. 三十年先師耿定向祠堂成。適先生弟定力以中丞節來祠祭，乃撰文紀事（本集卷二十）。

17. 三十四年因溧陽人呂昌期之請，為縣令溫陵徐某重修伍員廟撰碑記（續集卷四）。

18. 三十六年因學博士馬德灃之請，為金勵重修寧國府廟學作記（同上）。

19. 為巡臺黃吉士助款、知府謝嵩修建和州儒學尊經閣撰記（同上）。

20. 新安張大晉率同志改建嘉善寺於蒼雲崖，為作記（同上）。

21. 為侍御康丕揚、別駕毛九苞修復揚州三塘，作碑記（同上）。

22. 三十八年為祝世祿修族譜撰序（續集卷二）。

23. 為給諫晏文輝序《家譜》（續集卷三）。

24. 四十年御史熊廷弼抵上元，重修明道書院，因熊氏之請為紀（續集卷四）。

除了這些時間可考的作品外，焦氏也有一些壽序、送行序、園亭

序、墓誌銘等應酬事務，然而他關切的大體為：

（1）學堂、書院、會館的興修，如〈天臺先生書院記〉、〈日照縣重修廟學記〉。

（2）祠堂、廟宇的建築，如〈陽明先生祠堂記〉、〈棲霞寺修造記〉。

（3）水利工程的修復，如〈和州新建橋壩記〉、〈重修濟寧州濟川坊記〉。

（4）縣志、家譜的撰寫，如為姑孰李汝節、青陽陳明龕等人家族宗譜寫序。

在集中收錄此類文章，多於一般文人。足見他的交游酬酢，多集中在地方的基層、鄉黨之中，即使有少數的高官厚爵者，亦與督學、御史教育官員相關。這種情形，可以說是焦氏不得官場同仁的歡迎與認同；但換個角度看，在基層教育界、平民百姓中，他反而是一個比較常見的「公眾人物」。

（二）協助他人出版書籍

焦竑勤於搜羅典籍，所藏兩樓五楹俱滿；翻閱過的，一定詳加校讀[23]。他曾與梅鼎祚、趙琦美、馮夢禎約為抄書會，三年一集，互抄異書[24]。也常將搜集來的資料、書籍交付友人出版。他的收藏自然是為了出版而準備，但在文化傳播上的努力，可以讓人深深欽佩。

1. 吳道南校補《歷科廷試狀元策》 吳氏序云：「曩金陵唐氏演次成秩，付之奇氏，傳布域中，已非一日……頃陪對公車，謬次弱侯

---

23 袁同禮：〈明代私家藏書概略〉引〈淡生堂藏書訓〉之語。

24 《列朝詩集小傳》丁集下：「梅禹金好聚書，嘗與焦弱侯、馮開之暨虞山趙 玄度訂約搜訪，期三年一會於金陵，各書其所得異書逸典，互相仇寫。事雖未就，其志尚可以千古矣。」然就趙琦美數次向焦氏借書，未必止於空言。

甫後，間嘗偕弱侯甫取舊本一繙訂之，復取近科二三策而補耳之。」此書各家藏書目或作焦竑輯，或作焦、吳合輯，而現存所見為胡任興增定崇禎間大業堂刊本、康熙丙戌（1706）重增刊本。焦竑或助吳道南校補此「升學參考書」，未曾自己出版。

2. 萬曆三十二年（1604）陳第前來今金陵問學，借以韻書，代為補綴，使成《毛詩古音考》卷，並於兩年後出版時撰序。陳第跋語：「往年讀焦太史《筆乘》曰『古詩無仄音』，此前人未道語也。知言哉！歲在辛丑，嘗為考證。……甲辰春，來金陵，稿未攜也。秋末，造訪太史，談及古音，欣然相契，假以諸韻書。故本所記憶，復加編輯。太史又為補其未備，正其音切。」

3. 萬曆三十四年（1606）提供鄭介夫傳記、□議、上梁文諸篇，協助南京戶部郎中晉江鄧鑛出版《鄭一拂先生祠錄》一卷。北京圖書館藏此年刻本。卷前有：趙參魯、葉向高、鄧鑛之序。首頁作：南京吏部侍郎福清葉向高編正、翰林院修撰金陵焦竑匯輯、南京戶部郎中晉江鄧鑛校刻，末附董應舉跋。

鄧鑛〈刻宋鄭一拂先生祠錄序〉：「漪園焦公閱《金陵景定建康志》，慨然有慕，以為公之大節精忠宜崇廟食，乃率郡弟子上於督學行素饒公，遂為之捐資而建祠焉。又上於府丞文江徐公，遂為之致春秋祭焉。又告於吾鄉少宰九我李公、少宗伯臺山葉公，遂為之置田豎坊而恢堂奧焉。……焦公曾以公傳并□議、上梁文諸篇授小子鑛，鑛既輯其略節而書之祠區矣。……悉出其全本繡諸梓。

4. 三十六年災荒，新安鄭夢囿賑災、救病，又集刊藥方，乃增補其方並撰序。

〈墨寶齋集驗方序〉：「歲戊申，陽侯為災，舟行於塗，蛙產乎灶，人不聊生甚矣！新安鄭夢囿氏僑居金陵，捐橐中裝賑之。

已，疫癘流行，民益大困，為延良醫數人訊疾調藥，寘之通衢，賴以全活者不可指數。尋念窮鄉僻塢苦無醫者往往有之，因出所藏集驗方若干卷，梓之以行。余嘉其為仁人之用心也，輒取余所有者盡俾之，並以傳焉。」（續集卷二）

5. 為程百二所刻《品茶要錄》校正，並撰書題。稍後，仍提供《雲林石譜》版本，與校跋《酒經》。

〈書品茶要錄〉：「嘗於殘楮中得《品茶要錄》，愛其議論。後借閣本東坡外集讀之，有此書題跋。乃知常為高流所賞識，幸余見之偶同也。獨傳寫失真偽 舛過半，合五本校之，乃稍審諦如此。因書一過，並附東坡語於後，世必有賞音如吾兩人者 。」（續集卷九）

王氏《提要》：「《程氏叢刻》 明新安程百二輯刻；內有《雲林石譜》、《酒經》、《品茶要錄》、《茶說》、《畫鑑》五種。」（頁304）

其中四種有萬曆四十二年（1614）胡之衍序跋。據胡氏序，似乎不止五種。《品茶要錄》有焦竑三十六年序。《雲林石譜》，胡氏云，為焦太史家藏本。《酒經》則有焦竑跋。

6. 三十七年借趙琦美抄錄《東皋子集》。

《愛日精廬藏書志》：趙琦美在青溪官舍，借焦竑藏本錄《東皋子集》（卷二十九）。

7. 三十八年再借趙琦美《鐵網珊瑚》。

〈鐵網珊瑚書後識語〉：從焦氏借舊本《鐵網珊瑚》，校對己所藏本，增定為十六卷。

8. 考功陳、蘇、張三君請梓吳幼清《易纂言》，予之，並親為撰序。

〈易纂言序〉：「余藏是本數十年，考功陳、蘇、張三君以通經學

古為心，梓之以傳，而余復屬有人黃應登氏校讎至再，其於是役
勤矣，因并著之。」（續集卷三）

9. 借茅瑞徵抄寫《芝園秘錄》。

《芝園秘錄初刻》十四卷，崇禎年間茅瑞徵輯刻本。北京國家圖
書館藏。茅氏自序云，寓居金陵時向焦竑借書，手自抄錄。此書
包括：《易說》二卷、《詩論》、《二老堂雜志》五卷、《東南防
守利便》三卷、《楊公筆錄》、《華陽宮紀事》、《續千文》七帙
六冊。故宮博物院善本作「明崇禎丙子（九年，1636）茅氏浣花
居刊本」。

（三）為時人著作撰寫序跋

1. 萬曆二十一年（1593）為同年祝世祿詩集《環碧齋稿》作序（本
集卷十五，王重民《提要》，頁654）。

2. 萬曆二十三年（1595）為維揚彭大翼《山堂肆考》撰序（本集未
見）。

《山堂肆考》二百二十八卷補遺十二卷。國家圖書館藏，作「萬
曆二十三年（1595）維揚彭氏刊，己未（四十七年，1619）修補
本。」從首頁以「較」字避崇禎皇帝諱，可知是崇禎年間版本。
美國會與北大圖書館藏本原題不同。知前者彭氏二十三年序刊
本，後者為張幼學四十七年序刊本。二本皆有焦氏二十三年之
序，何以未收入本集？待疑。

3. 萬曆二十七年為李贄作〈藏書序〉。

《李氏藏書》六十八卷，萬曆二十七年（1599）金陵刊本。

書前有焦竑、劉東星、祝世祿萬曆二十七年序。另有梅國楨、耿
定力序，未記撰寫年月（王重民《提要》，頁76）。

4. 萬曆二十八年因王宇泰太史之請，序李贄批選《坡仙集》。

「《坡仙集》十六卷　美國會圖書館藏　封面題《李卓吾批選坡仙集》。目錄後有萬曆庚子歲錄梓於繼志齋中牌記。

另附有焦竑萬曆二十八年序、方時化跋。」（王重民《提要》，頁519）

焦竑序云：「余向於中秘見蘇集不減十餘種，欲手自排纘為一編未成。頃王太史宇泰取見行全集與外集類次之以傳，而以書屬余曰：子其以卓翁本先付之梓人。」

5. 萬曆二十九年為包衡序《清賞錄》十二卷（王重民《提要》，頁343）。

6. 萬曆三十年為新安汪廷訥所輯祝世祿《留垣疏草》作序（本集卷十六，王重民《提要》，頁654）。

7. 萬曆三十一年，因歐陽麟之請，為陳沂《獻花岩志》撰序（本集卷十五）。

〈獻花岩志序〉：「西園沈君生予示公墨本，……歐陽惟玉請校刻之，而屬余為序……癸卯夏京兆焦竑弱侯書。」（見陳沂《獻花岩志》序文）

8. 再為歐陽麟長兄序（惟禮）手藏陳沂（石亭）古律寫本撰序。

〈陳石亭翰講古律手抄序〉：「頃余姻歐陽惟禮復得石亭先生《古律手抄》若干卷……且屬余為序。」（本集卷十五）

9. 萬曆三十四年（1606），為陳第《毛詩古音考》作序（本集卷十四）。

10. 為茅維《東坡先生全集》七十五卷作序（本集卷十四）。

〈刻蘇長公集序〉：「經解余向刻於滄州，茅君向若復取公諸集合為此。」

劉尚榮《蘇軾著作版本論叢》：「書前有萬曆正月既望琅琊焦竑序、萬曆丙午（1606）元日吳興茅維序。」（頁172）

11. 為閔元衢序《歐餘漫錄》。

王重民《提要》：「《歐餘漫錄》十卷附錄一卷，北圖藏有萬曆間刻本，有焦氏萬曆三十四年序。另有陳繼儒、王稚登序。」（頁327）惟焦氏文集中未見。

12. 萬曆三十五年為侍御史黃吉士重刊、沈朝陽所補《通鑑紀事本末》撰序。

〈刻通鑑紀事本末序〉：「金陵沈君朝陽為侍御（沈）韓峰公之子，博雅多通，又采宋元史，補（袁紆）機仲之缺，於是上下千古遂為完書。直指雲蛟黃公謂切 於世用因板行其書，與學者共之，而屬余為序。」（續集卷一）王氏《中國善本書目提要》：「《通鑑紀事本末》十二卷 美國會圖書館藏有 宋袁樞撰 此明萬曆間黃吉士與《宋元紀事本末》合刻本 焦竑萬曆三十五年序黃吉士重刊 名後附有淮安府知府杜摩等十人同校 山陽刊本」（頁112），則王氏所錄當為後刻本。

13. 萬曆三十六年為侍御康丕揚、別駕毛九苞二人重編之《東坡先生外集》作序。

〈刻蘇長公外集序〉：「得外集讀之多前所未載既無舛誤而卷帙有序……侍御康公以醨使至……屬別駕毛君某校而傳之而命余序簡端。」（續集卷一）劉尚榮《蘇東坡著作版本論叢》略云：重編《東坡先生外集》八十六卷，有三序分別為康丕揚、毛九苞、焦竑所撰。康公以丁未年董兩淮醨政，將所得某學士家抄冊，與同年李濟川手錄外集全冊，交別駕毛九苞編校為八十六卷。萬曆三十六年刻於維揚府（頁121）。

14. 萬曆三十七年為新安潘子曲譜作序（續集卷二）。

15. 為陳第序《伏羲圖贊》（續集卷一）。

16. 為眉源蘇公輯、王惟儼刻、李贄撰《續藏書》寫序。

《續藏書》二十七卷，金陵王氏刊本。美國會圖書館藏、京都大學人文研究所。焦竑序云：「歲己酉（1609），眉源蘇公弔宏甫之墓而訪其遺編於馬氏，於是《續藏書》始出，余鄉王惟儼梓行之。」（王重民《提要》，頁77）另有李維禎序。

17. 序東吳俞安期《詩雋類函》。

《詩雋類函》一百五十卷，北大圖書館藏有萬曆刻本。原題：東吳俞安期彙纂、宣城梅鼎祚增定、侯官曹學佺訂校。有焦竑、李維禎萬曆三十七年序。（王重民《提要》，頁379）收入《四庫全書存目叢書・子部》（濟南市：齊魯書社，1995年。）

18. 序程百二《方輿勝略》。

王重民《提要》：「《方輿勝略》十八卷，萬曆間刻本。北大圖書館、美國國會藏有。」（頁186）中有焦竑萬曆三十七年序。尚有李本固四十年序；或為後刻時補入。

19. 萬曆三十八年為鳴巖山人周暉《金陵瑣事》一書撰序。

此書前有引文，署：萬曆庚戌夏澹園老人焦竑題於所居之澄懷閣。分上下卷，卷首作：漫士周暉吉甫撰，矩所何湛之公露校（燕京圖書館藏書目）。

20. 為李佺序《竹浪齋詩草八卷附吳遊記》一卷。（續集卷二）

王重民《提要》：「焦竑、顧起元萬曆三十八年序。」（頁659）

21. 為馬大壯序《天都載》。

王重民《提要》：「焦竑、顧起元萬曆三十八年序。」（頁326）

〈天都載序〉：「余友馬君仲履，博學多通，奇篇奧帙，靡弗采擷。少遊明德羅先生之門，覃思大道，而復以餘力為《天都載》一書。」（續集卷二）

22. 為宣城劉仲達序《劉氏鴻書》。

王重民《提要》：「焦竑、李維楨萬曆三十八年序；湯賓尹、顧

起元萬曆三十九年序。另黃景星引、劉仲達自序，不詳時間。」
（頁380）

23. 萬曆三十九年為謝肇淛《文海披沙》撰序。

（續集卷三作〈藝海披沙序〉，書見和刻漢籍隨筆叢刊中。）

24. 為許立言、立禮刊行其父許國之文集撰序。

王重民《提要》：「《許文穆公集》六卷，原題：門人福唐葉向
高、燕山方從哲纂輯、瑯琊焦竑校閱、男立言、立禮輯梓。萬
曆三十九年焦序。」（頁635）

25. 萬曆四十年為陳第所著《尚書疏衍》四卷校訂。

（《善本書室藏書志》卷一）

26. 萬曆四十二年為陳懿典文集撰序。

王重民《提要》：「《陳學士先生初集》三十六卷，原題：秀水
陳懿典孟常父著、子婿曹憲來原名仲麟校。焦竑萬曆四十二年
序。」（頁660）

27. 為吳惟明校刊出版的宋張九成文集等撰序。

王重民《提要》：「《橫浦先生文集》二十卷、《孟子發題》一
卷、《橫浦心傳錄》三卷、《橫浦日新》一卷。首書原題：門人
郎曄編，後學吳惟明校梓。焦竑萬曆四十二年序。」（頁528）

28. 萬曆四十六年（1618）為夏樹芳《詞林海錯》十二卷撰序。

王重民《提要》：「原題：江陰夏樹芳茂卿輯，華亭陳繼儒仲醇
校。有董其昌、陳繼儒四十五年、焦竑四十六年、馮時可、吳
奕五人之序。」（頁382）

29. （時間不詳）為汪虞卿序《梅史》一卷。

王重民《提要》考，原題：休寧汪懋孝著，門人汪躍龍、從子
汪棟校刻。叢汪懋孝師承詹景鳳，與雪湖劉繼相交往，斷定為
萬曆間出版。前有焦竑序（頁309）。惟焦氏集中未見此序。周

心慧《明代版刻述略》云：「萬曆十六年刊《汪虞卿梅史》，黃時卿刻；同年刊《泊如齋重修考古圖》，黃德時刻；二十二年刊《養正圖解》，黃鏻、黃德奇刻。」黃時卿名鎮，與鏻同宗，都是徽派名刻工，與焦竑或有關聯。

以上序記之作收入本集、續集中，往往不注明撰著時間，得由原刊本，或藏書目錄所載勾稽而得。未能考述者，尚佔半數。而《焦氏續集》初版於萬曆三十九年，三、四年後雖有增入再版，為數終究不多。所以焦氏七十二歲之後的作品，就難以掌握，為他人所寫的傳記、序文，就得在他人的文集、家傳中搜尋了。

（四）書商借名出版

焦竑既名滿於當時，許多書商請求提供善本以便刊刻發行，有時候就把焦竑的名字也刊在上頭；亦有逕自冒名頂代，以廣書籍銷路。當時的書商，杭州徐氏，金陵周氏、魏氏，新安汪氏，建陽余氏、葉氏、劉氏，秀水沈氏，歸安茅氏，烏程凌氏，皆曾出版與焦竑名字有關的作品。從焦竑的生平交游來看，王元貞、李登是最早代為出版，其次為李贄門人方時化、新安汪廷訥，其次為同年黃吉士、劉曰寧，最末為門人陳懿典、書商許自昌、徐象橒。其中以杭州（錢塘）徐氏與焦竑來往密切，刊行書籍最多。除焦氏親自參與編纂的書籍外，借名出版尚有：

1. 《唐荊川纂輯武編》前集六卷後集六卷　萬曆錢塘徐氏曼山館刊本。王氏《提要》云：「卷內題：瑯琊焦竑校；卷一目錄後，題有：仁和沈士鳳、茂苑許自昌同校，武林徐象橒梓。又有郭一鶚、吳用先、姚文蔚序。美國國會圖書館藏。」國家圖書館、中研院藏本同。從焦竑與徐氏的關係，與許、沈二氏專業編書，姚文蔚曾補《右編》十卷的經歷，此書為徐氏集團的「傑作」之一。

2. 萬曆四十七年以楊慎、焦竑名義出版《古詩九種》二十一卷。

故宮博物院藏此年曼山館刊本。包括楊慎編《五言律祖前集》四卷、《後集》六卷、《唐絕增奇》五卷、《唐絕搜奇》一卷、《六言絕句》一卷、《六言八句》一卷、《五言絕句》一卷。所餘《五言律細》一卷，作楊慎選、焦竑批；《七言律細》一卷，作焦竑批選、江寧徐維禮校、錢塘徐象橒刻。借名之舉，呼之欲出。

3.《絕句衍義》四卷　題楊慎輯、焦竑評點。有楊慎嘉靖丙辰（1556）自序。

國家圖書館藏，與絕句數書合刊。而此冊內頁題：成都楊慎選輯，琅琊焦竑批點，茂苑許自昌校。許自昌與徐氏瓜連，才是真正的成書者。

4.《東坡先生尺牘》十一卷　題蘇軾撰、焦竑批點。天啟元年曼山館刊本。

（《明版綜錄》卷四）時焦氏已卒年餘，徐氏借其名出版，又是一證。

5.《蘇長公二妙集》二十二卷　題蘇軾撰、焦竑評。天啟元年曼山館刊本。

書前有方應祥、孔冷然序。孔序云：「焦太史終身學問，獨于無心處窺見坡仙神隨，特拈出二妙，以示透入真脈。」　次附有焦氏〈東坡二妙題詞〉，則此書應為孔氏代勞之作。

其他書商託名出版如下：

6.《史記萃寶評林》三卷，焦竑輯、李光縉彙評。萬曆十八年建陽書林余自新克勤齋刊本。（《明版綜錄》卷二）形式相近之書見日本內閣、美國燕京著錄之《史記綜芬評林》三卷。題作：焦竑選輯、李廷機註釋。萬曆間建興書軒魏畏所刊本。是書各家任意

翻刻可知矣，惟祖本出自何處？待考。

7.《兩漢萃寶評林》三卷。

　　題作：焦竑輯、李廷機註、李光縉彙評。萬曆十九年（1591）建
　　陽書林余明吾自新齋刊本（同上，另李焯然亦考）書中收三十八
　　家評論，再加焦氏批點三式。此與上書顯為同系之作。

8.《史漢合鈔》十卷。

　　李焯然考，未見出處。文中云：卷首有焦竑題，萬曆四十七年
　　（1619）序，時竑已八十歲，次年卒於南京。疑此書與上述二書
　　應有關係。在當時史書節抄、評林之作很多，烏程凌家、閔家均
　　有類似之作。

9.《新鐫焦太史彙選中原文獻》二十三卷。

　　原題：修撰漪園焦竑選、少傅穎陽許國校、編修石賣陶望齡評、
　　修撰蘭嵎朱之蕃註；新安庠生汪宗淳啟文父、汪元湛若水父、許
　　繼登爾先父、汪宗伋予淑父閱梓」。王重民《提要》：「北大圖書
　　館藏有。是書（四庫）提要已辨其偽。觀其題銜，亦是『 三狀
　　元』會選之意。惟此本為新安諸汪所託，與他書金陵坊賈所託者
　　不同。」（頁379）

　　《蘇州圖書館善本書目》作：此年出版二十四卷。書中分經集六
　　卷、史集六卷、子集七卷、文集四卷，共二十三卷。稱二十四卷
　　者，想必含總目錄一卷。國家圖書館僅藏有子集七卷。

10.《皇明人物考》六卷，國家圖書館藏有兩種版本，卷末皆附張復
　　《一二考》一卷。萬曆二十三年閩近山葉貴刊本（《明版刻綜錄》
　　卷五）。

　　書題：《契兩狀元編次皇明要考》，狀元修撰漪園焦竑編次、晉
　　陽翁正春校正，閩建書林近山葉貴繡梓。首瞿九思〈附一二考
　　題辭〉，次王世貞〈皇明考〉，次〈人物考〉四種，次張復考三

種。

另有萬曆間三衢舒承溪重刊本。前有萬曆二十二年李廷機序，附錄〈皇明曆考譜〉等三文，次帝王、功臣、文臣等考。兩本內容大同小異，也不易判斷孰先孰後。

11. 《新刊焦太史彙選百家評林明文珠璣》十卷，見臺灣師大暫存東北大學舊藏書目中。前有萬曆二十二年焦氏自序，自云選文標準乃「有益於舉業者」。共收有明代一百一十一家之作，中有焦氏自作、袁中道（萬曆四十四年進士）作品等，顯然成書期頗晚，坊間書商偽託。

12. 《新鍥焦太史彙選百家評林名文珠璣》十三卷、《重鍥增補合 焦太史彙選評林名文珠璣》三卷、首一卷，附《續刻溫陵四太史評選古今名文珠璣》八卷。題作：明焦竑選、明劉應秋校、明董其昌校、明焦竑選增補合併、明楊守勤增補、明黃鳳翔等選附，明刊本，國會、東京著錄。美國普林斯頓大學藏書目作：《新鐫焦太史彙選百家評林名文珠璣》四卷；另哈佛燕京圖書館藏《新雋重訂增補名文珠璣》不分卷。亦作「焦竑輯評」。前有西吳史鳴皋（署嘉靖四十四年進士，事實上是天啟五年進士）序。

從所題人名查考：劉應秋（1547-1620），字士和，江西吉水人。萬曆十一年進士及第，一甲第三名，授翰林院編修，國子監祭酒。萬曆二十六年因事連坐削除職位。諡文節。董其昌（1555-1636），字玄宰，江蘇華亭人。萬曆十六年（1588）進士，官至禮部尚書，卒諡文敏。楊守勤（？-1620），字克之，號昆阜，浙江慈溪人。萬曆三十二年（1604）狀元，授翰林院修撰。黃鳳翔（1538-1614），字鳴周，號儀庭。福建晉江人。隆慶二年（1568）中一甲二名進士，授翰林編修。歷官禮部尚

書。這些人物並無關聯，多是高科中舉，進出翰林院，因此被
借名使用。而所選入書中之文字，自《左傳》、《檀弓》以下，
至袁宏道、黃汝亨、陳繼儒均有，則此書雜次、晚出的情形，
與《明文珠璣》類近。

13.《新刻三狀元評選名公四美》四卷，萬曆十九年金陵魏卿對廷
　刊本。

　題作：朱國祚（萬曆十一年狀元）、唐文獻（十三年狀元）、焦
　竑（十七年狀元）同選。前有劉曰寧序文，云：「吉則曰壽、
　曰婚，凶則曰祭，交際則曰翰札……，從吾三先生有慨於是
　也，迺搜集國朝諸名公傳世文及所珍藏未雋者，評其有合於
　四端矩度彙為一秩，命之曰四美，以永俾大業示人興羨毋阻
　回向云。萬曆辛卯（1591）季冬翰林劉曰寧選。」劉曰寧（？-
　1612）字幼安，江西南昌人。萬曆十七年（1589）進士，與焦
　竑同年。改庶吉士，授編修。歷至禮部右侍郎，協理詹事府。
　道卒（明史卷216）。此書藏於哈佛燕京圖書館，為劉曰寧之選
　作，當無疑議。

14.《皇明館課經世宏辭續集》十五卷，萬曆二十一年（1593）金陵
　周曰校刊本。

　題作：王錫爵續補、焦竑參定、陸舳之、陸登之纂輯。哈佛
　燕京圖書館藏，書目中，注云：「按是書卷端題王錫爵續補，
　想為借名王氏，實陸氏兄弟合纂者，補沈氏之未備。」王重民
　《提要》頁478，則載有沈一貫校、周曰校刻的原本。「焦竑」
　之名，顯然隨意增入。

15.《新纂事詞類奇》三十卷，萬曆二十一年序繡谷周曰校應賢父
　刊本。

　題作：武進徐常吉彰父輯、秣陵焦竑弱侯父訂、平原陸伯元幼

辛父次。有許國萬曆二十一年（1593）序。託名情形與上本同。

16.《增纂評注文章軌範》正編七卷續編七卷。

正編題：宋謝枋得、明茅坤注、李廷機評；續編題：鄒守益輯、焦竑評、李廷機注。日人東龜年補定，於明治新刻續編。東龜年校刻序文云：「署鄒東郭、焦漪園、李九我三子名者，最為近之。要非復有識君子所鑒裁而誰也？庸遽問其真假焉？」則東龜年氏心中自有疑問，以出版之需而浮說。又借王守仁云：「蓋古文之奧不止於是，是獨為舉業者設耳。」立意不高（明治二年刊本，藏於臺大總圖書館）。

17.《新鐫選釋歷科程墨二三場藝府群玉》八卷，三衢睿源翁日新慶霄館刊本。

題作：焦竑、王衡同選，後學星槎唐汝瀾註，岱石邵明世、岱宗王時學同校。書前有唐氏萬曆三十四年序，言發奮習作與編纂之苦，想此書必唐氏之傑作。書藏哈佛燕京圖書館。

18.《新契翰林標律判學詳釋》二卷，萬曆二十四年建陽書林劉經喬山堂原刊。

題作：太史漪園焦竑重校，書林玉田劉經梓行。

書藏日本東京內閣文庫。書前有大學士張位（1538-1605）序。書分吏律、戶律、私律、兵律、刑律、工律，共六部。此事未見焦氏傳中，亦未見相關之作，當存疑。

19.《新鐫翰林校正鰲頭合併古今名家詩學會海大成》十八卷。

李焯然考，日本東京大學東洋文化研究所藏有明刊本，焦竑校正，不著撰人。而國家圖書館有此萬曆四十二年（1614）三十卷本，題李維禎閱、余應虯刊本。《福建省情資料庫·出版志》載有：萬曆二十六年（1598）建陽余應虯近聖居刻本，並無焦氏之名。或為書商截割此書為十八卷，而託名焦氏者。

20.《九子全書評林》正集十四卷、續集十卷、卷首一卷。

題作：焦竑、翁正春編。正集選老子等九種，有焦竑序；續集選屈原等九種，有翁正春序。是書藏於美國普林斯頓大學葛思德東方圖書館，為萬曆建邑書林詹氏刊本。據《四庫提要》及近人屈萬里所考，為「坊賈射利之作」。

21.《二十九子品匯釋評》二十卷。

書題：焦竑校正、翁正春參閱、朱之蕃圈點。國家圖書館、日京都大學人文研究所藏萬曆二十五年（1597）序刊本。北京圖書館、普林斯頓大學藏四十四年序寶善堂刊本。收有老子等二十九種書籍，顯然是延續《九子全書評林》正續十八種之後。嚴靈峰無求備齋影印諸家集成，選出了《墨子品匯釋評》一卷、《荀子品匯釋評》二卷，臺北成文書局印行。

觀其內容、字跡、版式皆粗糙不堪。《墨子品匯釋評》錄三十三家評論者名字，錯了八個之多，如康海誤為「唐」海，姜寶誤作姜「家」，閔如霖誤作「問」如霖。《荀子品匯釋評》亦近同，如董其昌誤作「薰」其昌。《四庫提要》稱，這種「新刻三狀元」模式的書籍，泰半偽託。

22.《戰國策玉壺冰》八卷。

書題：翰林從吾焦竑批選、青陽翁正春校正、蘭嶼朱之蕃彙評。書內作：《新鑴三狀元精選戰國策玉冰壺》。據王重民《提要》，疑萬曆四十四年坊賈鄭瑞我偷翻穆文煕刊本。美國國會圖書館藏。（頁115）

23.《四書直解指南》二十七卷。

書題：張居正撰、焦竑校正。日本內閣、靜嘉堂文庫均藏。然張居正於萬曆元年已進疏《四書直解》二十六卷。（王重民《提要》，頁44）此書多了一卷，書名又增「指南」二字，應為

續貂之作，而託名於焦竑也。

24.《蘇老泉文集》十三卷，凌濛初刻本。

焦竑、茅坤、唐順之集評。焦氏（1540-1620）與唐氏（1507-1560）應無密切交遊，當為凌氏摘取三家之評見而合一書。

25.《東坡志林》五卷，國家圖書館藏明刊朱墨兩色套印本。

原題：瑯琊焦竑弱侯評。前有西吳沈緒蕃（弱瞻）小引。卷端有〈士林摠論〉數則，採陳繼儒、茅坤、謝坊得諸家語，皆藍印。據劉尚榮《蘇軾著作版本論叢》（成都市：巴蜀書社，1988年3月，頁151）：此書係翻刻趙開美刊本，增諸家評語。另有一卷本、十二卷本，則印行頗廣。

26.《楚辭集解》八卷、卷首一卷、蒙引二卷、考異一卷、《天問註補》二卷，美國國會圖書館藏。

原題：新安汪瑗玉卿集解、秣陵焦竑弱侯訂正。汪姪仲弘補輯刊行。前有歸有光嘉靖三十七年（1558）序、焦竑萬曆四十三年（1615）序、汪瑗自序、汪仲弘萬曆四十六年（1618）序。當為汪氏叔姪所為。

27.《致身錄》一卷 史仲彬著

李焯然〈焦竑著述考〉云：「隆慶二年（1568）焦竑於一道觀中發現此書，乃重刻之。卷首并有焦竑題萬曆四十七（1619）序。」（《新加坡大學學報》41期，頁229。）史仲彬（1366-1427），字文質，號清遠，吳江人。此書係九世孫史兆斗託名出版，又名《奇忠志》。〔見吳航：〈明清間偽書《致身論》攷論〉，《淡江人文學刊》第43期（2010年9月），頁28-47〕。

28.《法華經精解評林》等四種。在中野達惠編《大日本續藏經》第一輯中，分別《法華經精解評林》三卷、《楞伽經精解評林》一卷、《楞嚴經精解評林》三卷、《圓覺經精解評林》二卷。書

首題：新刻三續玄言釋經精解評林。下注：太史漪園焦竑弱侯
父纂，太史如岡陳懿典孟常父校。則此書之出版，與陳懿典應
有重大關係。陳懿典，字孟常，號如岡，浙江秀水人，萬曆二
十年（1592）進士，改庶吉士，授編修，歷官少詹事，有《吏
隱齋集》。中華電子佛典學會於二〇〇九年四月二十二日數位
化，題名《精解評林卷之上大方廣圓覺脩多羅了義經》，收入
《新纂續藏經》卷十，261號。

29. 《焦氏類選夢金苔》四卷，明萬曆二十五年（1597）綠葵堂刊本。
題作：焦竑撰。杜信孚《明代版刻綜錄》卷六所載，並未列入
焦竑著作、出版中。無其他資料。

觀其題目，應為科考用的修辭書，未見他處，疑為偽託。

30. 《明四先生文範》四卷。題作：焦竑輯校，日本大內忠太夫點。
日本京都大學、臺灣師大藏東北大學均有日本寬保元年（1742）
江武（戶）谷村豐左衛門重刊本。長澤規矩也於昭和五十三年
（1978）輯入《和刻本漢籍文集》第十五輯。東京都：汲古書院
景印本。

日人重刊之書籍，較國人保守謹慎，即連原書序跋，往往加以
保留。則此書或明末偽託，傳抵日本，依樣刻出。其偽託之
責，晚明書商自行擔負方是。

從以上書商假借名義出版，意圖欺騙讀者，以求書籍的販售順
利，獲得利潤，自是不言而喻。不過，即使是現在，保護作者
「智慧財產」與讀者「消費權益」的觀念才在萌芽。但我們不就
利益的觀點來看，則有兩點意義。他們使焦竑聲名更加遠播，
而焦竑的聲名也使他們達成「文化」傳播的意圖，雖然他們的
立意不高。

六 結論

　　歷來對焦竑的評價，未必是正面的，如《四庫提要》，即認為焦竑講學解經，喜雜引異說，參合附會，有傷正教；甚至對有明一代文人作了人身攻擊[25]。並且在多處談到焦竑的思想行徑，就怪罪於一代異人李贄對他的不良影響。再不然，就討論焦竑上呈《養正圖解》的內在動機[26]，和主持順天鄉試而牽出的疑案，以責求焦氏人格涵養。焦竑終其一生，是追求個人的顯達，還是有用於世？我們不能排除他原也有遵循儒家之道，立功、揚名，以顯父母。但顯然在尋求功名的途中，屢經挫敗，導至他「立德」於「盡心復性」，「立言」於「知悟博學」，做為教育後人的良師。通盤而言，他的「內斂自省」與投身教育，是值得推崇效法的。

　　從焦竑的思想、行為，可以大略感到他落於「實際生活」的意圖，他希望能在「根深地固的儒家思想」中，尋求「生命的省視」；或者從百姓「世俗信仰」中，去體悟真實的人生，並驗證「聖學」。所以他不採取敵對權威的態度，用現在的術語來說，就是希望能「體制內改革」，來包容芸芸眾生；但顯然後來以正統自居的執政者與儒學祭酒，無法放下「獨尊於一」的身段，來接納百姓自發性的「生命體驗」。因此他的努力，無法像李贄一般成就「烈士殉道」的美名，

---

25 《四庫提要》卷一二八雜家類存目，《焦氏筆乘》條下，云：「竑在萬曆中以博恰稱，而剽竊成書，至於如是，亦足見明之無人矣。其講學解經，尤喜雜引異說，參合附會，有傷正教。如以孔子所云空空，及顏子之屢空，為虛無寂滅之類，皆乖午正經，有傷聖教。蓋竑生平喜與李贄遊。故耳擩目染。流弊至於如此也。」

26 朱國禎〈己丑館選〉，《湧幢小品》，卷10：「呂新吾司寇廉察山西，纂《閨範》一書。弱侯以使事至，呂索續刊行，弱侯亦取數部入京。皇貴妃鄭之姪曰國泰者，見之，乞取添入后妃一門，而貴妃與焉。眾大譁，謂鄭氏著書，弱侯交結為序，將有他志。」此事實情如何，難以考定。

也無法贏得當道者的青睞。但焦竑對「性命之學」的體悟,持有「民胞物與」的寬容態度,匯通三教的主張,企圖對傳統儒學提出較為貼切的解釋,是有目共睹的。在他一生中,所教學生無數,可謂「有教無類」。他的弟子徐光啟,之所以開創接納西洋思想的新格局,焦氏的努力,是可以確定的。

為了教學、述志之需,焦竑編纂了許多書籍,包括文集、書摘筆記、諸子評釋、歷史文獻、名家詩文等等,本文已一一列舉說明。除此之外,焦竑參與地方的興修學堂、廟宇、纂譜、修志的活動,留下許多碑銘、序記。他幫助許多文友出版各種書籍。撰寫序跋,肯定友人著述的成績。他還能開放所搜集各種「異書」,提供友人轉抄、校勘,甚至主動參與其事,這與當時視書如財富,拒絕外人登「天一閣」的范欽,態度完全不同。因此之故,焦竑與書商、學子間的關係極好。

儘管大半書商唯利是圖,看上焦竑的「狀元」頭銜,可以代為促銷書籍。另一方面以「科舉考試」用書為出版販售大宗,間以童蒙初學、詩詞文集、史事評鑑、類書韻譜等雜次其間。所以央請焦氏校勘、出版,或甚至未加照會,私自冒名題款,無非是一種商業行為。但這樣的活動,也間接促進知識傳播與推動文化的責任。很多士子在科考的場所買到各種書籍,歷涉經、史、子、集諸部之學,他們在閱讀之中,體悟問學的終極目標,對於生命的省視、生活的意義,有了深層的了解。同時,對於三年一試,難有標準可循的「科舉」甄拔,感到悲觀、無奈與不滿,轉而投身醫學、出版、宗教、藝術等多元知識的探尋,重新探討理學的價值,或者試圖提升個人生活的樂趣。儘管晚明政治環境惡化,但在文化的傳導上,未始不是「新生」的企機。

——本文發表於1992年10月東海大學中文系第一屆教師論文

發表會，刊於《東海學報》34卷，1993年6月，頁79-98；2013年10月修訂。

《明史·文苑傳》中歸有光、 王世貞之爭重探

一 緣起

　　明代文學史中，歸有光、王世貞自有其崇高的文學地位。王世貞為模擬復古派「後七子」的代表；歸有光則為另一支復古「唐宋派」的代表。兩人文學主張不同，是否因此帶來了許多紛爭？

　　兩人生平傳記皆著錄於《明史·文苑傳》中。然而傳中敘述兩人的關係，云：

> 時王世貞主盟文壇，有光力相觝排，目為妄庸巨子。世貞大憾，其後亦心折有光，為之贊曰：『千載有公，繼韓歐陽。余豈異趨，久而自傷。』其推重如此。[1]

　　這段文字的意思是：王世貞在當時代為極具權威的文壇領袖，而本身卻又庸愚、狂妄，引起歸有光的不滿，用力去觝排。等到歸有光死後，王世貞自行檢討，感到後悔，哀傷自己的不是，不能夠及早推崇歸有光繼承韓愈、歐陽修以來的文學成就。《明史·文苑傳》所根據的素材，應該是來自錢謙益《列朝詩集小傳》中的陳述。近人錢鍾書引述了清人王弘《砥齋集》中的論說，指出錢謙益「欲訾弇州」

---

[1] 《明史·文苑傳三》（臺北市：鼎文書局，1980年1月），卷287，頁7383。

的企圖[2]。然而，大部分的文學史論述者，總喜歡談論歸有光抨擊王世貞，來證明「歸有光的文學主張勝於王世貞」。

如果從方志、譜系、文集等資料之中，重構文獻，依序呈現歸有光、王世貞兩人的生平、譜系、性格與行事作風，從中建立歸、王兩人在文壇、鄉里與遠戚的關係，或許可以幫助我們了解這段公案的起源，是因為兩人文學主張不同，還是性格相異、交往利益、親友芥蒂，而引起衝突？本文先探討歸有光、王世貞的生活簡史，以勾勒兩人個性養成與生活態度、文學意識的異同。

二　歸、王兩人的生活簡史

所謂生活簡史，著重在傳主的功名、著作與營生，兼及於家世、直屬家人。可以勾勒或試圖復現傳主的生活面貌，而不至於流於一般「小傳」與「年表」的虛文形式。歸有光與王世貞的生活簡史各列於下：

（一）歸有光生活簡史

歸有光（1506-1571），字熙甫，又字開甫，別號震川，又號項脊生，蘇州府崑山縣人。[3]先祖罕仁，宋朝湖州通判。二世道隆，遷徙到崑山項脊涇。三世德甫，元朝河南廉訪史。洪武六年（1373），四世

2　錢鍾書〈一字之差，詞氣迥異〉，引述：「王（弘）山史《砥齋集》卷二〈書錢牧齋湯臨川集序後〉，即所謂其「欲譽弇州」，所「述事似飾而未確」。見《談藝錄‧鑑賞論》，頁385-387。

3　有關歸有光年譜，清初汪堯峰首修，次為乾隆孫守中，三為民國張傳元。張傳元云汪譜已罕見，孫譜多作品繫年，故本文引述歸有光傳記資料，主要根據民國24年張傳元、余梅年合著：《明歸震川先生有光年譜》（臺北市：臺灣商務印書館，1980年7月影印本）。

子富，再返崑山。七世為有光高祖璿。曾祖鳳，成化十年（1474）舉人，官城武縣令。祖父紳，縣學生；祖母夏氏。父正；母周氏。[4]

　　正德元年（1506），有光生於崑山城宣化里。八年（1514），八歲，母周氏卒。十四年（1519），年十四，應縣學童子試。嘉靖四年（1525），年二十，以第一名補蘇州府學生員，受命撰述〈歸氏世譜〉。七年（1528），娶妻魏氏，光祿寺典簿魏庠之女，太常卿魏校之從女。次年，生長女。十一年（1531），年二十六，與同學諸人結交於南北兩文社。次年，與俞允文定交，時稱有光古文、允文詩歌、張子賓制義為崑山三絕。次年，長子子孝生，而魏氏卒。十四年（1535），在馬鞍山陳仲德家擔任塾師。娶繼配王氏。次女如蘭生，周歲而殤。十五年（1536），年三十一，應選貢。次年赴京考試未能上榜，南還，入南京國子監讀書。又次年，與吳中英、沈世麟等人會於潘士英馬鞍山東麓野鶴軒，為文社。生女二二。又次年，受聘於鄧尉山中教學。仲子子祐生，而女二二殤。

　　嘉靖十九年（1540），年三十五，舉應天鄉試第二名。赴京會考。次年，失敗歸來。爾後每三年赴京會試，凡九次[5]而中進士。二十一年（1542），卜居嘉定安亭，講學授徒，人數漸多。三子子寧生。二十三年（1544），年三十九，應考下第歸來，為嘉定安亭烈女張氏撰文伸冤，驚動時聞。連歲苦旱，而王氏治田四十畝，供四方來學者生活所需的穀糧。二十五年（1546），完成《三吳水利錄》。二十七年（1548），長子子孝殤。三十年（1551），妻王氏死。次年，

4　周本淳校點：〈歸氏世譜〉，《震川先生集》（臺北市：源流文化事業公司，1983年4月），頁635-638。

5　〈上高（拱）閣老書〉：「有光仕進屯蹇，九試於禮部」，乃從嘉靖十九年起共九次赴京科舉，並不包含嘉靖十五年選貢，十六年赴京考試的一次。《震川先生集》，卷6，頁135。

費氏來歸。三十三年（1554），四子子駿生。三十八年（1559），年五十四，七試不第，作〈解惑文〉，並為永嘉項文煥思堯文集撰序。也應王詹事永美之邀，遨遊海上。四十一年（1562），年五十七。父親歸正死，享年七十八。服喪。次年，五子子慕生。

嘉靖四十四年（1565），年六十，中進士，除授長興知縣。次年（1566），赴任。六子子蕭生。隆慶元年（1567），年六十二，在長興任上，並擔任浙江鄉試外簾官。次年，年六十三，遷順德府通判[6]。次年五月到任。四年（1570），年六十五，入賀萬壽節上疏乞改國子監官職，乃陞為南京太僕寺丞，修《馬政志》，敕纂《世宗實錄》。秋病，而以次年正月十三日卒於官。

（二）王世貞生活簡史

王世貞（1526-1590），字元美，號鳳洲，又號弇州山人、天弢居士、天弢道人，蘇州府太倉州人。[7]裔出琅琊王氏。先祖傳至夢聲，元朝崑山州儒學正，因家東鄉湖川塘，及崑山升格為縣，東鄉另隸崑山州[8]。高祖琳。曾祖輅。祖倬（1447-1521），成化十四年（1478）進士，官至南京兵部右侍郎。父忬（1510-1560），嘉靖二十年（1541）

---

6 《明史・文苑傳三》云：「（歸有光）有所擊斷，直行己意。大吏多惡之，調順德通判，專轄馬政。明世，進士為令無遷倅者，名為遷，實重抑也。」（頁7383）

7 有關王世貞年譜，清人錢大昕、王瑞國兩修，其次民國黃如文（《燕大文學年報》），近人姜公韜：《王弇州的生平與著述》（臺北市：臺灣大學文史叢刊，1974年12月）、黃志民：《王世貞研究》（臺北市：政治大學中國文學研究所博士論文，1965年）之外，尚見杭州大學徐朔方（《徐朔方全集・明戲曲家年譜三十種之一》）、上海復旦大學鄭利華。本人曾經撰寫《李攀龍文學研究》（臺北市：文史哲出版社，1987年2月），書中對王世貞事蹟多所考證。為求引述方便，如無其他疑義，本文仍本鄭利華所撰：《王世貞年譜》（上海市：復旦大學出版社，1993年12月）。

8 歸有光：〈題王氏舊譜後〉，《震川先生集》，卷5，頁120。

進士。官至總督薊遼右都御史兼兵部左侍郎。母郁氏。[9]

嘉靖五年（1526），世貞生。二十一年（1542），年十七，為州諸生。次年，與鄉人徐學謨同舉應天鄉試。又次年，京闈失利；南歸，娶魏氏。

嘉靖二十六年（1547），年二十二，中進士，觀政大理寺。次年，除刑部主事，因李先芳引介，入詩社，與同僚李攀龍、吳維嶽交往。因刑部職，接見五十四歲布衣詩人謝榛。謝榛為盧柟冤獄事請願而來[10]，如此義舉，轟動京師。二十九年（1550），年二十五。先後迎接新科進士，同時也是新進的刑部同僚徐中行、宗臣、梁有譽加入詩社。次年，陞刑部員外郎。三十一年（1552），年二十七，年初與謝榛（五十八歲），以及刑部同僚李攀龍（三十九歲）、徐中行（三十六歲）、梁有譽（三十四歲）、宗臣（二十八歲）共六人日夜劇談論詩甚歡，命畫工作〈六子圖〉。稍後，謝榛、梁有譽、宗臣相繼歸

9　有關王忬事蹟，可見於王世貞自撰行狀（《弇州山人四部稿》，卷98），李攀龍撰傳（《滄溟先生集》，卷20），李春芳撰墓誌銘（《怡安堂集》，卷7）。

10　謝榛〈詩家直說〉：「濬人盧浮丘，豪俊士也。負才傲物，人多忌之。曾以詩忤蔣令，令柟以疑獄，幾十五年不決。余愛其才，且憫其非罪，遂之都下，歷公卿間暴白而出之。」見《四溟集》，卷23，頁25。盧柟七絕〈丁未（1547）夢中遊王西軒園作〉，自注：「是歲十一月二十日，獄吏譚遵令獄卒蔡賢笞柟數百，謀以土囊壓殺之，官覺之免。」見《蠛蠓集》，卷5，頁42。盧柟〈與王（世貞）鳳洲郎中書〉：「往年謝逸人四溟狀柟冤誣，明公哀其佝愚，為柟白請上官，躅垂死之齒。」見《蠛蠓集》，卷1，頁44。殷士儋有詩〈月夜同（李攀龍）于鱗、（謝榛）茂秦（李先芳）伯承宅話遊西山〉，見《金輿山房稿》，卷1，頁10。而李先芳於嘉靖廿七（1548）出為新喻知縣，王世貞有〈贈李伯承之新喻序〉，見《四部稿》，卷16，頁17。多人均有贈詩，僅舉謝榛詩〈天寧寺同章（适）景南、李（攀龍）于鱗、王（世貞）元美餞別李（先芳）伯承宰新喻得春字〉（《四溟集》，卷11，頁12）為例，可知王、李、謝交於嘉靖廿七年（1548）。錢謙益《列朝詩集小傳》丁集上、錢大昕《弇州山人年譜》嘉靖廿九年（1550）條，僅指出「後七子」交往於嘉靖廿九年（1550）之時，顯然不明確。

里，倡作〈五子詩〉。次年，年二十八，陞刑部郎中，送李攀龍出任河北順德知府。與兵部給事中吳國倫論交，為文學中所稱「後七子」之第七子也[11]。又與布衣俞允文定交。三十四年（1555），梁有譽死於廣東南海，眾人均有詩悼。

嘉靖三十五年（1556），世貞三十一歲，考察江北獄治。冬，授命山東按察副使，備兵青州。次年，抵青州任上，編次《王氏金虎集》。又次年，出巡青、齊各地，並撰寫《藝苑巵言》、《丁戊小識》。五月，夭折一女。六月，子榮壽又夭。三十八年（1559），年三十四，過李攀龍順德府上，相與論詩。平盜匪徐進道之亂，撰寫史談《少陽叢談》、詩《海岱集》。三月，弟世懋中進士。六月，父忬以灤河戰事失利下獄論死，世貞乃去職赴京，與弟世懋謀救於顯宦門下。

嘉靖三十九年（1560），世貞年三十五。十月，父忬被殺，扶喪歸。次年起，守喪里居，歸有光為作誄文祭之。四十五年（1566），里居，與弟世懋、布衣俞允文撰詩文送歸有光赴長興知縣任。次子士驌生。冬，世貞罹病幾死。女，嫁無錫華叔陽者，病卒。

隆慶元年（1567），世貞年四十二，與弟世懋赴京訟冤。詔復忬

---

11 謝榛不和五子詩，因此削其名，而補入吳國倫，見王世貞《藝苑巵言》，卷7：「（嘉靖三十一年（1552）倡五子詩），又明年而於使事峻還北，于鱗守順德，出茂秦，登吳（國倫）明卿」。然而「後七子」之稱，未嘗自名也。王世貞謂：「吟詠時流布人間，或稱七子或八子，吾曹實未相標榜也。」見《四部稿》，卷150，頁17。王世懋〈賀天目徐大夫子與轉左方伯序〉云：「海內好事者遂傳嘉靖間七子，豈非已建安之鄴下、正始之竹林，好稱舉其數耶？」見《王奉常集》，卷5，頁12。文學史中稱「後七子」者，實來自錢大昕〈嘉靖七子考〉，云：「明嘉靖間，濟南李于鱗倡為古文社，吾鄉王元美和之，而謝茂秦、徐子與、梁公實、宗子相、吳明卿羽翼焉。當時有七子之稱，然于鱗、元美集中但有〈五子篇〉，初未有〈七子篇〉也。……去茂秦，入明卿，仍六子也。」見錢大昕：《潛研堂文集》，卷16，頁16。

原官，乃歸里。委請李攀龍、李春芳撰傳及墓誌銘。次年四月，起補河南按察副使，整飭大名等處兵備。七月，赴任。除夕，得浙江左參政之報，正好接任李攀龍的原職。李攀龍陞任河南按察使。兩人於次年正月，會於齊河。生三子子駿。十一月，葬父於項脊涇。冬陞山西按察使。次年八月，李攀龍卒。十月，奔母喪。次年，家居，修建小祇園。

隆慶六年（1572），世貞四十七歲。居家，服母喪，增訂《藝苑卮言》，並附入書畫評述等文字，加《別錄》四卷。服除，遊太湖。次年為萬曆元年（1573），年四十八，起湖廣按察使。六月初七起程，黃姬水、卓明卿、陳文燭、俞允文、梁辰魚等人為作送行詩。十月，陞廣西右布政使。十一月，自廣西歸。歲暮抵家，又得陞太僕寺卿之訊。聞友人文博士壽承、何翰林元朗、陸少卿子傳、許太僕元復、馬憲副某、張思伯、馮道禎先後去世，撰〈悲七子篇〉悼之。

萬曆二年（1574），陪祀太廟。四月，袁尊尼卒。不久，黃姬水、華察、陶大臨卒，均撰有悼詩、墓誌銘或祭文予之。九月，遷右副都御史，撫治鄖陽。三年，世貞五十歲，政務繁忙，仍整理著作為《四部稿》。九月，女婿華叔陽卒。冬，謝榛客死大名，寄詩輓之。四年，《四部稿》出版，並刻出部分《古今法書苑》、《古今名畫苑》。得遷大理寺卿，為南京給事中楊節彈劾，告歸鄉里。

萬曆五年（1577），世貞五十二歲，擴建小祇園，更名「弇山」。構小酉園閣，蒐宋版書，並與寧波天一閣主范欽相互校讎刊本。也重新翻刻《四部稿》。次年冬，擢應天府尹，受疏劾而中途歸。又次年，江西左布政使徐中行死後數月，遷葬長興，世貞與布衣俞允文同往弔唁。不久，俞允文卒。畫家錢穀又卒。八年（1580），世貞五十五歲，與屠隆等人奉王錫爵之女燾貞（號曇陽子）為仙師。這是他從佛教信仰轉為道教的開始。曇陽子坐化後，世貞省視了生死

議題，決心閉關三年。此其間撰述未輟，並作詩〈後五子〉、〈末五子〉、〈八哀篇〉、〈十詠〉、〈四十詠〉，以紀念死去諸友。

萬曆十二年（1584），世貞五十九歲。正月，起為應天府尹；二月，陞南京刑部右侍郎。均以病辭。十四年，弟世懋陞南京太僕卿，便道返家。次年四月，世貞元配魏氏中風；六月，弟世懋罹病。十月，世貞起用南京兵部右侍郎，只好在次年二月赴任。閏六月，弟世懋病卒。十七年，長子士騏中進士，授兵部主事。六月，世貞陞任刑部尚書。次子士驦蔭官。九月，南京御史黃仁榮彈劾違例考滿，上疏抗辯乞休。

萬曆十八年（1590），世貞六十五歲。三月放歸，四月抵家。出版《弇山堂別集》一百卷。整理其他舊作，交付三子士駿。九月，病革，仍讀蘇軾詩文集。十一月二十七日，卒。

（三）歸有光、王世貞的生活交集

從上述的資料排比，歸、王兩人的生活交集似乎不多，一般文學史或史學著作中，也不會特別去彰顯兩人的關係。然而《明史・文苑傳》之中，描述歸有光指摘王世貞，確實有借勢攻訐王世貞文壇地位之嫌。

三 文學史傳對歸有光、王世貞的評價

（一）《明史・文苑傳》中對王世貞的負面評價

《明史・文苑傳》對王世貞的負面評價，多處可見。〈本傳〉云：

> 世貞始與李攀龍狎主文盟，攀龍歿，獨操柄二十年。才最高，地望最顯，聲華意氣籠蓋海內。一時士大夫及山人、詞客、衲

子、羽流，莫不奔走門下。片言褒賞，聲價驟起。其持論，文必西漢，詩必盛唐，大歷以後書勿讀，而藻飾太甚。晚年，攻者漸起，世貞顧漸造平淡。病亟時，劉鳳往視，見其手蘇子瞻集，諷翫不置也。[12]

李攀龍卒於隆慶四年（1570）八月，此年王世貞四十五歲，至萬曆十八年（1590）死時六十五歲，正好是「操文柄二十年」。

這二十年的日子，所謂「主盟文壇，號令中原」，其實並不好過。攀龍死後，世貞守母喪二年。萬曆元年（1573），先後出任湖廣按察使、廣西右布政使、太僕寺卿，宦途奔波。二年始陞右副都御史，守鄖陽近三年，輪番受困於鄖陽皇族、權貴的惹事生非。遷大理寺卿，未及任，受劾而歸。四年之中，遷陞五職，多所勞累。萬曆五年至十五年（1577-1587）之間，有十一年時光的鄉居生活，總算是穩定而泰然。世貞有兩度獲官之命，均推辭未赴。他優遊於弇園，篤信宗教，接見四方雅客。然而歲月不居，友人相繼離世，滿目蒼涼。前後託寫墓誌銘者，有四、五百篇之譜。晚年再赴官場，道途奔波，健康亦損。任職南京兵部右侍郎時，乞休不允。次年陞職南京刑部尚書，卻又以「考績違例」受劾。最後以疾病纏身，回歸林園，在讀書中安然而逝。

王世貞結交文壇盟友的態度如何？《文苑傳》云：「其所去取，頗以好惡為高下。」曾經與汪道昆並稱「兩司馬」，傳中則云：「世貞頗不樂，嘗自悔獎道昆為違心之論云。」[13]於徐渭生平傳記中又云：「當嘉靖時，王、李倡七子社，謝榛以布衣被擯。渭憤其以軒冕壓布

---

[12]《明史‧文苑傳三》，卷287，頁7381。

[13]《明史‧文苑傳三》，卷287，頁7381-7382。

衣，誓不入二人黨。」[14]則後七子之領袖王世貞與李攀龍簡直文壇惡霸，壟斷文脈的罪證，也就不一而足。歸有光與後七子領袖王、李之間嚴重的衝突對抗，得到了積極的佐證。

（二）錢謙益左右了《明史・文苑傳》以來對歸、王的評價

事實如此嗎？明代文人互相詆呵的習性，大於歷代各朝嗎？還是有很大的討論空間。錢謙益撰述〈歸有光小傳〉，云：

> 當是時，王弇州踵二李（夢陽、攀龍）之後，主盟文壇，聲華煊赫，奔走四海。熙甫一老舉子，獨抱遺經於荒江虛市之間，樹牙頰相撑柱，不少下。嘗為人文序，詆排俗學，以為苟得一二庸妄人為之巨子。弇州聞之。曰：『妄則有之，庸則未敢聞命。』熙甫曰：『惟妄，故庸。未有妄而不庸者也。』弇州晚歲贊熙甫畫像曰：『千載惟公，繼韓、歐陽。余豈異趨？久而自傷。』識者謂先生之文，至是始定論，而弇州之遲暮自悔，為不可及也。[15]

---

[14] 《明史・文苑傳三》，卷287，頁7388。事實上，嘉靖三十一年冬謝榛歸鄉里，攀龍有詩贈之（《李攀龍集》，卷7，頁16）。次年冬天，謝榛訪李攀龍于順德府中，作〈歲暮宴李太守于鱗宅〉（《四溟山人全集》，卷5，頁2）。李攀龍模仿稽康〈戲為山巨源絕交書〉，而撰〈戲為絕謝茂秦書〉（《李攀龍集》，卷25，坊間偉文影印32卷本，書中缺此文）。嘉靖三十五年王世貞考察江北獄治，過順德，與李攀龍、謝榛、盧柟又相聚一堂（酬酢作品見於王世貞《丙辰奉使三郡稿》）。此年冬，李攀龍陞陝西按察副使，謝榛連夜追送至新鄉（《四溟山人全集》，卷20，頁24）；王世貞離去時，謝榛又與顧聖之追送。（《四部稿》，卷31，頁17）。嘉靖三十九年，謝榛寄新刻詩集，李攀龍亦有覆信（《李攀龍集》，卷28，頁14）。隆慶四年（1570）李攀龍卒，謝榛有悼詩。謝榛於七子之間論詩或被排擠，然而始終有往來，未若〈文苑傳四・徐渭傳〉中所述。

[15] 錢謙益在《列朝詩集小傳》，丁集卷6，以及卷12兩度徵引此文。周本淳校點：《震川先生集》，頁977-978，附入錢謙益撰：《列朝詩集・震川先生小傳》，惟「自傷」已改為「始傷」。

「遲暮自悔」，等於王世貞承認自己的文學主張全盤皆墨。然而李夢陽死於嘉靖八年（1529），王世貞僅四歲，不管從地理、宦場，或著述，均無關聯。李攀龍的成就呢？他比王世貞大十二歲，早一屆（三年）考上進士。嘉靖二十四年（1545）因病告假返鄉，才開始學習作詩，並致力於古文辭[16]。王世貞「繼踵於二李」，恐怕只是文學主張與文壇聲名的繼承而已。

至於歸有光「獨抱遺經於荒江虛市之間」，乃受困於科舉場屋的考試制度，三十年的時光全耗在考試的準備，以及開設私塾的營生事業，並不是因為被「後七子」排擠所致。歸有光「為人文序，詆排俗學」，係指嘉靖三十八年（1559）有光七試不第歸來，為永嘉項文煥撰〈項思堯文集序〉[17]中，有指涉王世貞之嫌，但沒有直書其名。直書王世貞名姓者，乃錢謙益也。

近人錢鍾書撰文論述錢謙益更改王世貞論贊文字的居心，他說：

> 錢謙益在《初學集》、《有學集》、《列朝詩集》中，為了強調
> 「王世貞晚年定論」，把王世貞論贊中「久而始傷」之語，改
> 為「久而自傷」[18]。

一字之易，意義全改。把王世貞對歸有光的哀悼，改變為對自己文學主張的悔懺。也使《明史‧文苑傳》的編寫者，以及後代部分的

16　殷士儋撰〈李公墓誌銘〉：「乙巳以疾告歸，歸則益發憤勵志臣百家言，附而讀之。」（《金輿山房稿》，卷10，頁3）

17　〈項思堯文集序〉，《歸震川先生集》，卷2，頁21。

18　錢鍾書〈一字之差，詞氣迥異〉，云：「錢牧齋《初學集》卷79〈與唐訓導汝諤論文書〉、卷83〈題歸太僕文集〉、《有學集》卷49〈題宋玉叔文集〉、《列朝詩集》丁集卷六又卷十二重疊引〈贊〉語，皆竊易「久而始傷」為「久而自傷」，以自堅其弇州「晚年定論」之說。後人李元仲、呂叔訥、蔣子瀟均從其誤。錢鍾書並稱為「牧齋刀筆吏技倆」。見《談藝錄‧鑑賞論》，頁385-387。

學者沿襲誤用。

　　他指出《明史・文苑傳》中的論述，明顯可以看出是受到錢謙益影響。然而《明史》的修纂過程，有王鴻緒席下館客，只要涉及明朝黨案，或者是公卿被劾事件，不問真偽，往往加以醜化；對於名臣事蹟，也意圖刪抹。[19] 顯然企圖將明代官員污名化的意圖，並不是錢謙益的「專利」。

　　《四庫全書總目》沿襲《文苑傳》的語氣，在〈震川文集提要〉中云：

> 初，太倉王世貞傳北地（李夢陽）信陽（何景明）之說，以秦漢之文倡率天下，無不靡然從風。相與剽竊古人，求附壇坫。有光獨抱唐宋諸家遺集，與二三弟子講授於荒江老屋之間，毅然相抗衡，至詆世貞為庸妄巨子。世貞初亦牴牾，迨於晚年乃始心折，故其題有光遺像，贊曰：『風行水上，渙為文章，風定波息，與水相忘。千載惟公，繼韓、歐陽。余豈異趨，久而自傷。』蓋所持者正，雖以世貞之高名盛氣，終無以奪之。[20]

　　此說焦點集中於王世貞主盟文壇之橫霸，不為歸有光者流所認同。而且單選對歸有光正面褒揚，對王世貞負面詰責的論點，可能就有抄襲錢謙益的語氣了。

---

[19] 見黃雲眉：〈明史編纂考略〉，引述楊椿〈再上明鑑綱目館總裁書〉，《明史編纂考》，頁35。

[20] （清）紀昀：《四庫全書總目・集部・別集類25》，《四庫全書總目提要、四庫未收書目、四庫全書總目提要補正》合集（臺北市：漢京文化事業公司，1981年12月），頁941-942。

四　文獻的深度重探

　　為了要理解真相，重新爬梳文獻，有其必要。我們不妨從歸有光與王世貞的地緣、譜系與遠戚關聯，兩人的交往互動，以及性格、行事作風，做一番深入的比較。

（一）歸有光與王世貞的地緣、譜系與遠戚關聯

　　歸有光與王世貞所居之地，有密切的地緣關聯。從兩家的家譜中，可以找到他們中間有一些姻戚的關聯。

　　1.王世貞所居之太倉係從崑山析出，有地緣關係

　　蘇州府崑山縣在弘治十年（1497）另分出太倉州。周世昌撰萬曆《崑山縣志》，云：「弘治十年，巡撫朱瑄等奏割縣之東北境湖川、新安及惠安鄉之半，并常熟、嘉定地置太倉州。」《江南通志‧南畿志》也說：「弘治十年析崑山之新安、惠安、湖川三鄉，常熟之雙鳳鄉，嘉定之樂智、循理二鄉，別置太倉州。」王祖畬等纂民國《續修太倉州志》云：「明宏（弘）治十年割崑山、嘉定、常熟三縣地，而以崇明兼屬為太倉州。」[21]

　　2.歸、王兩家家譜詳考

　　歸有光先祖罕仁，宋湖州通判，二世道隆遷崑山項脊涇（後改隸太倉州）。三世德甫，元朝時出為河南廉訪史，四世子富遷居崑山。

---

[21] 以上各條資料見周世昌，萬曆《崑山縣志》（臺北市：成文出版社，1983年3月，影印萬曆四年刊本），卷1，頁2；清黃之雋乾隆《江南通志‧南畿志》（臺北市：臺灣華文書局，影印乾隆二年重修本），卷6，頁203；王祖畬等纂民國《續修太倉州志》（臺北市：成文出版社，1983年3月，影印民國八年刊本），卷11。

五世度，六世仁，七世為有光高祖璿。璿子鸞、鳳、鵬。鳳，舉人出身，官城武知縣，子綬、紳、綺。紳子正、中、平、準。正子有尚、有光、有功、有道。有光子子寧、子祐、子孝、子駿、子慕、子蕭；孫經世、名世、輔世、善世、長世、昌世、奉世；曾孫時來、時遇、時亮、時采、時雍、時憲、時發、時任、時亨、昭、繼登、莊。[22]

歸家另有別支，居常熟白茆。同為六世仁之後。七世祚。八世椿，為鳳之從兄弟也。九世雷、霆、電，為有光再從父，姑母適錢；諫、謨、訓，為有光再從兄弟也。[23]另有一支榮四，也是仁的後代，後徙為常熟人。傳至素琴公，再徙常熟之白茆。素琴生百泉，百泉生四子，學□、學程、道傳、學周。[24]

歸家自明初以來，僅曾祖父鳳以舉人出身，父執輩四人有三位為庠生（俗稱秀才）；迨有光始中進士；稍後，有光長子子寧武舉人出身，四子子駿太學生，五子子慕（1563-1606）中萬曆十九年（1591）舉人，六子子蕭庠生，諸孫經世武舉出身，名世、輔世為庠生。家世未顯，譜系較難勾聯完整。

王世貞的先祖夢聲，元末自分水來，居崑山州東鄉。以行政區域重劃，部分居地劃歸太倉州，因此分為東、西二族，各居太倉、崑山兩地。

東族曾祖輅，生僑、佳、倛、倬。僑，官至南京工部郎中。僑子可考者有怡、悌。怡子世完，孫一綸，曾孫嘉楫。悌子世芳，孫一貫、一誠、一正、一中、一恭、一善、一藝，女五，各適顧、毛、朱、顧、顧。一誠，隆慶二年（1568）進士，官至溫州府推官。世芳

---

22 見張傳元、余梅先：〈歸氏世系表〉，《歸震川年譜》，頁1-4。

23 周本淳校點：〈歸府君墓誌銘〉，《震川先生集》，頁481-482。

24 〈登仕郎鴻臚寺序班百泉歸君暨配郁孺人墓表〉，《弇州續稿》，卷128，頁5-7。缺長男名。

尚有從子一鳴、一敬、公乘、大有；從孫緝、紹、組、純、約、綏、紈、維、續、綰，從孫女三；從曾孫汝臨、汝升、汝坤、汝豫、汝豐，曾孫女五。[25]

佳、僙無考。

倬，成化十四年（1478）進士，官至南京兵部右侍郎，子憕、忬，三女各適葉、盛、史。憕，官至山東承宣布政使司都事。憕子世德、世業、世聞、世望，五女各適周、金、魏、晉、吳。世德子一夔，孫纓、穀。世業子一龍、一瑞。世間子士昌、士方。忬（1507-1560），嘉靖二十年（1531）進士，官至總督薊遼右都御史兼兵部左侍郎[26]，子世貞、世懋；世貞（1522-1590），嘉靖二十六年（1547）進士，官至刑部尚書，世懋（1536-1588），嘉靖三十八年（1559）進士，官至南京太常寺少卿。忬女三，長適張。世貞長子士騏，萬曆十七年（1589）進士，官禮部主事；二子士驌，三子士駿，女適華；孫瑞庭、瑞穀，孫女二，長適嚴。世懋子士駰、士騋、士騵、士騋，女四，各適楊、凌、楊、趙；孫瑞國，孫女二，長適嚴。

至於西族，可知者為世貞再從父恢。恢子時雨、時暘。時雨子任用，嘉靖二十六年（1547）進士，官禮部主事。任用子定鼎、亮臣、輔鼎。時暘子三錫、三接、三顧、三聘、三重。三錫，嘉靖八年（1529）進士，官至光州知州，未三十而謝政。其子重鼎、口鼎、貴憨、榮鼎，女適華。三接，嘉靖十四年（1535）中進士，官至河東都轉運鹽使。其子伯極、仲極、爾瑙，女適徐。三接從子尚見泰亨、復亨、臨亨、恒亨、咸亨、震亨、納諫、納講，從女各適沈、孫、徐、

---

25 所謂從子、從孫、從曾孫等，知為其族裔，但無法繫聯，暫附於此。

26 有關王忬事蹟，可見於王世貞自撰行狀（《弇州山人四部稿》，卷98），李攀龍撰傳（《滄溟先生集》，卷20），李春芳撰墓誌銘（《怡安堂集》，卷7）。

馬；從孫志夔、志皋、志益、志元、志稷，從孫女二。[27]王世貞一脈就有五人登進士第，加上東西族裔合計十人。族大而勢盛，自然可知。

3. 探討歸、王兩家的姻戚關係

歸有光曾讀書於項脊涇，而王世貞父親忬死後亦葬於此地。不僅生活地緣接近，甚至還有遠姻關係。

東族王三接為王世貞侄輩，年齡卻較世貞大二十歲，娶歸有光姊姊為妻。王三接字汝康，為光州知州三錫之弟。三接始以嘉靖十三年（1534）江南舍選第一人領鄉薦，次年中進士，選授長垣令。調浙江景寧知縣，遷南京禮部主事，歷員外郎，出守柳州。後調守徵江，遷河東都轉運鹽使。享年八十二。王世貞說他生前即喜愛古文詞，年輕好從歸有光，年長好從俞允文，晚年好張大復。[28]

而王世貞父親王忬與歸家遠房百泉先生同為郁家女婿。世貞的外祖父郁遵（1485-1547），字子道，號右泉，原為常熟沙頭人，後改隸太倉。[29]王世貞〈百泉歸君暨配郁孺人墓表〉中云：

27　王世貞〈世系簡表〉，見於鄭利華：《王世貞年譜》，頁4-5。僅及王世貞祖、父、孫輩。本人曾依王世貞《四部稿》、《續稿》、王世懋《王奉常集》勾稽，增入東、西兩族譜系。見拙著：《王世貞評傳》（臺中市：東海大學中國文學所碩士論文，1976年6月），頁8-9。

28　（明）張大復撰，（清）方惟一輯：〈王三接傳〉，《吳郡人物志》，頁74。見周駿富輯：《明代傳記叢刊·綜錄類48》（臺北市：明文書局影印版）。王世貞有〈太中大夫河東都轉運使少葵公暨元配歸安人合葬誌銘〉，見《弇州續稿》，卷115。歸有光〈題王氏舊譜後〉：「王氏之族，元末有諱夢聲者，自分水來為崑山州儒學正，遂居州之東鄉。今州為縣，而東鄉隸太倉州。太倉之王，于今多在仕籍，亦既顯矣。夢聲以來，其世次可得而詳也。予姊丈汝康在海東解官還，乃有人自越遺《王氏舊譜》一卷……」見《震川先生集》，卷5，頁120-121。

29　〈右泉郁君暨配劉孺人合葬墓志〉，《弇州續稿》，卷141，頁1-4。

歸君婿於吾外家郁，視余為大父行，而齒不甚遠；余先謬先點
宦籍，以故相過從。……歸之先自唐宣公父子皆顯貴至尚書，
而宣公封崑山男，遂家崑山。至宋有湖州判官仁者授其支子榮
四產於常熟，徙為常熟人。幾十傳而為君父素琴公某，後徙常
熟之白茆。能廓大其家，遠近稱之。君為諸生，以貲游大學，
為司業王繩武所知賞，謁選得鴻臚序班，用勤慎稱。[30]

從這篇墓誌銘可知，「宋有湖州判官仁者」也就是歸有光家譜中
的先祖「罕仁」。到底是「仁」還是「罕仁」？有待更具體的資料來
判讀。

（二）歸有光與王世貞兩人的交往互動

世貞年少得意，以二十二歲中進士，也曾聽聞歸有光的文名，每
次考試完畢，主事官員也常常懊惱未能選出有光的卷子。世貞同年朱
檢討曾投遞有光文章二十餘篇，要求世貞來評定，仔細看看，有不過
是一般的應酬文字而已。又數年，又有鄉人陸明謨投信，責備世貞
不能推崇歸有光之作。世貞自謂「方盛年憍氣，漫爾應之，齒牙之
鍔，頗及吳下前輩，中謂：陸浚明差強人意，熙甫小勝浚明，然亦未
滿。」[31]稍後，他撰寫《藝苑卮言》，也批評歸有光文章「如秋水潦在
地，有時汪洋，不則一瀉而已。」[32]嘉靖三十八年（1559），歸有光赴
北京考試，七試不第，作〈解惑文〉，又巧遇項文煥求文，因此寫了

---

30 見〈登仕郎鴻臚寺序班百泉歸君暨配郁孺人墓表〉，《弇州續稿》，卷128，頁5-7。
　　張傳元、余梅年《歸震川年譜》譜前所謂：「唐天寶中有崇敬者，以文學科名顯於
　　世，封餘姚郡公，諡曰宣。宣公子登，封長州男。登子融，封晉陵郡公，諡曰憲。
　　其五世皆以進士為大官。至十四世曰罕仁，宋咸淳間為湖州判官。」（頁1）百泉歸
　　君與歸有光為遠房同宗，殆無疑問。百泉歸君壽六十四，郁孺人七十三。
31 王世貞：《讀書後》（文淵閣四庫全書別集類），卷4，頁17-18。
32 王世貞：《藝苑卮言》，卷5，頁11；或見《弇州山人四部稿》，卷148，頁20。

〈項思堯文集序〉，心中對批評他作品的人或考官，內心的積怨可想而知，乃出口以「庸妄巨子」詬病，也就變成了錢謙益、《明史・文苑傳》，以及後來《四庫全書總目提要》論述歸、王關係的張本。

1.歸有光為王世貞父親撰寫誄文

然而在嘉靖三十九年（1560）王忬受難，次年春天歸葬，歸有光為作〈思質王公誄〉，末云：

> 先公鼎貴，公仍其後。兩世同官，復凌其右。繼以二嗣，才猷日茂，鬼神忌之，誰能無訧？……公之許國，致命則遂。有子承，不隕其世。必復其始，其有以慰。[33]

對於王家顯赫的出身，以及世貞、世懋兩兄弟的成就，也表現鄉里長者的風範，做了禮貌上的讚許。

2.王世貞兄弟等人撰詩文送歸有光赴長興知縣之任

嘉靖四十四年（1565）歸有光以六十高齡中試，授湖州府長興知縣。次年春天赴任。王世貞兄弟均有贈詩送行。

王世貞詩云：

> 淚盡陵陽璞始開，一時聲價動燕臺。何人不羨成風手，此日真看製錦才。若下雲迎仙舄去，霅中山擁訟庭來。莫言射策金門晚，十載平津已上臺。墨綬專城可自舒，應勝待詔在公車。春山正好時推案，化日何妨且著書。到縣齋宮留孺子，詰朝車騎請相如。客星能動郎官宿，白雪陽阿興有餘。[34]

33　周本淳校點：《震川先生集》，卷30，頁682-684。

34　王世貞：〈送歸熙甫之長興令〉，《弇州四部稿》，卷38，頁4。

王世懋詩云：

> 才名久自鄴中聞，此日專城作使君。海岱徐寧真得士，河陽潘
> 令雅能文。彈琴夜照苕溪月，飛鳥春在天目雲。兩地相望殊咫
> 尺，政成應莫惜餘芬。[35]

世貞、世懋的詩中，稱頌歸有光的才華，也期望歸有光在不甚滿意的
職務上，把心思轉向著書立言，不久就能等待更好的職務。至於鄉里
中的詩人俞允文，受到「後七子」之一的徐中行請託，撰寫送行序
文，中云：

> 古之人其傳於後世者，以為非今之人所可及，皆過論也。熙甫
> 明經行古之道，其為文以司馬遷、劉向、揚雄、班固之徒為
> 法。……往歲始舉進士第，又下不得居承明近侍之列，鋪揚謨
> 誥之詞，而出為長興吏。使之煩促於薄書諍訟之間。此殆古人
> 之不遇時者也。人謂熙甫必悒悒不懌，而熙甫乃無芥蒂，為能
> 自專，使百姓乂安，致中興之功，而聲名施於後世者，唯郡守
> 與長吏。吾安用悒悒為哉？是知熙甫之賢，誠不異於余所云
> 也。余與長興徐（中行）子與善。子與仁厚雅篤，亦不欲為今
> 世赫赫之名，而又能知熙甫，喜熙甫之蒞其地也，數以書來言
> 其民俗之所宜。他日倡熙甫之化，使百姓乂安，致中興之功，
> 而名聲施於世者，必子與也。是長吏與民之賢，其道相濟而
> 化，實相孚非不遇時者矣。又今刑部尚書晉江黃公（光昇）[36]

35　王世懋：〈送歸熙甫尹長興〉，《王奉常詩集》（臺南縣：莊嚴文化事業公司，1997
　　年影印明刊本），卷7，頁12。

36　黃光昇（1506-1586），字明舉，號葵峰，福建晉江人。嘉靖八年（1506-1586）進
　　士，授長興知縣，歷至刑部尚書（《明人傳記資料索引》，頁652）。《明史》卷
　　一一二〈七卿年表〉嘉靖四十一年條，黃光昇十月任；隆慶元年條，四月致仕。

　　嘗為長興，百姓蒙其德立祠五峰山中。子與屬王青州元美撰為
　　遺愛之文，余則丹書刻石。熙甫之往也，其可傳於後世者，當
　　不後於黃公。余將操筆以俟而以告子與。[37]

從王世貞、世懋與俞允文三人的送行陣仗，以及徐中行的諄諄託囑，
歸有光赴長興任上，是有些勉強，眾人只好勉勵有加。歸有光稍後
寫信給俞允文，說：「前奉別造次，不能達其辭。至京口，曾具文字
委悉，遣人送鳳洲行省矣。」[38]可以略知歸有光還是感念送行等人的用
心。

　　長興多盜而好訟。歸有光抵任以後，採古教化治民，以吳語問
訟，或拿問盜賊，務得其情。惟更改「勾軍之法」，為大吏所惡。取
大戶所分子為里甲，充以糧長，又被豪戶埋怨。[39]隆慶二年（1568），
歸有光進京朝覲，上司派湖州署印官暫代知縣，代理者收受賄賂，勾
結大戶李田，變更歸有光、吳承恩所訂「徵糧賦」規定，並且羅織罪
名。[40]歸有光中「考功法」，於次年貶為順德府通判，負責馬政。《明
史・文苑傳》敘述此事，也有貶抑的意味。隆慶四年（1569）歸有光
因萬壽節上京，乞改國子監官職，沒有被接受，後改遷為南京太僕寺
丞，兼負起《馬政志》、《世宗實錄》的修纂。到了次年正月，因病
而卒。

37　俞允文：〈送歸開甫赴長興序〉，《俞仲蔚集》，卷10，頁8。
38　周本淳校點：〈與俞仲蔚〉，《震川先生集》，卷7，頁881。
39　參考王錫爵：〈歸有光墓誌銘〉，《王文肅公文草》，卷8，頁38。
40　此段參考《新浪城市聯盟──長興》，見www.sina-cx.com/about/index3.html，2005
　　年2月10日。網路上云隆慶元年事，不確。大戶李田之名首見，疑民間故事摻入。
　　有關知縣歸有光、縣丞吳承恩同事一事，可見隆慶元年十月，歸有光撰文、吳承恩
　　書寫三塊碑偈《長興知縣題名記》、《夢鼎堂記》、《聖井銘並序》，後二碑現存於
　　長興文化館後方。歸、吳是否連坐受禍，還是互為敵視，文獻不足徵，尚難判別。

3.歸有光死後，王世貞撰寫像贊誌哀

「余豈異趣，久而始傷。」歸有光死訊傳來，於公於私，王世貞還是哀戚之意，當他撰述《吳中往哲像贊》[41]時，列入〈歸有光像贊〉，表示內心的悼念，並推重歸有光的文學成就。卻被錢謙益說成「自傷」之詞，成為王世貞「怨嘆悔恨」的「自白」，恐怕是始料未及。

（三）歸有光、王世貞性格與行事作風

1.歸有光的性格與行事作風

從史傳中讀來，歸有光性情比較急躁，卻也擅於經營之業。十二歲，已慨然有志古人。十九歲讀書項脊軒，得到祖母夏氏的鼓勵，取得登朝象笏一把。[42]二十歲補蘇州學生員。二十三、二十六、二十九歲，連續三次未能考中舉人。三十一歲就以「選貢」的資格，「進試於廷」，又進入南京國子監讀書。三十五歲才考中舉人。以後，連續考九次，方取中進士。他以私塾教學為生，繼娶王氏治田四十畝，在旱災時節可以供四方來學者生活所需。他將當時張貞女受害的新聞，撰寫成文稿[43]，廣發官衙及文友各界，得到社會輿論的同情。他關切地方事務，思考整治水旱災方法，參與抵禦倭寇，而寫成〈水利論〉、〈禦倭議〉。[44]然而將近三十年的歲月，浸淫於九次進京趕考，內心的挫敗感可想而知。俞允文曾經為他寫七言古詩〈征馬嘶〉[45]送

---

41 王世貞：〈吳中往哲像贊‧歸太僕有光像贊〉，《弇州山人四部稿》，卷150，頁11-12。

42 周本淳校點：〈項脊軒志〉，《震川先生集》，卷17，頁429-430。

43 相關張貞女之文數篇，可見於《震川先生集》，卷4，頁90-95；卷16，頁417-418；卷30，頁672、684-686。

44 兩事俱見周本淳校點：《震川先生集》，卷3，頁60-77。

45 〈征馬嘶〉，《俞仲蔚先生集》，卷4，頁14-15。

行，頗有馬鳴蕭蕭之憾。

及歸有光晚年登第，出掌長興，以「古教化」行政，得不到官員
及地方仕紳支持。三年不到，遷河北順德通判，管理馬政。蹉跎到次
年五月上任，冬天又入覲京師，幸得高拱的慰問。次年春天，改授南
京太僕寺丞，管理朝廷車馬等庶務，並不是歸有光的期待。而長興舊
事仍受到官員的調查，抑鬱終日而病卒。萬曆三年（1575），歸有光
已死四年，還葬崑山迎薰門內金潼港之原。其四子子駿請求當時的宰
輔王錫爵，也就是王世貞的摯友，為歸有光撰述墓誌銘。[46]

歸有光既有文名，交友圈子應該不小。然而文集中，僅是鄉里讀
書師友、崑山、嘉定地方官員，以及同年進士赴任的贈序。詩作近百
首，多為抒情、寫景之作，酬酢甚少，詩中出現進士同年或官僚名姓
僅數人而已。在他人文集中，載錄與歸有光酬酢者，以布衣俞允文
為多。俞允文曾撰〈答歸有光書〉，回覆歸有光寄來〈書張貞女事〉
一文。也寫過七言古詩〈征馬嘶〉，送歸有光赴考。嘉靖四十五年
（1566）奉徐子與之託，或與王世貞、世懋同送歸有光赴長興任上而
撰序。也接受歸有光託囑，書寫〈卓茂傳〉，懸掛長興縣衙的廳壁。
隆慶二年（1568）又送歸有光赴順德通判之職，撰有五言排律〈送歸
開甫之信都〉。[47]也僅止四篇。

徐中行為長興鄉紳，曾請託俞允文撰寫贈歸有光序，何以徐氏文
集中均未收錄與歸有光交酬之詩文？歸有光文集中，也僅見雜文〈重
交一首贈汝寧太守徐君〉，以陸明譔的請託，感念徐中行照顧太倉陸
虞部子如的後人而作[48]；另有書信云：「欲奉候者數矣，顧難于遣人，

46　見於《王文肅公文草》，《續修四庫全書》第136冊，卷8，頁38-42。

47　五言排律〈送歸開甫之信都〉，《俞仲蔚先生集》，卷7，頁12。清人姚之駰：《元
　　明事類鈔》（四庫全書‧雜家‧雜纂），卷11，頁23，載「揭卓茂傳」一事。

48　周本淳校點：〈重交一首贈汝寧太守徐君〉，《震川先生集》，頁102-103。徐中行嘉

是以遲之。乃辱賜書及多儀，感愧感愧。[49]」可見徐中行善與人交，對知縣歸有光、縣丞吳承恩皆有往來。歸、吳曾經同事過。[50]何以兩人文集之中，均無酬酢之詩文。又除了王世貞、世懋兄弟文集中保有送歸有光之詩作，歸有光《文集》記王忬諫文、王氏家譜題記之外，並沒有其他文字。翻檢同時代文人的文集，也未能查出與歸有光有詩文酬唱之作。顯然歸有光未能與當時代的文人往來酬酢。

2.王世貞的性格與行事作風

王世貞家世煊赫，二十二歲考中進士，自己也承認年少得意而氣盛。進出宦場與文壇之間，遊刃有餘。因此撰寫《藝苑卮言》，臧否人物，連好友李攀龍都看不下去[51]。三十四歲，忽遇父親因灤河戰事失利而下獄論斬，乃棄官入京，營救父親。四十二歲，隆慶改元，上京為父伸冤，自己也重返宦場，奔波道途。四十五歲，母親病卒，返家守喪。文壇或宦場的老友漸次凋零，不勝欷噓。四十九歲，赴湖廣鄖陽任上，兩年後，受劾而歸。不久，潛心於仙道。里居十一年間，修建庭園；四方文人來往益眾，談文論藝，莫不曲意迎合。然而身纏疾病，妻亦病，弟竟卒。六十四歲，雖重出宦場，子士騏中進士。然

靖四十年（1561）補汝寧知府，兩年後內考貶官長蘆轉運判官。此作應不出這兩年中。

49　周本淳校點：〈與徐子與〉，《震川先生集》，別集卷7，頁880。

50　同註37。邢澍、錢大昕纂嘉慶《長興縣志》卷17，縣丞之職嘉靖三十七年周抗以後，至隆慶6年姜金勱任職之前，其間有12年並無記載。不知何故？劉修業撰〈吳承恩年譜〉，在《吳承恩全集》附錄，頁215，作嘉靖三十二年，吳承恩54歲，擔任長興縣丞。至於隆慶元年書寫碑文之事，是吳承恩路過，歸有光特別央請書寫，頁227。此假設不易成立。

51　李攀龍〈與許殿卿之三〉：「適姑蘇梁生以元美書至，出《卮言》以示大較，俊語辯博，未敢大盡，英雄欺人。所評當代諸家，語如鼓吹，堪以捧腹矣。」《李攀龍集》，卷29，頁652。

而，老、病與官司纏訟，讓他心意甚冷。次年，放歸家園，十個月時間，整理舊作，在讀書中死去。人生的得意、憤懣、哀愁、病痛與虛無，無不備嚐。

王世貞聲名既噪，前來請求交談品題之人甚眾。若從文集酬酢作品中，可以勾稽當代政治聞人要角，以及鄉里詩人、居士。要研究隆慶至萬曆十八年間的文學活動史，是不可缺少的史料。據王思任（1576-1646）謂，當時只有徐渭、湯顯祖、嚴果不肯與王世貞交往。[52]徐渭「誓不入二人黨」，前文已經引述。嚴果為隱逸詩人，寡交訥言，王思任為其詩集撰序時言及此事，但沒有更進一步的事證。

至於湯顯祖不與王世貞、世懋交往，被後人轉述較多。湯顯祖曾經在金壇鄧孺孝館中論王世貞作品，「標其文賦中用事出處，及增減漢史、唐詩字面處，見此道神情聲色已盡於昔人，今人更無可雄。妙者稱能而已」。友人將話語傳給世貞。世貞微笑曰：「隨之。湯生標塗吾文，他日有塗湯生文者。」[53]從湯顯祖〈答王澹生〉原信查閱，此信是寫給王世貞長子士騏。湯顯祖聽見王世貞回應之後，憮然曰：「王公達人，吾愧之矣。」湯顯祖聲勢傲然，敢於批評王世貞的學問，與當時曲意逢迎的門客相比，可敬可佩。但也可以從這件事，反面看出王世貞有寬容包蘊的雅量。

---

[52] 王思任〈天隱子遺稿序〉：「自弇州挾歷下鞭馭旴衡，海內後先才子，俱上贄貢。而所不能致者，會稽徐文長、臨川湯若士，其鄉則嚴毅之先生云。」嚴毅之名果，吳縣震澤人。嘉靖時布衣，能詩人，有《天隱子遺稿》十七卷。見《明詩人小傳稿》，頁396。

[53] 徐朔方箋校：〈答王澹生〉，《湯顯祖全集》（北京市：北京古籍出版社，1999年1月），卷44，頁1303。錢鍾書引述王弘之語，謂錢謙益掇拾此事，改寫成：「弇州造訪湯若士，若士不見，而盡出所塗抹弇州文集，散置几案間，弇州翻閱，默然而去。」此事應為清人施閏章《矩齋雜記》所云，錢謙益《列朝詩集小傳·湯義仍傳》丁集中，頁52，並無此記載。

萬曆十三年（1585）閏九月，陳繼儒（1558-1639）接受王世貞的邀約，在弇園縹緲樓飲酒。酒席間，客座有以「蘇東坡」來推讚王世貞。王世貞說：「吾嘗敘《東坡外紀》，謂公之文雖不能為我式，而時為我用。」陳繼儒笑著說：「先生有不及東坡一事。」王世貞問：「何事？」陳繼儒藉著酒氣上頭，說道：「東坡生平不喜作墓誌銘，而先生所撰誌，不下四、五百篇，較似輸老蘇一著。」王世貞大笑。不久，又論及光武與漢高帝的優劣。王世貞說：「還是高帝闊大。」陳繼儒說：「高帝亦有不及光武一事。高帝得天下後，枕宦者臥；光武得天下後，即與故人子陵同臥。較似輸光武一著。」王世貞大笑，勸酒更加起勁，喝到後來，要人攙扶才能下樓。陳繼儒憶此光景，頗覺自己輕狂，讚嘆的說：「如此前輩，了不可得。」[54]

從這些事蹟來看，王世貞自身雖然帶有文壇霸氣，也試圖引導文藝風氣，但對於賢才後進，反而多加器賞，並沒有蓄意打壓。則錢謙益努力建構世人對王世貞的貶抑印象，實在有加以澄清的必要。

五　結論

本文透過文獻的重構，希望能夠依序呈現歸有光、王世貞兩人的生平、譜系、性格與行事作風，也試圖從中建立歸、王兩人在文壇、鄉里與遠戚的關係，來證明一般文學史的論述，誇大兩人的摩擦，來讚揚歸有光的文學成就，以及貶抑王世貞在文學史上的地位。其實，從本論文各章節所述觀之，歸、王之爭不會影響兩人的文學成就以及在文學史上的地位，今特以五項評論，作為本論文的結論。

54　陳繼儒：〈重陽縹緲樓〉，《晚香堂小品》（上海市：貝葉山房，1936年），卷24。

（一）不以偶發事件或單篇文章，判定文人交誼，更不能判定文學成就

在傳統文化中，我們喜歡談「知人論事」。僅憑文獻記載上的事蹟，或者是隻字片語的拼合，我們就可以具有「識人之明」，斷定人世的是非恩怨嗎？然則討論歸有光與王世貞的是非恩怨，或許只是茶餘飯後的談論資材，足以影響文學史的陳述嗎？歸有光首次自取齋號「震川」，竟與同年進士何景明之孫啟圖相同，引發「尚慕」之意[55]，就能證明兩人的文學主張相同嗎？湯顯祖與王世貞子士騏交往，又代表王士騏不同意王世貞的文學理論嗎？王世貞的文學理論，只能模擬復古，不能談性靈嗎？所以，用世間人事交往是非，來證明文學史觀的承繼興替，有其危險性。

（二）所謂「秦漢派」、「唐宋派」，本同為文學復古理論

明代在詩學的發展與成就，當然無法與唐代相提並論。然而明代文人為了尋求「漢唐衣冠」，熱中「古文辭」，用心琢磨詩文的「正體」，篤守形式規範，造成了「復古」風潮。這樣的努力，是應該肯定的。王世貞代表的「七子派」與歸有光代表的「唐宋派」，均包含於復古論中。只不過「後七子」模擬於「神氣」，從「方法學」的角度來看，並不成熟；而「唐宋派」試圖從唐、宋諸家學「作文方法」，學習者較容易把握，但仍不脫模擬習氣。這些「模擬復古」主張，歷經嘉靖、隆慶，以及萬曆初，到了最高峰；萬曆之後，風氣轉向，開始為學者所厭棄，公安的「獨抒性靈」、竟陵的「幽深孤峭」，順勢而起，改變了復古為唯一的手段。

詩學主張的流行與演變，是否已經標示了「文學大眾化，大眾文

55　周本淳校點：〈震川別號記〉，《震川先生集》，卷17，頁435-436。

學化」的時代到來？詩學已經不是少數文學家才可以浸淫其間的貴族文學。王世貞等人的主張，能夠匯為主流，引導潮流，自然有很大的貢獻。舊的潮流消褪，自然會有新的文論取而代之，主導新興潮流。歸有光「獨抱唐宋諸家遺集於荒江老屋之中」，可以說明他在「復古理論」的主流當中，並沒有提出具體的文學主張，雖然他在作品中能獨樹一幟，展現文學的新風。

（三）歸、王兩人專注的文學論述，一在文，一在詩，原非同軌

　　更何況兩人關心的文學議題，並不聚焦。歸有光論述古文義法，著重唐宋八大家之古文，間以時文為輔；而王世貞論述重在唐詩格律的傳承，撰著《藝苑卮言》，間及於古文辭。兩人的文學主張與論辯基礎，實非同軌，如何能比較兩人在詩文主張上的差異？

（四）從文學作品質量與詩文人交往情形來看，王世貞實為當代文　　　學盟主

　　如果從文學作品的質量，來論斷兩人高下。王世貞著作數量豐富，《四部稿》一八〇卷，《續稿》二〇八卷，《弇山堂別集》一百卷，在明清之前的文人之中，號稱第一。無論詩、詞、散文，墓誌銘、奏議，史學著述，涉及的文類也最多。作品的內涵，也奉行了「經國大業、不朽盛事」之軌範。如果從詩韻、文采與見解方面來看，也毫不遜色。

（五）歸有光雖無文學理論上的建樹，但開啟文學寫作新風

　　歸有光的作品較少，僅文集、別集合為四十卷，以雜文、序文、應制論文為多，而古今詩僅收錄一卷。然而歸有光在素材選擇以及語言運用上，脫開「文以載道」的桎梏，書寫比較貼近生活的經驗與感想，也自然的流露兒女之情，開啟「人間情愛」書寫的可能，似乎在

公安三袁、葉紹袁，以及晚明諸家小品文類的寫作之前，率先開發文學書寫的新方向，使「寫作」得到了自由。以這個觀點來看，歸有光具有開啟風氣之先的地位。

行文至此，本文透過了文獻重構，希望還原《明史・文苑傳》闡述中的「真相」，解決以訛傳訛的論述方式，更希望明代文學史的論述者，不再津津於這段公案，而忽略了陳述文壇活動的必要，觀察文學風潮的「勢與變」，以及理解文學批評理論的「興與替」，才是文學史論述者的重要功課。

——本文刊於《東海大學文學院學報》46卷，2005年7月，頁71-93；2013年12月修訂。

盧柟事件的真相、渲染與文化意涵

——〈盧太學詩酒傲王侯〉相關文本的探析

一　被借取的一樁刑事案件

　　在馮夢龍三言作品中，標註明人故事約有二十則，但多半是宋元之間的舊事，所謂「古事新寫」，如〈大樹坡義虎送親〉、〈蔡瑞虹忍辱報仇〉、〈白娘子永鎮雷峰塔〉等等，均從宋元話本改寫，而添加了明代紀年。在這二十則之中，所寄託的朝代，上自宣德、天順，下抵於崇禎年間，其中以嘉靖年間（1522-1566）者有九則為最多，萬曆年間（1573-1619）三則次之。直接取材於社會新聞事件的還是不多，仔細核對，僅〈沈小霞相會出師表〉、〈李玉英獄中申冤〉、〈盧太學詩酒傲王侯〉三篇最為明確。

　　沈襄，字小霞，乃嘉靖名臣沈鍊（？-1557）之子，得其妾掩護，躲過了弄權宰輔嚴嵩的殺害。此事載於《明史》卷二〇九，列傳第九七。江盈科萬曆廿九年（1601）出版《皇明十六種小傳》卷三，馮夢龍《情史》卷四、《智囊補》卷二六則加以縮編改寫。而李玉英故事，係錦衣衛李錦之女。李錦於「正德十四年七月十四日征陝西反賊陣亡」。至嘉靖四年（1525）繼母以玉英兩首情詩，誣其「姦淫不肖」。玉英在獄中寫信，託妹妹桃英訴狀。此事未見正史，僅見錄於《明媛詩歸》卷廿八、《靜志居詩話》卷廿三。

　　至於盧柟故事，為嘉靖年間的「新聞事件」，屬地方刑事案，端賴詩人謝榛上告京城刑部，事件始得曝光。在馮夢龍之前，見錄於王

世貞《弇州山人四部稿》[1]。馮夢龍縮寫成六十八字的短文，收入《古今譚概・矜嫚部》第十二卷；又用了兩萬字左右詳細書寫此事，收在《醒世恆言》卷廿九之中。順治三至六年（1586-1589）之間，錢謙益編輯《列朝詩集》時，特別幫詩集中的作家們寫下「小傳」。《明史・文苑傳三》收錄〈盧柟傳〉，附在〈謝榛傳〉之下，成稿較晚，大體上抄自錢謙益的書寫[2]。

這一樁不大不小的人命官司，纏訟十多年，無法結案。如果不是發生了案外案，重啟申冤的急迫性，被告太學生盧柟獲釋的機會可能不大。真相到底如何？冤情洗刷了沒有？何以馮夢龍樂意發揮為小說，是否想表現出當時社會階層的緊張狀態，秀才、奴僕與官員之間的矛盾對立？在小說的描述中，是否也間接透露明代文人的生活狀態，以及對抗掌權機構的勇氣？有許多討論的空間。

為了探索事情原委，先讀史傳裡的記載：

> 盧柟，字少楩，濬縣人。家素封，輸貲為國學生。博聞強記，落筆數千言。為人跅弛，好使酒罵座。常為具召邑令，日晏不至，柟大怒，撤席滅炬而臥。令至，柟已大醉，不具賓主禮。會柟役夫被榜，他日牆壓死，令即捕柟，論死，繫獄，破其家。里中兒為獄卒，恨柟，笞之數百，謀以土囊壓殺之，為

1 　王世貞：《弇州山人四部稿》（臺北市：偉文圖書公司，1976年影萬曆五年刊本），卷83，頁10-17；另見焦竑：《國朝獻徵錄》（臺北市：臺灣學生書局，1984年12月影印再版，萬曆44年徐象橒曼山館刊本），卷115，頁69-76。至於鄭仲夔《蘭畹居清言》、查繼佐《罪惟錄》、錢謙益《列朝詩集小傳》所著盧柟傳，都是晚明以迄清初之作。

2 　譚正璧：《三言兩拍資料》（臺北市：里仁書局，1981年影印本），頁520云：「按《明史》卷287有盧柟傳，附謝榛傳後，內容與此全同，似即據此而作」；比對得知，應改寫自錢謙益《列朝詩集小傳》丁集上。錢氏撰述此篇小傳應在順治三年至六年之間，毛氏汲古閣刻於順治九年（1592），較馮氏之作晚了近二十年。

他卒救解。柟居獄中，益讀所攜書，作《幽鞫》、《放招》二賦，詞旨沈鬱。謝榛入京師，見諸貴人，泣訴其冤狀曰：「生有一盧柟不能救，乃從千古哀沉而弔湘乎？」平湖陸光祖遷得濬令，因榛言平反其獄。柟出，走謁榛。榛方客趙康王所，王立召見柟，禮為上賓。諸宗人以王故爭客柟，柟酒酣罵座如故。及光祖為南京禮部郎，柟往訪之，遍游吳會無所遇，還益落魄嗜酒，病三日卒。柟騷賦最為王世貞所稱，詩亦豪放如其為人[3]。

從《明史》這則記載看來，盧柟（1507-1570）[4]家世富裕，捐獻錢財而進入太學讀書。他能寫作，下筆千言。喜歡藉酒鬧事。與縣令相約宴飲，卻發生了誤會。趁著盧柟的傭工被牆壓死的事件，縣令坐實罪狀，弄到盧柟家破人亡，自己在獄中也差點喪命。後來，謝榛為他赴京訴冤。新到任的知縣陸光祖為他平反。盧柟獄中苦讀，擅寫駢賦文。出獄之後遊走於王府貴人、地方官員和文人雅士的聚會場所，頗受禮敬，最後仍落魄而死。

二　馮夢龍舖寫成擬話本小說

這則刑事案件引起馮夢龍的注意。他撰述《古今譚概》時，以「矜嫚」為題，來刻畫盧柟狂傲的形象：

---

[3]　《明史‧文苑傳三》，卷287，〈謝榛附盧柟傳〉，頁7376-7377。嘉慶《濬縣志》，卷15，人物，頁11收錄此傳；頁11-14，則收錄王世貞《四部稿》中所撰盧柟傳。

[4]　盧柟生於正德二年（1507），卒於隆慶四年（1570）。根據吳省道〈盧柟生卒年考〉，辯證了傳瑛《盧柟年譜》，所作的結論。盧柟嘉靖十五年（1536）入貲為太學生。參見沈阿玲：《盧柟及其蠛蠓集研究》（長沙市：湖南大學文學院碩士論文，2011年5月）。

> 盧柟為諸生,與邑令善。令嘗語柟曰:「吾旦過若飲。」柟
> 歸,益市牛酒。會令有他事,日昃不來,柟且望之。鬥酒自
> 勞,醉則已臥。報令至,柟稱醉,不能具賓主。令恚去,曰:
> 「吾乃為傖人子辱!」下交美事,乃復效田丞相倨寨,倖免罵
> 坐,不足為辱[5]。

　　他抓住了主角乃地方學生的身分,能作詩,好飲酒,又敢於「傲
視」地方父母官,因此立篇來書寫他的傲慢態度。但在文末評論時,
卻勸勉縣令說:交結鄉里學生是件美事,沒有像漢丞相田蚡宴會中當
場受到言語行動的凌辱,就不算受辱。顯然馮夢龍批評了盧柟的矜
嫚,但也代為緩頰。這個「官紳衝突」的議題,在馮夢龍腦海中顯然
揮之不去,對當時人也是「卡在心頭上的話題」,所以他才鋪寫為兩
萬餘字的〈盧太學詩酒傲王侯〉。

　　馮夢龍先描寫盧柟秉性善良、樂善好施、重視友誼,也體貼下
人。如果遇著聲氣相投的知音,兼旬累月,款留在家,不肯送別。如
果有人患難來投奔,立刻慷慨解囊,不使空手而歸。他體貼下人,每
到十二月時節,就預發次年的工資。他擔心家裡的總管作弊,剋扣錢
財,或者放高利貸,每次都是親自唱名發送,還賞給工人們一頓酒
飯,讓大家吃個醉飽。這麼好的主人,怎麼可能虐殺自己的雇工呢?

　　其次,馮夢龍安排盧柟讀書於浮丘山腳下,修築一座壯麗的宅
第,後頭還有兩三頃的花園,裡頭不免是閣樓亭榭,假山綠池,花草
繽紛,名叫「嘯圃」。正好新任的縣長汪岑年少得意,好名好利,又
好杯中之物,想來與盧柟結交。被拒絕了幾次以後,汪岑還是派人前
來致意,也表達自己能夠前來拜訪的意願。盧柟不好拒人千里,只得

5　馮夢龍:《古今譚概‧矜嫚部》,卷12,第39則。收入《馮夢龍全集》第21種,第
　　39冊(上海市:上海古籍出版社)。

答應。

　　一連五次相約，賞梅、玩牡丹、觀蓮、望月、聞桂，卻都發生不能赴約的意外。先是汪知縣為了新上任的按察使接風而延誤，其次是夫人小產，第三次是自己中暑，第四次是病後貪慾又得風寒，第五次則是汪知縣的科場座師，也是現任山西按察獄政的趙某坐船赴京，過境此地，也需要前往接待。折騰了一年，終於敲定了第六次相約，已是秋菊盛開之時。差人傳訊，說是縣官一早就來，害得盧府大清早準備停當，迎接貴賓。

　　出乎意料，當天縣衙門抓到了一干強盜，正在審訊。故事便岔出了。原來是市場的王屠，曾經好管閒事，指出石雪哥把破鍋子賣給了田大郎。因此石雪哥挾怨報復，誣告他為盜匪同夥，被衙門屈打成招。汪知縣因此又延誤了赴約的時辰。

　　盧柟左等右等，知縣遲遲未到。派人去衙門探聽，知道是審強盜的案件。何以拖延未能結案？盧柟質疑起汪知縣辦案不停的動機，又看著酒菜冷去，乾脆自己吃將起來。等到黃昏，縣官方才退堂而來，主人已經醉不成人，無法親自招呼。縣官惱羞成怒，以為是蓄意無禮，只等待報復的機會。

　　不巧，盧柟的僕人盧才借錢給農民鈕成，又貪戀著鈕成妻子金氏的美色，長久以來人財都未能得手。他等待年終時節鈕成前來預領下年工資的時候，動手搶錢，還糾眾把鈕成打傷。鈕成回到家，倒床不起，一命歸陰。他的哥哥鈕文，正好是令史譚遵的家奴，因此向譚遵求助。譚遵早已銜著知縣的命令來陷害盧柟，正好逮住機會。汪知縣馬上派人去搜捕盧柟，在公堂上又把盧柟出示的鈕成「傭工文券」認作是偽造文書，當場扯碎。一陣拷打之後，把盧柟問成了死罪。

　　盧柟在獄中寫信求援，引起眾多官員與友人的注意。汪知縣因此

吩咐譚遵斬草除根，下令獄卒蔡賢以土囊壓斃盧柟。幸虧縣丞董紳[6]發現了，挽回一命。汪知縣見事不成，趕緊寄出公函給京城裡立於要津的官員，來掌控案情發展。因此，盧柟在獄中受苦十餘年，無法脫困。

直到濬縣新任知縣陸光祖[7]到來，問明案情，緝拿盧才到案，才得以平反。盧柟出獄後，去見陸光祖，仍然長揖不拜。陸知縣也不在意，才折服了盧柟，兩人成為好友。後來，盧柟路經采石磯李白學士祠時，遇見赤腳道人，跟隨成仙而去。

三　盧柟生活樣貌的想像與真實

馮夢龍所描述盧柟的性格，較偏於正面。喝酒後鬧事的行徑，被解釋成「性情率真」；與縣官的衝突，肇因在縣官審案過久，延誤約會之故。但如果從王世貞所撰寫的〈盧柟傳〉，云：「為人跅弛，不問治生產，時時從娼家遊；大飲，飲醉則弄酒罵其座客，無敢以唇舌抗者[8]」，顯然比較能窺看盧柟的真面貌。

以情節安排的角度來分析這篇作品，似乎還有許多缺點。前後六次的賞花、賞月之約，為了舖敘六段故事的時間場景，又分別鑲嵌了梅、牡丹、蓮、桂、菊和月等六種詠物詩；反覆的等候縣官蒞臨，卻

6　縣丞董紳，河南人。見嘉慶《濬縣志》，卷3，職官表，頁14。盧柟有〈哭董縣丞紳〉三首，序云：「壬寅歲長揖恫刑沈法曹抗救洗冤於柟」，《蠛蠓集》，卷5，頁22。董紳協助盧柟於嘉靖廿一年（1542），小說中改在廿六年發生。
7　陸光祖（1521-1597），字與繩，號五臺，別號小峰，浙江平湖人。嘉靖廿六年（1547）進士，廿八年出任濬縣知縣，兵部尚書趙錦檄民築塞，光祖未能從命，卅二年遷南京禮部主事，歷官工部尚書、吏部尚書、刑部尚書，贈太子太保。《明史》卷224有傳。盧柟有〈贈陸侯擢官留都祠部序〉，《蠛蠓集》，卷2，頁17。
8　王世貞：《弇州山人四部稿》，卷83，頁10-17。

又有「不巧」的原因耽擱；遷延、拖沓，令讀者不耐。而汪知縣審判石雪哥告王屠為強盜同夥的案件，也過於冗長，影響了故事進展。官府衙役拘捕盧柟的場面過於龐大，好像在拘捕江洋大盜。

但如果從擬話本敘事的基本模式來比較，六次的花期飲酒之約，這種鑲嵌進來的詩詞歌吟，有點像「詩系型」的入話，如〈碾玉觀音〉論述描述春天的名家的詩詞、〈史弘肇龍虎君臣會〉討論八家的龍笛詩，對於讀者以文字閱讀故事時頗有妨礙。但也可以勉強解釋為，馮夢龍試圖利用這種嚲緩拖沓的描寫，轉化過來，表現盧柟家居生活的悠遊自在，以及好酒使氣的性格。如果沒有這段描述，還真無法鋪陳「詩酒傲王侯」的故事氛圍。

而石雪哥誣告王屠一段，用插敘的方式，描述官府訴訟，其敘事效果宛如話本小說中利用「頭回」的小故事，來烘托「正話」，強化本篇故事「誣陷」的主題。至於拘捕盧柟的場景，正是說書人帶領聽眾或讀者，進入他虛擬的世界，不免用了誇張與聳動的手法。這三個看似小說敘事的「缺點」，卻是馮夢龍轉化而活用了傳統「擬話本」的入話、頭回，以及說書語氣，採取新鮮而有變化的手法。

撇開馮夢龍的寫作技巧來談，在小說故事的進展中，卻暗藏著許多層面的議題。從描述中，我們可以「猜測」那個時代的社會問題：文人生活型態與社會地位的改變；法律執行過程繁瑣不決；社會階層顯得緊張對立，僕人與主人之間的關係，依從或抵抗，都有出人意料的改變。

請看，盧柟家道殷厚，是因為祖父輩經營得宜，積累財富。日常供俸，可以富比王侯。他可以擁有大片的宅第莊園，又有歌女、僮僕無數。這些商人子弟藉著讀書、考試、作官便利的機會，結交仕紳階級的友人，將來互相援引，在獲得生活資源與地方權利上，得到很好的庇護。這是商人致富之後，務必讓子弟走入地方學校以及兩京的國

子監，可以輕而易舉的改變社會地位。

致富之家當然要美化其宅第院落。文中所描繪盧柟的庭園：

> 樓臺高峻，庭院清幽。山疊岷峨怪石，花栽閬苑奇葩。水閣遙
> 通行塢，風軒斜透松寮。迴塘曲檻，層層碧浪漾琉璃；疊嶂層
> 巒，點點蒼苔舖翡翠。牡丹亭畔，孔雀雙棲；芍藥欄邊，仙禽
> 對舞。紫紆松徑，綠陰深處小橋橫；屈曲花岐，紅艷叢中喬木
> 聳。煙迷翠黛，意淡如無；雨洗青螺，色濃似染。木蘭舟蕩漾
> 芙蓉水際，秋千架搖曳垂楊影裏。朱檻畫欄相掩映，湘帝繡幕
> 兩交輝。

盧柟穿梭水榭畫樓的園林[9]，吟花賞鳥，笑傲其間，好不愜意！朋
友相訪，一定被留下來用餐，不醉不歸。四方慕名者前來求見，絡繹
不絕。可偏偏盧柟考運不佳，未能進士登第。因此放縱自己，絕意
功名，每天只與詩人、俠客、道士、高僧，談禪理，論劍術，呼盧浮
白，放浪山水。

這段描述正是晚明經濟發達社會富裕的寫照。握有生活資源的仕
紳或商人子弟們，過著無憂無慮的生活。反觀一般貧窮人家子弟必須
努力讀書，取得進入庠序讀書的資格。依照明清時期的學校制度，每
縣學生約十五名，府學生三十名，統稱為生員、廩生或博士弟子員，
僧多粥少，很難爭取到入學的機會。設有一生員出貢或考上舉人，或
有因犯案、亡故、守喪等事件而取消資格，則由地方等待入學的童生
逐一考試，一直到選出一名遞補。考取的機會極低，而被當庭飭回羞
辱滿面的可能大增。這些獲取在學資格的生員要經過縣試、府試、道

9　盧柟家在北直隸（今河南）濬縣，屬於北方氣候地理，林園布設較少太湖花石，加
　以乾旱、下雪不時，曲欄水閣不易保持，其真實景像不得而知。然而馮夢龍透過個
　人經驗，將江南園林的景像直接寫入文中，給了盧柟一座想像的美麗家園。

試，再通過省級考試、中央會試、殿試而獲取功名。

如果是家貲富饒的人，跳過這些磨練，以「自費」（即不領公家發給食物、燈油等費用）的方式，得到「增附生」的資格，而入縣府學校隨班附讀；或者以「捐貲」的方式獲取「貢生」的身分，跳過學校與省級考試的關卡，直接擁有入京參加進士科考的機會。科考若未能中，則依例轉入南、北太學（即南、北國子監）就讀，成為「有薪水」的太學生（或稱監生），留在兩京讀書，等待每三年一次大考的機會。如果多年都未能中試，還可以放棄進士科考，改參加禮部的特科考試，甄選為地方縣丞、訓導、教諭、通判等基層職務[10]，或甚至是偏遠小地方的縣令[11]。而這些屬於地方胥吏的職務，薪水雖低，卻掌握了地方的戶口、繇役與賦稅，有極大的利益可圖。

既然富有家庭的子弟獲取功名的方法，有如此捷徑，不用矻矻營營於讀書，就有餘暇來講求生活品味。建屋造園，蒔花藝草，參禪論道，養生學醫，或者是堪輿卜算。各式各樣的知識，都有人鑽研探討。因此，計成《園治》、袁宏道《瓶史》、華淑《閒情小品》、吳從先《賞心樂事》、王思任《閑居百詠》、張岱《快園道古》、陸紹珩《醉古堂劍掃》、洪應明《菜根譚》、高濂《遵生八箋》等等，都如雨後春筍，大量的出版發行。儘管後人喜歡以淫逸浮奢來看待晚明[12]，

---

[10] 馮夢龍〈杜十娘怒沉百寶箱〉云：「納粟入監的，有幾般便宜：好讀書、好科舉、好中，結末來又有個小小前程結果。以此宦官公子、富室子弟，倒不願作秀才，都去援例作太學生。」可為佐證，見《警世通言》，卷32。

[11] 如馮夢龍崇禎3年（1630）補貢生，次年58歲任丹徒縣學訓導，61歲授福建壽寧知縣。見龔篤清：〈馮夢龍生平行迹考述〉，《馮夢龍新論》（長沙市：湖南人民出版社，2002年11月），頁589-633。

[12] 如Timothy Brook（卜正民）著，方駿、王秀麗、羅天佑合譯：《縱樂的困惑：明朝的商業與文化》（臺北市：聯經出版事業公司，2004年）。費振鐘：《墮落時代：明代文人的集體墮落》（臺北市：立緒文化事業公司，2002年）。

卻不能否認是中國文化作繁華的時代。難怪國際漢學家史景遷要說，如果可以選擇生活在古代，他會選擇「晚明」的原因[13]。

四　社會階層緊張對立

要支持這些富家子弟的生活，社會上還是要付出相對的代價。由於生產技術進步，而資本過度集中，商人階級興起。而許多市民缺乏謀生之道，則淪為傭作勞工；有些農民甚至把土地、房產捐給地方的王府，委身為奴僕家丁，既可以免除國家的徵稅與繇役，又能直接獲得當地王府貴人的保護，解決了三餐溫飽的問題。可以想見，當時的社會「富者愈富，貧者愈貧」，貧富懸殊的現象正在擴大中。

在小說中，盧柟握有鈕成的「傭工文券」，就等於是他的主人，擁有鈕成的生命財產權。對於鈕成的死亡，應付民事的賠償，或處勞役懲罰，而可以逃避死刑的判決。知縣故意撕毀「文券」，誣告盧柟偽造，其實有「湮滅證物」的嫌疑。而盧柟企圖以此文券脫罪，反而坐實了他「掩飾」殺人的罪惡。在現實界裡，並沒有「盧才」這個管家出現。馮夢龍加入了這個諧音為「奴才」的管家，把貪戀女色、放高利貸、剝削工人的過錯，全都算計在盧才身上。也可以想見其中必有「隱情」，存有「欲蓋彌彰」的罪行。

然則汪知縣是否有權力把盧柟問成死罪？歷經九年以上的官司，其中已經掉換了兩任的知縣，前任知縣如何繼續折磨盧柟，又如何

13　史景遷著：《前朝夢憶：張岱的浮華與蒼涼》（臺北市：時報文化出版企業公司，2009 年 2 月，繁體中文版）序言，肯定「晚明是中國史上文化最繁華的時期」。史景遷曾說「如果上下古今可以圈選一個時間與地點，像是晚明時期的杭州，天高皇帝積弱，乃是最令人嚮往的居住時空」，引述自平路的部落格，http://blog.udn.com/luping/5638842，20110914。

「監控」案情？事實上，這個案件與汪知縣個人所關心的升官發財，並沒有直接關聯，自然也沒有繼續迫害盧柟的必要。但我們可以從中理解，明代的律法森嚴，被認定的罪犯，只要關入囹圄之中，就沒有洗刷冤情的機會。

馮夢龍在故事中，安排了金氏、鈕文、譚遵、蔡賢等人對盧柟羅織罪名，或者加入迫害行列，讓傭工、胥吏與雇主、文士之間的對立愈形明顯。縣官因為個人的尊嚴被踐踏，有意無意之間袒護百姓，來對抗這些悠遊林園的文士階級，正可以發現地方上「羨富」、「仇富」的心理日益擴大。而這些文人雅士，正可以借取個人的社會地位，以及經濟力量，來「傲視」地方的父母官。

五　盧柟的自述與刑案發展

根據盧柟〈上魏安峰明府[14]辯冤書〉、〈上李東崗[15]推府書〉[16]的內容讀來，當時的情形大致如下：

嘉靖十九年（1540）二月中，傭工王隆左手病長瘡，找來張杲、郭勇代工。盧柟只給了郭勇一份工錢。六月廿一日張杲偷了麥場上的麥子，被發現後打算扭送衙門，然而當夜張杲遁逃到一里外的孫潔農場中，還偷吃了守場人李現的一碗麵。沒想到當夜大雨，被倒塌的牆

14　魏安峰，即魏希相，山西陽曲人，嘉靖廿年（1541）進士，次年授濬縣知縣。見嘉慶《濬縣志》，卷3，職官表，頁5。

15　李秦（1507-1576），字仲西，號東崗，河南臨漳人。嘉靖十四年進士，選庶吉士，陞刑科都給事中，出為大名府推官，歷官左通政。與謝榛為詩友。見郭朴：〈左通政李公秦傳〉，焦竑：《獻徵錄》，卷67，頁32。

16　二文俱見《蠛蠓集》，卷1，頁1-23，文淵閣四庫全書，集部6，別集5；臺北市：臺灣商務印書館，1986年7月影印出版。此抄本係以萬曆三年（1575，乙亥）穆文熙刊為底本。

壁當場壓死。他的母魏氏向知縣蔣宗魯[17]告狀，說是盧柟打死了他的
孩子。七月五日，蔣知縣驗傷，發現張呆上顎缺了六顆牙齒，左腿骨
裂傷，判定是被圍毆致死。盧柟辯解，如果是他糾眾打死的，口、腿
俱傷，怎能走一里之遠，還偷吃麵？案件來往審訊。以盧柟自己的盤
算，郭勇、張呆是王隆的代工，也就是算他的「直屬工人」，有主雇
的關係。而蔣知縣的認知，張呆沒有直接向盧柟領錢，只能算是「王
隆的雇工」。根據律法，打死一般百姓，只有死罪一條，如果是「家
長毆雇工人至死」，則可以罰糧千石，而不至於死罪。盧柟申辯的理
由，反而被當作「知法犯法」的罪證。

　　次年四月結案，被罰穀四十五石，暫時返家。父母改住淇門。父
親卻被闖入家門的盜匪殺害，母親受此刺激，兩個月後也病逝了。服
喪期間，都察院以盧柟「招詳朦朧」，廿一年遭受拘提大名府監獄，
改判為死罪之後，再送返原籍濬縣監獄禁閉。盧柟以為死期將至，遂
以「蟣蝨」微薄之命為題，於次年三月六日收集詩文為《蟣蝨集》[18]。
盧柟在獄中不斷的書寫〈辯冤書〉上呈濬縣新任知縣魏希相、石茂
華[19]、大名府知府張郎西[20]、推官李秦，巡按御史樊公、胡公，侍御史

17　蔣宗魯字虹泉，應天府溧陽人，軍籍在貴州普安衛，嘉靖十七年（1538）進士，次
　　年任濬縣知縣，歷官都御史。嘉慶《濬縣志》，卷3，職官表，頁5。同書卷19，循
　　政，頁16，選錄王璜〈蔣侯去思碑〉。在濬縣的風評應該不惡。同書卷15，人物，
　　頁14，徵引王世貞史料之後，編纂者加註：「土人相傳蔣知縣」，已經直指蔣宗魯。
18　〈蟣蝨集自序〉註有：「嘉靖癸卯春三月朔六日黎陽盧柟撰」；此為《蟣蝨集》初版
　　序。
19　石茂華字君采，山東益都人。嘉靖廿三年進士，授濬縣知縣，陞戶部貴州司主
　　事。盧柟有〈濬邑石侯碑〉，《蟣蝨集》，卷2，頁28-30。兩人資料俱見嘉慶《濬縣
　　志》，卷3，職官表，頁16。
20　張郎西，疑即張謙，浙江慈溪人，嘉靖十一年進士。廿年（1541）出守大名府。宣
　　統《畿輔通志》，卷29，職官5明，頁47；同書卷188，宦績錄6，頁13。

張鵝山，翰林檢討晁瑮[21]、大理寺陳龍泉，吏部主事郝南峰、吳少槐等人，並沒有得到應有的回應。坐繫牢獄繼續纏訟期間，兩個兒子、一個女兒不幸往生。土地房產也被族人侵佔賤賣。

嘉靖廿六年（1547）十一月廿日，濬縣的獄吏譚遵命令獄卒蔡賢鞭打盧柟數百下，並用沙袋壓住，企圖使他窒息。被縣丞董紳及其他獄卒發現，才免於一死[22]。事態嚴重，盧柟向四處友人求援，只有同鄉詩友耿隨卿[23]、孟思[24]來獄中探望，最後找到了詩人謝榛幫忙。當時，謝榛已經五十三歲，在趙王府作客，得知文友的處境，次年春天親自入京，向刑部官員申訴。接案子的正是王世貞，剛從大理寺觀政調為刑部主事，他與刑部長官李攀龍、吳維嶽、馮惟訥，都很佩服謝榛的義行。在京城裡，許多官員因此輪流邀宴謝榛。孟思得到了李攀龍決心辦案的訊息[25]，特別趕回獄中告知消息。

然則，刑部可以派員勘查獄政，卻沒有權力直接更審。明代律法的訂定極為繁複。自宣德十年（1435）起，設有河南、山東、山西、陝西、浙江、江西、湖廣、廣東、廣西、四川、福建、雲南、貴州等

---

[21] 晁瑮，字君石，號春陵，晚號鏡湖，直隸開州人。嘉靖二十年（1541）進士，授翰林院庶吉士，陞檢討。子晁東吳（1532-1554）字叔泰，號次山，嘉靖卅二年進士，亦授翰林院庶吉士，次年卒。盧柟有〈祭晁次山翰林文〉，《蠛蠓集》，卷2，頁49-50。

[22] 盧柟有詩〈丁未夢中遊王西軒園作是歲十一月二十日獄吏譚遵令獄卒蔡賢笞柟數百，謀以土囊壓殺之官覺之免〉，《蠛蠓集》，卷5，頁42。

[23] 耿隨卿字子丞，號中庵，滑縣人。嘉靖廿六年進士，官至順天巡撫。嘉慶《濬縣志》，卷16，人物，頁5。

[24] 孟思字正甫，號龍川，滑縣人，盧柟友。嘉靖四年舉人。後選為南陽府通判，未之官卒。有《龍川集》。嘉慶《濬縣志》，卷16，人物，頁5。盧柟集中有〈與孟龍川書〉、〈孟龍川許送芸香不至走索兼以詩寄〉等詩文十餘篇，兩人交情甚篤。

[25] 〈孟龍川自京師旋為余言秋部李滄溟聞冤慨然有脫囚之志因作詩四首寄上〉，《蠛蠓集》，卷4，頁23。事後，盧柟感念李攀龍的義助，撰有〈滄溟賦〉，同書卷3，頁36。

十三司，用來考核地方的獄政。都察院也設置了十三道監察御史，來
考核地方獄政與學政。希望能「通達下情」，但往往被奸黨所掌控。
為了避免地方官吏與監察御史專斷律法，另有大理寺的設置，目的在
於「審讞平反刑獄之政令」，至於大理寺卿「推情定法，毋為深文，
務求明允，使刑必當罪。庶幾可方古人，不負命也[26]」。然而擔任大
理寺官員，並非精通律例，也沒有能力理解原判的輕重[27]。

　　遇到地方重大的刑案，雖然大理寺卿與刑部郎署、都察院御史都
可以過問，但因為過程太繁複，又無法提出新事證。案情無法突破，
只有越辦越嚴苛，無解套的方法。試看盧枏一案，從蔣宗魯以下，濬
縣知縣已經改換了魏希相、石茂華兩任，大名知府張謙、通判李秦雖
然表示同情，卻也無法更改判決結果，只有繼續纏訟下去。要等到驚
動朝廷刑部的官員，在京師造成輿論；次年第四任的知縣陸光祖到
來，才改判盧枏三年勞役，嘉靖卅一年始獲自由。

六　文人選擇性的紀錄書寫

　　根據盧枏親身的證詞，難免有為自己脫罪之嫌，不可以當作真
相來判讀[28]！然而，與吳偉業、龔鼎孳並稱為江左三大家的錢謙益
（1582-1664），撰述詩人謝榛傳記時，附記盧枏小傳。為了要坐實李
攀龍與王世貞排斥謝榛的惡行，故意不交代他們承辦盧枏冤案，因此

---

[26]　張廷玉：《明史·職官志二》（臺北市：鼎文書局，1980 年 1 月），卷 73，頁 1781。

[27]　嘉靖六年（1527）黃綰上疏世宗。《黃宗伯文集》，《明經世文編》（北京市：中華
　　書局，1962 年），卷 156，頁 1563-1571。

[28]　李洵根據盧枏〈上郝南峰吏部書〉（《蟻蟀集》卷 1，頁 27），說盧枏「蓬澤枯槁之
　　士，奕世編氓。業不出邱壑，綺縞不曳，粲肉不適唇」，觀前後事件應非實情，參
　　見李洵：〈說盧枏之獄〉，東北師範大學《史學集刊》，1994 年第 3 期，頁 1-8。

相識而結交為詩友的事實。

根據史料，整理謝榛、盧枏與李攀龍、王世貞的交遊如下。謝榛（1495-1575）字茂秦，號四溟山人，又號脫屣山人，原籍山東臨清，遭時亂移居鄴城。眇一目，有詩才，年十六即作樂府商調，時人爭為傳唱。西遊彰德，得趙康王賓禮。嘉靖廿七年（1548）為盧枏申冤，挾詩卷入京，訴諸刑部，王世貞適主其事，為之告白上官。在謝榛文集中，見有〈為盧枏呈內臺比部大理諸公〉、〈黎陽盧生枏坐事繫獄，詩以矜之〉、〈和王比部元美喜濬人盧枏冤雪之作〉、〈張令肖甫郊餞聞笛，兼慰盧次楩〉等詩[29]。廿九年，又有新科進士徐中行、宗臣、梁有譽相繼入社，合謝榛、李攀龍、王世貞等六人，遂由畫工繪「六子圖」，記一時之遊。卅一年春歸謝榛鄉里，攀龍有詩贈[30]。卅二年冬，謝榛訪攀龍於順德知府任上，作有〈歲暮宴李太守于鱗宅〉（《四溟集》卷5，頁2），以言語齟齬，攀龍作〈戲為絕謝茂秦書〉[31]，乃去謝榛改入吳國倫於「五子」之列。卅五年，王世貞考察江北獄治，過順德、大名。攀龍、謝榛、盧枏又相聚一堂。此年底，攀龍遷陝西按察副使，謝榛連夜追送且百里。卅九年，趙康王薨，乃歸東海，又曾赴河南潘王府。隆慶四年（1570），攀龍卒，謝榛作詩道：「西署為郎談義士，魯連排難寧專美。龍也枏也一夢裡，欲達哀情託山鬼，九泉有知長已矣！[32]」詩中還自行夾註：「予昔為盧枏辨冤」，表示當年赴刑部向李攀龍請願的景象，還深深嵌印在腦海裡。萬曆元

---

[29] 謝榛著，李慶立校箋：《謝榛全集校箋》（南京市：江蘇古籍出版社，2003年1月），詩作依序見頁654、781、417、53。

[30] 《滄溟集》，卷7，頁16。

[31] 文見《滄溟集》卷25；李攀龍此作有仿嵇康〈與山巨源絕交書〉之嫌，爾後仍與謝榛來往。

[32] 〈賦得長歌答許左史殿卿兼傷李廉憲于鱗〉，《謝榛全集校箋》，卷2，頁88。

年（1573），謝榛自關中還鄴，謁趙穆王，上新竹枝十七闋。三年，客大名，卒年八十一。

盧柟獲釋前後，曾寫過兩封信給王世貞[33]。出獄後，訪謝榛於鄴城，得趙王器賞，賜金百鎰。卅五年，王世貞治獄大名，攀龍陪往，與柟及謝榛相會，攀龍作有〈與盧次楩登大休山〉，又為盧、謝二人作《二子詩》[34]。王世貞則為柟文集作序[35]。柟別去金陵，攀龍亦有詩〈於黎陽送次楩之金陵謁故陸令〉[36]，時陸光祖為南京祠部郎。留月餘，走越歷吳，無所遇，益落魄，嗜酒病三日，卒於隆慶四年。王世貞感傷詩人遭遇，並且彰顯詩人的才情而撰傳。

李攀龍、王世貞與謝榛、盧柟之間，到底交情有多深厚？從來往的過程以及詩文酬作中，他們之間還是有真摯的情感。王世貞甚至將盧柟與吳維嶽、李先芳、俞允文、歐大任同列名「廣五子」[37]。錢謙益故意隱藏部分事實，只是為了「詆訾」後七子「獨攬文壇，排斥異己」[38]；當然，也就模糊了王世貞義助盧柟脫罪的事件。絕多數的文學史撰述者，都沿襲錢謙益的敘述，因此對後七子的貶抑又多了一條罪狀。

---

[33] 《蠛蠓集》，卷1，頁14-15、44-45，稱王世貞為「王鳳洲郎中」。

[34] 《滄溟集》，卷8，頁14、頁2。

[35] 四庫本《蠛蠓集》未收此序，轉見於王世貞：《弇州山人四部稿》，卷64，頁9。

[36] 《滄溟集》，卷8，頁14。

[37] 〈王世貞傳〉，《明史‧文苑傳三》，卷287，頁7379。

[38] 錢鍾書對錢謙益有意壓抑後七子王世貞等人的書寫，稱作「牧齋刀筆史技倆」。見《談藝錄‧鑑賞論》，頁385-387。簡錦松〈論錢謙益《列朝詩集小傳》之批評立場〉亦言之鑿鑿，見《文學新鑰》第2期（2004年7月），頁127-157。

七　結論：盧柟冤案的文化意涵

　　盧柟的冤案真相如何？就現存的文獻考查，官方審訊紀錄並未保存下來，盧柟的自述只能算是一面之詞；文壇盟主王世貞撰述傳記相挺，雖有若干事證可援，也不能說是絕對的「真相」！至於錢謙益的選擇性書寫，以及《明史・文苑》的引述與修改，企圖抹滅後七子王世貞、李攀龍的義行，來壓抑復古派人物，也就不言而喻。真相永遠不明，自古而然。

　　如果要繼續追問，官府辦理此案何以懸而未決？明清以來，府縣衙門對鄉紳文人的禮敬，已屬成例，何以盧柟獨獨遭遇此難？嘉靖廿年四月，是誰入侵盧柟淇門的別墅，父親被殺，房屋被焚燬，是誰參與此場劫掠？土地房產被賤賣，是誰能握有盧家房地契，又有權利代行販售？嘉靖廿六年十一月，又橫生獄中謀害的枝節，在案發七年之後，何以有人必將盧柟置之死地而後快？難道擔心許多案外案會被連環牽扯，而急於湮滅線索嗎？

　　既然無法掌握「真相」，馮夢龍創作〈盧太學詩酒傲王侯〉時，用虛擬的文學手段來表現。他虛擬了惡管家盧才來幫忙頂罪，把濬縣知縣蔣宗魯的姓名改作汪岑，把死去的代工張呆改名為鈕成，把告狀的母親魏氏改為鈕成的妻子金氏，試圖與「新聞真相」脫勾。

　　然而我們從他的小說中，卻閱讀了另一種「社會真相」。從他描繪了盧柟的家居生活，讓我們聯想起袁中郎三兄弟、謔庵王思任、陶庵張岱等人，晚明文人閒雅散漫的生活樣貌，呼之欲出。而李白化身為赤腳道人牽引盧柟成仙的民間故事模式，也表現了讀書人浪漫的想像與隱遁思想。

　　其次，我們看到了現實環境中社會階層嚴重的對立，雇主與雇工之間的矛盾擴大，縣官以及輔助衙門運作的胥吏介入了仕紳階級與百

姓階級的衝突之中，倨傲的文人對社會律法產生質疑與抵抗。從單點的衝突，發展成線性、多向度的衝突，當百姓因貧困而淪為盜匪，仕紳因為行為過當而變成殺人犯，受到輿情與律法制約的官府成了殘酷而無情的機器，財富分配不當，造成社會運作的失衡。這樁明朝嘉靖年間的冤案，顯然在律法嚴苛而執行無力，往返訴訟，永無寧日，造成冤案的無解。

俗語說：「有錢判生，無錢判死。」在盧柟案中，有錢卻也是導致冤案無解的原因之一。馮夢龍創作這篇小說時，正處於萬曆末年到天啟年之間，社會階層的矛盾與緊張對立，更勝於嘉靖年間，他其實是借盧柟事件，來述說晚明的社會氛圍。由於經濟自由競爭，地主、商戶擁有土地、資金、物產，聚集大量財富，而一般百姓淪為佃農、雇工、流民、街友，甚至加入了亡命的行列。社會上貧富懸殊造成的對立與傷害，官員、百姓、鄉紳、秀才、富商之間的衝突，正在擴大。「仇富」心理，只是冰山一角；流血革命與財富重新分配的惡夢，馬上要發生。

重新去探視晚明亡國的悲劇，癥結甚多，不是本文所能陳述。然則在〈盧太學詩酒傲王侯〉一文中，似乎是面澄亮的鏡子，足為借鑑。

——本文初稿見發表於嘉義大學「第十一屆中國古代小說、戲曲、文獻暨數位（字）化國際研討會」；論文刊於《東海大學中文學報》24期，頁145-164；2013年12月修訂。

唐詩格律的失落
—— 晚明詩風流變的歷史因素

一 前言

　　晚明，永遠是個迷人的議題！好焉者大談晚明的多元化、精緻化與現代性，甚至渴望廁身古人的行列[1]。也有很多人從經濟、性別、城市、文化發展等角度，來析論晚明[2]。而排斥者則以民風淫逸、思想墮落、政治腐敗為由，加以詆訶[3]。要論起晚明的文化發展，確實有許多精采的議題浮現，值得探研。

　　但如果談論的是晚明詩學，在時興的政治、經濟、社會、思想、文化等論述之外，恐怕很難引起熱烈的迴響。與唐代詩學的成就相比擬，明代詩學似乎黯然失色；與新興的小說、戲曲文體相排比，詩歌、散文也缺乏創新主導的地位。晚明詩學處在沉重的負面的論述壓

---

[1]　何國慶為張以國撰序時，引述2000年美國耶魯大學教授史景遷（Jonathan D. Spence）回答記者的發問，最希望居住的時空是「中國晚明的蘇州」。見張以國：《以古為新：晚明的藝術與影響》（北京市：中國社會科學出版社，2009年6月），序文。

[2]　如（加）卜正民（Timothy Brook）著，方駿、王秀麗、羅天佑譯，方駿校：《縱樂的困惑：明代的商業與文化》（北京市：三聯書店，2004年1月）；繁體字版（臺北市：聯經出版事業公司，2004年2月28日）；毛文芳：《物、性別、觀看：明末清初文化書寫新探》（臺北市：臺灣學生書局，2001年12月）；熊秉真、余安邦合編：《情慾明清：遂欲篇》（臺北市：麥田出版公司，2004年3月）；聶付生：《晚明文人的文化傳播研究》（北京市：中國戲劇出版社，2007年12月）。

[3]　如費振鐘：《墮落時代：明代文人的集體墮落》（上海市：上海書店，2007年4月再版）；繁體字版（臺北市：立緒文化事業公司，2002年5月）。

力下，既沒有鮮明的旗幟，又是屬於末代詩學，很少能引起注意。

　　那麼為什麼要選擇晚明詩學來討論呢？晚明詩人似乎各自被侷限在不同的「時空領域」中，除非是涉及詩人們的醜聞，或者相互攻訐的陳年舊事，在分辨「異派異說」的設限下，詩人們的真實的交誼酬唱情形，很少被注意。每個詩人又使用自己擅用的術語解說，也會有「同詞異義」或「異詞同義」的現象，時隔至今四百年，就留存的書面語來了解詩人當時真正的主張，極不容易領悟。加上語言變化、古調喪失，要重新去認識唐詩傳承的軌跡，也相當困難。

　　如果我們可以借用現代文學分析理論，來辨識明代文學的核心思想、活動史、文體演變、作家心靈、文學理論等項目，就不會含混而不名所以。借鑑現代的社會文化論述，檢視晚明詩學的理論從統合到分立，又從對峙到並陳，展現了多元化社會的特質。而庶民熱情的投入詩學運動，卻表現出庸俗化的詩風；這種文學史流變的無奈，正可以證明晚明詩學也在「去古求新」的浪潮中，走出一條自己的道路。

二　明代詩學的論述主權

　　一般明代文學史的論述，多半沿承《明史・文苑傳》的序言，以開國勳臣宋濂、王褘、方孝孺、高啟、劉基等詩文為先鋒。永樂、宣德以來，臺閣敷廓，而李東陽代起。及李夢陽、何景明、李攀龍、王世貞輩出，史稱前後七子，以復古為文風主流。此期間，王、唐、歸、茅續出，以唐宋文為皈依；而徐渭、湯顯祖、袁宏道、鍾惺之屬，亦各爭鳴一時。至於天啟、崇禎時，錢謙益、艾南英準北宋之矩矱，張溥、陳子龍擷東漢之芳華，另成變化[4]。

4　《明史・文苑傳一》（臺北市：鼎文書局，1980 年 1 月），卷 285，頁 7307。

這段序言，還是以「詩學」的論述為中心；散文的述說僅止於王慎中、唐順之、歸有光、茅坤，史上所稱「唐宋派」而已。要認識明代詩學的發展，抓住「勳臣、臺閣、東陽、七子、唐宋、公安、竟陵、子龍」的線索，似乎就夠了。

細讀四卷的〈文苑傳〉，除了交代歷朝重要文學家傳記，涉及時文、思想、書畫藝術等發展成果，重要的還是暗藏著越、吳、閩、嶺南、江右等五區域的詩學發展脈絡[5]。從明朝初年到亡國（1368-1644）時節，詩學的蓬勃仍不離開江蘇、浙江、江西、福建、廣東等五省，不僅各自建構極具特色的「區域文學」，而且脈絡相連，縱橫交錯，影響全國，是值得注意的現象。

然則，〈文苑傳〉對前後七子、公安、竟陵諸派的人格或作品，均有負面評價。推究原因，可能是受到錢謙益《列朝詩集小傳》書寫的語氣所左右[6]。朱彝尊編選《明詩綜》、紀昀主編《四庫全書總目提要》，以及民國早期的文學史、文學批評史著述，也不脫錢謙益的影響[7]。簡錦松指出，錢謙益撰寫此書有兩大動因：一為恢復館閣文權之立場，另為維護吳中傳統之立場[8]。

簡錦松所謂的「文權」，等同於文學史上稱「文柄」、「主盟」、「樹壇立站」等語詞；用現代語「主導權」、「文章解釋權」來解說，或亦相同。明初勳臣皆為能文之士，把持文壇的論述。經過太祖、成

5　（明）胡應麟《詩藪》續編一，國朝上，崇禎五年吳國琦水香閣刊本，頁2：分國初詩派有五：吳、越、閩、嶺南、江右。龔顯宗承此說，見《明初詩文論研究》（臺北市：華正書局，1985年）。

6　錢鍾書指出錢謙益捏造故事貶低王世貞，也舉出詆訶七子與竟陵鍾譚的證據。見錢氏文：〈一字之差，詞氣迴異〉，收入《談藝錄》第一章鑑賞篇。學者多從此說。

7　簡錦松：〈論錢謙益《列朝詩集小傳》之批評立場〉，《文學新鑰》2期（2004年7月），頁127-157。

8　同前註，頁128。

祖強勢主導，文權漸漸落入臺閣宰輔、大學士們的手中。弘治八年
（1495）以後，李東陽直文淵閣參預機務，十六年內累遷太子少保、
禮部尚書兼文淵閣大學士，操有文炳，稱為茶陵派。他是以「臺閣」
身分，去修正「舊臺閣」楊士奇、楊榮、楊溥三位大學士所操持的歌
功頌德、粉飾太平的文風。

　　李夢陽、何景明等前七子的出現，他們不屬於內閣核心，而是六
部的中層官員，獲有主導詩文風尚的權力。稍後的李攀龍、王世貞等
後七子，更是刑部官署的基層郎官，結為詩社；他們先後外放為御
史、按察使或地方官員，正好將他們的詩學主張分散到全國各地。李
攀龍死後，王世貞代之，從隆慶五年（1571）起，止於萬曆十八年
（1590），二十年時間，正是復古詩風串聯全國的好時光。這是以往
館閣權臣把持文權的時代，不曾生發的熱潮。

　　復古風潮既已流行，庶民仰首景慕，習染成風，漸生模擬抄襲的
弊端。而公安三袁、竟陵鍾、譚繼起，以中央巡察外地，或管轄縣治
的基層官員，或參與科考的貢學生姿態，高呼「獨抒性靈」、「深幽
孤峭」等口號，脫開格調、法度上的束縛，來抒寫個人胸臆。除了三
袁與鍾、譚之外，以山人自居的陳繼儒，被稱作「山中宰相」，也隱
然成為文化論述的領導人物。當然，有些文學史特別強調詩人陳子
龍、夏完淳、瞿式耜、張煌言等人，身處家國鼎革的劇變時代，有匡
時救世和亡國悲痛之音[9]；這些愛國詩人仍屬於復古派，他們的作品有
代表性，但已經不能成為詩學的主流了。

　　大膽的說，王世貞成為明代文學史上最後一位「大師」；爾後，
再也沒有誰能完全掌握「文章解釋權」。從晚明的角度來觀察，縣

---

[9]　如華東師範大學《中國古代文學史》教程，見 http://ccejpkc.ecnu.edu.cn/
　　gdwxs/5.2.5.2.htm。

官、諸生、布衣、山人，或者地區性的結黨成社，都可以抒發個人或小團體的詩學主張，造成短暫、局部、多元的流行風潮，屬於自然的現象。我們客觀陳述這種詩壇權柄的盛衰遞換，而不以政治、社會、經濟等干擾因素為重，才能真正理解晚明詩學內在理路的發展、詩學理論的辨證，以及詩學史的建構。

三　晚明詩學的發展

　　要談晚明詩學，首先要界定何謂「晚明」？明代立國二百七十六年，如果區分為初、盛、中、晚四期，每期大約七十年。樊樹志撰寫《晚明史》，直接標示為西曆一五七三年至一六四四年；上冊以張居正推動萬曆新政始，止於東林黨爭，下冊始於泰昌、天啟，終於崇禎亡國，前後共七十二年[10]。曹淑娟、李聖華持論相同[11]。十年砍柴撰述通俗讀物《晚明七十年》，也是從萬曆初年說起[12]。萬明〈晚明史研究七十年之回眸與再認識〉稱：「十六世紀後的晚明」，傾向將萬曆前期也包含在內[13]。

　　也有人將起點推向嘉靖年間。如劉志琴的《晚明史論：重新認識末世衰變》，對晚明時間的認定從嘉靖末年算起，「為時不足一百年」[14]羅宗強《明代後期士人心態研究》書中引言，認為以政治觀點解讀，明代後期可從萬曆年間算起；但如果從思想文化的演變，追溯

10　樊樹志：《晚明史》（上海市：復旦大學出版社，2003年10月）。

11　曹淑娟：《晚明性靈小品》（臺北市：文津出版社，1988年7月）；李聖華：《晚明詩歌研究》（北京市：人民文學出版社，2002年10月）。

12　十年砍柴：《晚明七十年》（西安市：陝西師範大學出版社，2007年8月）。

13　萬明：〈晚明史研究七十年之回眸與再認識〉，《學術月刊》，2006年10期。

14　劉志琴：《晚明史論：重新認識末世衰變》（南昌市：江西高校出版社，2004年6月）。

到嘉靖前後，亦無不可[15]。張顯清主編《明代後期社會轉型研究》，為
了交代經濟、城鄉、社會劇變的緣起，所以把時間跨渡延長到「十六
世紀初期至十七世紀中葉[16]」。其實只要涉及思想與文化意識，早期
學者如稽文甫、夏咸淳，以及剛獲得博士學位的張維昭，總喜歡論
述的時間追溯到武宗正德（1506-1521）、世宗嘉靖（1522-1566）年
間，以便含納王陽明心學所帶來的影響[17]。

　　但也有些學者如謝國楨，界定「明末清初」的時間，「是指西元
十七世紀，即萬曆三十年以後到清康熙四十年左右（1602-1701）[18]」；
胡曉真的明清城市生活研究，也是將論述時間的上限定在「十七世
紀，亦即晚明為主[19]」。李中明、許振東研究通俗小說的創作與出
版，乾脆以「十七世紀」為書題，以標示小說出版業興盛的開端[20]。

　　以萬曆元年（1573），作為晚明詩學論述的起點，確實有其意
義。李攀龍死於隆慶四年（1570），〈文苑傳〉稱王世貞從此「獨操
文柄二十年[21]」。攀龍在世時，詮釋復古意識的地位是不容撼動的。
萬曆以後，七子派其他成員無論宦遊外地或返鄉安居，都廣交結納。

---

15 羅宗強：《明代後期士人心態研究》（天津市：南開大學出版社，2006年6月）。
16 張顯清：《明代後期社會轉型研究》（北京市：中國社會科學出版社，2008年11
　月）。
17 稽文甫：《晚明思想史論》（北京市：東方出版社，1996年3月）；夏咸淳：《晚明
　世風與文學》（北京市：中國社會科學出版社，1994年7月）；張維昭：《悖離與回
　歸：晚明士人美學態度的現代觀照》（南京市：鳳凰出版社，2009年8月）。
18 謝國楨：〈明末清初的學風〉，1963年4月寫定，收入《明末清初的學風》（上海
　市：上海出版社，1982年1月），頁1-57。
19 胡曉真：〈十七世紀到二十世紀初敘事文學中的城市景味〉，明清的城市文化與生
　活研究計畫，中研院，見http://citylife.sinica.edu.tw/intro/intro_05.htm
20 李中明：《17世紀中國通俗小說編年史》（合肥市：安徽大學出版社，2003年3
　月）；許振東：《17世紀白話小說的創作與傳播：以蘇州地區為中心的研究》（北京
　市：中國社會科學出版社，2005年7月）。
21 《明史·文苑傳三》，卷287，頁7381。

同好既多，參與詩會亦盛，眾口鑠金，倡言「復古之論」，每個人都有自己的闡述，不再是「七子」的專利了。

（一）復古詩風遍及全國

先談復古派的王世貞（1526-1590），他在萬曆初曾經出任湖廣按察使、廣西右布政使、太僕寺卿之外，有漫長的十年以鄉居為主。即使奉命出任南京大理寺卿、應天府尹，都只有短暫的時間，便受劾而歸。他與屠隆雙雙拜王錫爵女兒曇陽子為仙師，由佛入道，更有謝絕筆研的意圖。但是，官員、諸生、和尚、道士與布衣詩人，仍出入門下，要閉關修行，談何容易？

王世貞五十八歲時憶舊，依〈五子詩〉之例，又撰〈後五子〉、〈廣五子〉、〈續五子〉、〈末五子〉。除了常熟趙用賢名字二見之外，合計二十四人，分別是歷城李攀龍、長興徐中行、順德梁有譽、興國吳國倫、興化宗臣、南昌余曰德、蒲圻魏裳、歙縣汪道昆、銅梁張佳胤、新蔡張九一、崑山俞允文、濬縣盧柟、濮州李先芳、孝豐吳維嶽、順德歐大任、陽曲王道行、東明石星、從化黎民表、南昌朱多煃、常熟趙用賢、京山李維楨、鄞縣屠隆、南樂魏允中、蘭溪胡應麟。這二十四人，有告老還鄉的舊友，也有初登仕途的新友；其間，北人佔十一人，分散在六省；南人十三人，分散在五省。詩友的籍貫分布甚廣，獨居家園或外放任官，他們在全省各地所展開的個人交際酬唱，影響之力，不可小覷。

至於王世貞稍後書寫的〈四十詠〉[22]，北人僅九人，餘皆南人。詩中除了列名詩人之外，其中也有書畫家、出版家、戲曲家等。如果拿這些作品來證明王世貞「黨同伐異」的證據，倒不如說是王世貞晚年

---

[22] 以上詠諸子之詩俱見《弇州山人續稿》（臺北市：文海出版社，1970年影印萬曆刊本），卷3，頁7-18。

對友誼的眷戀。李聖華稱此時期為「後七子派後期」，汪道昆最為活躍，曾邀集兄弟道會、道貫，並龍膺（汪道昆的女婿）、潘之恆、郭第、丁應泰七人組白榆社，先後延攬李維楨、屠隆、徐桂、胡應麟與會。萬曆十一年（1583）又與卓明卿、徐桂等十九人在杭州組西湖秋社，十四年（1586）又發起南屏社，成為「後七子派」最後的大型社集[23]。這些同道詩人，並沒有強烈的理論論述，多半只有詩酒酬唱，無形中卻將「以詩會友」的文風推向全國。他們服膺「復古」法則，但沒有像「後七子」一般的「革命」情誼，也沒有言稱「詩必盛唐」的企圖。

舉幾個例證，王世貞與福建詩人交誼甚少，而徐中行萬曆四年（1576）以左參政之職，前往福建，捐款並吩咐袁表、馬熒選輯《閩中十子詩》[24]，包含林鴻、鄭定、王褒、唐泰、高棅、王恭、陳亮、王偁、周玄、黃玄十子之作，提振福建詩壇信心，帶來萬曆年間詩風的再盛。國子監生汪宗尼此時亦重刻高棅《唐詩品彙》[25]，對於復古之風，更有推波助燃之勢！為了推出福建詩人代表，福清林古度選出唐朝歐陽詹的文集，攜入南京，邀請同鄉官居南京吏部右侍郎的葉向高等三十人列名出版[26]。葉向高最後也做到了宰輔，但是面對鄉人曹學佺、謝肇淛、董應舉、陳勛，他謙遜的說：「三山多才，獨余陋劣，愧從諸君子後。[27]」可見詩文的專業已經自別於政治之外，自成氣候，

---

23 汪道昆：〈南屏詩社記〉，《太函集》卷76，頁12-14，明刊本。另見李聖華：《晚明詩歌研究》（北京市：人民文學出版社，2002年10月），頁41-42。

24 袁表、馬熒選輯：《閩中十子詩》（福州市：福建人民出版社，2005年1月）。

25 高棅：《唐詩品彙》，萬曆新都汪宗尼刊本，1982年上海古籍出版社影印出版，次年臺北學海出版社以此本翻印。

26 歐陽詹：《歐陽行周文集》，萬曆33年林古度刊本，臺北閩南同鄉會影印國家圖書館藏本。

27 葉向高：〈曹大理集序〉，《曹大理集》卷首，葉向高時為南京吏部右侍郎，匯聚南

而且受到相當的尊重。

在廣東方面，七子中的梁有譽（1519-1554）早卒，王世貞仍與歐大任、黎民表等人往來，然而廣東詩人係以前輩黃佐為先導；嘉靖四十四年（1565）閩人陳暹編纂《南園五先生集》，包含孫蕡、王佐、黃哲、李德、趙介等五人[28]，來聚集廣東詩人的向心力；到了崇禎十一年（1620）還重刻此書；清初又擴增《後五先生集》，收入歐、黎之外，還有梁有譽、吳旦、李時行[29]。

從這些例證看來，七子派的復古詩風散播到全省各地之際，對於該地地域文學意識的萌發，有很大的啟示作用，但如果要歸功於七子派「領導」，恐怕就言過其詞。

（二）萬曆以後，南京詩壇引領風騷

要理解明代以後南京地區對於詩學的發展與影響，張慧劍《明清江蘇文人年表》[30]是不可少的一本工具書。這本書似乎侷限於江蘇地區的文學活動，然而，明代稱江蘇地區為南直隸，與京畿地區北直隸相對襯；南京稱應天府，是為留都，留有一組與北京相仿的政治結構體，官員們從政生涯中多半會來到南京任職，作為官職升遷降貶的「緩衝」或「待命」地帶。由於地處南方，距天子較遠，工作性質亦

京的閩派文人大家長。

28 左東嶺：〈南園詩社與南園五先生之構成及其詩學史意義〉，見《文學遺產》網路版，2013 年 4 期，http://wxyc.literature.org.cn/journals_article.aspx?id=2968，20140120 查閱。文中說南園五先生不可能同時唱和，然而後人集《五先生集》，成為後人所接受的地域文學代表。

29 孫蕡、歐大任等著，梁守中、鄭立民點校：《南園前五先生詩》、《後五先生詩》（廣州市：中山大學出版社，1990 年 4 月）。

30 張慧劍：《明清江蘇文人年表》（上海市：上海古籍出版社，1986 年 12 月）。以今日網路索引的方便，此作應該重新增編；然而張慧劍當年獨力的編寫抄錄，其精神可嘉。

有些「備位」的狀態，因此更有閒情逸致來舞文弄墨[31]。只要能掌握南京地區為主的文學活動，就可以窺看明代文學發展的概貌。

錢謙益撰述南京文壇盛事，以仙鄉、樂土稱之。他舉出弘治、正德年間，顧璘、王韋為文壇領袖，陳鐸、徐霖擅長詞曲。到了嘉靖中年，朱曰藩、何良俊、金鑾、盛時泰、皇甫汸、黃姬水等各方人士匯聚而來，徵歌選勝，為金陵初盛之期。隆慶、萬曆之間，陳芹謝病歸鄉，於桃葉渡、淮清橋之間，建造邀笛閣，結清溪社[32]，金鑾、盛時泰、張獻翼、王稚登與會，詩風大盛。而二十餘年之後，即萬曆三十四年（1606）曹學佺繼起，與臧懋循、陳邦瞻、吳兆、吳孟暘、柳應芳、盛鳴世等將近四十人唱和，蔚為氣候，並集眾人與會作品刊刻為《金陵詩集》。儘管盛會已過，萬曆末年閩人謝雒仍裒集《白門新社詩》，記載了一百四十位詩人作品[33]，可見「江山代有才人出」，詩學結社的遺風仍保留在南京。

錢謙益對南京詩壇的風氣昌盛有很好的評價，他並沒有刻意讚美吳中詩人，也沒有鄙薄外地詩人。我們再看南京詩壇盛會中，也不曾嗅得以「復古」為號召，或者以「性靈」而自豪的氣氛。

---

31 曹學佺作〈後湖看荷花共用水香二韻有序〉，序云：「余量移江南，虛銜註秩，職事既無，時日多暇，三法曹在太平門外，不免束帶趨府。古木蔭堤，明湖浮蝶。維時涼秋入郊，絺綌自爽。金聲遞奏。川壑注而宮商調，雲霞起而文章爛。……」（《金陵初稿》，頁11）儘管有學者從其他史料說明南京官員仍然業務繁忙，但無法否認南京官員吟詩作文的雅興頗高。

32 顧起元〈金陵六十詠〉第38人，見《嬾真草堂集》（臺北市：文海出版社，影明萬曆42年刊本），卷1，頁27；另見無名氏〈寧鄉縣知縣陳芹傳〉，《國朝獻微錄》，卷89，頁83，萬曆44年曼山館刊本。據朱彝尊《靜志居詩話》卷14考據，陳芹主清溪詩社應在隆慶五年（1572）。

33 錢謙益：《列朝詩集小傳》（臺北市：世界書局，1965年再版），丁集上，頁459。

（三）公安、竟陵立派，標誌鮮明

公安、竟陵詩人也曾經在南京集會。萬曆三十七年（1609）五月到六月之間，袁中道假秦淮水閣、羅汝芳祠堂兩處，三度邀集詩人，包括鍾惺等三、四十人參加，是為「冶城大社[34]」。

所謂公安三袁，兄長宗道（1560-1600），萬曆十四年（1586）進士；其次為宏道（1568-1610），萬曆二十年（1592）進士；最小為中道（1570-1624），萬曆四十四年（1616）進士。他們三人在萬曆十九年（1591）去湖廣麻城拜見李贄，得到了啟發。宏道中進士後，授吳縣知縣，接觸吳中詩人。四年後，三人同在京師，與黃輝、陶望齡、蕭雲舉、董其昌等人結社。二十四年（1606），宏道為中道詩集撰序時，提出「獨抒性靈，不拘格套」的理論。二十七年，宏道返京城，與黃輝、江盈科再興蒲桃社。宏道與張獻翼寫信，說道：「夫吳中詩誠佳，字畫誠高，然求一個性命的影子，百中無一，千中無一，至於文人尤難，何也？一生精力盡用在詩文草聖中也。[35]」從口氣上來分析，這句話不是「筆伐」，而是深刻的「自覺」，展現了公安派要從復古派追求的「形式主義」，走向「生命內涵」的探訪。

宗道、宏道早卒，中道持續努力，他說出：「天下無百年不變之文章」，建立「文體必然演變」的歷史觀，也試著貫通詩的「性情」與「法律」，不再是「率自矜臆」，並清理公安的「末流」[36]。儘管公安

34　袁中道：《游居柿錄》（上海市：遠東出版社，1996年12月），卷3，頁52、54；另見何宗美：〈公安派結社資料匯編〉，第十六冶城大社，《公安派結社考論》（重慶市：重慶出版社，2005年4月），頁298-302。

35　引自袁宏道：〈張幼于〉，《解脫集》，卷4，頁19；又見李聖華：《晚明詩歌研究》，頁131-132。

36　袁中道：〈蔡不瑕詩序〉、〈花雪賦引〉，見於《珂雪齋前集》（臺北市：偉文圖書公司，影明萬曆46年刊本），卷10，頁5、6。李聖華論述袁中道對公安派詩論的總結與修正，頗有見地，參《晚明詩歌研究》，頁158-159。

派先聲,緣起於三袁外祖龔大器、舅氏仲敏,以文、酒、詩、禪、法及臨行餞別而匯集;如果把公安的肇始定位於此,恐怕「稀釋」了對詩學發展的關注。至於公安建標樹幟之後,詩人們群起參與詩社活動,支持者或不反對公安派文學主張的人,認為他們是公安派成員,如謝肇淛、湯賓尹等人,就有些危險了[37]。

竟陵鍾惺(1574-1625)出道較晚,萬曆三十二年(1604)會試不第,留在北京,因與同鄉的譚元春(1586-1637)相識;他衰集年輕時的作品為《玄對齋集》,央請名列「末五子」的李維楨為序。三十六年,與王應翼兄弟書信,說:「大凡詩文,因襲有因襲之流弊,矯往有矯往之流弊。前之共趨,即今之偏廢;今之獨響,即後之同聲。[38]」年底,前往南京,與林古度、商家梅、梅子庚酬唱,因林古度先後識得閩中文人,如董應舉、謝肇淛、曹學佺等人;並參加次年五月袁中道發起的冶城大社。三十八年中進士,與錢謙益、韓敬同榜,旋授行人司行人。四十二年九月,出使四川之後歸家,與譚元春共同編選《詩歸》。四十三年,鍾惺文集刻於南京,係出自林古度之手。次年八月,請假赴南京暫住。四十五年,與陳繼儒結交;《詩歸》亦於此年出版,序言中云:「詩文氣運,不能不代趨而下,而作詩者之意興,慮無不代求其高。高者,取異於途徑耳。夫途徑者,不能不異者也,然其變有窮也;精神者,不能不同者也,然其變無窮也[39]。」作家一定要「孤行靜寄」,自樹一格,成就自己的詩文事業。既然詩人必須「獨往冥遊」,才能成家,竟陵又如何能結群稱派呢?

---

37 何宗美認為:「凡參加公安派文學唱和活動並且支持甚或不反對公安派文學主張的文人皆可入其列」。《公安派結社考論》,前言,頁5。

38 鍾惺:〈與王稚恭兄弟〉,《隱秀軒集》(上海市:上海古籍出版社,1992年9月),卷28,頁463。

39 鍾惺:〈詩歸序〉,《隱秀軒集》卷16,頁236。

　　萬曆四十七年（1619）端午節，鍾惺參加了茅元儀主持「秦淮大社」的盛事，「客於金陵而稱詩者靡不赴」，有吳、越、閩、楚與當地人士參加，有年幼的八歲神童，也有八、九十歲的耆老[40]。這種人人可以稱為詩人的社團活動中，證明了「文學大眾化、大眾文學化」的事實；至於詩創作成就與理論的關注，可能就次要了。七月，鍾惺又參加茅元儀在烏龍潭新居舉行的數次集會。茅元儀是唐宋派茅坤的孫子，有文韜武略之才，本家以出版業致富。到了秋冬之際，鍾惺離開南京，遊歷武進、無錫、蘇州、太倉、湖州，與各派詩人均有接觸。天啟二年（1622）擔任福建提學僉事入閩，兩年後受劾歸鄉里。又次年，逝世。他以個人的努力，試圖「藝林作司命」；屬於竟陵派發展的早期[41]。

　　竟陵後期的主角譚元春（1586-1637），他在天啟四年（1624）以恩貢入北京城應試，未能登榜，爾後連續赴考多次，最後死於赴考途中。多次的往返，卻是他稱揚詩名於北京的機會[42]。除了北京之外，他從故鄉竟陵出發，遊歷武昌、黃州、麻城、公安、石首、武陵、湘潭各地，大大超越了鍾惺的交遊圈子，也結合詩人孟登、劉敷仁、陳沂、楊嗣昌、劉侗等等，使湖廣一地的詩風，習染竟陵派氣息。萬曆以後，北方論詩而能與南方抗衡的，只剩下京畿和湖廣一帶。

　　譚元春還遊歷過江西，與陳際泰、徐世溥，以及湯顯祖幼子開先

---

[40] 茅元儀：〈秦淮大社序〉，《石民四十集》，《四庫禁燬書叢刊》109冊（北京市：北京出版社，1997年6月），卷13，頁8。

[41] 詳見陳廣宏：《鍾惺年譜》（上海市：復旦大學出版社，1993年12月）；另有《竟陵派研究》（上海市：復旦大學出版社，2006年8月二刷）。

[42] 康熙《安陸府志》卷20，文學列傳，云：「崇禎丁丑會試，行至長店，去京三十里，時夜半猶讀左傳，平明起攝衣，一晌而逝。」譚元春於明思宗崇禎十年（1637）春赴京趕考，死在北京西南郊長辛店的旅社。

等十餘人交往，非常投契[43]。江西一地受宋代黃庭堅的影響，已有詩
學底蘊。元代，祖籍河南襄城而寓居臨江的楊士弘編纂《唐音》，也
是江西詩人作詩的藍本。儘管與王世貞交誼甚篤的余曰德和朱多煃，
並沒有對江西詩壇有具體的影響。臨川湯顯祖和艾南英，也分別挑戰
過復古詩風。當地文風也以八股科考為務，觀察吉安府科舉中式的人
數，僅次於蘇州府，得到全國第二名[44]，可知一斑。譚元春與江西詩
人的交往密切，甚至稱江西為「師友之鄉[45]」，對當地詩學復興有很
大的影響。

（四）晚明詩社林立，詩學多元發展

萬曆以後，在南京召開詩社大會的盛況，還有兩次。

崇禎三年（1630），太倉人張溥利用各地考生聚集於南京參加鄉
試的時機，召金陵大會，是為復社的前身。所謂復社，本來是蘇州拂
水文社、匡社的成員，結合一體，在天啟四年（1624）改名為應社。
崇禎二年（1629），張溥在蘇州尹山湖畔召開大會，邀集各地文社社
員前來加盟。三年秋考，放榜後，成員張溥、楊廷樞、吳偉業、陳子
龍、吳昌時等人同時中舉，也都成為會試主考官內閣首輔周延儒的
「門生」。隨即進京會考，次年春天張溥、吳偉業又中進士，獲得更
大的發言權，因此加強了社友參與政治的決心。崇禎六年春，張溥又
在蘇州虎丘召開大會，江北匡社、中州端社、松江幾社、萊陽邑社、
浙東超社、浙西莊社、黃州直社，加上原本的應社成員，人數數千

43　陳廣宏：《竟陵派研究》，頁282-316。對譚元春在北京、湖廣與江西三地詩友交遊
　　論述甚詳。

44　簡錦松：《明代文學批評研究》（臺北市：臺灣學生書局，1987年7月），頁85-
　　184。

45　譚元春：〈答朱子美〉，《鵠灣未刻古文二》，收入《譚元春集》（上海市：上海古
　　籍出版社，1998年12月），卷32，頁896。

人，正式形成「合諸社為一」的復社，並以「興復古學」為號召[46]。

崇禎十二年（1639），復社再次利用金陵鄉試的機會，由周鐘、周立勳、徐孚遠等人主盟，陳貞慧、吳應箕撰寫《留都防亂公揭》，以討伐阮大鋮。在揭文上簽名的還有顧憲成、孫顧杲、楊廷樞、黃宗羲、沈士柱等一百四十餘人。從這次復社的集會來觀察，已經從詩文結社轉變為政治性社團。從文化觀點來看，詩學藝術的探研，已經成為社會上的次要議題；知識份子關切政治、民權、民生，以及實用科學，成為晚明社會文明發達進步的現象。

除了吳中、浙東詩壇盛況不墜之外，山左與閩中等地也有詩社活動。

所謂山左，包含歷下、青州一帶，即現在的山東地區。據李聖華歸納，詩人有六十二人，萬曆以後占三十餘家，也就是說，還有半數的詩人身處於晚明。他們標舉「齊風」，反對復古，但也不附會公安。詩論主張博大雅正、鎔鑄古今、標宗自然，尤其是「詩本性情，不主格調」。代表人物是公鼐、馮琦、于慎行，他們都曾經做到館閣重臣，但也開始講求「以情為宗，次傳聲調」。接班的詩人有公鼐、王象春，作品卻有奇崛幽幻之氣[47]。

至於閩中詩人，有曹學佺、謝肇淛等人，羈旅南京等地，與沈野、柳應芳、胡宗仁、善權上人、黃汝亨、茅國縉等詩人偕遊，並集會於南國子監博士臧懋循的希林閣。萬曆三十一年（1603）春天，趙世顯召開芝社；中秋，福州司理阮自華在烏石山召開凌霄臺大社，邀請屠隆為座上賓，與會者二十餘人。萬曆三十四、五年，曹學佺於金陵主盟詩社，氣候漸成。歸鄉後，四十一年主石君社，四十三年主石

---

46 謝國楨：〈復社始末〉，收入《明清之際黨社運動考》第七、八章（上海市：上海出版社，2004年1月）。

47 李聖華：《晚明詩歌研究》，頁227。

倉社。到了崇禎十年（1637），還舉行三山耆社。他維繫了晚明閩中詩學，一直到明朝覆亡。

　　要了解晚明的詩學發展，除了推演詩家詩學理論之外，詩社活動也應該注意。郭紹虞最早的計算，共有一七六家[48]，爾後有黃志民、簡錦松、何宗美統計過，最近由李聖華校正郭紹虞統計隆慶以後一一五家，再增補九十七家，合計二一二家。

　　至於明代總集、選集中，收入明代詩人與詩作數量，以錢謙益《列朝詩集》、張豫章《御選宋金元明四朝詩》內容最豐。錢謙益所收，明代詩人一七七三人、詩作二三六〇六首；張豫章編選，明代詩人三四〇〇人，詩作一七〇〇二首[49]。這個數字尚不包括作家別集中所收，與清康熙編選《全唐詩》中，詩人數目二五二九人，詩作四二八六三首[50]比較，並無遜色。

四　晚明詩學發展的自然律

　　本文試著以文學史資料的爬梳，展現文人結社活動的真實紀錄，來演述晚明詩學發展的客觀現象。接納作家詩文述作上的個人特質，也願意理解文學理論生成與論證的過程，而不是去牽連明代政治的腐

---

[48] 郭紹虞：〈明代的文人集團〉，《照隅室古典文學論集》上冊（上海市：上海古籍出版社，1983年9月），頁518-610。

[49] 馬漢欽列出詩歌總集、選集，原始文獻有500餘種，現存300多種，重要的集子有47種，撰文討論的有18種，見馬氏：《明代詩歌總集與選集研究》（哈爾濱市：哈爾濱工程大學出版社，2009年6月）。

[50] 〈全唐詩序〉作：全書共「得詩48900餘首，凡2200餘人」，根據日人平岡武夫編《唐代的詩人》、《唐代的詩篇》的統計：該書共收詩49403首，作者2873人。按《全唐詩》有錯編，不如以全唐詩庫檢索版為準。

敗、社會的淫逸、文人的結黨營私[51]，指摘明人具有「法西斯主義的排他特質」，尤其抹殺晚明文人對詩學創作與理論論述的熱情。

多數人提及晚明詩學，馬上想到復古與性靈理論的對立。晚明詩學，只有「復古」與「性靈」兩股理論對抗嗎？日人前野直彬說：「公安、竟陵派的人士，其氣質雖只求在同伴之中作作自己喜歡的詩而已，並無將文學論宣傳於世的強烈企圖，但卻引起相當廣泛的反應。這意味著在當初賴古文辭派給予創作規範的『中產階級』，已成熟到尋求更自由的感性表現。[52]」前野的說法，頗合乎實情。在萬曆以後，所謂的「中產階級」，也就是居住城市、薄有資產、讀書識字、干求功名或擁有生活資源的士子，他們已經不能接受傳統古文辭派給予學古、肖古的創作指令，而掩蔽個人的性格、情緒與情愛的書寫。

龔鵬程對「討論晚明而以公安及泰州為主」，表示懷疑；他認為「這些所謂的時代轉變之事例與思想，乃是被『製造』出來，即使有這些現象存在，也是被扭曲或放大了[53]。」龔鵬程的見解是對的，公安、竟陵容或有激烈的言論，只是對當時的社會文化風氣的壓力，提出反駁，而不是為了反對「復古派人士」的私人因素而戰。更何況性靈的理論，在前七子、後七子的身上都看過；公安等人對個人在年少時間的復古，也有相當的懊悔。並不容易一刀兩割，劃出楚河漢界。

吳承學、李光摩說：臺灣學者不滿簡單地把公安派與前後七子作

---

51 王承丹〈後七子內部紛爭及其影響〉說：「李攀龍、王世貞與謝榛之間的不和諧，以及整個復古派詩文理論的矛盾，其實是『格調』與『性情』、『神韻』的對立」，《臨沂師專學報》18卷1期，1966年2月；收入《明代詩文散論》（北京市：中國文聯出版社，1999年）。論點沒有什麼不對，但在論述詩論時，詩人之間容或有什麼恩怨，都不是應該關切的問題。使用「格調、性情、神韻」三語詞來區別三人詩論，精準度有疑慮。

52 龔鵬程：〈自序〉，《晚明思潮》（臺北市：里仁書局，1994年11月），頁5。

53 龔鵬程：〈自序〉，《晚明思潮》，頁5。

為復古與創新、模擬和性靈的正反「二分法」，也不喜歡「清人多貶
三袁，而近人則痛詆七子」的制式印象[54]。這正是學術界可以重新思
考的契機。

　　但在討論晚明詩學發展的自然律之前，詩學用語的理解、詩韻使
用的困難，以及流行化大眾詩學的干擾，都足以影響敘述結果。

（一）詩學用語理解上的困境

　　人類無法使用共同的語言來對談和溝通，在《舊約》巴比倫塔故
事中，已經給了我們警示。仔細思考，語言改變的原因很多，種族、
國家或地域的不同，影響最直接；而時間的遞變，以「三十年為世
代」的週期，幾經三、五個世代，所造成的語詞歧出、語音隔閡，才
算複雜。

　　比如復古派遵循的「格調」之論。此詞係由「格」與「調」兩
字組成，袁震宇、劉明今曾論說：「明人稱格者，如標格、氣格、骨
格、品格、意格、體格、句格、格力、格式等；稱調者，如氣調、意
調、風調、律調、音調等。……由於格調一詞的含糊多歧，格調說的
見解便顯得有些混雜不清[55]」。陳文新也跟著說，格至少包含體格、
風格、品格；而調者要包括聲韻、風韻（風致加神韻）[56]。劉若愚也曾
指出，中國文字雙音節的語詞比單音詞還麻煩。例如，「神」可能指
神明、鬼神、精神的、神聖的、神妙的、神秘的、神奇的；「韻」可
能是諧鳴、和音、押韻、節奏、聲調、個人風韻；把「神韻」兩字合

---

[54] 吳承學、李光摩：〈20世紀晚明文學思潮研究概述〉，《晚明文學思潮研究》（武漢
　　市：湖北教育出版社，2002年10月），頁37。

[55] 袁震宇、劉明今：《明代文學批評史》（上海市：上海古籍出版社，1991年9月），
　　頁18。

[56] 陳文新：〈從格調到神韻〉，《明代詩學》（長沙市：湖南人民出版社，2000年11
　　月），第五章，頁259。

一，則可能有許多令人迷惑的各種方式來加以解釋，但是中國批評家往往以極為詩意的語言來表現，不是知性的概念，而是直覺的感性，在本質上無法確定其意義[57]。

如果說「格調」、「神韻」都無法確定涵義，那麼晚明詩學喜歡談論的「情」、「奇」、「氣」、「幽」、「厚」、「靜」、「趣」、「真」，又如何掌握呢？

黃繼持為陳國球《唐詩的傳承》撰序時，說到學術界已開始：「平心細讀評論理論，包括讀出其潛在系統結構，把古人『弱義』的理論表述，轉譯為概念確切、理路分明的『強義』的理論表述[58]。」閱讀明人詩論時，確實需要辨證該作者在當時刻、當情境下用語的確實意義，是很辛苦的工作。

（二）唐詩格律失落是晚明詩學研究的困境

詩評的理解，受限於時、地、人、情境的改變；然而，音韻失落才是詩學研究最大的困境。「格調」之論，粗略可分「文體格式」與「音韻聲調」。南宋嚴羽《滄浪詩話》開端，論詩法有五，為體制、格力、氣象、興趣、音節[59]，詳論詩體、風格與趣味，最後也注意到「音節」的表現。元朝楊士弘編輯《唐音》，選詩的原則是「審其音律之正變」，區分為唐詩為「始音、正音、遺響」三類，何以談始音、正音、遺響？正因為以審「音律」為前題，而不只是分類的原則而已。高棅《唐詩品匯》繼承了詩體分類編次的理念，聲律的討論聊

---

[57] 劉若愚著，杜國清譯：《中國文學理論》（臺北市：聯經出版事業公司，1981 年 9月），頁 8。

[58] 黃繼持序，陳國球：《唐詩的傳承：明代復古詩論研究》（臺北市：臺灣學生書局，1990 年 9 月）。

[59] 嚴羽：《滄浪詩話》詩辨之二，收入陳定力輯校：《嚴羽集》（鄭州市：中州古籍出版社，1997 年 6 月），頁 3。

備一格而已，他說：「有唐三百年詩，眾體備矣。故有往體、近體、長短篇、五七言律句絕句等制，莫不興於始，成於中，流於變，而陵之於終。至於聲律、興象、文詞、理致，各有品格高下之不同。[60]」

對「聲律」的關注，李東陽說：「夫文者言之成章，而詩又成其聲者也。章之為用，貴乎記述鋪敘，發揮而藻飾，操縱開闔為所欲為，而必有一定之準。若歌吟詠嘆流通動盪之用，則存乎聲，而高下長短之節，亦截乎不可亂[61]。」文章寫法鋪敘、藻飾，容易掌握；而詩在歌吟、詠嘆之間，必須掌握「聲」的特質。

至於李夢陽說：「詩至唐，古調亡矣，然自有唐調，可歌詠，高者猶足被管弦。宋人主理不主調，於是唐調亦亡。[62]」所謂「調」指的是「音調、聲律」，今人多半當作「格調」的代稱。宋詩以說理為主，忽略的不是文體、格調，而是「音律、聲調」。

後七子中的謝榛說：「唐人歌詩，如唱曲子，可以協絲簧，諧音節。晚唐格卑，聲調猶在。及宋柳耆卿、周美成輩出，能為一代新聲，詩與詞為二物，是以宋詩不入弦歌也[63]。」他注意到唐詩可以入樂、歌唱，至晚唐仍存有「聲調」。到了宋代，詩已經失去了可以歌唱的「聲律」，變成了「文字化」的著述。所以，他認為閱覽唐代十四家之詩，必須「熟讀之以奪神氣，歌詠之以求聲調，玩味之以裒精華[64]」。用「熟讀、歌詠、玩味」的手段，才能體會唐詩的「神氣、

60 高棅：〈唐詩品彙總敘〉，《唐詩品彙》卷首，頁8。

61 李東陽：〈春雨堂稿序〉，《懷麓堂前後集》（臺北市：臺灣商務印書館，1978年，影印文淵閣四庫全書本），卷63，頁17。

62 李夢陽：〈缶音序〉，《空同集》（臺北市：臺灣商務印書館，1978年，影印文淵閣四庫本），卷52，頁5。

63 謝榛：〈詩家直說〉73條，收入李慶立：《謝榛全集校箋》（南京市：江蘇古籍出版社，2003年1月），卷22，頁1030。

64 謝榛：〈詩家直說〉297條，《謝榛全集校箋》，頁1209。

聲調」之美，而無法以過度抽象的「格調」之說，來了解唐詩。

　　胡應麟的詩論持其兩端，他說：「作詩大要不過二端，體格聲調、興象風神而已。體格聲調有則可循，興象風神無方可執[65]。」「體格」指的是「詩體類型」，「聲調」解釋作「歌吟詠唱的音調」，才不會拘泥於單調的「格調」概念。

　　後七子派後期作家不再談「音律、聲調」，是因為面對被「文字化的語言所構成的詩」感到困惑，為了合乎不甚理解的「格調」，只能在韻書中尋找平仄、韻部，依樣畫葫蘆，使詩作合於「格調」的要求。而後，公安、竟陵派詩人的興起，乾脆推倒這個僵化的「格調」規矩，直抒性靈。詩學的「內在節奏」模糊化，「外部形式」又不用遵循，還剩下什麼？詩作缺乏音樂性，缺乏「語言」的關注，就完全沒有滋味了。自然，後人如金聖歎者，只能以「律詩之律，為法律之律，而非音律之律[66]」來理解「文字化語言型」的詩體了。

　　如果從詩韻研究入手，或許還可以理解詩與語言的相互影響。李莎莉研究過明代江西詩人古近體詩用韻現象，歸納分析入聲韻的使用，近體詩入聲韻混押較少，而古體詩較多。古體詩中入聲韻相混涉及面很廣，覆蓋到了各攝入聲韻[67]。

　　常貴梅研究嶺南詩人孫蕡、王佐、趙介、李德、黃哲五人近體詩的用韻，可以分出十九部，這些分部多與元代韻部相同，但也有新的發展，反映出元末明初嶺南方音發展變化的情況[68]。這方面的研究，

---

[65]　胡應麟：《詩藪》內篇（上海市：上海古籍出版社，2003 年 5 月，影明刻本），卷 5，頁 23。

[66]　金聖歎：〈答徐翼雲〉，鐵琴廔主編：《金聖歎尺牘》（臺北市：廣文書局，1989 年 8 月），頁 10。

[67]　李莎莉：〈明代江西詩人用韻研究〉，《九江學院學報》，27 卷 2 期（2008 年），頁 80-90。

[68]　常貴梅：〈南園前五先生近體詩用韻研究〉，《武邑大學學報（社科版）》，8 卷 2 期

雖然逸出詩學探討，但有助於理解明人在時間、空間、地域的隔閡中
失去了品味「唐詩聲律」能力的現象。

（三）詩學理論發展的自然律

　　詩學發展的規律性，已經有許多學者談論過了。但為了本文論
述，還是要搭個簡單的架構。

　　詩是人類表達情感最直接、最簡要，也是最深邃的表達方式。
《毛詩大序》說：「詩者，志之所之也；在心為志，發言為詩。情動
於中，而形於言；言之不足，故嗟嘆之；嗟嘆之不足，故歌詠之。詠
歌之不足，不知手之舞之足之蹈之也。」詩的「核心」、「軸心」，或
者說是「本體」，就在於詩人之志；詩人之志藏於天地、自然之間，
「天道」[69]則藏於詩人心中，表現在詩作中。通過詩人的言語，轉換成
歌謠時，音調仍然相近；但是轉換成「詩」的形式，已經被文字化、
意象化了，抽離為「文字化的語言[70]」。

　　至於本體的「道」，如何保有？儒家一脈講求「文以載道」，談
論實用主義，講求「經夫婦、成孝敬、厚人倫、美教化、移風俗」的
社會教化功能，屬於「文化意識」的展現。然則，詩可以觀風，國祚
之盛衰、民風之良窳，就是所謂的命定論、社會反映論，屬於「歷史
現象」的觀照。從形上的、哲學的「道」，演變為「教育的」與「歷
史的」實用意義，也成為詩人信仰的中心。《毛詩大序》首段文字，
已經包括了這三項論述，不用再述。

　　討論句法、章法、音韻、類型之時，強調詩的用字組句、篇章結

　　（2006年）。

[69]　這個說法很容易讓人想到《莊子・秋水》：「天在 ，人在外，德在乎天。」

[70]　此詞語見於陳文新：《明代詩學》，頁310，引述自郭紹虞的說法，尚無其他字詞取
　　　代，暫時保留使用。

構、平仄押韻、文體類型,均屬於寫作技巧理論,也是「形式主義」所探討的主題。形式主義扣緊了人們對於文學類型的掌握、文章理念傳達的基本模式,因此以「模仿[71]」來追隨道的本體、聖人的立言、書寫的文體法則,與「擬古主義」緊密結合。

而「表現主義」,根源於「人類情感的自然表現」,接近於詩的本體,也可以表現作家個人的才情、性靈,因此常常與模仿、復古、擬古主義相對抗。

當我們從事文學批評,提出審美概念的時候,會受制於個人的學習、教養與性情,無法不從詩的本體、功能、文體、寫作技巧、情性表現、美感自覺入手[72]。

用以上的概念,來理解明朝詩學演變的軌跡。明初開國勝業,談盛世之音,常以本體、教化、鑑史為先;中葉以後,以文體論為主,強調復古、擬古、格調、類型;到了晚期,則以性情、性靈為本,作家有遺世獨立之慨。儘管作家常「淹沒」於時代的潮流中,但他們詩人「求真」、「內省」的精神,還是不變。復古派的作家每每說出「性靈」的詩語;性靈派的作家也是從復古的搖籃中努力學習,然後盡棄所宗,自成一家。在討論文學風氣的流變,復古與性靈、主理與主情、師古與師心等區分,不應該涉及作家個人的「檢驗」。否則談論李夢陽、何景明,會得到「李崇復古、何主性情」的概念;談論王世貞、李攀龍、謝榛時,「王李宗格調,謝榛得神韻」,或者是「李

---

71 「藝術的成就本來在創造,而創造卻須從模仿入手」,見朱光潛:《文藝心理學》(上海市:復旦大學出版社,2009年),第4章〈詩學〉,頁203。

72 以上所論,均參考劉若愚著,杜國清譯:《中國文學理論》。劉氏書中,依序談及形上、決定、表現、技巧、審美、實用理論,與各種理論交互影響。他以西方正反論辯的方法鋪述,常有行文跳脫或互見的現象,但仍不失為初學者理解中國文學理論發展的入門書籍。

主擬古、王倡性靈」的怪異結論。

不同時代的作家都談「真詩」。李夢陽借曹縣王叔武之言，說「詩乃天地自然之音也」，他自己也說：「今真詩乃在民間，而文人學士顧往往為韻言謂詩[73]。」

李夢陽贊成「真詩」應該回到《詩經》時代，以庶民發聲為詩，而不是咬文嚼字的格律詩，但他主要的詩論並沒有須臾離開格調復古。

鍾惺說：「內省諸心，不敢先有所謂學古、不學古者，而第求古人真詩所在。詩者，精神所為也。察其幽情單緒，孤行靜寄於喧雜之中，而乃以虛懷定力，獨往冥遊於寥廓之外。[74]」他說的「真詩」是「真情感之詩」，阻絕於模擬抄襲之作，而為「詩人之詩」，才是「真詩」。

從詩學發展的角度，李東陽、李夢陽、王世貞，或多或少都有開啟晚明公安性靈之說的意義。晚明所謂格調派、性靈派的主張，在爭勝、調和之後，仍然並存於世。宗唐、宗宋、宗性靈，也必然在適當的時刻重新被討論。這就是詩學理論發展的自然規律，從生發、壯大、主流、歇息、伏流到再興，總是個美麗的環鏈。

（四）詩壇活動通俗化的必然性

晚明庶民的經濟力大增，參與詩壇的活動遠遠超過前朝；書籍出版量增，教育資源豐富，連閨閣仕女都受到讀書與寫詩的教養。庶民文化意識高漲，參與詩社活動者快速增多。可惜的是，庶民渴求受到文化洗禮，可是在詩作的表現上卻傾向庸俗化。附庸風雅、信任品牌、追隨流行、注重儀式、不分真贗、狂放無節、喜新厭舊，都是大眾流行文化的基本特質。

---

[73] 李夢陽：〈詩集自序〉，《空同集》，卷50，頁2-3。偉文影印臺大藏本。
[74] 鍾惺：〈詩歸序〉，《隱秀軒集》，卷16，頁236。

　　袁中道討論過當時詩風的改變，他說：「國朝有功於風雅者，莫如歷下（李攀龍），其意以氣格高華為主，力塞大曆後之竇。於時宋元近代之習，為之一洗。及其後也，學之者浸成格套，以浮響虛聲相高；凡胸中所欲言者，皆鬱鬱而不能言，而詩道病矣。先兄中郎矯之，其意以發抒性靈為主，始大暢其意所欲言，極其韻致，窮其變化，謝華啟秀，耳目為之一新。及其後也，學之者稍入俚易，境無所不收，情無所不寫，未免衝口而發，不復檢括，而詩道又將病矣[75]。」去宋元之習，帶來格套的束縛，才以「性靈」解之，又墜入俗俚。庶民不模擬七子格套，就是仿效中郎而率意為之，這是袁中道的困惑。

　　鍾惺則看見了當時代作者沒有不攻擊李攀龍，正如嘉靖、隆慶年間沒有作者不模仿李攀龍的現象[76]。他說：「大凡詩文，因襲有因襲之流弊，矯枉有矯枉之流弊。前之共趨，即今之偏廢；今之獨響，即後之同聲[77]。」看來，鍾惺以第三者的立場，知道文學風氣遞變的必然，他有意「別樹一幟」，選擇「去中心化」的詩論主張，去引導「流行」，力倡竟陵一體，確實具有強烈的挑戰主流詩學的企圖。

　　錢基博嚴苛對待晚明詩風的仿效者，他說：「學王、李者，不過奧堅以價古。而學公安者，乃至矜其小慧，反道而敗德，名為救王、李之弊，而弊又甚焉！[78]」問題在於詩體既已成熟，詩風流行，社會大眾參與寫作者眾，甚至成為襲套，已經沒有人可以明定書寫法式，建構去取標準，來左右詩壇。簡錦松也曾撰文討論明代詩文區於庸俗化與反庸俗化的努力[79]。然而詩壇活動通俗化是不可避免，眾人染

[75]　袁中道：〈阮集之詩序〉，《柯雪齋前集》，卷10，頁10。

[76]　鍾惺：〈問山亭詩序〉，《隱秀軒集》，卷17，頁254。

[77]　鍾惺：〈與王稚恭兄弟〉，《隱秀軒集》，卷28，頁463。

[78]　錢基博：《明代文學史》（臺北市：臺灣商務印書館，1973年11月），頁55。

[79]　簡錦松：〈明代詩文的庸俗化與反庸俗化〉，《中國文學講話（九）：明代文學》（臺

指，詩格的低落必然發生。「模擬」是人類接受傳統文化訊息，重行
生發創作的過程；但是在擬古、仿古、復古的過程中，抄襲的弊端永
遠橫亙於前，顯現了「大眾文學化、文學大眾化」是一種無可寬解的
困境。

五　結論：晚明詩風流變革的歷史因素

　　錢基博、郭紹虞、聞一多批評晚明詩學的口氣是一致的，他們把
詩學理論的演化、保守的復古思想、社會大眾的參與等多項因素混合
一起，加以批判。聞一多甚至說：「我們覺得明清兩代關於詩的那麼
多運動與爭論，都是無謂的掙扎。一度掙扎的失敗，無非重新證實一
遍那掙扎的徒勞無益而已。本來從西周唱到北宋，足足二千年的工
夫也夠長的了，可能的調子都已唱完了[80]。」當他處在「五四詩學革
命」的氣息中，參與古典詩學的「現代轉換[81]」，語調與態度都比較
激烈，因此對明清詩學的發展，持否定的態度。這樣的立場，豈不否
定了歷來所有的明清詩學研究者？

　　就文化傳承與歷史演進的意義來看，明人試圖傳承唐詩的精神，
是值得佩服的。後人將明代詩壇的活動，簡約成格調與性靈、形式與
精神、復古與創新的兩極拔河，是過度概念化的行為。我們可以觀察
到詩風的形成，不可能以絕對對立的姿態出現，其間矛盾、摩擦、演

　　北市：巨流圖書公司，1987年5月），頁13-23。
[80] 聞一多：《聞一多全集》（臺北市：里仁書局，2000年1月，影印自開明書局版），
　　頁203。
[81] 李詠吟：《詩學解釋學》（上海市：上海人民出版社，2003年8月），頁313-319。
　　指出20世紀中國詩學經過兩次現代轉換，一次是五四，面向古典詩學；另一次是
　　世紀末，面向西方詩學。

變與傳承，都應該有脈絡可循。晚明詩學理論的辨證漸臻成熟，而造就明代的詩學的發展，開啟了清初神韻、性靈、肌理諸派詩論的生發。詩學主張可以容許多元的進展，隨著時間、空間、作者、讀者的位移而改變[82]，並無是非、優劣的問題。

但我們還是看到了晚明復古理論發展的困境，對於模擬復古派而言，講求「格調」與「復古」，係以「模擬古人神氣」來接近唐詩，面臨唐音蛻化後的陌生完全無解，以致於引發袁中郎等人放棄無法理解的虛應的「格式」，講求自抒的「性靈」，來自求緩解。然則「性靈」理論一出，神氣、章法、音韻的揣摩，都成了明日黃花；而才情、性情、靈性的展現，在世俗的喧擾中，卻都變成了壁上之花。詩的格調，如人體之骨架，骨架脆弱，精神何寄？世俗詩風既以「模擬」手段來「復古」，也同樣用「模擬」手段來書寫「性靈」；「復古」無望，「性靈」更加無著力處，詩學的傳承，因此中輟。推究原因，「唐音」的失落必然是最大的問題。

歷來均以「唐詩的傳承」來探討明代詩人對復古理論的努力[83]，也以「唐詩接受史」來重審明人唐詩的理解、學習與接納[84]；本文則試圖以「唐詩格律的失落」，標示復古與性靈詩派共同面對的難題。

但話說回來，當唐詩格律不再是寫詩的唯一途徑，「詩學解釋權」不再是所謂的儒家詩人來掌握，詩人們掙脫了情緒上、形式上的

---

[82] 有正變、通變與新變的議題，參見劉文忠：《正變、通變、新變》（南昌市：百花洲文藝出版社，2005 年 11 月）。

[83] 陳國球：《唐詩的傳承：明代復古詩論研究》（臺北市：臺灣學生書局，1990 年）；另有《明代復古派唐詩論研究》（北京市：北京大學出版社，2007 年 1 月）。

[84] 有三本書可以參考，分別是：查清華：《明代唐詩接受史》（上海市：上海古籍出版社，2006 年 7 月）；孫青春：《明代唐詩學》（上海市：上海古籍出版社，2006 年 7 月）；陳文新：《明代詩學的邏輯進程與主要理論問題》（武漢市：武漢大學出版社，2007 年 8 月）。

束縛，可以用不同形式、語言、音韻來創作，未始不是回返詩學精神的原始。詩學的成長、飽滿、膚熟、僵化、蛻變、再生，正如人生的生、老、病、死，人世的成、住、壞、空，在窮、變、通、久的循環中運行。我們可以欣賞明代詩學的遞變，感受詩人們意氣風發的剎那，卻不用再進入詩學歧見的吵嚷之中，或許才是我們討論詩學發展史最好的態度。

——本文初稿在韓國首爾成均館大學「中國學第 30 次國際學術研討會」上發表，見《論文集》，頁 59-79；2013 年 12 月修訂。

文學大眾化與大眾文學化
——重構明代文學史論述的主軸

一　前言

　　坊間文學史對明代文學的論述，多半偏重在小說、戲曲的興盛，自有道理。詩、詞、文、賦各種文類，前代模寫已具，唯獨小說、戲曲等文類尚在發展階段。胡雲翼甚至說：「我們研究明代文學應該認識明代實是一個新文學的時期，是新興文學壓倒傳統文學的時期。明代真正有價值的文學不是詩、文、詞、賦，乃是傳奇與小說。」[1]多數人論述明代文學時，總有意無意地忽略詩文述作，也不甚理睬有明文學理論成長的軌跡，更不會觸及文人結社活動的真實紀錄。要不然就是對晚明的政治、社會嗤之以鼻，對明代中葉以前的文學成就與復古論調唾之以沫，反過身來又對晚明文學的清新奔放讚美有加。或許這些積重難返的成見行之有年，從錢謙益《列朝詩集小傳》、朱彝尊《明詩綜》的論見，影響到《明史文苑傳》的闡述，也因此影響了一般文學史家對明代文學論述的基本態度。

　　然而什麼是文？什麼是文學？什麼是文學史？閱讀文學史的目的何在？在現今或許有被重新詮釋的必要。王金陵先生依據許慎《說文解字》的解說，引申為：「文是指人類的某種活動」，又根據古代經典，說明周人所用的「文」字，泛指文德與禮文，注重修身與教化的功能。到了漢代學者論詩經、離騷、賦體文時，注重「言志」之說；

---

[1]　胡雲翼：《中國文學史》（臺北市：順風出版社，1966年8月），頁176。

魏晉時發展出「文類」的概念，開始注意寫作技巧[2]。王金陵推演了上
古文化思想中對「文」與「文學」的詮釋，頗為詳實。他在輔仁大學
中文系舉辦的「中國文學史的探索研討會」中發表論文，指出各時
代的文學概念會影響文學史型態，如先秦兩漢以「情志」為文學史主
軸，六朝時代的論述則以文士傳、文類文學史、風格文學史、文學社
會史四種類型呈現。[3] 如果把這樣的文學理念推演開來，加諸於明代
文學發展的解說，是不是也可以匯通呢？如果將理論化繁為簡，是不
是可以說：文學是人類透過文字，依賴各種文體類型，來記敘事件、
展現思想或抒發情感的活動；留下來的書寫物或印刷品，稱作文本；
書寫的文體內容，稱作文學；而作家寫作、讀者閱讀、大眾吟誦與議
論的文學活動過程，則稱作文學史。文學史研究不應該僅止於作家與
作品的描述，或許應該偏向「文學的接受」，試以當代文人及庶民的
文學活動為文學史論述主軸，以集會結社、聯詩吟詠、曲詞唱和等活
動為重點，或許會有不同的面貌出現。基於這個目的，本論文試圖以
〈文學大眾化與大眾文學化〉為題，來建構明代文學史論述的主軸。

二 以白話、通俗、階級與城市傳播為明代文學主 體的論述

　　明代「文學大眾化」的說法，其實早就存在著。日本學者前野直
彬，認為明代文學有三個特質：文學史的萌芽、古典的大眾化、體裁
的跨越[4]；這三個論點都有助於「文學大眾化，大眾文學化」的論述。

---

[2]　王金陵：《中國文學理論史》（臺北市：華正書局，1984年4月），頁38-159。

[3]　王金陵：〈文學史的歷史基礎〉上冊，《建構與反思——中國文學史的探索學術研
　　討會論文集》（臺北市：臺灣學生書局，2002年7月），頁459-485

[4]　前野直彬著，連秀華、何寄澎合譯：《中國文學史》（臺北市：長安出版社，1980

文學大眾化，是不是就是使用白話、文學通俗化的特徵？

可能有人認為類近這樣的論點《白話文學史》、鄭振鐸《中國俗文學史》已經提過了。胡適在書中，將中國文學區分為兩條路子，他說：「一條是那模倣的、沿襲的，沒有生氣的古文文學；一條是那自然的、活潑的，表現人生的白話文學。向來的文學史只認得那前一條路，不承認那後一條路。我們現在講的是活文學史，是白話文學史，正是那後一條路。」[5]為了使文學能夠大眾化，胡適主張以白話文為文學的主流工具，其努力是值得讚許的；然而，以口語為書寫工具的缺點，無法通過時間的汰洗，正如胡適書寫這段文字的語氣，距離現在已經有些隔閡了。不幸的是，在胡適的論點下，明代詩、文之學已經死去，就不用談了。

日本學者吉川幸次郎不同意胡適的論見，他說：「民國初年，以胡適為中心的文學改革運動，不但貶低了傳統文化的價值，也翻轉了過去對文學的評價基準。……元朝以來的詩，由於仍然使用文言，自然受到了輕視、忽視，甚至於蔑視；而戲曲、小說等虛構文學，則只因為採用了白話，卻反而大受尊重，甚至到了失之偏頗的地步。……這些都是一時的偏激之見，絕非理解中國文學發展史的正道。……研究元朝以後的文學，首先應該重視的當然是詩，至少不能把詩排除在外，視如敝屣。……戲曲、小說的興替，往往與詩文學的盛衰互為表裡，相輔相成，便是最好的證據。這種情形在明朝尤其顯而易見。」[6]吉川幸次郎的論見，反而有客觀而持平的態度。

年9月），第七章〈明〉，頁211-216。

[5] 胡適：《白話文學史》上卷（臺北市：文光圖書公司，1964年6月），第二章〈白話文學史背景〉，頁11。

[6] （日）吉川幸次郎著，鄭清茂譯：《元明詩概說》（臺北市：幼獅文化事業公司，1986年6月），頁8-10。

　　至於鄭振鐸強調正統與通俗文學的分野，他說：「當民間發生了一種新的文體，學士大夫們其初是完全忽視的，是鄙夷不屑一讀的。但漸漸的，有勇氣的文人學士採取這種新鮮的文體，……漸漸地，得到大多數文人學士的支持，……這種新文體升格而成為王家貴族的東西。……遠離了民間，而成為正統的文學的一體了。」[7]近人朱海波也認為明代古文、詩、詞的沒落，戲曲、小說漸盛，便是正統文學的衰落，通俗文學抬頭的證據。[8]李鼎彝更把文學區分為貴族與平民兩種，他說：「貴族文學迄明，已到了強弩之末……平民文學取而代之。」[9]明代文學只有通俗與平民文學可以談論嗎？正統與貴族文學，就那麼僵硬不堪嗎？

　　胡適、鄭振鐸等人的論見，自有生成的時代背景；為了反對舊有的社會統治集團，關懷被「解放」的大眾群體，必須改變古老陳套的文學類型、語言習慣以及論述的意識型態，所以有大幅度的「修正」手段。以今日的論述邏輯來批評他們當時的觀點，是不公平的，正如他們在當時對明代文學的批評，也一樣失焦。

　　國內學者的論見，與前野直彬、吉川幸次郎相近的，也是有的。邵紅在《明代文學批評資料彙編》的緒論中，指出明代文學批評有四個特色：群體的關注、理論的對立、理論與創作的合一、論詩的偏重。[10]邵氏認為明代的文人雅士，無論地位高低、作品多寡、功名有

7　鄭振鐸：《中國俗文學》（臺北市：明倫書局，1975年），第一章〈何謂俗文學〉，頁3。

8　朱海波：《中國文學史綱》（香港：教育出版社，1979年10月），第九編第三十二章〈明代文學・明代的古文與詩詞〉，頁357、361。

9　李鼎彝：《中國文學史》（臺北市：傳記文學出版社，1971年5月），第十四篇第二章〈明代文學・明代之平民文學〉，頁330。

10　葉慶炳、邵紅合編：《明代文學批評資料彙編》（臺北市：成文出版社，2001年），邵弘撰〈緒論〉，頁1。

無，俱從事於文學理論的探討，兩百餘年之間，可以說人人都是理論批評家，人人對於文學創作都抱持個人的看法。論詩者多，理論辯難者多，創作者多，參與的群體面極廣。我們怎可以說這些論詩、作詩的人都不是從事文學活動？簡錦松在文復會主辦的「中國文學講話」中，曾經講述〈明代詩文的庸俗化與反庸俗化〉，也探討了明代詩文活動頻繁，帶來庸俗化的現象。[11]站在詩文品鑑的角度來看，當然是作品庸俗化。但是從人們參與踴躍的角度來看，則是作家眾多，作品量大，詩的風格多樣化，品味歧出。這不也是「文學大眾化，大眾文學化」的範例嗎？

以文化傳播的觀點，文學或許可以分為大眾或小眾化，主流或非主流，流行或反流行，雅正或通俗，但就是不能去強調貴族與平民的階級分野，或者是文學類型與故事素材的正統與通俗。

舉例來說，唐天寶年間王之渙、高適、王昌齡、暢當等四人聚於旗亭小飲，聽諸伎唱曲，來較量誰的詩作被譜成唱詞為多，此即薛用弱、辛文房相繼纂述「旗亭畫壁」的故事。[12]薛用弱、辛文房所撰故事，是給多數人閱讀嗎？屬於貴族文學嗎？故事中諸伎按名家之詩譜曲而唱，算是文學的再創造吧！這種譜了曲子的詩作，屬正統還是通俗領域？王之渙等人的詩作屬貴族作品，還是可供大眾傳唱之通俗文學？明人張龍文據此故事，改編為《旗亭宴》雜劇，清人裘璉撰《旗亭館》雜劇、金兆燕撰《旗亭記》傳奇，這些文本的改寫活動，都應該是文學史探討的議題。

又如宋代柳永之詞作，既優雅又怡人，得獲「凡有井水飲處即

---

11 簡錦松：〈明代詩文的庸俗化與反庸俗化〉，《中國文學講話（九）：明代文學》（臺北市：巨流圖書公司，1987年5月），頁13-23。

12 旗亭畫壁故事，見薛用弱：《集異記》，另見辛文房：《唐才子撰》多加暢當一人在場。

能歌永詞」[13]的讚譽。柳永的故事，從史傳、詞作、筆記、擬話本小說、戲曲一路演進下來，不但沒有因為進士出身，官至屯田員外郎的緣故，而受到人民的唾棄。

　　至於一群新興「市民階層」的興起，是不是明代文學發達的主因？有關城市的興起，歷經漢、唐，以迄宋、元，已具規模。明太祖統一全國以後，江南地區的經濟並未受到破壞，蘇州、松江、嘉興、湖州、杭州五郡，仍然是人口密集。[14]經過移民墾荒、回鄉、復業、入籍等宣導，其他各地也快速的發展。又因為商旅、繇役、應考、公幹的緣故，群眾流動在每個城市的茶肆、酒樓、瓦子堆，在書會先生、歌伶、藝旦等說唱扮演調笑之際，建構了一股新興的休閒文化。這股風潮，還不能算是「文學活動」吧！在地的富民豪家者，如蘇州府吳興縣，元世以來，「雅尚文辭，騷人墨客雖遠必致，而淫侈無度，威凌細人」。[15]奢淫、欺人當然不對，但是文人集會結社，興起吟詩弄月的活動，書寫詩、文、詞、曲與傳奇戲劇等文學作品，又能夠大量刊印，代替歌舞、故事的聆賞，提供文本供大眾閱讀，嘗試脫離塵俗的喧囂，或許才是「文學」進步發展的原因吧！從參與口述的「前文學」活動，到文本閱讀，文人、商人、刻版印刷工人與廣大庶民的介入，都是必要的。齊裕焜區分明代有三層社會文化。上階層為封建地主階級文化，中階層為城市商業市民文化，下階層為廣大的人民文化[16]，有其必然，也有其未必然。所謂必然，文化發展自有其大眾性或小眾性之別；所謂未必然，在文學的創作、出版與閱讀之中，

13　見葉夢得：《避暑錄話》（臺北市：藝文印書館，1965 年）。

14　牛建強：《明代人口流動與社會變遷》（開封市：河南大學出版社，1997 年 3 月），頁 3，引述自《明太祖實錄》卷 49、53。

15　牛建強引述自嘉靖《吳江縣志》卷 13。

16　齊裕焜：《明代小說史》（杭州市：浙江古籍出版社，1997 年 6 月），頁 7-8。

群眾也能分享滋味，或甚至是追求主流或盲從流行的時刻，不可能有鮮明的階級限制。文學活動可以因互動而互有，也可能因排他而互斥，但總不會永遠偏執一端。「知東西之相反，而不可以相無」，不就是莊子所說的道理嗎？

三 明代「文學大眾化」現象的探討

要在本文中談論「文學大眾化，大眾文學化」的全盤現象，就篇幅而言，實在是不可能，我只能夠用舉例的方式來進行。「文學大眾化」的議題，著重在明代文學文類的多元化。

談論文學有狹義、廣義之分。只鎖定在文學作品本身的讀與寫，是狹義得解釋，不容易幫助文學史的探討。如果把市井的講唱活動包括進來，又可能掉進「說唱藝術」的探討，離開「文學」甚遠。但如果說書人的底稿本被抄寫或刊刻下來，成為「平話」，是可以被當作「文本」，來觀察明人文學的分享活動。

其次，明初大量刊刻四書五經，作為教育和科考範本的書籍，也不能說不屬於文化學習活動的一環。民間生活使用的「萬寶全書」，農書、曆書、堪輿書等等，也是文化學習的另一環。這些「著之於布帛」的文字，也可以看出明人的文章寫作技巧、意願與思想，應屬廣義的文學。所以從普及教育、科舉考試、書籍出版、知識傳播與文學類型等項目的考察，可以發現「文學大眾化」的軌跡。

（一）從普及教育與科舉考試的發展觀察

明代的教育制度較諸唐、宋時期有普及化及民間化的特色。從地域、民族、社會階層的推廣普及，在心理上可以「恢復漢唐衣冠」；在實質上，可以提升人民對國家的意識，以便加強管理；而廣設學校

是既定政策，除了北京、南京設有國子監學，府、州、縣、衛設有儒
學。朝廷也屢屢派出御史，到地方上考察學政。至於民間化的現象，
可從地方廣設社學得知。一般人在社學讀書，當作進入州、縣學的預
備學校。弘治年間以後，王守仁等人更大力推動社學，以至於書院的
興建，大約在正德、萬曆之間。據統計，有明一代設立的書院約有一
二三九所，遍及全國十九省，比元代書院數目二二七所，增加甚多。

為了鼓勵科舉應試，四書、五經、小學、史評、總集等書，刻之
甚多。永樂年間，成祖下詔修撰《五經大全》、《四書大全》、《性理
大全》等書，企圖推廣到家家戶戶。[17]為科舉考試的閱讀學習，不能
算是文學活動吧！然而這種制度間接帶來識字、閱讀、習作、集社、
吟誦各項活動，也促使林林總總的書籍出版。

（二）從出版書籍數量與傳播的廣度觀察

明代刻書地域幾遍全國，江蘇、浙江、福建等地刻書尤多。從中
央到地方，各個官衙幾乎都在刻書，中央官刻以內府、國子監、藩府
刻書為多；僅舉明初藩府刻書一例：寧獻王朱權（1378-1448）為明
太祖十七子，博古好學，著書、刻書甚多，刊刻過史地、醫、農、文
學、藝術等五十餘種；從明初出版的角度來看，應為大宗。地方官刻
則以蘇州府為多。家刻本在嘉靖（1522）以後漸增，著名的有百餘
家。坊刻著名的也有百餘家。單以杜信孚《明代版刻綜錄》所載刻書
者有五二五七家之多。《明史藝文志》所載刻書數量有五〇三三種，
一〇八九七四卷。這些數字尚稱保守，並未周全。[18]

---

17 尚學鋒、過常寶、郭英德等著：《中國古典文學接受史》（濟南市：山東教育出版
    社，2000 年 9 月），第六章〈元明的文學接受〉，頁 332-337。

18 曹之：〈試論明代版刻的成就〉，《歷代刻書概況》（北京市：印刷工業出版社，
    1991 年 9 月），頁 283。另見同書張秀民：〈明代北京的刻書〉，頁 262-271、〈明代
    南京的刻書〉，頁 272-282。或詳見於繆詠禾：《明代出版史稿》（南京市：江蘇人

　　至於出版書籍的種類，非常廣闊多樣。大陸學者蕭東發舉出：官方多半發行經史讀本，佛道藏書、科舉考試範本等。民間印書則可區分為1.科舉應試之書，2.日常參考書，包括農書、醫書、百科全書類書、便覽，3.民間詩歌、戲曲、小說、評話、彈詞之類的通俗文學作品，4.違反封建制度的禁書。[19]蕭東發隱而不談或以「違反封建制度的禁書」為名的，當然還有堪輿、命相、蒔花、飲茶、養生、棋藝、博藝、日記、情色小說、才子佳人小說；以今日觀點來看，這塊通俗文學或非文學類讀物，其實是提供了許多「文學性資談」的素材。

　　　　除了書籍傳播以外，借閱、抄書的風氣盛行[20]，也彌補了書籍價錢昂貴與購買不易的難題。最有名的例子，當然是《金瓶梅》的傳抄，在袁宏道、謝肇淛、沈德符等人的日記或筆記中見及。

（三）文學類型多元發展的跡象

　　所謂文學類型，自然從詩、文、小說、戲劇、文學批評談起。以「唐詩」為準則風氣，其實是從宋代嚴羽（1192-約1245）寫成《滄浪詩話》，隱然開始了。明初為了「恢復漢唐衣冠」，試圖追求詩的「第一義」，復古之論頗為發達，高棅（1350-1423）編選《唐詩品彙》，定出模倣學習的準則，走向古典主義詩學[21]。再經過前後七子的努力，各體詩均有標準的依據模式，模擬復古的格調論趨於頂點。一直到萬曆年間，公安以清新輕逸，竟陵以幽深奇僻改之。這是一

民出版社，2000年10月），頁7-11；杜信孚：《明代版刻綜錄》（揚州市：江蘇廣陵古籍刻印社，1983年5月）。

[19] 蕭東發：《中國圖書出版印刷史論》（北京市：北京大學出版社，2001年4月），第六章〈民間坊刻及其經營之道〉，頁168-170。

[20] 尚學鋒、過常寶、郭英德等著：《中國古典文學接受史》，第六章〈元明的文學接受〉，頁348-354。

[21] 陳文新：〈緒論〉，《明代詩學》（長沙市：湖南人民出版社，2000年11月），頁6。

般詩學發展論述。然則,詩壇作品風格果如出一轍?山林詩與臺閣詩之別[22],始終存在。陳獻章、莊昶、吳訥、薛瑄、吳寬、顧璘、楊慎、李開先等人不能附屬於復古詩派中,所以袁震宇、劉明今合編的《明代文學批評史》中,另立章節以收錄。[23] 這些作者詩風不染復古之風,或可當作後世性靈派的先聲。而許多文人作家,如楊慎、李開先、王世貞等人也染指民歌、戲曲的寫作。依照傳統雅正與通俗文學不相交流的區分方法,我們很難解釋詩作的多面貌。

如果要從著作數量來考察,有關明詩作品,朱彝尊《明詩綜》載錄,已經有三千四百餘家,超過《全唐詩》所收的二千五百二十九家[24]。有關詞作,在明代算是最弱的,名家僅止楊慎、王世貞、陳繼儒而已。然而據大陸學者張璋所考者,現存收集的明代詞人有一千三百餘家,詞作兩萬餘首,尚未全備,數量與《全宋詞》相較,幾近相當。[25]

至於散文文體的發展。在推動科舉取士的經典閱讀與八股文寫作,讓許多士子消耗於「時文」模擬之中,及至獲取功名,進入宦場,趕緊學習「古文辭」,以免洩漏個人無文的醜態。「古文辭」的追模,發展成「文必秦漢」的七子派,主張熟讀、涵泳而神會,另外也發展出追模「唐宋八家」的唐宋派,主張揣摩文章開闔首尾經緯錯綜之法,並能夠寫出個人本色。

隨著時風變遷,晚明性靈派思想為主流,時文(八股文)的寫作

---

22 劉基:〈項伯高詩序〉,《誠意伯文集》,卷5,四庫叢刊本。

23 袁震宇、劉明今合著:《明代文學批評史》(上海市:上海古籍出版社,1991年9月),第二章第三節另立「性氣詩派」,頁74-82;第四章第四節收孫緒、吾謹、楊慎、李開先、馬一龍、黃姬水等人,頁185-212。

24 張子蛟在2002年8月完成「全唐詩庫」,共收唐代詩人2529人,詩作42863首。資料見www3.zzu.edu.cn/qts

25 張仲謀:〈緒論〉,《明詞史》(北京市:人民文學出版社,2002年2月),頁1。

也染上空疏的弊端，李日華文集[26]中曾經多次談到這樣的現象。此所以陳子龍再提復古之論，並推展經世文章的原因。

然則除了時文、古文之外，短篇筆記作品的寫作也未曾間斷，晚明又轉出專寫個人心路歷程、旅遊見聞的「小品文」，蔚為大宗。在小品文寫作中，作家各自展現個人的才情、風格、語調，有了更寬廣的表現空間。將個人居家瑣事、情緒高低、癖性好惡、臧否人物寫入文中，這是古文寫作者無法體會的境界！然則事有例外，古文大家歸有光（1506-1571）的〈先妣事略〉、〈項脊軒志〉、〈寒花葬志〉等作，卻是率先將身家瑣事寫入文中，娓娓地展露了常人性情。

小說、戲曲的發展呢？明初曾頒禁令，禁止百姓擁有小說讀本或戲曲演出，事實上卻無法限制。觀察《三國演義》最早的版本，當為弘治八年（1494）刊，現存版本為嘉靖元年（1522）修髯子（張尚德）引刊本，《水滸傳》有嘉靖年間督察院刊本，萬曆十七年天都外臣（汪道昆）序刊本。這兩本小說最早的版本都來自都察院，顯然是印來餽贈官員所用。直到萬曆二十年（1592）金陵唐氏世德堂刊印《西遊記》，題為「華陽洞天主人校」，疑為託名宰輔大學士李春芳，與湖廣荊王府有地緣關係。一般人都稱《西遊記》為吳承恩所作，吳承恩擔任荊王府紀善十餘年而卒。這本書或許也曾經有藩王府接過手的可能。萬曆四十五年（1617）題為蘭陵笑笑生作的《金瓶梅》出版了，有東吳弄珠客序、廿公跋。這本書有傳抄，有江蘇（吳中）出版的紀錄，有雅士興風作浪過，當不是官府為先手出版者。

據現存四十餘部才子佳人小說、若干情色小說、描寫古今市井生活的擬話本短篇小說，在萬曆以後都獲得大量出版流行，也可以證明

26　李日華：《恬致堂集》，40卷（臺北市：國家圖書館影明末刊本，1971年10月）。

小說閱讀大眾化的趨勢。[27]

　　戲曲的書寫、出版、演出活動，也曾經是官方所特有。洪武初年親王之國，太祖賞賜詞曲一千七百本。[28]為了消閒娛樂之用，需求量之大，令人咋舌。周憲王朱有燉（1379-1439）為太祖之孫，精通戲曲，永樂、宣德之間，自編自刻《誠齋雜劇》二十六種。[29]元朝王實甫的《西廂記》，被明人翻改演出多至二十餘種。然而原作被翻刻，當作案頭劇閱讀的多至六十八種。[30]明代中期李開先、何良俊、徐渭，晚期的湯顯祖、沈璟、馮夢龍、李漁，都曾經投入戲曲的編寫與出版。北曲、南曲及新興的崑曲，雜劇、傳奇，書齋的書本閱讀與劇場的公開演出，並行不悖，可以看出多元發展的現象。

　　至於文學批評理論的建構，詩話的大興，文學史觀念的成熟，從明代初年開始，不斷地演變中。《明史・文苑傳》說：「（明初）宋濂、王禕、方孝孺以文雄，高、楊、張、徐、劉基、袁凱以詩著。其他勝代遺逸，風流標映，不可指數，蓋蔚然稱盛矣。……弘正之間，李東陽出入宋元溯流唐代，擅聲館閣。而李夢陽、何景明倡言復古……操觚談藝之士翕然宗之……迨嘉靖時，王慎中、唐順之輩，文宗歐曾，詩倣初唐；李攀龍、王世貞輩，文主秦漢，詩歸盛唐。歸有光頗後出，……而徐渭、湯顯祖、袁宏道、鍾惺之屬，亦各爭鳴一

27　萬曆以後小說出版情形，詳見李忠明：《十七世紀中國通俗小說編年史》（合肥市：安徽大學出版社，2003年3月）。

28　張秀民：〈明代南京的印書〉，《歷代刻書概況》，頁272-273，引述自清康熙初梁清遠《雕丘雜錄》，卷15。

29　蕭東發：《中國圖書出版印刷史論》，第六章〈民間坊刻及其經營之道〉，頁235。朱有燉著述可另見任遵時：《周憲王研究》（臺北市：三民書局經銷，1974年3月，自印本），頁145-161。

30　么書儀：〈西廂記在明代的發現〉，《明清文學國際學術研討會》，2000年4月，頁27-28。

時。……至啟禎時，錢謙益、艾南英準北宋之矩矱，張溥、陳子龍擷東漢之芳華，又一變矣。」[31]一般人準此敘述，喜歡以二元對立來解說，明初開國功臣輔佐，有盛世氣象；承平既久，三楊繼起，號稱臺閣，作品敷腴；李東陽反對，史稱茶陵派；李何繼起，號稱前七子，李王踵武，是為後七子，倡議復古；唐宋派為別端，講求本色；公安清真，竟陵幽峭；子龍殿軍，倡言經世。這樣的論說不能算錯，但是未能注意文學理論的反覆推衍、張揚輝煌，而為大業。李東陽反臺閣，他本身也是臺閣人物，用現代語彙解說，茶陵派或可稱為「後臺閣」。然則，李、何論辯，何景明之見，如何置於復古派中？王九思、康海為戲劇人物，怎麼至於復古派前七子名下？李、王有別，王世貞說：「于鱗傷合，不佞傷離」；他在三十九歲時寫下《藝苑卮言》，又怎麼可以說他「晚年自悔少作」？李攀龍晚年沒有自悔之詞嗎？後七子中謝榛的詩論呢？放在後七子中，又如何妥貼？

以文學發展史觀而言，應著重「二律背反」定律，通過正、反、合不斷的反覆辨證，可知復古為顯性主流時，性靈之說為隱性伏流，必然同時而存在。如同道家理論，精、氣、神三者皆備，方有生命；文學本質也是一樣，形式、內容、風格、神韻，從本體論的探討出發，轉入載道、教化與社會反映論，漸漸地落入形式技巧、主題意識、風格靈動的探討，古人在文學議題的探究，不斷地求取其「真」[32]，道之真、形式之真、性靈之真、神韻之真，擺盪在「得與失」的兩極之間，永無休止。這樣的理念，其實在明代李維楨、袁中道的理論中，也已經具備。只可惜後人忽略了。如果了解這些道理，李夢

---

[31] 《新校本明史並附編六種》（臺北市：鼎文書局，1980年1月），卷285，頁7307-7308。

[32] 邵曼珣：《論真：以明代詩論為考察中心》（臺北市：東吳大學中國文學系碩士論文，1991年5月）。

陽可以提出「真詩乃在民間」的理念，而不唐突；何景明可以與李夢
陽論難，而不認為是「茶壺裡的風暴」。我們也不會再跌入模擬復古
與自抒性靈的「二元絕對對立」之中。

　　文體類型的多元化，當不止上述的零星現象，讓大眾參與閱讀與
寫作的空間大增。高文典冊與鬥雞走馬、蒔花藝草的著述可以並陳，
陽春白雪、下里巴人可以多部輪唱，文學已經是「大眾」的了，哪裡
有什麼貴族與平民文學之分？

四　明代「大眾文學化」現象的探討

　　文學既已普及，參與文學活動的人數銳增，無論老少賢愚貴賤
男女，文學的「素質」如何要求呢？君不見清代吳敬梓寫的《儒林外
史》，其實也是暗寓明代文化生活的一隅？不學無術的騷人、墨客集
會在鄉紳庭園，吟風弄月；赴任的官員不識得文壇大家何景明，更不
識得宋朝蘇東坡。或可想見，文學的庸俗化，大眾趨附風雅的現象是
必然的；然則，反庸俗化，追求真文、反對贗文的運動，也是必然展
開。如是循環，或許因此建構了「大眾文學化」的意義。以下再觀察
三個大眾參與文學的現象：

（一）詩社、文社、講學活動的興起，參與文學活動的人口大增

　　從《明史·文苑傳》中所說，明初宋濂、王禕、方孝孺、高啟、
楊基、張羽、徐賁、劉基、袁凱等人聞名，「其他勝代遺逸，風流標
映，不可指數」。這些「不可指數」的作家們，散居各地，可分為
越、吳、閩、江右、徽及其他各派，人物眾多。[33]明初已有吳地「北

33　龔顯宗：《明初詩文論研究》（臺北市：華正書局，1985 年 4 月）。

郭十友」聯名，廣東有「南園五子」，福建有「閩中十子」；景帝時
有「景泰十才子」；孝宗時有「前七子」、「十子」，嘉靖時有「八才
子」、「後七子」、「南園後五子」之稱；王世貞領導文壇，更有「前
五子」、「後五子」、「廣五子」、「續五子」、「末五子」的建構。[34]或
許從以上所述，只是「小眾文學」現象，未能推廣為全民運動。然而
這些地域性的文學風氣，對當地的影響很深。詩社、文社興起的原
因，固然很多，但在求取功名、磨練筆鋒、休閒閒談以外，本土文化
意識的強化，也是個額外的收穫。

（二）人民識字率大幅提高，獲得了書本知識與閱讀權

　　為了提供蒙學書籍、科舉考試範本、通俗、情色小說，或者提供
閨閣中女學讀物與才子佳人故事，以及商旅、生產、養生與閒談資料
的需要，書本需求量大增，促成了文學商品化，但也可以因此間接觀
察到「大眾識字率」快速的攀高。三百千千、女戒、家規、萬寶全書
式的書籍已無法滿足需要。在王世貞《弇州山人四部稿》、《續稿》、
《弇山堂別集》等鉅量著作出版以後，晚明大部頭的書籍編刻，也
一一出籠，如焦竑《國朝獻徵錄》、陳子龍《明經世文編》、曹學佺
《八代詩鈔》。長篇小說如《三國》《水滸》等等，外加公案如《施
公》《彭公》，神魔如《西遊》、《封神》、《西洋記》等等。單以宋代
編輯的《太平廣記》為例，嘉靖四十五年（1566）談愷整理出版，卻

34　陳文新：《中國文學流派意識的發生和發展——中國古代文學流派研究導論》，中
　　國古代文學流派研究叢書之一（武漢市：武漢大學出版社，2003 年 11 月），頁 255-
　　256。早期研究詩社者有橫田輝俊、李曰剛、黃志民、龔顯宗、簡錦松，近日有郭英
　　德：《中國古代文人集團與文學風貌》（北京市：北京師範大學出版社，1998 年 11
　　月）。李玫：《明清之際蘇州作家群研究》（北京市：中國社會科學出版社，2000 年
　　10 月）、黃文吉：〈明初杭州府學詞人群體研究〉，《建構與反思——中國文學史的
　　探索學術論文研討會論文集》。

有仍屬談愷名字的活字版同時出版，萬曆年許自昌另行刊刻，馮夢龍
變換體例而為《太平廣記鈔》，三十年間有四個版本行世，銷售的對
象與數量如何？百姓購書能力如何評估？沒有購買力是不可能出版的。

再以馮夢龍的編輯、出版、寫作為例，幾乎是各體皆備。從小說
體《笑府》、《譚概》、《智囊補》、《情史類略》、《喻世明言》、《警
世通言》、《醒世恆言》、《新三遂平妖傳》、《新列國志》、《太平廣記
鈔》，相關小說文體趣談、極短篇、短篇、中篇、長篇，樣樣皆具；
傳奇、白話、文言體式無缺，而且各文類的形式樣貌並不混淆。戲
曲《墨憨齋傳奇》十二種，牌經博弈之書《馬吊》、《牌經》，山歌
《山歌》、《掛枝兒》，制藝之文《春秋衡庫》、《麟經指月》、《四書指
月》，方志書寫《壽寧待誌》，歷史著述《甲申紀事》、《中興偉略》
等等，以現代觀點，稱馮夢龍為文學人、文學出版推廣人，當之無愧。

（三）詩詞文章寫作、解釋與評論權的下放

詩詞文章的寫作、解釋與評論權的下放，也是「大眾文學化」的
指標吧。明初操持文柄者，為開國元勳，如宋濂、劉基、方孝孺等
人；爾後，漸漸轉入內閣宰輔手中，如三楊、李東陽等人；弘治以
後，朝廷大臣接續文柄，如李夢陽、王廷相等人；等到嘉靖時期，刑
部的同僚執掌文柄，吳維嶽、李先芳相繼出京，李攀龍、王世貞成為
闡述文學主張的重心。王世貞以後，步入了「沒有大師」的時代，徐
渭、李贄、三袁、鍾譚、湯顯祖，都直接在地方官吏的公廨或個人的
鄉居中發音。甚至是從事出版編輯事業的山人，如馮夢龍、沈德符、
余應臺、許自昌、陳繼儒，都得到了文學詮釋的發言權。從這個觀點
來看，文柄的下放，已標幟著「眾聲喧嘩」時代的到臨。

五　結論

　　時序進入二十一世紀，學界對明代文學論述似乎貶抑多於讚揚，以北京出版社出版有總述性質的《明代文學研究》一書為例，引述對明代詩文採取否定論者有胡蘊玉、顧實、劉經庵、楊蔭深、聞一多等人，北大中文系所編《文學史》亦採否定態度。採肯定態度者僅見陶曾佑、錢基博兩人。而章培恆、羊春秋、袁行雲（需）則願意以新的角度來重新省視[35]。

　　尚學鋒、過常寶、郭英德在《文學接受史》，討論「元明的文學接受」，舉出了三種特色：（一）師古復雅與文學接受的復古情調；（二）師心尚俗與文學接受的率性而為；（三）調諧雅俗與文學接受的多元選擇[36]。尚學鋒等人並沒有打算依歷史進展劃分這三種理念循序階段，他們認為在「師古復雅」的文學接受中，「師心尚俗」的文學接受已經「悄然發生」了；他們也強調在「師古復雅」與「師心尚俗」兩種觀念，「在某一歷史時期，在某一文學流派之中，甚至在某一作家的思想中，這兩種觀念往往混融一體，難解難分」。[37]這樣的觀點，可以化解歷來明代文學史論述「二元對立」的矛盾與尷尬。但如果能夠能強調「師古復雅」與「師心尚俗」無法同時存在，永遠是個「二律背反」的難題，無論在某個時段、某個地域、某個集團，甚至是某個作家的學習過程中，都會有不斷地遷移改變，企求「調合」這兩極追尋，其實是緣木求魚，烏托邦式的空想。而大眾的寫作、閱讀或討論參與，也會受到時空的政治、經濟、社會狀態所左右，他們

---

[35] 鄧邵基、史鐵良主編：《明代文學研究》，二十一世紀中國文學研究叢書之六（北京市：北京出版社，2001年12月），頁20-23。

[36] 尚學鋒、過常寶、郭英德等著：《中國古典文學接受史》，頁371-390。

[37] 尚學鋒、過常寶、郭英德等著：《中國古典文學接受史》，頁386。

或許會盲從於文人雅士的行徑而跟進流行，求雅化俗，或以流俗為高雅，也很難說。這就是為什麼明人追求公安性靈思想的當下，卻又能投身於仿古贗品書畫的追逐，而不自覺自身行為的荒謬。

　　本文希望能夠提出一個宏觀的角度，認為明代文學史的論述，除了在傳統作家與作品的論述外，應以當時代文人及庶民的文學活動為主軸。仔細觀察明人文學，不管是復古或求新，追求雅正或通俗，都是眾人投入文學運動，而不是少數作家的表演場所，都有明顯的「文學大眾化，大眾文學化」的傾向。我們用不著因為個人的認知或主張，而去責備明代文人喜好爭鬥的德行，或者是責備他們文學主張的偏頗無識，也不用刻意去歌頌書會先生和民間百姓的文學喜好為「高尚」。在明人政治、經濟、社會文化的演進中，興起大眾參與集會結社、聯詩吟詠、曲詞唱和等文學活動，人民的識字率大幅提高，文士以外，童蒙、商人、僧侶、閨閣、勞工都有閱讀書籍的能力。文章詩詞的寫作、解釋與評論權，也明顯的從開國元勳、臺閣大員、中央大臣、地方官員，下放到民間文人的身上，這絕對是一個「進步」，一個文學的進步，文化的進步。

　　文學開放給大眾分享，大眾也樂意投入這樣的文學活動與消費；我們譏笑明代政經文化腐敗墮落之際，竟然發現這股存在於文人與民眾之間文化自覺的力量，也合乎現代社會的需要。「分享與共創」的趣味，超過了「陽春白雪」的孤吟，這就是「文學大眾化，大眾文學化」的意義了。

　　　　——本文2004年4月在南華大學「明清文學與思想國際學術研討
　　　　　　會」發表；2013年11月修訂。

參考文獻

一 古代文集

（唐）歐陽詹 《歐陽行周文集》 臺北市 臺北閩南同鄉會 1977年
　　　1月影印萬曆林古度刊本

（宋）嚴羽 陳定力輯校 《嚴羽集》 鄭州市 中州古籍出版社
　　　1997年6月

（宋）葉夢得 《避暑錄話》 臺北市 藝文印書館 1965年

（元）辛文房 傅璇琮校箋 《唐才子傳校箋》 北京市 中華書局
　　　1995年

（明）于若瀛 《弗告堂集》 四庫禁燬書叢刊集部46冊 北京市 北
　　　京出版社 2000年

（明）王世貞 《弇州山人四部稿》 臺北市 偉文圖書出版社 1976
　　　年6月 影印萬曆五年吳郡王氏世經堂本

（明）王世貞 《弇州山人續稿》 臺北市 文海出版社 1970年 影
　　　印萬曆刊本

（明）王世貞 《讀書後》 臺北市 臺灣商務印書館 1976年影印四
　　　庫全書文淵閣本

（明）王世懋 《王奉常集》 萬曆17年吳郡王氏家刊本

（明）王宇 《烏衣集》 臺北市 漢學研究中心影日本內閣文庫藏
　　　天啟四年刊本

（明）王錫爵 《王文肅公文集》 四庫全書存目叢書第125冊 臺南

縣　莊嚴文化事業公司　1997年　影萬曆乙卯太倉王時
敏家刻本

（明）朱國禎　繆宏典校　《湧幢小品》　北京市　文化藝術出版社
1998年8月

（明）吳兆、程嘉燧　《新安二布衣詩》　四庫禁燬叢刊　北京市　北
京出版社　2000年

（明）吳承恩　《吳承恩集》　臺北市　世界書局　1964年2月

（明）吳夢暘　《射堂詩鈔》　四庫全書存目叢書　臺南縣　莊嚴文化
事業公司　1997年

（明）宋　緒　《元詩體要》　十四卷　《四庫全書》　集部總集類　浙江
巡撫采進本臺北故宮藏有明正德己卯（1519）遼藩重刊本

（明）李日華　《恬致堂集》　臺北市　國家圖書館影明末刊本　1971年

（明）李東陽　《懷麓堂前後集》　影文淵閣四庫全書本　臺北市　臺
灣商務印刷館　1978年

（明）李　鼎　《李長卿集》　明萬曆壬子（1612）豫章李氏家刊本

（明）李夢陽　《空同集》　影文淵閣四庫本　臺北市　臺灣商務印書
館　1978年

（明）李維禎　《大泌山房集》　臺南縣　莊嚴文化事業公司　1997年
四庫全書存目叢書本

（明）李　濂　《崇渚文集》　臺南縣　莊嚴文化事業公司　1997年
影明嘉靖刊本

（明）李攀龍　李伯齊點校　《李攀龍集》　濟南市　齊魯書社　1993
年12月

（明）李攀龍　《滄溟集》　明隆慶元年王世貞世德堂刊本國家圖書館
藏本

（明）沈德符　《萬曆野獲篇》　歷代史料筆記叢刊　北京市　中華書

局　1997年影明手抄本

（明）汪道昆　《太函集》　續修四庫全書1346冊　上海市　上海古籍出版社　2002年

（明）阮自華　《霧霳山人詩集》　中研院傅斯年圖書　影日本內閣文庫藏明萬曆年刊本

（明）周之夔　《棄草集》　揚州市　江蘇廣陵古籍刻印社　1997年3月

（明）俞允文　《俞仲蔚集》　續修四庫全書1354冊　上海市　上海古籍出版社　影印明萬曆十年休寧程善定刊本

（明）胡應麟　《詩藪》　上海市　上海古籍出版社　2003年5月

（明）范允臨　《輸寥館集》　明代藝術家集彙刊續集　臺北市　國立國家圖書館　1971年10月初版

（明）茅元儀　《石民四十集》　四庫禁燬書叢刊109冊　北京市　北京出版社　1997年6月

（明）茅　坤　《茅鹿門先生集》　續修四庫全書1344冊　上海市　上海古籍出版社　影萬曆刊本

（明）茅　維　《十賚堂》　明萬曆間吳興茅氏刊本

（明）孫蕡、歐大任　《南園前五先生詩》《後五先生詩》　梁守中、鄭立民點校　廣州市　中山大學出版社　1990年4月

（明）徐　熥　《晉安風雅》　四庫存目影萬曆刻本　臺南縣　莊嚴文化事業公司　1997年

（明）徐　熥　《幔亭集》　福建叢書第三輯　揚州市　廣陵書社　2005年影刊本

（明）徐　𤊙　陳慶元、陳煒編　《鼇峰集》　揚州市　廣陵書社　2012年3月排印本

（明）徐　𤊙　陳慶元、陳煒編　《鼇峰集》　揚州市　廣陵書社　2012年7月

（明）徐　燉　《筆精》　福州市　福建人民出版社　1997年5月

（明）殷士儋　《金輿山房稿》　明萬曆17年姚江邵陛刊本

（明）耿定向　《耿天臺先生文集》　臺北市　文海出版社　1970年3月

（明）袁中道　錢伯城典校《珂雪齋文集》　上海市　上海古籍出版社
　　　　1989年1月

（明）袁中道　《珂雪齋前集》　臺北市　偉文圖書公司　影明萬曆46
　　　　年刊本

（明）袁中道　《游居柿錄》　上海市　遠東出版社　1996年12月

（明）袁宏道　錢伯城箋校　《袁宏道集》　上海市　上海古籍出版社
　　　　2008年4月

（明）袁表、馬熒選輯　《閩中十子詩》　福州市　福建人民出版社
　　　　2005年1月

（明）高　棅　《唐詩品彙》　上海市　上海古籍出版社　1982年　影
　　　　印萬曆新都汪宗尼刊本

（明）曹學佺　《石倉全集》　臺北市　國家圖書館漢學中心　影日本
　　　　國立公文書館原內閣文庫藏本　日本高橋寫真株式會社製
　　　　作　1993年

（明）曹學佺　《石倉集》廿四卷本　四庫全書禁燬書叢刊補編集部
　　　　80冊　北京市　北京出版社　2005年9月

（明）曹學佺　《石倉詩稿》　乾隆十九年曹岱華重刻本　四庫全書禁
　　　　燬書叢刊集部143冊　北京市　北京出版社　2006年9月

（明）曹學佺　《曹大理集》八卷　《石倉文稿》四卷　續修四庫全書
　　　　集部　別集1367冊　上海市　上海古籍出版社　1995年

（明）曹學佺　《曹大理詩文集》　影福建師範大學圖書館藏本　南京
　　　　市　江蘇古籍出版社　2003年5月

（明）曹學佺　《石倉十二代詩選》　崇禎四年序刊本　日本京都大學

東亞人文情報學研究中心藏本

（明）曹學佺　《曹學佺集》　明刻本　南京市　江蘇古籍出版社　2003年5月

（明）曹學佺　《蜀中廣記》　文津閣四庫全書196冊　北京市　商務印書館　2005

（明）梅守箕　《梅季豹居諸二集》　崇禎15年刊本

（明）徐弘祖　褚紹唐、吳應壽整理　《徐霞客遊記》　上海市　上海古籍出版社　1993年6月

（明）陳价夫　《招隱樓稿》　徐𤏳鈔本　上海圖書館藏

（明）陳　衎　《大江草堂二集》　臺北市　國家圖書館藏崇禎17年閩中陳氏家刊本

（明）陳益祥　《陳履吉采芝堂文集》　四庫全書存目叢書　臺南縣　莊嚴文化事業公司　1997年

（明）陳薦夫　《水明樓集》　四庫全書存目叢書　臺南縣　莊嚴文化事業公司　1997年

（明）陳繼儒　《晚香堂小品》　續修四庫全書第1380冊　上海市　上海古籍出版社　影印明末武林湯氏簡綠居刊本

（明）湛若水　《湛甘泉先生文集》　四庫全書存目叢書　臺南縣　莊嚴文化事業公司　1997年

（明）湯顯祖　徐朔方箋校　《湯顯祖全集》　北京市　北京古籍出版社　1999年1月

（明）程可中　《程仲權集》　四庫全書存目叢書　臺南縣　莊嚴文化事業公司　1997年

（明）華　淑　《明人小說》　明刊本　北京市　北京圖書館藏本

（明）費元祿　《甲秀園集》　四庫禁燬書叢刊集部62冊　北京市　北京出版社　2000年1月

（明）馮夢禎　《快雪堂集》　四庫全書存目叢書　臺南縣　莊嚴文化
　　　　事業公司　1997年

（明）馮夢龍　《馮夢龍全集》　魏同賢編　上海市　上海古籍出版社
　　　　1993年

（明）黃汝亨　《寓林詩集》　續修四庫全書　上海市　上海古籍出版
　　　　社　2002年

（明）黃克纘　《全唐風雅》　萬曆46年刊　臺北市　國家圖書館藏本

（明）黃宗羲　《明儒學案》　北京市　中華書局　2008年

（明）葉向高　《蒼霞續草》　四庫禁燬叢刊集部124-125冊　北京市
　　　　北京出版社　2000年

（明）董其昌　《畫禪室隨筆》　臺北市　廣文書局　1977年

（明）趙世顯　《芝園文稿》　明萬曆刊本　臺北國家圖書館藏

（明）趙世顯　《芝園稿》　明萬曆刊本　愛如生電子版影日本內閣文
　　　　庫藏本

（明）劉　基　《誠意伯文集》　文津閣四庫全書409冊　北京市　商
　　　　務印書館　2005年

（明）蔡復一　《遯菴全集》　四庫禁燬書叢刊補編60冊　北京市　北
　　　　京出版社　2005年

（明）鄭仲夔　《蘭畹居清言》　四庫禁燬書叢刊38冊　北京市　2000年

（明）鄭善夫　《鄭少谷先生全集》　1636年鄭奎光刊本

（明）鄭懷魁　《葵圃存集》　臺北市　漢學研究中心影日本內閣文庫
　　　　藏明萬曆年刊本

（明）鄧原岳　《西樓全集》　四庫全書存目叢書　臺南縣　莊嚴文化
　　　　事業公司　1997年

（明）盧　柟　《蠛蠓集》　四庫全書珍本第368冊　臺北市　臺灣商務
　　　　印書館　1974年

（明）謝兆申　《謝耳伯先生初集》　四庫全書存目叢書　臺南縣　莊
　　　　嚴文化事業公司　1997年

（明）謝　榛　《四溟山人全集》　臺北市　偉文圖書公司　1976年5
　　　　月　影萬曆二十四年趙府冰玉堂重刊本

（明）謝　榛　李慶立校箋　《謝榛全集校箋》　南京市　江蘇古籍出
　　　　版社　2003年1月

（明）謝肇淛　《小草齋文集》　四庫全書存目叢書本　臺南縣　莊嚴
　　　　文化事業公司　1997年

（明）謝肇淛　《謝肇淛集》　南京市　江蘇古籍出版社　2003年

（明）鍾　惺　《隱秀軒集》　上海市　上海古籍出版社　1992年9月

（明）歸有光　周本淳校典　《震川先生集》　臺北市　源流文化事業
　　　　公司　1983年4月

（明）譚元春　《譚元春集》　上海市　上海古籍出版社　1998年12月

（明）顧起元　《嬾真草堂集》　臺北市　文海出版社　1970年　影明
　　　　萬曆42年刊本

（義）利瑪竇　芸娸譯　《利瑪竇中國書札》　北京市　宗教文化出版
　　　　社　2006年

（清）王士禎　《王士禎全集》　濟南市　齊魯書社　2007年

（清）王夫之　《船山全書》　長沙市　岳麓書社　1996年

（清）朱彝尊　《明詩綜》　北京市　中華書局　2007年3月

（清）朱彝尊　《靜志居詩話》　北京市　人民文學出版社　1990年10月

（清）吳之振等選　《宋詩鈔》　北京市　中華書局　1986年

（清）李清馥　《閩中理學淵源考》　文淵閣四庫全書　臺北市　臺灣
　　　　商務印書館　1986年

（清）金聖嘆　《金聖嘆尺牘》　臺北市　廣文書局　1989年8月

（清）昭　槤　《嘯亭雜錄》　北京市　中華書局　1980年12月

（清）陳　田　《明詩紀事》　上海市　上海古籍出版社　1993年12月

（清）陳　衍　《元詩紀事》　臺北市　鼎文書局　1971年9月

（清）潘介祉　《明詩人小傳稿》　臺北市　國家圖書館排印本　1986年

（清）鄭方坤　《全閩詩話》　文淵閣四庫全書　臺北市　臺灣商務印
　　　　書館　1986年

（清）錢大昕　《嘉定錢大昕全集》　南京市　江蘇古籍出版社　1997
　　　　年12月

（清）錢謙益　《列朝詩集小傳》　上海市　上海古籍出版社　1983年
　　　　10月

二　史地類

（元）脫脫撰　《宋史》　北京市　中華書局　1997年

（明）沈德符　《萬曆野獲篇》　北京市　中華書局　1958年

（明）陳子龍　《皇明經世文編》　北京市　中華書局　1962年

（明）焦　竑　《國朝獻徵錄》　臺北市　臺灣學生書局　1984年影萬
　　　　曆44年徐象橒刊本

（明）雷禮編　《國朝列卿記》　臺北市　成文出版社　影萬曆原刊本

（明）顧秉謙等奉敕撰　《明神宗實錄》　臺北市　中央研究院歷史語
　　　　言研究所　1984年

（清）姚之駰《元明事類鈔》　臺北市　臺灣商務印書館　影四庫全書
　　　　文淵閣本

（清）查繼佐　《罪惟錄》　杭州市　浙江古籍出版社　1986年

（清）張廷玉　《新校本明史並附編六種》　臺北市　鼎文書局　1980
　　　　年1月

王鍾翰點校　《清史列傳》　北京市　中華書局　1987年

（明）周世昌　《崑山縣志》　臺北市　成文出版社　1983年3月　影
　　　　萬曆4年刊本

（清）尹繼善、黃之雋　《江南通志·南畿志》　臺北市　華文書局
　　　　影乾隆2年重修本

（清）沈定均　吳聯薰　《漳州府志》　臺南市　朱商羊1965年影光緒
　　　　3年刊本

（清）李應泰、章綬　《宣城縣志》　中國方志叢書　臺北市　成文出
　　　　版社　1989年影光緒14刊本

（清）呂燕昭、姚鼐　《江寧府志》　臺北市　成文出版社　1989年影
　　　　光緒6年刊本

（清）李銘皖、馮桂芬　《蘇州府志》　臺北市　成文出版社　1989年
　　　　影印光緒9年刊本

（清）宗源翰、周學濬　《湖州府志》　臺北市　成文出版社　1970年
　　　　影同治13年刊本

（清）林星章、黃培芳　《新會縣志》　中國方志叢書　臺北市　成文
　　　　出版社　1989年影道光21刊本

（清）武穆淳、熊象階　《濬縣志》　臺北市　成文出版社　1989年影
　　　　嘉慶6年刊本

（清）金鉷、錢元昌　《廣西通志》　臺北市　臺灣商務印書館　1983
　　　　年影文淵閣四庫全書第565-568冊

（清）侯坤元、溫訓　《長樂縣志》　臺北市　學生書局　1982年

（清）唐執玉、田易　《畿輔通志》　臺北市　華文書局　1968年影清
　　　　宣統2年刊本

（清）孫葆田　《山東通志》　臺北市　華文書局　1969年據1915年刊
　　　　本重印

（清）孫爾準、陳壽祺　《福建通志》　臺北市　華文書局　1968年景

同治十年重刊本

（清）郝玉麟、謝道承　《福建通志》　文淵閣四庫全書本　臺北市
　　　臺灣商務印書館　1983年影國立故宮博物院藏本

（清）張大復　《吳郡人物志》　明代傳記叢刊　臺北市　明文書局
　　　1991年

（清）張廷珩、華祝三　《鉛山縣治》　臺北市　成文出版社　1989年
　　　影同治12年刊本

（清）王履謙、李廷錫　《安陸府志》　臺北市　成文出版社　1989年
　　　影道光23年刊本

（清）陳　栻　《上元縣志》　臺北市　成文出版社　1989年影道光4
　　　年刊本

（清）彭潤章、葉廉鍔　《平湖縣志》　臺北市　成文出版社　1989年
　　　影清光緒12年刊本

（清）曾曰瑛、李紱　《汀洲府志》　同治六年重刊本

（清）黃廷桂、張晉生　《四川通志》　臺北市　臺灣商務印書館
　　　1983影文淵閣四庫全書　第559-561冊

（清）王肇賜、陳錫麟　《新淦縣志》　中國方志叢書　臺北市　成文
　　　出版社　1989年影同治12刊本

（清）劉槤等修　《懷寧縣志》　臺北市　成文出版社　1989年影清康
　　　熙25年刊本

（清）呂渭英、鄭祖庚　《侯官縣鄉土志》　臺北市　成文出版社
　　　1989年影光緒廿九年刊本

（清）魯曾煜、徐景熹　《福州府志》　臺北　成文出版社　1989年影
　　　乾隆19年刊本

（清）懷蔭布　《泉州府志》　臺南市　登文印刷局　1964年影乾隆28
　　　年刊本

（清）羅愫、杭世駿　《烏程縣志》　臺北市　成文出版社　影清乾隆
　　　　11年刊本

王祖畬等　《續修太倉州志》　臺北市　成文出版社　1983年3月影
　　　　1919年刊本

林學增、吳錫璜　《同安縣志》　臺北市　成文出版社　1989年影
　　　　1929年鉛印本

歐陽英、陳衍　《閩侯縣志》　臺北市　成文出版社　1989年影1933
　　　　年抄本

三　工具書

（清）顧　修　朱學勤補輯　《彙刻書目初編》　上海市　千頃堂
　　　　1919年12月

（清）紀　昀　《四庫全書總目》　臺北市　漢京文化事業公司　1981
　　　　年12月

（日）京都大學人文科學研究所編　《京都大學人文科學研究所漢籍目
　　　　錄》　京都　同朋社　昭和56（1981）年12月

（清）紀　昀　《四庫全書總目提要、四庫未收書目、四庫全書總目提
　　　　要補正》　臺北市　漢京文化事業公司　1981年12月

《中國古籍善本書目‧集部》　上海市　上海古籍出版社　1998年

《中國古籍善本總目‧集部‧總集》　北京市　線裝書局　2005年

上海圖書館編　《中國叢書綜錄》　上海市　上海古籍出版社　1986
　　　　年2月

國家圖書館編　《明人傳記資料索引》　臺北市　文史哲出版社　1978
　　　　年1月再版

王重民　《中國善本書目提要》　臺北市　明文書局翻印　1984年11月

王德毅編　《中華民國臺灣地區公藏方志目錄》　臺北市　漢學研究資
　　　　料及服務中心　1985年

朱保炯、謝沛霖　《明清進士題名碑錄索引》　臺北市　文史哲出版社
　　　　1982年7月翻印　1979年10月上海古籍排印本

李國慶編纂　《明代刊工姓名索引》　上海市　上海古籍出版社　1998
　　　　年12月

杜信孚纂輯　《明代版刻綜錄》　揚州市　江蘇廣陵古籍刻印社　1983
　　　　年5月

崔建英輯訂　《明代別集版本志》　北京市　中華書局　2006年7月

張慧劍　《明清江蘇文人年表》　上海市　上海古籍出版社　1986年
　　　　12月

鄭鶴聲編　《近世中西史日對照表》　臺北市　臺灣商務印書館　1962年

謝巍編撰　《中國歷代人物年譜考錄》　北京市　中華書局　1992年

瞿冕良編　《中國古籍版刻辭典》　濟南市　齊魯書社　1999年2月

四　近人專著

（日）平岡武夫、市原亨吉　《唐代的詩人》　上海市　上海古籍出版
　　　　社　1991年

（日）吉川幸次郎著　鄭清茂譯《元明詩概說》　臺北市　幼獅文化事
　　　　業公司　1986年6月

（日）前野直彬著　連秀華、何寄澎合譯　《中國文學史》　臺北市
　　　　長安出版社　1980年9月

（加）卜正民（Timothy Brook）《縱樂的困惑：明代的商業與文化》
　　　　方駿、王秀麗、羅天佑譯　方駿校　北京市　三聯書店
　　　　2004年1月　繁體字版　臺北市　聯經出版事業公司

2004年2月

毛文芳　《物、性別、觀看：明末清初文化書寫新探》　臺北市　臺灣
學生書局　2001年12月

牛建強　《明代人口流動與社會變遷》　開封市　河南大學出版社
1997年3月

王金陵　《中國文學理論史》　臺北市　華正書局　1984年4月

王國維　《宋元戲曲史》　臺北市　臺灣商務印書館　1964年

史景遷　《前朝夢憶：張岱的浮華與蒼涼》　臺北市　時報文化出版企
業公司　2009年2月

任遵時　《周憲王研究》　自印本　臺北市　三民經銷　1974年3月

朱光潛　《文藝心理學》　上海市　復旦大學出版社　2009年

朱海波　《中國文學史綱》　香港　教育出版社　1979年10月

何宗美　《公安派結社考論》　重慶　重慶出版社　2005年4月

何宗美　《明末清初文人結社研究續編》　北京市　中華書局　2006年

冷　冬　《葉向高與明末政壇》　汕頭市　汕頭大學出版社　1996年1月

吳承學、李光摩　《晚明文學思潮研究》　武漢市　湖北教育出版社
2002年10月

巫仁恕　《明清以來江南社會與文化論集》　上海市　上海社會科學出
版社　2004年

李中明　《17世紀中國通俗小說編年史》　合肥市　安徽大學出版社
2003年3月

李文琪　《焦竑及其國史經籍志》　臺北市　漢美圖書公司　1991年
初版　東海大學中國文學研究所碩士論文　1987年6月

李　玫　《明清之際蘇州作家群研究》　北京市　中國社會科學出版社
2000年10月

李忠明　《十七世紀中國通俗小說編年史》　合肥市　安徽大學出版社

2003年3月

李咏吟 《詩學解釋學》 上海市 上海人民出版社 2003年8月

李焯然 《明史散論》 臺北市 允晨文化實業公司 1991年12月

李聖華 《晚明詩歌研究》 北京市 人民文學出版社 2002年10月

李鼎彝 《中國文學史》 臺北市 傳記文學出版社 1971年5月

尚學鋒、過常寶、郭英德等著 《中國古典文學接受史》 濟南市 山
　　東教育出版社 2000年9月

林慶彰 《明代考據學》 臺北市 臺灣學生書局 1986年10月

金生奎 《明代唐詩選本研究》 合肥市 合肥工業大學出版社 2007
　　年7月

查清華 《明代唐詩接受史》 上海市 上海古籍出版社 2006年7月

洪福增 《洪芳洲公年譜》 洪朝選研究會 1993年

胡雲翼 《中國文學史》 臺北市 順風出版社 1966年8月 影印
　　1932年4月 上海市 北新書局 《新著中國文學史》

胡　適 《白話文學史》 上卷 臺北市 文光圖書公司 1964年6月

胡　適 《胡適文存》 臺北市 遠東圖書公司 1953年 根據上海
　　亞東圖書館1930年版影印

苗　棣 《魏忠賢專權研究》 北京市 中國社會科學出版社 1994
　　年12月

夏咸淳 《晚明世風與文學》 北京市 中國社會科學出版社 1994
　　年7月

孫青春 《明代唐詩學》 上海市 上海古籍出版社 2006年7月

孫學堂 《明代詩學與唐詩》 濟南市 齊魯書社 2012年8月

徐朔方 《湯顯祖評傳》 南京市 南京大學出版社 1993年7月

袁震宇、劉明今 《明代文學批評史》 上海市 上海古籍出版社
　　1991年9月

馬漢欽　《明代詩歌總集與選集研究》　哈爾濱市　哈爾濱工程大學出版社　2009年6月

張以國　《以古為新：晚明的藝術與影響》　北京市　中國社會科學出版社　2009年6月

張仲謀　《明詞史》　北京市　人民文學出版社　2002年2月

張秀民　《歷代刻書概況》　北京市　印刷工業出版社　1991年9月

張傳元、余梅先　《明歸震川先生有光年譜》　新編中國名人年譜集成第十輯之2　臺北市　臺灣商務印書館　1980年7月重印1935年12月張氏自序本

張維昭　《悖離與回歸：晚明士人美學態度的現代觀照》　南京市　鳳凰出版社　2009年8月

張慧劍　《明清江蘇文人年表》　上海市　上海古籍出版社　1986年12月

張顯清　《明代後期社會轉型研究》　北京市　中國社會科學出版社　2008年11月

曹淑娟　《晚明性靈小品》　臺北市　文津出版社　1988年7月

梅新林、俞樟華主編　《中國遊記文學史》　上海市　學林出版社　2004年12月

許振東　《17世紀白話小說的創作與傳播：以蘇州地區為中心的研究》　北京市　中國社會科學出版社　2005年7月

郭英德　《中國古代文人集團與文學風貌》　北京市　北京師範大學出版社　1998年11月

郭紹虞　《照隅室古典文學論集》　上海市　上海古籍出版社　1983年9月

陳文新　《中國文學流派意識的發生和發展──中國古代文學流派研究導論》　武漢市　武漢大學出版社　2003年11月

陳文新　《明代詩學》　長沙市　湖南人民出版社　2000年11月

陳文新　《明代詩學的邏輯進程與主要理論問題》　武漢市　武漢大學
　　　　出版社　2007年8月

陳國球　《明代復古派唐詩論研究》　北京市　北京大學出版社　2007
　　　　年1月

陳國球　《唐詩的傳承：明代復古詩論研究》　臺北市　臺灣學生書局
　　　　1990年9月

陳廣宏　《竟陵派研究》　上海市　復旦大學出版社　2006年8月

陳廣宏　《鍾惺年譜》　上海市　復旦大學出版社　1993年12月

陳慶元　《曹學佺年譜》　手稿本（尚未出版）

費振鐘　《墮落時代：明代文人的集體墮落》　臺北市　立緒文化事業
　　　　公司　2002年5月　簡體字版　上海市　上海書店　2007年
　　　　4月再版

黃開華　《明史論集》　香港　誠明出版社　1972年

葉慶炳、邵紅　《明代文學批評資料彙編》　臺北市　成文出版社
　　　　2001年

楊正泰　《明代驛站考》　上海市　上海古籍出版社　2006年11月增
　　　　訂本

熊秉真、余安邦　《情慾明清：遂欲篇》　臺北市　麥田出版公司
　　　　2004年3月

聞一多　《聞一多全集》　臺北市　里仁書局　影印開明書局版　2000
　　　　年1月

趙爾巽　《清史稿》　北京市　中華書局　1977年

齊裕焜　《明代小說史》　杭州市　浙江古籍出版社　1997年6月

劉文忠　《正變、通變、新變》　南昌市　百花洲文藝出版社　2005
　　　　年11月

劉志琴　《晚明史論：重新認識末世衰變》　南昌市　江西高校出版社
　　　　　2004年6月

劉尚榮　《蘇東坡著作版本論叢》　成都市　巴蜀書社　1988年3月

劉若愚　杜國清譯　《中國文學理論》　臺北市　聯經出版事業公司
　　　　　1981年9月

劉曉東　《明代的塾師與基層社會》　北京市　商務印書館　2010年5月

樊樹志　《晚明史》　上海市　復旦大學出版社　2003年10月

嵇文甫　《晚明思想史論》　北京市　東方出版社　1996年3月

鄭利華　《王世貞年譜》　上海市　復旦大學出版社　1993年12月

鄭振鐸　《中國俗文學》　臺北市　明倫出版社　1975年

鄭振鐸　《西諦書話》　北京市　三聯書店　1983年10月

鄭振鐸　《劫中得書記》　上海市　上海古籍出版社　2006年7月

鄧邵基、史鐵良　《明代文學研究》　北京市　北京出版社　2001年
　　　　　12月

蕭東發　《中國圖書出版印刷史論》　北京市　北京大學出版社　2001
　　　　　年4月

錢基博　《明代文學史》　臺北市　臺灣商務印書館　1973年11月

繆詠禾　《明代出版史稿》　南京市　江蘇人民出版社　2000年10月

謝國楨　《明末清初的學風》　上海市　上海出版社　1982年1月

謝國楨　《明清之際黨社運動考》　上海市　上海出版社　2004年1月

簡錦松　《明代文學批評研究》　臺北市　臺灣學生書局　1987年7月

聶付生　《晚明文人的文化傳播研究》　北京市　中國戲劇出版社
　　　　　2007年12月

羅宗強　《明代後期士人心態研究》　天津市　南開大學出版社　2006
　　　　　年6月

譚正璧　《三言兩拍資料》　臺北市　里仁書局影本　1981年

龔鵬程 《晚明思潮》 臺北市 里仁書局 1994年11月

龔顯宗 《明初詩文論研究》 臺北市 華正書局 1985年4月

五 學位論文

王士昌 《曹學佺詩文研究》 廣州市 暨南大學碩士論文 2008年

朱偉東 《石倉十二代詩選研究》 上海市 復旦大學古籍研究所碩士
論文 2005年

李金秋 《文心雕龍曹評中的創作論研究》 呼和浩特市 內蒙古師範
大學碩士論文 2004年

李 偉 《曹學佺及其著述論考》 福州市 福建師範大學碩士論文
2004年

李 梅 《曹學佺文學理論研究》 杭州市 浙江大學碩士論文 2006年

李 程 《明代宋詩接受研究》 武漢市 華中師範大學碩士論文
2011年

沈阿玲 《盧柟及其蠛蠓集研究》 長沙市 湖南大學文學院碩士論文
2011年5月

邵曼珣 《論真：以明代詩論為考察中心》 臺北市 東吳大學中國文
學系碩士論文 1991年5月

孫文秀 《曹學佺文學活動與文藝思想研究》 北京市 北京大學博士
論文 2011年

郭章裕 《明代「文心雕龍」學研究：以明人序跋與楊慎、曹學佺評
注為範圍》 臺北縣 淡江大學中國文學研究所碩士論文
2004年

郭黛暎 《竟陵別派：蔡復一詩研究》 新竹市 清華大學中文碩士論
文 2010年

陳　超　《曹學佺研究》　福州市　福建師範大學博士論文　2007年

陳雅男　《林古度詩研究》　福州市　福建師範大學碩士論文　2006
　　　　年4月

六　期刊論文

么書儀　〈西廂記在明代的「發現」〉《文學評論》　2001年第5期
　　　　頁120-127

王忠閣　〈關於明初閩中詩派的幾個問題〉《河南社會科學學報》　9
　　　　卷4期　頁120-123　2001年7月

王承丹　〈後七子內部紛爭及其影響〉《南都學壇》　16卷　1966年2
　　　　期　頁50-54

王金陵　〈文學史的歷史基礎〉《建構與反思——中國文學史的探索
　　　　學術研討會論文集》　頁219-234　臺北市　臺灣學生書局
　　　　2002年7月

王瑜瑜　〈晚明戲曲作家茅維生平考辨二題〉《瀋陽大學學報》　2009
　　　　年第1期　頁64-68　臺北市　巨流圖書公司　頁13-23
　　　　1987年5月

左東嶺　〈明代詩歌的總體格局與審美風格的演變〉《中國詩歌研究》
　　　　第四輯　頁30-41　北京市　首都師範大學中國詩歌研究中
　　　　心　2008年

申屠青松　〈明代宋詩選本略論〉《北京科技大學學報》　23卷3期
　　　　頁97-99　2007年9月

朱偉東　〈《石倉十二代詩選》全帙探考〉《文獻季刊》　第3期　頁
　　　　211-221　2000年7月

吳省道　〈盧枏生卒年考〉《殷都學刊》　頁74-76　2001年3期

李 洵　〈說盧柟之獄〉《史學集刊》 頁1-8　1994年3期

李莎莉　〈明代江西詩人用韻研究〉《九江學院學報》 總145期 頁88-90　2008年第2期

李焯然　〈焦竑之史學思想〉《書目季刊》 第15卷第4期 頁32-46　1982年3月

李焯然　〈焦竑及其玉堂叢語〉《文獻》 第十二輯 頁173-182 北京市 北京圖書館 1982年

李焯然　〈焦竑著述考〉《新加坡大學學報》 第41期　1986年

昌彼得　〈焦竑國史經籍志的評價〉《屈萬里先生七秩榮慶論文集》 頁307-317　1978年10月

容肇祖　〈焦竑及其思想〉《燕京學報》 第23期　1938年6月

常貴梅　〈南園前五先生近體詩用韻研究〉《武邑大學學報（社科版）》 8卷2期 頁24-26　2006年

莫立民　〈明朝閩中詩群名家點將錄兼說明朝閩地詩歌文化世家〉《漳州師範學院學報（哲學社會科學版）》 2004年第3期 頁52-59

郭英德　〈論文學史敘述的原則、對象和方法〉《建構與反思——中國文學史的探索學術論文研討會論文集》 頁9-24　臺北市 臺灣學生書局　2002年7月

陳廣宏　〈晉安詩派：萬曆間福州文人群體對本地域文學的自覺建構〉《中國文學研究》 第12輯 頁82-117 復旦大學中國古代文學研究中心編　2008年9月

陳 燕　〈文學生命的自主、自立與自重〉《建構與反思——中國文學史的探索學術論文研討會論文集》 頁43-56　臺北市 臺灣學生書局　2002年7月

陳慶元　〈中國東南一群詩人的千秋事業：晚明漳州詩人組織霞中社

及其群體意識的覺醒〉《明代文學學會（籌）第九屆年會暨
2013年明代文學國際學術研討會論文》 2013年8月

陳慶元 〈日本內閣文庫藏本曹學佺《石倉全集》初探〉《中國古代
文學文獻學國際學術研討會論文集》 頁460-479 南京大學
主辦 南京市 鳳凰出版社 2006年1月

黃文吉 〈明初杭州府學詞人群體研究〉《建構與反思──中國文學
史的探索學術論文研討會論文集》 頁65-88 臺北市 臺灣
學生書局 2002年7月

黃細梅 〈試論王夫之對明代竟陵派的詩學思想的批評〉《南華大學
學報（社會科學版）》 8卷6期 頁113-115 2007年12月

萬　明 〈晚明史研究七十年之回眸與再認識〉《學術月刊》 第38
卷 頁126-136 2006年10月

鄭禮炬 〈閩中詩派對明代翰林詩歌創作的影響──以王褒為例分析
其館閣風格〉《閩江學院學報》 28卷6期 頁7-10 2007
年12月

簡錦松 〈明代詩文的庸俗化與反庸俗化〉《中國文學講話（九）：明
代文學》 臺北市 巨流圖書公司 1987年5月

簡錦松 〈論錢謙益《列朝詩集小傳》之批評立場〉《文學新鑰》 第
2期 頁127-157 2004年7月

龔鵬程 〈文學史的研究〉《建構與反思──中國文學史的探索學術
論文研討會論文集》 頁25-42 臺北市 臺灣學生書局
2002年7月

七　網路資料

中國國家圖書館《中國古籍善本書目》，網址如下

　　　　　http://202.96.31.45/dirSearch.do?method=gaoJiQuery&goToPage=5&isSearch=false

日本所藏中國古籍聯合書目，見Kanseki Database

　　　　　http://kanji.zinbun.kyoto-u.ac.jp/kanseki?record=data/FANAIKAKU/tagged/4370037.dat&back=1

《國立故宮博物院善本舊籍總目》

　　　　　http://npmhost.npm.gov.tw/ttscgi

胡仲平　〈儒藏工程大事記〉　光明日報　2009年08月31日　見光明網

　　　　　http://www.gmw.cn/content/2009-08/31/content_972236.htm

北京大學儒藏編纂與研究中心網址　2008年建構

　　　　　http://www.ruzang.com/ft_default.asp，

（清）徐景熙　《福州府志》　乾隆年間刊本　中國哲學書電子化計劃 2006-2104

　　　　　http://ctext.org/wiki.pl?if=gb&res=326611

《福州倉山區志》

　　　　　http://www.fjsq.gov.cn/showbook.asp?BookType=福建省_縣市地志&BookName=倉山區志&，20131105檢索

盧芳玉　〈善本掌故：周永年與《四庫全書》的撰修〉《人民日報‧海外版》　2008年12月3日

　　　　　http://paper.people.com.cn/rmrbhwb/html/2008-12/02/content_149941.htm

何歌勁　〈鳳陽謝家店宋家村宋氏從明太祖軍落屯湘潭小考〉　建文帝網20091108發布

　　　　　　http://www.jianwendi.com

《明實錄神宗顯皇帝實錄》　見中國哲學書電子計劃

　　　　　　http://ctext.org/wiki.pl?if=gb&res=964038

乾隆《福州府志》　見中國哲學書電子計劃

　　　　　　http://ctext.org/wiki.pl?if=gb&res=326611

錢鍾書　《談藝錄》讀本　見中國詩詞網

　　　　　　http://potic.ayinfo.cn/sccs/tyl，2005.2.8

《新浪城市聯盟——長興》　見

　　　　　　www.sina-cx.com/about/index3.html，2005.2.10

朱中月　〈透視盧楠（枏）〉

　　　　　　http://blog.sina.com.cn/s/blog_5c5cf9fc0100fqop.html，2009
　　　　　　年11月19日

左東嶺　〈南園詩社與南園五先生之構成及其詩學史意義〉　見《文學
　　　　　　遺產》網路版　2013年4期

　　　　　　http://wxyc.literature.org.cn/journals_article.aspx?id=2968，
　　　　　　20131210查閱

胡曉真　〈十七世紀到二十世紀初敘事文學中的城市景味〉　明清的城
　　　　　　市文化與生活研究計畫　中研院　見

　　　　　　http://citylife.sinica.edu.tw/intro/intro_05.htm

華東師範大學　《中國古代文學史》教程　見http://ccejpkc.ecnu.edu.
　　　　　　cn/gdwxs/5.2.5.2.htm

鄭州大學「全唐詩庫」　2008年建置

　　　　　　http://www3.zzu.edu.cn/qts/

查清華　《明人選唐詩的價值取向及其文化意涵》《文學評論》2006
　　　　　　年第4期　又見大江博客　2013年6月1日查閱

　　　　　　http://blog.sina.com.cn/s/blog_7d7363bf0101dcwt.html

《四庫全書總目提要》 集部卷189 《石倉歷代詩選》506卷提要中文
百科在線 2013年8月1日檢索
http://www.zwbk.org/MyLemmaShow.aspx?zh=zh-
tw&lid=181990

附錄

許建崑著作目錄

一　明代文學

〈曹學佺《湘西紀行》的探究〉《東海中文學報》26期　頁63-86　臺中市　東海大學中國文系　2013年12月

〈萬曆癸卯年福州詩壇盛事考〉《2013明代文學與思想國際學術研討會論文集》　嘉義縣　南華大學中國文學系　2013年11月

〈萬曆年間曹學佺在金陵詩社的活動與意義〉《東海中文學報》25期　頁177-196　臺中市　東海大學中國文系　2013年7月

〈曹學佺《石倉十二代詩選》再探〉《明代文學學會（籌）第九屆年會暨2013年明代文學國際學術研討會論文集》　上海市　復旦大學古籍研究中心　2013年8月

〈晚明福建詩人對竟陵派詩的接受與轉化〉《會通與轉化：第二屆古典文學國際學術研討會論文集》　臺北市　東吳大學中國文學系　2013年4月

〈無情山水有情遊──曹學佺的官宦與行旅〉《國文天地》　第26卷第11期　頁8-12　臺北市　萬卷樓圖書公司　2011年4月

〈唐音的失落：晚明詩風流變探析〉「韓國中國學第30次國際學術研討會」　韓國中國學會　頁59-79　首爾　成均館大學　2010年8月

〈曹學佺生平著作考〉「中國文學思想史國際學術研討會」　天津市

南開大學文學院　2010年7月

〈閩中詩學曹學佺資料的勘誤、搜佚與重建〉《文學新鑰》第10期
　　　頁69-104　嘉義縣　南華大學文學系　2009年11月

〈《明史・文苑傳》歸有光、王世貞之爭重探〉《東海學報》第46卷
　　　頁71-94　臺中市　東海大學文學院　2005年7月

〈文學大眾化與大眾文學化：重構明代文學史論述的主軸〉「明清文
　　　學與思想國際學術研討會」　嘉義縣　南華大學文學系　2004
　　　年4月

〈洪芳洲先生詩文交誼考〉《洪芳洲研究論文集》　頁229-258　臺北
　　　市　洪芳洲研究會　1998年6月　另見《東海中文學報》12期
　　　頁51-66

〈焦竑文教事業考述〉《東海學報》34卷　頁79-98　臺中市　東海大
　　　學文學院　1993年6月

〈李攀龍評傳〉《書和人》第621期　頁1-2　臺北市　國語日報社
　　　1989年5月

〈李攀龍的文學主張〉《東海中文學報》第7期　頁93-105　臺中市
　　　東海大學中國文學系　1987年7月

〈李攀龍古今詩刪與相關唐詩選各版本的比較〉《東海中文學報》第
　　　6期　頁99-114　臺中市　東海大學中國文學系　1986年4月

〈增埔《明人傳記索引》二：前七子集部分〉《東海中文學報》第5
　　　期　頁73-98　臺中市　東海大學中國文學系　1985年6月

〈增埔《明人傳記索引》一下：後七子集部分〉《東海中文學報》第4
　　　期　頁87-102　臺中市　東海大學中國文學系　1983年6月

〈增埔《明人傳記索引》一上：後七子集部分〉《東海中文學報》第3
　　　期　頁169-202　臺中市　東海大學中國文學系　1982年6月

〈宗臣評傳〉《書和人》第383期　頁1-8　臺北市　國語日報社

1980年2月

〈後七子交誼考〉《東海中文學報》第1期　頁79-92　臺中市　東海
　　　大學中國文學系　1979年11月

〈李攀龍與鍾惺選唐詩格的異同〉《幼獅月刊》46卷第4期　頁31-35
　　　臺北市　幼獅文化事業公司　1977年10月

二　古典小說

〈史事諧隱與女性異化──唐傳奇《任氏傳》重探〉「第四屆漢學與
　　　東亞文化國際學術研討會」　香港　珠海學院　2013年10月

〈盧枏事件的真相、渲染與文化意涵：〈盧太學詩酒傲王侯〉相關文
　　　本的探析〉《東海中文學報》24期　頁145-164　臺中市　東
　　　海大學中國文學系　2012年7月

〈大禹的家世、婚姻與愛情〉　2010年6月　《國文天地》第26卷第1
　　　期　頁30-34

〈唐傳奇歷史素材的借取與再創：以王維、王之渙故事為例〉《東海
　　　中文學報》第20期　頁9-28　臺中市　東海大學中國文學系
　　　2008年7月

〈虛幻與真實：《紅樓夢》的世界與再創〉《臺中市文化局講座專輯》
　　　25期　頁51-78　臺中市　臺中市文化局　2007年12月

〈《西遊記》敘事、主題與揶揄語氣的探討〉「明代文學、思想與宗
　　　教國際學術研討會論文集」　頁85-112　嘉義縣　南華大學文
　　　學系　2005年8月

〈我走進了大觀園：劉老老三進大觀園評析〉《國文新天地》7期　頁
　　　41-47　臺北市　龍騰文化事業公司　2004年3月

〈小說文體的閱讀與考據：以虬髯客為例〉《國文新天地》6期　頁

6-10　臺北市　龍騰文化事業公司　2003年12月

〈「三言」故事對唐人小說素材的借取與再造〉《第一屆通俗文與雅
　　正文學全國學術研討會論文集》　頁271-312　臺中市　中興大
　　學中國文學系　2001年10月

〈馮夢龍《太平廣記鈔》初探〉　中國古典文學研究會主編　《古典文
　　學》第15集　頁329-358　臺北市　臺灣學生書局　2000年9月

〈杜子春傳的寫作技巧及其神人關係的探討〉《東海學報》38卷1期
　　頁27-38　1997年7月

〈霍小玉傳深層心理結構探析〉《東海學報》37卷　頁93-105　臺中
　　市　東海大學文學院　1996年7月

〈虬髯客傳肌理結構探析〉《東海中文學報》11期　頁61-72　臺中市
　　東海大學文學院　1994年12月　2000年1月修訂

〈試論唐傳奇中所表現的愛情情態〉《東海文藝季刊》第30期　頁
　　120-127　臺中市　東海大學　1988年12月

〈梁山泊三易其主的寫作技巧及其內在意義〉《中國文化月刊》第9
　　期　頁93-104　臺中市　東海大學文學院　1980年7月

三　現代文學

〈新詩改罷自長吟——試論黃永武先生的散文書寫〉《文學新鑰》第
　　14期　頁49-82　嘉義縣　南華大學文學系　2011年12月

〈孤絕與再生：從白先勇筆下到曹瑞元鏡頭下的《孽子》〉《東海大
　　學文學院學報》第49卷　頁225-243　臺中市　東海大學文學
　　院　2008年7月

〈尋找X點，或者孤獨向前？——試論劉克襄自然寫作的認知與建構〉
　　《東海大學中文系自然生態寫作論文集》　頁94-114　臺北市

文津出版社　2001年12月

〈文化現場的再造與迷失——論余秋雨散文二書所表現的文人情懷〉
　　　《東海大學中文系旅遊文學論文集》　頁206-231　臺北市　文
　　　津出版社　2001年1月

〈流泉與燈火——試論林海音兒童文學作品中的風格特質〉　第一屆資
　　　深兒童文作家研討會論文　頁1-8　臺北市　中華民國兒童文
　　　學學會　1999年10月

〈長髮為君剪——楊德昌《海灘的一天》觀後〉《東海文藝》第11期
　　　頁46-55　臺中市　東海大學　1984年3月

〈每家人都費了一番精神——評張系國的《昨日之怒》〉《書評書目》
　　　第74期　頁96-105　臺北市　書評書目社　1979年6月

四　兒童文學

〈文本中的影像閱讀〉《臺北市立圖書館館訊》28卷4期　頁31-42
　　　臺北市　市立圖書館　2011年6月

〈成長啟示錄：國際少年小說四家論〉《臺中市文化局講座專輯》26
　　　期　頁65-98　臺中市　臺中市文化局　2008年12月

〈臺灣兒童文學學術發展情況與今後努力的方向〉《中國兒童文化》
　　　第4輯　杭州市　浙江少年兒童出版社　頁115-127　浙江師
　　　範大學兒童文化研究院兒童文學研究所　2008年2月

〈童心、原創與鄉土：鄭清文的童話圖譜〉《東海中文學報》第19期
　　　頁285-302　臺中市　東海大學中國文學系　2007年11月

〈臺灣兒童文學學術發展的多方向〉　臺東大學主編　《兒童文學學刊》
　　　第11期　頁85-112　臺北市　萬卷樓圖書公司　2004年7月

〈陳素宜作品中的守望與介入——兼論女性作家寫作的優勢〉《東海

學報》第45卷　頁313-328　臺中市　東海大學文學院　2004
年7月

〈六○年代臺灣中長篇少年小說作品評析〉　第九次中華文化與文學學
術研討會：戰後初期臺灣文學與思潮國際學術研討會　頁291-
313　臺中市　東海大學中國文學系　2003年11月

〈展開夢幻飛行的翅膀──試論班馬的兒童文學理論與作品〉　靜宜大
學文學院主編　《第五屆兒童文學與兒童語言學術研討會論文
集》　頁359-379　臺北縣　富春文化事業公司　2003年11月

〈自覺、探索與開拓──試探周曉、沈碧娟主編的《中國大陸少年小
說選》〉　臺東師院主編　《兒童文學學刊》第8期　頁433-460
臺北市　萬卷樓圖書公司　2002年11月

〈試論張之路少年小說的作品特質〉《東海中文學報》第14期　頁
165-185　臺中市　東海大學中國文學系　2002年7月

〈成長的苦澀與瑰麗──曹文軒為孩子刻畫的文學世界〉《東海學報》
第43卷　頁87-106　臺中市　東海大學文學院　2002年7月

〈「郢書燕說」也是一種讀法──閱讀沈石溪動物小說所引發的聯想〉
靜宜大學文學院主編　《第四屆兒童文學與兒童語言學術研討
會》　頁188-207　臺北縣　富春文化事業公司　2002年5月

〈陷圍的旗手──李潼「臺灣的兒女」系列作品的成就與困境〉　臺東
師院主編　《兒童文學學刊》第6集　頁22-61　臺北市　天衛
文化圖書公司　2001年11月

〈在野性與人性之間的拔河──試論沈石溪創作動物小說的成就與困
境〉　兩岸兒童文學研究發展研討會　臺北市　中華民國兒童
文學學會　1999年8月

〈少年小說創作的多向性與永恆性〉《浙江師大學報（社會科學版）》
總99期　頁19-23　金華市　浙江師範大學　1999年7月

〈少年小說中的四大天王〉《兒童文學研究》第3期　上海市　上海
　　　少年兒童出版社　1998年9月

〈魔笛魅力今何在──試論當代童話的特質與傳播〉　1998海峽兩岸
　　　童話學術研討會　頁17-27　臺北市　中國海峽兩岸兒童文學
　　　研究會　1998年6月

〈在對抗、復仇、寬恕與悲憫之間的抉擇──談十一部有關抗日戰爭
　　　的少年小說〉《兒童文學家》第23號　頁18-33　1997年12月

〈開闢一條文學創作的新徑──兒童文學教學經驗報告〉《兒童文學
　　　學術研討會論文集──兒童文學教育》　頁73-87　臺東市　臺
　　　東師範學院　1994年2月

〈檢視國內少年小說的一塊里程碑──試析歷屆洪建全文學獎少年小
　　　說得獎出版作品〉《兒童文學學術研討會論文集──少年小
　　　說》　頁111-147　臺東市　臺東師範學院　1992年6月

五　其他相關論文

〈傳奇與敘史：《三六九小報‧史遺》之探析〉「臺灣古典散文學術
　　　研討會」　臺中市　東海大學中國文學系　2009年12月

〈孫克寬先生行誼考述〉《東海中文學報》第18期　頁79-112　臺中
　　　市　東海大學中國文學系　2006年7月

〈九二一地震的記憶書寫與瞻望〉「九二一震災與社會文化重建研討
　　　會」　頁1-14　臺北市　中央研究院民族研究所　2001年10月

〈國殤乃祭祀戰死楚境之敵國軍士說〉《傳統文學的現代詮釋論文集》
　　　頁246-260　臺中市　東海大學中中國文學系　1998年6月

〈試探中國圖書分類現象及其意義〉《東海中文學報》第2期　頁
　　　133-149　臺中市　東海大學中國文學系　1981年4月

六　專書出版

《移情、借景與越位：當代作家作品論集》　臺北市　萬卷樓圖書公司
　　2012年4月
《閱讀人生：文學與電影的對話II》　臺北市　幼獅文化事業公司
　　2011年1月
《情感、想像與詮釋：古典小說論集》　臺北市　萬卷樓圖書公司
　　2010年8月
《閱讀新視野：文學與電影的對話》　臺北市　幼獅文化事業公司
　　2009年4月
《閱讀的苗圃：我的讀書單》　臺北市　幼獅文化事業公司　2007年
　　11月
《拜訪兒童文學家族：少年小說、童話》　臺北市　世新大學　2002
　　年5月
《牛車上的舞臺》　臺中市籍作家作品集36　臺中市　臺中市文化中
　　心　1994年6月　早期文學創作集
《李攀龍文學研究》　臺北市　文史哲出版社　1987年2月　副教授升
　　等論文
《張衡傳》　世界兒童傳記文學　臺北市　光復書局　1985年6月　兒
　　童歷史小說
《王世貞評傳》　1976年2月　碩士論文

七　主編

《九歌101年童話選》　臺北市　九歌出版社　2013年2月
《兒童讀物》　與林文寶等人合編　臺北縣　空中大學　2008年2月

《古話新說：古典短篇小說選讀》　與林碧慧等人合編　臺北市　洪葉
　　　文化事業公司　2007年9月
《海納百川：知性散文選》　與周芬伶、彭錦堂、阮桃園合編　臺北市
　　　聯經出版事業公司　2005年6月
《臺灣後現代小說選》　與周芬伶、彭錦堂、阮桃園合編　臺北縣　二
　　　魚文化事業公司　2004年6月
《寫作教室：閱讀文學名家》　與周芬伶、彭錦堂、阮桃園合編　臺北
　　　市　麥田出版公司　2004年3月
《林鍾隆先生作品討論會論文集》　臺北市　富春文化事業公司　2001
　　　年10月
《認識童話》　臺北市　天衛文化圖書公司　1998年12月

八　專欄寫作：師友月刊「書與電影的對話」

〈青春、身體與自瀆：評九把刀《那些年我們一同追的女孩》〉《師
　　　友月刊》555期　頁97-101　2013年9月
〈凝鑄與再創：《臥虎藏龍》的三次塑型〉《師友月刊》554期　頁
　　　103-107　2013年8月
〈飛翔的記憶：《潛水鐘與蝴蝶》裡的寓意〉《師友月刊》552期　頁
　　　103-107　2013年6月
〈指北針的作用：《林肯》展現了總統意志與折衝能力〉《師友月刊》
　　　551期　頁103-107　2013年5月
〈天地之心：如何飛越《候鳥來的季節》〉《師友月刊》550期　頁
　　　103-107　2013年4月
〈如何與命運過招：回顧李安《推手》的初體驗〉《師友月刊》549期
　　　頁103-107　2013年3月

〈詩歌、鮮血與酒的伴奏：莫言《紅高粱家族》對死生的詠嘆〉《師
友月刊》548期　頁103-107　2013年2月

〈天真、學習與信仰：《少年Pi的奇幻漂流》啟示錄〉《師友月刊》
547期　頁103-107　2013年1月

〈傳奇或歷史？《一八九五年乙未》必須做的選擇〉《師友月刊》546
期　頁103-107　2012年12月

〈風的選擇：《賽德克‧巴萊》的願想與困境〉《師友月刊》545期
頁103-107　2012年11月

〈成長的藥引：《地海傳說》述說世界的變與不變〉《師友月刊》544
期　頁103-107　2012年10月

〈前行腳步：穿越《地海傳說》的故事框架〉《師友月刊》543期　頁
103-107　2012年9月

〈三牽四繫：《時時刻刻》的戲與人生〉《師友月刊》542期　頁104-
108　2012年8月

〈維吉尼亞吳爾芙的心靈漫遊：《美麗佳人歐蘭朵》的變與不變〉
《師友月刊》541期　頁103-107　2012年7月

〈大學路54號：翁山蘇姬的道德、勇敢與無私〉《師友月刊》540期
頁103-107　2012年6月

〈出鞘的劍：鐵娘子柴契爾夫人的兩難〉《師友月刊》539期　頁104-
108　2012年5月

〈在爆笑與淚水之後：省思《三個傻瓜》的終極意義〉《師友月刊》
538期　頁102-106　2012年4月

〈愛情，能否預購選擇權：《麥迪遜之橋》的遺愛〉《師友月刊》537
期　頁102-106　2012年3月

〈關鍵時刻的宣言：《王者之聲》啟示錄〉《師友月刊》536期　頁
103-107　2012年2月

〈閱讀，翻轉時空的魔法：《墨水心》的叫喚與置換〉《師友月刊》
　　　535期　頁103-107　2012年1月

〈真實、幻覺，還是信念縈懷？：《深夜加油站遇見蘇格拉底》的禪
　　　機〉《師友月刊》534期　頁104-108　2011年12月

〈陽光、雪地、風箏與旅行：《追風箏的孩子》敘述了悔懺與救贖〉
　　　《師友月刊》533期　頁103-108　2011年11月

〈時空與人際的錯位：跟著班傑明走趟奇幻旅程　《師友月刊》532期
　　　頁102-106　2011年10月

〈愛麗絲的戰士之旅：提姆波頓《魔境夢遊》的新詮〉《師友月刊》
　　　531期　頁101-105　2011年9月

〈追想、譴責與消解：《貧民百萬富翁》的敘事策略〉《師友月刊》
　　　530期　頁99-104　2011年8月

父權、神諭與性別自覺：《鯨騎士》的雙邊對話〉《師友月刊》529期
　　　頁101-105　2011年7月

〈抓住你兄弟：《大河戀》對手足親情的叮嚀〉《師友月刊》528期
　　　頁101-105　2011年6月

〈執念，或者放下：《蘇西的世界》審視了親情距離〉《師友月刊》
　　　527期　頁102-106　2011年5月

〈給孩子真正的力量：穿越《第十四道門》之後〉《師友月刊》526期
　　　頁102-106　2011年4月

〈關於情愛的真假：尼爾蓋曼《星塵》中的追尋與嘲弄〉《師友月刊》
　　　525期　頁104-107　2011年3月

〈暗藏玄機的旅程：《黃金羅盤》的傳奇與預言〉《師友月刊》524期
　　　頁101-104　2011年2月

〈光影的穿透：為《戴珍珠耳環的少女》重返情世界〉《師友月刊》
　　　523期　頁102-106　2011年1月

〈愛可以化解世間的殘酷：《尋找夢奇地》的神奇酵素〉《師友月刊》
　　522期　頁104-107　2010年12月

〈善良，使一切都美：《神隱少女》的堅持與努力〉《師友月刊》521
　　期　頁101-103　2010年11月

文學研究叢書・古典文學叢刊 0803008

曹學佺與晚明文學史

作　　　者	許建崑
責任編輯	吳家嘉
特約校稿	林秋芬

發 行 人	林慶彰
總 經 理	梁錦興
總 編 輯	張晏瑞
編 輯 所	萬卷樓圖書股份有限公司
	臺北市羅斯福路二段 41 號 6 樓之 3
	電話 (02)23216565
	傳真 (02)23218698

發　　　行	萬卷樓圖書股份有限公司
	臺北市羅斯福路二段 41 號 6 樓之 3
	電話 (02)23216565
	傳真 (02)23218698
	電郵 SERVICE@WANJUAN.COM.TW
香港經銷	香港聯合書刊物流有限公司
	電話 (852)21502100
	傳真 (852)23560735

ISBN 978-957-739-863-5

2014 年 2 月初版一刷

定價：新臺幣 600 元

如何購買本書：

1. 劃撥購書，請透過以下郵政劃撥帳號：
   帳號：15624015
   戶名：萬卷樓圖書股份有限公司

2. 轉帳購書，請透過以下帳戶
   合作金庫銀行 古亭分行
   戶名：萬卷樓圖書股份有限公司
   帳號：0877717092596

3. 網路購書，請透過萬卷樓網站
   網址 WWW.WANJUAN.COM.TW

大量購書，請直接聯繫我們，將有專人為
您服務。客服：(02)23216565 分機 610

如有缺頁、破損或裝訂錯誤，請寄回更換
國家圖書館出版品預行編目資料

曹學佺與晚明文學史 / 許建崑著.
-- 初版. -- 臺北市 ：萬卷樓, 2014.01
面 ； 公分. -- (文學研究叢書)

ISBN 978-957-739-863-5(平裝)

1.(明)曹學佺 2.中國文學史 3.文學評論 4.明代

820.906　　　　　　　　　　103003898